JO NESBØ

GENFÆRD

Oversat af Allan Hilton Andersen

Modtryk

GENFÆRD

Oversat fra norsk efter: *GJENFERD*

Published by agreement with Salomonsson Agency

Omslag: Henrik Koitzsch

Tryk: Specialtrykkeriet Viborg

2. oplag 2011

ISBN 978-87-7053-651-6

www.modtryk.dk

Del I

Kapitel 1

Skrigene kaldte på hende. Som lydspyd trængte de gennem alle de andre lyde af aften i Oslo Centrum, den regelmæssige summen af biler uden for vinduet, den fjerne sirene, som steg og faldt, kirkeklokkerne som netop var begyndt at slå i nærheden. Det var nu, om aftenen og eventuelt lige før solopgang, at hun gik på jagt efter føde. Hun førte næsen hen over den snavsede linoleum på køkkengulvet. Registrerede og sorterede lynhurtigt lugtene i de tre kategorier spiselig, truende eller irrelevant for overlevelse. Den sure lugt af grå tobaksaske. Den søde sukkersmag af blod på en vattot. Den bitre dunst af øl på undersiden af en ølkapsel af mærket Ringnes. Gasmolekyler af svovl, salpeter og kuldioxid sivede op fra et tomt metalhylster med plads til en blykugle af kaliber 9 × 18 millimeter, også bare kaldet Makarov, efter pistolen kaliberen oprindelig var tilpasset. Røg fra et stadig rygende cigaretskod med gult filter og sort papir påtrykt den russiske rigsørn. Tobakken kunne spises. Og der: en em af alkohol, læder, fedt og asfalt. En sko. Hun lugtede til den. Og fastslog, at den ikke var så ligetil at spise som jakken i skabet, den der lugtede af benzin og det rådnende dyr, den var lavet af. Så gnaverhjernen koncentrerede sig nu om, hvordan den skulle finde ud af at forcere det, der lå foran hende. Hun havde prøvet fra begge sider, prøvet at klemme sin femogtyve centimeter lange og lige under et halvt kilo tunge krop forbi, men det gik ikke. Hindringen lå på siden med ryggen mod væggen og spærrede for hullet, som førte ind til reden og hendes otte nyfødte, blinde, hårløse unger, som skreg højere og højere efter hendes mælk. Kødbjerget lugtede af salt, sved og blod. Det var et menneske. Et stadig levende menneske; hendes følsomme ører kunne opfange de svage hjerteslag under ungernes sultne hyl.

Hun var bange, men hun havde ikke noget valg. At made ungerne var overordnet alle farer, alle anstrengelser, alle andre instinkter. Så hun blev stående med næsen i vejret og ventede på, at løsningen skulle vise sig for hende.

Kirkeklokkerne slog nu i takt med menneskehjertet. Et slag, to. Tre, fire ...

Hun blottede sine gnavertænder.

Juli. For fanden da. Man skal bare ikke dø i juli. Er det virkelig kirkeklokker, jeg kan høre, eller var der hallucinogener i de skide kugler? Okay, så slutter det her. Og kan det ikke også være skide lige meget? Her eller der. Nu eller senere. Men har jeg virkelig fortjent at dø i juli? Med fuglesang, klirren af flasker, latter nede fra Akerselven og idel sommerlykke lige uden for vinduet? Har jeg fortjent at ligge på gulvet i et ulækkert junkiehul med et ekstra hul i kroppen, hvor det bare løber ud af mig; livet, sekunderne og flashback-billederne af det, der førte mig hertil? Alle de små og store ting, hele bunken af tilfældigheder og halvvalgte ting; er det mig, er det alt, er det mit liv? Jeg havde da planer, havde jeg ikke? Og nu er det en pose støv, en joke uden pointe, så kort, at jeg kunne have nået at fortælle den, før den helvedes klokke holdt op med at slå. Åh, de helvedes flammekastere! Der er ingen, der har sagt, at det ville gøre så ondt at dø. Er du der, far? Du må ikke stikke af, ikke nu. Nå, men her er joken: Jeg hedder Gusto. Jeg blev nitten år. Du var en skidt karl, som kneppede en skidt tøs, og ni måneder senere kom jeg ud og blev overladt til en plejefamilie, før jeg kunne nå at sige 'far!'. Og der lavede jeg så meget ballade, jeg overhovedet kunne, men de puttede bare den kvælende dyne af omsorg endnu tættere om mig og spurgte, hvad jeg ville have for at blive rolig. En fucking softice? De fattede ikke, at sådan nogle som dig og mig burde være blevet skudt med det samme, udryddet som skadedyr, at vi spreder smitte og forfald og formerer os som rotter, så snart vi ser vores snit til det. De er selv ude om det. Men de vil også have ting. Alle vil have noget. Jeg var tretten, første gang jeg så det, min plejemor ville have, i hendes øjne.

"Du er så smuk, Gusto," sagde hun. Hun var kommet ind på badeværelset, som jeg havde ladet døren stå åben ind til. Jeg havde ladet være med at lukke op for vandet, så lyden af det ikke ville advare hende. Hun stod der lige et sekund for længe, før hun gik ud igen. Jeg lo, for nu vidste jeg det. Det er det, der er mit talent, far: Jeg kan se, hvad folk vil have. Er det noget, jeg har arvet efter dig? Har du det også sådan? Efter at hun var

gået igen, så jeg mig i det store spejl. Hun var ikke den første, der havde sagt det: at jeg var smuk. Jeg var tidligere udviklet end de andre drenge. Høj, slank, allerede bredskuldret og muskuløs. Hår så sort, at det skinnede, som om alt lys bare prellede af på det. Høje kindben. Bred, lige hage. En stor, grådig mund, men med fyldige læber som en piges. Brun, glat hud. Brune, næsten sorte øjne. 'Den brune rotte,' havde en af drengene i klassen kaldt mig. Didrik, var det det, han hed? Han ville i hvert fald være koncertpianist. Jeg var blevet femten, og han sagde det højt i klassen. "Den brune rotte kan jo ikke engang læse ordentligt."

Jeg lo bare og vidste selvfølgelig, hvorfor han sagde det. Hvad han ville have. Kamilla, som han var hemmeligt forelsket i, var ikke helt så hemmeligt forelsket i mig. Til klassefesten havde jeg mærket lidt på det, hun havde under striktrøjen. Det var ikke ret meget. Jeg havde nævnt det for nogle af drengene, og det havde Didrik nok hørt, og så havde han besluttet sig for at holde mig udenfor. Ikke at jeg er synderligt opsat på at være inde i varmen, men mobning er mobning. Så jeg talte med Tutu fra MC-klubben. Jeg havde solgt lidt hash på skolen for dem, og jeg sagde, at folk blev nødt til at respektere mig, hvis jeg skulle kunne gøre mit job ordentligt. Tutu sagde, at han nok skulle tage sig af Didrik. Didrik nægtede senere at forklare, hvordan han havde båret sig ad med at få to fingre i klemme i det øverste hængsel på døren ind til drengetoilettet, men han kaldte mig aldrig den brune rotte igen. Og han blev – ganske rigtigt – aldrig koncertpianist. For fanden, hvor gør det ondt! Nej, jeg har ikke brug for trøst, far, jeg har brug for et fix. Bare et sidste fix, så skal jeg nok forlade den her verden stille og roligt, det lover jeg. Der slog klokken igen. Far?

Kapitel 2

Det var næsten midnat i Oslo Lufthavn, Gardermoen, da SK-459 fra Bangkok til Oslo taxiede ind på den anviste plads ved gate 46. Luftkaptajn Tord Schultz bremsede, så Airbus 340-maskinen stoppede helt, hvorpå han hurtigt slog benzintilførslen fra. Det metalliske hvin fra jetmotorerne faldt i frekvens, til det blev en godmodig brummen, før de slukkede helt. Tord Schultz noterede sig per automatik tidspunktet, tre minutter og fyrre sekunder efter touchdown, tolv minutter før tidsplanen. Han og andenpiloten gik i gang med shutdown-tjeklisten og parkeringstjeklisten, eftersom flyet skulle parkeres natten over. Med tingene i. Han slog op i mappen med loggen. September 2011. I Bangkok havde det stadig været regntid, og det havde som sædvanligt været kvælende varmt, og han havde længtes hjem til de første kølige efterårsaftener. Oslo i september. Der fandtes ikke noget bedre sted. Han udfyldte rubrikken med tilbageværende brændstof. Brændstofregnskabet. Det var før sket, at han havde måttet forklare det. Efter ture til Amsterdam eller Madrid, hvor han havde fløjet hurtigere, end det var økonomisk rationelt, havde brændt brændstof for tusindvis af kroner af for at nå det. Til sidst havde hans chef indkaldt ham til et møde.

"Hvad skulle du nå?" havde han brølet. "Du havde ingen passagerer med, som skulle nå connecting flights!"

"Verdens mest præcise flyselskab," havde Tord Schultz mumlende citeret fra reklamen.

"Verdens mest økonomiske flyselskab! Er det alt, hvad du har at sige til dit forsvar?"

Tord Schultz havde trukket på skuldrene. Han havde jo ikke kunnet sige det, som det var, at han havde åbnet for brændstofsluserne, fordi der var noget, han selv skulle nå. Den tur, han skulle flyve, til Bergen, Trondheim eller Stavanger. At det var meget vigtigt, at *han* og ikke en af de andre piloter fik den tur.

Han var for gammel til, at de kunne gøre andet end at skælde og smælde. Han havde undgået alvorlige fejl, fagforeningen tog sig af ham, og der var kun nogle få år til, at han ville nå *the two fives*, femoghalvtreds, og alligevel skulle på pension. Tord Schultz sukkede. Nogle få år til at rette op på nogle ting, til at undgå at ende som verdens mest økonomisk-ude-at-skide pilot.

Han underskrev loggen, rejste sig og gik ud af cockpittet for at vise passagererne sine kridhvide pilottænder i sit pilotbrune ansigt. Smilet, som skulle fortælle dem, at han var selveste mister Tryghed. Pilot. Titlen, som engang havde gjort ham til noget i andre menneskers øjne. Han havde set det, hvordan folk, kvinder som mænd, unge som gamle, i det øjeblik ordet 'pilot' blev nævnt, automatisk havde set på ham med andre øjne og opdaget karismaen, den nonchalante, drengede charme, men også flykaptajnens kolde præcision og handlekraft, det overlegne intellekt og modet, som gjorde, at han trodsede fysikkens love og almindelige menneskers medfødte angst. Men det var længe siden. Nu så de på ham som den buschauffør, han var, og spurgte, hvor billigt man kunne komme til Las Palmas, og hvorfor der var mere benplads hos Lufthansa.

Fanden tage dem. Fanden tage dem alle sammen.

Tord Schultz stillede sig ved udgangen ved siden af stewardesserne, rankede sig og smilede, sagde "Welcome back, miss" på den brede texasdialekt, de havde lært på flyveskolen på Sheppard. Fik et anerkendende smil igen. Der var engang, hvor han havde kunnet lave en halv aftale om et møde i ankomsthallen alene med det smil. Og havde gjort det. Fra Cape Town til Alta. Kvinder. Det var dem, der havde været problemet. Og løsningen. Kvinder. Flere kvinder. Nye kvinder. Og nu? Hårpragten var på tilbagetog under uniformskasketten, men den skræddersyede uniform fremhævede hans høje, bredskuldrede krop. Det var den, han havde givet skylden for, at han ikke var kommet ind på jagerflyafdelingen på flyveskolen, men i stedet var endt som fragtflypilot på transportflyet Hercules, himlens arbejdshest. Han havde fortalt dem derhjemme, at han havde været et par centimeter for høj, at cockpittet i Starfighter, F-15 og F-16 diskvalificerede alt andet end dværge. Sandheden var, at han ikke havde klaret sig i konkurrencen.

Kroppen havde været god nok. Havde altid været god nok. Kroppen var det eneste fra dengang, det var lykkedes ham at holde ved lige, det eneste, der ikke var faldet fra hinanden, smuldret væk. Ligesom ægteskaberne. Familien. Vennerne. Hvordan var det sket? Hvor havde han været, da det skete? Sikkert på et hotelværelse i Cape Town eller Alta, med kokain i næsen for at kompensere for de potensdræbende drinks, han havde fået i baren, og pikken i en not-welcome-back-Miss for at kompensere for alt det, han ikke var og aldrig ville blive.

Tord Schultz' blik faldt på en mand, som kom gående mod ham mellem sæderækkerne. Han gik med bøjet hoved, men han ragede alligevel op over de andre passagerer. Han var slank og bredskuldret som Tord selv. Lyst, kortklippet hår strittede på hovedet af ham som en børste. Han var yngre end Tord, så norsk ud, men var næppe en turist på vej hjem, men snarere en *expat* med den falmede grå solbrændthed, som var typisk for hvide, der havde opholdt sig længere tid i Sydøstasien. Det utvivlsomt skræddersyede, brune hørjakkesæt gav indtryk af kvalitet, seriøsitet. Måske en forretningsmand. Med en forretning, der ikke gik alt for godt, siden han rejste på økonomiklasse. Men det var hverken jakkesættet eller højden, der havde fanget Tords opmærksomhed. Det var arret. Det gik fra venstre mundvig og næsten helt op til øret som et segl formet som et smil. Grotesk og meget dramatisk.

"See you."

Det gav et sæt i Tord Schultz, men han nåede ikke at besvare hilsenen, før manden var gået forbi og var ude af flyet. Stemmen havde været ru og hæs, og også de blodskudte øjne tydede på, at han lige var vågnet.

Flyet var tomt. Den minibus med personale, der skulle gøre rent i flyet, stod parkeret på landingsbanen, da besætningen gik ud ad flyet i samlet flok. Tord Schultz registrerede, at den lille, tætte russer var den første, der stod ud af bussen; han så ham skynde sig op ad trappen iklædt den gule refleksvest med firmaets logo på, Solox.

See you.

Todd Schultz' hjerne repeterede ordene, mens han gik hen ad korridoren mod crewcenteret.

"Havde du ikke sådan en håndbagagetaske oven på den?" spurgte en af stewardesserne og pegede på Tords Samsonite trolley. Han kunne ikke huske, hvad hun hed. Mia? Maja? Han havde i hvert fald knaldet hende på en stop-over engang i forrige århundrede. Eller det havde han måske ikke?

"Nej," sagde Tord Schultz.

See you. Som i 'vi ses'? Eller som i 'jeg kan se, at du kigger på mig'?

De gik forbi væggen foran indgangen til crewcenteret, hvor der i teorien kunne sidde en toldbetjent og gemme sig. Nioghalvfems procent af tiden var stolen bag væggen tom, og han var aldrig – ikke én eneste gang i de tredive år, han havde arbejdet i flyselskabet – blevet stoppet og undersøgt.

See you.

Som i 'jeg kan se dig'. Og 'jeg kan se, hvem du er'.

Tord Schultz skyndte sig ind ad døren til crewcenteret.

Sergej Ivanov sørgede som sædvanlig for at være den første, der stod ud af minibussen, da den stoppede på asfalten ved siden af Airbus'en, og han løb op ad trappen til det tomme fly. Han tog støvsugeren med ind i cockpittet og låste døren efter sig. Han tog latexhandskerne på, trak dem helt op til der, hvor tatoveringerne begyndte, åbnede støvsugerens låg og åbnede derefter kaptajnens skab. Tog den lille Samsonite boardingtaske ud, låste den op, løsnede metaldækslet i bunden og tjekkede, at de fire murstenslignende et kilo-pakker lå der. Så lagde han tasken ind i støvsugeren, pressede den på plads mellem slangen og den store støvpose, som han havde sørget for at tømme lige inden. Han lukkede støvsugerens låg igen, låste døren til cockpittet op og tændte støvsugeren. Det hele blev gjort på nogle få sekunder.

Efter at de havde ryddet op og rengjort kabinen, gik de ud af flyet, smed de lyseblå affaldssække om bag i Daihatsuen og kørte tilbage til kaffestuen. Der var kun en håndfuld fly, der skulle lande og lette, før lufthavnen lukkede for natten. Ivanov kiggede Jenny, sin overordnede, over skulderen. Han lod blikket glide ned over computerskærmen, som viste ankomst- og afgangstider. Ingen forsinkelser.

"Jeg tager Bergen i 28," sagde Sergej med sin hårde, russiske accent. Men han talte i det mindste sproget; han havde landsmænd, som havde boet i Norge i ti år og stadig måtte ty til engelsk. Men da Sergej var blevet hentet hertil for næsten to år siden, havde onkel gjort ham det klart, at han skulle lære norsk, og han havde trøstet ham med, at han måske havde noget af hans eget sprogøre.

"Jeg har folk i 28," sagde Jenny. "Du kan vente til Trondheim i 22."

"Jeg tager Bergen," sagde Sergej. "Nick tager Trondheim."

Jenny så på ham. "Som du vil. Men lad nu være med at arbejde dig ihjel, Sergej."

Sergej gik hen til en af stolene ved væggen og satte sig. Han lænede sig forsigtigt tilbage mod ryglænet. Huden var stadig øm mellem skulderbladene, hvor den norske tatovør havde arbejdet. Han tatoverede efter de tegninger, som Sergej havde fået tilsendt fra Imre, tatovøren i fængslet i Tagil, og der var stadig lang vej endnu, før det var færdigt. Sergej tænkte på de tatoveringer, som onkels løjtnanter Andrej og Peter havde. De blege blå streger i huden på de to kosakker fra Altaj berettede om dramatiske liv med store præstationer. Men Sergej havde også en bedrift bag sig. Et drab. Det var et lille drab, men det var allerede ridset ind i ham med nål og blæk og i form af en engel. Og måske ville der blive tale om et nyt drab. Et stort drab. Hvis *det nødvendige* blev nødvendigt, havde onkel sagt og bedt ham om at holde sig klar, mentalt forberedt, øve sig med kniven. Der ville komme en mand, havde han sagt. Det var ikke helt sikkert, at han ville komme, men det var sandsynligt.

Sandsynligt.

Sergej Ivanov kiggede på sine hænder. Han havde beholdt latexhandskerne på. Det var selvfølgelig et heldigt sammentræf, at deres arbejdstøj også sørgede for, at han ikke efterlod fingeraftryk på pakkerne, hvis noget nu en dag skulle gå galt. Der var ikke så meget som en antydning af en rysten på hånden. De havde gjort det så længe, at han, for at holde sig selv på mærkerne, af og til måtte minde sig selv om risikoen. Han håbede, at hænderne ville være lige så rolige, når *det nødvendige – to sjto nuzhju* – skulle udføres. Når han skulle gøre sig fortjent til den tatovering, som han allerede havde bestilt tegninger af. Han så det for sig igen; hvordan han ville knappe skjorten op i huset hjemme i Tagil, mens alle urkabrødrene var til stede, og vise dem de nye tatoveringer. Som ikke behøvede nogen forklaring, ingen ord. Så han ville ikke sige noget. Bare se det i deres øjne; at han ikke længere var Lille-Sergej. I ugevis havde han i sin aftenbøn bedt om, at manden snart ville komme. Og om at det nødvendige ville blive nødvendigt.

Meldingen om at gøre Bergen-flyet rent skrattede i walkie-talkien.

Sergej rejste sig og tog en dyb indånding.

Proceduren i cockpittet her var endnu enklere.

Åbne støvsugeren, sætte håndbagagetasken ind i andenpilotens skab.

På vej ud af flyet mødte de besætningen, der var på vej ind. Sergej Ivanov undgik at se andenpiloten i øjnene, kiggede bare ned og registrerede, at han havde samme slags trolley som Schultz. Samsonite Aspire GRT. Samme røde farve. Uden den lille røde boardingtaske, der kunne sættes fast foroven. De vidste ingenting om hinanden, ikke noget om de grunde de havde til at være involveret, ikke noget om baggrund og familie. Det eneste, der forbandt Sergej, Schultz og den unge andenpilot var telefonnumrene på deres uregistrerede mobiltelefoner, købt i Thailand, til sms'er i tilfælde af, at der var ændringer i planerne. Sergej tvivlede på, om Schultz og andenpiloten kendte til hinandens eksistens. Andrej var meget omhyggelig med at begrænse al information til need-to-know. Derfor vidste Sergej ikke, hvad der skete med pakkerne. Men han kunne jo gætte. For når en andenpilot fra et indenrigsfly mellem Oslo og Bergen gik fra airside til landside i lufthavnen, var der ingen told, ingen sikkerhedskontrol. Andenpiloten tog sin håndbagage med til hotellet i Bergen, hvor besætningen overnattede. En diskret banken på hoteldøren midt om natten, og så skiftede fire kilo heroin hænder. Selv om det nye stof, violin, havde presset prisen på heroin lidt ned, var prisen på gaden for nul komma to gram mindst 250 kroner. En tusindlap pr. gram. Hvis man gik ud fra, at stoffet – som allerede var blevet blandet op én gang – blev blandet op en gang til, blev det otte millioner kroner i alt. Han kunne godt regne. Nok til at vide, at han blev underbetalt. Men han vidste også, at han ville gøre sig fortjent til en større andel, når han havde gjort det *nødvendige.* Og med den løn ville han om et par år kunne købe et hus i Tagil, finde sig en pæn sibirisk pige, måske lade mor og far flytte ind, når de blev gamle.

Det kløede i Sergej Ivanovs tatovering mellem skulderbladene. Det føltes, som om huden glædede sig til fortsættelsen.

Kapitel 3

Manden i hørjakkesættet stod af toget fra lufthavnen på Oslo Centralstation. Han slog fast, at det måtte have været en varm, solrig dag i hans gamle hjemby; luften var stadig blød og kærlig. Han havde en næsten latterlig lille lærredskuffert med, og han gik med hurtige, spændstige skridt ud fra stationen på sydsiden. Udenfor slog Oslos hjerte – som nogle hævdede, byen slet ikke havde – med hvilepuls. Natterytme. De få biler, som hvirvlede rundt i rundkørslen, blev slynget ud, en efter en, østpå mod Stockholm og Trondheim, nordpå mod andre bydele eller vestpå mod Drammen og Kristiansand. Trafikknudepunktet lignede en brontosaurus i både størrelse og form. En døende kæmpe, som snart ville forsvinde til fordel for boliger og forretninger i Oslos nye pragtbydel med Oslos nye pragtbygning, Operaen. Manden stoppede op og kiggede på det hvide isbjerg, som lå mellem trafikknudepunktet og fjorden. Det havde allerede vundet arkitekturpriser over hele verden, og folk kom langvejsfra for at gå på det italienske marmortag, som skrånede lige ned i havet. Lyset i bygningens store vinduer var lige så skarpt som det månelys, der faldt på det.

Gu fanden var det en forskønnelse, tænkte manden.

Det var ikke fremtidens løfter om en ny bydel, han så, men derimod fortiden. For det havde været Oslos shooting gallery, junkiernes territorium, hvor de havde fixet og oplevet rusen bag en barakvæg, som lige akkurat skjulte dem, byens fortabte børn. En væg mellem dem og deres uvidende, velmenende socialdemokratiske forældre. Forskønnelse, tænkte han. De ryger i helvede i smukkere omgivelser.

Det var tre år siden, han sidst havde stået her. Alt var nyt. Intet var forandret.

De havde slået sig ned på en stribe græs mellem stationen og motorvejen, tæt på rabatten. Lige så sløve nu som dengang. Liggende på ryggen med lukkede øjne, som om solen var for stærk, siddende på hug, mens de ledte efter en blodåre, som stadig kunne bruges, eller stående sammenkrøbne med junkiesvigt i knæene og med rygsække på ryggen, usikre på, om de var ved at komme eller gå. De samme ansigter. Ikke de samme levende døde, som da han var kommet her, selvfølgelig, for de var for længst rigtigt døde. Men de samme ansigter.

På vejen mod Tollbugata var der flere af dem. Siden det hang sammen med grunden til, at han var kommet tilbage, prøvede han at danne sig et indtryk. Prøvede at afgøre, om der var blevet flere eller færre af dem. Han noterede sig, at der blev solgt på Plata igen. Den lille asfaltfirkant på den vestlige side af Jernbanetorget, der havde været malet hvid, havde været Oslos Taiwan, en frihandelszone for narkotika, oprettet for at myndighederne kunne føre et vist opsyn med, hvad der foregik, og måske få fat i unge førstegangskøbere. Men eftersom forretningen blev øget i omfang, og Plata viste Oslos sande ansigt som en af Europas værste heroinbyer, blev stedet den rene turistattraktion. Heroinomsætningen og statistikken over overdoser havde længe været en skamplet på hovedstaden, men det havde trods alt ikke været en lige så synlig skamplet som Plata. Aviserne og fjernsynet havde stopfodret resten af landet med billeder af en stenet ungdom, zombier i Centrum ved højlys dag. Politikerne fik skylden. Når højrefløjen var ved magten, tordnede venstrefløjen: "For få behandlingsprogrammer." "Fængselsstraffe skaber brugere." "Det nye klassesamfund skaber bander og narkotrafik i indvandrermiljøer." Når venstrefløjen var ved magten, tordnede højrefløjen: "For lidt politi." "For let adgang for asylansøgere." "Syv ud af ti indsatte er udlændinge."

Så efter at være blevet tvunget fra den ene forsvarsposition til den anden tog bystyret i Oslo den uundgåelige beslutning: at skåne sig selv. At feje skidtet ind under gulvtæppet. At lukke Plata.

Manden i hørjakkesættet så en mand i rød og hvid Arsenaltrøje stå oppe på en trappe med fire mennesker trippende foran sig. Arsenalspillerens hoved bevægede sig mod højre, mod venstre, bevægede sig i ryk som en hønes. De fire andre hoveder var ubevægelige; de stirrede bare på fyren i Arsenaltrøjen. Et hold. Sælgeren på trappen ventede på, at der var mange nok, et fuldt hold, måske var det fem, måske seks. Så ville han tage imod betaling for bestillingerne og tage dem med derhen, hvor stofferne var. Rundt om hjørnet eller inde i en baggård, hvor partneren ventede. Det var et enkelt princip. Ham, der havde stofferne, var aldrig i kontakt med pengene, og ham, som havde pengene, var aldrig i kontakt med stofferne. Det gjorde det sværere for politiet at skaffe håndfaste beviser på narkosalg mod nogen af dem. Alligevel studsede manden i hørjakkesættet, for det, han så, var den gamle metode fra firserne og halvfemserne. Efter at politiet havde opgivet at gå efter gadepusherne, havde sælgerne droppet de omstændelige rutiner og opsamlingen af hold og var i stedet begyndt at deale direkte med hver kunde: penge i den ene hånd, stoffer i den anden. Var politiet begyndt at gå efter pushere på gaden igen?

En mand i cykelryttermundering kom trillende, hjelm, orange briller og åndbar bluse i signalfarver. Lårmusklerne svulmede under de tætsiddende shorts, og cyklen så dyr ud. Det var nok derfor, han tog den med, da han og resten af holdet fulgte efter Arsenalspilleren rundt om hjørnet på bygningen. Alt var nyt. Intet var forandret. Men der var færre af dem, var der ikke?

Luderne på hjørnet af Skippergata tiltalte ham på dårligt engelsk – "Hey, baby!", "Wait a minute, handsome!", men han rystede bare på hovedet som svar. Og det virkede, som om rygtet om hans kyskhed, eventuelt pengeløshed, spredte sig hurtigere, end han gik; pigerne længere oppe ad gaden viste ham ingen interesse. I hans tid havde luderne i Oslo klædt sig praktisk i jeans og vindjakke. Der havde ikke været så mange af dem, så det havde været sælgers marked. Men nu var der hårdere konkurrence og korte nederdele, høje hæle og netstrømper. De afrikanske piger så ud, som om de allerede frøs. Bare vent til december, tænkte han.

Han gik længere ind i Kvadraturen, det, der havde været Oslos første centrum, men som nu var en asfalt- og murstensørken med administrationsbygninger og kontorer for små femogtyve tusind arbejdsbier, som skyndte sig hjem, når klokken var fire eller fem, og overlod bydelen til de natarbejdende gnavere. Dengang Christian IV anlagde bydelen med kvadratiske kvarterer efter renæssancens idealer om geometrisk orden, var befolkningstallet i Kvadraturen blevet holdt i skak af brande. I folkemunde hed det sig, at man hvert skudår kunne se mennesker, der stod i flammer, løbe mellem husene hernede; man kunne høre deres skrig, se dem brænde op og forsvinde, men også at der blev et tyndt lag aske liggende på asfalten, og hvis man nåede at få fat i det og spise det, før det blæste væk, ville det hus, man selv boede i, aldrig brænde. På grund af brandfaren sørgede Christian IV for at anlægge gader, der var brede efter det fattige Oslos standarder. Bygningerne blev desuden opført af det unorske byggemateriale mursten. Og langs en af murstensmurene gik han forbi den åbne dør ind til en bar. En nyvoldtaget version af Guns N' Roses' 'Welcome To The Jungle', danseproduceret reggae, som pissede på både Marley og Rose, Slash og Stradlin, strømmede ud til rygerne, som stod udenfor. Han stoppede foran en udstrakt arm.

"Ild?"

En buttet, fronttung kvinde sidst i trediverne kiggede op på ham. Cigaretten vippede udfordrende mellem de røde læber.

Han hævede det ene øjenbryn og kiggede på den leende veninde, som stod bag hende med en tændt cigaret. Den fronttunge opdagede det, og så slog hun også en latter op, mens hun tog et støtteskridt.

"Nu skal du ikke være så tung i det," sagde hun med den samme sørlandsdialekt, som kronprinsessen havde. Han havde hørt, at der havde været en luder på en massageklinik, som var blevet rig på at se ud som hende, tale som hende, klæde sig som hende. Og at de fem tusind kroner i timen, hun tog, inkluderede et plasticscepter, som kunden fik lov at låne til relativt fri afbenyttelse.

Kvinden lagde sin hånd på hans arm, lige da han skulle til at gå videre. Hun lænede sig ind mod ham og pustede rødvinsånde ind i hans ansigt.

"Du ser ud, som om du er en rar fyr. Vil du ikke give mig ... ild?"

Han vendte sin anden side af ansigtet mod hende. Den dårlige side. Den ikke-så-rare-fyr-siden. Kunne mærke, at det gav et sæt i hende, og at hun gav slip, da hun så arret efter sømmet i Congo, det der gik som en dårligt syet flænge fra mund til øre.

Han gik videre, idet musikken skiftede til Nirvana. "Come As You Are." Originalversionen.

"Hash?"

Stemmen kom fra en opgang, men han hverken standsede eller vendte sig mod den.

"Speed?"

Han havde været ædru i tre år, og han havde ikke tænkt sig at begynde igen nu.

"Violin?"

Slet ikke nu.

Foran ham var en ung mand stoppet op på fortovet ved to pushere, som han talte med og viste noget til. Den unge så op, da han nærmede sig, så indgående på ham med grå, undersøgende øjne. Politiblik, tænkte manden, bøjede hovedet og gik over på den anden side af gaden. Det var måske lidt paranoidt; det var trods alt ikke særlig sandsynligt, at så ung en politimand ville kunne genkende ham.

Der var hotellet. Herberget. Leons.

Der var næsten menneketomt i denne del af gaden. På den anden side, under en gadelygte, så han narkokøberen fra før stå med benene på hver sin side af cyklen sammen med en anden cyklist, som ligeledes var iført prof cykeltøj. Han hjalp ham med at fixe i halsen.

Manden i hørjakkesættet rystede på hovedet og kiggede op ad facaden på bygningen foran sig.

Det var det samme banner, gråt af snavs, der hang under vinduerne på fjerde og øverste etage. "Fire hundrede kroner for en nat!". Alt var nyt. Intet var forandret.

Receptionisten på Leons var ny. En ung fyr, som smilede overraskende høfligt til manden i hørjakkesættet, og med en – for Leons – forbløffende mangel på mistro. Han sagde "welcome" uden så meget som en snert af ironi og bad om at måtte se hans pas. Manden gik ud fra, at det måtte være den brune hud og hørjakkesættet, der gjorde, at receptionisten syntes, han lignede en udlænding, og han gav ham sit røde, norske pas. Det var slidt, og der var mange stempler i. For mange til, at det kunne kaldes et godt liv.

"Åh ja," sagde receptionisten og gav ham passet igen. Lagde et skema på disken og rakte ham en kuglepen.

"Bare udfyld de afkrydsede felter."

Indtjekningsskema på Leons? tænkte manden. Så var der måske alligevel noget, der havde forandret sig. Han tog imod kuglepennen og så receptionisten stirre på sin hånd, på sin langfinger. Det, der havde været en langfinger, før den var blevet skåret af i et hus i Holmenkollåsen. Nu var det yderste led erstattet af en blågrå, mat protese af titanium. Den kunne ikke bruges til ret meget, men den gav balancestøtte til pege- og ringfinger, når han skulle tage fat om noget, og den var ikke i vejen, fordi den var så kort. Den eneste ulempe var alle forklaringerne, når han skulle gennem sikkerhedskontrollen i en lufthavn.

Han skrev sit navn efter *First Name* og *Last Name.*

Date of Birth.

Han udfyldte den og vidste, at han mere lignede en mand midt i fyrrerne nu, end den ramponerede olding, der var taget herfra for tre år siden. Han havde underlagt sig et stramt program med træning, sund mad, nok søvn og – selvfølgelig – hundrede procents afholdenhed. Det stramme program havde ikke handlet om at komme til at se yngre ud, men om ikke at dø. I øvrigt kunne han godt lide det. Han havde egentlig altid godt kunnet lide faste rutiner, disciplin, orden. Hvorfor havde hans liv så alligevel været kaos, selvdestruktiv ødelæggelse og en række afbrudte forhold mellem mørklagte perioder med beruselse? De tomme felter kiggede spørgende op på ham. Men de var for små til de påkrævede svar.

Permanent adresse.

Tja. Lejligheden i Sofies Gata var blevet solgt, lige efter at han var taget af sted for tre år siden; det samme gjaldt forældrenes hus i Oppsal. I hans nuværende erhverv ville en fast, officiel adresse medføre en vis risiko. Så han skrev det, han plejede at skrive, når han tjekkede ind på et hotel: Chung King Mansion, Hongkong. Hvilket ikke var længere fra sandheden end så meget andet.

Profession.

Drab. Han skrev det ikke. Feltet var ikke krydset af.

Phone Number.

Han skrev et fiktivt nummer. Mobiltelefoner kan spores, både samtalerne og hvor man befinder sig.

Phone Number Next of Kin.

Nærmeste pårørende? Hvilken ægtemand ville frivilligt opgive konens nummer, når han tjekkede ind på Leons? Stedet var trods alt det nærmeste, man kom et offentligt bordel i Oslo.

Receptionisten læste tydeligvis hans tanker: "Bare i tilfælde af, at du skulle få et ildebefindende, og vi skal underrette nogen."

Harry nikkede. I tilfælde af hjertestop under akten.

"Du behøver ikke opgive det, hvis du ikke har ..."

"Nej," sagde manden og blev stående og stirrede på ordene. Nærmeste pårørende. Han havde Søs. En søster med det, hun selv kaldte "en snert af Downs syndrom", men som altid havde tacklet livet langt bedre end sin storebror. Bortset fra Søs, ingen andre. Virkelig ingen. Alligevel, nærmeste pårørende.

Han krydsede "kontant" af ud for betalingsmåde, skrev under og rakte skemaet til receptionisten. Som hurtigt læste det igennem. Og da så Harry den endelig stikke hovedet frem. Mistroen.

"Er du ... Er du Harry Hole?"

Harry Hole nikkede. "Er det et problem?"

Fyren rystede på hovedet. Sank.

"Fint," sagde Harry Hole. "Har du en nøgle til mig?"

"Åh, undskyld! Her. 301."

Harry tog imod den og lagde mærke til, at fyrens pupiller havde udvidet sig, og at hans stemme lød mere anspændt.

"Det ... det er min onkel," sagde fyren. "Det er ham, der bestyrer hotellet. Han plejede at sidde her før. Han har fortalt om dig."

"Kun pæne ting, går jeg ud fra," sagde Harry, smilede, tog den lille lærredskuffert og gik hen mod trappen.

"Elevatoren ..."

"Jeg kan ikke lide elevatorer," sagde Harry uden at vende sig om.

Værelset lignede sig selv. Nedslidt, småt og nogenlunde rent. Nej, forresten, gardinerne var nye. Grønne. Stive i det. Sikkert strygefrie. Apropos. Han hængte jakkesættet op på badeværelset og tændte for bruseren, så dampen ville få rynkerne i det til at forsvinde. Jakkesættet havde stået ham i otte hundrede Hongkong-dollars hos Punjab House på Nathan Road, men det var en nødvendig investering med hans job, for ingen respekterede en mand i laser. Han stillede sig ind under bruseren. Det varme vand fik hans hud til at prikke. Bagefter gik han nøgen gennem værelset og hen og åbnede vinduet. Tredje sal. Baggård. Fra et åbent vindue kunne han høre påtaget entusiastisk stønnen. Han holdt fast om gardinstangen og lænede sig ud. Kiggede lige ned i en åben affaldscontainer og genkendte den sødlige lugt af affald, der stod op fra den. Han spyttede og kunne høre spytklatten ramme noget papir i containeren. Men den raslende lyd, der fulgte, var ikke papir. I det samme lød der et knæk, og de grønne, stive gardiner faldt ned på gulvet på hver sin side af ham. For fanden da! Han tog den tynde gardinstang ud af gardinerne. Det var den gamle slags af træ med en løkkeformet spids i begge ender; den havde været knækket før og var blevet forsøgt sat sammen igen med gaffertape. Harry satte sig på sengen og åbnede skuffen i natbordet. En Bibel med et omslag af lyseblåt kunstlæder og et sysæt bestående af sort tråd viklet om et stykke papir og med en synål stukket igennem. Det gik ved nærmere eftertanke op for Harry, at det måske ikke var så malplaceret alligevel. Gæsterne kunne sy løsrevne bukseknapper i og læse om syndsforladelse bagefter. Han lagde sig ned, kiggede op i loftet. Alt var nyt, og ingenting ... Han lukkede øjnene. Havde ikke sovet i flyet, og med eller uden jetlag, med eller uden gardiner, blev han nødt til at sove. Og han ville komme til at drømme den drøm, han havde drømt hver nat de sidste tre år; at han løb ned ad en gang, på flugt fra et larmende sneskred, som sugede al ilt til sig, så han ikke kunne få vejret.

Det gjaldt bare om at fortsætte og holde øjnene lukkede lidt endnu.

Han mistede taget om tankerne; de gled væk fra ham.

Nærmeste pårørende.

Røre på. Røre ved.

Pårørende.

Det var det, han var. Det var derfor, han var tilbage.

Sergej kørte på E6 ind mod Oslo. Han længtes efter sengen i lejligheden i Furuset, men holdt farten under hundred og tyve, selv om han havde masser af plads på motorvejen så sent om natten. Mobiltelefonen ringede. Den mobiltelefon. Samtalen med Andrej var kort. Han havde talt med onkel, eller *ataman* – lederen – som Andrej kaldte onkel. Efter at de havde afbrudt forbindelsen, kunne han ikke styre det mere. Han trådte speederen i bund. Skreg af fryd. Manden var ankommet. Nu, her til aften. Han var her! Sergej skulle ikke foretage sig noget foreløbig; det kunne være, at det hele ville gå over af sig selv, havde Andrej sagt. Men han skulle være endnu mere forberedt nu, mentalt og fysisk. Træne med kniven, sove, være mentalt klar. Hvis det nødvendige nu blev nødvendigt.

Kapitel 4

Tord Schultz hørte knap nok flyet, der larmende fløj hen over huset, mens han sad i sofaen og trak vejret dybt. Sveden lå i et tyndt lag på hans nøgne overkrop, og ekkoet af jern mod jern lød fortsat mellem de nøgne stuevægge. Bag ham stod stativet med vægtstangen over bænken, hvis betræk skinnede af hans sved. På tv-skærmen missede Donald Draper med øjnene gennem røgen fra sin egen cigaret og tog en tår af whiskyglasset. Et nyt fly brølede forbi over dem. *Mad Men.* Tresserne. USA. Damer i ordentligt tøj. Ordentlige drinks i ordentlige glas. Ordentlige cigaretter uden mentolsmag og filter. Dengang hvor det, som ikke slog en ihjel, gjorde en stærkere. Han havde kun købt første sæson. Så den igen og igen. Han var ikke sikker på, om han ville kunne lide fortsættelsen.

Tord Schultz så på den hvide stribe på sofabordets glasplade og tørrede kanten af id-kortet af. Han havde som sædvanlig brugt sit id-kort til at hakke det med. Kortet, som han satte fast i brystlommen på kaptajnsuniformen, kortet, som gav ham adgang til airside, til cockpit, til himlen, til løn. Kortet, som gjorde ham til det, han var. Kortet, som – sammen med alt det andet – ville blive taget fra ham, hvis nogen fandt ud af det. Det var derfor, det føltes rigtigt at bruge id-kortet. Der var – i al uærligheden – noget ærligt over det.

De skulle tilbage til Bangkok i morgen tidlig. To hviledage på Sukhumvit Residence. Godt. Det skulle nok blive godt nu. Bedre end før. Han havde ikke brudt sig om planen, da han fløj fra Amsterdam. Risikoen var for stor. Efter at det var blevet opdaget, hvor stor en rolle de sydamerikanske besætninger spillede i kokainsmuglingen til Schiphol, risikerede alle besætninger, uanset flyselskab, at få tjekket håndbagagen og blive kropsvisiteret. Desuden havde han ifølge den plan selv skullet tage pakkerne med og have dem i tasken, indtil han senere på dagen fløj et indenrigsfly til Bergen, Trondheim eller Stavanger. De indenrigsflyvninger, som han *skulle* nå, selv om det så betød, at han måtte indhente forsinkelserne fra Amsterdam ved at bruge ekstra brændstof. I Gardermoen var han selvfølgelig airside hele tiden, så der skulle han ikke gennem tolden, men af og til måtte han opbevare stoffet i bagagen i seksten timer, før han fik afleveret det. Og afleveringerne havde heller ikke altid været risikofrie. Biler på parkeringspladser. Restauranter med lidt for få mennesker. Hoteller med opmærksomme receptionister.

Han rullede en tusindlap sammen, som han havde taget ud af den konvolut, han havde fået, sidst de havde været her. Der var plasticrør, som var lavet specielt til formålet, men sådan var han ikke. Han var ikke hård misbruger, som hun havde sagt til sin skilsmisseadvokat. Den udspekulerede kælling påstod, at hun ville skilles, fordi hun ikke ville have, at børnene skulle vokse op hos en narkomanfar, at hun ikke ville sidde og se på, at han sniffede dem fra hus og hjem. Og at det slet ikke havde noget med stewardesserne at gøre, at hun couldn't care less, at den del havde hun for længst opgivet, at det kunne kun hans alder ændre på. Hun og advokaten havde stillet ham et ultimatum. Hun skulle have huset, børnene og det, der var tilbage af hans fædrene arv, som han ikke havde brugt. Ellers ville de anmelde ham for besiddelse og brug af kokain. Hun havde samlet beviser nok til, at selv hans egen advokat sagde, at han ville blive dømt og grounded af sit flyselskab.

Det havde været et nemt valg. Det eneste, hun havde ladet ham beholde, var gælden.

Han rejste sig og gik hen til stuevinduet og kiggede ud. Kom de ikke snart?

Det var en helt ny plan. Han skulle tage en pakke med ud, til Bangkok. Guderne måtte vide hvorfor. Sand i Sahara og så videre. Det var under alle omstændigheder sjette gang, og indtil videre var alt gået gnidningsløst.

Der var lys i nabohusene, men de lå langt fra hinanden. Ensomme huse, tænkte han. Det havde været militærboliger for de ansatte, dengang Gardermoen havde været militær flyveplads. Identiske etplanshuse med store, nøgne plæner mellem. Så lave som muligt, så en eventuel lavtflyvende maskine ikke skulle ramme dem. Størst mulig afstand mellem husene, så en brand efter et flystyrt ikke skulle kunne brede sig.

De havde boet her under pligttjenesten, da han havde fløjet Hercules. Ungerne havde løbet rundt mellem husene sammen med pilotkollegernes børn. Lørdag, sommer. Mændene, der stod ved grillen iført forklæde og med en aperitif i hånden. Sladder fra de åbne vinduer ind til køkkenerne, hvor konerne lavede salat og drak Campari. Som en scene fra *Mænd af den rette støbning*, hans yndlingsfilm, den med de første astronauter og testpiloten Chuck Yeager. De var pokkers pæne, pilotkonerne. Selv om det kun havde været Hercules. De havde været lykkelige dengang, havde de ikke? Var det derfor, han var flyttet tilbage hertil? Et ubevidst ønske om at finde tilbage til noget? Eller finde ud af, hvor det gik galt, og reparere det?

Så fik han øje på bilen, og han kiggede automatisk på uret. Registrerede, at den var atten minutter for sent på den.

Han gik hen til sofabordet. Trak vejret dybt to gange. Så satte han den sammenrullede tusindlap mod den nederste stribe, bøjede sig ned og sniffede pulveret op i næsen. Det sved i slimhinderne. Han slikkede på spidsen af fingeren, trak den gennem det tilbageværende pulver og gned det ind i gummerne. Det smagte bittert. Det ringede på døren.

Det var de sædvanlige to mormonfyre. En høj og en lav, begge i søndagstøjet. Men tatoveringerne på deres håndrygge stak ud. Det var næsten sjovt.

De gav ham pakken. Et halvt kilo i en aflang pølse, som lige akkurat kunne være i det metalbeslag, der var om det justerbare håndtag på trolleyen. Han skulle tage pakken ud, når de var landet i Suvarnabhumi, og lægge den under det løse tæppe inderst i pilotens skab i cockpittet. Og det var det sidste, han ville komme til at se til pakken; resten var der nogen, sandsynligvis fra landbesætningen, der ville tage sig af.

Da mr. Small og mr. Big var kommet med tilbuddet om at tage pakker med til Bangkok, havde det lydt som det rene idioti. Der var trods alt ingen steder i verden, hvor gadepriserne på stoffer var højere end i Oslo, så hvorfor eksportere? Han havde ikke spurgt, for han vidste, at han ikke ville have fået noget svar, og det var fint nok. Men han havde fortalt dem, at der var dødsstraf for at smugle narko ind i Thailand, så han ville betales bedre.

De havde slået en latter op. Først den lille. Så den store. Og Tord havde tænkt, at kortere nervebaner måske gav hurtigere reaktionsevne. At det måske var derfor, de lavede cockpittene i jagerflyene så små, for at høje og langsomt opfattende automatisk ville blive sorteret fra.

Den lille af dem havde på sit hårde russiskklingende engelsk forklaret Tord, at det ikke var heroin, at det var noget helt nyt, så nyt, at der ikke engang fandtes love mod det. Men da Tord Schultz havde spurgt, hvorfor de blev nødt til at smugle et lovligt stof, havde de grinet endnu mere og bedt ham holde kæft og sige ja eller nej.

Tord Schultz havde sagt ja. Samtidig med at en anden tanke havde meldt sig. Hvilke konsekvenser ville det have fået, hvis han havde sagt nej?

Det var seks ture siden.

Tord Schultz kiggede på pakken. Et par gange havde han overvejet at gnide de kondomer og fryseposer, de brugte, ind i opvaskemiddel, men der var nogen, der havde fortalt ham, at narkohunde var i stand til at separere lugte og ikke lod sig forvirre af sådan nogle simple tricks. At det afgørende var, om plasticposen var tæt.

Han ventede. Der skete ingenting. Han rømmede sig.

"*Oh, I almost forgot,*" sagde mr. Small. "*Yesterday's delivery ...*"

Han stak en hånd inden for jakken og smilede ondskabsfuldt. Eller måske var det ikke ondskabsfuldt, måske var det bare østblokhumor? Tord havde lyst til at slå ham, puste ufiltreret cigaretrøg i hovedet på ham, spytte tolv år gammel whisky i øjet på ham. Vestblokhumor. I stedet mumlede han et "*thank you*" og tog imod konvolutten. Den føltes tynd mellem fingerspidserne. Det måtte være store sedler.

Bagefter stillede han sig ved vinduet igen og så bilen forsvinde i mørket, hørte lyden blive overdøvet af en Boeing 737. Måske en 600. I hvert fald en NG. En hæsere lyd og et højere pitch end de gamle classic-modeller. Han kunne se sit eget spejlbillede i vinduet.

Ja, han havde taget imod. Og han ville fortsætte med at tage imod. Tage imod alt det, livet smed i hovedet på ham. For han var ikke

Donald Draper. Han var ikke Chuck Yeager og ikke Neil Armstrong. Han var Tord Schultz. En høj chauffør med gæld. Og et kokainproblem. Han burde ...

Tankerne blev overdøvet af det næste fly.

Satans til kirkeklokker! Kan du se dem, far, de såkaldte pårørende, som står over min kiste? Græder krokodilletårer ned på mig; bedrøvede ansigter, som siger: Gusto, hvorfor kunne du ikke bare være blevet som os? Nej, I skide selvglade hyklere, det kunne jeg ikke! Jeg kunne ikke blive som min plejemor, snotdum, forkælet, med hovedet fyldt af luft, blomster, og alting er i orden, hvis man bare læser den rigtige bog, hører på den rigtige guru, spiser de fucking rigtige urter. Og når nogen gennemhullede den omtrentlige visdom, hun havde købt sig til, spillede hun altid det samme kort: "Men se, hvilken verden vi har skabt. Krig, uretfærdighed, mennesker, som ikke lever i harmoni med sig selv mere." Tre ting, baby. Et: Det naturlige er krig, uretfærdighed og disharmoni. To: Du er den mindst harmoniske af alle i vores lille, ækle familie. Du ville bare have den kærlighed, du var blevet nægtet, og du gav fanden i den, du fik. Sorry, Rolf, Stein og Irene, men hun havde kun plads til mig. Hvilket gør punkt tre endnu morsommere: Jeg holdt aldrig rigtigt af dig, baby, uanset hvor meget du syntes, du fortjente det. Jeg kaldte dig mor, fordi det gjorde dig glad, og det gjorde livet nemmere for mig. Da jeg gjorde det, jeg gjorde, var det, fordi du lod mig gøre det, fordi jeg ikke kunne lade være. Fordi det er sådan, jeg er.

Rolf. Du bad mig i det mindste ikke kalde dig far. Du prøvede virkelig at holde af mig. Men du kunne ikke narre naturen; du indså, at også du elsker dit eget kød og blod højere: Stein og Irene.

Når jeg sagde til andre, at I var "mine plejeforældre", kunne jeg se det sårede udtryk i mors ansigt. Og hadet i dit. Ikke fordi 'plejeforældre' kun gjorde jer til den funktion, I havde i mit liv, men fordi jeg sårede den kvinde, du utroligt nok elskede. For jeg tror, at du var ærlig nok til at se dig selv, som jeg så dig; en, som på et tidspunkt i livet, høj på sin egen idealisme, påtog sig at tage en til sig, en skifting, men som hurtigt fandt ud af, at det var en dårlig forretning. At det månedlige beløb, de udbe-

talte til dig, ikke dækkede de faktiske udgifter. Da du opdagede, at jeg var en gøgeunge. At jeg spiste alt. Alt, hvad du elskede. Alle dem, du elskede. Du burde have opdaget det før og have smidt mig ud af reden, Rolf! Du var jo den første, som opdagede, at jeg stjal. Første gang var det bare en hundredkroneseddel. Jeg nægtede. Sagde, at jeg havde fået den af mor. "Er det ikke rigtigt, mor? Du gav mig den." Og 'mor' havde nikket nølende, med tårer i øjnene, sagde, at hun vist havde glemt det. Næste gang var det tusind kroner. Fra din skrivebordsskuffe. Penge, som skulle have været brugt til vores ferie, sagde du. "Jeg vil bare have ferie fra jer," sagde jeg. Og så slog du mig for første gang. Og det var, som om det løsnede noget i dig, for du blev ved med at slå. Jeg var allerede højere og bredere end dig, men jeg har aldrig kunnet slås. Ikke på den måde, ikke med knytnæver og muskler. Jeg slås på den anden måde; den måde, man vinder på. Men du slog og slog, med knytnæve nu. Og jeg vidste godt hvorfor. Du ville ødelægge mit ansigt. Tage min magt fra mig. Men den dame, jeg kaldte mor, kom og lagde sig imellem. Så sagde du det. Ordet. Tyven. Sandt nok. Men det betød også, at jeg måtte knuse dig, lille mand.

Stein. Den tavse storebror. Ham, som først genkendte gøgen på fjerene, men som var klog nok til at holde sig på afstand. Den kloge, rare, intelligente enspænder, som stak af til en universitetsby så langt væk som overhovedet muligt, så snart han kunne se sit snit til det. Som prøvede at overtale Irene, sin kære lillesøster, til at tage med. Han mente, at hun kunne afslutte sin videregående uddannelse i fucking Trondheim, at hun ville have godt af at komme væk fra Oslo. Men mor nægtede at evakuere Irene. Hun vidste jo ikke noget. Ville ikke vide.

Irene. Smukke, dejlige, fregnede, skøre Irene. Du var for god til den her verden. Du var alt det, jeg ikke var. Og alligevel elskede du mig. Ville du have elsket mig, hvis du havde vidst det? Ville du have elsket mig, hvis du havde vidst, at jeg havde bollet din mor, siden jeg var femten? Kneppet din rødvinsfulde, klynkende mor, taget hende op ad toiletdøren eller kælderdøren eller køkkendøren, mens jeg hviskede 'mor' i øret på hende, fordi det gjorde os begge to så liderlige. At hun gav mig penge, at hun dækkede over mig, hvis der var sket noget, at hun sagde, at hun bare lånte mig, indtil hun blev gammel og grim, og jeg mødte en sød pige. Og da jeg sagde: "Men mor, du er jo gammel og grim," grinede hun bare ad det og tiggede om mere.

Jeg havde stadig blå mærker efter plejefars slag og spark, den dag jeg ringede til ham på arbejde og bad ham komme hjem klokken tre, fordi der var noget vigtigt, jeg skulle fortælle ham. Jeg lod yderdøren stå på klem, så hun ikke ville høre det, når han kom. Og jeg talte lavmælt i hendes øre for at overdøve lyden af hans skridt, sagde de ting, hun godt kunne lide at høre.

Jeg så hans spejlbillede i køkkenvinduet, da han stod i køkkendøren.

Han flyttede dagen efter. Irene og Stein fik at vide, at mor og far ikke havde haft det så godt sammen på det seneste, og at de havde besluttet at gå hver til sit i et stykke tid. Irene var sønderknust. Stein var i sin universitetsby, ikke til at få fat i over telefonen, men svarede per sms. "D var trist. Hvor syns I, jeg ska være t jul?"

Irene græd og græd. Hun elskede mig. Selvfølgelig ledte hun efter mig. Efter Tyven.

Kirkeklokkerne slår for femte gang. Gråd og snøften fra bænkerækkerne. Kokain, skyhøj avance. Lej en lejlighed i den vestlige del af byen, registrer den i en eller anden junkies navn, og giv ham stoffer for at lade dig bruge hans navn, og sælg i små doser i opgangen eller i indgangen til huset, skru prisen op, når de føler sig trygge; folk, der tager kokain, vil betale hvad som helst for tryghed. Kom frem i verden, skær ned på stofferne, bliv til noget. Lad være med at dø i en narkorede som en skide taber. Præsten rømmer sig. "Vi er samlet her for at mindes Gusto Hanssen."

En stemme lyder nede bagfra: "T-t-tyven."

Den stammen tilhører Tutu, som sidder der i læderjakke og bandana. Og endnu længere tilbage: pibende lyde fra en hund. Rufus. Gode, trofaste Rufus. Er du kommet tilbage hertil? Eller er det mig, som allerede er kommet dertil?

Tord Schultz lagde Samsonite-kufferten på rullebåndet, der kørte den gennem røntgenmaskinen ved siden af den smilende sikkerhedsvagt.

"Jeg fatter ikke, at du finder dig i at skulle arbejde på den måde," sagde stewardessen. "Bangkok to gange om ugen."

"Jeg har selv bedt om det," sagde Tord og gik gennem gennemlysningsmaskinen. Der var nogen i fagforeningen, der havde givet udtryk for, at besætningen skulle strejke, fordi de blev udsat for stråling flere gange om dagen, at en amerikansk undersøgelse havde påvist, at piloter og kabinepersonale oftere end resten af befolkningen døde af kræft. Men dem, der havde opildnet til strejke, havde ikke sagt noget om, at den gennemsnitlige levealder også var højere. Flypersonale døde af kræft, fordi der ikke var meget andet at dø af. De levede verdens mest sikre liv. Verdens kedeligste liv.

"Vil du gerne flyve så meget?"

"Jeg er pilot, jeg kan lide at flyve," løj Tord og tog trolleyen ned fra båndet, lod håndtaget glide ud og begyndte at gå.

Hun nåede hurtigt op på siden af ham; lyden af hendes hæle mod Oslo Lufthavns grå marmorgulve overdøvede næsten lyden af stemmer under hvælvingen af træbjælker og stål. Men den overdøvede desværre ikke det spørgsmål, hun hviskende stillede.

"Er det, fordi hun forlod dig, Tord? Er det, fordi du har for meget tid og ikke noget at fylde den ud med? Er det, fordi du ikke magter at sidde derhjemme og ..."

"Det er, fordi jeg har brug for overarbejdstillægget," afbrød han. Det var i det mindste ikke en direkte løgn.

"For jeg ved lige, hvordan du har det. Jeg blev jo skilt i vinter, som du ved."

"Ja," sagde Tord, som ikke engang vidste, at hun havde været gift. Han kiggede hurtigt på hende. Halvtreds? Gad vide, hvordan hun så ud om morgenen uden sminke og foundation. En falmet stewardesse med en falmet stewardessedrøm. Han var ret sikker på, at han aldrig havde kneppet hende. Ikke forfra i hvert fald. Hvis faste vittighed havde det nu været? En af de gamle piloter. Whisky-on-the-rocks-blå-himmel-i-blikket-jagerpiloterne. En af dem, som det var lykkedes at gå på pension, før statussen forsvandt. Han begyndte at gå hurtigere, da de nåede hen ad gangen, der førte til crew-centeret. Hun var blevet forpustet, men det lykkedes hende stadig at følge med. Men hvis han blev ved med at gå lige så hurtigt, ville hun måske ikke have luft nok til at sige noget.

"Du, Tord, siden vi har en overnatning i Bangkok, skulle vi måske ..."

Han gabte højlydt. Og mere følte end så, at hun blev fornærmet. Han var stadig lidt groggy efter aftenen før, det var blevet til lidt mere vodka og pulver, efter at mormonerne var gået. Ikke at han havde indtaget så meget, at han ikke ville kunne bestå en promilletest, men nok til, at han allerede gruede for kampen mod søvnen de næste elleve timer i luften.

"Se!" udbrød hun med det idiotiske, glidende tonefald, kvinder bruger, når de skal give udtryk for, at noget er ubeskrivelig sødt.

Og han så den. Den kom hen mod dem. En lille, lys hund med lange ører og triste øjne og ivrigt logrende hale. En springerspaniel. Den blev ført af en kvinde med matchende lyst hår, store øreringe, et generelt undskyldende halvsmil og milde, brune øjne.

"Er den ikke sød?" kværnede det ved siden af ham.

"Jo," sagde Tord med rusten stemme.

Hunden stak i forbifarten hovedet op i skridtet på den pilot, der gik foran dem. Han vendte sig om mod dem med et hævet øjenbryn og et skævt smil, som måske skulle antyde noget, noget drenget, småfrækt. Men Tord orkede ikke at følge tankebanen. Orkede ikke at følge andre tankebaner end sin egen.

Hunden havde en lille gul vest på. Samme slags, som kvinden med øreringene havde på. På vestene stod der TOLD. CUSTOMS.

Den nærmede sig og var kun fem meter fra dem nu.

Der burde ikke være noget problem. Kunne ikke være noget problem. Narkoen var pakket ind i kondomer med et dobbelt lag fryseposer om. Ikke så meget som et lugtmolekyle ville kunne undslippe. Så bare smil. Slap af og smil. Ikke for meget, ikke for lidt. Tord vendte sig om mod den snadrende stemme ved siden af sig, som om ordene, der kom ud, krævede dyb koncentration.

"Undskyld."

De var nået forbi hunden, og Tord gik videre.

"Undskyld!" Stemmen lød skarpere.

Tord kiggede frem for sig. Døren til crew-centeret var mindre end ti meter væk. Trygheden. Ti skridt. *Home free.*

"*Excuse me, sir!*"

Syv skridt.

"Jeg tror, hun mener dig, Tord."

"Hvad?" Tord stoppede. Blev nødt til at stoppe. Han så sig tilbage med noget, han håbede ikke lignede alt for påtaget forbavselse. Kvinden i den gule vest kom hen mod dem.

"Hunden indikerede dig."

"Gjorde den?" Tord så ned på hunden. Hvordan, tænkte han.

Hunden så tilbage og logrede vildt, som om Tord var dens nye legekammerat.

Hvordan? Dobbeltlag fryseposer og kondomer. Hvordan?

"Det betyder, at vi er nødt til at tjekke dig. Kan du lige følge med os."

Hendes brune øjne var stadig milde, men det var ikke et spørgsmål. Og i samme øjeblik vidste han hvordan. Han skulle lige til at tage sig til id-kortet, der var klipset fast til hans skjorte.

Kokainen.

Han havde glemt at tørre id-kortet af, efter at han havde hakket den sidste bane op. Det måtte være det.

Men det var jo bare en lille smule, noget han let kunne bortforklare med, at der var nogen, der havde lånt hans id-kort til en fest. Det var ikke det, der var hans største problem nu. Trolleyen. Den ville blive gennemsøgt. Som pilot havde han trænet i og gentaget nødprocedurer så mange gange, at han nærmest handlede pr. automatik. Det var nemlig det, der var meningen: At det var det, man gjorde, selv når man blev grebet af panik, dét hjernen i mangel af andre ordrer greb til, nemlig nødproceduren. Hvor mange gange havde han ikke forestillet sig den situation; tolderen, som beder ham følge med. Tænkt på, hvad han burde gøre. Øvet sig på det i tankerne. Han vendte sig mod stewardessen med et opgivende smil, kiggede på hendes navneskilt: "Jeg er vist blevet indikeret, Kristin. Tager du min kuffert med?"

"Kufferten skal med os," sagde tolderen.

Tord Schultz kiggede sig tilbage. "Jeg synes, du sagde, at hunden indikerede mig og ikke kufferten."

"Det er sandt nok, men ..."

"Der er flypapirer i kufferten, som de andre skal gennemgå. Medmindre du vil påtage dig ansvaret for, at en fuld Airbus 340 til Bangkok bliver forsinket." Han kunne mærke, at han – helt bogstaveligt – havde pustet sig op. At han havde fyldt lungerne og skubbet brystmuskulaturen frem i uniformsjakken. "Hvis vi går glip af vores 'slot', kan det betyde flere timers forsinkelse og et tab på hundred tusind kroner for flyselskabet."

"Jeg kender godt reglerne ..."

"Tre hundrede og toogfyrre passagerer," afbrød Schultz. "Mange af dem børn." Han håbede, at hun hørte en luftkaptajns alvorlige bekymring og ikke en narkosmuglers begyndende panik.

Tolderen klappede hunden på hovedet og så på ham.

Hun ligner en husmor, tænkte han. En kvinde med barn og ansvar. En kvinde, som burde kunne forstå hans situation.

"Kufferten skal med," sagde hun.

En anden tolder dukkede op i baggrunden. Stod der med skrævende ben og armene over kors.

"Lad os få det overstået," sukkede Tord.

Lederen af Drabsafdelingen ved Oslo Politidistrikt, Gunnar Hagen, lænede sig tilbage i sin kontorstol og studerede manden i hørjakkesættet. Det var tre år siden, den nu syede flænge i ansigtet havde været blodrød, og han havde lignet en færdig mand. Men nu så hans tidligere underordnede frisk ud, havde fået et par ekstra, hårdt tiltrængte kilo på kroppen, og skuldrene fyldte jakkesættet ud. Jakkesæt. Hagen huskede drabsefterforskeren i jeans og støvler, aldrig noget andet. Det andet uvante var klistermærket på jakkeopslaget, som gjorde opmærksom på, at han ikke var ansat, men besøgende: HARRY HOLE. Men stillingen i stolen var den samme, mere liggende end siddende.

"Du ser bedre ud," sagde Hagen.

"Det gør din by også," sagde Harry med en utændt cigaret mellem tænderne.

"Synes du?"

"Flot opera. Lidt færre junkier på gaderne."

Hagen rejste sig og gik hen til vinduet. Fra sjette etage i Politihuset kunne han se Oslos nye bydel Bjørvika ligge badet i solskin. Restaureringen var i fuld gang. Nedrivningen var færdig.

"Det sidste år har der været en markant nedgang i antallet af dødsfald af overdoser."

"Priserne er gået op, forbruget ned. Og bystyret har fået det, de tiggede om. Oslo ligger ikke længere i top for overdoser i Europa."

"*Happy days are here again.*" Harry lagde hænderne bag hovedet og så ud, som om han var ved at glide ned ad stolen.

Hagen sukkede: "Du har ikke fortalt, hvad der bringer dig til Oslo, Harry?"

"Har jeg ikke?"

"Nej. Eller mere specifikt, her til Drabsafdelingen."

"Er det ikke helt almindeligt, at man besøger gamle kolleger?"

"Jo, for andre, mere sociale, mennesker."

"Tja." Harry bed i filteret på sin Camel. "Mit job er drab."

"*Var* drab, mener du vel?"

"Lad mig omformulere det: Min profession, mit fag, er drab. Og det er stadig det eneste, jeg kan."

"Hvad vil du så?"

"Udøve mit fag. Efterforske et drab."

Hagen løftede et øjenbryn. "Vil du arbejde for mig igen?"

"Hvorfor ikke? Hvis jeg ikke husker forkert, var jeg en af de bedste."

"Forkert," sagde Hagen og kiggede ud ad vinduet igen. "Du var *den* bedste." Og han gentog med lavere stemmeføring: "Den værste og den bedste."

"Jeg tager gerne et af narkodrabene."

Hagen grinede tørt. "Hvilket et? Vi har haft fire bare det sidste halve år. Vi er ikke kommet nogen vegne med nogen af dem."

"Gusto Hanssen."

Hagen svarede ikke, men blev bare ved med at studere dem, der lå og slangede sig ude på græsplænen. Og tankerne kom automatisk. Sociale bedragere. Tyve. Terrorister. Hvorfor så han det i stedet for hårdtarbejdende mennesker, der holdt nogle velfortjente timers fri i septembersolen? Politiblikket. Politiblindheden. Han lyttede halvt til Harrys stemme, der lød bag ham:

"Gusto Hanssen, nitten år. Gammel kending af politiet, pusher og misbruger. Fundet død i en lejlighed i Hausmanns Gata den tolvte juli. Blødte ihjel efter at være blevet skudt i brystet."

Hagen lo hårdt: "Hvorfor vil du have det eneste, som faktisk er blevet opklaret?"

"Det tror jeg godt, du ved."

"Ja, det gør jeg," sukkede Hagen. "Men hvis jeg skulle ansætte dig igen, ville jeg have sat dig på en af de andre sager. På undercoversagen."

"Jeg vil have den her."

"Der er sådan cirka hundrede grunde til, at du aldrig bliver sat på den sag, Harry."

"Og de er?"

Hagen vendte sig om mod Harry. "Det er vel nok at nævne den første. At sagen er mere eller mindre opklaret."

"Og bortset fra det?"

"At det ikke er os, der har sagen, men Kripos. At jeg ikke har nogen ledige stillinger, men tværtimod prøver at reducere medarbejderstaben. At du er inhabil. Skal jeg fortsætte?"

"Næh. Hvor er han?"

Hagen pegede ud ad vinduet. Over plænen mod den grå stenbygning bag lindetræernes gule løv.

"Fængslet," sagde Harry. "Varetægt."

"Indtil videre."

"Besøgsforbud?"

"Hvem opsporede dig i Hongkong og fortalte dig om sagen? Var det ..."

"Nej," afbrød Harry.

"Så?"

"Så."

"Hvem?"

"Måske læste jeg om den på nettet."

"Næppe," sagde Hagen med et tyndt smil og døde øjne. "Der stod kun om den sag i aviserne én dag, før den var glemt. Og der blev ikke nævnt navne. Kun en notits om en påvirket junkie, der havde skudt en anden junkie på grund af stoffer. Ikke noget, der interesserede nogen. Intet som gjorde, at sagen skilte sig ud."

"Bortset fra at det var to teenagere," sagde Harry. "Nitten år. Og atten år." Hans stemme havde ændret karakter.

Hagen trak på skuldrene. "Gamle nok til at dræbe, gamle nok til at dø. Efter nytår ville de være blevet indkaldt til militærtjeneste."

"Kan du sørge for, at jeg må snakke med ham?"

"Hvem informerede dig, Harry?"

Harry gned sig i nakken. "En ven på Kriminalteknisk Afdeling."

Hagen smilede. Og denne gang nåede smilet øjnene. "Du er fandeme sød, Harry. Så vidt jeg ved, har du kun tre venner i politiet. Bjørn Holm på Kriminalteknisk. Og Beate Lønn på Kriminalteknisk. Så hvem af dem var det?"

"Beate. Sørger du for, at jeg kan besøge ham?"

Hagen havde sat sig på kanten af sit skrivebord og studerede Harry. Kiggede ned på telefonen.

"På én betingelse, Harry. At du lover at holde dig langt væk fra den her sag. Der er fred og fordragelighed mellem os og Kripos nu, og jeg har ikke brug for at få ballade med dem."

Harry smilede syrligt. Han var sunket så langt ned i stolen, at han kunne studere sit bæltespænde. "Så du og Kripos-kongen er blevet perlevenner?"

"Mikael Bellman er holdt op i Kripos," sagde Hagen. "Deraf freden og fordrageligheden."

"Er psykopaten væk? *Happy days ...*"

"Tværtimod." Hagen lo hult. "Bellman er mere til stede end nogensinde før. Han er her i huset."

"For fanden da. Her i Drabsafdelingen?"

"Gud forbyde det. Han har ledet Orgkrim i over et år."

"I har også fået nye forkortelser."

"Organiseret kriminalitet. De slog en masse af de gamle afdelinger sammen. Røveri, menneskesmugling, narko. Det er alt sammen Orgkrim nu. Over to hundrede ansatte, den største afdeling i efterforskningsafdelingen."

"Javel. Flere end han havde i Kripos."

"Og alligevel gik han ned i løn. Og du ved, hvad det betyder, når folk som ham tager dårligere betalte job?"

"De er på jagt efter mere magt," sagde Harry.

"Det var ham, der fik styr på narkomarkedet, Harry. Godt politiarbejde. Anholdelser og razziaer. Der er færre bander og ingen interne kampe. Dødstallet på grund af overdosis er som sagt på vej ned ..." Hagen pegede op i loftet. "Og Bellman er på vej op. Han har tænkt sig at komme frem i verden, Harry."

"Det har jeg også," sagde Harry og rejste sig. "Til fængslet. Jeg regner med, at der er en besøgstilladelse i receptionen, når jeg når derhen."

"Hvis vi har en aftale?"

"Selvfølgelig har vi det," sagde Harry, tog sin ekschefs hånd, pumpede den op og ned to gange og gik hen mod døren. Hongkong havde lært ham at lyve. Han hørte Hagen løfte telefonrøret, men da han nåede dørtærsklen, vendte han sig alligevel om igen:

"Hvem var den tredje?"

"Hvad?" Hagen så ned på telefonen, mens han tastede med en tung pegefinger.

"Den tredje ven, jeg har i huset?"

Afdelingsleder Gunnar Hagen tog røret op til øret, så træt på Harry og sagde med et suk:

"Hvem tror du?" Og: "Hallo? Det er Hagen. Jeg vil gerne have en besøgstilladelse. Ja?" Hagen lagde hånden over røret. "Det skal nok ordne sig. Der er morgenmad nu, men vær der klokken tolv."

Harry smilede, mimede et "tak" og lukkede stille døren bag sig.

Tord Schultz stod inde i aflukket, knappede bukserne og tog jakken på. De havde afstået fra at undersøge hans kropsåbninger. Tolderen – den samme, som havde stoppet ham – ventede uden for aflukket. Stod der som en censor, efter at man havde været til mundtlig eksamen.

"Tak, fordi du samarbejdede," sagde hun og slog ud med hånden mod udgangsdøren.

Tord gættede på, at de havde haft lange diskussioner om, hvorvidt de skulle sige "vi beklager", hver gang en narkohund havde markeret, og der ikke blev fundet narko. De, der blev stoppet, forsinket, mistænkeliggjort og bragt i forlegenhed, ville utvivlsomt synes, at en beklagelse var på sin plads. Men skulle man beklage, at man passede sit arbejde? Det forekom hele tiden, at hunden indikerede folk, som ikke smuglede narko, og en beklagelse ville vel være en halv indrømmelse af procedurefejl, systemsvigt. På den anden side burde de kunne se på striberne, at han var kaptajn. Ikke tre striber, ikke en af de mislykkede halvtredsårige, som var blevet siddende i sædet til højre som andenpilot, fordi de havde ødelagt det for sig selv. Tværtimod havde han de fire striber, som viste, at han besad orden, kontrol, en mand, som beherskede situationen og sit eget liv. Viste, at han tilhørte lufthavnens brahminkaste. En pilot var en, som burde modtage en beklagelse fra en tolder med to striber, om det så var på sin plads eller ej.

"Nå, men det er da godt at vide, at der er nogen, der passer på," sagde Tord og kiggede efter trolleyen. I værste fald havde de kigget i den, men det var ikke den, hunden havde reageret på. Og metaldækslerne rundt om det rum, hvor pakken lå, var alligevel uigennemtrængelige for gennemlysningsmaskinen.

"Den kommer snart," sagde hun.

Der opstod et par sekunders stilhed, mens de kiggede på hinanden.

Skilt, tænkte Tord.

I det samme kom en anden tolder ind.

"Din trolley ..." sagde han.

Tord kunne se det på ham. Se det i hans blik. Mærkede en klump i maven, som voksede og skubbede på spiserøret. Hvordan? Hvordan?

"Vi tog alt ud af den, og vejede den," sagde han. "En tom Samsonite Aspire GRT seksogtyve tommer vejer fem komma otte kilo. Din vejer seks komma tre. Vil du forklare hvorfor?"

Tolderen var for professionel til at smile åbenlyst, men Tord Schultz så alligevel triumfen i hans øjne. Tolderen lænede sig en smule frem og sænkede stemmen:

" ... eller skal vi?"

Harry gik ud på gaden efter frokosten på Olympen. Det, han huskede som en gammel, lettere forsumpet knejpe, var blevet renoveret og lignede nu en dyr Vest-Oslo-version af et Øst-Oslo-sted med store malerier af Oslos gamle arbejderområde. Det var ikke, fordi der ikke var flot, med lysekroner og alt muligt. Selv makrellen havde været god. Det var bare ikke ... Olympen.

Han tændte en cigaret og gik gennem Botsparken, der lå mellem Politihuset og Oslo fængsels gamle, grå mure. Han gik forbi en mand, der var ved at hænge en laset, rød plakat op på et træ. Han slog med klipsemaskinen på barken af det hundred år gamle, fredede lindetræ. Det virkede ikke, som om han ænsede, at han var i gang med at begå en alvorlig forseelse, der var synlig fra alle facadevinduerne i bygningen, som husede Norges største forsamling af politifolk. Harry stoppede op et øjeblik. Ikke for at forhindre forbrydelsen, men for at kigge på plakaten. Den reklamerede for en koncert med Russian Amcar Club på Sardines. Harry kunne huske både det for længst opløste band og det nedlagte spillested. Olympen. Harry Hole. Det var tydeligvis året for de dødes genopstandelse. Han skulle til at gå videre, da han hørte en rystende stemme bag sig.

"Har du noget violin?"

Harry vendte sig om. Manden bag ham havde en ny, ren G-Star-jakke på. Han stod foroverbøjet, som om han havde stærk medvind, og han havde det umiskendelige heroinknæk i knæene. Harry skulle lige til at svare, da det gik op for ham, at det var manden med plakaten, han havde talt til. Men han gik bare uden at svare. Nye afdelingsbetegnelser, ny narkoterminologi. Gamle bands, gamle spillesteder.

Facaden på Oslo fængsel, 'Botsen' i folkemunde, var bygget midt i 1800-tallet og bestod af et indgangsparti, der lå klemt inde mellem to større fløje, der altid mindede Harry om en arrestant mellem to politibetjente. Han ringede på, kiggede ind i videokameraet, hørte den dæmpede summen og skubbede døren op. Indenfor stod en uniformeret fængselsbetjent, der førte ham op ad trapperne, ind ad en dør til et lokale med to andre betjente og ind i det aflange besøgslokale uden vinduer. Harry havde været der før. Det var der, de indsatte fik besøg af deres pårørende. Der var blevet gjort et halvhjertet forsøg på at gøre lokalet hyggeligt. Han undgik sofaen, satte sig på en af stolene, udmærket klar over, hvad der foregik i de få minutter, de indsatte fik med ægtefæller eller kærester.

Han ventede. Opdagede, at han stadig havde adgangskortet fra Politihuset på jakkeopslaget, tog det af og puttede det i lommen. Drømmen om den smalle gang og sneskredet havde været værre, end den plejede; han var blevet begravet og havde fået munden fuld af sne. Men det var ikke derfor, hans hjerte hamrede nu. Var det af forventning? Eller af rædsel?

Det nåede han ikke at finde ud af, før døren gik op.

"Tyve minutter," sagde fængselsbetjenten, før han gik ud og låste døren efter sig.

Fyren, som var blevet stående lige inden for døren, var så forandret, at Harry et kort øjeblik skulle til at råbe, at det var den forkerte, at det ikke var ham. Han havde Diesel-jeans på og en sort hættetrøje med en reklame for Machine Head, som Harry gik ud fra ikke var den gamle Deep Purple-plade, men derimod det – efter hans tidsregning – nye heavyband. Heavy metal var selvfølgelig et indicium, men øjnene og kindbenene var beviserne. Nærmere bestemt: Rakels brune øjne og høje kindben. Det var næsten et chok at se, hvor meget de var kommet til at ligne hinanden. Han havde godt nok ikke arvet sin mors skønhed; dertil var panden for høj, noget som gav ham et tungsindigt, næsten aggressivt udseende. Som blev forstærket af det glatte pandehår, som Harry altid havde antaget, at han havde arvet efter faderen i Moskva. En alkoholiseret far, som han aldrig havde lært at kende ordentligt; han havde kun været et par år, da Rakel var flyttet tilbage til Oslo med ham. Hvor hun senere mødte Harry.

Rakel.

Hans livs store kærlighed. Så enkelt var det. Og så svært.

Oleg. Kloge, alvorlige Oleg. Oleg, som havde været så indelukket, som ikke havde åbnet sig for nogen, bortset fra Harry. Harry havde aldrig fortalt Rakel det, men han vidste mere om, hvad Oleg tænkte, følte og ville, end hun gjorde. Oleg og ham, mens de spillede Tetris på hans Gameboy, lige indstillet på at slå den andens rekord. Oleg og ham til skøjtetræning på Valle Hovin, dengang Oleg ville være langdistanceskøjteløber og faktisk havde talent for det. Oleg, som smilede tålmodigt og overbærende, hver gang Harry lovede, at de til efteråret eller foråret skulle tage til London og se Tottenham spille på White Hart Lane. Oleg, som af og til havde kaldt ham 'far', når det var blevet sent, og han var søvnig og ukoncentreret. Det var næsten fem år siden, Harry havde set ham, fem år siden Rakel havde taget ham med fra Oslo, væk fra de forfærdelige minder om Snemanden, væk fra Harrys verden af vold og drab.

Og nu stod han der foran døren, var atten år, halvvejs voksen, og så udtryksløst på Harry. I hvert fald med et udtryk, som Harry ikke kunne tolke.

"Hej," sagde Harry. Fandens, han havde ikke afprøvet stemmen; det blev bare en hæs hvisken. Drengen måtte jo tro, at han var på grådens rand eller sådan noget. Som for at distrahere sig selv eller ham tog Harry Camel-pakken frem og stak en ny cigaret mellem læberne.

Harry kiggede op igen og så, at Oleg var blevet rød i hovedet. Og vrede. Den der eksplosive vrede, som bare kom, som gjorde øjnene mørke og fik blodårerne på halsen og i panden til at svulme, dirrende som guitarstrenge.

"Slap af, jeg har ikke tænkt mig at tænde den," sagde Harry og nikkede over mod Rygning forbudt-skiltet på væggen.

"Det er mor, er det ikke?" sagde han. Stemmen var også blevet ældre. Og var helt grødet af raseri.

"Der hvad?"

"Det er hende, der har bedt dig komme."

"Nej, det er det ikke, jeg ..."

"Selvfølgelig er det det."

"Nej, Oleg, hun ved faktisk ikke engang, at jeg er i landet."

"Du lyver! Du lyver som sædvanlig!"

Harry så forbavset på ham. "Som sædvanlig?"

"Ligesom du lyver om, at du altid vil være der for os og den slags pis. Men det er for sent nu. Så tag du bare tilbage til ... til bøhlandet!"

"Oleg! Hør lige på mig ..."

"Nej! Jeg vil ikke høre på dig. Du har ikke noget at gøre her. Du kan ikke komme og lege far nu, fatter du ikke det?" Harry så ham synke. Så raseriet i blikket trække sig tilbage, inden der kom en ny bølge af noget mørkt skyllende. "Du betyder ikke noget for os mere. Du var en, som sneg sig indenom, som var der nogle år og så ... " Oleg gjorde et forsøg på at knipse, men fingrene gned bare lydløst mod hinanden. "Væk."

"Det passer ikke, Oleg. Og det ved du godt." Harry hørte sin egen stemme, som nu var fast og sikker, som gav udtryk for, at han var rolig og tryg som et hangarskib. Men klumpen i hans mave gav udtryk for noget andet. Han var vant til at blive skældt ud i afhøringssituationer, det rørte ham ikke; i bedste fald blev han endda mere rolig og analytisk. Men med ham her, med Oleg ... det havde han ikke noget forsvar imod.

Oleg lo bittert. "Skal vi se, om det stadig virker?" Han pressede langfingeren mod tommelfingeren. "Forsvind ... nu!"

Harry holdt hænderne op foran sig: "Oleg ..."

Oleg rystede på hovedet, mens han hamrede på døren bag sig uden at slippe Harry med det natsorte blik. "Betjent! Besøget er forbi. Få mig ud herfra!"

Harry blev siddende i nogle sekunder, efter at Oleg var forsvundet. Så rejste han sig møjsommeligt og gik ud i solskinnet i Botsparken.

Harry blev stående og kiggede op på Politihuset. Tænkte sig om. Så begyndte han at gå hen mod Arresten. Men da han var nået halvvejs, stoppede han, lænede sig op ad et af træerne og kneb øjnene så hårdt i, at han kunne mærke, at han pressede vand ud af dem. Forbandede lys. Forbandede jetlag.

Kapitel 5

"Jeg skal bare se det. Jeg tager ikke noget," sagde Harry.

Vagthavende bag disken ved modtagelsen i Arresten kiggede tøvende på Harry.

"Kom nu, du kender mig jo, Tore?"

Nilsen rømmede sig: "Ja da. Men arbejder du her igen, Harry?"

Harry trak på skuldrene.

Nilsen lagde hovedet på skrå og lod øjenlågene glide ned over øjet, så man kun kunne se det halve af pupillerne. Som om han ville sløre synsindtrykket. Sløre det, der var uvigtigt. Og det, der blev tilbage, var tydeligvis i Harrys favør.

Nilsen sukkede dybt, forsvandt og kom tilbage med en skuffe. Som Harry havde regnet med, var de ting, Oleg havde haft på sig ved anholdelsen, stadig her, hvor han var blevet bragt ind. Det var først, når det var helt sikkert, at den anholdte ville forblive varetægtsfængslet i mere end et par dage, at de blev flyttet over til Botsen, men ejendelene blev ikke nødvendigvis sendt til fangemodtagelsen i D-blokken.

Harry kiggede på indholdet. Småmønter. En nøglering med to nøgler, et dødningehoved og et Slayer-mærke. En Swiss Army-lommekniv med et knivsblad og skruetrækkere og unbraconøgler. En engangslighter. Og én ting mere.

Det gav et sæt i Harry, selv om han næsten havde vidst det. Aviserne havde kaldt det 'et opgør i narkomiljøet'.

Det var en engangssprøjte, stadig i plasticemballage.

"Var det alt?" spurgte Harry og tog nøgleknippet ud. Han holdt det under kanten af disken, mens han kiggede nærmere på nøglerne. Nilsen kunne tydeligvis ikke lide, at han holdt nøglerne uden for hans synsfelt, og bøjede sig frem.

"Ingen tegnebog?" spurgte Harry. "Ingen kreditkort eller id?"

"Det ser tydeligvis ikke sådan ud."

"Gider du tjekke indholdsfortegnelsen for mig?"

Nilsen tog skemaet, som lå sammenfoldet i bunden af skuffen, satte møjsommeligt et par briller på og kiggede på papiret. "Der var en mobiltelefon, men den tog de. De ville vel undersøge, om han havde ringet til offeret."

"Hmm," sagde Harry. "Ellers noget?"

"Hvad skulle det være?" spurgte Nilsen og lod blikket glide ned over skemaet. Og konkluderede, da han havde kigget nøje på det. "Nej."

"Tak, det var det hele. Tak for hjælpen, Nilsen."

Nilsen nikkede langsomt. Han havde stadig brillerne på. "Nøgleknippet."

"Ja, selvfølgelig," sagde Harry og lagde det ned i skuffen igen. Så, at Nilsen tjekkede, at der stadig var to nøgler.

Harry gik ud, hen over parkeringspladsen og ud på Åkebergveien. Fortsatte ned til Tøyen og Urtegata. Lille Karachi. Små kolonialbutikker, hijab og gamle mænd, der sad på plasticstole uden for deres caféer. Og Fyrtårnet. Frelsens Hærs café for byens sølle eksistenser. Harry vidste, at der var stille på dage som i dag, men når vinteren og kulden kom, ville de samle sig ved bordene derinde. Kaffe og frisksmurt brød. Et sæt rent tøj, sidste års mode, blå gummisko fra Hærens overskudslager. På sygestuen på anden sal fik man renset de nyeste sår, der var blevet påført på rusens slagmark, eller der blev givet en sprøjte med B-vitamin, hvis det stod virkelig slemt til. Harry overvejede et øjeblik at smutte hen forbi Martine. Måske arbejdede hun der stadig. En digter havde engang skrevet, at efter den store kærlighed kommer de små. Hun havde været en af de små. Men det var ikke derfor. Oslo var ikke stor, og de svære misbrugere samlede sig enten her eller på Bymissionens café i Skippergata. Det var ikke usandsynligt, at hun havde kendt Gusto Hanssen. Og Oleg.

Men Harry besluttede sig for at gøre tingene i den rigtige rækkefølge og begyndte at gå igen. Gik forbi Akerselven. Han kiggede ned fra broen. Det brune vand, som Harry huskede fra sin opvækst, var rent som en fjeldbæk. De sagde, at man kunne fange ørreder der nu. De stod langs stierne på begge sider af elven; pusherne. Alt var nyt, intet var forandret.

Han gik op ad Hausmanns Gata. Gik forbi Jakobkirken. Kiggede på husnumrene. Et skilt med Grusomhedens Teater. En graffitioverplastret dør med en smiley. En åben, ryddet brandtomt. Og der var det. En typisk beboelsesejendom i Oslo bygget i 1800-tallet, farveløs, enkel, fire etager. Harry skubbede til døren, som gik op. Ulåst. Den førte direkte ind i en trappeopgang. Der lugtede af pis og affald.

Harry bemærkede nogle kodede tags på væggene. Løst trappegelænder. Døre med mærker efter låse, som var blevet brudt op, og nye, stærkere og flere låse. Han stoppede på tredje sal og vidste, at han havde fundet gerningsstedet. Hvide og orange afspærringsbånd var sat på kryds over døren.

Han stak hånden i lommen og tog de to nøgler op, som han havde taget ud af Olegs nøglering, mens Nilsen havde kigget på skemaet. Harry var ikke sikker på, hvilke af sine egne to nøgler, han havde fået erstattet dem med i farten, men lige meget hvad var Hongkong ikke det sværeste sted at få lavet nye.

Den ene nøgle var af mærket Abus, som Harry vidste var en hængelås, fordi han lige havde købt en selv. Men den anden var en Vingnøgle. Han stak den i låsen. Fik den halvvejs ind, før den ikke kunne komme længere. Han prøvede at skubbe. Prøvede at dreje.

"For fanden da."

Han fiskede sin mobiltelefon frem. Hendes nummer stod i 'Kontakter' under navnet B. Siden han kun havde otte kontakter, var det nok med ét bogstav.

"Lønn."

Det, Harry bedst kunne lide ved Beate Lønn, bortset fra at hun var en af de to dygtigste kriminalteknikere, han nogensinde havde arbejdet sammen med, var, at hun altid begrænsede informationerne til det relevante, at hun – ligesom Harry – aldrig sinkede en sag med overflødige ord.

"Hej, Beate. Jeg er i Hausmanns Gata."

"Gerningsstedet? Hvad laver du ..."

"Jeg kan ikke komme ind. Har du nøglen?"

"Om jeg har nøglen?"

"Du er da chef for hele menageriet, er du ikke?"

"Selvfølgelig har jeg nøglen. Men jeg har ikke tænkt mig at give dig den."

"Selvfølgelig ikke. Men der er vel nogle ting, du skal dobbelttjekke på gerningsstedet. Jeg mindes noget om en guru, som sagde, at en kriminaltekniker aldrig kunne være grundig nok i en drabssag."

"Nå, så det mindes du."

"Det var det første, hun sagde til alle dem, hun lærte op. Jeg kan vel godt gå med ind og se, hvordan du arbejder."

"Harry ..."

"Jeg rører ikke ved noget."

Tavshed. Harry vidste, at han udnyttede hende. Hun var mere end en kollega; hun var en ven, men vigtigst: Hun var selv mor.

Hun sukkede. "Giv mig tyve."

Det var overflødigt for hende at sige 'minutter'.

Det var overflødigt for ham at sige 'tak'. Så Harry lagde bare på.

Betjent Truls Berntsen gik gennem gangene på Orgkrim med langsomme skridt. Hans erfaring sagde ham nemlig, at jo langsommere han gik, desto hurtigere gik tiden. Og var der noget, han havde nok af, så var det tid. På kontoret ventede der ham en slidt stol og et lille skrivebord med en lille bunke rapporter på, som mest lå der for syns skyld. En computer, som han først og fremmest brugte til at surfe på nettet, men selv det var blevet lidt kedeligt efter indskærpelsen af, hvilke hjemmesider de måtte gå ind på. Og eftersom han arbejdede med narko og ikke med sædelighed, kunne han hurtigt få et forklaringsproblem. Betjent Berntsen balancerede med den fyldte kaffekop ind over dørtærsklen og satte den på bordet. Han passede på ikke at spilde på brochuren for den nye Audi Q5. 211 hestekræfter. En SUV, men alligevel en pakibil. Forbryderbil. Den kunne i hvert fald nemt køre fra politiets gamle Volvo V70'ere. En bil, som udstrålede, at man var noget. Viste hende, hende i det nye hus på Høyenhall, at man var noget. I stedet for ikke-nogen.

Holde status quo. Det var det vigtigste lige nu. Sikre de gevinster, vi har opnået, som Mikael havde udtrykt det på stormødet i mandags. Som betød at sørge for, at der ikke kom nye aktører på banen. "Vi kan altid ønske os endnu mindre narko på gaderne. Men når man har opnået så meget, som vi har, på så kort tid, er der altid fare for tilbagefald. Tænk på Hitler og Moskva. Det gælder om ikke at gabe over for meget."

Betjent Berntsen vidste nogenlunde, hvad det dækkede over. Lange dage og benene på bordet.

Nogle gange længtes han tilbage til jobbet i Kripos. Drab var ikke som narko, det var ikke politisk, det handlede bare om at opklare det, punktum. Men det var Mikael Bellman selv, som havde insisteret på, at Truls skulle med ham fra Bryn til Politihuset; han sagde, at han havde brug for allierede dernede i fjendeland i Politihuset, nogen han stolede på, nogen som kunne dække flanken, hvis han blev udsat for et angreb. Han havde sagt det uden at sige det: Som Mikael selv havde dækket Truls' flanke. Sidste gang i sagen med ham knægten i arresten, som Truls havde været lidt hårdhændet ved, og som på uheldig vis havde fået en øjenskade. Mikael havde skældt Truls ud, selvfølgelig, og sagt, at han hadede politivold, at det ikke måtte forekomme i hans afdeling, at det nu desværre var hans ansvar som chef at melde Truls til juristen i Strategisk Afdeling, så hun kunne vurdere, om det skulle sendes videre til Specialenheden. Men fyren havde næsten fået normalt syn igen, Mikael havde lavet en deal med hans advokat, tiltalen for besiddelse af narkotika var blevet opgivet, og efter det var der ikke sket noget.

Præcis som der ikke skete noget her.

Lange dage og benene på bordet.

Og det var lige der, Truls Berntsen var ved at placere dem – som han gjorde mindst ti gange om dagen – mens han så ud på Botsparken og det gamle lindetræ midt på alléen, som førte op til fængslet.

Den var kommet op.

Den røde plakat.

Han kunne mærke huden prikke, mærke pulsen stige. Og humøret.

Han rejste sig hurtigt, tog jakken på og lod kaffen stå.

Gamlebyen Kirke lå otte minutters rask gang fra Politihuset. Truls Berntsen gik ned ad Oslo Gata til Minneparken, til venstre over Dyvekes bro og befandt sig i hjertet af Oslo, der hvor byen var blevet grundlagt. Selve kirken var enkel, grænsende til det fattige, uden de vulgære ornamenter som på den nyromantiske kirke, der lå ved siden af Politihuset. Men Gamlebyen Kirke havde nogle federe historier. I hvert fald hvis bare halvdelen af det, hans bedstemor havde fortalt under hans opvækst på Manglerud, var sandt. Familien Berntsen var flyttet fra et forfaldent hus i byen til satellitbyen Manglerud, da den var blevet grundlagt i slutningen af halvtredserne. Men mærkeligt nok var det dem – den ægte Oslofamilie Berntsen, som bestod af tre generationer arbejdere – der følte sig som udefrakommende. De fleste, der flyttede til satellitbyerne i halvtredserne, var bønder og folk, der kom til byen langvejsfra for at skabe sig et nyt liv. Og når Truls' far i halvfjerdserne og firserne drak sig fuld og sad i deres lejlighed og skældte ud på alt og alle, gik Truls enten hen til sin bedste – og eneste – ven Mikael eller ned til sin bedstemor i Gamlebyen. Hun havde fortalt, at kirken var bygget oven på et kloster fra 1200-tallet, hvor munkene havde låst sig inde for at bede, da Den Sorte Død hærgede, men folk sagde, at det var for at slippe for den kristne pligt at tage sig af de smittebærende. Da kansleren efter otte måneder uden livstegn brød døren til klosteret op, var der rottefest i de rådnende munkelig. Bedstemors yndlingsgodnathistorie var, at da der var blevet bygget en galeanstalt der, hvor klosteret havde ligget, og som blev kaldt 'dårekisten', beklagede en del af de gale sig over, at der gik kappeklædte mænd rundt på gangene om natten. Og at da en af patienterne havde hevet hætten af en af de kappeklædte, var der kommet et blegt ansigt til syne, som var dækket af rottebid og havde tomme øjenhuler. Men den historie, Truls bedst kunne lide, var den om Askild Øregod. Han havde levet og var død for mere end hundrede år siden på den tid, hvor Kristiania var blevet en rigtig by, og der for længst var blevet bygget en kirke på grunden. Man sagde, at hans genfærd gik igen på kirkegården, i de tilstødende gader, på havnen og i Kvadraturen. Men aldrig længere væk, for han havde kun ét ben, og han kunne ikke tage for langt væk, for han skulle tilbage til sin grav, inden det blev lyst, sagde bedstemor. Askild Øregod havde mistet det ene ben under hjulet på en brandvogn, da han var tre år gammel, men bedstemor sagde, at det kunne tilskrives østkantshumoren, at man havde valgt at give ham et kælenavn baseret på hans store ører. Det var hårde tider, og for et barn med ét ben var karrierevalget oplagt. Så Askild Øregod tiggede og blev et kendt syn i den voksende by, når han haltede af sted, altid venlig og altid klar til at slå en sludder af. Særligt med dem, der sad på værtshusene om dagen og var arbejdsløse, men som alligevel pludselig havde kunnet få penge mellem hænderne. Så dryppede det som regel lidt på Askild Øregod også. Men Askild Øregod havde af og til brug for lidt flere penge, og så kunne det ske, at han fortalte politiet, hvem der havde været særligt generøs på det seneste. Og hvem der et stykke nede i det fjerde glas – og uden at lade sig mærke med den harmløse tigger, der befandt sig i periferien – fortalte, at de havde fået tilbud om at være med til at plyndre guldsmeden i Karl Johans Gata eller trælasthandlen i Drammen. Der begyndte at gå rygter om, at Askild Øregods ører var lige lovlig gode, og efter afsløringen af en røverbande i Kampen, forsvandt Askild Øregod. Han blev aldrig fundet igen, men en vintermorgen, på trappen til Gamlebyen Kirke, lå der en krykke og to afskårne ører. Askild lå begravet et sted inde på kirkegården, men eftersom der ikke var blevet lyst velsignelse over ham, gik han igen. Og efter mørkets frembrud kunne man i Kvadraturen eller i nærheden af kirken støde på en hinkende mand, med huen trukket godt ned over ørerne, som bad om to øre, "to øre"! Og så betød det ulykke ikke at give tiggeren en skilling.

Det var det, bedstemor havde sagt. Alligevel ignorerede Truls den magre, tiggende mand iført fremmedartet tøj og med mørk, vejrbidt hud, som sad ved porten ind til kirkegården. Han skridtede hen ad grusgangen mellem gravstenene, mens han talte, drejede til venstre, da han nåede til syv, til højre, da han nåede til tre, og stoppede op ved den fjerde gravsten.

Navnet, som var hugget ind i gravstenen, sagde ham ingenting. A. C. Rud. Han var død, da Norge opnåede uafhængighed i 1905, kun niogtyve år gammel, men bortset fra fødsels- og dødsdatoerne stod der ikke noget på gravstenen, ikke den sædvanlige kommando om at hvile i fred eller andre bogstaveligt talt bevingede ord. Måske fordi den grove gravsten var så lille, at der ikke var plads til ret meget tekst. Men gravstenens tomme og ru overflade gjorde den perfekt til at skrive beskeder med kridt på, og det var nok derfor, de havde valgt den.

LTZHUDSCORRNTBU

Truls dechifrerede teksten efter den enkle kode, de brugte, for at tilfældige forbipasserende ikke skulle kunne forstå, hvad der stod. Han begyndte bagfra, læste de to sidste bogstaver, hoppede tre til venstre, læste tre, to til venstre, læste to, så tre og så videre

BURN TORD SCHULTZ

Truls Berntsen skrev det ikke ned. Det behøvede han ikke. Han var god til at huske navne, som kunne bringe ham nærmere lædersæderne i en Audi Q5 2.0 med 6 manuelle gear. Han brugte sit jakkeærme til at viske bogstaverne ud med.

Tiggeren så op, da Truls gik forbi ham på vejen ud. Fandens til brune hundeøjne. Han havde sikkert et helt tiggerkorps og en fed bil stående et sted. Mercedes, var det ikke det, de foretrak? Kirkeklokkerne slog. I brochuren stod der, at Q5'eren kostede 666 tusind. Hvis der var en skjult meddelelse der, gik den hen over hovedet på Truls Berntsen.

"Du ser godt ud," sagde Beate, mens hun lirkede nøglen ind i låsen. "Du har også fået en finger."

"Made in Hongkong," sagde Harry og gned på den lille titaniumstump.

Han betragtede den lille, blege kvinde, mens hun låste op. Det tynde, korte, blonde hår var sat op med en elastik. Hendes hud var så tynd og gennemsigtig, at han kunne se det fine net af blodårer i tindingen. Hun mindede ham om de hårløse mus, man brugte i kræftforskning.

"Eftersom du skrev, at Oleg holdt til på gerningsstedet, regnede jeg med, at jeg ville kunne komme ind med hans nøgler."

"Låsen havde vist været ødelagt længe," sagde Beate og skubbede døren op. "Man kunne gå lige ind. Vi satte den her lås i, så junkierne ikke kunne komme tilbage og kontaminere gerningsstedet."

Harry nikkede. Det var typisk for narkoreder, lejligheder, hvor narkomaner boede sammen. Der var ingen pointe i at have lås på, da de blev ødelagt med det samme. For det første brød andre junkier ind de steder, hvor de vidste, at beboerne muligvis havde stoffer. For det andet gjorde dem, der boede i reden, deres bedste for at stjæle fra hinanden.

Beate holdt afspærringstapen til side, og Harry ålede sig ind. Der hang tøj og plasticposer på knagerne i entréen. Harry kiggede ned i en af plasticposerne. Køkkenrulle, tomme øldåser, en våd T-shirt med blodpletter på, små stykker folie, en tom cigaretpakke. Op ad den ene væg var der stablet tomme Grandiosa-bakker, et skævt tårn af pizzabakker, som nåede halvvejs op til loftet. Der stod også fire ens hvide stumtjenere. Harry studsede, indtil det gik op for ham, at det selvfølgelig var hælervarer, som ikke havde været til at omsætte. Han kom i tanker om, at i narkolejligheder faldt man altid over ting, som nogen på et tidspunkt havde tænkt sig, at de kunne få penge for. Et sted havde de fundet tres håbløst forældede mobiltelefoner i en taske, et andet sted en delvis demonteret knallert parkeret i køkkenet.

Harry gik ind i stuen. Der lugtede af en blanding af sved, træ, der var vådt af øl, våd aske og af noget sødt, som Harry ikke vidste, hvad var. Der var ingen møbler i konventionel forstand i stuen. Fire madrasser lå på gulvet som rundt om et lejrbål. Fra den ene madras stak der ståltråd ud, som var bøjet i en vinkel på halvfems grader og havde et Y for enden. Firkanten af trægulv mellem madrasserne var sort af brændemærker rundt om et tomt askebæger. Harry gik ud fra, at det var gerningsstedsgruppen, der havde tømt det.

"Gusto lå op ad køkkenvæggen her," sagde Beate. Hun stod i døråbningen mellem stuen og køkkenet og pegede.

I stedet for at gå ind i køkkenet blev Harry stående på dørtærsklen og så sig omkring. Det var en vane. Ikke kriminalteknikerens vane med at bearbejde et gerningssted udefra, som startede finkæmningen i periferien og så stykke for stykke arbejdede sig hen mod liget.

Det var heller ikke den vane, der karakteriserede politibetjenten fra døgnvagten eller en patruljevogn, altså førstemanden på gerningsstedet, som vidste, at han eller hun kunne komme til at kontaminere gerningsstedet med sine egne spor eller i værste fald ødelægge dem, der var der. Her havde Beates folk for længst gjort det, der skulle gøres. Det var den taktiske efterforskers vane. Ham, der ved, at han kun får én chance til det; at lade de første synsindtryk, de næsten umærkelige detaljer fortælle deres egen historie, afsætte deres indtryk, før cementen stivner. Det skulle ske nu, før den analytiske del af hjernen igen tog over, den der krævede færdigformulerede fakta. Harry plejede at definere intuition som enkle, logiske slutninger baseret på almindelig sanseinformation, som hjernen ikke kunne eller var i stand til at oversætte til noget forståeligt.

Men gerningsstedet fortalte ikke Harry ret meget om det drab, som var blevet begået der.

Det eneste, han kunne se, høre og lugte, var et sted, hvor mere eller mindre tilfældige beboere forsamlede sig, tog stoffer, sov, en sjælden gang imellem spiste og ellers forsvandt fra efter et stykke tid. Til en anden narkorede, til et værelse på et herberg, en park, en container, en billig sovepose under en bro eller til en seng af hvidmalet træ under en gravsten.

"Vi måtte jo rydde en del op her," sagde Beate som svar på et spørgsmål, han ikke havde behøvet at stille. "Der var affald alle vegne."

"Stoffer?" spurgte Harry.

"En plasticpose med ukogte vattotter," sagde Beate.

Harry nikkede. De allermest udpinte og ødelagte junkier plejede at spare på vattotterne, som de brugte til at rense stofferne for urenheder med, når de trak det op i sprøjten. På en dårlig dag kunne vattotterne koges, og så kunne man injicere det, der var blevet kogt ud af dem.

"Plus et kondom med sæd og heroin i."

"Nå?" Harry hævede et øjenbryn. "Noget, som kan anbefales?"

Harry så hende rødme, som et ekko af den sky, nyuddannede politikvinde, som han stadig huskede.

"Rester af heroin for at være helt præcis. Vi går ud fra, at kondomet er blevet brugt til opbevaring, og så, efter at stofferne er blevet taget, er kondomet blevet brugt til det, det er til for."

"Hmm," sagde Harry. "Junkier, som sørger for at bruge prævention. Ikke dårligt. Har I fundet ud af, hvem der ..."

"Dna fra både inder- og ydersiden af kondomet matchede to kendinge. En svensk pige og Ivar Torsteinsen, bedre kendt af narkostrømerne som Hiv-ar."

"Hivar?"

"Han plejede at true politifolk med brugte sprøjter; påstod, at han var smittebærer."

"Javel. Det forklarer kondomet. Vold på straffeattesten?"

"Nej, kun flere hundrede indbrud, besiddelse og salg. Og lidt smugleri oveni."

"Men han har truet med drab pr. kanyle?"

Beate sukkede og gik ind i stuen og stillede sig med ryggen til ham. "Jeg beklager, men der er ingen løse ender i den her sag, Harry."

"Oleg har aldrig gjort en flue fortræd, Beate. Han har det simpelthen ikke i sig. Men ham der Hivar ..."

"Hivar og den svenske pige er ... tja, ikke involveret i sagen længere, kan man sige."

Harry kiggede på hendes ryg. "Døde?"

"Overdosis. En uge før drabet. Dårlig heroin blandet op med fentanyl. De havde nok ikke råd til violin."

Harry kiggede rundt på væggene. De fleste tunge misbrugere uden fast bopæl havde et fast gemmested eller to, et hemmeligt sted, hvor de kunne gemme eller låse reservelageret inde. Nogle gange penge. Eventuelt andre ting, de ikke ville miste. Det var ikke muligt at have tingene med sig; en hjemløs junkie blev nødt til at fixe på offentlige steder og var, når stoffet begyndte at virke, et hjælpeløst offer for gribbene. Derfor var gemmestederne hellige. En ellers fuldstændig sløv misbruger kunne lægge så meget energi og fantasi i at skjule gemmestedet, at selv rutinerede ransagere og narkohunde kom til kort. Et gemmested, som stofmisbrugeren aldrig røbede for nogen, ikke engang sin nærmeste ven. For han vidste af egen erfaring, at ingen ven af kød og blod kan være en nærmere end vennerne kodein, morfin, heroin.

"Har I ledt efter gemmesteder her?"

Beate rystede på hovedet.

"Hvorfor ikke?" spurgte Harry og vidste, at det var et dumt spørgsmål.

"Fordi vi sikkert var blevet nødt til at splitte hele lejligheden ad bare for at finde noget, som alligevel ikke ville være relevant for efterforskningen," sagde Beate tålmodigt. "Fordi vi må prioritere de begrænsede ressourcer. Og fordi vi havde, hvad vi skulle bruge af beviser."

Harry nikkede. Svar som fortjent.

"Og beviserne?" sagde han lavmælt.

"Vi tror, at drabsmanden stod, hvor jeg står nu, og skød." Blandt kriminalteknikerne var det kutyme ikke at nævne navne. Hun rakte den ene arm frem for sig. "Klos hold. Mindre end en meter. Krudtslam i og rundt om indgangssårene."

"I flertal?"

"To skud."

Hun så på ham med et beklagende blik, der udtrykte, at hun vidste, hvad han tænkte, at der røg forsvarsadvokatens mulighed for at påstå, at skuddet var gået af ved et uheld.

"Begge skud ramte ham i brystet." Beate spredte sin pege- og langfinger på højre hånd og lagde dem mod venstre side af brystet, som om det var tegnsprog. "Hvis både offer og drabsmand stod helt oprejst, og drabsmanden affyrede våbnet på en naturlig måde, viser udgangssåret efter det første skud, at drabsmanden var mellem en firs og en femogfirs. Mistænkte er en treogfirs."

Herregud. Han tænkte på ham, han havde set stå inden for døren i besøgslokalet. Det virkede, som om det var i går, at Oleg kun havde nået Harry til brystet, når de havde sloges for sjov.

Hun gik ind i køkkenet fra døråbningen. Pegede på væggen ved siden af et fedtet komfur.

"Kuglerne gik ind her og her, som du kan se. Det passer med, at det andet skud blev affyret relativt hurtigt efter det første, da offeret var begyndt at falde. Den første kugle punkterede lungen, den anden gik igennem den øverste del af brystet og strejfede skulderbladet. Offeret ..."

"Gusto Hanssen," sagde Harry.

Beate tav. Kiggede på ham. Nikkede. "Gusto Hanssen døde ikke øjeblikkeligt. Der var aftryk i blodpølen og blod på hans tøj, som indikerer, at han bevægede sig, efter at han var faldet. Men det kan ikke have taget lang tid."

"Jeg er med. Og hvad ..." Harry gned sig i ansigtet med hånden. Han blev nødt til at prøve at få nogle timers søvn. "... Hvad knytter Oleg til drabet?"

"To personer ringede til alarmcentralen klokken tre minutter i ni og sagde, at de havde hørt noget, som kunne være skud fra ejendommen. Den ene boede i Møllergata på den anden side af krydset, den anden på den anden side af vejen."

Harry kiggede på det snavsede vindue, som vendte ud mod Hausmanns Gata. "Godt klaret at kunne høre fra ejendom til ejendom her midt i Centrum."

"Husk, at det var i juli. En varm aften. Alle vinduer står åbne, industriferie, næsten ingen trafik. Naboerne har i øvrigt prøvet at få politiet til at lukke reden her, så tærsklen for at anmelde problemer har været lav, kan man sige. Politibetjenten på alarmcentralen bad dem forholde sig roligt og holde øje med ejendommen, indtil patruljevognene kom. Beskeden blev givet videre til døgnvagten med det samme. To patruljevogne ankom tyve minutter over ni og tog opstilling udenfor, mens de ventede på kavaleriet."

"Delta?"

"Det tager jo altid lidt tid for dem at iklæde sig hjelm og skudsikre veste. Så fik patruljevognene besked fra alarmcentralen om, at naboerne havde set en fyr komme ud ad gadedøren og gå rundt om ejendommen, ned mod Akerselven. Så to af politifolkene gik ned til elven, og der fandt de ..."

Hun nølede, indtil Harry nikkede næsten umærkeligt.

"Oleg. Han satte sig ikke til modværge; han var så høj, at han sandsynligvis ikke anede, hvad der foregik. Vi fandt krudtslam på hans højre hånd og arm."

"Drabsvåbnet?"

"Eftersom det er en usædvanlig kaliber, 9 × 18 millimeter Makarov, er der ikke så mange alternativer."

"Makarov er det foretrukne våben blandt organiserede kriminelle i det tidligere Sovjet. Og så er der Fort-12, som bruges af politiet i Ukraine. Plus et par stykker mere."

"Det stemmer. Vi fandt de tomme hylstre på gulvet. Der var krudtrester på. Makarov-krudt har en anderledes sammensætning af salpeter og svovl, og der er også lidt sprit i ligesom i svovlfrit krudt. Den kemiske blanding i krudtet på hylstrene og rundt om indgangssåret stemmer overens med krudtblandingen på Olegs hånd."

"Javel. Og selve våbnet?"

"Er ikke fundet. Vi havde folk og dykkere, som ledte ved og i elven uden resultat. Men det betyder jo ikke, at pistolen ikke ligger der, mudder og slam ... Ja, du ved."

"Ja."

"To af dem, der boede her, har fortalt, at Oleg havde vist en pistol frem og pralet med, at det var den slags, den russiske mafia brugte. Ingen af de to er våbenkyndige, men efter at være blevet forevist billeder af cirka hundrede andre pistoler udpegede de begge to en Odessa. Og til den bruger man, som du sikkert ved ..."

Harry nikkede. Makarov 9 × 18 millimeter. Og oven i det var den næsten umulig at tage fejl af. Første gang, han havde set en Odessa, havde den mindet ham om den gammelfuturistiske pistol på et Foo Fighters-cover, en af de mange af hans cd'er, som var endt oppe hos Rakel og Oleg.

"Og jeg går ud fra, at de er bundsolide vidner med kun et lille misbrug?"

Beate svarede ikke. Det behøvede hun ikke. Harry vidste, at hun udmærket var klar over, at han bare famlede efter et halmstrå.

"Og Olegs blod- og urinprøver," sagde Harry og trak i ærmerne på sin jakke, som om det var alt om at gøre, at de ikke gled op her og nu. "Hvad viste de?"

"De aktive stoffer i violin. Rusen kan selvfølgelig ses som en formildende omstændighed."

"Nå. Så forudsætter du, at han var høj, før han skød Gusto Hanssen. Men hvad med motivet?"

Beate så tomt på Harry. "Motivet?"

Han vidste, hvad hun tænkte: Kan man overhovedet forestille sig, at en narkoman skyder en anden på grund af noget andet end stoffer? "Hvis Oleg allerede var høj, hvorfor skulle han så slå nogen ihjel?" spurgte han. "Drab blandt misbrugere er som regel en spontan, desperat handling, motiveret af trang til stoffer eller begyndende abstinenser."

"Motiv er din afdeling," sagde Beate. "Jeg er kriminaltekniker."

Harry trak vejret dybt. "Okay. Ellers noget?"

"Jeg regnede med, at du ville se billeder," sagde Beate og åbnede en tynd lædermappe.

Harry tog imod stakken af billeder. Det første, der slog ham, var Gustos skønhed. Han kunne ikke finde noget andet ord for det. Pæn, attraktiv, det var ikke dækkende. Selv død, med lukkede øjne og skjortebrystet gennemvædet af blod, havde Gusto Hanssen den udefinerbare, men tydelige skønhed som en ung Elvis Presley, den type udseende, der appellerer til både mænd og kvinder, ligesom de androgyne forskønnelser af gudebilleder, som man støder på inden for alle religioner. Han kiggede på nogle flere billeder. Efter de første billeder i fuld figur var fotografen gået tættere på ansigtet, skudsårene.

"Hvad er det der?" spurgte han og pegede på et billede af Gustos højre hånd.

"Han havde blod under neglene. Der blev taget prøver, men de blev desværre ødelagt."

"Ødelagt?"

"Sådan noget sker, Harry."

"Ikke i din afdeling."

"Blodet blev ødelagt på vej til dna-testning på Retsmedicinsk. Det gjorde faktisk ikke det store. Blodet var relativt frisk, men var alligevel størknet tilpas meget til, at det næppe havde noget med drabstidspunktet at gøre. I og med at offeret var stiknarkoman, var det desuden mest sandsynligt, at det var hans eget blod. Men ..."

"Men hvis ikke, ville det være interessant at vide, hvem han havde været oppe at slås med den dag. Se på skoene ..." Han viste et af billederne af Gusto i hel figur til Beate. "Er det ikke Alberto Fasciani?"

"Jeg anede ikke, at du vidste så meget om sko, Harry?"

"En af mine klienter i Hongkong producerer dem."

"Klient, hvad? Og så vidt jeg ved, bliver de originale Fasciani kun produceret i Italien?"

Harry trak på skuldrene. "Det er umuligt at se forskel. Men hvis det er Alberto Fasciani, er de ikke ligefrem i stil med det, han ellers har på. Det ligner noget, han har fået fra Fyrtårnet."

"Skoene kan være stjålet," sagde Beate. "Gusto Hanssen blev kaldt Tyven. Han var kendt for at stjæle alt, hvad han kunne komme i nærheden af, ikke mindst stoffer. Der verserer en historie om, at Gusto stjal en pensioneret narkohund i Sverige og brugte den til at finde gemmesteder."

"Måske fandt han Olegs," sagde Harry. "Har han sagt noget under afhøringerne?"

"Han er stadig stum som en østers. Det eneste, han har sagt, er, at alt er sort; han kan ikke engang huske at have været i lejligheden."

"Måske var han der heller ikke."

"Vi fandt hans dna, Harry. Hår, sved."

"Han sov og boede her jo trods alt også."

"På liget, Harry."

Harry blev stående tavs og stirrede lige frem for sig.

Beate løftede en hånd, måske for at lægge den på hans skulder, men hun ombestemte sig og lod den falde. "Har du fået talt med ham?"

Harry rystede på hovedet. "Han smed mig ud."

"Han skammer sig."

"Sikkert."

"Jeg mener det. Du er hans forbillede. Det er ydmygende for ham, at du ser ham sådan."

"Ydmygende? Jeg har tørret tårer og pustet på hudafskrabninger på den knægt. Jaget trolde og ladet lyset være tændt."

"Den knægt findes ikke mere, Harry. Den Oleg, der findes nu, vil ikke hjælpes af dig, men leve op til dig."

Harry stampede i gulvet med det ene ben, mens han kiggede ind i væggen. "Jeg er ikke værd at leve op til, Beate. Det er det, han har fundet ud af."

"Harry ..."

"Skal vi gå ned til elven?"

Sergej stod foran spejlet i lejligheden med armene hængende ned langs siden. Han skød sikringen til side og trykkede på udløserknappen. Knivsbladet sprang ud og fangede lyset. Det var en smuk kniv, en sibirisk springkniv, eller 'jernet', som urkaerne – den kriminelle kaste i Sibirien – kaldte den. Det var verdens bedste stikvåben. Et langt, slankt skaft med et langt, tyndt knivsblad. Det var tradition, at man fik den i gave af en anden, ældre kriminel i familien, når man havde gjort sig fortjent til den. Men traditioner var på retur, så nu til dags købte, stjal eller piratkopierede man kniven. Men lige præcis den her kniv havde han fået af onkel. Ifølge Andrej havde *ataman* haft kniven liggende under madrassen, indtil Sergej fik den. Sergej tænkte på myten om, at hvis man lægger jernet under en syg persons madras, suger det smerterne og lidelserne til sig, som så bliver overført til den, man stikker kniven i senere. Det var med den som med de andre myter, urkaerne var så begejstrede for, ligesom myten om, at hvis nogen bemægtigede sig ens jern, ville han snart blive ramt af død og ulykke. Gammel romantik og overtro, som var på vej ud. Alligevel havde han taget imod gaven med stor og måske overdreven ærbødighed. Og hvorfor skulle han ikke også det? Han skyldte onkel alt. Det var ham, der havde fået ham væk fra de problemer, han var havnet i, og havde ordnet papirerne, så Sergej kunne komme til Norge. Onkel havde oven i købet haft jobbet som rengøringshjælp i Oslo Lufthavn klar til ham. Jobbet var godt betalt, men alligevel nemt at få fat i; det var vist den slags job, man ikke kunne få nordmænd til at tage; så ville de hellere have kontanthjælp. Og de mindre domme, Sergej havde fået i Rusland, var ikke noget problem; onkel havde fået slettet hans generalieblad på forhånd. Så Sergej havde kysset sin velgørers blå ring, da han havde modtaget gaven. Og Sergej måtte indrømme, at den kniv, han holdt i hånden, var meget smuk. Mørkebrunt skaft lavet af kronhjortetak og et indlagt, elfenbensfarvet ortodokst kors.

Sergej skød hoften frem, som han havde lært, kunne mærke, at han var i balance, førte kniven frem og op. Ind og ud igen. Ind og ud igen. Hurtigt, men ikke så hurtigt, at det lange knivsblad ikke kom helt i bund, helt i bund hver gang.

Grunden til, at det skulle gøres med kniv, var, at manden, han skulle slå ihjel, var politibetjent. Og når politibetjente blev slået ihjel, var jagten altid mere intens, så det gjaldt om at efterlade sig færrest mulige spor. En pistolkugle kunne altid spores tilbage til steder, våben, personer. Såret efter en glat, ren kniv var anonymt. Selve stikket var ikke lige så anonymt. Det kunne fortælle noget om knivsbladets længde og form, så derfor havde Andrej anbefalet ham ikke at stikke i hjertet, men at skære politibetjentens halspulsåre over. Sergej havde aldrig skåret struben over på nogen, bare stukket kniven i låret på en georgier, som ikke havde gjort dem andet end at være georgier. Derfor havde han tænkt, at han burde have noget at øve sig på, noget levende. Deres pakistanske nabo havde tre katte, og hver morgen, når han kom ud i opgangen, rev stanken af kattepis ham i næsen.

Sergej sænkede kniven, stod med sænket hoved, kiggede op, så han kunne se sig selv i spejlet. Han så godt ud; veltrænet, truende, farlig, klar. Som en filmplakat. Det ville komme til at fremgå af tatoveringen, at det var en betjent, han havde dræbt.

Han stod bag politibetjenten. Trådte frem. Med venstre hånd tog han fat i hans øre, trak hovedet bagover. Satte knivspidsen mod hans hals, ude til venstre, penetrerede huden, trak knivsæggen over struben i en halvmåneformet bue. Sådan.

Hjertet ville pumpe en kaskade af blod ud, tre hjerteslag, og så ville sprøjtene aftage. Politibetjenten ville for længst være hjernedød.

Folde kniven sammen, lade den glide ned i lommen, mens han gik derfra, hurtigt, men ikke for hurtigt, ikke se nogen i øjnene, hvis der var nogen i nærheden. Gå, og være fri.

Han gik et skridt tilbage. Stillede sig op igen, trak vejret dybt. Visualiserede. Pustede ud. Gik frem. Så det glimte mat og dejligt i knivsbladet, som i et kostbart smykke.

Kapitel 6

Beate og Harry gik ud på Hausmanns Gata, drejede til venstre, rundede hjørnet af ejendommen og gik over en brandtomt, hvor der stadig lå sodsvedne glasskår og sortbrændte mursten i gruset. Bag tomten førte en overgroet skråning ned mod elven. Harry noterede sig, at der ikke var nogen udgangsdøre på bagsiden af ejendommen, og at der i mangel på andre flugtveje gik en smal brandtrappe fra den øverste etage.

"Hvem bor i nabolejligheden på samme etage?" spurgte Harry.

"Ingen," sagde Beate. "Tomme kontorer. Lokalerne husede Anarkisten, et lille blad, som ..."

"Jeg kender det. Det var ikke noget dårligt fanzine. De mennesker sidder på kulturredaktionerne på de store aviser nu. Var lokalerne aflåste?"

"Brudt op. De har nok stået ulåste længe."

Harry så på Beate, som opgivende nikkede bekræftende til det, Harry ikke behøvede at sige: at nogen kunne have været i Olegs lejlighed og være kommet uset ud den vej. Halmstrå.

De gik ned til stien, der løb langs Akerselven. Harry slog fast, at den ikke var bredere, end at en fyr med en god kastearm ville kunne kaste en pistol over på den anden bred.

"Så længe I ikke har fundet drabsvåbnet ..." sagde Harry.

"Anklageren har ikke brug for pistolen, Harry."

Han nikkede. Krudtslammet på hånden. Vidnerne, som havde set ham vise pistolen frem. Dna'et på den døde.

Foran dem stod der to hvide fyre i grå hættetrøjer og kiggede på dem, mens de lænede sig op ad en grøn jernbænk. De stak hovederne sammen og gik hen ad stien med slæbende fødder.

"Det ser ud, som om pusherne stadig kan lugte politibetjenten i dig, Harry."

"Ja. Jeg troede, at det kun var marokkanere, der solgte hash her."

"De har fået konkurrence. Kosovoalbanere, somaliere, østeuropæere.

Asylansøgere, som sælger hele spektret. Speed, metamfetamin, ecstasy, morfin."

"Heroin."

"Det tvivler jeg på. Det er næsten ikke til at opdrive almindelig heroin i Oslo. Nu er det violin, og det kan man kun få fat i inde ved Plata. Hvis man ikke er interesseret i at tage turen til Göteborg eller København, hvor det vist nok er dukket op på det seneste."

"Jeg bliver ved med at høre om det der violinhalløj. Hvad er det for noget?"

"Et nyt syntetisk stof. Ikke så åndedrætshæmmende som almindelig heroin, så selv om det ødelægger liv, er det skyld i færre overdoser. Ekstremt vanedannende; alle, som prøver det, vil have mere. Men det er så dyrt, at de dårligst stillede ikke har råd."

"Så de køber et andet stof i stedet for?"

"Det er gyldne tider for morfin."

"Frem og tilbage er lige langt."

Beate rystede på hovedet. "Det er krigen mod heroin, der tæller. Og den har han vundet."

"Bellman?"

"Nå, det har du altså hørt?"

"Hagen sagde, at han har knaldet de fleste heroinbander."

"De pakistanske bander. Vietnameserne. Dagbladet kaldte ham general Rommel, efter at han tog et stort netværk af nordafrikanere. Rockerbanden i Alnabru. De sidder alle sammen inde."

"Rockere? I min tid solgte de speed og skyede heroin som pesten."

"Los Lobos. Hells Angels wannabes. Vi tror, at de var et af kun to netværk, som omsatte violin. Men de blev taget i en masseanholdelse med efterfølgende razzia i Alnabru. Du skulle have set Bellmans grin i aviserne. Han var personligt til stede under aktionen."

"Let's do some good?"

Beate lo. Det var en anden ting, han godt kunne lide ved hende: Hun var filmnørd nok til at kunne følge med, når han citerede halvgode replikker fra halvdårlige film. Harry bød hende en cigaret, som hun afslog. Han tændte selv en.

"Nå, hvordan fanden har Bellman klaret det, som Narkoafdelingen ikke var i nærheden af i alle de år, jeg var i Huset?"

"Jeg ved godt, at du ikke kan lide ham, men han er faktisk en god leder. De elskede ham på Kripos, og de er sure på politimesteren, som fik ham over til Huset."

"Javel." Harry inhalerede. Følte det stille blodets sult. Nikotin. Trestavelsesord, som sluttede på -in. "Hvem er der så tilbage?"

"Det er det, der er ulempen ved skadedyrsbekæmpelse. Man griber ind i fødekæden og ved ikke, om man bare har skabt plads til noget andet. Noget, som er værre end det, man har fjernet ..."

"Er der noget, der tyder på det?"

Beate trak på skuldrene.

"Vi får pludselig ikke noget info fra gaden. Stikkerne ved ikke noget. Eller holder deres mund. Der hviskes bare om manden fra Dubai. Som ingen har set eller ved, hvad hedder, en slags usynlig dukkefører. Vi kan se, at der bliver solgt violin, men vi kan ikke spore, hvor det kommer fra. De pushere, vi får fat i, siger, at de har købt det af andre pushere på samme niveau. Det er ikke almindeligt, at folk skjuler deres spor så godt. Og det siger os, at det er et enkelt og meget professionelt netværk, der tager sig af import og distribution."

"Manden fra Dubai. Den mystiske, den geniale. Har vi ikke hørt den historie før? Og så viser det sig at være en helt almindelig skurk."

"Det her er anderledes, Harry. Der var en del narkorelaterede drab i begyndelsen af året. En brutalitet, som vi ikke har set før. Og ingen siger noget. To vietnamesiske pushere blev fundet hængt i benene fra en bjælke i den lejlighed, de solgte fra. Druknede. De havde begge to en plasticpose fyldt med vand over hovedet."

"Det er ikke en arabisk metode. Den er russisk."

"Hvad?"

"De hænger dem med hovedet nedad, binder en plasticpose om hovederne og prikker hul i posen i halshøjde, så de kan få vejret. Så begynder de at hælde vand på deres fodsåler. Vandet følger kroppen ned i plasticposen, som langsomt bliver fyldt op. Metoden kaldes Man On The Moon."

"Hvor ved du det fra?"

Harry trak på skuldrene. "Der var en stenrig kirgisisk gangsterboss, som hed Birajev. I firserne fik han fat i en af de originale astronautdragter fra Apollo 11. To millioner dollars på den sorte børs. Dem, der prøvede at snyde eller ikke betalte deres gæld til Birajev, fik dragten på. Så filmede de staklens ansigt, mens de hældte vand på. Bagefter blev filmen sendt til dem, der havde forfaldne terminer."

Harry pustede røg op mod himlen.

Beate så på ham og rystede langsomt på hovedet. "Hvad har du egentlig lavet i Hongkong, Harry?"

"Det spurgte du mig om i telefonen."

"Og du svarede ikke."

"Præcis. Hagen sagde, at han kunne give mig en anden sag i stedet for den her. Han nævnte noget om en undercoverbetjent, der var blevet dræbt."

"Ja," sagde Beate og lød lettet over, at de ikke længere talte om Gusto-sagen og Oleg.

"Hvad var det for noget?"

"En ung narkobetjent. Han drev i land der, hvor taget på operahuset skråner ned i vandet. Turister, børn og alt muligt. Stor ståhej."

"Skudt?"

"Druknet."

"Og hvordan ved I, at det var drab?"

"Ingen ydre skader; det så faktisk ud, som om han kunne være faldet i vandet ved et uheld. Han var jo tit i området omkring Operaen. Men så tjekkede Bjørn Holm vandet i lungerne. Det var ferskvand. Og vandet i Oslofjorden er som bekendt saltvand. Det ser ud til, at nogen smed ham i fjorden, så det skulle se ud, som om han var druknet der."

"Tja," sagde Harry. "Som undercoveragent må han jo tit have været i nærheden af elven her. Ferskvand, som i øvrigt løber ud ved Operaen."

Beate smilede. "Det er godt at have dig tilbage, Harry. Men det tænkte Bjørn også på, og han sammenlignede bakterieflora, indhold af mikroorganismer og sådan noget. Vandet i lungerne var for rent til at kunne komme fra Akerselven. Det havde været igennem drikkevandsfiltre. Mit bud er, at han druknede i et badekar. Eller i et bassin under rensningsanlægget. Eller ..."

Harry smed smøgen fra sig på stien. "En plasticpose."

"Ja."

"Manden fra Dubai. Hvad ved I om ham?"

"Det, jeg lige har fortalt dig, Harry."

"Du har ikke fortalt mig noget."

"Præcis."

De stoppede ved Ankerbrua. Harry kiggede på uret.

"Er der noget, du skal nå?" spurgte Beate.

"Niks," sagde Harry. "Jeg gjorde det bare for at give dig et påskud til at sige, at der er noget, du skal nå, uden at du skal føle, at du skaffer dig af med mig."

Beate smilede. Hun var faktisk lidt pæn, når hun smilede, tænkte Harry. Mærkeligt, at hun ikke var sammen med nogen igen. Eller det var hun måske. Hun var en af kun otte i hans mobilkontakter, og så vidste han ikke engang det.

B for Beate.

H var for Halvorsen, Harrys tidligere kollega og far til Beates barn. Dræbt i tjenesten. Men endnu ikke slettet fra kontaktlisten.

"Har du kontaktet Rakel?" spurgte Beate.

R. Harry spekulerede på, om hendes navn var dukket op som en association til udtrykket 'skaffet sig af med'. Han rystede på hovedet. Beate ventede. Men han havde ikke noget at tilføje.

De begyndte at sige noget samtidig.

"Du har vel ..."

"Jeg har faktisk ..."

Hun smilede: " ... noget, jeg skal nå."

"Selvfølgelig."

Han så hende gå op mod vejen.

Så satte han sig på en af bænkene og kiggede på elven, på ænderne, som svømmede rundt i det stille vand.

De to hættetrøjer dukkede op igen. Gik hen til ham.

"Er du five-o?"

Amerikansk slang for politi, stjålet fra påstået autentiske tv-serier. Det var Beate, de havde kunnet lugte, ikke ham.

Harry rystede på hovedet.

"Ude efter ..."

"Fred," sagde Harry. "Fred og ro."

Han tog et par Prada-solbriller op af inderlommen. Han havde fået dem af en butiksejer på Canton Road, som var lidt bagud med afdragene, men som følte sig fair behandlet. Det var en damemodel, men Harry var ligeglad, han kunne godt lide dem.

"Forresten," råbte han efter dem. "Har I violin?"

Den ene snøftede bare som svar. "Centrum," svarede den anden og pegede over skulderen.

"Hvor?"

"Kig efter van Persie eller Fàbregas." Deres latter forsvandt i retning af jazzklubben Blå.

Harry lænede sig tilbage og betragtede ændernes mærkeligt effektive spark, som fik dem til at glide hen over vandfladen som skøjteløbere på sort is.

Oleg holdt kæft. Som skyldige holder kæft. Det var den skyldiges eneste privilegium og eneste fornuftige strategi. Så hvad nu? Hvordan kunne han efterforske noget, der allerede var blevet afdækket, besvare spørgsmål, som allerede var blevet besvaret? Hvad var det, han troede, at han skulle opnå? At beherske sandheden ved at fornægte den? Sådan som han som drabsefterforsker selv havde set pårørende fremføre det ynkelige refræn: "Min søn? Aldrig i livet!" Han vidste, hvorfor han ville efterforske. Fordi det at efterforske var det eneste, han kunne. Det eneste, han havde at bidrage med. Han var husmoderen, der insisterede på at stege og brase til sin søns gravøl, musikeren, som tog sit instrument med til sin vens begravelse. Behovet for at gøre noget, som en distraktion eller en trøstende gestus.

En af ænderne svømmede over mod ham, måske i håb om et stykke brød. Ikke fordi den troede det, men det kunne jo være. Beregnet energiforbrug vejet op mod sandsynligheden for belønning. Håb. Sort is.

Harry satte sig pludselig op. Tog nøglerne op af sin jakkelomme.

Han var lige kommet i tanker om, hvorfor han havde købt hængelåsen med nøglen dengang. At den ikke havde været til ham selv. Den havde været til skøjteløberen. Til Oleg.

Kapitel 7

Betjent Truls Berntsen havde en kort diskussion med den overordnede i politivagten i Oslo Lufthavn. Berntsen sagde, at ja, han vidste godt, at lufthavnen lå i Romerike Politidistrikt, og at han ikke havde noget med anholdelsen at gøre. Men at han som efterforsker i SO havde holdt øje med arrestanten et stykke tid, og at han netop var blevet varslet af en af sine kilder om, at Tord Schultz var blevet taget med narkotika. Han havde holdt id-kortet frem, hvoraf det fremgik, at han var politibetjent 3, Specielle Operationer, Organiseret Kriminalitet, Oslo Politidistrikt. Politiinspektøren havde trukket på skuldrene og havde så uden et ord taget ham med ind i en af de tre varetægtsceller.

Da celledøren var smækket bag Truls igen, kiggede han sig om for at sikre sig, at gangen og de to andre celler var tomme. Så satte han sig på toiletsædet og kiggede over mod briksen, på manden, som sad foroverbøjet med hovedet i hænderne.

"Tord Schultz?"

Manden løftede hovedet. Han havde taget jakken af, og havde det ikke været for distinktionerne på skjorten, ville Berntsen ikke have vidst, at han var luftkaptajn. Luftkaptajner skulle ikke se sådan ud. Ikke rædselsslagne, blege og med pupiller, som var store og sorte af chok. På den anden side var det sådan, de fleste så ud, når de var blevet anholdt første gang. Det havde taget Berntsen et stykke tid, før han havde fået lokaliseret Tord Schultz i Oslo Lufthavn. Men resten havde været let. Ifølge STRASAK havde Tord Schultz ikke noget generalieblad; han havde aldrig været i kontakt med politiet, og han var – ifølge deres uofficielle register – ikke en person med kendt tilknytning til narkomiljøet.

"Hvem er du?"

"Jeg er her på vegne af dem, du arbejder for, Schultz, og med det mener jeg ikke flyselskabet. Resten skal du bare skide på, okay?"

Schultz pegede på id-kortet, som Berntsen havde i en snor om halsen. "Du er politibetjent. Du prøver at narre mig."

"Det ville have været gode nyheder, hvis det var tilfældet, Schultz. Det ville have været en procedurefejl og en mulighed for, at din advokat ville kunne få dig frikendt. Men vi gør det uden advokat. Okay?"

Luftkaptajnen blev ved med at stirre med vidtåbne pupiller, som tog alt det lys ind, de kunne, det mindste glimt af håb. Truls Berntsen sukkede. Han kunne kun håbe, at det, han ville sige, ville sive ind.

"Ved du, hvad en ildslukker er?" spurgte Berntsen og fortsatte uden at vente på svar. "Det er en, som ødelægger sager for politiet. Han sørger for, at beviser bliver ødelagt eller forsvinder, at der bliver begået procedurefejl, som gør, at sagen aldrig kommer for retten, eller at der bliver begået andre almindelige fejl i efterforskningen, som gør, at den anholdte går fri. Er du med?"

Schultz blinkede to gange. Og nikkede langsomt.

"Fint," sagde Berntsen. "Sagen er, at vi nu er to mand i frit fald med kun én faldskærm til deling. Jeg er lige hoppet ud af flyet for at redde dig, og foreløbig skal du slippe for at takke mig for det, for nu skal du stole hundrede procent på mig, hvis vi ikke begge to skal ramme jorden. Capisce?"

Mere blinken. Tydeligvis ikke.

"Der var engang en tysk politibetjent, en ildslukker Han arbejdede for en bande kosovoalbanere, som smuglede heroin ind via Balkanruten. Stoffet bliver kørt fra opiumsmarkerne i Afghanistan med lastbil til Tyrkiet, bliver fragtet videre gennem det gamle Jugoslavien til Amsterdam, hvor albanerne sørger for, at det kommer videre til Skandinavien. Mange grænser, der skal krydses, og mange mennesker, der skal betales. Blandt andet den her ildslukker. Og en dag blev en ung kosovoalbaner taget med benzintanken fuld af råopium. Det var ikke engang pakket ind, men bare lagt ned i benzintanken. Han blev varetægtsfængslet, og samme dag kontaktede kosovoalbanerne deres ildslukker. Han gik til den unge kosovoalbaner, forklarede, at han var hans ildslukker, og at han bare skulle slappe af, at det skulle de nok få ordnet. Ildslukkeren sagde, at han ville komme tilbage næste dag og fortælle ham, hvilken forklaring han skulle give politiet. Det eneste, han skulle gøre, var at holde sin kæft. Men fyren, som var blevet anholdt, var grøn. Han havde aldrig siddet inde før. Han havde vel hørt for mange rædselshistorier om folk, der havde bøjet sig efter sæben i fængslets bruserum; i hvert fald flækkede han som et æg i mikroen under den første afhøring og fortalte alt om planen med ildslukkeren i håb om, at det ville blive belønnet af dommeren. Så. For at skaffe beviser mod ildslukkeren satte politiet en skjult mikrofon op i cellen. Men ildslukkeren, den korrupte politibetjent, dukkede ikke op som aftalt. De fandt ham først seks måneder senere. Han var blevet skåret i småstykker og spredt ud over en tulipanmark. Jeg er selv bybo, men jeg har hørt, at det skulle være ret godt som gødning."

Berntsen holdt inde og så på luftkaptajnen, mens han ventede på det sædvanlige spørgsmål.

Luftkaptajnen havde rettet sig op på briksen, havde fået lidt farve i ansigtet igen og havde endelig fået klaret stemmen: "Hvorfor ... øh, ildslukkeren? Det var jo ikke ham, der havde sladret."

"Fordi der ikke er nogen retfærdighed til, Schultz. Kun nødvendige løsninger på praktiske problemer. Ildslukkeren, som skulle ødelægge beviser, var blevet et bevis i sig selv. Han var afsløret, og hvis politiet fik fat i ham, ville han kunne lede efterforskerne til kosovoalbanerne. Fordi ildslukkeren ikke var en kosovoalbansk bror, men bare en korrupt strømer, var det mest logiske at ekspedere ham. Og de vidste, at det var et politidrab, hvis opklaring politiet ikke ville prioritere ret højt. Hvorfor skulle de det? Ildslukkeren havde allerede fået sin straf, og politiet går ikke i gang med en efterforskning, hvor det eneste, de kan opnå, er, at offentligheden får kendskab til endnu en korrupt politibetjent. Enig?"

Schultz svarede ikke.

Berntsen lænede sig frem. Hans stemme blev lavere, men mere intens: "Jeg har ikke lyst til at blive fundet på en tulipanmark, Schultz. Den eneste vej ud af det her er, at vi stoler på hinanden. Én faldskærm. Er du med?"

Luftkaptajnen rømmede sig. "Hvad med kosovoalbaneren? Fik han så strafnedsættelse?"

"Det er svært at sige. Han blev fundet hængende fra væggen i sin celle før retssagen. Nogen havde trådt hans baghoved ned over en knage."

Luftkaptajnen blev ligbleg igen.

"Træk vejret, Schultz," sagde Truls Berntsen. Det var det her, han bedst kunne lide ved jobbet. Følelsen af, at det for en gangs skyld var *ham*, der havde styr på sagerne.

Schultz lænede sig bagover på briksen og lænede hovedet mod væggen. Lukkede øjnene. "Og hvis jeg allerede nu takker nej til din hjælp, og vi lader, som om du aldrig har været her?"

"Det hjælper ikke. Vores arbejdsgiver er ikke interesseret i at se dig i vidneskranken."

"Så det, du siger, er, at jeg ikke har noget valg?"

Berntsen smilede. Og så sagde han sin yndlingssætning:

"Valg, Schultz, er en luksus, du ikke har haft i lang tid."

Valle Hovin Stadion. En lille oase af beton midt i en ørken af grønne plæner, birketræer, haver og verandaer med blomsterkasser. Om vinteren blev banen brugt som skøjtebane, om sommeren til koncerter, stort set kun for dinosaurer som Rolling Stones, Prince, Bruce Springsteen. Rakel havde endda fået overtalt Harry til at tage med og høre U2, selv om han altid havde været klubmand og hadede stadionkoncerter. Bagefter havde hun drillet Harry med, at han inderst inde var musikalsk skabs-straight.

Det meste af tiden lå Valle Hovin imidlertid som nu øde hen, forfaldent, som en nedlagt fabrik, der havde produceret noget, ingen havde brug for mere. Harrys bedste minder herfra var, når han havde set Oleg træne på skøjter. Bare siddet og se ham øve. Kæmpe. Mislykkes. Mislykkes. Og så lykkes. Ikke store ting, men en ny rekord, en andenplads i et klubmesterskabs aldersbestemte klasser. Men mere end nok til at få Harrys tåbelige hjerte til at svulme til så absurd en størrelse, at han måtte tage den ligeglade mine på for ikke at gøre situationen pinlig for dem begge to. "Det var ikke så tosset, det der, Oleg."

Harry så sig omkring. Der var ikke et menneske at se. Så satte han

Ving-nøglen i låsen i døren til omklædningsrummene under tribunen. Indenfor var alt som før, bare mere nedslidt. Han gik ind i herreomklædningen. Der lå affald på gulvet; det var tydeligt, at der gik længe mellem, at der kom nogen. Det var et sted, man kunne være alene. Harry gik ned mellem skabene. De fleste af dem var ulåste. Men så fandt han det, han ledte efter: Abus-hængelåsen.

Han pressede spidsen af nøglen mod den takkede åbning. Den passede ikke. Fandens!

Harry vendte sig om. Lod blikket glide langs rækkerne af bulede metalskabe. Stoppede og hoppede et skab tilbage. Det havde også en Abus-hængelås. Og en cirkel, der var ridset i den grønne maling. Et "O".

Det første, Harry så, da han åbnede skabet, var Olegs langdistanceskøjter. De lange, smalle skøjteklinger havde ligesom et rødt udslæt af rust.

På indersiden af skabsdøren, sat fast mellem ventilationsrillerne, var der to billeder. To familiebilleder. Der var fem ansigter på det ene. To af børn og dem, han antog, var forældrene, kendte han ikke. Men det tredje ansigt genkendte han. Fordi han lige havde set det på nogle andre billeder. Gerningsstedsbilleder.

Det var skønheden. Gusto Hanssen.

Harry spekulerede på, om det var skønheden, som gjorde det, den umiddelbare følelse af, at Gusto ikke hørte til på det billede. Eller rettere sagt, at han ikke var en del af familien.

Det samme kunne mærkeligt nok ikke siges om den høje, lyse mand, som sad bag den mørke kvinde og hendes søn på det andet billede. Det var taget en efterårsdag for nogle år siden. De havde gået tur i Holmenkollen, vadet i appelsinfarvet løv, og Rakel havde sat sit kamera på en sten og trykket på selvudløseren.

Var det virkelig ham selv? Harry kunne ikke huske, at han nogensinde havde haft så bløde ansigtstræk som på billedet.

Rakels øjne skinnede, og han syntes, at han kunne høre hendes latter, den latter, som han elskede, aldrig blev træt af, altid prøvede at fremkalde. Hun lo også sammen med andre, men sammen med ham og Oleg havde den en lidt anden tone, en tone, som var reserveret til kun ham og Oleg.

Harry ledte resten af skabet igennem.

Der lå en hvid trøje med blå kanter. Den var ikke Olegs stil, for han gik med korte jakker og sorte T-shirts med Slayer og Slipknot. Harry lugtede til trøjen. Svag parfumeduft, feminin. Der lå en plasticpose oppe på hattehylden. Han åbnede den. Begyndte at trække vejret hurtigt. Det var junkie-udstyr, to sprøjter, en ske, en gummislange, en lighter og en pakke vat. Det eneste, der manglede, var stoffer. Harry skulle lige til at lægge posen ind igen, da han fik øje på noget andet. En skjorte, som lå inderst i skabet. Den var rød og hvid. Han tog den ud. Det var en fodboldtrøje med en opfordring på brystet: Fly Emirates. Arsenal.

Han så op på billedet, på Oleg. Selv han smilede. Smilede, som om han troede, i hvert fald på det tidspunkt, at her sidder tre mennesker, som er enige om, at det er fint, det går godt, det er sådan, vi skal have det. Så hvorfor ende i grøften? Hvorfor kører han os i grøften, ham, der sidder bag rattet?

"Ligesom du løj om, at du altid ville være der for os."

Harry tog begge billeder ned fra skabsdøren og stak dem i inderlommen.

Da han kom ud, var solen på vej ned bag Ullernåsen.

Kapitel 8

Kan du se, jeg bløder, far? Det er dit dårlige blod, der løber ud af mig. Og dit blod, Oleg. Det er dig, kirkeklokkerne burde ringe for. Jeg forbander dig, forbander den dag, jeg mødte dig. Du havde været til koncert i Spektrum, Judas Priest. Jeg havde ventet udenfor og gled ind i køen, som strømmede ud derfra.

"Wow, sej T-shirt," sagde jeg. "Hvor har du den fra?"

Du kiggede mærkeligt på mig. "Amsterdam."

"Så du Judas Priest i Amsterdam?"

"Hvorfor ikke?"

Jeg anede intet om Judas Priest, men jeg havde i det mindste fundet ud af, at det var et band og ikke en fyr, og at sangeren hed Rob-et-eller-andet.

"Fedt! Priest styrer."

Du stivnede et øjeblik og så på mig. Koncentreret, som et dyr, der har vejret noget. En fare, et bytte, en sparringspartner. Eller – i dit tilfælde – en mulig sjæleven. For du bar din ensomhed som en stor, tung frakke, Oleg, som du gik der med bøjet ryg og slæbende fødder. Jeg havde valgt dig netop på grund af ensomheden. Jeg sagde, at jeg gav en cola, hvis du fortalte om gigget i Amsterdam.

Så du snakkede om Judas Priest, koncerten i Heineken Music Hall for to år siden, om de to venner på atten og nitten år, som havde skudt sig med et haglgevær efter at have hørt en Priest-plade med en skjult meddelelse, som lød 'do it'. At det kun var den ene af dem, der havde overlevet. Priest var heavy metal, havde været omkring speed metal. Og tyve minutter senere havde du fortalt så meget om goth og death, at det var på tide at introducere meth i samtalen.

"Lad os blive høje, Oleg. Fejre det her møde mellem to tvillingesjæle. Hvad siger du?"

"Hvad mener du?"

"Jeg kender nogle partyfolk, som har tænkt sig at ryge lidt i parken."

"Nå?" Skeptisk.

"Ikke noget vildt. Bare lidt ice."

"Den slags gør jeg ikke, sorry."

"Det gør jeg sgu da heller ikke. Bare smage lidt på en pibe. Dig og mig. Ægte ice, ikke det der pulverlort. Ligesom Rob."

Oleg stoppede midt i den tår, han var ved at tage af colaen. "Rob?"

"Ja."

"Rob Halford?"

"Ja. Hans roadie købte af den samme fyr, som jeg har tænkt mig at købe af nu. Har du nogen penge?"

Jeg sagde det let, så let og selvfølgeligt, at der ikke var en skygge af mistanke at se i det alvorlige blik, han sendte mig. "Ryger Rob Halford ice?"

Han talte de fem hundrede kroner op, som jeg havde bedt om. Jeg bad ham vente, rejste mig og gik. Over vejen mod Vaterlands bro. Så, da jeg var ude af syne, til højre over vejen og de tre hundrede meter ned til Oslo centralstation. Og jeg troede, at det ville blive det sidste, jeg så til Oleg skide Fauke.

Det var først, da jeg sad i tunnelen under perronerne med en pibe i munden, at det gik op for mig, at han og jeg ikke var færdige med hinanden endnu. Langtfra. Han stod over mig uden at sige et ord. Satte ryggen mod væggen og gled ned ved siden af mig. Rakte hånden ud. Jeg gav ham piben. Han inhalerede. Hostede. Og stak den anden hånd frem: "Byttepengene."

Og dermed var team Gusto og Oleg et faktum. Hver dag, når han var blevet færdig på Clas Ohlson, hvor han havde sommerjob på lageret, trak vi ned mod Oslo City, parkerne, badede i det beskidte vand i Middelalderparken og så på, mens de byggede en ny bydel rundt om det nye operahus.

Vi fortalte hinanden alt om, hvad vi ville gøre, og hvad vi havde tænkt os at blive, om de steder, vi ville rejse til, og om alt det, vi ville ryge og sniffe for hans sommerjobpenge.

Jeg fortalte ham om min plejefar, at han havde smidt mig ud, fordi min plejemor havde lagt an på mig. Og du, Oleg, fortalte om en fyr, som din mor var sammen med, en panser, der hed Harry, og som du påstod var 'top notch'. En du kunne stole på. Men at noget havde ændret sig.

Først mellem ham og din mor. Og så var I blevet trukket ind i en drabssag, han havde arbejdet på. Og at det var på det tidspunkt, du og din mor var flyttet til Amsterdam. Jeg sagde, at fyren sikkert var 'top notch', men at det var et ret kikset udtryk. Og du sagde, at 'fuckings' var mere kikset, og om nogen havde fortalt mig, at det hed fucking, og at selv det faktisk var ret barnligt. Og hvorfor talte jeg sådan et overdrevent cockneynorsk? Jeg kom jo ikke engang østfra. Jeg sagde, at jeg altid overdrev af princip, at det får pointen frem, og at 'fuckings' var så forkert, at det blev rigtigt. Og Oleg så på mig og sagde, at det var mig, der var så forkert, at jeg blev rigtig. Og solen skinnede, og jeg tænkte, at det var det pæneste, nogen nogensinde havde sagt om mig.

Vi tiggede penge på Karl Johan bare for sjov; jeg huggede et skateboard på Rådhuspladsen og byttede det for speed på Jernbanetorget en halv time senere. Vi tog båden ud til Hovedøya, badede og nassede øl. Nogle piger ville have mig med i deres fars sejlbåd, og du sprang i fra masten og undgik lige akkurat dækket. Vi tog sporvognen til Ekeberg for at se solnedgangen, og det var Norway Cup, og en sørgmodig fodboldtræner fra Trøndelag så på mig, og jeg sagde, at jeg ville sutte den af på ham for en tusindlap. Han tog pengene frem, og jeg ventede, til han havde bukserne helt nede om knæene, før jeg løb. Og bagefter fortalte du, at han havde set totally lost ud og vendt sig om mod dig som for at bede dig om at overtage jobbet. Jeez, hvor vi grinede.

Den sommer fik aldrig ende. Men det gjorde den alligevel. Vi brugte din sidste løn på hash, som vi fyrede op mod den blege, tomme nattehimmel. Du sagde, at du havde tænkt dig at begynde i skolen igen, få topkarakterer og studere jura, præcis som din mor. Og at bagefter ville du fandeme på Politiskolen! Vi grinede, til vi fik tårer i øjnene.

Men da skolen begyndte, så jeg mindre til dig. Så endnu mindre.

Du boede deroppe på Holmenkollåsen hos din mor, mens jeg crashede på en madras i et bands øvelokale. De sagde, at det var okay, så længe jeg passede på udstyret og holdt mig væk, når de øvede. Så jeg opgav dig, tænkte, at du var tilbage i dit trygge, normale liv. Og det var på det tidspunkt, jeg begyndte at pushe.

Det skete faktisk ved et tilfælde. Jeg havde bøffet nogle penge fra en pige, jeg havde overnattet hos. Så jeg gik ned i Oslo C og spurgte Tutu, om han havde mere ice. Tutu stammede lidt og var Odins slave. Odin var chefen for Los Lobos i Alnabru. Han havde fået sit navn, efter at Odin havde skullet hvidvaske en kuffert narkopenge og derfor havde sendt Tutu til en offentlig bookmaker i Italien, for at han skulle sætte pengene på en fodboldkamp, som Odin vidste var fikset. Hjemmeholdet skulle vinde 2-0. Odin havde instruereret Tutu i at sige "two nill", men Tutu var så nervøs og stammede så meget, da han stod i lugen, at bookmakeren kun hørte tu-tu og skrev det på kuponen. Ti minutter før tid førte hjemmeholdet selvfølgelig 2-0, og alt var fint. Bortset fra Tutu, som lige havde set på sin kvittering, at han havde sat penge på tu-tu. 2-2. Han vidste, at Odin ville skyde ham i knæet. Odin har et eller andet med at skyde folk i knæene. Men her kommer det andet vendepunkt. På udeholdets bænk sad en nyindkøbt polsk angriber, som var lige så dårlig til italiensk, som Tutu var til engelsk, så han havde ikke opdaget, at kampen var fikset. Så da træneren sendte ham på banen, gjorde han det, han troede, de havde betalt ham for: Han scorede. To gange. Tutu var reddet. Men da Tutu landede i Oslo samme aften og skyndte sig hen til Odin for at fortælle ham om sit svineheld, vendte heldet ham ryggen. Han begyndte nemlig med de dårlige nyheder om, at han havde lavet lort i den og sat pengene på et forkert resultat. Og han var så ivrig og stammede så meget, at Odin mistede tålmodigheden, tog revolveren op af en skuffe og – vendepunkt tre – skød Tutu i knæet, længe før han nåede til det med polakken.

Nå, men den dag i Oslo C sagde Tutu til mig, at det ikke var t-t-til at få fat i ice længere, at jeg måtte nøjes med p-p-pulver. Det var billigere, og begge dele er metamfetamin, men jeg hader det. Ice er dejlige, hvide krystalstykker, som gør en vildt høj. Det gule, stinkende pulverlort, man får i Oslo, er blandet med bagepulver, melis, aspirin, B 12-vitaminer og fanden og hans pumpestok. Eller, for feinschmeckerne: knuste smertestillende tabletter, der smager af speed. Men jeg købte det, han havde, mod at få lidt mængderabat, og jeg havde stadig penge til lidt amf. Og eftersom amfetamin trods alt er den rene helsekost i forhold til metamfetamin, bare lidt mere kedeligt, sniffede jeg speeden, blandede metamfetaminen op med mere bagepulver og solgte den på Plata med en god fortjeneste.

Næste dag gik jeg tilbage til Tutu og gjorde det samme; jeg købte bare lidt mere. Sniffede lidt, blandede op og solgte resten. Det samme dagen efter. Jeg sagde, at jeg kunne tage lidt mere, hvis jeg kunne få på kridt til dagen efter, men det grinede han bare af. Da jeg kom igen på fjerdedagen, sagde Tutu, at chefen mente, at vi burde o-o-organisere det. De havde set mig sælge og kunne lide det, de så. Hvis jeg solgte to batcher om dagen, ville det betyde fem tusind lige ned i foret. Og dermed var jeg blevet en af Odins og Los Lobos' gadepushere. Jeg fik stoffet af Tutu om formiddagen og afleverede dagens udbytte og eventuelle rester igen klokken fem. Dagholdet. Der var aldrig noget tilbage.

Det gik godt i omkring tre uger. Men så en onsdag ude på Vippetangen ... Jeg havde solgt to batcher, havde lommen fuld af sedler og næsen fuld af speed, da jeg pludselig ikke så nogen grund til at mødes med Tutu nede i Oslo C. I stedet sendte jeg en sms om, at jeg tog på ferie, og så hoppede jeg på båden til Danmark. Det er den slags koncentrationssvigt, man må regne med, når man har taget lidt for meget amf lidt for længe.

Da jeg kom tilbage, hørte jeg et rygte om, at Odin ledte efter mig. Og det freakede mig lidt ud, især fordi jeg jo godt var klar over, hvordan Tutu havde fået sit øgenavn. Så jeg holdt mig væk, hang ud i Grünerløkka. Og ventede på dommedag. Men Odin havde fået andet at tænke på end en pusher, som skyldte ham nogle tusind kroner. Der var kommet konkurrence til byen. "Manden fra Dubai." Han var ikke på amfetaminmarkedet, men på heroinmarkedet, som var det vigtigste for Los Lobos. Nogle sagde, at det var hviderussere, nogle, at det var litauere, og andre, at det var en norsk-pakistaner. Det eneste, alle vidste, var, at det blev kørt professionelt, at de ikke var bange for noget, og at det var bedre at vide for lidt end for meget.

Det blev et lorteefterår.

Jeg havde for længst brugt pengene, havde ikke noget job mere og blev nødt til at holde lav profil. Jeg havde fundet en køber til grejet i Bispegata; han havde været der og set på det, overbevist om, at det var mit; jeg boede der jo! Det eneste, vi manglede, var at aftale, hvordan og hvornår det skulle afhentes. Så – som en frelsende engel – dukkede Irene op. Fregnede, søde Irene. Det var en formiddag i oktober, og jeg havde travlt med nogle kunder i Sofienbergparken, da hun pludselig stod der og var ved at græde af glæde. Jeg spurgte, om hun havde nogen penge, og hun viftede med et Visakort. Hendes fars, Rolfs. Vi gik hen til den nærmeste kontantautomat og tømte hans konto. Irene ville først ikke, men da jeg fik forklaret hende, at mit liv afhang af det, kunne hun godt se, at det var nødvendigt. Enogtredive tusind. Vi gik hen på Olympen og spiste og drak, købte nogle gram speed og tog hjem til Bispelokket. Hun sagde, at hun havde været oppe at skændes med mor. Hun blev og overnattede. Næste dag tog jeg hende med ned til Oslo C. Tutu sad på motorcyklen iført læderjakke med et ulvehoved på ryggen. Tutu med overskæg, bandana om hovedet og tatoveringer, der stak op over halslinningen, men alligevel lignede han en skide piccolo. Han skulle lige til at hoppe af og løbe efter mig, da han kunne se, at jeg var på vej hen mod ham. Jeg gav ham de tyve tusind, jeg skyldte, plus fem i renter. Takkede for ferielånet. Håbede, at vi kunne starte på en frisk. Tutu ringede til Odin, mens han kiggede på Irene. Jeg kunne godt se, hvad han ville have. Og han så på Irene igen. Stakkels, smukke, blege Irene.

"Odin siger, han skal have f-f-fem tusind mere," sagde Tutu. "Hvis ikke, har jeg fået ordre om at b-b-b-ba-ba-ba ..." Han trak vejret dybt.

"Banke dig," sagde jeg.

"Her og nu," sagde Tutu.

"Fint nok, men jeg sælger to batcher i dag."

"Dem skal du be-be-betale for."

"Hold nu op, jeg kan sælge det på to timer."

Tutu så på mig. Nikkede hen mod Irene, som stod henne ved trapperne ned til Jernbanetorget og ventede. "Hvad med hø-hø-hende?"

"Hun hjælper mig."

"Piger er gode s-s-sælgere. Bruger hun?"

"Ikke endnu," sagde jeg.

"Ty-tyven," sagde Tutu og smilede sit tandløse smil.

Jeg talte pengene op. De sidste. Det var altid de sidste. Blodet, som løber ud af mig.

En uge senere, foran Elm Street Rock Café, stoppede en fyr op foran mig og Irene.

"Sig hej til Oleg," sagde jeg og hoppede ned fra muren. "Sig hej til min søster, Oleg."

Så gav jeg ham et knus. Jeg kunne mærke, at han holdt hovedet løftet, at han kiggede mig over skulderen. Så på Irene. Og selv gennem hans cowboyjakke kunne jeg mærke, hvordan hans hjerte begyndte at hamre.

Betjent Berntsen sad med benene oppe på skrivebordet og telefonrøret for øret. Han havde ringet til politistationen i Lillestrøm, Romerike Politidistrikt og præsenteret sig som Roy Lunder, laborant hos Kripos. Den betjent, han talte med, havde lige bekræftet, at de havde modtaget posen med det, de antog var heroin, fra Gardermoen. Det var rutine, at alle narkobeslaglæggelser i hele landet blev sendt til testning på Kripos' laboratorium i Bryn, Oslo. En gang om ugen kørte en bil fra Kripos en rundtur til politidistrikterne i Østlandet og samlede ind. Andre politidistrikter sendte selv stofferne med kurér.

"Godt," sagde Berntsen og legede med det falske id-kort med sit eget billede og ordene Roy Lunder, Kripos nedenunder. "Jeg skal alligevel forbi Lillestrøm, så jeg tager posen med op til Bryn. Sådan et stort parti vil vi helst teste med det samme. Fint, så ses vi i morgen tidlig."

Han lagde på og kiggede ud ad vinduet. Så på den nye bydel ved Bjørvika, som var ved at rejse sig mod himlen. Tænkte på alle de små detaljer: Skruedimensioner, møtrikstørrelser, mørtelkvalitet, vinduesrudernes fleksibilitet, alt det, som skulle være i orden, for at helheden kunne fungere. Og følte en dyb tilfredshed. For det gjorde den. Den her by fungerede.

Kapitel 9

Fyrretræernes lange, slanke kvindeben forsvandt op i skørtet af grønt, som kastede svage eftermiddagsskygger på den åbne grusplads foran huset. Harry stod på toppen af opkørslen, tørrede sveden af panden efter at have gået op ad de stejle bakker fra Holmendammen og betragtede det mørke hus. Det sortbejdsede, tunge tømmer udtrykte soliditet, tryghed, et forsvarsværk mod trolde og natur. Det havde ikke holdt. Nabohusene var store, uelegante villaer under konstant istandsættelse og udvidelse. Øystein, kaldet Ø i mobilkontakterne, havde sagt, at det krydsliggende tømmer var udtryk for det velbjærgede borgerskabs længsel efter det naturlige, det enkle, det sunde. Det, Harry så, var det syge, det perverterede, en seriemorders belejring af en familie. Alligevel havde hun valgt at beholde huset.

Harry gik op til døren og ringede på.

Der lød tunge skridt inde fra huset. Og i samme øjeblik gik det op for Harry, at han burde have ringet først.

Døren gik op.

Manden, som stod foran ham, havde lyst pandehår; den type pandehår, som havde været fyldigt, da han var ung, og som utvivlsomt havde givet ham visse fordele, og som man derfor tog med sig ind i voksenlivet i håb om, at den lidt mere visne udgave stadig kunne fungere. Han havde en nystrøget, lyseblå skjorte på, samme slags, gættede Harry på, som han havde haft på i sin ungdom.

"Ja?" sagde manden. Åbent, venligt ansigt. Øjne, som så ud, som om de aldrig havde mødt andet end venlighed. Et lille mærke med en polospiller var syet på brystlommen af skjorten.

Harry kunne mærke, at han blev tør i halsen. Han kiggede på navneskiltet under ringeklokken én gang til.

Rakel Fauke.

Og alligevel stod den her mand med det pæne, vege ansigt der og holdt døren ind mod sig, som om den var hans. Harry vidste, at der var flere mulige ligefremme åbningsreplikker, men han valgte den her: "Hvem er du?"

Manden foran ham var i stand til at sætte det ansigtsudtryk op, som Harry aldrig havde mestret. Han rynkede panden og smilede samtidig. Den overlegnes overbærende morskab over den underlegnes frækhed.

"Siden du står udenfor, og jeg står indenfor, er det vist mere naturligt, at du fortæller, hvem du er. Og hvad du vil."

"Som du vil," sagde Harry og gabte højt. Han kunne selvfølgelig have skudt skylden på jetlag. "Jeg er her for at tale med hende, hvis navn står på døren."

"Og du kommer fra?"

"Jehovas Vidner," sagde Harry og så på uret.

Den anden flyttede automatisk blikket fra Harry for at se efter den obligatoriske partner.

"Jeg hedder Harry og kommer fra Hongkong. Hvor er hun?"

Den anden hævede et øjenbryn. "*Den* Harry?"

"Eftersom det har været et af de mindst trendy navne i Norge i halvtreds år, kan vi nok gå ud fra det."

Den anden studerede nu Harry nikkende og med et halvt smil på læberne, som om hjernen afspillede den information, den havde modtaget om den person, der stod foran ham. Men uden at gøre mine til at flytte sig fra døråbningen eller besvare nogen af Harrys spørgsmål.

"Nå?" sagde Harry og flyttede vægten fra det ene ben til det andet.

"Jeg skal sige, at du har været her."

Harry stak hurtigt foden frem. Han vendte automatisk skosålen lidt op, så døren ramte sålen i stedet for overlæderet. Det var sådan nogle ting, hans nye arbejde havde lært ham. Den anden så ned på Harrys fod og derefter op på ham. Den overbærende morskab var væk. Han skulle til at sige noget. Noget skarpt, som skulle sætte tingene på plads. Men Harry vidste, at han ville ombestemme sig. Når han så det i Harrys ansigt, som fik dem til at ombestemme sig.

"Du skal ..." sagde den anden. Stoppede. Blinkede én gang. Harry ventede. På forvirringen. Tøven. Tilbagetoget. Blink nummer to. Manden rømmede sig. "Hun er her ikke."

Harry stod helt stille. Lod tavsheden runge. To sekunder. Tre sekunder.

"Jeg ... øh, ved ikke, hvornår hun kommer tilbage."

Ikke en muskel bevægede sig i Harrys ansigt, mens den andens ansigt sprang fra udtryk til udtryk, som om det ledte efter et, som det kunne gemme sig bag. Og endte der, hvor det var startet: det venlige.

"Jeg hedder Hans Christian. Jeg ... Jeg beklager, at jeg var så afvisende. Men der kommer mange underlige henvendelser i forbindelse med sagen, og det vigtigste for Rakel er at få lidt fred lige nu. Jeg er hendes advokat."

"Hendes?"

"Hendes og Olegs. Vil du med ind?"

Harry nikkede.

Der lå papirbunker på spisebordet. Harry gik hen til dem. Sagsakter. Rapporter. Bunkernes højde tydede på, at de havde ledt meget og længe.

"Tør jeg spørge, hvorfor du er her?" spurgte Hans Christian.

Harry bladrede. Dna-test. Vidneudsagn. "Tja, gør du?"

"Hvad?"

"Hvorfor er du her? Har du ikke et kontor, hvor du kan forberede forsvaret?"

"Rakel vil gerne være involveret; hun er jo trods alt selv jurist. Hør her, Hole. Jeg ved godt, hvem du er, og at du har stået Rakel og Oleg nær, men ..."

"Og præcis hvor nær står du dem?"

"Mig?"

"Ja. Det lyder, som om du har påtaget dig omsorgen for både den ene og den anden."

Harry kunne selv høre overtonen i sin stemme og vidste, at han afslørede sig selv, vidste, at den anden så på ham med forbavselse. Og vidste, at han havde mistet overtaget.

"Rakel og jeg er gamle venner," sagde Hans Christian. "Jeg voksede op her i nabolaget, vi læste jura sammen, og ... ja. Når man oplever de bedste år af sit liv sammen, knytter man jo nogle bånd."

Harry nikkede. Han vidste, at han burde holde kæft. Vidste, at alt, hvad han kom til at sige, kun ville gøre ondt værre.

"Nå. Med sådan nogle bånd er det da underligt, at jeg aldrig hverken så eller hørte om dig, da Rakel og jeg var sammen."

Hans Christian svarede ikke. Så gik døren op. Og der stod hun.

Harry kunne mærke en klo, der lukkede sig om hans hjerte og strammede til.

Skikkelsen var den samme, slank, rank. Ansigtet det samme, hjerteformet med de brune, mørke øjne og den lidt brede mund, som så gerne lo. Håret var næsten det samme, langt, men det sorte var måske en anelse mere farveløst. Men blikket var forandret. Det var et jaget dyrs blik, opspilet, vildt. Men da det faldt på Harry, var det alligevel, som om der kom noget tilbage. Noget af den, hun havde været. De havde været.

"Harry," sagde hun. Og ved lyden af hendes stemme kom resten, kom alt tilbage.

Han tog to lange skridt, og så havde han hende i sine arme. Lugten af hendes hår. Hendes fingre mod hans rygsøjle. Hun slap ham først. Han gik et skridt baglæns og kiggede på hende.

"Du ser godt ud," sagde hun.

"I lige måde."

"Løgner." Hun sendte ham et hurtigt smil. Hun havde allerede tårer i øjnene.

De blev stående sådan. Harry lod hende studere sig, lod hende se det tre år ældre ansigt med det nye ar. "Harry," gentog hun og lagde hovedet på skrå, lo. Den første tåre skælvede i hendes øjenvipper og slap så taget. Trak en stribe ned over den bløde hud.

Et sted i lokalet rømmede en mand med en polospiller på skjorten sig og sagde noget om et møde, han skulle til.

Så var de alene.

Mens Rakel lavede kaffe, så han hendes blik strejfe metalfingeren, men ingen af dem kommenterede den. Det var en stiltiende aftale, at de ikke omtalte Snemanden. Så Harry sad ved køkkenbordet og fortalte i stedet om sit nye liv i Hongkong. Fortalte det, han kunne. Det han ville. At jobbet som 'debitorrådgiver' for Herman Kluits udeståender bestod i at møde op hos skyldnere med gæld, som var gået over forfaldsdato, og på en venlig måde minde om det. Rådgivningen bestod kort sagt i at råde dem til at betale så hurtigt som praktisk muligt. Harry fortalte, at hans fremmeste og i grunden eneste kvalifikation var hans 193 på strømpesokker, brede skuldre, blodskudte øjne og nyerhvervede ar.

"Venlig, professionel. Jakkesæt, slips, multinationale selskaber i Hongkong, Taiwan og Shanghai. Hotelværelser med roomservice. Fine kontorbygninger. Civiliseret, det er privat bankvirksomhed à la Schweiz, bare med et kinesisk twist. Med vestlige håndtryk og høflighedsfraser. Og asiatiske smil. De betaler stort set dagen efter. Herman Kluit er tilfreds. Vi forstår hinanden."

Hun hældte op til dem og satte sig. Trak vejret dybt.

"Jeg fik job ved den internationale domstol i Haag, med kontor i Amsterdam. Jeg tænkte, at hvis vi tog væk fra det her hus, fra den her by, fra al opmærksomheden, fra ..."

Fra mig, tænkte Harry.

" ... minderne, så ville alt blive bedre. Og det så også sådan ud i et stykke tid. Men så begyndte det. Først med meningsløse raserianfald. Som barn hævede Oleg jo aldrig stemmen. Han græd, ja, men aldrig ... sådan noget. Han sagde, at jeg havde ødelagt hans liv, fordi vi var flyttet væk fra Oslo. Han sagde det, fordi han vidste, at jeg ikke kunne forsvare mig imod det. Og når jeg begyndte at græde, begyndte han at græde. Spurgte, hvorfor jeg smed dig ud, når det var dig, der havde reddet os fra ... fra ..."

Han nikkede, så hun slap for at sige navnet.

"Han begyndte at komme senere hjem. Så han havde venner, men det var venner, jeg ikke havde mødt. En dag indrømmede han, at han havde været i en coffee shop på Leidseplein og røget hash."

"En Bulldog-joint sammen med alle turisterne?"

"Nemlig, det er vel en del af *the Amsterdam experience*, tænkte jeg. Men samtidig var jeg bange. Hans far ... ja, du ved nok."

Harry nikkede. Olegs russiske overklassefamilie på hans fars side. Rus, raseri og depressioner. Dostojevskij-land.

"Han sad meget alene på sit værelse og hørte musik. Tunge, dystre ting. Ja, du kender jo de bands ..."

Harry nikkede igen.

"Men også dine plader. Frank Zappa. Miles Davis. Supergrass. Neil Young. Supersilent."

Navnene kom så hurtigt og naturligt, at Harry havde hende mistænkt for at have smuglyttet.

"Så en dag, da jeg støvsugede på hans værelse, fandt jeg to piller med smileyer på."

"Ecstasy?"

Hun nikkede. "To måneder senere havde jeg søgt og fået job hos statsadvokaten. Og var flyttet tilbage hertil."

"Til trygge, uskyldige Oslo."

Hun trak på skuldrene. "Han trængte til luftforandring. En ny start. Og det virkede. Han er jo ikke typen, som har mange venner, men han mødte nogle af sine gamle venner igen og klarede sig godt i skolen, indtil ..." Hendes stemme knagede pludselig i sammenføjningerne.

Harry ventede. Hun tog en tår kaffe. Samlede sig.

"Han kunne være væk flere dage i træk. Jeg vidste ikke, hvad jeg skulle gøre. Han gjorde, som han ville. Jeg ringede til politiet, psykologer, sociologer. Han var ikke myndig, men alligevel var der ikke nogen, der kunne gøre noget, så længe der ikke forelå beviser for, at han tog stoffer eller brød loven. Jeg følte mig så hjælpeløs. Mig! Som altid har tænkt, at det må være forældrene, der er noget galt med, som altid har haft løsningen klar, når jeg har hørt om andres børn, der skejede ud. Ikke blive apatisk, ikke fortrænge. Handling!"

Harry så på hendes hånd, som lå ved siden af hans på køkkenbordet. De smukke fingre. De fine blodårer på den blege håndryg, som ellers plejede at være solbrændt så tidligt på efteråret. Men han fulgte ikke impulsen til at lægge hånden over hendes. Noget stod i vejen for det. Oleg stod i vejen. Hun sukkede:

"Så tog jeg ned til Centrum og ledte efter ham. Aften efter aften.

Indtil jeg fandt ham. Han stod på et hjørne af Tollbugata og var glad for at se mig. Han sagde, at han var lykkelig. At han havde et job og delte en lejlighed med nogle venner. At han havde brug for friheden, at jeg ikke måtte stille så mange spørgsmål. At han var på 'udflugt', at det var hans version af et sabbatår med jordomsejling, sådan som de andre unge i Holmenkollåsen gør. En jordomsejling i Oslo Centrum."

"Hvad havde han på?"

"Hvad mener du?"

"Ikke noget. Fortsæt."

"Han sagde, at han nok snart skulle komme hjem igen. Og gøre gymnasiet færdigt. Så vi aftalte, at han skulle komme og spise middag med mig om søndagen."

"Og det gjorde han?"

"Ja. Og da han var taget af sted igen, opdagede jeg, at han havde været inde i mit soveværelse og stjæle smykkeskrinet." Hun trak vejret, dybt og skælvende. "Den ring, du købte til mig på Vestkanttorget, lå i det smykkeskrin."

"Vestkanttorget?"

"Kan du ikke huske det?"

Harrys hjerne spolede hurtigt tilbage. Der var nogle sorte felter af bevidstløshed, nogle hvide, han havde fortrængt, og store, blanke områder, som alkoholen bare havde ædt. Men også områder med farve og tekstur. Som en dag, hvor de havde gået rundt på loppemarkedet på Vestkanttorget. Havde Oleg været med? Ja, det havde han da. Selvfølgelig. Billedet. Selvudløseren. Efterårsbladene. Eller havde det været en anden dag? De var gået fra bod til bod. Gammelt legetøj, service, rustne cigarkasser, vinylplader med og uden cover, lightere. Og en guldring.

Den havde set så ensom ud, som den lå der. Så Harry havde købt den og sat den på hendes finger. For at give den et nyt hjem, havde han sagt. Noget i den stil. Noget rapkæftet, som han vidste, at hun havde opfattet som generthed, som en kærlighedserklæring i forklædning. Og måske var det det, det havde været; de havde i hvert fald leet begge to. Af handlingen, af ringen, af at de vidste, at den anden vidste det.

Og af, at det var helt fint. For alt det, de ville og alligevel ikke ville, lå i den slidte, billige ring. Et løfte om at elske hinanden så inderligt og længe, som de kunne, og at gå, når der ikke var mere kærlighed tilbage. Da hun var gået til sidst, havde det selvfølgelig været af andre grunde. Bedre grunde. Men, slog Harry fast, hun havde passet på deres billige ring, gemt den i smykkeskrinet sammen med de smykker, hun havde arvet fra sin østrigske mor.

"Skal vi gå en tur, mens solen stadig skinner?" spurgte Rakel.

"Ja," sagde Harry og gengældte smilet. "Lad os gøre det."

De gik op ad vejen, som snoede sig op mod toppen af åsen. Løvtræerne i øst var så røde, at de så ud, som om de stod i brand. Lyset spillede i fjorden som smeltet metal. Men det var som sædvanlig det menneskeskabte ved byen under dem, der fascinerede Harry. Myretueaspektet. Husene, parkerne, vejene, kranerne, bådene i havnen, lyset, som begyndte at blive tændt. Bilerne og togene som skulle hid og did. Summen af de ting, vi gør. Og spørgsmålet, som kun den, der har så god tid, at han kan stoppe op og se ned på de travle myrer, kan tillade sig at stille: hvorfor?

"Jeg drømmer om fred og ro," sagde Rakel. "Kun det. Hvad med dig, hvad drømmer du om?"

Harry trak på skuldrene. "At jeg befinder mig i en smal gang, og at et sneskred begraver mig."

"Føj."

"Nå ja. Du ved, mig og min klaustrofobi."

"Ofte drømmer vi om noget, vi både frygter og ønsker. At forsvinde, at blive begravet. Det er også trygt på en måde, ikke?"

Harry stak hænderne længere ned i lommerne. "Jeg blev overrasket af et sneskred for tre år siden. Så enkelt er det sådan set."

"Men du slap ikke væk fra genfærdene, selv om du tog helt til Hongkong?"

"Jo da," sagde Harry. "Det tyndede ud i rækkerne."

"Nå?"

"Ja. Det er faktisk muligt at lægge ting bag sig, Rakel. Kunsten med genfærd er, at det handler om at turde se på genfærdene længe og grundigt nok til, at du finder ud af, at det er lige præcis det, de er. Genfærd. Døde og magtesløse genfærd."

"Nå," sagde Rakel i et tonefald, der fik ham til at tro, at hun ikke brød sig om emnet. "Nogen kvinder i dit liv?" Spørgsmålet kom ubesværet. Så ubesværet, at han ikke troede på det.

"Tja."

"Fortæl."

Hun havde taget solbriller på. Det var svært at vurdere, hvor meget hun ville høre. Harry besluttede sig for, at det kunne byttes for tilsvarende information om hende. Hvis han ville høre det.

"Hun var kineser."

"Var? Er hun død?" Hun smilede legesygt. Han tænkte, at det så ud, som om hun kunne klare mosten. Men at han ville have foretrukket, hvis hun havde været lidt mere følsom.

"En forretningskvinde i Shanghai. Hun plejer sin *guanxi*, sit netværk af nyttige forbindelser. Og sin stenrige, ældgamle kinesiske mand. Og – når det passer ind i planerne – mig.

"Du udnytter med andre ord hendes omsorgsgen?"

"Det ville jeg ønske, jeg kunne sige."

"Nå?"

"Hun stiller ret specifikke krav til hvor og hvornår. Og hvordan. Hun kan godt lide ..."

"Stop!" sagde Rakel.

Harry smilede skævt. "Som du ved, har jeg altid haft en svaghed for kvinder, som ved, hvad de vil have."

"Det er nok, sagde jeg."

"Modtaget."

De gik videre i tavshed. Til sidst sagde Harry det, der stod skrevet med store bogstaver i luften foran dem:

"Hvad med ham der Hans Christian?"

"Hans Christian Simonsen? Det er Olegs advokat."

"Jeg har aldrig hørt om en Hans Christian Simonsen i forbindelse med drabssager."

"Han er her fra området. Vi gik på samme årgang på jurastudiet. Han tilbød selv at hjælpe."

"Ja. Netop."

Rakel lo. "Jeg mindes, at han inviterede mig ud en gang eller to i studietiden. Og at han ville have mig med til swing."

"Gud bedre det."

Hun lo endnu højere. Hvor havde han dog bare savnet den latter.

Hun puffede til ham. "Som du ved, har jeg altid haft en svaghed for mænd, som ved, hvad de vil."

"Jaså," sagde Harry. "Og hvad har de nogensinde gjort for dig?"

Hun svarede ikke. Det behøvede hun ikke. I stedet fik hun den rynke mellem de sorte, brede øjenbryn, som han altid havde strøget pegefingeren over, når han opdagede den: "Af og til er det vigtigere at have en jurist, som er dedikeret, end en, som er så erfaren, at han kender udfaldet på forhånd."

"Javel. Du mener en, som ved, at sagen er tabt."

"Så du mener altså, at jeg burde bruge en af de gamle, trætte travere?"

"Tja, de bedste *er* faktisk ret dedikerede."

"Det er et lille narkodrab, Harry. De bedste er optaget af prestigesager."

"Og hvad har Oleg så fortalt sin dedikerede advokat om, hvad der skete?"

Rakel sukkede. "At han ikke kan huske noget. Ud over det vil han ikke fortælle noget om noget som helst."

"Og det er det, I vil basere forsvaret på?"

"Hans Christian er en glimrende advokat inden for sit felt; han ved, hvordan det foregår. Han spørger de bedste til råds. Og han arbejder døgnet rundt, det gør han faktisk."

"Du udnytter med andre ord hans omsorgsgen?"

Denne gang lo Rakel ikke. "Jeg er mor. Det er ganske enkelt. Jeg er villig til at gøre hvad som helst."

De stoppede der, hvor skoven begyndte, og satte sig på hver sin brede granstub. Solen sank ned mod trætoppene i vest som en slatten 17. maj-ballon.

"Jeg ved jo godt, hvorfor du er kommet," sagde Rakel. "Men hvad er det helt præcis, du har tænkt dig at gøre?"

"Finde ud af, om Olegs skyld kan hæves over enhver tvivl."

"Fordi?"

Harry trak på skuldrene. "Fordi jeg er efterforsker. Fordi det er sådan, vi har organiseret den her myretue. At ingen kan dømmes, før vi er sikre."

"Og du er ikke sikker?"

"Nej, jeg er ikke sikker."

"Og det er kun derfor, du er her?"

Grantræernes skygger krøb hen over dem. Harry skuttede sig i hørjakkesættet; hans termostat havde tydeligvis ikke omstillet sig til 59,9 grader nord endnu.

"Det er mærkeligt," sagde han. "Men jeg har svært ved at huske andet end løsrevne øjeblikke fra al den tid, vi var sammen. Når jeg ser på et billede, er det sådan, jeg husker det. Sådan som vi ser ud på billedet. Selv om jeg ved, at det ikke er sandt."

Han så på hende. Hun sad med hagen i den ene hånd. Solen skinnede i de missende øjne.

"Men måske er det derfor, vi tager billeder," fortsatte Harry. "For at skaffe os falske beviser til at underbygge den falske påstand om, at vi var lykkelige. For tanken om, at vi ikke i det mindste på et eller andet tidspunkt var lykkelige, er ikke til at bære. Voksne kommanderer børn til at smile på billeder, får dem med på løgnen, så vi smiler, vi udstråler lykke. Men Oleg kunne ikke smile, hvis han ikke mente det, kunne ikke lyve, havde ikke det talent." Harry vendte sig mod solen igen, nåede at se de sidste solstråler brede sig som gule fingre mellem grantræernes toppe på kammen af åsen. "Jeg fandt et billede af os tre på hans garderobeskabsdør i Valle Hovin. Og ved du hvad, Rakel? Han smiler på det billede."

Harry fokuserede på grantræerne. Det var, som om farven pludselig var blevet suget ud af dem, og nu stod de som opmarcherede, sortklædte silhuetgardister. Så kunne han mærke hende komme, mærke hendes hånd krybe ind under hans arm, mærke hendes hoved mod sin skulder, lugten af hendes hår og den varme kind gennem tøjet. "Jeg behøver ikke et billede for at kunne huske, hvor lykkelige vi var, Harry."

"Nej."

"Måske har han lært at lyve. Det sker for os alle."

Harry nikkede. Et vindstød fik ham til at skælve. Hvornår var det, han selv havde lært at lyve? Var det den gang, Søs spurgte, om mor så ned på dem fra himlen? Havde han lært det så tidligt? Var det derfor, han syntes, det var så let at lyve, når han lod, som om han ikke vidste, hvad Oleg havde lavet? Olegs tabte uskyld bestod ikke i, at han havde lært at lyve, ikke i, at han havde lært at injicere heroin eller stjæle sin mors smykker. Men i at han havde lært, hvordan man på en risikofri og effektiv måde kunne sælge et stof, som æder sjælen op, bryder kroppen ned og sender køberen ned i afhængighedens kolde, dryppende helvede. Selv hvis Oleg var uskyldig i drabet på Gusto, var han stadig skyldig. Han havde sendt dem med et fly. Til Dubai.

Fly Emirates.

Dubai ligger i De Forenede Arabiske Emirater.

Der var ingen arabere, kun pushere i Arsenaltøj, som solgte violin. Tøj, de havde fået sammen med instrukser om, hvordan man solgte stoffer på den rigtige måde: én pengemand, én narkomand. Noget iøjnefaldende og alligevel almindeligt tøj, som viste, hvad de solgte, og hvilken organisation de tilhørte. Ikke en af de sædvanlige kortlivede bander, som altid blev fældet af deres egen grådighed, dumhed, dovenskab og dumdristighed. Men en organisation, som ikke tog nogen unødvendige risici, ikke afslørede noget om, hvem der stod bag, og alligevel virkede, som om de havde monopol på junkiernes nye yndlingsstof. Og Oleg var en af dem. Harry vidste ikke ret meget om fodbold, men han var ret sikker på, at van Persie og Fàbregas spillede for Arsenal. Og helt sikker på, at der ikke var nogen Tottenhamfans, der ville have ejet en Arsenaltrøje uden grund. Så meget havde Oleg da lært ham.

Der var en god grund til, at Oleg ikke ville tale med hverken ham eller politiet. Han arbejdede for nogen eller noget, som ingen vidste, hvad var. Nogen eller noget, som fik alle til at holde kæft. Det var der, Harry måtte begynde.

Rakel var begyndt at græde og havde boret ansigtet ind i hans halsgrube. Tårerne varmede hans hud, der hvor de faldt inde under skjorten, over brystet, over hjertet.

Mørket faldt hurtigt på.

Sergej lå på sengen og stirrede op i loftet.

Sekunderne gik, et efter et. Det var den tid, der gik mest langsomt: ventetiden. Og han vidste ikke engang med sikkerhed, om det ville komme til at ske. Om det ville blive nødvendigt. Han sov dårligt. Havde mareridt. Han blev nødt til at vide det. Så han havde ringet til Andrej, bedt om at måtte snakke med onkel. Men Andrej havde svaret, at *ataman* ikke var tilgængelig. Ikke andet end det.

Sådan havde det altid været med onkel. Det vil sige, størstedelen af Sergejs liv havde han ikke engang vidst, at han eksisterede. Det var først, efter at han – eller hans armenske stråmand – var dukket op og havde fået styr på det, at Sergej var begyndt at forhøre sig. Det var påfaldende, hvor lidt de andre i familien vidste om deres svoger. Sergej havde kun fået på det rene, at onklen var kommet et sted vestfra og havde giftet sig ind i familien engang i halvtredserne. Nogle sagde, at han kom fra Litauen, fra en familie af kulakker, overklassen af bønder og jordejere, som Stalin aktivt havde deporteret, og at onkels familie var blevet tvangsflyttet til Sibirien fra Moldova i 1951. En gammel tante sagde, at selv om onkel havde været en belæst, sprogkyndig og beleven mand, havde han uden videre tilsluttet sig deres enkle levevis og videreført de gamle, sibiriske urkatraditioner, som om de var hans egne. Og at det måske netop var hans tilpasningsevne og dertil hans åbenlyse forretningstalent, som gjorde, at de andre urkaer accepterede ham som deres leder allerede kort tid efter. Snart stod han i spidsen for en af de mest profitable smuglervirksomheder i hele Sydsibirien. I firserne blev onkels forretning så stor, at myndighederne ikke længere kunne bestikkes til at kigge den anden vej. Da det sovjetiske politi slog til, mens deres egen union var ved at styrte i grus, var det med en razzia så voldsom og blodig, at det ifølge en nabo, som kunne huske onkel, mindede mere om blitzkrig end om håndhævelse af loven. Onkel blev først rapporteret dræbt. Det blev sagt, at han var blevet skudt i ryggen, og at politiet af frygt for repressalier i al hemmelighed havde smidt liget i floden Lena. En af politimændene havde stjålet hans springkniv og havde ikke kunnet modstå fristelsen til at prale med det. Men et år senere gav onkel livstegn fra sig, og da var han i Frankrig. Han sagde, at han gemte sig, og det eneste, han ville vide, var, om hans kone var gravid eller ej. Det var hun ikke, og dermed hørte ingen i Tagil noget fra onkel i flere år. Ikke før onkels kone døde. Så kom han til begravelsen, fortalte far. Han betalte alt, og en russisk-ortodoks begravelse er ikke billig. Han gav også penge til de af hendes slægtninge, som havde brug for en håndsrækning. Far var ikke blandt dem, men det var ham, onkel havde forhørt sig hos, da han ville skaffe sig en oversigt over sin kones slægt i Tagil. Og det var der, han var blevet gjort opmærksom på sin nevø, lille Sergej. Næste morgen havde onkel været væk igen, lige så mystisk og uforklarligt som han var dukket op. Årene gik, Sergej blev ung og så voksen, og de fleste troede vel, at onkel – som de huskede som gammel, allerede da han var kommet til Sibirien – måtte være død og begravet for længst. Men så, da Sergej blev taget for hashsmugleri, var der pludselig dukket en mand op, en armener, der havde præsenteret sig som onkels stråmand. Han havde fået styr på det for Sergej og formidlet onklens invitation om at komme til Norge.

Sergej kiggede på uret. Og slog fast, at der var gået lige præcis tolv minutter, siden han havde kigget på det sidst. Han lukkede øjnene og prøvede at se ham for sig, politibetjenten.

Der var forresten en ting mere ved den historie om onkels påståede død. Den betjent, som havde stjålet hans kniv, blev kort efter fundet inde på taigaen, det vil sige det af ham, der var tilbage; resten af ham var blevet ædt af en bjørn.

Det var blevet helt mørkt både udenfor og inde på værelset, da telefonen ringede.

Det var Andrej.

Kapitel 10

Tord Schultz låste sin hoveddør op, kiggede ind i mørket og lyttede et øjeblik til den kompakte stilhed. Han satte sig i sofaen uden at tænde lyset og ventede på det betryggende brøl fra det næste fly.

De havde løsladt ham.

En mand, der havde præsenteret sig som efterforskningsleder, var kommet ind i cellen, havde sat sig på hug foran ham og spurgt ham, hvorfor helvede han gemte kartoffelmel i sin trolley.

"Kartoffelmel?"

"Det er det, Kripos' kriminallaboratorium siger, de har fået ind."

Tord Schultz havde gentaget det, han havde sagt, da han blev anholdt, det som var nødproceduren, at han hverken vidste, hvordan posen var havnet der, eller hvad der var i den.

"Du lyver," havde betjenten sagt. "Og vi holder øje med dig."

Så havde han holdt celledøren åben og med et nik signaleret, at han skulle gå ud.

Det gav et sæt i Tord, da en skinger lyd pludselig fyldte det nøgne, mørklagte lokale. Han rejste sig og famlede sig frem til telefonen, der stod på en træstol ved siden af træningsbænken.

Det var flychefen. Han fortalte, at Tord indtil videre var taget af de internationale flyvninger og flyttet over på *domestic.*

Tord spurgte hvorfor.

Flychefen sagde, at de havde haft møde i ledelsen om situationen.

"Jeg går ud fra, at du er klar over, at vi ikke kan lade dig flyve udenrigsfly med den anklage hængende over hovedet."

"Hvorfor grounder I mig så ikke bare?"

"Altså."

"Altså?"

"Hvis vi suspenderer dig, og pressen får nys om anholdelsen, vil de hurtigt drage den konklusion, at vi mener, at du har urent mel i posen. Øh ... *no pun intended.*"

"Og det tror I ikke?"

Der var stille lidt, før svaret kom:

"Det ville skade selskabet, hvis vi indrømmede, at vi mistænkte en af vores piloter for at være narkosmugler, tror du ikke?"

Pun intended.

Resten af det, flychefen sagde, druknede i larmen fra en TU-154.

Tord lagde på.

Han famlede sig tilbage til sofaen og satte sig ned. Strøg fingerspidserne over glaspladen på sofabordet. Genkendte pletterne af størknet slim, spyt og kokainrester. Hvad nu? En drink eller en bane? En drink *og* en bane?

Han rejste sig. Tupolev-flyet kom ind lavt. Lyset kom oppe fra hemsen, fyldte hele stuen, og et øjeblik stirrede Tord ind i sit eget spejlbillede i vinduet.

Så var det mørkt igen. Men han havde set det. Set dét i sit eget blik, som han vidste, han ville komme til at se i kollegernes. Foragten, fordømmelsen og – det værste af det hele – medynken.

Domestic. Vi holder øje med dig. *I see you.*

Hvis han ikke skulle flyve til udlandet, ville han ikke være noget værd for dem mere. Det eneste, han ville være, var en desperat, forgældet, kokainafhængig risiko. En mand i politiets søgelys, en mand under pres. Han vidste ikke meget, men mere end nok til at han ville kunne ødelægge den infrastruktur, de havde bygget op. Og de ville gøre det, de måtte gøre. Tord Schultz lagde hænderne bag hovedet og stønnede lavmælt. Han var ikke født til at flyve jagerfly. Det var gået i spin, og han havde ikke det i sig, som der skulle til for at genvinde kontrollen. Han sad bare og så den roterende jord nærme sig. Og vidste, at hans eneste chance for at overleve var at ofre jagerflyet. Han måtte udløse katapultsædet. Skyde sig ud. Nu.

Han måtte gå til nogen i politiet, som var højt oppe, nogen, han kunne være sikker på, var hævet over narkoligaens bestikkelse. Han måtte gå til toppen.

Ja, tænkte Tord Schultz. Han åndede ud og mærkede muskler, han ikke havde vidst var spændte, slappe af. Han skulle helt til toppen.

Men først en drink.

Og en bane.

Harry fik værelsesnøglen af den samme knægt i receptionen.

Han takkede og tog trapperne i lange skridt. Der havde ikke været en eneste Arsenaltrøje at se på vejen fra T-banestationen på Egertorget og til Leons.

Da han nærmede sig værelse 301, sagtnede han farten. To af pærerne i gangen var gået, hvilket gjorde det så mørkt, at han kunne se lyset, der kom ud under hans egen dør. I Hongkong havde elpriserne fået Harry til at aflægge sig den dårlige norske vane med ikke at slukke lyset, når man tog hjemmefra, men han kunne jo ikke være sikker på, om stuepigen havde gjort det. I så fald havde hun også glemt at låse døren.

Harry stod med nøglen i højre hånd, mens døren gled op af sig selv. Han så en skikkelse i lyset fra den enlige loftslampe. Den stod med ryggen til ham, bøjet over hans åbne lærredskuffert, der lå på sengen. Idet døren ramte væggen med et lille brag, vendte skikkelsen sig roligt om, og en mand med et aflangt, furet ansigt så på Harry med bløde sanktbernhardshundeøjne. Han var høj, ludende og klædt i en lang frakke og uldtrøje med en snavset præstekrave om halsen. Det lange, uredte hår blev delt på begge sider af hovedet af de største ører, Harry nogensinde havde set. Manden måtte være halvfjerds, mindst. De kunne ikke være mere forskellige, men alligevel var det første, der slog Harry, at det var som at se sit eget spejlbillede.

"Hvad fanden laver du her?" spurgte Harry og blev stående ude på gangen. Rutine.

"Hvad ser det ud som?" Stemmen var yngre end ansigtet, malmfuld, og havde det udprægede svenske tonefald, som svenske dansebands og vækkelsesprædikanter af en eller anden grund er så glade for. "Jeg er selvfølgelig brudt ind for at se, om du har noget af værdi." Han løftede begge hænder. I den højre havde han en universaladapter, i den venstre en billigbogsudgave af Philip Roths *American Pastoral.*

"Du har jo slet ingenting." Han smed tingene på sengen. Kiggede ned i den lille lærredskuffert og så spørgende på Harry: "Ikke engang en barbermaskine?"

"For hede hule helvede ..." Harry blæste på rutinerne, gik ind på værelset og smækkede kufferten i.

"Tag det roligt, min dreng," sagde manden og holdt håndfladerne op foran sig. "Du skal ikke tage det personligt. Du er ny her i etablissementet. Det er bare et spørgsmål om, hvem her der stjæler fra dig først."

"Her? Vil det sige ..."

Den gamle mand rakte hånden frem. "Velkommen. Jeg hedder Cato. Jeg bor i 310."

Harry kiggede ned på den store, beskidte stegepande af en næve.

"Kom nu," sagde Cato. "Hænderne er det eneste på mig, man tilrådes at røre."

Harry sagde sit navn og tog hans hånd. Den var overraskende blød.

"Præstehænder," sagde manden som svar på hans tanker. "Har du noget at drikke, Harry?"

Harry nikkede hen mod kufferten og de åbne skabsdøre. "Det har du jo fundet ud af."

"At du ikke har, ja. Jeg mener på dig. I jakkelommen for eksempel."

Harry tog Gameboyen op af lommen og smed den ned på sengen til de andre ejendele, der lå spredt der.

Cato lagde hovedet på skrå og kiggede på Harry. Øret blev foldet mod skulderen. "I det jakkesæt kunne jeg have troet, at du var en af timekunderne, ikke en, der boede her fast. Hvad laver du egentlig her?"

"Jeg mener stadig, at det er min replik."

Cato lagde en hånd på Harrys skulder og kiggede ham i øjnene. "Min dreng," sagde han med malmstemmen og strøg to fingerspidser hen over stoffet. "Det er sandelig et flot jakkesæt. Hvad har du givet for det?"

Harry skulle til at sige noget. En kombineret høflighedsfrase, afvisning og trussel. Men det gik op for ham, at det ikke ville nytte noget. Han gav op. Og smilede.

Cato smilede tilbage.

Som et spejlbillede.

"Jeg skal ikke stå her og sludre; jeg skal alligevel også på arbejde nu."

"Og det er?"

"Ser man det, du er også lidt interesseret i dine medmennesker. Jeg forkynder Herrens ord for de ulykkelige."

"Nå?"

"Mit kald har ingen kirketid. Farvel."

Med et galant buk vendte den gamle mand sig om og gik. Idet han gik over dørtærsklen, så Harry en af sine egne uåbnede pakker Camel stikke op af Catos frakkelomme. Harry lukkede døren efter ham. En lugt af gammel mand og aske blev hængende i værelset. Han gik over og åbnede vinduet. Lyden af byen fyldte straks værelset: Den svage, jævne lyd af trafik, jazzmusik fra et åbent vindue, en fjern politisirene, som steg og faldt, et ulykkeligt menneske, som skreg sin smerte ud mellem husfacaderne udenfor, efterfulgt af lyden af glas, der knustes, vinden, der raslede i det tørre løv, klaprende kvindehæle. Lyde af Oslo.

En lille bevægelse fik ham til at kigge ned. Lyset fra den enlige lampe på muren i baggården faldt på affaldscontaineren under vinduet. Det glinsede i en brun hale. En rotte sad på kanten af containeren og snusede med sin blanke snude op mod ham. Harry kom i tanker om noget, som hans sindige arbejdsgiver Herman Kluit havde sagt, og som måske, måske ikke, var rettet mod hans eget virke: "En rotte er hverken god eller ond; den gør bare det, en rotte skal gøre."

Det var den værste del af vinteren i Oslo. Den før isen har lagt sig på fjorden, og vinden blæser salt og iskold gennem gaderne i Centrum. Jeg stod som sædvanlig i Dronningens Gata og pushede speed, stesolid og rohypnol. Jeg stampede med foden i jorden. Jeg havde mistet følelsen i tæerne og stod og overvejede, om dagens fortjeneste skulle gå til de megadyre Freelance-støvler, jeg havde set i vinduet hos Steen & Strøm. Eller til ice, som jeg havde hørt skulle dukke op nede ved Plata. Eventuelt kunne jeg skimme lidt speed – det ville Tutu ikke lægge mærke til – og købe støvlerne. Men når jeg tænkte over det, var det sikrere at bøffe støvlerne og sørge for, at Odin fik det, han skulle. Jeg havde det trods alt bedre end

Oleg, som havde måttet starte fra bunden med at sælge hash i kuldehelvedet langs elven. Tutu havde givet ham pladsen under Nybrua, hvor han var i konkurrence med folk, der kom fra alle mulige fucked-up steder i verden, og hvor han sandsynligvis var den eneste, der talte flydende norsk, fra Ankerbrua til havnebassinet.

Jeg så en fyr i Arsenaltrøje længere oppe ad gaden. Det plejede at være Bisken, en bumset sørlænding med hundehalsbånd, som stod der. Ny mand, men proceduren var den samme; han samlede sammen til et hold. Foreløbig stod der tre kunder og ventede foran ham. Guderne måtte vide, hvad de var så bange for. Panserne havde for længst opgivet det her område, og hvis de trak nogen ind her fra gaden, var det bare for syns skyld, fordi en eller anden politiker havde været ude og råbe op igen.

En fyr, der var klædt, som om han skulle til begravelse, gik forbi holdet, og jeg så ham og Arsenalfyren nikke næsten umærkeligt til hinanden. Fyren stoppede op foran mig. Støvfrakke fra Ferner Jacobsen, jakkesæt fra Ermenegildo Zegna og sideskilning fra Sølvguttene-koret. Han var kraftig.

"Somebody wants to meet you." Han talte det der russiske knurreengelsk.

Jeg regnede med, at det var det sædvanlige. Han havde set mig før, regnede med, at jeg var til salg, og ville have et blowjob eller min teenagerøv. Og jeg må indrømme, at jeg på dage som i dag overvejede at skifte branche; opvarmede bilsæder og fire gange så høj timeløn.

"No thanks," svarede jeg.

"Right answer is 'yes thanks'," sagde fyren, greb mig i armen og mere løftede end trak mig hen mod en sort limousine, som i samme øjeblik gled lydløst ind til fortovskanten ved siden af os. Bagdøren gik op, og eftersom modstand var nytteløs, begyndte jeg at tænke på den rigtige pris. Betalt voldtægt er trods alt bedre end ubetalt.

Jeg blev smidt ind på bagsædet, og døren smækkede i med et blødt, møgdyrt klik. Gennem vinduerne, som havde set sorte og uigennemtrængelige ud udefra, kunne jeg se, at vi kørte vestpå. Bag rattet sad der en lille fyr med et alt for lille hoved til de store ting, der skulle være der: en lang næse, en hvid, læbeløs hajkæft og bulnende øjne under øjenbryn, der så ud, som om de var blevet sat på med dårlig lim. Han havde også kostbart begravelsestøj på og sideskilning som en kordreng. Han kiggede på mig i bakspejlet: "Sales good, eh?"

"What sales, fuckhead?"

Den lille smilede venligt og nikkede. Jeg havde i mit stille sind bestemt mig for ikke at give dem mængderabat, hvis de bad om det, men nu kunne jeg se i hans blik, at det ikke var mig, de havde lyst til. At det var noget andet, noget jeg endnu ikke kunne aflæse. Rådhuset dukkede op og forsvandt igen. Den amerikanske ambassade. Slottsparken. Videre mod vest. Kirkeveien. NRK. Og så villaer og rigmandsadresser.

Vi stoppede ud for en stor trævilla oppe på en bakke, og bedemændene førte mig ind gennem porten. Mens vi traskede hen over gruset mod egetræsdøren, kiggede jeg mig omkring. Ejendommen var på størrelse med en fodboldbane med æble- og pæretræer, et bunkersagtigt cementtårn som sådan nogle vandreservoirer, de har i ørkenlande, en dobbeltgarage med metaldøre, som gav en en fornemmelse af, at der var udrykningskøretøjer inde i den. Et to-tre meter højt ståltrådshegn indrammede hele herligheden. Jeg havde allerede en anelse om, hvor vi var på vej hen. Limousine, russerengelsk, "sales good?", villafæstning.

I entréen blev jeg visiteret af den største af dem; så gik både han og den lille hen i et hjørne, hvor der stod et lille bord med en rød filtdug, og hvor der hang en masse gamle ikonbilleder og krucifikser på væggen ovenover. De tog hver en pistol ud af et skulderhylster, lagde dem på den røde filt og placerede hver sit kors på pistolerne. Så åbnede den mindste døren til et andet lokale.

"Ataman," sagde han og viste mig ind.

Oldingen derinde måtte være mindst lige så gammel som den læderstol, han sad i. Jeg stirrede. Knoklede oldingefingre, der holdt om en sort cigaret.

Det knitrede fra den overdimensionerede pejs, og jeg sørgede for at stille mig tæt på den, så den varmede min ryg. Lyset fra flammerne flakkede over den hvide silkeskjorte og hans oldingeansigt. Han lagde cigaretten fra sig og løftede hånden med håndryggen opad, som om han troede, at jeg ville kysse den store, blå sten, han havde på ringfingeren.

"Burmasafir," sagde han. "Seks komma seks karat, fire et halvt tusind dollars per karat."

Han havde accent. Den var ikke let at høre, men den var der. Polen? Rusland? Et eller andet sted østpå i hvert fald.

"Hvor meget?" spurgte han og støttede hagen mod ringen.

Der gik et par sekunder, før jeg forstod, hvad han mente.

"Lidt under tredive tusind," sagde jeg.

"Hvor meget under?"

Jeg tænkte mig om. "Niogtyve tusind syvhundrede er pretty close."

"Dollarkursen er fem treogfirs."

"Rundt regnet hundrede og halvfjerds tusind."

Den gamle mand nikkede. "De siger, at du er god." Hans blå oldinge-øjne skinnede mere blåt end den skide burmasafir.

"Det har de fattet," sagde jeg.

"Jeg har set dig i aktion. Du har stadig meget at lære, men jeg kan se, at du er klogere end de andre fjolser. Du har evnen til at se en kunde an og vide, hvad han er villig til at betale."

Jeg trak på skuldrene. Jeg spekulerede på, hvad han var villig til at betale.

"Men de siger også, at du stjæler."

"Kun når det kan betale sig."

Den gamle mand lo. Det vil sige, at eftersom det var første gang, jeg mødte ham, troede jeg, at det var et halvhjertet hosteanfald, som fra en lungekræft. Der lød en boblen langt nede i hans hals, der fik ham til at lyde som en venlig, gammel sørlandsfiskerbåd. Så fæstnede han sine kolde, blå jødeøjne på mig og sagde i et tonefald, som om han informerede mig om Newtons anden lov:

"Så burde du også kunne klare det næste regnestykke. Hvis du stjæler fra mig, slår jeg dig ihjel."

Sveden løb ned ad ryggen på mig. Jeg tvang mig selv til at møde hans blik. Det var som at stirre ind i fuckings Antarktis. Ingenting. Koldt, infamt ødeland. Men jeg så i hvert fald to af de ting, han ville have. Nummer et: penge.

"De der rockere lader dig sælge ti gram til din egen lomme for hver

halvtreds gram, du sælger for dem. Sytten procent. Hos mig sælger du kun mit stof og bliver betalt i kontanter. Femten procent. Du får dit eget gadehjørne. Der er tre personer. Pengemanden, stofmanden og spejderen. Syv procent til stofmanden, tre procent til spejderen. Du gør regnskabet op med Andrej hver aften omkring midnat." Han nikkede hen mod den mindste af 'kordrengene'.

Gadehjørne. Spejder. Fuckings The Wire.

"Aftale," sagde jeg. "Stik mig tøjet."

Oldingen smilede, sådan et reptilsmil, som skal fortælle en, hvor i hierarkiet man befinder sig. "Det ordner Andrej."

Vi snakkede lidt mere. Han spurgte om mine forældre, venner, om jeg havde et sted at bo. Jeg sagde, at jeg boede sammen med min plejesøster og løj ikke mere end nødvendigt, for jeg havde på fornemmelsen, at han allerede kendte svarene. Der var kun et sted, hvor jeg var lidt på herrens mark, og det var, da han spurgte, hvorfor jeg talte med sådan en ældgammel østkantsdialekt, når jeg var vokset op i en akademikerfamilie i den nordlige del af byen, og jeg svarede, at det var min far, den rigtige, at han var fra østkanten. Hvad fanden ved jeg, men det er altid sådan, jeg har set det for mig, far, at du gik rundt derude på østkanten uden nogen penge, arbejdsløs, i en lille, iskold lejlighed, som ikke lige var det bedste sted at lade et barn vokse op. Eller måske begyndte jeg bare at tale sådan for at irritere Rolf og de fisefornemme nabounger. Og så opdagede jeg, at det på en eller anden måde gav mig overtaget, lidt ligesom at blive tatoveret på hænderne: Folk blev lidt bange, veg lidt udenom, gav mig mere plads. Mens jeg ævlede løs om mit liv, studerede oldingen hele tiden mit fjæs og bankede safirringen mod armlænet, jævnt og ubønhørligt, som om han var ved at tælle ned til noget. Da der opstod en pause, og bankelyden var det eneste, man kunne høre, føltes det, som om vi ville springe i luften, hvis jeg ikke brød tavsheden.

"Sej villa," sagde jeg.

Det lød så åndssvagt, at jeg var lige ved at rødme.

"Her boede Gestapo-chefen i Norge fra 1942 til 1945. Hellmuth Reinhard."

"Jeg gætter på, at naboerne ikke generer dig."

"Jeg ejer også nabohuset. Der boede Reinhards løjtnant. Eller omvendt."

"Omvendt?"

"Det er ikke alt her, der er så let at forstå," sagde oldingen. Og smilede øglesmilet. Komodovaran.

Jeg vidste, at jeg skulle være forsigtig, men jeg kunne ikke lade være. "Der er i hvert fald én ting, jeg ikke forstår. Odin betaler mig sytten procent, og det er cirka det samme, de andre betaler. Men du vil have et team på tre og betale i alt femogtyve procent. Hvorfor?"

Oldingens blik var rettet mod den ene side af mit ansigt. "Fordi tre er sikrere end én, Gusto. Mine sælgeres risiko er min risiko. Hvis man mister alle bønderne, er det kun et spørgsmål om tid, før man er skakmat, Gusto." Det var, som om han gentog mit navn bare for at høre lyden af det.

"Men fortjenesten ..."

"Den skal du ikke bekymre dig om," sagde han skarpt. Så smilede han, og hans stemme lød igen mild: "Vores varer kommer direkte fra kilden, Gusto. Det er seks gange så rent som det såkaldte heroin, der er blevet blandet op først i Istanbul, derefter i Beograd og til sidst i Amsterdam. Alligevel betaler vi mindre per gram. Er du med?"

Jeg nikkede. "Du kan blande stoffet syv-otte gange mere end de andre."

"Vi blander det op, men mindre end de andre. Vi sælger noget, som faktisk kan kaldes heroin. Det ved du allerede, og det var derfor, du var så hurtig til at sige ja til en lavere provision." Lyset fra flammerne skinnede i hans hvide tænder. "Fordi du ved, at du kommer til at sælge byens bedste produkt, at du kommer til at omsætte tre-fire gange så meget, som du omsætter af Odins hvedemel. Du ved det, fordi du ser det hver dag: Købere, som går forbi rækken af heroinpushere for at komme hen til ham, som har ..."

" ... Arsenaltrøje på."

"Kunderne vil vide fra dag ét, at det er dig, der har de bedste varer, Gusto."

Så fulgte han mig ud.

Fordi han havde siddet med et uldtæppe over benene, havde jeg antaget, at han var krøbling eller sådan noget, men han var overraskende let til bens. Han stoppede i døren og ville tydeligvis ikke vise sig udenfor. Han lagde en hånd på min arm, lige over albuen. Klemte let på tricepsmusklen.

"Vi ses snart igen, Gusto."

Jeg nikkede. Jeg vidste som sagt, hvad det andet, han ville have, var. "Jeg har set dig i aktion." Inde fra en limousine med tonede ruder; han havde siddet og studeret mig, som om jeg var en skide Rembrandt. Så jeg vidste, at jeg ville få det, som jeg ville have det.

"Min plejesøster skal være spejderen. Og stofmanden skal være en fyr, der hedder Oleg."

"Det lyder fint. Ellers noget?"

"Jeg vil have trøje nummer 23."

"Arshavin," mumlede den største 'kordreng' fornøjet. "Russian." Han havde sikkert aldrig hørt om Michael Jordan.

"Vi får se," klukkede oldingen. Han kiggede op på himlen. "Nu skal Andrej vise dig noget, og så kan du gå i gang." Hans hånd blev ved med at klappe mig på armen, og hans smil ville fandeme ingen ende tage. Jeg var bange. Og anspændt. Bange og anspændt som en komodovaranjæger.

'Kordrengene' kørte ned til den mennesketomme småbådehavn i Frognerkilen. De havde nøgler til en port, og vi kørte ud blandt både, der lå på land for vinteren. Vi stoppede for enden af en af molerne og steg ud. Jeg stod og stirrede ned i det sorte, stille vand, mens Andrej åbnede bagagerummet.

"Come here, Arshavin."

Jeg gik hen til ham og kiggede ned i bagagerummet.

Han havde stadig hundehalsbåndet og Arsenaltrøjen på. Bisken havde altid været grim, men synet af ham nu fik mig næsten til at brække mig. Hans bumsede ansigt havde store, sorte huller med størknet blod, det ene øre var revet i to, og den ene øjenhule havde ikke længere noget øje, men i stedet noget, der lignede risengrød. Da det endelig lykkedes mig at se væk fra grøden, så jeg, at der også var et lille hul i trøjen lige over m'et i Emirates. Et hul som i kuglehul.

"What happened?" lykkedes det mig at sige.

"He talked to the cop in sixpence."

Jeg vidste, hvem han mente. Det var en civilklædt betjent, som luskede rundt i Kvadraturen. Alle vidste, hvem der havde været civilklædt i URO-patruljen, men ham her var ligesom undercover. Troede han selv, i hvert fald.

Andrej ventede og lod mig få et ordentligt kig, før han spurgte: "Got the message?"

Jeg nikkede. Jeg kunne ikke holde ud at kigge på det ødelagte øje. Hvad fanden havde de gjort ved ham?

"Peter," sagde Andrej. Sammen løftede de liget ud af bagagerummet, tog Arsenaltrøjen af ham og lempede ham ud over kajkanten. Det sorte vand tog imod ham, slugte ham lydløst og lukkede kæften. Væk.

Andrej smed trøjen hen til mig. "This is yours now."

Jeg stak fingeren gennem kuglehullet. Vendte den om og så på ryggen.

52. Bendtner.

Kapitel 11

Klokken var 6.30, et kvarter før solopgang ifølge bagsiden af Aftenpostens morgenudgave. Tord Schultz foldede avisen sammen og lagde den på stolen ved siden af sig. Han kiggede igen hen over det menneskethomme atrium mod udgangsdøren.

"Han plejer at møde tidligt på arbejde," sagde Securitasvagten bag skranken.

Tord Schultz havde taget et tog ind til Oslo ved solopgang og havde set byen vågne, mens han gik fra Oslo C og østpå langs Grønlandsleiret. Han var gået forbi en skraldevogn. Mændene havde behandlet skraldecontainerne med en brutalitet, som Tord tænkte handlede mere om attitude end effektivitet. F-16-piloter. En pakistansk grønthandler havde båret sine varer ud i kasser foran butikken, var stoppet op, havde tørret hænderne i sit forklæde og havde smilet et "godmorgen" til ham. Herculespilot. Efter Grønlandskirken var han drejet til venstre. En stor glasfacade, bygget og tegnet i 1970'erne, havde tårnet sig op over ham. Politihuset.

Klokken 6.37 gik døren op. Receptionisten rømmede sig, og Tord løftede hovedet. Han fik et bekræftende nik og rejste sig. Manden, som kom hen mod ham, var mindre, end han var.

Han gik med en hurtig, spændstig gang og havde længere hår, end Tord havde forventet af en, som var chef for den største narkoafdeling i Norge. Da han kom nærmere, lagde Tord mærke til de hvide og lyserøde striber i det næsten pigede, kønne, solbrændte ansigt. Han kom i tanker om en stewardesse, som havde haft en pigmentfejl. Et hvidt felt var gået tværs over den solariumsvedne hud fra halsen, mellem brysterne og helt ned til hendes barberede køn. Det havde fået resten af huden til at ligne en tætsiddende nylondragt.

"Mikael Bellman?"

"Ja, hvad kan jeg hjælpe dig med?" svarede manden smilende, men uden at sagtne farten.

"En snak under fire øjne."

"Jeg bliver desværre nødt til at forberede et morgenmøde, men hvis du ringer ..."

"Jeg *skal* tale med Dem nu," sagde Tord og blev overrasket over sit eget insisterende tonefald.

"Nå?" Orgkrims afdelingsleder havde allerede stukket id-kortet ind i aflæseren i personaleslusen, men han holdt inde og betragtede ham.

Tord Schultz gik tættere på. Han sænkede stemmen til trods for, at Securitasvagten stadig befandt sig i den anden ende af atriet. "Jeg hedder Tord Schultz; jeg er luftkaptajn i Skandinaviens største flyselskab, og jeg har information om indsmugling af narkotika via Oslo Lufthavn."

"Jeg er med. Er det meget, vi taler om?"

"Otte kilo om ugen."

Tord kunne næsten fysisk mærke den anden studere sig. Han vidste, at lige nu samlede og bearbejdede hans hjerne alle tilgængelige informationer: Kropssprog, påklædning, holdning, ansigtsudtryk, vielsesringen, som han af en eller anden grund stadig havde på fingeren, ringen, han ikke havde i øret, de nypudsede sko, ordforrådet, fastheden i blikket.

"Vi må nok hellere få skrevet dig ind," sagde Bellman og nikkede hen mod receptionisten.

Tord rystede forsigtigt på hovedet. "Jeg ser helst, at mødet forbliver fortroligt."

"Ifølge reglementet skal alle skrives ind, men jeg kan forsikre dig for, at informationen bliver her i Politihuset." Bellman gav tegn til Securitasvagten.

I elevatoren på vej op strøg Tord fingeren frem og tilbage over sit navn på det klistermærke, som Securitasvagten havde printet ud og givet ham besked på at have på jakkeopslaget.

"Noget galt?" spurgte Bellman.

"Nej da," sagde Tord. Men han fortsatte med at stryge hen over navnet, som om han håbede, at han kunne viske det ud.

Bellmans kontor var overraskende lille.

"Det er ikke størrelsen, det kommer an på," sagde Bellman i et tonefald, der indikerede, at han var vant til den reaktion. "Der er blevet udrettet store ting herfra." Han pegede på et billede på væggen. "Lars Axelsen, leder af det, der var Røveriafdelingen. Han var med til at knuse Tveitabanden i 90'erne."

Han signalerede til Tord, at han skulle sætte sig. Tog en notesblok frem, mødte Tords blik og lagde den fra sig igen.

"Nå?" sagde han.

Tord tog en dyb indånding. Og fortalte. Han startede med skilsmissen. Det var han nødt til. Han var nødt til at forklare hvorfor. Så gik han over til hvor og hvornår. Så til hvem og hvordan. Og til sidst fortalte han om ildslukkeren.

Under hele fremlægningen sad Bellman foroverbøjet og fulgte opmærksomt med. Først da Tord fortalte om ildslukkeren, mistede ansigtet sit koncentrerede, men professionelle udtryk. Efter den første forbavselse begyndte der at flakke en rød farve hen over de hvide pigmentpletter. Det var et underligt syn, som om der var blevet tændt en flamme inde i ham. Han mistede øjenkontakten med Bellman, som med et forbitret ansigtsudtryk stirrede på væggen bag ham, måske på billedet af Lars Axelsen.

Da Tord var færdig, sukkede Bellman og bøjede hovedet.

Da han løftede det igen, så Tord, at der var kommet noget nyt i blikket. Noget hårdt og stædigt.

"Jeg beklager," sagde afdelingslederen. "På egne, branchens og etatens vegne beklager jeg, at vi ikke er sluppet af med alle væggelusene endnu."

Tord tænkte, at det måtte være noget, Bellman sagde til sig selv og ikke til ham, en pilot, som havde indsmuglet otte kilo heroin om ugen.

"Jeg kan godt forstå, at du er bekymret," sagde Bellman. "Jeg ville ønske, jeg kunne sige, at du ikke har noget at frygte, men min dyrekøbte erfaring er, at når den slags korruption endelig bliver opdaget, er den nået meget længere end til det ene individ."

"Det forstår jeg."

"Har du fortalt nogen andre om det her?"

"Nej."

"Er der nogen, der ved, at du er her og taler med mig?"

"Nej, ingen."

"Slet ikke nogen?"

Tord så på ham. Smilede skævt uden at sige det, han tænkte: Hvem skulle det være?

"Okay," sagde Bellman. "Som du sikkert forstår, er det en stor, alvorlig og yderst delikat sag, du er kommet til mig med. Jeg må træde uhyre varsomt for ikke at komme til at advare dem, som ikke skal advares. Det betyder, at jeg må gå endnu højere op med det her. Jeg burde faktisk varetægtsfængsle dig efter det, du har fortalt, men en fængsling nu kan afsløre både dig og os. Så indtil situationen er blevet afklaret, skal du tage hjem og holde dig hjemme. Er du med? Du må ikke fortælle nogen om det her møde, du må ikke gå ud, ikke åbne for folk, du ikke kender, ikke tage telefonen, hvis der bliver ringet fra et ukendt nummer."

Tord nikkede langsomt. "Hvor lang tid kommer det til at tage?"

"Højst tre dage."

"*Roger that.*"

Bellman så ud, som om han skulle til at sige noget, men han holdt inde, før han endelig bestemte sig.

"Det er noget, jeg aldrig har kunnet acceptere," sagde han. "At nogle mennesker er villige til at ødelægge andre menneskers liv bare for at tjene penge. Det vil sige, jeg kan have en vis forståelse for det, hvis man er en ludfattig afghansk bonde. Men en mand fra Norge med en pilotløn ..."

Tord Schultz mødte hans blik. Han havde forberedt sig på det; det var næsten en lettelse, at det endelig kom.

"Alligevel har jeg respekt for, at du kommer her frivilligt og lægger alle kortene på bordet. Jeg ved, at du ved, hvad du risikerer. Det bliver ikke nemt at være dig i fremtiden, Schultz."

Med det rejste afdelingslederen sig og gav ham hånden. Og Tord tænkte det samme, som han havde tænkt, da han havde set ham komme gående mod sig i receptionen: At Mikael Bellman havde den perfekte højde til at blive jagerpliot.

Samtidig med at Tord Schultz gik ud ad døren i Politihuset, ringede Harry Hole på Rakels dør. Hun åbnede, iført morgenkåbe og små øjne. Gabte.

"Jeg ser bedre ud lidt senere på dagen," sagde hun.

"Godt, at en af os gør," sagde Harry og gik indenfor.

"Held og lykke," sagde hun, da de stod ved spisebordet med papirbjergene. "Det hele er der. Efterforskningsrapporter. Billeder. Avisudklip. Vidneudsagn. Han er grundig. Jeg må hellere se at komme på arbejde."

Da døren smækkede efter hende, havde Harry lavet sig sin første kop kaffe og var gået i gang.

Efter tre timers læsning var han tvunget til at tage en pause for at bekæmpe det mismod, der kom snigende. Han tog sin kop og stillede sig hen ved køkkenvinduet. Han sagde til sig selv, at han var her for at finde tvivl om skyld, ikke overbevisning om uskyld. *Tvivl* var nok. Og alligevel. Materialet var entydigt. Og alle de år, han havde arbejdet som drabsefterforsker, modarbejdede ham: Ting var forbløffende ofte, som de så ud til.

Efter endnu tre timers læsning var konklusionen stadig den samme. Der var ikke noget i materialet, som tydede på en anden forklaring. Det betød ikke, at den ikke var der, men den befandt sig ikke i *det her* materiale. Sagde han til sig selv.

Han gik, før Rakel kom hjem, og sagde til sig selv, at det var jetlag, at han blev nødt til at sove. Men han vidste godt, hvad det var. Han orkede ikke at fortælle hende, at det, han havde læst, kun havde gjort det sværere at holde fast i tvivlen. Tvivlen, som var sandheden, vejen og livet og den eneste mulighed for frelse.

Så han tog sit overtøj på og gik. Gik hele vejen fra Holmenkollen, forbi Ris, over Sogn og Ullevål og Bolteløkke til Restaurant Schrøder. Overvejede at gå ind, men lod være. Fortsatte i stedet østpå over elven til Tøyen.

Og da han lukkede døren til Fyrtårnet op, var dagslyset allerede begyndt at svinde udenfor. Alt var præcis, som han huskede det. Lyse vægge, lyst caféinteriør, store vinduer, som lod mest muligt lys komme ind. Og i alt lyset sad eftermiddagsklientellet ved bordene med kaffe og brød. Nogle af dem hang med hovedet over bordpladerne, som om de lige var kommet i mål efter halvtreds kilometers langrend, andre førte staccatosamtaler på uforståeligt narkosprog, mens andre igen var folk, man ikke ville have studset over at se drikke espresso i den bedsteborgerlige barnevognsarmada på United Bakeries.

Nogle havde fået nyt, brugt tøj, som de enten stadig havde i plasticposer eller allerede havde skiftet til. Andre lignede forsikringsagenter eller skolelærerinder fra småbyer.

Harry banede sig vej hen til disken, og en rund, smilende pige i Frelsens Hærs hættetrøje tilbød ham gratis filterkaffe og hvedebrød med myseost.

"Ikke i dag, tak. Er Martine på arbejde?"

"Hun arbejder på gadeklinikken i dag."

Pigen pegede op mod loftet og Frelsens Hærs lægevagttilbud på etagen ovenover.

"Men hun skulle være færd ..."

"Harry!"

Han vendte sig om.

Martine Eckhoff var præcis lige så lille som før. Det smilende katteansigt havde den samme uproportionelt brede mund og en næse, som bare var en forhøjning i det lille ansigt. Og pupillerne så ud, som om de var løbet ned mod kanten af de brune irisser, så de var formet som nøglehuller, noget som hun engang havde forklaret ham var medfødt og kaldtes iris coloboma.

Den lille pige stillede sig på tæer og gav ham et langt knus. Og da hun endelig var færdig, ville hun stadig ikke give slip på ham, men holdt begge hans hænder i sine, mens hun kiggede op på ham. Han så en skygge fare hen over hendes smil, da hun fik øje på arret i hans ansigt.

"Hvor er du blevet ... tynd."

Harry grinede. "Tak. Men det er ikke mig, der er blevet tyndere, det er ..."

"Jeg ved det godt," råbte Martine. "Det er mig, der er blevet tykkere.

Men alle er blevet tykkere, Harry. Alle, undtagen dig. I øvrigt har jeg en god undskyldning for at være tyk ..."

Hun klappede sig på maven, som den sorte lammeuldstrøje sad stramt om.

"Nå. Er det Rikard, der har gjort det ved dig?"

Hun lo højt og nikkede ivrigt. Hun var rød i hovedet. Varmen stod ud fra det som fra en plasmaskærm.

De gik hen til det eneste ledige bord. Harry satte sig og så på den sorte halvkugle af en mave, der prøvede at komme ned i en stol. Det så absurd ud mod baggrunden af kuldsejlede liv og apatisk håbløshed.

"Gusto," sagde han. "Har du hørt om det?"

Hun sukkede dybt. "Selvfølgelig. Det har alle her. Han var en del af miljøet. Han kom her ikke så meget, men vi så ham da af og til. Alle pigerne, der arbejder her, var forelskede i ham. Han var så køn!"

"Hvad med Oleg, ham, som de påstår dræbte ham?"

"Han kom her også af og til. Sammen med en pige." Hun rynkede panden. "Påstår? Er der da nogen tvivl om det?"

"Det er det, jeg prøver at finde ud af. En pige, siger du?"

"Yndig, men en bleg lille en. Ingunn? Iriam?" Hun vendte sig mod disken og råbte: "Hallo! Hvad hedder hende Gustos plejesøster?" Og råbte selv, før nogen nåede at svare. "Irene!"

"Rødt hår og fregner?" spurgte Harry.

"Hun var så bleg, at hvis det ikke havde været for det hår, ville hun have været usynlig. Jeg mener det; til sidst skinnede solen gennem hende."

"Til sidst?"

"Ja, vi snakkede lige om det, at det er længe siden, hun har været her. Jeg har spurgt flere af dem, der kommer her, om hun er flyttet fra byen eller sådan noget, men det virker ikke, som om nogen ved, hvor hun er blevet af."

"Kan du huske, om der skete noget omkring det tidspunkt, hvor drabet fandt sted?"

"Ikke noget særligt, bortset fra lige præcis den aften. Jeg hørte politisirener og gik ud fra, at det sandsynligvis drejede sig om nogle af vores sognebørn, da en af dine kolleger fik et opkald og stormede ud af lokalet."

"Jeg troede, det var en uskreven regel, at de civilklædte ikke måtte arbejde herinde i caféen."

"Jeg tror ikke, han arbejdede, Harry. Han sad alene ved bordet derhenne og lod, som om han læste Klassekampen. Det lyder måske lidt indbildsk, men jeg tror, at han var her for at se på *moi*." Hun lagde koket hånden på brystet.

"Du tiltrækker vel bare ensomme politimænd."

Hun lo. "Det var mig, der tjekkede dig ud, har du glemt det?"

"En pige som dig, der er opdraget i den kristne tro?"

"Det blev faktisk lidt klamt med hans stirren, men han holdt op med at komme, da det begyndte at kunne ses, at jeg var gravid. Nå. Den aften smækkede han døren efter sig, og jeg så ham forsvinde op mod Hausmanns Gata. Gerningsstedet var jo kun nogle hundrede meter herfra. Lige bagefter begyndte vi at høre rygter om, at det var Gusto, som var blevet skudt. Og rygtet om, at Oleg var blevet anholdt."

"Hvad ved du om Gusto, bortset fra at han havde dametække og kom fra en plejefamilie?"

"Han blev kaldt Tyven. Han solgte violin."

"Hvem solgte han for?"

"Han og Oleg plejede at sælge for rockerbanden oppe i Alnabru, Los Lobos. Men så gik de vist over til Dubai, tror jeg. Det gjorde alle, som fik tilbuddet om det. De havde den reneste heroin, og da violin dukkede op, var det kun Dubai-pushere, der havde det. Og sådan er det vel stadig."

"Hvad ved du om Dubai? Hvem er han?"

Hun rystede på hovedet. "Jeg ved ikke engang, om det er hvem eller hvad."

"Så synlig på gaden og alligevel så usynlige bagmænd. Er der virkelig ingen, som ved noget?"

"Sikkert, men dem, der gør, vil ikke sige noget."

Nogen råbte Martines navn.

"Bliv siddende," sagde Martine og begyndte at kæmpe sig op af stolen. "Jeg er straks tilbage."

"Bare gå, jeg skal alligevel videre," sagde Harry.

"Hvorhen?"

Der opstod et sekunds tavshed, da det gik op for dem begge to, at han ikke havde noget fornuftigt svar på det spørgsmål.

Tord Schultz sad ved køkkenbordet ved vinduet. Solen stod lavt på himlen, og der var stadig dagslys nok til, at han kunne se alle dem, som kom gående på vejen mellem husene. Men han kiggede ikke på vejen. Han tog endnu en bid af brødet med kødpølse.

Flyene kom og gik over hustaget. Landede og lettede. Landede og lettede.

Tord Schultz lyttede til forskellene i motorlydene. Det var som en tidslinje; de gamle motorer, som lød *rigtige*, som afgav lige præcis den brummende, varme glød, som frembragte de gode minder, som gav mening, som var et soundtrack til de ting, der betød noget: job, punktlighed, familie, en kvindes kærtegn, en kollegas anerkendelse. Den nye generation af motorer flyttede mere luft, men var hektiske, skulle hurtigere frem på mindre brændstof, mere effektivitet, mindre tid til uvæsentligheder. Også de væsentlige uvæsentligheder. Han så på det store ur, som nu stod oppe på køleskabet igen. Det tikkede hurtigt og hektisk som et lille, bange hjerte. Syv. Endnu tolv timer at vente i. Det ville snart være mørkt. Han hørte en Boing 747. Classic-typen. Den bedste. Lyden blev højere og højere, indtil den var et brøl, som fik ruderne til at ryste og drinksglasset til at klirre mod den halvtomme flaske på bordet. Tord Schultz lukkede øjnene. Det var lyden af fremtidsoptimisme, rå magt, velbegrundet arrogance. Lyden af en mand i sin bedste alders uovervindelighed.

Da lyden forstummede, og der pludselig blev stille i huset igen, lagde han mærke til, at stilheden var anderledes. Som om luften havde en anden tæthed.

Som om den var blevet befolket.

Han vendte sig helt om, mod stuen. Gennem døråbningen kunne

han se træningsbænken og det yderste af sofabordet. Han så på parketgulvet, på skyggerne, der faldt fra den del af stuen, han ikke kunne se. Han holdt vejret og lyttede. Ingenting. Kun urets tikken oppe fra køleskabet. Så tog han en ny bid af brødet, en tår af glasset og lænede sig tilbage i stolen. Der var et stort fly, der lagde an til landing. Han kunne høre det komme bagfra. Det druknede lyden af tiden, der stadig gik. Og han tænkte, at det åbenbart passerede mellem huset og solen, eftersom der faldt en skygge over ham og bordet.

Harry gik ned ad Urtegata og derefter Platous Gata til Grønlandsleiret. Som på automatpilot styrede han mod Politihuset. Han stoppede i Botsparken. Så på fængslet, på de solide, grå stenmure.

"Hvorhen?" havde hun spurgt.

Var han egentlig i tvivl om, hvem der havde dræbt Gusto Hanssen?

Der gik et SAS-fly fra Oslo og direkte til Bangkok før midnat hver dag. Fly derfra til Hongkong fem gange i døgnet. Han kunne gå hen til Leons lige nu. Det ville tage ret præcis fem minutter at pakke kufferten og tjekke ud. Flytoget til Gardermoen. Købe billet ved SAS-skranken. Middag og aviser i en lufthavns afslappede, upersonlige atmosfære.

Harry vendte sig om. Så, at den røde koncertplakat fra dagen før var væk. Han fortsatte langs Oslo Gata og forbi Minneparken lige ved Gamlebyen Kirkegård, da han hørte en stemme inde fra skyggerne ved hegnet.

"Kan du undvære to hundrede kroner?"

Harry stoppede halvt op, og tiggeren kom frem. Frakken var lang og slidt, og lyset fra projektørerne gjorde, at de store ører kastede skygger i hans ansigt.

"Jeg går ud fra, at du beder om et lån?" sagde Harry og tog sin pung frem.

"Kollekt," sagde Cato og stak hånden frem. "Du får dem aldrig igen. Jeg efterlod min pung på Leons." Den gamles ånde lugtede hverken af øl eller sprut; den lugtede bare af tobak og af noget, som mindede ham om hans barndom, når de havde leget gemmeleg hos bedstefar, når Harry havde gemt sig i klædeskabet i soveværelset og havde indåndet den rådne, søde lugt af tøj, som havde hængt der i årevis, som måtte være lige så gammelt som huset selv.

Harry kunne kun finde en femhundredlap, som han gav Cato.

"Her."

Cato så på pengesedlen. Strøg hen over den med hånden. "Jeg har hørt ting og sager," sagde han. "Det siges, at du er politibetjent."

"Nå?"

"Og at du er dygtig. Hvad drikker du?"

"Jim Beam."

"Nå, Jim. En af min Johnnys bekendte. Og at du kender den der dreng. Oleg."

"Kender du ham?"

"Fængsel er værre end døden, Harry. Døden er enkel, den frigør sjælen. Men fængslet æder sjælen, til der ikke er mere menneske tilbage i en. Til man bliver et genfærd."

"Hvem har fortalt dig om Oleg?"

"Min menighed er stor, og mine sognebørn mange, Harry. Jeg lytter bare. De siger, at du er efter ham der. Dubai."

Harry så på uret. Der plejede at være god plads på flyene på den her tid af året. Fra Bangkok kunne han også tage til Shanghai. Zhan Yin havde sms'et, at hun var alene i den her uge. At de kunne tage ud til landstedet sammen.

"Jeg håber, at du ikke finder ham, Harry."

"Jeg har ikke sagt, at jeg ..."

"Dem, der gør det, dør."

"Cato, i aften skal jeg ..."

"Har du hørt om Billen?"

"Nej, men ..."

"Seks insektben, som gennemborer ens ansigt."

"Jeg bliver nødt til at gå, Cato."

"Jeg har selv set det." Cato lagde hagen mod præstekraven. "Under Älvsborgbroen ved havnen i Göteborg. En politibetjent, som efterforskede en heroinliga. De havde smidt en mursten fuld af søm i hovedet på ham."

Det gik op for Harry, hvad det var, han talte om. *Zjuk*. Billen.

Metoden var oprindelig russisk og blev brugt på stikkere. Først sømmede man stikkerens ene øre fast til gulvet under en tagbjælke. Så slog man seks store søm halvvejs ind i en helt almindelig mursten, bandt murstenen fast i et reb, som man smed over bjælken, og så lod man stikkeren tage tovenden mellem tænderne. Pointen – og symbolikken – var, at så længe det lykkedes stikkeren at holde munden lukket, var han i live. Harry havde set resultatet af zjuk udført af Tapei-triaden på en stakkel, som de havde fundet i en baggyde i Tanshui. De havde brugt brede sømhoveder, som ikke lavede så store huller på vej ind. Da ambulancepersonalet kom og tog murstenen af den døde, var ansigtet fulgt med.

Cato tog femhundredkronesedlen i lommen, mens han lagde den anden hånd på Harrys skulder.

"Jeg forstår godt, at du gerne vil beskytte din søn. Men tænk nu, hvis det var ham, der slog den anden fyr ihjel? Den fyr havde også en far, Harry. Det kaldes selvopofrelse, når en forælder slås for sit barn, men det er sig selv, dem der er blevet klonet, vil beskytte. Og til det kræves der ikke moralsk mod, det er bare genernes egoisme. Da jeg var barn, og far læste Bibelen højt for os, syntes jeg, at Abraham var fej, når han adlød Gud, som havde bedt ham om at ofre sin søn. Da jeg blev voksen, forstod jeg, at en virkelig uselvisk far er villig til at ofre sit barn, hvis det tjener et højere formål end far og søn. For det findes faktisk."

Harry smed cigaretskoddet på fortovet foran sig. "Du tager fejl. Oleg er ikke min søn."

"Er han ikke? Hvorfor er du her så?"

"Jeg er politibetjent."

Cato lo. "Sjette bud, Harry. Du må ikke lyve."

"Er det ikke det ottende?" Harry trådte på den rygende cigaret. "Og så vidt jeg husker, siger buddet, at man ikke må tale usandt om sin næste, hvilket burde betyde, at det er i orden at lyve lidt om sig selv. Men du nåede måske ikke hele vejen gennem teologistudiet?"

Cato trak på skuldrene. "Hverken jeg eller Jesus har nogen formelle kvalifikationer. Vi er ordets mænd. Men som alle shamaner, spåmænd

og charlataner kan vi af og til indgive falsk håb og ægte trøst."
"Du er ikke engang kristen?"
"Lad mig sige det sådan, at troen aldrig er kommet mig til gode, kun tvivlen. Så det er det, der er blevet mit testamente."
"Tvivlen."
"Præcis." Catos gule tænder lyste i mørket. "Jeg spørger: Er det nu så sikkert, at der ikke findes en Gud, og at han har et mål?"
Harry lo stille.
"Vi er nok slet ikke så forskellige, Harry. Jeg har en falsk præstekrave, du har en falsk sherifstjerne. Hvor urokkeligt er dit evangelium egentlig? At beskytte de etablerede og se til, mens de forvildede straffes for deres synder? Er du ikke også en tvivler?"
Harry bankede en ny cigaret ud af pakken. "Desværre er tvivlen væk i denne sag. Jeg rejser hjem."
"I så fald god rejse. Jeg må hen til min gudstjeneste."
En bil dyttede, og Harry vendte sig automatisk om. Et par forlygter blændede ham, før de drejede om hjørnet. Bremselygterne lignede gløder i mørket, da patruljevognen sagtnede farten, fordi den nærmede sig garagerne i Politihuset. Og da Harry vendte sig om mod Cato igen, var han forsvundet. Det var, som om den gamle præst var blevet opslugt af mørket. Det eneste, Harry kunne høre, var skridt, der gik i retning af kirkegården.

Det tog ganske rigtigt fem minutter at pakke og tjekke ud fra Leons.
"Vi giver lidt rabat til gæster, der betaler kontant," sagde fyren bag skranken. Ikke alt var nyt.
Harry kiggede i sin pung. Hongkong-dollars, yuan, amerikanske dollars, euro. Mobiltelefonen ringede. Harry tog den op til øret, mens han bredte sedlerne ud i vifteform og holdt dem frem mod fyren. "*Speak.*"
"Det er mig. Hvad laver du?"
Fandens. Han havde planlagt at vente med at ringe til hende, til han befandt sig i lufthavnen. Gøre det så enkelt og brutalt som muligt. Rive det over med et ryk.

"Jeg er lige ved at tjekke ud. Kan jeg ringe tilbage til dig om to minutter?"

"Jeg ville bare sige, at Oleg har kontaktet sin advokat. Øh ... altså Hans Christian."

"Norske kroner," sagde fyren.

"Oleg siger, at han gerne vil se dig, Harry."

"For fanden da!"

"Undskyld? Harry, er du der?"

"Tager du Visa?"

"Det kan bedre betale sig for dig at hæve i en hæveautomat."

"Se mig?"

"Det siger han. Så snart som muligt."

"Det kan ikke lade sig gøre, Rakel."

"Hvorfor ikke?"

"Fordi ..."

"Der er en hæveautomat hundrede meter nede ad Tollbugatan."

"Fordi?"

"Bare tag kortet, okay?"

"Harry?"

"For det første kan det ikke lade sig gøre, Rakel. Han har besøgsforbud, og jeg kan ikke omgå det en gang til."

"Og for det andet."

"For det andet kan jeg ikke se pointen, Rakel. Jeg har læst dokumenterne. Jeg ..."

"Du hvad?"

"Jeg tror, han skød Gusto Hanssen, Rakel."

"Vi tager ikke Visa. Har du et andet kort? Mastercard, American Express?"

"Nej! Rakel?"

"Så kan vi sige dollars og euro. Kursen er jo ikke så god, men det er bedre end kort."

"Rakel? Rakel? Fandens også!"

"Noget galt, Hole?"

"Hun lagde på. Er det her nok?"

Kapitel 12

Jeg stod i Skippergata og så på regnen, der høvlede ned. Vinteren havde aldrig rigtig bidt sig fast, men der havde været desto mere regn. Uden at det havde dæmpet efterspørgslen. Oleg, Irene og jeg omsatte for mere på én dag, end jeg havde gjort på en hel uge for Odin og Tutu. Jeg tjente rundt regnet seks tusind om dagen. Jeg havde talt de andre Arsenaltrøjer i Centrum. Oldingen måtte omsætte for over to millioner kroner om ugen, og det var endda et forsigtigt gæt.

Hver aften, før vi afregnede med Andrej, talte Oleg og jeg nøje både pengene og varebeholdningen. Der manglede aldrig så meget som en krone. Det ville ikke have kunnet betale sig.

Og jeg kunne stole hundrede procent på Oleg. Jeg tror slet ikke, han havde fantasi til at tænke tanken, eller også kendte han slet ikke til konceptet med at stjæle. Eller måske var det bare, fordi han havde både hjernen og hjertet fuldt af Irene. Det var næsten komisk at se, hvordan han logrede, når hun var i nærheden. Og hvor fuldstændig blind hun var for hans tilbedelse. For Irene kunne kun se én ting.

Mig.

Det gjorde mig hverken glad eller det modsatte; det var bare sådan, det var og altid havde været.

Jeg kendte hende så godt, vidste præcis, hvordan jeg kunne få hendes lille, OMO-rene hjerte til at banke lidt hurtigere, hendes søde mund til at le, og – hvis det var det, jeg ønskede – hendes blå øjne til at fyldes med tårer. Jeg kunne have ladet hende gå, åbnet døren og sagt værsgo. Men jeg er altså en tyv, og tyve giver ikke noget fra sig, som de tror, de en dag kan få omsat. Irene var min, men det var altså oldingens to millioner om ugen.

Det er utroligt, som seks tusind om dagen kan få ben at gå på, når man kan lide krystalmetamfetamin som isterninger i sine drinks og tøj, som ikke er købt i Cubus. Derfor boede jeg stadig i øvelokalet sammen med Irene, som sov på en madras bag ved trommesættet. Men hun klarede den, rørte ikke så meget som en spiket cigaret, spiste bare sit vegetarlort og havde åbnet en fuckings bankkonto. Oleg boede hjemme hos sin mor, så han vadede nok i penge. Han havde også taget sig lidt sammen, læste et par fag og var endda begyndt at træne på Valle Hovin.

Mens jeg stod der i Skippergata og tænkte og regnede på tallene, så jeg en skikkelse komme gående hen mod mig i den øsende regn. Brillerne duggede, det tynde hår lå klistret ind til hovedet, og han havde sådan en all-weather jakke på, som ens fede, grimme kæreste har købt både til en og til sig selv til jul. Det vil sige: Enten var den her fyrs kæreste grim, eller også havde han slet ikke nogen. Det kunne jeg se på hans gang. Han haltede. De har sikkert fundet på et ord, som bedre camouflerer, hvad det i virkeligheden er, men jeg kalder det klumpfod, men nu siger jeg selvfølgelig også maniodepressiv og neger.

Han stoppede op foran mig.

Jeg var holdt op med at blive forundret over, hvilke mennesker der købte heroin, men den her mand tilhørte afgjort ikke den almindelige kategori af kunder.

"Hvor meget ...?"

"Tre hundrede og halvtreds for 0,2 gram."

" ... betaler I for et gram heroin?"

"Betaler? Vi sælger, dit fuckhoved."

"Det ved jeg godt. Jeg er bare ved at lave lidt research."

Jeg kiggede på ham. Journalist? Socialarbejder? Eller måske politiker? Dengang jeg arbejdede for Odin og Tutu, var der kommet en fyr, der lignede ham her og havde sagt, at han arbejdede i Byrådet og for en eller anden komité, som hed RUNO, og han spurgte vældig pænt, om jeg ikke kunne gå med til et komitémøde om 'narkotika og unge'. De ville gerne høre "stemmerne fra gaden". Jeg dukkede op for sjov og hørte dem tale om ECAD og en stor international plan om et narkofrit Europa. Jeg drak sodavand og spiste boller og grinede, så tårerne trillede. Men hende, der var mødeleder, var en rigtig MILF, vulgært blond med træk som en mand, store bryster og kommandostemme. Et kort øjeblik overvejede jeg, om hun havde fået opereret mere end patterne. Da mødet var slut, kom hun hen til mig. Hun sagde, at hun var sekretær for "byrådsmedlemmet, der tog sig af sociale tjenester og narkoomsorg", og at hun gerne ville tale mere om de ting, og om vi kunne mødes hjemme hos hende en dag, når jeg havde "mulighed" for det. Hun var MILF uden M, viste det sig. Hun boede alene på en gård, havde stramme ridebukser på, da hun åbnede døren, og forlangte, at det skulle foregå i stalden. Hvis hun virkelig havde fået skåret pikken af, generede det ikke mig. De havde ryddet pænt op efter sig og havde sat en malkemaskine derind, der fungerede som et uvejr. Men der er noget sært ved at kneppe en dame, der hyler som et modelfly, to meter fra store, drøvtyggende heste, som står og ser halvinteresseret på. Bagefter havde jeg fjernet halmstrå mellem balderne og spurgt, om hun ikke kunne låne mig tusind kroner. Vi fortsatte med at mødes, indtil jeg begyndte at tjene seks tusind om dagen, og mellem kneppeturene nåede hun at fortælle mig, at en byrådssekretær ikke sad og skrev breve for sit byrådsmedlem, men faktisk bedrev praktisk politik. At selv om hun var slave nu, var det alligevel hende, der fik ting til at ske. Og når de rigtige mennesker fandt ud af det, ville det blive hendes tur til at være byrådsmedlem. Det, jeg lærte af at høre hende tale om rådhuset, var, at alle politikere – store som små – vil have de samme to ting: magt og sex. I den rækkefølge. Når jeg hviskede "statsminister" i hendes øre, samtidig med at jeg kørte to fingre op i hende, fik jeg hende til at squirte helt hen til grisebåsen. Og det er ikke engang løgn. Og i ansigtet på fyren foran mig kunne jeg se noget af den samme syge, intense lyst.

"Fuck af."

"Hvem er din chef? Jeg vil tale med ham."

Take me to your leader? Fyren var enten gal eller bare dum.

"Skrid."

Fyren rørte sig ikke ud af stedet; han stod bare der med et mærkeligt knæk i hoften og tog noget op af sin jakkelomme. En plasticpose med hvidt pulver. Det så ud, som om der var et halvt gram eller sådan noget.

"Det er en vareprøve. Giv det til din chef. Prisen er otte hundrede kroner pr. gram. Vær omhyggelig med at blande det op; det her skal fortyndes ti gange. Jeg kommer tilbage i overmorgen, samme tid."

Manden gav mig posen, vendte sig om og haltede hen ad gaden.

Normalt ville jeg have smidt posen i den nærmeste skraldespand. Jeg kunne ikke engang sælge lortet for egen regning, for jeg havde et rygte, jeg skulle passe på. Men der havde været noget i den sindssyges blik. Som om han vidste noget. Så da arbejdsdagen var slut, og vi havde afregnet med Andrej, tog jeg med Oleg og Irene ned i Heroinparken. Der spurgte vi, om der var nogen, der havde lyst til at være testpiloter. Jeg havde testet en gang før sammen med Tutu. Det, man gjorde, når der var nyt stof i byen, var at tage derhen, hvor de mest desperate junkier holdt til, dem, der er villige til at teste hvad som helst, der er gratis, som er skideligeglade med, om det ender med at tage livet af dem, fordi de ved, at døden er lige rundt om hjørnet lige meget hvad.

Der var fire, der meldte sig, men de sagde, at de skulle have en dosis heroin med i købet. Jeg sagde, at det ikke ville blive aktuelt, og så var der tre tilbage. Jeg gav dem hver en dosis.

"Alt for lidt!" råbte en af junkierne med en diktion som en, der har overlevet et slagtilfælde. Jeg sagde, at han skulle holde kæft, hvis han ville have dessert.

Irene, Oleg og jeg så på, mens de fandt nogle årer mellem sårene og fixede med overraskende effektive bevægelser.

"Åh, for helvede," stønnede en af dem.

"Hold da ..." hylede en anden.

Så blev der stille. Helt stille. Det var som at have sendt en raket ud i verdensrummet og have mistet enhver kontakt med den. Men jeg vidste det allerede, kunne se det på ekstasen i deres øjne, inden de forsvandt: Houston, we have no problem. Da de landede igen, var det blevet mørkt. Turen havde varet fem timer, over dobbelt så længe som en normal heroinrus. Testpanelet var enigt. De havde aldrig før prøvet noget, der var så stærkt. De ville have mere, resten af posen, nu, kom nu, og de vaklede hen mod os som zombierne i Thriller. *Vi grinede højt og løb vores vej.*

Da vi en halv time senere sad på min madras i øvelokalet, havde jeg noget, jeg skulle tænke igennem. En junkie bruger typisk et kvart gram gadeheroin pr. skud, men her var byens mest forhærdede blevet høje som nogle fuckings nybegyndere på en fjerdedel af den mængde! Fyren havde givet mig rent stof. Men hvad var det? Det så ud, lugtede og havde samme konsistens som heroin, men fem timers rus på så lille en dosis? Lige meget hvad var jeg ret sikker på, at jeg var stødt på en guldgrube. Otte hundrede kroner pr. gram, som kunne blandes op tre gange og sælges for fjorten hundrede. Halvtreds gram om dagen. Tredive tusind lige ned i lommen. I min. Og Olegs og Irenes.

Jeg luftede forretningsforslaget for dem. Forklarede tallene.

De kiggede på hinanden. De virkede ikke så begejstrede, som jeg havde forventet.

"Men Dubai ..." sagde Oleg.

Jeg løj og sagde, at det ikke var farligt, så længe vi ikke snød oldingen. Først ville vi sige til ham, at vi stoppede, at vi havde mødt Jesus eller sådan noget. Så skulle vi vente lidt, før vi startede for os selv i det små.

De kiggede på hinanden igen. Og pludselig følte jeg, at der var noget der, som jeg ikke havde set før nu.

"Der er bare det," sagde Oleg, mens hans blik prøvede at fæstne sig på væggen. "At Irene og jeg, vi ..."

"I hvad?"

Han vred sig som en orm på en krog og kiggede til sidst på Irene for at få hjælp.

"Oleg og jeg har tænkt os at flytte sammen," sagde Irene. "Vi er ved at spare op til indskuddet til en lejlighed på Bøler. Vi havde tænkt os at arbejde indtil sommer, og så ..."

"Og så?"

"Så havde vi tænkt os at gøre gymnasiet færdig," sagde Oleg. "Og så måske begynde at læse."

"Jura," sagde Irene. "Oleg har jo så gode karakterer." Hun lo lidt, som hun plejede at gøre, når hun troede, at hun havde sagt noget dumt, men de ellers så blege kinder var varme og røde af glæde.

De havde sneget sig rundt og var blevet fuckings kærester bag min ryg! Hvordan var det lykkedes mig at overse det?

"Jura," sagde jeg og åbnede posen, hvor der stadig var over et gram tilbage. "Er det ikke for folk, der gerne vil være politichefer?"

Ingen af dem svarede.

Jeg fandt den ske, jeg plejede at spise cornflakes med, og gned den mod buksebenet.

"Hvad laver du?" spurgte Oleg.

"Det skal da fejres," sagde jeg og hældte pulveret op på skeen. "Desuden må vi jo hellere selv teste produktet, før vi anbefaler det til oldingen."

"Så er det altså i orden?" udbrød Irene med lettelse i stemmen. "Vi fortsætter bare som før?"

"Selvfølgelig, skat." Jeg holdt lighteren under skeen. "Den her er til dig, Irene."

"Mig? Jamen jeg tror ikke ..."

"For min skyld, søster." Jeg kiggede op på hende og smilede. Smilede det smil, som hun vidste, jeg vidste, hun ikke havde nogen modgift imod. "Det er så kedeligt at blive høj alene. Ensomt, ikke?"

Det smeltede pulver boblede på skeen. Jeg havde ikke noget vat, så jeg overvejede, om jeg skulle bruge et afbrækket cigaretfilter til at rense det igennem. Men det så så rent ud. Hvidt og jævnt i konsistensen. Så jeg lod det bare køle ned nogle sekunder, inden jeg trak det op i sprøjten.

"Gusto ..." begyndte Oleg.

"Vi må være forsigtige, så vi ikke od'er, for der er nok til tre her. Du er inviteret med, min ven. Men du vil måske hellere bare se på?"

Jeg behøvede ikke engang at kigge op. Jeg kendte ham for godt. Ren i hjertet, blind af kærlighed og med en rustning af mod, som havde fået ham til at hoppe fra femten meter høje sejlmaster i Oslofjorden.

"Okay," sagde han og begyndte at smøge skjorteærmet op. "Jeg er med."

Den samme rustning, som ville få ham til at synke til bunds, drukne som en rotte.

Jeg vågnede ved, at det hamrede på døren. Det føltes, som om der havde foregået minearbejde i mit hoved, og jeg var lidt nervøs, før jeg vovede at åbne det ene øje. Morgenlyset sivede ind gennem sprækkerne ved de træplader, der var sømmet over vinduerne. Irene lå på sin madras, og jeg så en fod med Olegs hvide Puma Speed Cat-sko stikke ud mellem to guitarforstærkere. Jeg kunne høre på de lyde, der kom fra døren, at vedkommende var begyndt at bruge fødderne.

Jeg rejste mig og vaklede hen for at åbne, mens jeg prøvede at komme i tanker om eventuelle beskeder om, at der skulle øves eller hentes udstyr.

Jeg åbnede døren på klem og satte af gammel vane foden mod indersiden af døren. Det hjalp ikke. Stødet fik mig til at snuble baglæns ind i lokalet, og jeg faldt ind i trommesættet. Vildt meget larm. Da jeg havde fået skubbet bækkenstativer og lilletrommer væk, så jeg lige op i min kære plejebror Steins ansigt.

Stryg kære.

Han var blevet større, men den kortklippede faldskærmssoldatfrisure og det hårde, sorte og hadefulde blik var det samme. Jeg så, at han åbnede munden og sagde noget, men mine trommehinder var fyldt med suset fra bækkenerne. Jeg holdt automatisk armene op foran ansigtet, da han kom hen mod mig. Men han gik forbi, trådte hen over trommesættet og hen til Irene, som lå på madrassen. Hun vågnede med et lille skrig, da han tog fat i hendes arm og trak hende på benene.

Han holdt fast i hende med den ene hånd, mens han smed nogle ting ned i hendes rygsæk med den anden. Hun var holdt op med at stritte imod, da han trak hende med hen til døren.

"Stein ..." prøvede jeg.

Han stoppede i døråbningen og kiggede spørgende på mig, men jeg havde ikke nogen fortsættelse.

"Du har ødelagt den her familie nok," sagde han.

Han lignede fuckings Bruce Lee, da han sparkede jerndøren i bag sig. Luften dirrede. Oleg stak hovedet op over forstærkeren og sagde noget, men jeg var blevet døv igen.

Jeg stod med ryggen mod pejsen og kunne mærke varmen prikke på huden. Det eneste lys kom fra flammerne og en skide antik bordlampe. Oldingen sad i læderstolen og betragtede manden, som vi havde taget med os i limousinen fra Skippergata. Han havde stadig sin jakke på. Andrej stod bag manden og tog det bind af, han havde haft for øjnene.

"Nå," sagde oldingen. "Så det er dig, der er leverandøren af det produkt, jeg har hørt så meget om."

"Ja," sagde manden, tog brillerne på og kiggede sig omkring.

"Hvor kommer det fra?"

"Jeg er her for at sælge det, ikke for at informere om det."

Oldingen strøg sig over hagen med to fingre. "I så fald er jeg ikke interesseret. I den her branche medfører det altid døde mennesker, når man overtager andres tyvegods. Og døde mennesker giver problemer og er dårligt for forretningen."

"Det er ikke tyvegods."

"Jeg tør godt påstå, at jeg har et ret godt overblik over kanalerne, og ingen har set det her produkt før. Så jeg gentager: Jeg køber ingenting, før jeg får vished for, at det ikke er noget, der kommer til at ramme os senere."

"Jeg har ladet jer føre mig hertil med bind for øjnene, fordi jeg har forståelse for behovet for diskretion. Jeg håber, at I kan vise mig den samme forståelse."

Varmen havde fået hans briller til at dugge, men han beholdt dem alligevel på. Andrej og Peter havde kropsvisiteret ham i bilen, mens jeg havde studeret hans blik, kropssprog, stemme, hænder. Det eneste, jeg kunne se, var ensomhed. Der var ingen fed, grim kæreste, kun manden her og hans fantastiske stoffer.

"Du kan i teorien være politibetjent," sagde oldingen.

"Med den her?" sagde manden og pegede på sin fod.

"Hvis du er involveret i indsmugling, hvorfor har jeg så ikke hørt om dig før?"

"Fordi jeg er ny. Min straffeattest er ren, og der er ingen, der kender mig, hverken inden for politiet eller inden for branchen. Jeg har et såkaldt respektabelt arbejde og har levet et almindeligt liv indtil nu." Han skar en forsigtig grimasse, som jeg gættede på skulle forestille et smil. "Et unormalt normalt liv vil nogle sikkert hævde."

"Hmm." Oldingen blev ved med at stryge sig over hagen. Så tog han min hånd og trak mig hen til stolen, sådan at jeg kom til at stå ved siden af ham og kunne se på manden.

"Ved du, hvad jeg tror, Gusto? Jeg tror, at han laver produktet selv. Hvad tror du?"

Jeg tænkte lidt over det. "Måske," sagde jeg.

"Gusto, du ved jo godt, at man ikke ligefrem behøver være en Einstein til kemi. På nettet ligger der detaljerede opskrifter på, hvordan man omdanner opium til morfin og så heroin. Lad os sige, at du har fået fat i

ti kilo råopium. Så skaffer du noget kogeudstyr, et køleskab, lidt metanol og en vifte, og vupti, så har du otte et halvt kilo i heroinkrystaller. Gør det færdigt, og så har du et komma to kilo gadeheroin."

Manden i jakken rømmede sig: "Der skal nok lidt mere til end det."

"Spørgsmålet er," sagde oldingen, "hvor du får fat i opiummet."

Manden rystede på hovedet.

"Aha," sagde oldingen langsomt og strøg indersiden af min arm. "Ikke opiat. Opioid."

Manden svarede ikke.

"Hørte du, hvad han sagde, Gusto?" Oldingen pegede på klumpfoden. "Han laver et stof, som er helt syntetisk. Han skal ikke have hjælp fra hverken naturen eller Afghanistan; han bruger enkel kemi og laver det hele hjemme ved køkkenbordet. Fuld kontrol og ikke noget risikofyldt smugleri. Og mindst lige så stærkt som heroin. Vi har en klog fyr blandt os, Gusto. Den form for entreprenørarbejde aftvinger respekt."

"Respekt," mumlede jeg.

"Hvor meget kan du producere?"

"Måske to kilo om ugen. Det kommer an på så meget."

"Jeg tager det hele," sagde oldingen.

"Det hele?" spurgte manden, med flad stemmeføring, uden egentlig forbavselse.

"Ja, alt hvad du laver. Må jeg mon forelægge dig et forretningsforslag, hr. ...?"

"Ibsen."

"Ibsen?"

"Hvis De ikke har noget imod det."

"Jamen han var jo også en stor kunstner. Jeg vil altså foreslå, at vi indgår kompagniskab, hr. Ibsen. Vertikal integration. Vi corner markedet og kan bestemme prisen. Bedre margin for os begge to. Hvad siger du?"

Ibsen rystede på hovedet.

Oldingen lagde hovedet på skrå med et lille smil om den læbeløse mund. "Hvorfor ikke, hr. Ibsen?"

Jeg så den lille mand rette sig op. Det var, som om han voksede i den lidt for store året-rundt-med-verdens-kedeligste-menneske-jakke.

"Hvis jeg giver dig monopol, hr. ...?"

Oldingen satte fingerspidserne mod hinanden. "Kald mig, hvad du vil, hr. Ibsen."

"Jeg vil ikke gøre mig afhængig af én enkelt køber, hr. Dubai. Det er for risikabelt. Og det betyder, at du kan presse priserne ned. På den anden side vil jeg ikke have for mange købere, for så er risikoen større for, at politiet kommer på sporet af mig. Jeg kom til dig, fordi du er kendt for at være usynlig, men jeg vil have én køber til. Jeg har allerede været i kontakt med Los Lobos. Det håber jeg, du har forståelse for."

Oldingen lo sin sørlandfiskerbådslatter: "Lyt og lær, Gusto. Han er ikke bare dygtig til farmakologi, han er også forretningsmand. Godt, hr. Ibsen, så gør vi det på den måde."

"Prisen ..."

"Jeg betaler det, du bad om. Du skal tids nok lære, at det ikke er en branche, hvor man spilder meget tid med at prutte om prisen. Livet er for kort, og døden er for nær. Skal vi sige, at første leverance er tirsdag næste uge?"

På vej hen mod døren lod oldingen, som om han støttede sig til mig. Han kradsede mig på armen med neglene.

"Har du tænkt på eksport, Ibsen? Kontrol med udsmugling af narkotika fra Norge er jo ikke-eksisterende."

Ibsen svarede ikke. Men nu kunne jeg se det. Hvad det var, han ville have. Jeg kunne se det, da han stod der med sin klumpfod trukket ind under hoften. Jeg kunne se det i genskinnet fra den svedige, blanke pande under det tynde hår. Duggen var forsvundet fra brillerne, og han havde det samme blik i øjnene, som jeg havde set der i Skippergata. Efterbetaling, far. Han ville have efterbetaling. Efterbetaling for alt det, han ikke havde fået: respekt, kærlighed, beundring, accept, alle de ting, folk påstår, man ikke kan købe sig til. Men selvfølgelig kan man det. Men med penge, ikke med fuckings medynk. Er det ikke rigtigt, far? Livet skylder en noget, og hvis man ikke får det frivilligt, så må man kræve det, så må man blive sin egen skide gorilla. Og hvis man ender med at brænde i helvede for det, så bliver der tyndtbefolket i himlen. Ikke, far?

Harry sad ved gaten og kiggede ud. Så på flyene, som taxiede ind og ud mod startbanen.

Om atten timer ville han være i Shanghai.

Han kunne godt lide Shanghai. Kunne lide maden, kunne lide at gå ned mod The Bound langs Huangpu-floden til Peace Hotell, kunne lide at gå ind på Old Jazz Bar og høre de ældgamle jazzmusikere knirke sig gennem deres klassiskere, kunne lide tanken om, at det var lige præcis der, de havde siddet og spillet uden hørligt ophold siden revolutionen i '49. Han kunne lide hende. Kunne lide det, de havde, og det, de ikke havde, men lod ligge.

Lade ligge. Det var en glimrende egenskab, og ikke noget, han var blevet velsignet med fra naturens hånd, men noget, han havde øvet sig på de seneste tre år. Ikke at løbe panden mod en mur, når man ikke skulle.

Hvor urokkelig er din tro på dit evangelium egentlig? Er du ikke også en tvivler?

Han ville være i Shanghai om atten timer.

Kunne være i Shanghai om atten timer.

For helvede da.

Hun tog den, da den havde ringet to gange.

"Hvad vil du?"

"Du må ikke lægge på igen, vel?"

"Jeg lytter."

"Okay, hvor godt et tag har du på ham der Nils Christian?"

"Hans Christian."

"Er han forelsket nok til, at du kan overtale ham til at være med til et tvivlsomt stunt?"

Kapitel 13

Det havde regnet hele natten, og da Harry stod foran Oslo Fængsel, kunne han se et nyt lag løv, der lå som en våd, gul presenning over parken. Han havde ikke sovet ret meget, efter at han var taget fra lufthavnen og op til Rakel. Hans Christian var kommet, havde ikke protesteret synderligt meget og var taget af sted igen. Så havde Rakel og Harry drukket te og talt om Oleg. Om hvordan det havde været før. Om hvordan det var. Men ikke om, hvordan det kunne have været. Da det begyndte at blive morgen, havde Rakel sagt til Harry, at han kunne sove på Olegs værelse. Før Harry gik i seng, havde han brugt Olegs computer og havde fundet gamle artikler om den politibetjent, som var blevet fundet dræbt under Älvborgsbroen i Göteborg. Det, der stod, bekræftede, hvad Cato havde sagt, men oven i det havde Harry fundet noget i den altid sensationslystne Göteborgstidningen, som lækkede rygter om, at den døde havde været ildslukker, og forklarede, at det var en person, som kriminelle brugte til at ødelægge beviser mod sig. Det var kun to timer siden, at Rakel havde vækket ham med en rygende kop kaffe og hvisket til ham. Det havde hun altid gjort, begyndt dagen med at hviske, både til ham og til Oleg, som for at give dem en blød overgang fra drømme til virkelighed.

Harry kiggede ind i videokameraet, hørte den lavmælte brummen og skubbede døren op. Så skyndte han sig ind. Han holdt attachemappen op foran sig og lagde sit id-kort på skranken foran fængselsbetjenten og vendte den gode side af sit ansigt til.

"Hans Christian Simonsen ..." mumlede hun uden at se op, men lod i stedet blikket glide ned ad listen foran sig. "Der, ja. Til Oleg Fauke."

"Det stemmer," sagde Harry.

En anden fængselsbetjent førte ham gennem gangene og over det åbne område midt i fængslet. Betjenten snakkede om, hvor varmt efteråret så ud til at blive, og hans store nøgleknippe raslede, hver gang han låste en ny dør op. De gik gennem fællesrummet, og Harry så et bordtennisbord med to bat, en opslået bog på bordet og et tekøkken, hvor der lå pålæg, brød og en brødkniv fremme. Men der var ingen indsatte.

De standsede foran en hvid dør, og betjenten låste den op.

"Jeg troede, celledørene var ulåste på den her tid af dagen," sagde Harry.

"Det er de andre også, men den her fange er på en 171," sagde betjenten. "Kun én time uden for cellen om dagen."

"Hvor er alle de andre så henne?"

"Det må guderne vide. Måske har de fået Hustler Channel i tv-stuen igen."

Da betjenten havde låst ham ind, blev Harry stående inden for døren, til han hørte, at skridtene udenfor havde fjernet sig. Det var en helt almindelig celle. Ti kvadratmeter. En seng, et skab, et skrivebord med en stol, boghylder, et tv. Oleg sad ved skrivebordet og kiggede forbavset på ham.

"Du ville se mig," sagde Harry.

"Jeg troede, jeg havde besøgsforbud," sagde Oleg.

"Det her er ikke et besøg, men et møde med din forsvarer."

"Forsvarer?"

Harry nikkede. Og så, at det dæmrede for Oleg. Klog fyr. "Hvordan ..."

"Den type drab, du er mistænkt for, kvalificerer ikke til et maksimumssikret fængsel, så det var ikke så svært." Harry åbnede attachemappen, tog den hvide Gameboy ud og gav den til Oleg. "Værsgo, den er til dig."

Oleg lod fingrene glide over displayet. "Hvor fandt du den?"

Harry syntes, at han kunne se antydningen af et smil i det ellers så alvorlige drengeansigt. "Vintagemodel med batteri. Jeg fandt den i Hongkong. Det var planen at banke dig i Tetris, næste gang vi sås."

"Aldrig!" smilede Oleg. "Hverken i det eller i at svømme længst under vand."

"Dengang i Frognerbadet? Nå. Jeg mener nu nok, at jeg nåede en meter længere end dig ..."

"Det var en meter *efter* mig. Mor var vidne."

Harry sad lidt i tavshed som for ikke at ødelægge noget, nød sin glæde over glæden i Olegs ansigt.

"Hvad ville du tale med mig om, Oleg?"

Olegs ansigt blev mørkt igen. Han pillede ved Gameboyen, vendte og drejede den, som om han ledte efter startknappen.

"Tag dig bare den tid, du vil, Oleg, men tit er det nemmest bare at begynde med begyndelsen."

Drengen løftede hovedet og så på Harry: "Kan jeg stole på dig? Lige meget hvad?"

Harry skulle til at sige noget, men holdt inde. Nikkede bare.

"Du bliver nødt til at skaffe mig noget ..."

Det føltes, som om nogen stak en kniv i hjertet på Harry. Han vidste, hvordan fortsættelsen ville lyde.

"De har kun tjald og speed her i huset, men jeg har brug for violin. Kan du hjælpe mig, Harry?"

"Var det derfor, du bad mig komme?"

"Du er den eneste, der har haft held med at omgå besøgsforbuddet." Oleg stirrede på Harry med sine sorte, alvorlige øjne. Kun en lille trækning i den tynde hud under det ene øje afslørede desperationen.

"Det ved du jo godt, at jeg ikke kan, Oleg."

"Selvfølgelig kan du det!" Stemmen lød hård og metallisk mellem cellevæggene.

"Hvad med dem, du solgte for? Kan de ikke forsyne dig?"

"Solgte hvad?"

"Du skal fandeme ikke lyve for mig!" Harry slog hånden ned i attachemappen. "Jeg fandt Arsenaltrøjen i dit skab på Valle Hovin."

"Brød du det op?"

"Jeg fandt også det her." Harry smed fotografiet af de fem mennesker på bordet foran Oleg. "Pigen på billedet ... Ved du, hvor hun er?"

"Hvem ..."

"Irene Hanssen. I var kærester."

"Hvordan ..."

"I er blevet set sammen på Fyrtårnet. Der er en trøje, der dufter af blomstereng, og fixeudstyr til to i skabet i omklædningsrummet. Det er mere intimt at dele gemmested, end det er at dele ægteseng, ikke? Og din mor fortalte, at du lignede en lykkelig idiot, da hun fandt dig inde i byen. Min diagnose: nyforelsket."

Olegs adamsæble kørte op og ned.

"Nå?" sagde Harry.

"Jeg ved ikke, hvor hun er! Okay? Hun forsvandt bare. Måske kom hendes storebror og hentede hende igen. Måske er hun låst inde på en eller anden afvænningsanstalt. Måske tog hun et fly og stak af fra hele lortet. "

"Eller måske gik det ikke så godt," sagde Harry. "Hvornår så du hende sidst?"

"Det kan jeg ikke huske."

"Du kan huske det på klokkeslæt."

Oleg lukkede øjnene. "For hundrede toogtyve dage siden. Længe før det med Gusto, så hvad har det med sagen at gøre?"

"Det hele hænger sammen, Oleg. Et drab er en hvid hval. En person, som bare forsvinder, er en hvid hval. Hvis du ser en hvid hval to gange, er det den samme hval. Hvad kan du fortælle mig om Dubai?"

"Det er den største by, men ikke hovedstaden, i De Forenede Arabiske Emir ..."

"Hvorfor beskytter du dem, Oleg? Hvad er det, du ikke kan fortælle?"

Oleg havde fundet startknappen på Gameboyen og skubbede den frem og tilbage. Så vippede han batteridækslet af bagsiden, løftede metallåget af skraldespanden, der stod ved siden af bordet, og smed batterierne op i den, før han rakte Harry legetøjet igen.

"Død."

Harry så på Gameboyen og lod den glide ned i lommen.

"Hvis du ikke kan skaffe violin til mig, må jeg jo fixe det blandingslort, jeg kan få fat i her. Har du hørt om fentanyl og heroin?"

"Fentanyl er opskriften på en overdosis, Oleg."

"Nemlig. Så kan du jo bagefter fortælle mor, at det var *din* skyld."

Harry svarede ikke. Han blev ikke sur over Olegs ynkelige forsøg på manipulation; han fik bare lyst til at trække drengen ind til sig og give ham et knus. For Harry behøvede slet ikke at se tårerne i Olegs øjne for at vide, hvilken kamp der rasede i hans krop og mave. Han kendte suget i drengens mave, helt fysisk. Og så findes der ikke noget andet, ingen moral, ingen kærlighed, ingen hensyn, kun den evige, hamrende tanke om rushet, rusen, freden. Harry havde én gang i sit liv været på nippet til at takke ja til et skud heroin, men et tilfældigt øjebliks klarsyn havde fået ham til at sige nej. Måske var det visheden om, at heroin ville gøre det, som alkoholen endnu ikke havde formået: tage livet af ham. Måske var det pigen, som havde fortalt ham, hvordan hun var blevet hooked efter det første fix, fordi der ikke var noget, intet, hun havde oplevet eller overhovedet kunne forestille sig, som kunne overgå den ekstase. Måske var det vennen fra Oppsal, som havde ladet sig indlægge til afvænning bare for at nulstille tolerancen, fordi han håbede, at det næste fix, han tog, så ville komme op i nærheden af det første, søde fix. Og som fortalte, at da han så sin tre måneder gamle søns nålestik i låret, efter at han var blevet vaccineret, begyndte han at græde, fordi trangen til stoffer blev så stærk, at han havde været villig til at opgive alt, at gå direkte fra lægen til Plata.

"Lad os lave en aftale," sagde Harry og hørte sin egen grødede stemme. "Jeg skaffer dig det, du beder om, og du fortæller mig alt, hvad du ved."

"Fedt!" sagde Oleg, og Harry så, hvordan hans pupiller udvidede sig. Han havde læst et sted, at tunge misbrugeres hjerner kunne blive aktiveret, allerede inden sprøjten var klar, at de rent fysisk blev høje, allerede mens de smeltede stoffet og gjorde en blodåre klar. Og Harry vidste også, at det var en af de dele af Olegs hjerne, der talte nu. At der ikke fandtes noget andet svar end "fedt!", løgn eller sandhed.

"Men jeg vil ikke købe på gaden," sagde Harry. "Har du noget violin på dit gemmested?"

Oleg tøvede et øjeblik. "Du har jo været på mit gemmested."

Harry blev mindet om, at det ikke var sandt, at der ikke var noget, der var helligt for en junkie. Gemmestedet var helligt.

"Kom nu, Oleg. Du opbevarer jo ikke stoffer et sted, som en anden bruger har adgang til. Hvor er dit andet stashsted, reservelageret?"

"Jeg har kun det ene."
"Jeg har ikke tænkt mig at stjæle fra dig."
"Jeg har ikke noget andet gemmested, siger jeg jo!"
Harry kunne høre, at han løj, men det var ikke så vigtigt. Det betød sikkert bare, at han ikke havde violin dér.
"Jeg kommer tilbage i morgen," sagde Harry, rejste sig, bankede på døren og ventede. Men der kom ingen. Til sidst tog han i dørhåndtaget. Døren gik op. Afgjort ikke et maksimumssikret fængsel.
Harry gik tilbage samme vej, som han var kommet ind. Der var tomt på gangen og lige så tomt i fællesrummet, hvor Harry automatisk registrerede, at pålægget og brødet stadig lå fremme, men at brødkniven var blevet fjernet. Han fortsatte hen til døren, som førte ud af afdelingen og ind til det åbne område, og opdagede til sin forbavselse, at også den stod åben.
Først henne ved receptionen stødte han på låste døre. Han nævnte de åbne døre for fængselsbetjenten bag glasruden, og hun hævede et øjenbryn og kiggede op på monitorerne over sig. "Der er alligevel ingen, der kommer længere end hertil."
"Bortset fra mig, håber jeg."
"Hvad?"
"Ikke noget."
Harry var nået næsten hundrede meter gennem parken mod Grønlandsleiret, da det slog ham. De tomme rum, de åbne døre, brødkniven. Han stoppede brat op. Hans hjerte begyndte at banke så hurtigt, at han fik kvalme. Han hørte en fugl synge. Fornemmede lugten af græs. Så vendte han om og løb tilbage mod fængslet. Det føltes, som om han var helt tør i munden af frygt og af den adrenalin, som hjertet pumpede ud i blodet.

Kapitel 14

Violin ramte Oslo som en fuckings asteroide. Oleg havde forklaret mig forskellen på meteoritter og meteoroider og alt det andet lort, der kan ramme os i hovedet når som helst, og det var altså en asteroide, sådan et kæmpe uhyre, som kan jævne Jorden med ... For fanden, du ved jo, hvad jeg mener, far, lad være med at grine. Vi stod og solgte tiendedele, nul komma to, hele gram og femgramsdoser i bundter fra morgen til aften. Centrum stod på hovedet. Og så satte vi prisen op. Og køerne blev endnu længere. Og så satte vi prisen op. Og køerne var lige lange. Og så satte vi prisen op. Og det var på det tidspunkt, at helvede brød løs.

En bande kosovoalbanere plyndrede vores team bag Børsen. Det var to estiske brødre, som opererede uden spejder, og kosovoalbanerne brugte boldtræ og knojern. De tog pengene og stofferne, smadrede deres hofter. To aftener efter slog en vietnamesisk bande til i Prinsens Gata, ti minutter før Andrej og Peter skulle hente dagens omsætning. De tog dopemanden i baggården, uden at pengemanden og spejderen opdagede det. Det var lidt sådan: "Hvad nu?"

Det spørgsmål blev besvaret to dage senere.

Folk fra Oslo, som var tidligt ude og på vej på arbejde, nåede at se en skævøje hænge med hovedet nedad fra Sannerbroen, før politiet kom. Han var klædt efter alle kunstens regler i spændetrøje og med en knebel i munden. Tovet, han havde om anklerne, var lige akkurat langt nok til, at han ikke havde magtet at holde hovedet over vandoverfladen. Ikke i længden i hvert fald; ikke når mavemusklerne sagde stop.

Samme aften fik Oleg og jeg en pistol af Andrej. Den var russisk, for Andrej satte kun sin lid til russiske ting. Han røg sorte, russiske cigaretter, talte i russisk mobiltelefon (jeg tager ikke pis på dig, far. Gresso, dyr luksussag lavet af afrikansk blackwood, men vist nok vandtæt, og den udsendte ikke signaler, når den ikke var tændt, så politiet kunne ikke spore den), og han sværgede altså til russiske pistoler. Andrej forklarede, at modellen var en Odessa, og at den var en billigudgave af en Stetsjin, som om nogen af os vidste, hvad nogen af delene var. Men det specielle ved Odessaen var, at den kunne skyde fuckings salver. Den havde et magasin med plads til tyve patroner af kaliberen Makarov 9×18 millimeter, den samme ammunition, som Andrej og Peter og nogen af de andre pushere brugte. Vi fik en æske patroner til deling, og han viste os, hvordan vi skulle lade, afsikre og affyre den mærkelige, buttede pistol, og han sagde, at vi skulle holde den med begge hænder og sigte lidt lavere end der, hvor vi planlagde at ramme. Og at det, vi skulle ramme, ikke var hovedet, men hvor som helst på overkroppen. Hvis vi skubbede den lille knap på siden af pistolen hen til C, skød den salver, og et lille tryk på aftrækkeren var nok til at affyre tre-fire skud. Men han forsikrede os om, at det i ni ud af ti tilfælde var nok at vise pistolen. Efter at han var gået, sagde Oleg, at den lignede pistolen på coveret til en eller anden Foo Fighters-plade, og at han fandeme ikke ville skyde nogen, at vi burde smide pistolen i containeren. Så jeg sagde, at jeg nok skulle opbevare den.

Aviserne gik amok. De råbte op om bandekrig, blood in the streets, fuckings L.A. nærmest. Politikerne fra de partier, som ikke sad i byrådet, hylede op om fejlslagen kriminalpræventiv politik, fejlslagen narkotikapolitik, dårlig byrådsformand, dårligt byråd. Fejlslagen by, mente en tosse fra Senterpartiet og sagde, at Oslo burde stryges af landkortet; byen var en skamplet på fædrelandet. Den, der fik mest ballade, var politimesteren, men lort løber som bekendt nedad, og efter at en somalier havde skudt to medlemmer af sin egen stamme ned på klos hold nede ved Plata midt om formiddagen, uden at nogen var blevet pågrebet, indgav afdelingslederen for Orgkrim sin opsigelse. Lederen af Socialforvaltningen – som også var formand for Politirådet – sagde, at kriminalitet og narko og politi først og fremmest var statens ansvar, men at hun så det som sin opgave at sørge for, at Oslos borgere kunne færdes trygt på gaderne. Der var et billede af hende. Og bag hende stod hendes sekretær. Det var min gamle kending. MILF uden M. Hun så seriøs og meget businessagtig ud. Jeg så bare en liderlig dame liggende på knæ i ridebukser.

En aften kom Andrej tidligt; han sagde, at vi var færdige for i dag, og at jeg skulle tage med til Blindern.

Da han kørte forbi oldingens hus, begyndte jeg at tænke ret ubehage-

lige tanker. Men så drejede Andrej heldigvis ind på nabogrunden, ind til det andet hus, som oldingen havde fortalt mig, at han også ejede. Andrej gik med mig ind. Huset var ikke så tomt, som det så ud til udefra. Bag væggene med den afskallede maling og de revnede vinduesruder var det både møbleret og opvarmet. Oldingen sad i et værelse med bogreoler fra gulv til loft, og der strømmede sådan noget klassiskagtig musik ud fra nogle store gulvhøjttalere. Jeg satte mig på den eneste anden stol derinde, og Andrej gik og lukkede døren efter sig.

"Jeg har tænkt mig at bede dig gøre noget for mig, Gusto," sagde oldingen og lagde en hånd på mit knæ.

Jeg skottede hen mod den lukkede dør.

"Vi er i krig," sagde han og rejste sig. Han gik hen til hylderne og tog en tyk bog med brunt, plettet omslag ud. "Den her tekst er fra seks hundrede år før Kristi fødsel. Jeg kan ikke kinesisk, så jeg har kun den her over to hundrede år gamle franske oversættelse, som blev lavet af en jesuit ved navn Jean Joseph Marie Amiot. Jeg købte den på auktion og fik den for et hundrede og halvfems tusind kroner. Den handler om, hvordan man skal narre fjenden i krig, og er det hyppigst citerede værk om det emne. Den var både Stalins, Hitlers og Bruce Lees bibel. Og ved du hvad?" Han satte bogen ind på hylden igen og tog en anden ud. "Jeg foretrækker den her." Han gav mig bogen.

Det var en tynd bog med et blankt, blåt omslag, tydeligvis ret ny. Jeg læste på omslaget: "Skak for nybegyndere".

"Tres kroner på bogudsalg," sagde oldingen. "Vi skal lave en rokade."

"Rokade?"

"Et træk til siden, hvor kongen får et beskyttende tårn ved sin side. Vi skal indgå en alliance."

"Med et tårn?"

"Tænk rådhustårnet."

Jeg tænkte.

"Byrådet," sagde oldingen. "Socialforvaltningen har en byrådssekretær, som hedder Isabelle Skøyen. Hun er den, der i praksis styrer byens narkopolitik. Jeg har tjekket med en kilde, og hun er perfekt. Intelligent og effektiv og ekstremt ambitiøs. Grunden til, at hun ikke er nået længere,

er, at hendes livsførelse bare venter på en skandaleoverskrift. Hun fester, siger præcis, hvad hun vil, og hun har elskere i øst og vest."

"Jamen det lyder da også frygteligt," sagde jeg.

Oldingen så advarende på mig, før han fortsatte: "Faderen var formand for Senterpartiet, men blev vraget, da han ville ind i landspolitik. Og mine kilder siger, at Isabelle har overtaget faderens drøm, og eftersom der er størst chance for det hos Arbeiderpartiet, har hun meldt sig ud af faderens lille bondeparti. Kort sagt, alt ved Isabelle Skøyen er fleksibelt og kan tilpasses hendes ambitioner. Desuden er hun alene om at betale af på familiegårdens ikke ubetydelige gæld."

"Så hvad gør vi?" spurgte jeg, som om jeg selv var med i violinregeringen.

Oldingen smilede, som om han syntes, at det var charmerende. "Vi truer hende til forhandlingsbordet, hvor vi lokker hende til at være med i alliancen. Og du skal stå for truslerne, Gusto. Det er derfor, du er her nu."

"Mig? Skal jeg true en politikerdame?"

"Netop. En politikerdame, du har kopuleret med, Gusto. En ansat ved byrådet, som har udnyttet sin position og stilling til seksuel udnyttelse af en teenager med store sociale problemer."

Først troede jeg ikke mine egne ører. Indtil han tog et billede op af jakkelommen og lagde det på bordet foran mig. Det så ud, som om det var taget bag nogle tonede bilruder. Det var fra Tollbugata og viste en ung fyr, som steg ind i en Land Rover. Man kunne se nummerpladen. Fyren var mig. Bilen tilhørte Isabelle Skøyen.

Det løb mig koldt ned ad ryggen. "Hvordan ved ..."

"Kære Gusto, jeg fortalte dig jo, at jeg havde holdt øje med dig. Det, du skal gøre, er at kontakte Isabelle Skøyen på det private nummer, jeg er sikker på, du har, og fortælle hende, hvilken version af den historie vi har forberedt til pressen. Og så bede om et særdeles privat møde med os tre."

Han gik hen til vinduet og kiggede ud på det trøstesløse vejr.

"Du skal se, hun har nok plads i kalenderen."

Kapitel 15

I løbet af de seneste tre år i Hongkong havde Harry løbet mere end på noget andet tidspunkt før i sit liv. Men i løbet af de tretten sekunder, det tog ham at tilbagelægge de hundrede meter hen til fængslets indgangsdør, udspillede der sig i hans hjerne utallige scenarier, der alle havde ét til fælles: At han kom for sent.

Han ringede på og modstod fristelsen til at ruske i døren, mens han ventede på lyden af den automatiske døråbner. Endelig brummede den, og han løb op ad trappen til receptionen.

"Glemt noget?" spurgte betjenten.

"Ja," sagde Harry og ventede, til hun havde ladet ham slippe ind gennem den låste dør. "Slå alarm!" råbte han, slap attachemappen og løb videre. "Oleg Faukes celle!"

Hans skridt gav ekko gennem det åbne område, de tomme gange og det alt for tomme fælleslokale. Han følte sig ikke forpustet, men alligevel lød hans vejrtrækning som brøl inde i hans eget hoved.

Han hørte Olegs skrig, da han nåede ud i den sidste korridor.

Døren til hans celle stod halvt åben, og sekunderne, før han nåede derhen, føltes som i mareridtet; sneskredet, fødderne, som ikke ville flytte sig hurtigt nok.

Så var han inde og kunne se, hvad der skete.

Bordet var væltet, og papir og bøger lå spredt ud over gulvet. Bagerst i cellen, med ryggen mod klædeskabet, stod Oleg. Den sorte Slayer-T-shirt var gennemvædet af blod. Foran sig holdt han metallåget fra skraldespanden. Hans mund stod åben, og han skreg og skreg. Foran ham så Harry ryggen af en Gymtec-undertrøje, over den en tyk, svedig tyrenakke, over det et kronraget hoved og over det en hævet hånd, som holdt brødkniven. Lyden af metal mod metal hørtes, når knivsbladet ramte skraldespandslåget. Manden må have registreret ændringen i lyset, for i næste øjeblik hvirvlede han rundt. Sænkede hovedet og holdt kniven lavt foran sig, så den pegede på Harry.

"Ud!" hvæsede han.

Harry lod sig ikke narre til at lade sit blik følge kniven, men fokuserede i stedet på fødderne. Han registrerede, at Oleg sank sammen på gulvet bag manden. Sammenlignet med en, der dyrker kampsport, havde Harry et sørgeligt lille repertoire af angrebsteknikker. Han havde kun to. Og også kun to regler. En: Der er ingen regler. To: Angrib først. Og da Harry angreb, var det med de automatiske bevægelser hos en, som kun har lært, trænet og repeteret to måder at angribe på. Harry gik lige hen mod kniven, så manden blev nødt til at svinge den væk fra ham for at få fart på knivsbladet. Og da manden begyndte på den bevægelse, havde Harry løftet højre fod og svinget hoften ind. Allerede før kniven var på vej frem igen, var Harrys fod på vej ned. Den ramte mandens knæ øverst på knæskallen. Og eftersom den menneskelige anatomi ikke beskytter ret godt mod et spark fra lige præcis den vinkel, røg quadricepsen umiddelbart efterfulgt af ligamenterne i knæleddet og – idet knæskallen blev trykket ned foran lægbenet – også korsbåndet.

Manden gik i gulvet med et skrig. Kniven klirrede mod gulvet, idet hans hænder greb om knæskallen. Og øjnene udvidede sig, da hænderne fandt den et helt nyt sted.

Harry sparkede kniven væk og løftede foden for at afslutte angrebet, som han havde lært: At trampe den andens lårmuskulatur ned mod underlaget og forårsage så massive blødninger, at han ikke ville være i stand til at rejse sig igen. Men han så, at det allerede var gjort, og satte foden ned igen.

Han hørte lyden af løbende skridt og raslende nøgleknipper ude fra gangen.

"Herinde!" råbte Harry, skridtede over den skrigende mand og gik hen til Oleg.

Han hørte nogen trække vejret tungt i døråbningen.

"Få den mand ud, og få fat i en læge." Harry var nødt til at råbe for at overdøve det vedvarende skrigeri.

"Fy for helvede, hvad har ..."

"Skide være med det, få nu bare fat i lægen." Harry trak Slayer-T-shirten op og følte med fingrene gennem blodet, indtil han fandt såret. "Og lægen skal komme herover først; ham der har bare en skramme på knæet."

Harry holdt Olegs hoved mellem sine blodige hænder, mens han hørte, at de trak den skrigende mand ud derfra.

"Oleg? Er du der? Oleg?"

Drengen glippede med øjnene, og det ord, der undslap hans læber, lød så lavt, at det kun var Harry, der hørte det. Og han mærkede brystet snøre sig sammen.

"Oleg, det skal nok gå. Han har ikke stukket hul i noget, du har brug for for alvor."

"Harry ..."

"Og det er snart juleaften, de kommer til at give dig morfin."

"Hold kæft, Harry."

Harry holdt kæft. Oleg åbnede øjnene helt. De så feberagtige og desperate ud. Hans stemme var hæs, men helt tydelig nu:

"Du burde have ladet ham gøre arbejdet færdig, Harry."

"Hvad er det, du siger?"

"Du bliver nødt til at lade mig gøre det her."

"Gøre hvad?"

Intet svar.

"Gøre hvad, Oleg?"

Oleg lagde en hånd bag Harrys hoved, trak ham helt ned til sig og hviskede: "Du kan ikke stoppe det her, Harry. Det er allerede i gang, det må bare gå sin gang. Hvis du stiller dig i vejen, er der flere, der kommer til at dø."

"Hvem kommer til at dø?"

"Det er for stort, Harry. Det vil sluge dig, sluge os alle sammen."

"Hvem kommer til at dø? Hvem er det, du beskytter, Oleg? Er det Irene?"

Oleg lukkede øjnene. Hans læber bevægede sig en smule, så slet ikke. Og Harry tænkte, at han så ud, som da han var elleve år og lige var faldet i søvn efter en lang dag. Så sagde han alligevel noget.

"Det er dig, Harry. De vil slå dig ihjel."

Da Harry gik ud af fængslet, var ambulancerne kommet. Han tænkte på tingene, som de havde været før. Byen her, som den havde været før. Sit liv, som det havde været før. Da han havde brugt Olegs computer i går aftes, havde han også ledt efter Sardines og Russian Amcar Club. Han havde ikke fundet noget, som tydede på, at de var genopstået. Genopstandelse er måske i det hele taget for meget at håbe på. Livet lærer måske ikke en ret meget, bortset fra den her ene ting: Der er ingen vej tilbage.

Harry tændte en cigaret, og før han tog det første hiv, i det sekund, hvor hjernen allerede fejrer nikotinen, som snart kommer ind i blodbanen, hørte han lyden igen, den lyd, han vidste, han ville komme til at høre resten af aftenen og natten, det næsten uhørlige ord, som først var kommet over Olegs læber i cellen:

"Far."

Del II

Kapitel 16

Rottemoderen slikkede på metallet. Det smagte salt. Det gav et spjæt i hende, da køleskabet vågnede op til dåd og begyndte at summe. Kirkeklokken slog stadig. Det var en vej ind til reden, som hun ikke havde prøvet endnu. Ikke havde turdet prøve, eftersom det menneske, som spærrede indgangen, endnu ikke var dødt. Men ungernes højfrekvente hyl gjorde hende desperat. Så hun gjorde det. Hun pilede op i menneskets jakkeærme. Det lugtede svagt af røg. Ikke røg fra cigaretter eller et bål, men noget andet. Noget i gasform, som havde været i tøjet, men siden var blevet vasket ud, så der kun var nogle lugtmolekyler tilbage mellem de inderste tråde i stoffet. Hun kom op til albuen, men der blev det for trangt. Hun stoppede og lyttede. I det fjerne lød en politisirene.

Det er alle de små øjeblikke og valgene, far. Dem, du troede var ubetydelige, here today, gone tomorrow, kan man sige. Men de hober sig op. Og før man bemærker det, er de blevet til en elv, som trækker en med. Som fører en hen til det sted, hvor man skal hen. Og jeg skulle hertil. I røvsyge juli. Nej, jeg skulle jo ikke hertil! Jeg skulle helt andre steder hen, far. Da vi svingede op foran hovedbygningen, stod Isabelle Skøyen der, bredbenet og i stramme ridebukser på sin grund.

"Andrej, du venter her,» sagde oldingen. "Peter, du tjekker området.»

Vi steg ud fra limousinen til staldlugt, fluesummen og fjern kobjældeklang. Hun gav stift hånden til oldingen uden at ænse mig og inviterede os med ind på en kop kaffe med tryk på én.

I gangen hang der billeder af hestene med de bedste stamtavler, de fleste væddeløbspokaler, og jeg ved fandeme ikke hvad. Oldingen gik langs billederne og spurgte, om det var engelsk fuldblod og roste de slanke ben og store forpartier, så jeg begyndte at spekulere på, om det var heste eller hende, han talte om. Men uanset hvad virkede det. Isabelle fik lidt mere varme i blikket og blev mindre kort for hovedet, når hun svarede.

"Lad os sætte os ind i stuen og snakke," sagde han.

"Jeg havde tænkt mig, vi kunne tage det i køkkenet," sagde hun, og isen var tilbage i hendes stemme.

Vi satte os, og hun stillede kanden midt på bordet.

"Skænk du op for os, Gusto," sagde oldingen og kiggede ud ad vinduet. "En flot gård De har her, fru Skøyen."

"Der er ikke nogen 'frue' her."

"Der, hvor jeg voksede op, kaldte vi alle kvinder, som kunne drive en gård, for 'frue', uanset om de var enker, skilte eller ugifte. Det blev regnet som en hæderstitel."

Han vendte sig mod hende og smilede bredt. Hun mødte hans blik. Og i et par sekunder var der så stille, at det eneste, man hørte, var den hjernedøde flue, som fløj mod vinduet for at komme ud i det fri.

"Tak," sagde hun.

"Godt. Lad os i første omgang glemme de her billeder, fru Skøyen."

Hun stivnede i stolen. I den samtale, som Isabelle og jeg havde haft i telefonen, havde hun først prøvet at le det væk, da jeg forklarede, at vi havde billeder af hende og mig, som vi kunne sende til pressen. Hun sagde, at hun var single, men en seksuelt aktiv kvinde, som havde haft en affære med en, som var lidt yngre, og hvad så? For det første var hun en ubetydelig byrådssekretær, og for det andet var det her Norge, og dobbeltmoral var noget, de brugte tid på ved amerikanske præsidentvalg. Så jeg havde kort og koncist malet trusselsbilledet i signalfarver. At hun faktisk havde betalt mig, og at jeg kunne bevise det. At hun simpelthen betalte for sex, og prostitution og narkotika var vist de områder, hun var presseansvarlig for på vegne af socialborgmesteren, var det ikke?

To minutter senere havde vi aftalt tidspunkt og sted for mødet her.

"Pressen skriver tilstrækkeligt om politikeres privatliv, som det er," sagde oldingen. "Lad os hellere tale om et forretningsforslag, fru Skøyen. Et godt forretningsforslag må give fordele til begge parter i modsætning til afpresning. Enig?"

Hun rynkede panden. Oldingen smilede bredt. "Med forretningsforslag mener jeg selvfølgelig ikke, at der skal blandes penge ind i det. Selv om gården her sikkert ikke driver sig selv. Men det ville være korruption. Det, jeg tilbyder, er en rent politisk handel. Ganske vist i det skjulte, men det er også noget, som praktiseres hver dag på Rådhuset. Og som er til indbyggernes bedste, ikke sandt?"

Skøyen nikkede igen, vagtsomt.

"Denne handel må nødvendigvis forblive mellem os og Dem, fru Skøyen. Den vil som sagt først og fremmest gavne byen, og den eneste eventuelle fordel, jeg kan se for Dem personligt, er, hvis De skulle have politiske ambitioner. Skulle det være tilfældet, vil det selvfølgelig gøre vejen til en chefstilling på Rådhuset meget kortere. For ikke at tale om en plads i landspolitik."

Hendes kaffekop var stoppet halvvejs oppe ved munden.

"Jeg har ikke engang tænkt mig at bede Dem gøre noget uetisk, fru Skøyen. Jeg vil bare belyse, hvor vi har fælles interesser, og så overlade til Dem at gøre det, jeg synes er rigtigt."

"Jeg skal gøre det, som De *synes er rigtigt?"*

"Byrådet er i en presset situation. Allerede før de sidste måneders uheldige udvikling, havde bystyret som mål, at Oslo skulle væk fra listen over Europas værste heroinbyer. De skulle nedbringe omsætningen, rekrutteringen blandt unge og ikke mindst antallet af dødsfald på grund af overdosis. Lige nu er der ikke noget, som synes fjernere end det, eller hvad, fru Skøyen?"

Hun svarede ikke.

"Det, som der i den her situation er brug for, er en helt eller heltinde, som kunne rydde op fra bunden af."

Hun nikkede langsomt.

"Det, hun skulle begynde med, var at rydde op i banderne og syndikaterne."

Isabelle snøftede. "Tak, men det har været prøvet før i hver eneste storby i Europa. Nye bander skyder op igen som ukrudt. Hvor der er efterspørgsel, vil der altid dukke nye tilbud op."

"Netop," sagde han. "Som ukrudt er meget præcist. Jeg kan se, De har en jordbærmark derude, fru Skøyen. Bruger De bunddækkeplanter?"

"Ja. Jordkløver."

"Jeg kan tilbyde Dem bunddække," sagde oldingen. "Jordkløver iført Arsenaltrøjer."

Hun så på ham. Jeg kunne se hendes grådige hjerne arbejde intenst. Oldingen så fornøjet ud.

"Bunddække, min kære Gusto," sagde han og tog en slurk af kaffekoppen. "Er ukrudt, som man planter og lader vokse uhindret for at forhindre, at andet ukrudt skyder op. Simpelthen fordi jordkløver er et mindre onde end alternativerne. Er du med?"

"Det tror jeg," sagde jeg. "Der, hvor der under alle omstændigheder vokser ukrudt, er det smart at dyrke noget ukrudt, som ikke gør kål på jordbærrene."

"Netop. Og i den her lille analogi er byrådets vision om et renere Oslo jordbærrene, og alle de bander, som sælger livsfarlig heroin og sørger for anarki i Oslos gader, er ukrudtet. Mens vi og violin er bunddækket."

"Forstået på den måde at?" sagde Isabelle.

"Forstået på den måde, at De først må luge alt det ukrudt væk, som ikke er jordkløver. Og så må De lade jordkløveren være i fred."

"Og hvad er det, som gør jordkløver så meget bedre?" spurgte hun.

"Vi skyder ingen. Vi opererer diskret. Vi sælger et stof, som næsten ikke giver overdosisdødsfald. Med monopol på jordbærmarken kan vi skrue priserne så højt op, at der bliver færre brugere og færre unge, som rekrutteres. Uden at vores samlede profit går ned, det skal indrømmes. Få brugere og få sælgere, junkier vil ikke længere fylde parkerne og gaderne i Centrum. Kort sagt: Oslo vil blive en fryd for øjet for turister, politikere og vælgere."

"Jeg er ikke formand for Socialudvalget."

"Ikke endnu, frue. Men lugning er heller ikke noget for kommunalpolitikere. De har byrådssekretærer til den slags. Til at træffe alle de små, daglige beslutninger, som tilsammen udgør det, som faktisk bliver gjort. De følger selvfølgelig byrådets vedtagne linje, men det er Dem, som har den daglige kontakt med politiet, som diskuterer deres aktiviteter og initiativer i Kvadraturen, for eksempel. De må selvfølgelig først profilere Deres rolle lidt mere, men der synes De at have et vist talent. Et lille interview om rusrådgivningen i Oslo her, en udtalelse om overdosisdødsfald der. Sådan at når succesen er en kendsgerning, vil både presse og partikammerater vide, hvem der er hjernen og hånden bag ..."Han smilede sit

komodovaransmil. " ... Markedets stolte vinder af årets største jordbær."

Alle sad stille. Fluen havde opgivet sine flugtforsøg, da den opdagede sukkerskålen.

"Denne samtale har selvfølgelig aldrig fundet sted," sagde Isabelle.

"Selvfølgelig ikke."

"Vi har ikke engang truffet hinanden."

"Synd, men sandt, fru Skøyen."

"Og hvordan havde De tænkt Dem, at ... lugningen skulle foregå?"

"Vi kan selvfølgelig hjælpe til med noget. Der er en lang tradition for stikkeri for at skaffe sig af med konkurrenter i den her branche, og vi forsyner Dem med de nødvendige informationer. De forsyner naturligvis også Socialudvalget med forslag til Politirådet, men De får sikkert også brug for en fortrolig inden for politiet. Måske en, som også kan have nytte af at være del af en sådan succeshistorie. En ... hvad skal jeg kalde det?"

"En ambitiøs person, som kan være pragmatisk, så længe det er til byens bedste?" Isabelle Skøyen løftede kaffekoppen som til en umærkelig skål. "Skal vi sætte os ind i stuen?"

Sergej lå på ryggen på bænken, mens tatovøren tavst studerede tegningerne.

Da han var kommet til aftalt tid i den lille butik, havde tatovøren været i gang med en stor drage på ryggen af en dreng, som havde ligget der og bidt tænderne sammen, mens en kvinde, som tydeligvis var hans mor, havde trøstet ham, spurgt tatovøren igen og igen, om tatoveringen behøvede at være så stor, betalt, da han var færdig, og på vej ud spurgt sin søn, om han ikke var glad nu, når han havde en endnu sejere tatovering end Preben og Kristoffer.

"Den her passer bedre på ryggen," sagde tatovøren og pegede på en af tegningerne.

"*Tupoy*," sagde Sergej lavmælt. Idiot.

"Hvad?"

"Alt skal være som på tegningen. Skal jeg sige det hver gang?"

"Ja ja. Men jeg kan altså ikke gøre den helt færdig i dag."

"Jo, du skal lave det hele. Dobbelt betaling."

"Så det haster?"

Sergej nikkede kort. Andrej havde ringet til ham hver dag og holdt ham opdateret. Så da han havde ringet i dag, var Sergej ikke forberedt. Ikke forberedt på det, Andrej havde at sige.

At det nødvendige var blevet nødvendigt.

Og Sergejs første tanke, da de afbrød forbindelsen, havde været, at der ikke var nogen vej udenom nu.

Han havde straks taget sig selv i det: Ingen vej *udenom*? Hvem ville udenom?

Måske havde han tænkt sådan, fordi Andrej havde advaret ham. Han havde fortalt, at politibetjenten havde haft held med at afvæbne en indsat, som de havde betalt for at dræbe Oleg Fauke. Den indsatte var ganske vist kun nordmand og havde ikke dræbt nogen med kniv før, men det betød under alle omstændigheder, at det her næppe ville blive lige så let som sidst; det ville ikke være som at skyde ham deres pusher, knægten. Det havde jo været en ren henrettelse. Denne politibetjent måtte han snige sig ind på, vente, til han havde ham, hvor han ville have ham, og tage ham, mens han mindst ventede det.

"Ikke for noget, men de tatoveringer, du allerede har, er ikke ligefrem kvalitetsarbejde. Stregerne er utydelige, og det er dårligt blæk. Skal vi ikke hellere bare friske dem op?"

Sergej svarede ikke. Hvad vidste fyren om kvalitetsarbejde? Stregerne var utydelige, fordi tatovøren i fængslet måtte bruge en spidset guitarstreng fæstnet på en barbermaskine som nål, og blækket var lavet af smeltet skosål blandet med urin.

"Tegning," sagde Sergej og pegede. "Nu!"

"Og du er sikker på, at du vil have en pistol? Du bestemmer, men det er min erfaring, at folk bliver stødt af voldelige symboler. Bare så du er advaret, altså."

Fyren vidste tydeligvis ingenting om kriminelle russeres tatoveringer. Han vidste ikke, at katten betød, at han var dømt for tyveri, at kirken med to kupler betød, at han havde to domme. Han vidste ikke, at det brændemærke, han havde på brystet, var en tatovering, han havde ætset væk ved at bandagere magnesiumpulver direkte mod huden. Tatoveringen havde forestillet et kvindeligt kønsorgan og var blevet påført ham under afsoningen af den anden dom af en bande georgiske Sort Såsæd-medlemmer, som mente, at han skyldte dem penge efter et spil kort.

Tatovøren anede heller ikke, at den pistol, han havde fået en tegning af, en Makarov, det russiske politis tjenestevåben, symboliserede, at han, Sergej Ivanov, havde dræbt en politibetjent.

Ingenting vidste han, og det var også det bedste. De var alle bedst tjent med, at han holdt sig til at tegne sommerfugle, kinesiske skrifttegn og farverige drager på unge, velnærede nordmænd, som troede, at deres katalog-tatoveringer var et statement om et eller andet.

"Skal vi begynde?" spurgte tatovøren.

Sergej tøvede et øjeblik. Tatovøren havde haft ret, det hastede. Sergej havde stillet sig selv det spørgsmål, hvorfor det hastede så meget, hvorfor han ikke kunne vente, til efter at politibetjenten var død? Og han havde givet sig selv det svar, han ville høre: at hvis han blev pågrebet umiddelbart efter drabet og anbragt i et norsk fængsel, hvor der ikke var tatovører blandt de indsatte som i Rusland, så skulle han fanden tage mig have den tatovering; den skulle han i hvert fald have.

Men Sergej vidste, at der også var et andet svar på spørgsmålet.

Tatoverede han sig før drabet, fordi han inderst inde var bange? Så bange, at han ikke var sikker på, om han ville kunne gennemføre det? At det var derfor, han ville have det tatoveret allerede nu, for at brænde alle broer bag sig, fjerne retrætemuligheden, så han var *nødt* til at udføre drabet? Ingen sibirisk urka kan leve med at gå rundt med en løgn ridset ind i huden, det sagde sig selv. Og han havde jo glædet sig, *vidste,* at han havde glædet sig, så hvad var det her for nogle tanker; hvor kom de fra?

Han vidste godt, hvor de kom fra.

Pusheren. Knægten med Arsenaltrøjen.

Han var begyndt at dukke op i hans drømme.

"Gå bare i gang," sagde Sergej.

Kapitel 17

"Lægen mente, at Oleg vil være på benene igen om nogle dage," sagde Rakel. Hun stod lænet op mod køleskabet med en kop te i hånden.

"Så skal han flyttes til et sted, hvor absolut ingen kan få fat på ham," sagde Harry.

Han stod ved hendes køkkenvindue og så ned mod byen, hvor eftermiddagens myldretid bugtede sig som sankthansorm på hovedvejene.

"Politiet har vel den slags steder til vidnebeskyttelse," sagde hun.

Rakel var ikke blevet hysterisk, men havde taget nyheden om knivoverfaldet på Oleg med en slags resigneret fatning. Som om det var noget, hun halvvejs havde ventet. Samtidig kunne Harry se forbitrelsen i hendes ansigt. Hendes kampansigt.

"Han skal sidde i et fængsel, men jeg skal snakke med statsadvokaten om en forflyttelse," sagde Hans Christian Simonsen. Han var kommet, lige så snart Rakel havde ringet, og sad ved køkkenbordet med svedskjolder under skjorteærmerne.

"Se, om du kan gå uden om de officielle kanaler," sagde Harry.

"Hvad mener du?" sagde advokaten.

"Dørene stod ulåst, så mindst én af fængselsbetjentene må have været med på det. Så længe vi ikke aner, hvem der er indblandet, må vi gå ud fra, at alle kan være det."

"Er du ikke en smule paranoid nu?"

"Paranoia redder liv," sagde Harry. "Kan du fikse det, Simonsen?"

"Jeg skal se, hvad jeg kan gøre. Hvad med det sted, hvor han er nu?"

"Han ligger på Ullevål Sykehus, og jeg har sørget for, at der er to politifolk, jeg stoler på, som passer på ham. Én ting til: Ham, der angreb Oleg, er på hospitalet nu, men vil få særlige restriktioner bagefter."

"Brev- og besøgsforbud?" spurgte Simonsen.

"Jeps. Kan du sørge for, at vi får at vide, hvad han siger i forklaringen til politiet eller til sin advokat?"

"Den var værre." Simonsen kløede sig i hovedet.

"De får sikkert ikke et ord ud af ham, men prøv alligevel," sagde Harry og knappede sin frakke.

"Hvor skal du hen?" spurgte Rakel og lagde en hånd på hans arm.

"Til kilden," sagde Harry.

Klokken var blevet otte om aftenen, og trafikken i hovedstaden i det land i verden, hvor folk har den korteste arbejdsdag, var for længst stilnet af. Den dreng, der stod på trappen på gadehjørnet nede for enden af Tollbugata, havde trøje nummer 23. Arshavin. Han havde hætten på hættetrøjen trukket over hovedet og gik med et par overdimensionerede, hvide Air Jordan-joggingsko. Hans Girbaud-jeans var nystrøgne og så stivede, at de næsten kunne stå af sig selv. Fuld gangstapakke; alt var kopieret ned til mindste detalje fra den sidste Rick Ross-musikvideo, og Harry gik ud fra, at når bukserne gled helt ned, ville de åbenbare det helt rigtige mærke underbukser, ingen ar efter knivstik eller skud, men mindst én voldsforherligende tatovering.

Harry gik direkte hen til ham uden at se sig til højre eller venstre.

"Violin, to gram."

Drengen kiggede på Harry uden at tage hænderne op af lommerne på sin zip hood og nikkede.

"Nå?" sagde Harry.

"Du må vente, *boraz*." Knægten talte med en pakistaneraccent, som Harry gik ud fra, at han lagde væk, når de spiste moderens frikadeller i det gennemnorske hjem.

"Jeg har ikke tid til at vente, til du har flere kunder."

"Chillax, mand, det tager ikke ret lang tid."

"Jeg betaler en hund ekstra."

Drengen målte Harry med blikket. Og Harry vidste så nogenlunde, hvad han tænkte; en grim forretningsmand iført underligt tøj og med et kontrolleret forbrug og kolleger og familie, som han er hundeangst for tilfældigvis skal komme forbi. En mand som beder om at blive snydt.

"Seks hundrede," sagde drengen.

Harry sukkede og nikkede.

"*Jalla*," sagde drengen og begyndte at gå.

Harry gik ud fra, at ordet måtte betyde, at han skulle følge efter.

De gik rundt om hjørnet og ind ad en åben port til en baggård. Dopemanden var sort, formodentlig nordafrikaner, og stod og lænede sig op ad et tårn med træpaller. Hovedet vippede op og ned i takt med musikken fra iPoden. Den ene øreprop var ude og hang ned langs siden.

"To gram," sagde Rick Ross i Arsenaltrøjen.

Dopemanden tog noget op af en dyb jakkelomme og rakte det til Harry med håndfladen nedad, så man ikke kunne se det. Harry så på den pose, han havde fået. Pulveret var hvidt, men med nogle små, mørke fragmenter.

"Jeg har et spørgsmål," sagde Harry og stak posen i jakkelommen.

De to andre stivnede, og Harry så dopemandens hånd bevæge sig ned mod lænden. Han gættede på en letkalibret pistol i bukselinningen.

"Har nogen af jer set den her pige?" Han holdt billedet af familien Hanssen frem.

De kiggede og rystede på hovedet.

"Jeg har fem tusind kroner til den, som kan give mig noget at gå efter, et rygte, hvad som helst."

De to så på hinanden. Harry ventede. Så slog de ud med armene og vendte sig om mod Harry igen. Måske lod de udspørgningen passere, fordi de havde oplevet det før, en far som leder efter sin datter i Oslos narkomiljø. Men under alle omstændigheder manglede de den kynisme eller den fantasi, som skulle til for at finde på noget, som kunne have inkasseret dusøren.

"Javel," sagde Harry. "Men jeg vil godt have, at I hilser Dubai og siger, at jeg har nogle oplysninger, som jeg tror, han kan være interesseret i. Det handler om Oleg. Sig, at han kan komme hen på Leons og spørge efter Harry."

I næste øjeblik var den fremme. Og Harry havde ret; det lignede en Beretta i Cheetah-serien. Ni millimeter. Kortsnudet, ubehagelig sag.

"Er du *baosj*?"

Kebabnorsk. Politi.

"Nej," sagde Harry og prøvede at synke den kvalme, som altid kom, når han så ind i en pistolmunding.

"Du lyver. Du skyder ikke violin; du er strømer."

"Jeg lyver ikke."

Dopemanden nikkede kort til Rick Ross, som gik hen til Harry og trak hans jakkeærme op. Harry prøvede at tage blikket væk fra pistolmundingen. Der lød en lav fløjten. "Det ser ud, som om nordmanden skyder sig alligevel," sagde Rick Ross.

Harry havde brugt en almindelig synål, som han havde holdt under lighterflammen. Han havde stukket dybt og vredet nålen rundt fire, fem steder på underarmen og gnedet sårene med salmiakspiritus for at give dem en mere hidsig, rød farve. Til sidst havde han perforeret albuevenen på begge sider, så der kom blod ud under huden, hvilket skabte nogle effektfulde blå mærker.

"Jeg tror, han lyver alligevel," sagde dopemanden og skiftede tyngde og greb om pistolskæftet med begge hænder.

"Hvorfor det? Se her, han har også sprøjte og sølvpapir i lommen."

"Han er ikke bange."

"Hvad fanden mener du? Se lige på fyren!"

"Han er ikke bange nok. Hallo, *baosj*, tag dig lige en sprøjte nu."

"Hvad fanden mener du, Rage?"

"Hold kæft!"

"Chillax, mand. Hvorfor er du så sur?"

"Jeg tror ikke, at Rage kunne lide, at du sagde hans navn," sagde Harry.

"Du skal også bare holde din kæft! Lav så den sprøjte! Og du bruger af din egen pose."

Harry havde aldrig smeltet og injiceret før, i hvert fald ikke i bevidst tilstand, men han havde brugt opium og vidste, hvad det handlede om: At få smeltet stoffet til en flydende form, som man får op i en sprøjte. Hvor svært kunne det være? Han satte sig på hug og hældte pulveret ned i sølvpapiret; enkelte pulverkorn havnede på jorden, og han fugtede fingeren, fik det op og gned det ind i gummerne, prøvede at virke ivrig. Det smagte bittert, som andet pulverstof han havde prøvesmagt som politibetjent. Men det havde også en anden smag. En næsten umærkelig bismag af ammoniak. Nej, ikke ammoniak. Nu kom han i tanker om det: Bismagen mindede ham om lugten af overmoden papaja. Han tændte lighteren og satte sin lid til, at de tilskrev hans klodsethed den kendsgerning, at han arbejdede med en pistol for panden.

To minutter senere havde han en færdigladt sprøjte.

Rick Ross havde genvundet sin gangsta-coolness. Han havde trukket ærmerne op til albuerne og poserede med spredte ben, armene overkors og hovedet let bagover.

"Skyd," kommanderede han. Han for sammen og holdt en afværgende hånd frem. "Altså ikke dig, Rage!"

Harry så på dem. Rick Ross havde ingen mærker på sine bare underarme, og Rage så lidt for årvågen ud. Harry pumpede venstre knytnæve mod venstre skulder to gange, knipsede mod underarmen og førte sprøjten ind med den foreskrevne tredivegraders-vinkel. Og håbede, at det så prof ud for en, som ikke selv sprøjtede sig.

"Aaah," stønnede Harry.

Prof nok til, at de ikke ville tænke over, om spidsen af kanylen rent faktisk blev sat i en blodåre eller bare i musklen.

Han rullede med øjnene og gav efter i knæene.

Prof nok til, at de ville lade sig narre af en simuleret orgasme.

"Glem ikke at give den besked til Dubai," hviskede han.

Så vaklede han ud på gaden og slingrede vestpå i retning af Slottet.

Først i Dronningens Gata rettede han sig op.

I Prinsens Gata kom den forsinkede virkning. Det var de dele af stoffet, som havde fundet blod, som havde nået hjernen via kapillarernes omveje. Det var som et fjernt ekko af rushet fra en sprøjte direkte i en arterie. Alligevel mærkede Harry tårer fylde øjnene. Det var som at blive genforenet med en elsker, man aldrig troede, man skulle se igen. Ørerne fyldtes, ikke af himmelsk musik, men af himmelsk lys. Og han forstod i det samme, hvorfor de kaldte stoffet violin.

Klokken var ti om aftenen, og på Orgkrim var lysene slukket på kontorerne, og der var tomt på gangene. Men på Truls Berntsens kontor kastede pc-skærmen et blåt lys på betjenten, som sad med benene oppe på bordet. Han havde sat femten hundrede kroner på City og var ved at tabe. Men nu havde de frispark. Atten meter og Tévez.

Han hørte døren gå op, og højre pegefinger søgte automatisk mod escape-knappen. Men det var for sent.

"Håber ikke, det er mit budget, som betaler for den streaming."

Mikael Bellman slog sig ned på den eneste anden stol. Truls havde lagt mærke til, at i takt med at Bellman var steget i graderne, havde han aflagt sig den udtale, de var vokset op med i Manglerud. Det var kun, når han talte med Truls, at han af og til blev Manglerud igen.

"Har du læst avisen?"

Truls nikkede. Eftersom der ikke havde været andet at læse, havde han fortsat, efter at kriminal- og sportsstoffet var pløjet igennem. Han havde blandt andet kigget grundigt på billederne af byrådssekretær Isabelle Skøyen. Hun var begyndt at blive fotograferet til premierer og sociale begivenheder, efter at VG i sommer havde bragt et portrætinterview med overskriften 'Gadefejeren', hvor hun havde fået æren for at være arkitekten bag oprydningen blandt narkobander og heroinmisbrugere i Oslos gader og derfor blev lanceret som fremtidig Stortingspolitiker. Hendes bystyre havde i hvert fald fremgang. Truls mente at kunne konstatere, at hendes nedringning var blevet dybere i takt med oppositionens tilslutning, og smilet på billederne var snart lige så bredt som agterspejlet.

"Jeg har haft en højst uofficiel samtale med politidirektøren," sagde Bellman. "Hun vil indstille mig som politimester til justitsministeren."

"For satan da!" udbrød Truls. Tévez havde hamret frisparket op i krydset.

Bellman rejste sig. "Jeg tænkte bare, at du måske gerne ville vide det. Ulla og jeg inviterer forresten nogle mennesker hjem til os næste lørdag."

Truls mærkede det velkendte stik, når han hørte ham sige Ullas navn.

"Nyt hus, nyt job. Og du var jo med til at støbe terrassen."

Var med til? tænkte Truls. Jeg støbte hele lortet alene.

"Så hvis du ikke er meget optaget ..." sagde Bellman og nikkede hen mod pc-skærmen, "er du inviteret."

Truls sagde ja tak. Ligesom han havde takket ja lige fra dengang, de havde mødt hinanden i drengeårene, takket ja til at være det tredje hjul, til at være tilskuer til Mikael Bellman og Ullas selvfølgelige lykke. Takket ja til endnu en aften, hvor han skulle skjule, hvem han var, og hvad han følte.

"En anden ting," sagde Bellman. "Kan du huske ham, som jeg bad dig få strøget i besøgsregisteret i receptionen?"

Truls nikkede uden at fortrække en mine. Bellman havde ringet ham op og forklaret, at der netop havde været en Tord Schultz forbi og givet ham oplysninger om narkotikasmugleri og en ildslukker i deres egne rækker. At han var bekymret for mandens sikkerhed, og at navnet burde fjernes fra registeret for det tilfælde, at denne ildslukker arbejdede i huset og havde adgang til registeret.

"Jeg har prøvet at ringe til ham flere gange, men der bliver ikke svaret. Jeg er lidt bekymret. Du er helt sikker på, at Securitas fjernede hans navn, og at ingen andre fik noget at vide om det?"

"Helt sikker, politimester," sagde Truls. City havde trukket alle spillere tilbage og skovlede bare bolden væk. "Har du forresten hørt mere fra den der irriterende betjent ude i Oslo Lufthavn?"

"Nej," sagde Bellman. "Det virker, som om han har slået sig til tåls med, at stoffet må have været kartoffelmel. Hvorfor?"

"Jeg spekulerede bare på det, politimester. Hils dragen derhjemme."

"Jeg ser helst, at du anvender en anden benævnelse, tak."

Truls trak på skuldrene. "Det er dig selv, der kalder hende det."

"Jeg mener det med politimester. Det er ikke officielt før om et par uger."

Flychefen sukkede. Trafikvagten havde netop ringet og fortalt, at Bergensflyet var forsinket, fordi kaptajnen hverken var mødt op eller havde meldt fra, og de havde måttet scramble en ny kaptajn, så hurtigt det kunne lade sig gøre.

“Schultz har en lidt hård tid lige nu,” sagde flychefen.

“Han tager heller ikke telefonen,” sagde trafikvagten.

“Det frygtede jeg. Det sker, han flyver lidt solo i fritiden.”

“Ja, det har jeg hørt. Men det her er ikke fritid. Det var lige før, vi måtte aflyse.”

“Han har som sagt nogle problemer for tiden. Jeg skal nok tale med ham.”

“Vi har alle sammen problemer, Georg. Jeg er nødt til at afgive fuld rapport, forstår du vel?”

Flychefen tøvede. Men gav op. “Selvfølgelig.”

Idet de lagde på, dukkede et billede op i flychefens hukommelse. En eftermiddag, grillfest, sommer. Campari. Budweiser og kæmpebøffer direkte fra Texas, fløjet ind af en pilotelev. Else og ham i et soveværelse, som ingen havde set dem snige sig ind i. Hun havde stønnet lavt, lavt nok til, at det ikke kunne høres over råbene fra legende børn, indkommende fly og de andres ubekymrede latter lige uden for det åbne vindue. Flyene, som kom og kom. Hans, Tords, rungende latter efter endnu en klassisk flyhistorie. Og hendes, Elses, Tords kones, lavmælte stønnen.

Kapitel 18

"Har du købt violin?"

Beate Lønn stirrede vantro på Harry, som sad i hjørnet af hendes kontor. Han havde trukket stolen væk fra det skarpe morgenlys og hen i skyggen, hvor han foldede hænderne om det kaffekrus, hun havde givet ham. Sveden lå som plastfolie på hans ansigt, og han havde hængt jakken over stoleryggen.

"Du har vel ikke ...?"

"Er du vanvittig?" Harry slurpede skoldhed kaffe i sig. "Den slags kan alkoholikere ikke begive sig af med."

"Godt, for ellers ville jeg have troet, at det der var et klassisk fejlskud," sagde hun og pegede.

Harry kiggede ned på sin underarm. Alt hvad han havde af tøj ud over jakkesættet, var tre par underbukser, to par sokker og to kortærmede skjorter. Han havde tænkt sig at købe det, han havde brug for, i Oslo, men det havde der ikke været tid til endnu. Og her til morgen var han vågnet op med noget, som lignede så tilpas meget en omgang tømmermænd, at han nærmest af gammel vane havde kastet op i toilettet. Resultatet af den kanyle, han havde sat i musklen, var et mærke med form og farve som De forenede Stater, da Reagan blev genvalgt.

"Jeg vil gerne have, at du analyserer det for mig," sagde Harry.

"Hvorfor det?"

"På grund af billederne fra gerningsstedet, som viste den pose, I fandt på Oleg."

"Ja?"

"I har fået nogle enormt gode kameraer. Man kunne se, at pulveret var helt hvidt. Se her, det her pulver har nogle brune fragmenter. Jeg vil vide, hvad det er."

Beate tog et forstørrelsesglas frem fra skuffen og lænede sig ind over det pulver, som Harry havde drysset ud på forsiden af *Forensic Magazine*.

"Du har ret," sagde hun. "De prøver, vi har fået ind, har været hvide, men de sidste måneder har der jo i praksis ikke været en eneste beslaglæggelse, så det her er interessant. Især fordi der for nylig var en betjent fra politivagten i Oslo Lufthavn, som ringede og snakkede om noget tilsvarende."

"Hvordan?"

"De fandt en pose med pulver i en pilots håndbagage. Betjenten undrede sig over, hvordan vi var kommet frem til, at det var rent kartoffelmel, for han havde med egne øjne set brune korn i pulveret."

"Mente han, at piloten smuglede violin?"

"Faktisk har der indtil nu ikke været foretaget én eneste beslaglæggelse af violin ved grænserne, så den pågældende betjent har vel aldrig selv set violin. Hvid heroin er jo sjældent; det meste af det, der kommer, er brunt, så betjenten havde først meddelt, at det var to partier, som var blevet blandet. I øvrigt var piloten ikke på vej ind, men ud."

"*Ud?*"

"Ja."

"Hvilken destination?"

"Bangkok."

"Han tog kartoffelmel med til Bangkok?"

"Det var vel til nogle nordmænd, som skulle lave hvid sovs til deres fiskeboller." Hun smilede, samtidig med at hun rødmede over sit eget forsøg på at være morsom.

"Hm. Noget helt andet. Jeg har lige læst om en efterforsker, som blev fundet dræbt i havnen i Göteborg. Der gik rygter om, at han skulle have været ildslukker. Gik der rygter om den slags om den dræbte efterforsker her i Oslo?"

Beate rystede bestemt på hovedet. "Nej. Tværtimod. Han var snarere kendt for at være lidt for ivrig efter at pågribe kriminelle. Lige før han blev dræbt, snakkede han om, at han havde den store fisk på krogen, at han ville trække den ind helt alene."

"Alene, ja."

"Han ville ikke fortælle mere, men sagde, at han ikke stolede på andre end sig selv. Lyder det som nogen, du kender, Harry?"

Han trak på smilebåndet, rejste sig og begyndte at tage sin jakke på.

"Hvor skal du hen?"

"Besøge en gammel ven."

"Jeg vidste ikke, at du havde nogen."

"Det er bare en talemåde. Jeg ringede til chefen på Kripos."

"Heimen?"

"Ja. Jeg spurgte, om han kunne give mig en liste over, hvem Gusto havde haft mobilsamtaler med i tiden før drabet. Han svarede, at for det første var sagen så oplagt, at de ikke havde fået lavet sådan en liste. For det andet: Hvis de havde gjort det, ville de aldrig i livet give den til en ... lad mig nu se." Harry lukkede øjnene og talte på fingrene. " ...'afskediget strømer, alkoholiker og forræder som dig'."

"Som sagt, jeg vidste ikke, at du havde gamle venner."

"Så nu må jeg prøve andre steder."

"Okay. Jeg skal under alle omstændigheder nok få analyseret det her pulver i dag."

Harry stoppede i døråbningen. "Du sagde sidst, at der for nylig er dukket violin op i Göteborg og København. Vil det sige, at det er dukket op der, *efter* at det kom til Oslo?"

"Ja."

"Plejer det ikke at være omvendt, at ny narko først kommer til København og så spreder sig nordpå?"

"Det har du måske nok ret i. Hvad tænker du på?"

"Det ved jeg ikke helt endnu. Hvad sagde du, ham piloten hed?"

"Det sagde jeg ikke. Schultz. Tord. Var der andet?"

"Ja. Har du tænkt på, at den efterforsker kan have haft ret?"

"Ret?"

"I at holde mund og ikke stole på nogen. Måske var han blevet klar over, at der var en ildslukker et sted."

Harry så sig omkring i den store, luftige katedral af en reception i Telenors hovedkvarter i Fornebu. Ved skranken ti meter derfra stod to personer og ventede på at blive ekspederet. Han så, at de fik adgangskort og blev hentet af dem, de skulle besøge, ved personalesluserne. Telenor havde tydeligvis strammet op på rutinerne, og hans plan om mere eller mindre at gatecrashe Klaus Torkildsens kontor var ikke længere så god.

Harry vurderede situationen.

Torkildsen ville garanteret ikke sætte pris på besøget. Af den enkle grund, at han havde en gammel dom for blotteri, noget han havde haft held med at holde skjult for arbejdsgiveren, men som Harry i flere år havde brugt for at presse ham til at give dem adgang til informationer, nogle gange langt ud over det, som et telefonselskab havde juridisk dækning for. Og hvis Harry ikke havde den fuldmagt, som fulgte med et id-kort fra politiet, ville Torkildsen sandsynligvis ikke engang tage imod Harry.

Til højre for de fire personalesluser, som førte ind til elevatorerne, var en større dør åbnet, hvor en stor gruppe besøgende blev lukket ind. Harry tog en hurtig beslutning. Han gik med raske skridt hen til gruppen og manøvrerede sig ind mod midten af flokken, som langsomt traskede hen mod den Telenor-ansatte, som holdt døren åben. Harry henvendte sig til sidemanden, en lille mand med kinesiske ansigtstræk:

"Ni hao."

"Excuse me?"

Harry så navnet på klistermærket. Yuki Nakazawa.

"Oh, Japanese," lo Harry og slog den lille mand flere gange på skulderen, som om han var en gammel ven. Yuki Nakazawa smilede usikkert tilbage.

"Nice day," sagde Harry, stadig med hånden på den andens skulder.

"Yes," sagde Yuki. "Which company are you?"

"TeliaSonera," sagde Harry.

"Very, very good."

De gik forbi den Telenor-ansatte, og ud af øjenkrogen kunne Harry se ham komme hen mod dem. Han vidste omtrent, hvad manden ville sige. Og det var korrekt:

"Sorry, sir, I can't let you in without a tag."

Yuki Nakazawa så forbavset på manden.

Torkildsen havde fået nyt kontor. Efter at have tilbagelagt en kilometer i et åbent kontorlandskab, så Harry omsider et anseligt og velkendt korpus i et glasbur.

Harry gik uden videre derind.

Manden sad med ryggen til og med en telefon presset mod øret. Harry kunne se bygen af spyt tegne sig mod vinduet: "Nu må I sgu få den SW2-server op at køre!"

Harry rømmede sig.

Stolen svingede rundt. Klaus Torkildsen var blevet endnu federe. En overraskende elegant, skræddersyet jakke havde held med delvist at skjule fedtpøllerne, men intet kunne skjule det udtryk af ren og skær frygt, som bredte sig over hans besynderlige ansigt. Det besynderlige bestod i, at med så stort et ansigtsareal til disposition, havde øjne, næse og mund fundet det for godt at samle sig på en lille ø midt i havet af fjæs. Hans blik gled ned til Harrys jakkerevers.

"Yuki ... Nakazawa?"

"Klaus." Harry smilede bredt og strakte armene ud til siden som til en omfavnelse.

"Hvad fanden laver du her?" hviskede Klaus Torkildsen.

Harry lod armene falde ned igen. "Jeg er også glad for at se dig."

Han satte sig på kanten af skrivebordet. Samme sted, som han altid plejede at sætte sig. Invadere og skaffe sig overblik. Enkel og effektiv hersketeknik. Torkildsen sank, og Harry så store, blanke sveddråber springe frem på hans pande.

"Mobilnettet i Trondheim," knurrede Torkildsen og nikkede hen mod telefonen. "Skulle have haft serveren oppe i forrige uge. Folk er sgu ikke til at stole på længere. Jeg har rigtig travlt. Hvad vil du?"

"Have en liste over samtaler fra og til Gusto Hanssens mobilnummer siden maj." Harry greb en pen og skrev navnet på en gul post-it-lap.

"Jeg er operationsleder nu. Jeg arbejder ikke længere med driften."

"Nej, men du kan stadigvæk skaffe mig de numre."

"Har du en autorisation?"

"Så var jeg gået direkte til politikontakten i stedet for til dig."

"Og hvorfor ville anklageren ikke autorisere det her?"

Den gamle Torkildsen ville ikke have tilladt sig at spørge om det. Han var blevet mere modig. Havde mere selvtillid. Var det den højere stilling? Eller noget andet? Harry så bagsiden af en billedramme på skrivebordet. Den slags personlige billeder brugte man for ikke at glemme, at man havde nogen. Så hvis det ikke var en hund, var det en kvinde. Måske oven i købet et barn. Hvem skulle have troet det? Den gamle blotter havde fået sig en kvinde.

"Jeg arbejder ikke i politiet længere," sagde Harry.

Torkildsen trak på smilebåndet. "Men ikke desto mindre vil du have informationer om nogle samtaler?"

"Jeg skal ikke bruge så meget; kun for den her telefon."

"Hvorfor skulle jeg det? Hvis det bliver opdaget, at jeg har givet den type info til en privatperson, bliver jeg fyret. Og det er let at spore, at jeg har været inde og tjekke."

Harry svarede ikke.

Torkildsen lo bittert. "Jeg er med. Det er det samme gamle, feje pressionsmiddel. Hvis jeg ikke giver dig oplysninger uden om systemet, vil du sørge for, at mine kolleger får kendskab til dommen."

"Nej," sagde Harry. "Nej, jeg vil ikke sladre. Jeg beder dig bare om en tjeneste, Klaus. Det er personligt. Min ekskærestes søn risikerer en dom på livsvarigt, selv om han er uskyldig."

Harry så, hvordan det rykkede i Torkildsens dobbelthage, så der opstod en bølge i kødet, som fortsatte ned over halsen som en krusning, indtil den blev optaget i den større kropsmasse og forsvandt. Harry havde aldrig tiltalt Klaus Torkildsen ved fornavn før. Torkildsen så på Harry. Blinkede. Koncentrerede sig. Det glimtede i sveddråberne på panden, og Harry kunne se, hvordan hjernens regnemaskine lagde sammen, trak fra og – til sidst – konkluderede. Torkildsen slog ud med armene og lænede sig tilbage mod stoleryggen, som skreg under vægten:

"Beklager, Harry. Jeg ville gerne have hjulpet dig. Men lige præcis nu har jeg ikke råd til den type medfølelse. Håber, du forstår mig."

"Naturligvis," sagde Harry og gned sig over hagen. "Det er fuldt forståeligt."

"Tak skal du have," sagde Torkildsen, tydeligvis lettet, og begyndte at karte rundt i stolen for at få rejst sig, åbenbart for at gelejde Harry ud af glasburet og ud af sit liv.

"Så," sagde Harry. "Hvis du ikke skaffer de numre, er det ikke kun dine kolleger, som får besked om blotteriet, men også din kone. Har I fået børn? Ja? En, to?"

Torkildsen sank sammen i stolen igen. Han stirrede vantro på Harry. Den gamle, skælvende Klaus Torkildsen. "Du ... du sagde, du ikke ville ..."

Harry trak på skuldrene. "Beklager. Men lige præcis nu har jeg ikke råd til den type medfølelse."

Klokken var ti minutter over ni om aftenen, og der var halvfuldt i restaurant Schrøder.

"Jeg havde ikke lyst til, at du skulle komme hen på mit arbejde," sagde Beate. "Heimen ringede og fortalte, at du havde spurgt efter telefonlister, og han havde hørt, at du har været hos mig. Han advarede mig mod at rode mig ind i den der Gusto-sag."

"Okay," sagde Harry. "Fint, at du kunne komme herhen." Han fik øjenkontakt med Nina, som serverede fadøl i den anden ende af lokalet. Han holdt to fingre i vejret. Hun nikkede. Det var tre år siden, han havde været her, men hun forstod sin gamle stamgæsts tegnsprog: en øl til selskabet, en kaffe til alkoholikeren.

"Var din kammerat behjælpelig med en liste over, hvem Gusto havde ringet med?"

"Særdeles behjælpelig."

"Og hvad fandt du ud af?"

"At Gusto må have haft pengemangel til sidst; hans abonnement blev spærret flere gange. Han ringede ikke meget, men han og Oleg havde haft nogle korte samtaler. Han ringede en del med sin stedsøster, Irene, men samtalerne ophørte pludselig, nogle uger før han døde. Ellers var det mest til PizzaXpressen. Jeg skal op til Rakel bagefter og google de andre navne. Hvad kan du fortælle mig om analysen?"

"Det stof, du fik købt, er næsten identisk med de tidlige prøver af violin, som vi har analyseret. Men der er en lille forskel i den kemiske sammensætning. Og så er der lige de brune fragmenter."

"Ja?"

"Det er ikke noget aktivt farmaceutisk middel. Det er simpelthen en glasur, som man bruger på piller. Altså for at gøre dem lettere at synke eller give dem en bedre smag."

"Er det muligt at spore den glasur til producenten?"

"I teorien, ja. Men jeg har tjekket, og det viser sig, at lægemiddelproducenterne stort set laver deres egen glasur; det vil sige, at på globalt plan findes der flere tusind producenter."

"Så vi kommer ingen vegne der?"

"Ikke med glasuren alene," sagde Beate. "Men på indersiden af nogle af glasurfragmenterne var der stadig rester af pillen. Det var metadon."

Nina kom med kaffe og øl. Harry takkede, og hun forsvandt igen.

"Jeg troede, metadon var flydende og kom i flasker."

"Den metadon, som bruges i såkaldt lægemiddelbaseret rehabilitering af narkomaner, kommer i flaske. Så jeg ringede op til St. Olavs Hospital. De forsker i opioider og opiater og fortalte mig, at metadonpiller bruges i smertebehandling."

"Og i violin?"

"De sagde, at det var absolut muligt, at modificeret metadon kunne være brugt i fremstillingen, ja."

"Det betyder bare, at violin ikke er lavet fra bunden af, men hvordan hjælper det os?"

"Det kan hjælpe os," sagde Beate og lagde hånden om ølglasset, "fordi det kun er yderst få, som laver metadonpiller. Og én af dem, som gør det, holder til her i Oslo."

"AB? Nycomed?"

"Radiumhospitalet. De har deres egen forskningsafdeling, som har lavet en metadonpille mod ekstreme smerter."

"Kræft."

Beate nikkede. Den ene hånd førte ølglasset til munden, mens den anden hentede noget frem, som den lagde på bordet foran Harry.

"Fra Radiumhospitalet?"

Beate nikkede igen.

Harry tog pillen op fra bordet. Den var rund, lille og havde et R stemplet i den brune glasur.

"Ved du, hvad jeg tror, Beate?"

"Nej."

"Jeg tror, at Norge har skaffet sig en ny eksportvare."

"Mener du, at nogle i Norge producerer og eksporterer violin?" sagde Rakel. Hun stod med korslagte arme og lænede sig op ad karmen i døråbningen ind til Olegs værelse.

"Der er i hvert fald et par ting, som kan tyde på det," sagde Harry og indtastede det næste navn fra den liste, han havde fået af Torkildsen. "For det første går ringene fra Oslo og udefter. Ingen i Interpol havde set eller hørt om violin, før det dukkede op i Oslo, og det er først nu, det er til at få på gaden i Sverige og Danmark. For det andet indeholder stoffet knuste metadonpiller, som jeg vil bande på er lavet i Norge." Harry trykkede på 'søg'. "For det tredje blev en pilot for nylig taget i Oslo Lufthavn med noget, som kan have været violin, men som så er blevet byttet ud."

"Byttet ud?"

"I så fald er der en ildslukker i systemet. Pointen er, at den her pilot var på vej ud af landet, til Bangkok."

Harry mærkede duften af hendes parfume og vidste, at hun havde flyttet sig fra døren og stod bøjet over hans skulder. Skinnet fra pc-skærmen var det eneste lys i det halvmørke drengeværelse.

"Foxy billede. Hvem er det?" Hendes stemme var lige ved hans øre.

"Isabelle Skøyen. Byrådssekretær. En af dem, Gusto har ringet til. Eller rettere sagt, det er hende, som har ringet til Gusto."

"Den bloddonor-T-shirt er vist en størrelse for lille?"

"Det er vel en del af jobbet for politikere at reklamere for at give blod."

"Er man egentlig at regne som politiker, når man bare er byrådssekretær?"

"Under alle omstændigheder siger hun jo, hun er AB rhesus negativ, og så er det jo din simple pligt."

"Sjældent blod, ja. Er det derfor, du har kigget så længe på det billede?"

Harry smilede. "Der var mange hits her. Hesteopdrætttter. *'Gadefejeren'*?"

"Det var hende, som fik æren for at have sat alle narkobanderne bag lås og slå."

"Åbenbart ikke dem alle. Gad vide, hvad hun og en som Gusto kan have haft at tale om?"

"Tja. Hun stod jo i spidsen for Socialafdelingens arbejde mod narkotika, så måske brugte hun ham til at indhente generel information."

"Klokken halv to om natten?"

"Ups!"

"Jeg må spørge hende."

"Ja, det kunne du sikkert godt tænke dig."

Han drejede hovedet om mod hende. Men hendes ansigt var så tæt på, at han ikke kunne fokusere på hende.

"Hører jeg det, jeg tror, jeg hører, søde?"

Hun lo lavmælt. "Overhovedet ikke. Hun ser jo billig ud."

Harry trak vejret langsomt. Hun havde ikke flyttet sig. "Og hvad er det, som får dig til at tro, at jeg ikke kan lide det billige?" spurgte han.

"Og hvorfor hvisker du?" Hendes læber bevægede sig så tæt ved hans, at han kunne mærke luftstrømmen fra ordene.

I to lange sekunder var viften i pc'en det eneste, der kunne høres. Så rettede hun sig brat op, så på Harry med et fraværende tusindmeterblik og lagde hænderne mod kinderne som for at køle dem ned. Så vendte hun sig og gik ud.

Harry lagde hovedet bagover, lukkede øjnene og bandede lavmælt. Han hørte hende rumstere ude i køkkenet. Han tog et par dybe indåndinger. Bestemte sig for, at det, som lige var sket, ikke var sket alligevel. Prøvede at samle tankerne igen. Så fortsatte han.

Han googlede de resterende navne. På nogle af dem kom der op mod ti år gamle resultatlister fra skiløb eller referat fra et slægtsstævne, på andre ikke engang det. Det var mennesker, som ikke eksisterede længere, som var uden for det moderne samfunds næsten altomfattende projektørlys, som havde fundet krogene med skygge, hvor de sad og ventede på næste dosis og ellers ingenting.

Harry blev siddende og kiggede ind i væggen, på en plakat af en fyr med fjerprydelse på hovedet. 'Jonsi' stod der nedenunder. Harry havde en vag formodning om, at det havde noget med det islandske band Sigur Ros at gøre. Æteriske lydtæpper og konstant falsetsang. Temmelig langt fra Megadeath og Slayer. Men Oleg kunne selvfølgelig have ændret smag. Eller være blevet påvirket. Harry lagde hænderne bag hovedet.

Irene Hanssen.

Det gik op for ham, at der var noget, han havde studset over ved telefonlisterne. At Gusto og Irene havde talt i telefon sammen næsten hver dag før den sidste samtale. Og at han derefter ikke engang havde prøvet at ringe hende op. Som om de var blevet uvenner. Eller også havde Gusto vidst, at Irene ikke var til at nå på telefonen efter dette tidspunkt. Men så, tidligere samme dag som Gusto blev skudt, havde han ringet til fastnettelefonen på hendes hjemmeadresse. Og fået svar. Samtalen havde varet i et minut og tolv sekunder. Hvorfor syntes han, det var underligt? Harry prøvede at tænke tilbage til det sted, hvor tanken kom fra. Men måtte give op. Han tastede nummeret til fastnettelefonen. Ikke noget svar. Så prøvede han Irenes mobiltelefon. En stemme fortalte ham, at abonnementet var midlertidigt spærret. Ubetalte regninger.

Penge.

Det begyndte og sluttede med penge. Det gjorde narkotika altid. Harry tænkte sig om. Prøvede at huske det navn, Beate havde nævnt. Piloten, som var blevet taget med pulver i håndbagagen. Politihukommelsen fungerede stadig. Han tastede TORD SCHULTZ på nettets nummeroplysning.

Et mobilnummer kom op.

Harry åbnede en skuffe i Olegs skrivebord for at finde noget at skrive med. Han løftede på Masterful Magazine, og hans blik faldt på et avisudklip i en plastmappe. Han genkendte straks sit eget yngre ansigt. Han tog mappen frem og bladede igennem de andre udklip. Alle var fra sager, som Harry havde arbejdet med, og hvor Harry var nævnt eller afbildet. Der var også et gammelt interview i et psykologisk tidsskrift, hvor han havde svaret – ikke uden en vis irritation, så vidt han huskede – på spørgsmål om seriemord. Harry lukkede skuffen. Kiggede sig rundt. Han følte trang til at slå et eller andet i stykker. Så slukkede han for pc'en, pakkede den lille kuffert, gik direkte ud i gangen og tog sin hørjakke på. Rakel kom ud i gangen. Hun børstede et usynligt støvkorn af hans jakkerevers.

"Det er så underligt," sagde hun. "Jeg har ikke set dig i lang tid. Jeg var netop begyndt at kunne glemme dig, og så er du her igen."

"Ja," sagde han. "Er det godt?"

Hun smilede kort. "Det ved jeg ikke. Det er både godt og skidt. Kan du forstå det?"

Harry nikkede og trak hende ind til sig.

"Du er det værste, som nogensinde er overgået mig," sagde hun. "Og det bedste. Selv nu kan du få mig til at glemme alt andet bare ved at være her. Nej, jeg ved ikke, om det er godt."

"Det er jeg klar over."

"Hvad er det?" sagde hun og pegede på kufferten.

"Jeg tjekker ind på Leons igen."

"Jamen ..."

"Vi snakkes ved i morgen. Godnat, Rakel."

Harry kyssede hende på panden, åbnede døren og gik ud i den varme efterårsaften.

Knægten i receptionen på Leons sagde, at han ikke behøvede at udfylde et nyt indtjekningskort, og tilbød Harry det samme værelse som sidst, 301. Harry sagde, det var fint, hvis de fiksede den knækkede gardinstang.

"Er den nu ødelagt igen?" sagde den unge mand. "Det var den forrige lejer. Det skete, at staklen fik nogle raserianfald." Han rakte Harry værelsesnøglen. "Han var også ved politiet."

"Lejer?"

"Ja, han var en af de faste. Efterforsker. *Under cover*, som I siger."

"Javel. Det lyder mere *over cover*-agtigt, hvis du vidste, at han var efterforsker."

Knægten smilede. "Lad mig lige se, om jeg har en gardinstang ude bagved." Han forsvandt.

"Sixpence lignede dig rigtig meget," sagde en dyb stemme. Harry vendte sig.

Cato sad i en stol i det, som med lidt velvilje kunne kaldes lobbyen. Han så træt ud og rystede langsomt på hovedet. "Rigtig meget, Harry. Meget passioneret. Meget tålmodig. Meget ihærdig. Desværre. Ikke så høj som dig, selvfølgelig, og han havde grå øjne. Men samme politiblik og lige så ensom. Og han døde samme sted som dig. Du skulle have rejst, Harry. Du skulle have været med det fly." Han gestikulerede noget uforståeligt med de lange fingre. Blikket var så sørgmodigt, at Harry et øjeblik ventede, at den gamle mand skulle begynde at græde. Han begyndte at stavre sig på benene, og Harry vendte sig om mod knægten.

"Er det rigtigt, hvad han siger?"

"Hvem?" sagde den unge mand.

"Ham der," sagde Harry og vendte sig for at pege på Cato. Men han var allerede væk. Han måtte have skyndt sig ind i mørket ved trappen.

"Døde efterforskeren her, i mit værelse?"

Den unge mand så længe på Harry, før han svarede. "Nej, han forsvandt. Han drev i land ved Operaen. Du, jeg havde ikke nogen gardinstang, men hvad med den her nylonsnor? Du kan trække gardinerne på og binde den fast til gardinstangsholderne."

Harry nikkede langsomt.

Da klokken slog to om natten, var Harry stadig vågen og på sin sidste cigaret. På gulvet lå gardinerne og den tynde nylonsnor. Han kunne se kvinden på den anden side af baggården; hun dansede til en lydløs vals, uden partner. Harry lyttede til byen og så på røgen, som snoede sig op mod taget. Studerede de snirklede veje, den tog, de tilsyneladende tilfældige figurer, den lavede, og prøvede at se et mønster i det.

Kapitel 19

Det tog to måneder fra mødet mellem oldingen og Isabelle, til udrensningen begyndte.

De første, som blev knaldet, var vietnameserne. I aviserne stod der, at strømerne havde slået til på ni steder på én gang, fundet fem heroinlagre og anholdt seksogtredive vietconger. Ugen efter var det kosovoalbanerne. Strømerne brugte Delta-gruppen til at raide en lejlighed på Helsfyr, som sigøjnerchefen troede, ingen havde kendskab til. Så var det nordafrikanerne og litauerne. Ham, der havde overtaget jobbet som chef for Orgkrim, en modelkøn stodder med lange øjenvipper, sagde i avisen, at de havde fået anonyme tip. I løbet af de næste uger blev gadesælgere, alt fra kulsorte somaliere til mælkehvide nordbagger, anholdt og buret inde. Men ikke én eneste af os, som gik med Arsenaltrøje. Vi mærkede allerede, at vi fik mere albuerum, og at køerne blev længere. Oldingen rekrutterede nogle af de arbejdsløse gadesælgere, men holdt sin del af aftalen; handelen med heroin var blevet mindre synlig i Oslo Centrum. Vi skar ned på importen af heroin, eftersom vi tjente så meget mere på violin. Violin var dyrt, så en del prøvede at gå over til morfin, men efter et stykke tid kom de tilbage.

Vi solgte det hurtigere, end Ibsen kunne producere det.

En tirsdag løb vi tør allerede klokken halv et, og eftersom det var strengt forbudt at bruge mobiltelefoner – oldingen troede, Oslo var det rene Baltimore – gik jeg ned til Oslo C og ringede til den russiske Gresso-telefon fra en af telefonautomaterne. Andrej sagde, at han var optaget, men at han skulle se, hvad han kunne gøre. Oleg, Irene og jeg satte os på trappen i Skippergata, viftede køberne væk og slappede af. En time senere så jeg en skikkelse komme haltende hen mod os. Det var Ibsen selv. Han var pissesur. Skældte og smældte. Lige indtil han fik øje på Irene. Så var det, som om lavtrykket blæste væk, og han blev mere forsonlig i tonen. Fulgte os ind i baggården, hvor han gav os en plastpose med hundrede poser i.

"Tyve tusind," sagde han og holdt hånden frem. "Det her er en cash-

business." Jeg trak ham til side og sagde, at næste gang vi gik tom, kunne vi jo bare komme op til ham.

"Jeg vil ikke have besøg," sagde han.

"Måske betaler jeg lidt mere end to hundrede pr. pose," sagde jeg.

Han så mistænksomt på mig. "Har du planer om at starte for dig selv? Hvad siger din chef til det?"

"Det her bliver mellem dig og mig," sagde jeg. "Vi snakker små portioner. Ti–tyve poser til venner og bekendte."

Han lo højt.

"Jeg tager pigen med," sagde jeg. "Hun hedder i øvrigt Irene."

Hans latter hørte op. Han så på mig. Prøvede at le igen, men det lykkedes ikke helt for klumpfoden. Og nu stod det hele skrevet med store bogstaver i hans blik: Ensomheden. Grådigheden. Hadet. Og begæret. Det satans begær.

"Fredag," sagde han. "Klokken otte om aftenen. Drikker hun gin?"

Jeg nikkede. Fra nu af gjorde hun.

Han gav mig adressen.

To dage senere inviterede oldingen mig på middag. Et øjeblik troede jeg, at Ibsen havde sladret, indtil jeg huskede hans blik. Vi blev opvartet af Peter og sad ved det lange bord i den kolde spisestue, mens oldingen fortalte, at han havde indstillet heroinimporten over land og fra Amsterdam og nu kun importerede fra Bangkok via et par piloter. Han forklarede mig tallene, tjekkede, at jeg forstod ham, og gentog det faste spørgsmål om, hvorvidt jeg holdt mig fra violin. Han sad der i halvmørket og så på mig, men da det blev sent, råbte han på Peter og bad ham køre mig hjem. I bilen overvejede jeg at spørge Peter, om han troede, oldingen var impotent.

Ibsen boede i en typisk ungkarlelejlighed i en boligblok i Ekeberg. Stor plasmaskærm, lille køleskab og ingenting på væggene. Han serverede en kedelig GT med doven tonic, uden citronskive, men med tre isklumper. Irene fulgte drejebogen. Smilede, var sød og overlod snakken til mig. Ibsen sad med et idiotisk grin og gloede på Irene, men nåede heldigvis at lukke munden, hver gang savlet var ved at løbe over. Og så spillede han sgu klassisk musik. Jeg fik mine poser, og vi aftalte, at jeg skulle komme forbi igen om fjorten dage. Med Irene.

Så kom den første rapport om, at antallet af dødsfald på grund af overdosis var gået ned. Hvad de ikke skrev var, at førstegangsbrugere af violin efter blot nogle uger stod i køen med synlige rystelser og øjnene opspilede af abstinenser. Og græd, da de stod der med deres krøllede hundredkronesedler og fik at vide, at prisen var gået op igen.

Efter det tredje besøg hos Ibsen tog han mig til side og sagde, at næste gang ville han have, at Irene skulle komme alene. Jeg sagde, at det var i orden, men så skulle jeg have halvtreds poser, og prisen var hundrede kroner pr. styk. Han nikkede.

Det krævede lidt overtalelse af Irene, og for en gangs skyld var det ikke nok med de gamle tricks; jeg måtte tale hårdt til hende. Og forklare, at det her var min chance. Vores chance. Spørge, om hun gerne så, at jeg skulle blive boende på en madras i et øvelokale. Og til sidst havde hun grædende mumlet, at det ville hun jo ikke. Men at hun ikke ville ... Og jeg sagde, at det behøvede hun heller ikke; hun skulle bare være lidt sød ved den stakkels, ensomme mand; han havde nok ikke haft så meget sjov med den fod. Hun nikkede og sagde, at jeg måtte love ikke at sige noget til Oleg. Da hun var gået, følte jeg mig så deprimeret, at jeg fortyndede en pose med violin og røg det, som var tilbage, i en cigaret. Jeg vågnede ved, at nogen ruskede i mig. Hun stod over min madras og tudede, så tårerne løb ned i ansigtet på mig og sved i øjnene. Ibsen havde prøvet, men det var lykkedes hende at slippe væk.

"Fik du poserne med?" spurgte jeg.

Det var tydeligvis det forkerte spørgsmål. Hun brød helt sammen. Så jeg sagde, at jeg havde noget, som ville gøre alting godt igen. Jeg gjorde en kanyle klar, og hun stirrede på mig med store, våde øjne, da jeg fandt en blå åre i hendes hvide, fine hud og stak spidsen ind. Jeg kunne mærke spasmerne forplante sig fra hendes krop til min, da jeg pressede stemplet i bund.

Hendes mund åbnede sig som i en lydløs orgasme. Så trak rusen et blankt gardin for blikket.

Ibsen var måske nok en gammel gris, men han kunne sin kemi.

Men jeg vidste også, at jeg havde mistet Irene. Jeg så det i hendes blik, da jeg spurgte om det med poserne. Det kunne aldrig blive det samme.

Den aften så jeg Irene glide væk i rusen sammen med mine muligheder for at blive millionær.

Men oldingen blev ved med at tjene millioner. Alligevel krævede han mere, hurtigere. Det var, som om der var noget, han skulle nå, en gæld som snart forfaldt. For jeg kunne ikke se, at han brugte penge; huset var det samme gamle, limousinen blev vasket, men ikke skiftet ud, og staben forblev på to, Andrej og Peter. Den eneste konkurrent, vi havde, var Los Lobos. Men også de havde udvidet gadesælgerstyrken. De hyrede de vietnamesere og marokkanere, som ikke allerede var buret inde. Og de solgte ikke bare violin i Oslo Centrum, men også i Kongsvinger, i Tromsø, Trondheim og – sagde rygtet i hvert fald – i Helsinki. Det er muligt, at Odin og Los Lobos tjente mere end oldingen, men de to delte altså markedet. Der var ingen kamp om territorium, for de var begge i færd med at blive stinkende rige. En fornuftig forretningsmand ville have været tilfreds med status fuckings quo.

Der var kun to skyer på en knaldblå himmel.

Den ene var efterforskeren med den åndssvage hue. Vi vidste, at politiet havde fået besked om, at Arsenaltrøjerne ikke var et prioriteret mål indtil videre, men sixpencefyren snusede rundt omkring os alligevel. Den anden var, at Los Lobos var begyndt at sælge violin i Lillestrøm og Drammen billigere end i Oslo, og det betød, at nogle af vores kunder tog toget derud.

En dag blev jeg kaldt ind til oldingen og fik besked om at overbringe en besked til en politibetjent. Hans navn var Truls Berntsen, og det skulle ske i al diskretion. Jeg spurgte, hvorfor Andrej eller Peter ikke kunne gøre det, men oldingen forklarede, at det var et princip fra både vores og Berntsens side, at vi ikke skulle have nogen påviselig kontakt, som kunne føre politiet til oldingen. Og at selv om også jeg havde oplysninger, som kunne afsløre ham, var jeg den eneste ud over Peter og Andrej, som han stolede på. Ja, at han på mange måder stolede mere på mig. Narkobaronen stoler på Tyven, tænkte jeg.

Beskeden var, at han havde arrangeret et møde med Odin for at diskutere Drammen og Lillestrøm. De skulle mødes på McDonald's på Kirkeveien i Majorstua torsdag aften klokken syv. De havde bestilt hele andensalen til børnefødselsdag, og der ville være lukket for andre. Jeg så det for mig: balloner, serpentiner, papirkroner og en skide klovn. Som stivnede i masken, da han så fødselsdagsselskabet: pumpede MC-typer med mord i blikket og knojern på hænderne, to en halv meter kosakbeton, og Odin og oldingen, som prøvede at stirre hinanden ihjel over pomfritterne.

Truls Berntsen boede alene i en lejlighed i en boligblok i Manglerud, men da jeg ringede på tidligt søndag morgen, var der ingen hjemme. Naboen, som åbenbart hørte Berntsens ringeklokke, lænede sig ud fra altanen og råbte, at Truls var oppe hos Mikael og bygge terrasse. Og mens jeg kørte op til den adresse, han havde givet mig, tænkte jeg, at Manglerud måtte være en røvsyg bebyggelse. Alle kendte tilsyneladende alle.

Jeg havde været i Høyenhall før. Det er Mangleruds Beverly Hills. Store villaer med udsigt mod Kværnerdalen, Centrum og Holmenkollen. Jeg stod oppe på vejen og så ned på et halvfærdigt skelet af et hus. Foran stod en flok mænd i bar overkrop og med hver sin øl, mens de diskuterede, lo og pegede på forskallingen til det, som tydeligvis skulle blive til en terrasse. Jeg genkendte straks en af dem. Modelkøn med lange øjenvipper. Den nye Orgkrimchef. Mændene holdt øjeblikkelig op med at snakke, da de fik øje på mig. Og jeg vidste godt hvorfor. De var politifolk alle som en, politifolk som vejrede en kriminel. Situationen var prekær. Jeg havde ikke spurgt oldingen, men jeg var jo selv nået frem til den konklusion, at Truls Berntsen var den alliance ved politiet, som han havde rådet Isabelle Skøyen til at skaffe sig.

"Ja?" sagde manden med øjenvipperne. Han var også i særdeles god form. Mavemuskler som brosten. Jeg havde stadig en mulighed for at bakke ud og opsøge Berntsen senere på dagen, så jeg ved ikke helt, hvorfor jeg gjorde det, jeg gjorde.

"Jeg har en besked til Truls Berntsen," sagde jeg højt og tydeligt.

De andre vendte sig om mod en mand, som havde sat sin øldåse fra sig og hjulbenet kom vuggende hen imod mig. Han stoppede ikke, før han stod så tæt på mig, at de andre ikke kunne høre os. Han havde lyst hår, et kraftigt underbid med en underkæbe, der hang som en åben skuffe. Hadefuld mistænksomhed lyste ud af de små griseøjne. Hvis han havde været et husdyr, ville han være blevet aflivet af rent æstetiske årsager.

"Jeg ved ikke, hvem du er," hviskede han. "Men jeg kan gætte mig til det, og jeg vil fanden gale mig ikke opsøges på den her måde. Er det forstået?"

"Det er forstået."

"Så skynd dig at komme med den besked."

Jeg fortalte om mødested og tidspunkt. Og at Odin havde varslet, at han ville komme med hele sit slæng.

"Han tør vel ikke andet," sagde Berntsen og gryntede.

"Vi har oplysninger om, at de netop har fået et stort parti heroin i hus," sagde jeg. Mændene ved terrassen havde genoptaget øldrikningen, men jeg så, at chefen for Orgkrim kastede blikke op mod os. Jeg snakkede lavmælt og koncentrerede mig om at få alt med. "Det er opmagasineret i klubben i Alnabru, men skal ud om et par dage."

"Det lyder som et par anholdelser og så en lille razzia bagefter." Berntsen gryntede igen, og først nu gik det op for mig, at det skulle være en latter.

"Det var det hele," sagde jeg og vendte mig for at gå.

Jeg var kun kommet nogle meter hen ad vejen, da jeg hørte nogen råbe. Jeg behøvede ikke vende mig om for at vide, hvem det var. Jeg havde set det i hans blik med det samme. Det er trods alt min specialitet. Han kom op på siden af mig, og jeg standsede op.

"Hvem er du?" spurgte han.

"Gusto." Jeg strøg håret væk fra øjnene, så han bedre kunne se dem. "Og hvem er du?"

Et øjeblik så han forbavset på mig, som om det var et flabet spørgsmål. Så svarede han med et lille smil: "Mikael."

"Hej, Mikael. Hvor træner du henne?"

Han rømmede sig. "Hvad laver du her?"

"Det jeg sagde. En besked til Truls. Må jeg få en slurk af din øl?"

Det var, som om de mærkelige, hvide pletter i hans ansigt pludselig lyste op. Stemmen var indeklemt af vrede, da han talte igen: "Hvis du har fået overbragt det, du skal, vil jeg foreslå, at du går din vej."

Jeg mødte hans blik. Et rasende, grønøjet blik. Mikael Bellman var så overlækker, at jeg havde lyst til at lægge hånden på hans bryst. Mærke den solvarme, svedige hud under fingerspidserne. Mærke musklerne, som automatisk ville strammes i chok over, hvad fanden det var, jeg tillod mig. Brystvorten, som trak sig sammen, når jeg klemte den mellem tommel- og pegefinger. Den dejlige smerte, når han slog for at redde sit gode navn og rygte. Mikael Bellman. Jeg mærkede begæret. Mit eget skide begær.

"Vi ses," sagde jeg.

Samme aften gik det op for mig. Hvordan jeg skulle klare det, som jeg gætter på, at du aldrig ville klare. For havde du klaret det, havde du vel ikke skrottet mig, havde du vel? Hvordan jeg skulle blive hel. Hvordan jeg skulle blive menneske. Hvordan jeg skulle blive millionær.

Kapitel 20

Solen glitrede så intenst i fjorden, at Harry måtte knibe øjnene sammen bag sine damesolbriller.

Oslo havde ikke bare fået gang i en ansigtsløftning i form af Bjørvika, den havde fået sig et silikonebryst af en ny bydel, som stak ud i fjorden, hvor den tidligere havde været fladbrystet og kedelig. Silikonevidunderet hed Tjuvholmen og så dyrt ud. Dyre lejligheder med dyr fjordudsigt, dyre bådpladser, små, dyre modebutikker med kun ét eksemplar af hvert stykke tøj, gallerier med parketgulv fra en jungle, man aldrig har hørt om, og som er mere iøjnefaldende end kunsten på væggene. Brystvorten yderst mod fjorden hed Sjømagasinet, som ikke var et sejlsportsblad, men en restaurant af den eksklusive slags og med priser af den kaliber, som havde betydet, at Oslo havde overhalet Tokyo som verdens dyreste by.

Harry gik ind, og en venlig overtjener bød ham velkommen.

"Jeg leder efter Isabelle Skøyen," sagde Harry og kiggede ind i lokalet. Der så ud til at være fyldt op med gæster i høj stemning.

"Ved De, hvilket navn bordet er bestilt i?" spurgte overtjeneren med et lille smil, som fortalte Harry, at alle bordene var forudbestilte.

Den kvinde, som havde svaret, da Harry havde ringet til socialborgmesterens kontor på rådhuset, havde i første omgang kun været villig til at fortælle ham, at Isabelle Skøyen i øjeblikket var ude til frokost. Men da Harry havde svaret, at det var præcis derfor, han ringede, at han sad på Continental og ventede på hende, havde sekretæren lettere forfærdet afsløret, at frokosten jo var på Sjømagasinet!

"Nej," sagde Harry. "Er det i orden, hvis jeg går ind og kigger?"

Overtjeneren tøvede. Studerede jakken.

"Det er helt i orden," sagde Harry. "Jeg kan se hende nu."

Han skridtede hastigt forbi overtjeneren, før den endelige dom var faldet.

Han genkendte både ansigtet og posituren fra billederne på nettet.

Hun stod lænet op ad baren med albuerne på disken og ansigtet vendt mod spisesalen. Hun ventede sikkert bare på den person, hun skulle spise frokost med, men så mere ud som hun optrådte på en scene. Og da Harry så på mændene ved bordene, indså han, at hun givetvis gjorde begge dele. Hendes grove, næsten maskuline ansigt var splittet i midten af en økseæg af en næse. Ikke desto mindre havde Isabelle Skøyen en slags konventionel pænhed af den type, andre kvinder ofte kalder 'flot'. Øjnene var sminkede i en sort stjernekrans omkring de kolde, blå irisser, som gav hende et ulveagtigt jagtblik. Derfor var håret en næsten komisk kontrast; en blond dukkemanke dinglede i ømme guirlander på hver side af mandeansigtet. Men det var kroppen, som gav Isabelle Skøyen blikfang.

Hun var meget høj og atletisk med brede skuldre og hofter. De stramme, sorte bukser fremhævede de store og muskuløse lår. Harry konstaterede, at brysterne enten var en købevare holdt oppe af en usædvanlig stærk bh eller simpelthen bare imponerende. Googlesøgningen havde fortalt ham, at hun begav sig af med hesteopdræt på en gård i Rygge, var skilt to gange, sidst fra en finansmand, som havde været rig fire gange og var gået konkurs tre, at hun havde været deltager på Landsskyttestævnet, at hun var bloddonor, havde fået problemer for at have fyret en politisk medarbejder, fordi han 'var så blød i det', og at hun hellere end gerne poserede for fotografer ved film- og teaterpremierer. Kort sagt: Der var meget dame for pengene.

Han gik ind i hendes synsfelt, og halvvejs henne over gulvet havde hun stadig ikke sluppet ham med blikket. Som en, der føler det som sin naturlige ret at kigge. Harry gik hen til hende og var ganske bevidst om, at han havde mindst en halv snes blikke i ryggen.

"Du er Isabelle Skøyen," sagde han.

Hun så ud, som hun ville give ham et kort svar, men ombestemte sig og lagde hovedet på skrå. "Det er det, der er galt med de her alt for dyre Oslo-restauranter, ikke sandt? Alle er noget ved musikken. Så ..." Hun trak sætningen ud, mens hendes blik langsomt kørte elevatorblikket på ham endnu en gang. "Hvem er du?"

"Harry Hole."

"Der er noget bekendt ved dig. Har du været i tv?"

"Det er mange år siden. Før det her." Han pegede på ansigtsarret.

"Åh, ja. Du er ham politibetjenten, der afslørede ham seriemorderen, er du ikke?"

Her var der to veje at gå. Harry valgte den smalle.

"Det var jeg."

"Og hvad laver du så nu?" spurgte hun uinteresseret og lod blikket glide hen over hans skulder mod udgangsdøren. Hun pressede de rødmalede læber sammen og spærrede øjnene op et par gange. Opvarmning. Det måtte være en vigtig frokost.

"Konfektion og sko," sagde Harry.

"Det kan jeg se. Cool jakke."

"Cool støvler. Rick Owens?"

Hun så på ham og ligesom genopdagede ham. Hun skulle til at sige noget, men blikket opfangede en bevægelse bag ham. "Min frokostaftale er her. Måske ses vi igen, Harry."

"Ja. Jeg havde håbet, at vi kunne tale lidt sammen nu."

Hun lo og lænede sig frem. "Jeg kan godt lide dit udspil, Harry. Men klokken er tolv middag, jeg er pinligt ædru og har allerede en frokostaftale. Hav en dejlig dag."

Hun forlod ham på smældende støvlehæle.

"Var Gusto Hanssen din elsker?"

Harry sagde det lavmælt, og Isabelle Skøyen var allerede tre meter fra ham. Ikke desto mindre stivnede hun, som om han havde ramt en frekvens, der skar gennem støjen af hæle, stemmer og Diana Kralls baggrundscrooning og gik direkte ind i hendes trommehinde.

Hun vendte sig om.

"Du ringede til ham fire gange samme aften. Sidste gang var fire minutter over halv to." Harry havde sat sig på en af barstolene. Isabelle Skøyen gik de tre meter tilbage. Hun tårnede sig op over ham. Harry tænkte på Rødhætte og ulven. Og det var ikke hende, der var Rødhætte.

"Hvad vil du egentlig, Harry?" spurgte hun.

"Jeg vil vide alt, hvad du ved om Gusto Hanssen."

Næseborene på øksenæsen bevægede sig, og de majestætiske bryster hævede og sænkede sig. Harry så, at hendes hud havde store, sorte porer som pixler i en tegneserie.

"Eftersom jeg er en af de få i byen her, som er optaget af at holde narkomaner i live, er jeg også en af de få, som husker Gusto Hanssen. Vi mistede ham, og det var trist. De her opringninger skyldes, at jeg havde hans nummer på min mobiltelefon, fordi vi indkaldte ham til et møde i RUNO-komitéen. Han har et navn, som ligner en af mine gode venners, og det sker, at jeg taster forkert. Den slags sker."

"Hvornår så du ham sidst?"

"Hør her, Harry Hole," hvæsede hun lavmælt med tryk på Hole og sænkede ansigtet, så det kom endnu tættere på hans. "Hvis jeg har forstået dig rigtigt, er du ikke ved politiet mere, men en fyr som har med konfektion og sko at gøre. Jeg ser ingen grund til, at jeg skal tale med dig."

"Der er bare det ved det," sagde Harry og lænede sig bagover mod disken, "at jeg har så forbandet meget lyst til at tale med nogen. Så hvis det ikke bliver med dig, bliver det med en journalist. Og de er jo så glade for at snakke om kendisskandaler og den slags."

"Kendis?" sagde hun og skruede et blændende smil på, som ikke var møntet på Harry, men en mand i jakkesæt, som stod henne ved overtjeneren og vinkede tilbage. "Jeg er bare byrådssekretær, Harry, et billede eller to i avisen gør dig ikke til kendis. Se bare, hvor hurtigt du selv blev glemt."

"Jeg tror, aviserne ser en kommende stjerne i dig."

"Nå det gør du? Måske, men selv de værste formiddagsaviser må have noget konkret, og du har ingenting. En fejlopringning er ..."

" ... noget, som sker. Men hvad der derimod ikke sker ..." Harry trak vejret dybt. Hun havde ret. Han havde ingenting, og derfor havde han ikke noget at gøre på den smalle sti. " ... er, at blod af typen AB rhesus negativ dukker op to steder i samme drabssag ved en tilfældighed. Én ud af to hundrede har den type. Så når analyserapporten fra Retsmedicinsk viser, at blodet under Gustos negl er af den type, og det står i avisen, at du har den type, kan en gammel efterforsker ikke lade være med at lægge to og to sammen. Det eneste, jeg behøver gøre, er at bede om en dna-analyse, så ved vi med hundrede procents sikkerhed, hvem Gusto satte kløerne i, lige før han blev dræbt. Lyder det som en lidt over middel interessant avisoverskrift, Skøyen?"

Byrådssekretæren blinkede og blinkede, som om øjenlågene skulle få munden på gled.

"Sig mig, er ikke det ham kronprinsen fra Arbeiderpartiet?" spurgte Harry og kneb øjnene sammen. "Hvad er det nu lige, han hedder?"

"Vi kan godt tage en snak," sagde Isabelle Skøyen. "Senere. Men så må du love at holde tæt."

"Hvor og hvornår?"

"Giv mig dit telefonnummer, så ringer jeg til dig efter arbejde."

Udenfor skinnede fjorden lige så hysterisk som før. Harry tog solbrillerne på og tændte en cigaret for at fejre et velgennemført bluffnummer. Han satte sig på kajkanten, nød hvert eneste hiv og nægtede at fornemme suget, som alligevel var der, og fokuserede på det meningsløst kostbare legetøj, som verdens rigeste arbejderklasse havde liggende fortøjet. Så skoddede han cigaretten, spyttede i fjorden og var klar til næste besøg på listen.

Harry bekræftede over for den kvindelige receptionist på Radiumhospitalet, at han havde en aftale, og hun gav ham et skema. Harry udfyldte det med navn og telefonnummer, men lod "firma" stå tomt.

"Privat besøg?"

Harry rystede på hovedet. Han vidste, at det her var en arbejdsmæssig vane for gode receptionister; at skaffe sig overblik, samle informationer om både dem, som kom og gik, og dem, som arbejdede der. Hvis han som efterforsker var ude efter private informationer fra en arbejdsplads, var receptionisten den første, han talte med.

Hun bad Harry gå hen til kontoret længst inde i gangen og pegede. På vej derhen gik Harry forbi lukkede kontordøre og glasruder foran store lokaler med folk i hvide kitler, borde med glaskolber, stativ til reagensglas og store hængelåse på stålskabe, som Harry gættede på ville være et eldorado for enhver narkoman.

Længst nede ad gangen stoppede Harry foran en lukket dør og læste for en sikkerheds skyld navneskiltet, før han bankede på: Stig Nybakk. Han nåede ikke mere end ét bank, før en stemme gjaldede: "Kom ind!"

Nybakk stod bag skrivebordet og talte i telefon, men vinkede Harry indenfor og pegede på en stol. Efter tre gange "ja", to gange "nej", et "fandeme nej" og en hjertelig latter, lagde han på og fæstnede et par livlige øjne på Harry, som af gammel vane havde ladet sig synke ned i stolen og strakte benene ud foran sig.

"Harry Hole. Du husker sikkert ikke mig, men jeg kan godt huske dig."

"Jeg har anholdt så mange," sagde Harry.

Ny hjertelig latter.

"Vi gik på Oppsal Skole sammen. Jeg gik et par år under dig."

"De yngre husker de ældre."

"Det er nok rigtigt. Men hvis jeg skal være ærlig, husker jeg dig ikke fra skolen. Du var i tv, og nogen fortalte mig, at du havde gået på Oppsal, og at du var gode venner med Træsko?"

"Javel." Harry kiggede ned på sine skosnuder for at signalere, at han ikke var interesseret i at bevæge sig ind i privatsfæren.

"Så du endte altså som drabsefterforsker? Hvilket drab er det, I efterforsker nu?"

"Jeg," begyndte Harry sætningen for at holde sig så tæt på sandheden som muligt, "efterforsker et narkotikadrab. Fik I set på det stof, jeg sendte?"

"Ja." Nybakk løftede røret igen, tastede et nummer og kløede sig hidsigt i baghovedet, mens han ventede. "Martin, kan du lige kigge ind? Ja, det drejer sig om den prøve."

Nybakk lagde på, og der fulgte tre sekunders stilhed. Nybakk smilede, og Harry vidste, at hans hjerne havde travlt med at finde et pausetema. Harry sagde ingenting. Nybakk rømmede sig. "Du boede jo i det gule hus nede ved grusbanen. Jeg voksede op i det røde hus på toppen af bakken. Familien Nybakk?"

"Ja, ja," løj Harry og måtte igen sande, hvor lidt han kunne huske fra sin barndom.

"Har I stadig huset?"

Harry skiftede stilling. Han vidste, at han ikke kunne få blæst kampen af, før denne Martin kom. "Min far døde for tre år siden. Det varede et stykke tid med salget, men ..."

"Spøgelser."

"Undskyld?"

"Det handler om, at de skal holde op med at gå igen, før man sælger det, ikke sandt? Min mor døde i fjor, men jeg har stadig huset stående tomt. Gift og børn?"

Harry rystede på hovedet. Og spillede bolden over på den andens banehalvdel: "Men du er gift, kan jeg se."

"Hvordan?"

"Ringen." Harry nikkede hen mod den andens hånd. "Jeg havde engang en, der var magen til."

Nybakk holdt hånden med ringen op og smilede: "Havde? Er du skilt?"

Harry bandede for sig selv. Hvorfor skulle folk absolut tale sammen? Skilt? Gu faen var han skilt. Skilt fra den, han elskede. Dem han elskede. Harry rømmede sig.

"Der er du jo," sagde Nybakk.

Harry drejede hovedet. En krumbøjet skikkelse iført blå laborantkittel stod ved døren og skulede hen imod ham. Han havde en lang, sort pandelok, som hang ned over en bleg, næsten hvid, høj pande. Øjnene lå dybt inde i kraniet. Harry havde overhovedet ikke hørt ham komme.

"Det her er Martin Pran, en af vores bedste forskere," sagde Nybakk.

Det der, tænkte Harry, er Klokkeren fra Notre-Dame.

"Nå, Martin?" sagde Nybakk.

"Det, du kalder violin, er ikke heroin, men et stof, som minder om levorphanol."

Harry noterede sig navnet. "Som er?"

"En atombombe af et opioid," indskød Nybakk. "Ekstremt smertestillende. Seks til otte gange stærkere end morfin. Tre gange stærkere end heroin."

"Er det rigtigt?"

"Ja, det er rigtigt," sagde Nybakk. "Og så varer det dobbelt så længe som morfin. Otte til fjorten timer. Indtager du bare tre milligram levorphanol, snakker vi om fuld narkose. Halvdelen gennem injicering."

"Javel. Det lyder farligt."

"Ikke helt så farligt, som man måske skulle tro. Afpassede doser med rene opioider som heroin ødelægger ikke kroppen direkte. Det er først og fremmest afhængigheden, som ødelægger livskvaliteten."

"Nå? Heroinmisbrugerne i byen dør ellers som fluer."

"Ja, men først og fremmest af to årsager. For det første fordi heroinen blandes med andre stoffer, som gør det til ren gift. Hvis man for eksempel blander heroin og kokain ..."

"Speedball," sagde Harry. "John Belushi."

"Må han hvile i fred. Den anden almindelige dødsårsag er, at heroin hæmmer åndedrættet. Tager man for stor en dosis, holder man simpelthen op med at trække vejret. Og efterhånden som ens toleranceniveau for stoffet stiger, tager man større og større doser. Men det interessante ved levorphanol er, at det ikke er nær så åndedrætshæmmende. Er det ikke korrekt, Martin?"

Klokkeren nikkede uden at hæve blikket.

"Javel," sagde Harry og så på Pran. "Stærkere end heroin, længerevarende effekt, og risikoen for en overdosis er oven i købet mindre? Det lyder som en junkies drømmestof."

"Afhængighed," mumlede Klokkeren. "Og prisen."

"Undskyld?"

"Vi ser det med patienter," sukkede Nybakk. "De bliver afhængige sådan her." Han knipsede med fingrene. "Men med kræftpatienter er afhængighed et ikke-tema. Vi optrapper typen af smertestillende og dosering efter en plan. Målet er at forebygge smerte, ikke at løbe i hælene på den. Og levorphanol er dyrt at fremstille og at importere. Det kan være grunden til, at vi ikke ser den på gaden."

"Det er ikke levorphanol."

Harry og Nybakk vendte sig mod Martin Pran.

"Det er modificeret." Pran løftede hovedet. Og Harry tænkte, at hans blik skinnede, som om et lys derinde netop var blevet tændt.

"Hvordan det?" sagde Nybakk.

"Det vil tage tid at finde ud af hvordan, men det ser i hvert fald ud, som om et af klormolekylerne er blevet byttet ud med et fluormolekyle. Det er ikke sikkert, det er så dyrt at fremstille."

"Himmel og hav," sagde Nybakk med vantro i stemmen. "Snakker vi en Dreser her?"

"Muligvis," sagde Pran med et næsten umærkeligt smil.

"Milde himmel!" udbrød Nybakk og kløede sig begejstret i baghovedet med begge hænder. "Så taler vi om noget, der er lavet af et geni. Eller om en, der har været meget heldig."

"Jeg er bange for, at jeg ikke er helt med mere, drenge," sagde Harry.

"Åh, det må du undskylde," sagde Nybakk. "Heinrich Dreser. Han opfandt aspirin i 1897. I dagene efter arbejdede han videre med at modificere sin aspirin. Der skal ikke meget til, et molekyle her, et molekyle der, og – vupti! – så fæstner det sig til andre receptorer i menneskekroppen. Elleve dage senere havde Dreser opfundet et nyt stof. Det blev solgt som hostemedicin helt frem til 1913."

"Og stoffet var?"

"Navnet skulle vistnok rime på heltinde."

"*Heroine*," sagde Harry.

"Korrekt."

"Hvad med glasuren?" sagde Harry og henvendte sig til Pran.

"Det hedder dragering," sagde Klokkeren surt. "Hvad med den?" Ansigtet var vendt mod Harry, men blikket drejet væk, ind mod væggen. Som et dyr, der leder efter en udvej, tænkte Harry. Eller et flokdyr, som ikke vil møde rangudfordringen fra det dyr, som kigger det direkte i øjnene. Eller bare et menneske med lidt over gennemsnitligt sociale hæmninger. Men der var noget andet, som også fangede Harrys opmærksomhed, noget med den måde, han stod på, som om han i det hele taget var skæv i kroppen.

"Jo," sagde Harry. "I Kriminalteknisk Afdeling mente de, at det er finhakket pilleglasur, som gør, at der er brune fragmenter i violin. Og at det er den samme ... øh, dragering, som I bruger uden på de metadonpiller, der laves her på Radiumhospitalet."

"Og?" sagde Pran hurtigt.

"Kan det tænkes, at violin laves her i Norge af nogen, som har adgang til jeres metadonpiller?"

Stig Nybakk og Martin Pran så på hinanden.

"Nu leverer vi jo metadonpiller til andre hospitaler også, så der er en del, som har adgang til dem," sagde Nybakk. "Men violin er kemi på højt plan." Han blæste luft ud mellem blafrende læber. "Hvad siger du, Pran? Har vi nogen kapaciteter i det norske forskermiljø, som kunne opfinde et stof som det?"

Pran rystede på hovedet.

"Hvad med heldet?" spurgte Harry.

Pran trak på skuldrene. "Det er selvfølgelig muligt, at Brahms var heldig, da han skrev *Ein deutsches Requiem*."

Der blev stille i lokalet. Ikke engang Nybakk lod til at have noget at tilføje.

"Godt," sagde Harry og rejste sig.

"Håber, du kunne bruge det," sagde Nybakk og rakte hånden over skrivebordet mod Harry. "Og hils Træsko. Han er vel stadig nattevagt på Hafslund Energi og passer på strømmen til hele byen?"

"Noget i den stil."

"Kan han ikke lide dagslys?"

"Han kan ikke lide sladder."

Nybakk smilede usikkert.

På vej ud standsede Harry to gange. Én gang for at kigge på det tomme laboratorium, hvor lyset var slukket for dagen. Den anden gang uden for en dør med Martin Prans navneskilt på. Der kom lys ud under døren. Harry trykkede forsigtigt håndtaget ned. Døren var låst.

Det første, Harry gjorde, da han satte sig ind i udlejningsbilen, var at tjekke mobiltelefonen. Han så et ubesvaret opkald fra Beate Lønn, men endnu ingen sms fra Isabelle Skøyen. Allerede ved Ullevaal Stadion indså Harry, hvor forkert han havde timet turen ud af byen.

Folket med den korteste arbejdstid i verden var på vej hjem. Han brugte halvtreds minutter til Karihaugen.

Sergej sad i bilen og trommede på rattet. I teorien lå hans arbejdsplads på den rigtige side af myldretidstrafikken, men når han havde aftenvagt, havnede han alligevel midt i trafikproppen på vej ud af byen. Bilerne gled som lunken lava mod Karihaugen. Han havde fået googlet politibetjenten. Fundet gamle nyheder frem. Drabssager. Han havde taget en seriemorder i Australien. Sergej havde bidt mærke i det, fordi han samme formiddag havde set et program fra Australien på Animal Planet. Det handlede om krokodillernes intelligens oppe i Northern Territory, om hvordan de lærte sig de vaner, som deres bytte havde. Når en mand var på telttur i bushen, gik han som regel på en sti langs vandhullet for at hente vand, når han vågnede om morgenen. På stien var han i sikkerhed for krokodillen, som lå dernede i vandet og kiggede op på ham. Tog han en overnatning til på samme sted, ville det samme gentage sig næste morgen. Overnattede han en tredje gang, ville han næste morgen gå langs stien, men denne gang ikke se nogen krokodille. Ikke før det knagede i bushen på den anden side af stien, og krokodillen væltede dem begge ud i vandet.

Politibetjenten havde set utilpas ud på de billeder, der lå på nettet. Som om han ikke kunne lide at blive fotograferet. Eller set på.

Telefonen ringede. Det var Andrej. Han gik direkte til sagen.

"Han bor på Leons hotel."

Andrejs sydsibiriske dialekt var egentlig snadrende, staccato, men Andrej fik den til at lyde blød og flydende. Han sagde adressen to gange, stille og tydeligt, og Sergej indskærpede sig den.

"Godt," sagde Sergej og prøvede at lyde ivrig. "Jeg spørger, hvilket værelse han bor på. Og hvis det ikke er længst henne af gangen, venter jeg der, længst inde. Sådan at når han går fra værelset og skal hen til trappen eller elevatoren, er han nødt til at gå med ryggen mod mig."

"Nej, Sergej."

"Nej?"

"Ikke på hotellet. Han vil være forberedt på, at vi kommer hen på Leons."

Det gav et sæt i Sergej. "Forberedt?"

Han skiftede kørebane og lagde sig ind bag en udlejningsbil, mens Andrej forklarede, at politibetjenten havde kontaktet to af deres sælgere og inviteret *ataman* til Leons. At det lugtede langt væk af fælde. At *ataman* havde givet klar besked om, at Sergej skulle udføre jobbet et andet sted.

"Hvor?" spurgte Sergej.

"Vent på ham på gaden uden for hotellet," sagde Andrej.

"Men hvor skal jeg *gøre* det?"

"Det bestemmer du selv," sagde Andrej. "Men mit personlige yndlingssted hedder baghold."

"Baghold?"

"Altid baghold, Sergej. Og én ting til ..."

"Ja?"

"Han begynder at komme i nærheden af ting, vi ikke vil have, at han skal komme i nærheden af. Det betyder, at det begynder at haste."

"Hvad ... øh, vil det sige?"

"*Ataman* siger, at du skal tage dig den tid, du har brug for, men heller ikke mere. Inden for et døgn er bedre end inden for to døgn. Som er bedre end tre døgn. Har du forstået?"

"Det er forstået," sagde Sergej og håbede, Andrej ikke hørte, at han sank et par gange.

Da de lagde på, holdt Sergej stadig i kø. Han havde aldrig følt sig så alene i hele sit liv.

Eftermiddagens myldretid var på sit værste, og køen gik ikke i opløsning før Berger, lige før Skedsmokrydset. På det tidspunkt havde Harry siddet en time i bilen og skannet alle radiokanalerne igennem, før han i ren protest var standset ved NRK Altid klassisk. Tyve minutter senere så han afkørselsskiltet til Oslo Lufthavn. Han havde ringet på Tord Schultz' nummer en halv snes gange i løbet af det sidste døgn uden at få svar. Schultz' kollega, som han omsider havde fået fat i hos flyselskabet, sagde, at han ikke anede, hvor Tord kunne være, at han plejede at opholde sig derhjemme, når han ikke var ude at flyve. Og bekræftede den privatadresse, som Harry havde fundet på nettet.

Det var begyndt at blive mørkt, da Harry læste på vejskiltet, at han var kørt den rigtige vej. Han kørte langsomt frem mellem de identiske, skoæskeagtige boliger, der lå på hver side af den nyasfalterede vej. Han sluttede sig til, hvilket der var Schultz' ud fra nabohusene, som var oplyste nok til, at han kunne læse numrene på væggen. Tord Schultz' hus var nemlig totalt mørklagt.

Harry parkerede bilen. Kiggede op. Sølv dukkede frem fra mørket, et fly, lydløst som en rovfugl. Lysene fejede hen over hustagene, og flyet forsvandt bag ham, mens det trak lyden efter sig som et brudeslør.

Harry gik op til indgangsdøren, lagde ansigtet mod entrévinduet og ringede på. Ventede. Ringede på igen. Ventede i et minut.

Så sparkede han glasset ind.

Han stak hånden indenfor, fik fat i det drejelige dørhåndtag og åbnede.

Han skridtede over glasskårene i gangen og fortsatte ind i stuen.

Det første, der slog ham, var mørket, at det var mørkere, end det burde være i en stue selv uden lys. Det gik op for ham, at gardinerne var trukket for. Tykke mørklægningsgardiner af den type, de havde brugt på militærforlægningen i Finnmark for at holde midnatssolen ude.

Det andet, som slog ham, var følelsen af ikke at være alene. Og da det var Harrys erfaring, at den slags følelser næsten altid var resultat af helt konkrete sanseindtryk, koncentrerede han sig om, hvad de sanseindtryk kunne være, og fortrængte sin egen helt naturlige reaktion: En højere puls og en trang til at begive sig ud samme vej, som han var kommet ind. Han lyttede, men det eneste, han hørte, var et ur, som tikkede et sted, sandsynligvis i et tilstødende værelse. Han snusede ind. Der lugtede vammelt og indelukket, men der var også noget andet, noget fjernt, men kendt. Han lukkede øjnene. Som regel kunne han mærke dem, før de kom. Han havde gennem årene lært sig forskellige tankestrategier, som kunne holde dem ude. Men nu var de over ham, før han kunne nå at låse døren. Genfærdene. Der lugtede af gerningssted.

Han åbnede øjnene og blev blændet. Lyset kom fra tagvinduerne over hemsen foran ham. Det fejede hen over stuegulvet. Så kom lyden af flyet, og i næste sekund var stuen mørklagt igen. Men han havde set det. Og det var ikke længere muligt at fortrænge den højere puls og trangen til at stikke af.

Det var Billen. *Zjuk*. Den svævede i luften lige foran hans ansigt.

Kapitel 21

Ansigtet var ødelagt.

Harry havde tændt lyset i stuen og så ned på den døde mand.

Højre øre var sømmet fast til parketgulvet, og ansigtet havde seks sorte, blodige kratere. Han behøvede ikke lede efter drabsvåbnet; det hang i hovedhøjde direkte foran ham. For enden af et reb, som hang over loftsbjælken, var der fastgjort en mursten. Ud af murstenen stod der seks blodige søm.

Harry satte sig på hug og løftede armen på liget. Manden var kold, og rigor mortis var definitivt indtrådt til trods for varmen i stuen. Det samme med livor mortis, ligpletterne: kombinationen af tyngdekraften og fraværet af blodtryk havde gjort, at blodet havde samlet sig ved kroppens laveste punkter og givet undersiden af armen en let rødlig farve. Manden havde været død i mindst tolv timer, gættede Harry på. Den hvide, nystrøgne skjorte var trukket op, så lidt af maveskindet var blottet. Den havde endnu ikke den grønne farve, som skyldes, at bakterier er begyndt at spise ham, et ædegilde, der som regel først begynder efter otteogfyrre timer og breder sig fra maven og ud.

Ud over skjorte havde han et slips på, som var løsnet, sorte bukser og nypudsede sko. Som om han kom direkte fra en begravelse eller et arbejde med dresscode, tænkte Harry.

Han fandt telefonen frem og spekulerede på, om han skulle ringe til alarmcentralen eller direkte til Drabsafdelingen. Han tastede alarmcentralens nummer, mens han så sig omkring. Han havde ikke set nogen tegn på indbrud, og der var ingen tegn på håndgemæng i stuen. Bortset fra murstenen og liget var der ikke tegn på noget som helst, og Harry vidste, at når teknikerne kom, ville de ikke finde noget. Ingen fingeraftryk, ingen skoaftryk, ikke noget dna-materiale. Og de taktiske efterforskere ville stå i stampe: Ingen naboer som havde set noget, ingen overvågningskameraer på benzinstationer i nærheden, som havde opfanget fremmede ansigter, ingen afslørende telefonsamtaler til eller fra Schultz' telefon. Ingenting. Mens Harry ventede på svar, gik han ud i køkkenet. Af gammel vane trådte han forsigtigt og sørgede for ikke at røre ved noget. Hans blik faldt på køkkenbordet og en tallerken, hvorpå der lå en halvspist brødskive med cervelatpølse på. Over stoleryggen hang der en jakke, som passede til de bukser, liget havde på. Harry gennemrodede lommerne og fandt fire hundrede kroner, en seddel, en togbillet og et id-kort fra flyselskabet. Tord Schultz. Det professionelt smilende ansigt på billedet lignede resterne af det ansigt, han havde set i stuen.

"Alarmcentralen."

"Jeg har et lig her. Adressen er ..."

Harrys blik var faldet på sedlen.

"Ja?"

Der var noget bekendt ved den.

"Hallo?"

Harry tog sedlen op. Øverst stod der OSLO POLITIDISTRIKT med store bogstaver. Nedenunder stod der TORD SCHULTZ og en dato. Han havde besøgt en politistation eller et politihovedkvarter for tre dage siden. Og nu var han altså død.

"Hallo?"

Harry lagde på.

Satte sig ned.

Tænkte.

Han brugte halvanden time på at gennemsøge huset. Bagefter tørrede han alle de steder af, hvor han kunne have sat fingeraftryk og fjernede den plastpose, han havde fastgjort omkring hovedet med en snor for ikke at efterlade hår. Det var en fast regel, at alle drabsefterforskere og andre politifolk, som kunne tænkes at optræde på et gerningssted, havde fået registreret deres fingeraftryk og dna. Hvis han efterlod noget, ville det tage politiet fem minutter at finde ud af, at Harry havde været der. Resultatet af ransagningen var tre små poser med kokain og fire flasker med noget, han gik ud fra var smuglersprit. Ellers var der lige præcis det, som han havde forventet: ingenting.

Han gik ud, satte sig i bilen og kørte derfra.

Oslo Politidistrikt.

Fandens også.

Da Harry var kommet ind til Centrum og havde parkeret bilen, blev han siddende og stirrede ud ad frontruden. Så tastede han Beates nummer.

"Hej, Harry."

"To ting. Jeg vil bede dig om en tjeneste. Og give dig et anonymt tip om, at endnu en mand er død i sagen."

"Det har jeg netop hørt."

"Så I ved det allerede?" sagde Harry forbavset. "Metoden kaldes *zjuk*. Det er russisk for 'billen'."

"Hvad snakker du om?"

"Murstenen."

"Hvilken mursten?"

Harry trak vejret dybt. "Hvad er det, *du* snakker om?"

"Gojko Toši ."

"Hvem er det?"

"Fyren som angreb Oleg."

"Og?"

"Han er fundet død i sin celle."

Harry så direkte ind i et par forlygter, som kom imod ham. "Hvordan ...?"

"De er ved at efterforske det nu. Det ser ud, som om han har hængt sig."

"Glem det. De har også dræbt piloten."

"Hvad?"

"Tord Schultz ligger i stuen i sit hus ude på Gardermoen."

Der gik to sekunder, før Beate svarede. "Jeg giver besked til Operationscentralen."

"Okay."

"Hvad var det andet?"

"Hvad?"

"Du sagde, du ville bede om en tjeneste?"

"Nå ja." Harry gravede sedlen op af lommen. "Jeg spekulerer på, om du kan tjekke besøgsloggen i Politihusets reception? Og se, hvem Tord Schultz besøgte for tre dage siden."

Der blev stille igen.

"Beate?"

"Ja. Er du sikker på, at det her er noget, jeg vil blandes ind i, Harry?"

"Jeg er sikker på, at det her er noget, du *ikke* vil blandes ind i."

"Fanden ta' dig."

Harry lagde på.

Harry satte udlejningsbilen fra sig i parkeringshuset længst nede i Kvadraturen og begav sig af sted mod Leons. Han gik forbi en bar, og musikken fra den åbne dør fik ham til at mindes den aften, han kom, Nirvanas inviterende "Come As You Are". Han var ikke klar over, at han var gået ind gennem den åbne dør, før han stod foran bardisken i den lange tarm af et lokale.

Tre gæster sad sammensunkne på barstole. Det lignede et måned-gammelt gravøl, som ingen havde lukket. Der lugtede af lig og knirkende, gammelt kød. Bartenderen så på Harry med bestil-eller-gå-ad-helvede-til blik, mens han langsomt skruede proppen af en proptrækker. Han havde fået tatoveret tre store, gotiske bogstaver tværs hen over en bred hals. EAT.

"Hvad skulle det være?" råbte bartenderen og overdøvede lige akkurat Kurt Cobain, som bad Harry komme som en ven, som en ven. Som en gammel fjende.

Harry fugtede læberne, som pludselig var blevet tørre. Han så bartenderens hænder skrue løs. Det var en proptrækker af den mest enkle slags og med få vindinger, en som kræver en fast og trænet hånd, men til gengæld kun behøver et par omdrejninger for at trænge dybt ind i proppen, så det går hurtigt. Proppen her var helt gennemboret. Det var altså ikke en vinbar. Så hvad andet serverede de? Han så det fordrejede spejlbillede af sig selv i spejlet bag bartenderen. Det skamferede ansigt. Men det var ikke kun hans ansigt; det var ansigterne på dem alle, alle genfærdene. Og Tord Schultz havde netop sluttet sig til dem.

Blikket søgte langs flaskerne på spejlhylden, og som et varmesøgende missil fandt det målet. Den gamle fjende. Jim Beam.

Kurt Cobain råbte, at han ikke har en pistol.

Harry rømmede sig. Bare én.

Du skal komme, som du er, og nej, jeg har ikke en pistol.

Han afgav sin bestilling.

"Hvad?" råbte bartenderen og lænede sig frem.

"Jim Beam."

Ikke en pistol.

"Gin hvad-for-noget?"

Harry sank. Cobain gentog ordet memoria. Harry havde hørt sangen hundrede gange før, men det gik op for ham, at han altid havde troet, at Cobain sang: "The more et-eller-andet".

Memoria. In memoriam. Hvor havde han set det? På en gravsten?

Han så en bevægelse i spejlet. I det samme begyndte telefonen at vibrere i hans lomme.

"Gin-hvad?" råbte bartenderen og lagde proptrækkeren på disken.

Harry tog telefonen frem. Kiggede på displayet. R. Han tog den.

"Hej, Rakel."

"Harry?"

En ny bevægelse bag ham.

"Jeg kan kun høre larm, Harry. Hvor er du?"

Harry rejste sig og gik med hurtige skridt hen mod udgangen. Indåndede den udstødningstunge, men alligevel friskere luft udenfor.

"Hvad laver du?" spurgte Rakel.

"Jeg står og funderer over, om jeg skal gå til højre eller venstre," sagde Harry. "Hvad med dig?"

"Jeg er ved at gå i seng. Er du ædru?"

"Hvad?"

"Du hørte mig godt. Og jeg hører dig. Jeg kan mærke, når du er stresset. Og det der lød som en bar."

Harry tog Camel-pakken frem. Fik en cigaret ud. Mærkede, at han rystede på hænderne. "Det var godt, du ringede, Rakel."

"Harry?"

Han fik ild på cigaretten. "Ja?"

"Hans Christian har ordnet det sådan, at Oleg sidder i varetægt et hemmeligt sted. Det er et sted på Østlandet, men ingen får at vide hvor."

"Ikke dårligt."

"Han er en god mand, Harry."

"Det tvivler jeg ikke på."

"Harry?"

"Jeg er her."

"Hvad nu, hvis vi kunne plante et bevis. Hvad nu, hvis jeg havde påtaget mig skylden for drabet. Ville du så have hjulpet mig?"

Harry inhalerede. "Nej."

"Hvorfor ikke?"

Døren gik bag Harry. Men han hørte ingen skridt, som fjernede sig.

"Jeg ringer til dig fra hotellet, okay?"

"Okay."

Harry afbrød forbindelsen og gik ud på gaden uden at vende sig om.

Sergej så på manden, som småløb tværs over gaden.

Så ham forsvinde ind på Leons.

Han havde været så tæt på. Så tæt på. Først inde i baren og nu herude på gaden.

Sergej havde stadig hånden i jakkelommen presset omkring den kronhjortetak, der udgjorde skaftet på kniven. Bladet var fremme og skar i lommens for. To gange havde han været lige ved at tage et skridt frem, gribe hans hår med venstre hånd og stikke kniven ind og rundt i en halvmåne. Politibetjenten var ganske vist højere, end han havde vurderet, men det ville ikke blive noget problem.

Ingenting ville blive noget problem. For efterhånden som pulsen faldt, mærkede han roen komme tilbage. Den ro, han havde mistet, som rædslen havde fortrængt. Og igen mærkede han, at han glædede sig, glædede sig til fuldbyrdelsen, til at blive et med den historie, som allerede var blevet fortalt.

For det her var stedet, bagholdet, som Andrej havde talt om. Sergej havde nemlig set politibetjentens blik, mens han stirrede på flaskerne. Det var det samme blik, som hans far havde haft, når han var kommet hjem fra fængslet. Sergej var krokodillen i billabongen, krokodillen som vidste, at manden ville gå ad den samme sti for at få sig noget at drikke, som vidste, at det bare handlede om at vente.

Harry lå på sengen på 301, blæste røg op mod loftet og lyttede til hendes stemme i telefonen.

"Jeg ved, at du har gjort værre ting end at plante beviser," sagde hun. "Så hvorfor ikke? Hvorfor ikke for en person, du holder af?"

"Du drikker hvidvin," sagde han.

"Hvordan ved du, at det ikke er rødvin?"

"Det kan jeg høre."

"Forklar nu, hvorfor du ikke ville have hjulpet mig."

"Skal jeg?"

"Ja, Harry."

Harry skoddede cigaretten i den tomme kaffekop på natbordet. "Jeg, lovbryder og fyret politibetjent, mener, at loven betyder noget. Lyder det sygt?"

"Fortsæt."

"Loven er det stakit, vi har sat op ved kanten til afgrunden. Hver gang nogen bryder loven, brydes det stakit en smule ned. Så vi må reparere det. Den skyldige skal afsone en straf."

"Nej, *nogen* skal afsone en straf. Nogen må tage en straf, som viser samfundet, at drab er uacceptabelt. En hvilken som helst syndebuk kan genopbygge det stakit."

"Du udhuler loven, så den passer til dit formål. Du er jurist, du ved bedre."

"Jeg er mor, jeg arbejder som jurist. Hvad med dig, Harry? Er du politibetjent? Var det det, du blev? En robot, en slave af myretuen og tanker, som andre har tænkt? Er du der?"

"Ja."

"Har du noget svar til mig?"

"Tja. Hvorfor tror du, jeg kom til Oslo?"

Pause.

"Harry?"

"Ja?"

"Undskyld."

"Du må ikke græde."

"Det ved jeg godt. Undskyld."

"Du skal ikke bede om nogen undskyldning."

"Godnat, Harry. Jeg ..."

"Godnat."

Harry vågnede. Han havde hørt noget. Noget som havde overdøvet lyden af hans egne løbende skridt i gangen og sneskreddet. Han så på klokken. 01.34. Den knækkede gardinstang stod lænet op mod vindueskarmen og havde silhuet som en tulipan. Han stod op og gik hen til vinduet og kiggede ned i baggården. En skraldespand lå på asfalten og larmede stadig. Han lagde panden mod det kolde glas.

Kapitel 22

Det var tidligt, og myldretidstrafikken listede sig hviskende ind over Grønlandsleiret, da Truls gik op mod Politihusets indgang. Han fik øje på den røde plakat på lindetræet, lige før han kom til dørene med de løjerlige koøjer. Så han vendte om og gik tilbage uden at skynde sig. Forbi de trægt flydende køer på Oslo Gata og i retning mod kirkegården.

Han gik ind på kirkegården, som var lige så mennesketom som sædvanligt på denne tid. I hvert fald hvad levende angik. Han stoppede foran A.C. Ruds gravsten. Der var ikke skrevet nogen beskeder på den, så det måtte være lønningsdag.

Han satte sig på hug og gravede i jorden helt inde ved stenen. Fik fat i den brune konvolut og trak den op. Han modstod fristelsen til at åbne den og tælle pengene her og nu og stak den bare i jakkelommen. Han skulle til at rejse sig, men en pludselig følelse af at blive iagttaget fik ham til at blive siddende på hug et par sekunder mere, som i kontemplation over A.C. Rud og livets forgængelighed eller noget vrøvl i den stil.

"Bliv siddende, Berntsen."

En skygge var faldet over ham. Og med den en kulde, som om solen var forsvundet bag en sky. Truls Berntsen følte sig som i frit fald, og maven løftede sig op mod brystet. Det var altså sådan, det skulle ske. Afsløringen.

"Vi har et andet job til dig denne gang."

Truls følte fast grund under fødderne igen. Stemmen. Den svage accent. Det var ham. Truls skottede ud til siden. Så skikkelsen, som stod med bøjet hoved to gravstene længere væk, tilsyneladende i bøn.

"Du må finde ud af, hvor de har gemt Oleg Fauke. Kig lige frem!"

Truls stirrede ind i gravstenen foran sig.

"Jeg har prøvet," sagde han. "Men forflytningen er ikke registreret nogen steder. Ikke noget sted jeg har adgang til i hvert fald. Og dem, jeg har snakket med, har ikke hørt noget om fyren, så jeg gætter på, at de har givet ham et andet navn."

"Du må tale med dem, som ved besked. Snak med forsvarsadvokaten. Simonsen."

"Hvorfor ikke moderen? Hun må jo ..."

"Ingen kvinder!" Ordene smældede, så hvis der var andre mennesker på kirkegården, måtte de have hørt dem. Så roligere: "Prøv forsvarsadvokaten. Og hvis det ikke går ..."

I den efterfølgende pause hørte Berntsen det suse i kirkegårdens trækroner. Det måtte være vinden. Det var den, som havde gjort det så pludseligt koldt.

"Så er der en fyr, som hedder Chris Reddy," fortsatte stemmen. "På gaden kaldes han Adidas. Han pusher ..."

"Speed. Adidas betyder amfet ..."

"Hold kæft, Berntsen, og hør efter."

Truls holdt kæft. Og hørte efter. Ligesom han havde holdt kæft, hver gang nogle af dem, der disponerede over den slags stemmer, havde bedt ham holde kæft. Og som han hørte efter, når de bad ham grave møg. Bad ham ...

Stemmen sagde en adresse.

"Du har hørt et rygte om, at Adidas har gået rundt og pralet af, at det var ham, der skød Gusto Hanssen. Så du tager ham ind til afhøring. Og der vil han komme med en uforbeholden tilståelse. Jeg overlader til jer at blive enige om detaljerne, så den er hundred procent troværdig. Men først prøver du altså at få Simonsen til at snakke. Forstået?"

"Ja, men hvorfor skal Adidas ..."

"Hvorfor er ikke dit problem, Berntsen. Dit eneste spørgsmål skal være: 'Hvor meget'?"

Truls Berntsen sank. Igen og igen. Skovlede lort. Nedsvælgede lort. "Hvor meget?"

"Sådan, ja. Tres tusind."

"Hundred tusind."

Ikke noget svar.

"Hallo?"

Men det eneste, der kunne høres, var morgentrafikkens hvisken.

Berntsen sad stille. Skottede ud til siden. Der var ingen. Mærkede, at solen var begyndt at varme igen. Og tres tusind var udmærket.

Der lå stadig tåge langs jorden, da Harry svingede op foran hovedbygningen på Skøyens gård klokken ti om formiddagen. Isabelle Skøyen stod smilende på trappen og daskede en lille ridepisk mod låret på sine sorte ridebukser. Mens Harry steg ud af udlejningsbilen, hørte han gruset knase under hendes støvlehæle.

"Godmorgen, Harry. Hvad ved du om heste?"

Harry smækkede bildøren i. "Jeg har tabt temmelig mange penge på dem. Siger det noget?"

"Du er altså også spiller?"

"Også?"

"Jeg har skam også forsket lidt. Dine præstationer udlignes af dine laster. Det er i hvert fald, hvad dine kolleger synes at mene. Var det i Hongkong, du tabte pengene?"

"Happy Valley væddeløbsbane. Det var en engangsforeteelse."

Hun begyndte at gå hen mod en lav, rødmalet træbygning, og han måtte skridte ud for at holde trit med hende. "Har du nogensinde redet, Harry?"

"Min bedstefar havde en arbejdshest i Åndalsnes."

"Du er altså en rutineret rytter."

"Endnu en engangsforeteelse. Bedstefar sagde, at heste ikke var noget legetøj. Han sagde, at det at ride for fornøjelsens skyld var mangel på respekt for arbejdsdyr."

Hun stoppede foran et træstativ med to smalle lædersadler. "Ikke en eneste af mine heste har set eller kommer til at se en vogn eller en plov. Mens jeg sadler op, vil jeg foreslå, at du går ind i gangen der ..." Hun pegede hen mod beboelseshuset. "Du kan finde noget passende tøj af min eksmands i skabet derinde. Vi må hellere skåne din fine jakke, eller hvad?"

I skabet i gangen fandt Harry en trøje og et par cowboybukser, som faktisk var lange nok. Eksmanden måtte have haft desto mindre fødder, for han kunne ikke passe nogen af dem, før han fandt et par pænt brugte af Forsvarets blå joggingsko længst inde i skabet.

Da han kom ud på gårdspladsen igen, stod Isabelle klar med to opsadlede heste. Harry åbnede udlejningsbilens dør, satte sig med benene udenfor, skiftede sko, tog sålerne ud, lagde dem på gulvet og fandt et par solbriller frem fra handskerummet. "Klar."

"Det her er Medusa," sagde Isabelle og klappede en stor fuks på mulen. "Hun er en oldenburger fra Danmark, en perfekt race til springridning. Ti år og chefen i flokken. Og det her er Balder, han er fem. Han er vallak, så han følger efter Medusa."

Hun rakte ham tøjlerne til den mindre vallak og svingede sig op på Medusa.

Harry efterlignede hende, satte venstre fod i venstre stigbøjle og kom op i sadlen. Uden at afvente en kommando begyndte hesten at skridte efter Medusa.

Harry havde underspillet, da han sagde, at han kun havde redet én gang, men det her var noget helt andet end at ride på bedstefars pålidelige hangarskib af en arbejdshest. Han måtte balancere i sadlen, og når han klemte knæene ind mod siden, kunne han mærke muskelspillet og ribbenene i den spændstige hest. Og da Medusa satte farten lidt op hen over folden, og Balder svarede, fik selv den lille acceleration Harry til at forstå, at han sad med et Formel-1-dyr mellem benene. For enden af folden drejede de ind på en sti, som forsvandt ind i skoven og op i åsen. Et sted hvor stien gik begge veje omkring et træ, prøvede Harry at styre Balder til venstre, men den ignorerede ham og fulgte efter Medusa højre om træet.

"Jeg troede, det var hingste, der var flokledere," sagde Harry.

"Det er det som regel også," sagde Isabelle hen over skulderen. "Men det hele handler om karakter. En stærk, ambitiøs og klog hoppe kan udkonkurrere alle, hvis hun vil."

"Og det vil du?"

Isabelle Skøyen lo: "Selvfølgelig. Skal man blive til noget, må man ville det. Politik handler om at skaffe sig magt, og som politiker må man selvfølgelig være villig til at konkurrere."

"Og du kan godt lide at konkurrere?"

Han så hende trække på skuldrene foran sig. "Konkurrence er sundt. Det betyder, at den stærkeste og bedste kommer til at bestemme, og det er til hele flokkens bedste."

"Og vedkommende må også parre sig med hvem, hun vil?"

Hun svarede ikke. Harry så på hende. Hun svajede i ryggen, og de stramme balder så ud, som om de masserede hesten, skubbede den fra side til side med bløde hoftebevægelser. De kom ud i en lysning. Solen skinnede, og under dem lå spredte klatter af dis over landskabet.

"Vi lader dem få et hvil," sagde Isabelle Skøyen og steg af hesten.

Efter at de havde bundet hestene fast til et træ, lagde Isabelle sig i græsset og vinkede Harry hen til sig. Han satte sig ved siden af hende og tog solbrillerne på.

"Sig mig, er det der mandesolbriller?" spurgte hun drillende.

"De beskytter mod solen," sagde Harry og trak cigaretpakken frem.

"Det kan jeg godt lide."

"Hvilket?"

"Jeg kan godt lide, at mænd er trygge ved deres maskulinitet."

Harry så på hende. Hun lå og støttede sig på albuerne og havde knappet en knap mere op i blusen. Han håbede, at solbrilleglassene var mørke nok. Hun smilede.

"Så hvad kan du fortælle mig om Gusto?" sagde Harry.

"Jeg kan godt lide, at mænd er ægte," sagde hun. Smilet blev bredere.

En brun guldsmed ude på efterårets sidste flyvetur susede forbi. Harry brød sig ikke om det, han så i hendes øjne. Det, han havde set, lige siden han kom. En forventningsfuld fryd. Og slet ikke den plagede uro, som burde være til stede hos en, som risikerer en karrieretruende skandale.

"Jeg kan ikke lide det uægte," sagde hun. "Som bluff, for eksempel."

Triumfen lyste ud af hendes blå, mascaraomkransede øjne.

"Jeg ringede til en kontakt i politiet, forstår du. Og bortset fra at fortælle mig lidt om den legendariske drabsefterforsker Harry Hole, kunne han fortælle mig, at der slet ikke blev analyseret noget blod i

Gusto Hanssen-sagen. Prøven blev vist nok ødelagt. Der findes ikke nogen negl med min blodtype under. Du bluffede, Harry."

Harry tændte cigaretten. Der steg ikke noget blod op i kinder og ører. Han spekulerede på, om han måske var blevet for gammel til at rødme.

"Nå. Hvis den kontakt, du har haft med Gusto, udelukkende er nogle uskyldige interview, hvorfor var du så bange for, at jeg skulle sende blodet til dna-analyse?"

Hun lo lavmælt. "Hvem siger, at jeg var bange? Måske ville jeg bare have dig en tur herned. For at se på naturen og den slags."

Harry kunne fastslå, at han ikke var for gammel til at rødme; han lagde sig helt ned og pustede røg op mod en latterligt blå himmel. Lukkede øjnene og prøvede at komme på nogle gode grunde til ikke at kneppe Isabelle Skøyen. Der var flere.

"Sagde jeg noget forkert?" spurgte hun. "Jeg siger bare, at jeg er en voksen singlekvinde med naturlige behov. Det betyder ikke, at jeg er useriøs. Jeg ville aldrig indlade mig med en, jeg ikke opfattede som jævnbyrdig, som for eksempel Gusto." Han hørte hendes stemme komme nærmere. "Men en stor, voksen mand derimod ..." Hun lagde en varm hånd på hans mave.

"Har Gusto og du ligget her, hvor vi ligger nu?" sagde Harry lavt.

"Hvad?"

Han arbejdede sig op på albuerne og nikkede ned mod de blå joggingsko. "Dit skab var fuldt af eksklusive herresko i størrelse toogfyrre. De her laser var de eneste i femogfyrre."

"Og hvad så? Jeg kan ikke garantere, at jeg ikke har haft herrebesøg i størrelse femogfyrre." Hendes hånd bevægede sig frem og tilbage.

"Den her joggingsko blev en overgang lavet for Forsvaret, og da de skiftede skotype, blev overskudslageret overtaget af velgørenhedsorganisationer, som delte dem ud til værdigt trængende. I politiet kalder vi dem junkiesko, eftersom de bliver delt ud af Frelsens Hær i Fyrtårnet. Spørgsmålet er selvfølgelig, hvorfor en tilfældig besøgende, størrelse femogfyrre, efterlader et par sko. Den naturlige forklaring er vel, at han pludselig har fået sig et par nye."

Isabelle Skøyens hånd holdt op med at bevæge sig. Så Harry fortsatte:

"En kollega viste mig billeder fra gerningsstedet. Da Gusto døde, havde han et par billige bukser på, men et par alt for dyre sko. Alberto Fasciani, hvis jeg ikke tager fejl. En generøs gave. Hvor meget betalte du for dem? Fem tusind?"

"Jeg aner ikke, hvad du snakker om." Hun trak hånden til sig.

Harry så misbilligende ned på sin egen erektion, som allerede pressede mod indersiden af de lånte bukser. Han vippede med fødderne.

"Jeg lagde skosålerne i bilen. Vidste du, at fodsved er et glimrende dna-materiale? Vi finder sikkert også nogle mikroskopiske hudrester. Og der kan ikke være mange butikker i Oslo, som sælger Alberto Fasciani-sko. Én, to? Det bliver under alle omstændigheder en nem opgave at krydstjekke mod dit kreditkort."

Isabelle Skøyen havde sat sig op. Hendes blik var rettet mod horisonten.

"Har du lagt mærke til gårdene?" spurgte hun. "Er de ikke smukke? Jeg elsker kulturlandskab. Og jeg hader skov. Bortset fra plantet skov. Jeg hader kaos."

Harry studerede hende profil. Øksenæsen så direkte livsfarlig ud.

"Fortæl mig om Gusto Hanssen."

Hun trak på skuldrene. "Hvorfor det? Du har jo tydeligvis regnet det meste ud."

"Du kan selv vælge, hvem du vil have spørgsmålene fra. Mig eller Verdens Gang."

Hun lo kort. "Gusto var ung og smuk. En hingst som er flot at se på, men som har tvivlsomme gener. En biologisk far der er kriminel, og en mor der er misbruger ifølge stedfaderen. Ikke en hest man sætter i avl, men som er sjov at ride på, hvis du ..." Hun trak vejret dybt. "Han kom på besøg her, og vi havde sex her. Af og til fik han penge. Han så også andre; det var ikke så specielt."

"Gjorde det dig jaloux?"

"Jaloux?" Isabelle rystede på hovedet. "Sex har aldrig gjort mig jaloux. Jeg så også selv andre. Og efterhånden én specielt. Så jeg afbrød forbindelsen med Gusto. Eller måske havde han allerede afbrudt forbindelsen med mig. Det virkede, som om han ikke længere havde brug for de lommepenge, han fik af mig. Men hen mod slutningen kontaktede han mig igen. Han blev irriterende. Jeg tror, han måske havde pengeproblemer. Og et stofproblem."

"Hvordan var han?"

"Hvad mener du med 'hvordan'? Han var egoistisk, upålidelig, charmerende. En selvsikker skiderik."

"Og hvad var det, han ville have?"

"Ligner jeg en psykolog, Harry?"

"Nej."

"Nej. For mennesker interesserer mig kun til en vis grad."

"Ja?"

Isabelle Skøyen nikkede. Kiggede frem for sig. Det glitrede i det våde i øjnene.

"Gusto var ensom," sagde hun.

"Hvordan ved du det?"

"Jeg ved, hvad ensomhed er, okay? Og han var fuld af selvforagt."

"Selvsikker og selvforagtende?"

"Det er ingen modsætning. Man ved, at man kan og magter det, men det betyder ikke, at man ser sig selv som en, andre kan elske."

"Og hvad kan det skyldes?"

"Altså, jeg sagde vist, at jeg ikke er psykolog."

"Nå ja."

Harry ventede.

Hun rømmede sig.

"Hans forældre havde givet ham fra sig. Hvad tror du, det gør ved et barn? Bag alle fagterne og det seje udtryk var der en, som troede, at han ikke var særlig meget værd. Lige så lidt værd som dem, der havde opgivet ham. Er det ikke enkel logik, hr. næsten politibetjent?"

Harry så på hende. Nikkede. Fornemmede, at hans blik gjorde hende ubehagelig til mode. Men Harry lod være med at stille det spørgsmål, hun helt klart fornemmede, at han sad med: Hvad var hendes egen historie? Hvor ensom, hvor selvforagtende var hun bag facaden?

"Hvad med Oleg, mødte du ham?"

"Ham der blev taget for drabet? Aldrig. Men Gusto omtalte en Oleg et par gange og sagde, at han var hans bedste ven. Jeg tror, han var den eneste ven."

"Hvad med Irene?"

"Hende omtalte han også. Hun var som en søster."

"Hun *var* hans søster."

"Ikke hans rigtige søster, Harry. Det bliver aldrig det samme."

"Nej?"

"Folk er naive og tror, at vi besidder evnen til uselvisk kærlighed. Men alt handler om at få videreført gener, som er mest muligt identiske med dine egne. Det ser jeg inden for opdræt hver eneste dag, tro mig. Og ja, mennesker er som heste, vi er flokdyr. En far vil beskytte sin biologiske søn, en bror sin biologiske søster. I en konflikt vil vi instinktivt tage parti for dem, som mest ligner os selv. Forestil dig, at du går i junglen og kommer rundt i et sving og pludselig ser en anden hvid mand, klædt som dig, slås med en halvnøgen, sort mand i krigsmaling. De har hver sin kniv og slås på liv og død. Du har en pistol. Hvad er din første, instinktive tanke? At skyde den hvide for at redde den sorte? Nej?"

"Okay. Og hvad beviser det?"

"Det beviser, at vores loyalitet er biologisk bestemt, at den er cirkler, som breder sig ud fra det centrum, som er os selv og vores gener."

"Så du ville skyde en af de to for at beskytte dine gener?"

"Lige på stedet."

"Hvad med at dræbe dem begge to for at være på den sikre side?"

Hun så på ham. "Hvad mener du?"

"Hvad lavede du den aften, Gusto blev dræbt?"

"Hvad?" Hun kneb det ene øje sammen mod solen og så på ham med et bredt smil. "Mistænker du mig for at have dræbt Gusto, Harry? Og være ude efter ham ... Oleg?"

"Bare svar på mit spørgsmål."

"Jeg kan sagtens huske, hvor jeg var, fordi jeg tænkte over det, da jeg læste om drabet i avisen. Jeg sad til møde med repræsentanter for politiets narkoefterforskning. De burde være pålidelige vidner. Vil du have nogle navne?"

Harry rystede på hovedet.

"Ellers noget?"

"Ja ... Ham Dubai. Hvad ved du om ham?"

"Dubai, ja. Lige så lidt som alle andre. Der tales om ham, men politiet kommer ingen vegne. Det er typisk; de professionelle bagmænd slipper altid væk." Harry så efter en ændring i størrelsen på pupillerne, farven i kinderne. Hvis Isabelle Skøyen løj, var hun god til det.

"Jeg spørger, fordi du har ryddet gaderne for alle pushere bortset fra Dubai og et par småbander."

"Det er ikke mig, Harry. Jeg er bare en byrådssekretær, som følger socialborgmesterens påbud og bystyrets politik. Og det, du kalder gaderydning, var det strengt taget politiet, som tog sig af."

"Ja. Norge er et lille eventyrland. Men jeg har tilbragt de sidste år i den virkelige verden, Skøyen. Og den virkelige verden drives af to typer mennesker. Dem der vil have magt, og dem der vil have penge. Den første type vil have en statue, den anden vil have nydelse. Og den valuta, som de bruger, når de handler med hinanden for at få det, de vil have, kaldes korruption."

"Jeg har ting, jeg skal have lavet i dag, Hole. Hvor vil du hen?"

"Derhen hvor andre tydeligvis har manglet mod eller fantasi til at gå. Hvis man bor længe i en by, ser man som regel situationen som en mosaik af detaljer, man kender godt. Men en, som kommer tilbage til byen og ikke kender detaljerne, ser kun billedet. Og billedet er, at situationen i Oslo er gunstig for to parter. De pushere, som har fået markedet for sig selv, og de politikere, som har fået æren for at rydde op."

"Påstår du, at jeg er korrupt?"

"Er du?"

Han så raseriet stige op i hendes øjne. Det var uden tvivl ægte. Han spekulerede blot på, om det var den retfærdiges eller den trufnes vrede. Så lo hun pludselig. En trillende, overraskende piget latter.

"Jeg kan godt lide dig, Harry." Hun rejste sig. "Jeg kender mænd, og de er nogen svæklinge, når det kommer til stykket. Men jeg tror, at du måske er en undtagelse."

"Javel," sagde Harry. "Så ved du i hvert fald, hvor du har mig."

"Virkeligheden kalder, søde."

Harry vendte sig om og så Isabelle Skøyens voluminøse bagdel vugge hen mod hestene.

Han gik efter. Satte sig op på Balder. Fik fødderne i stigbøjlerne. Kiggede op og mødte Isabelles blik. Hun havde et lille, udfordrende smil midt i det hårde, pænt skulpturerede ansigt. Hun samlede læberne som til et kys. Lavede en obskøn pruttelyd og satte hælene i siden på Medusa. Og svajede blødt i ryggen, idet det store dyr sprang fremad.

Balder reagerede uden forvarsel, men Harry nåede lige at holde sig fast.

De lagde sig forrest igen, og det sprøjtede op med våde jordklumper fra Medusas hove. Så satte den voksne springhest farten endnu mere op, og Harry så hestehalen stå vinkelret ud, idet den forsvandt omkring et sving. Han greb fat om tøjlerne længere inde, som han havde lært af sin bedstefar, men strammede dem ikke. Stien var så smal, at grenene piskede mod Harry, men han krøb sammen i sadlen og klemte knæene hårdt ind mod hestens sider. Han vidste, at han ikke ville kunne stoppe hesten, så han koncentrerede sig om at holde fødderne i stigbøjlerne og hovedet lavt. Yderst i synsfeltet flimrede træerne forbi i gulrøde striber. Automatisk rejste han sig lidt i sadlen og lagde vægten på knæene og stigbøjlerne. Under ham arbejdede og bugtede muskler sig. Han havde følelsen af at sidde på en kvælerslange. Og nu havde de fundet en slags rytme sammen, akkompagneret af hovenes tordnende trommen mod jorden. Følelsen af rædsel konkurrerede med følelsen af besættelse. Stien rettede sig ud, og halvtreds meter foran dem så Harry Medusa og Isabelle. Et øjeblik var det, som om billedet blev frosset fast, som om de var holdt op med at løbe, som om ekvipagen svævede lige over jorden. Så genoptog Medusa galoppen. Der gik endnu et sekund, før det gik op for Harry, hvad det var.

Og at det havde været et kostbart sekund.

På Politiskolen havde han læst forskningsrapporter, som viste, at menneskehjernen i katastrofesituationer prøver at bearbejde enormt store datamængder på kort tid. Hos nogle politifolk kan det føre til handlingslammelse, hos andre en følelse af, at tiden går langsommere, at livet passerer revy, og at de når at foretage en forbløffende mængde observationer og analyser af situationen. Som at de med en fart på næsten halvfjerds kilometer i timen havde tilbagelagt tyve meter, og at der kun var tredive meter og halvandet sekund hen til kløften, som Medusa netop var sprunget over.

At det var umuligt at se, hvor bred den var.

At Medusa var en trænet, fuldvoksen springhest med en rutineret springrytter, mens Balder var yngre og mindre og havde en novice på knap halvfems kilo på ryggen.

At Balder var et flokdyr, og at Isabelle Skøyen selvfølgelig vidste det.

At det under alle omstændigheder var for sent at stoppe.

Harry lod hænderne glide bagover på tøjlerne og slog hælene ind i flanken på Balder. Mærkede en sidste acceleration. Så blev det pludselig stille. Den trommende lyd var ophørt. De svævede. Langt under dem så han toppen af en trækrone og en bæk. Så blev han rykket fremover og stangede hovedet ned i nakken på hesten. De faldt.

Kapitel 23

Var du også tyv, far? For jeg havde jo hele tiden vidst, hvordan jeg skulle blive millionær. Mit motto er kun at stjæle, når det kan betale sig, så jeg havde været tålmodig og ventet. Og ventet. Ventet så længe, at da chancen så endelig bød sig, syntes jeg fanden tage mig, at jeg fortjente det.

Planen var lige så enkel, som den var genial. Mens Odins biker-slæng sad til møde med oldingen på McDonald's, skulle Oleg og jeg stjæle en del af heroinlageret i Alnabru. For det første ville der ikke være nogen i klublokalet, eftersom Odin ville tage det med, han havde af muskler. For det andet ville Odin aldrig få at vide, at han var blevet bestjålet, fordi han ville blive knaldet på McDonald's. Når han sad på anklagebænken, burde han faktisk takke mig og Oleg for at have reduceret det antal kilo, som politiet havde fundet under razziaen. Det eneste problem var strømeren og oldingen. Hvis strømeren blev klar over, at nogen var kommet dem i forkøbet og havde spist af beholdningen, og det kom oldingen for øre, ville vi være ude at skide. Problemet løste jeg på den måde, som oldingen havde lært mig: med en rokade, en strategisk alliance. Jeg kørte simpelthen ud til boligblokken i Manglerud, og denne gang var Truls Berntsen hjemme.

Han stirrede skeptisk på mig, mens jeg forklarede mig, men jeg var ikke bekymret. For jeg havde set det i hans blik. Grådigheden. Endnu en af den type, som skal have efterbetaling, som tror, at penge kan købe dem medicin mod desperationen, ensomheden og bitterheden. At der ikke bare er noget, som hedder retfærdighed, men at den ligesom er en hyldevare. Jeg forklarede, at vi havde brug for hans ekspertise til at skjule de spor, politiet ville se efter, og til at fjerne det, de eventuelt fandt. Måske oven i købet til at få mistanken rettet mod nogle andre om nødvendigt. Jeg så interessen glimte, da jeg sagde, at vi ville tage fem af de tyve kilo, som partiet bestod af. To hver til mig og ham, et til Oleg. Jeg kunne se, at han selv klarede regnestykket: en komma to millioner ganget med to, to komma fire til ham.

"Og ham Oleg er den eneste anden, du har talt med?" spurgte han.

"Hundrede."

"Har I våben?"

"En Odessa til deling."

"Hvad?"

"Hennes & Mauritz-versionen af Stetsjin."

"Okay. Det er ikke sikkert, efterforskerne vil tænke over antallet af kilo, så længe de ikke finder spor efter indbrud, men du er altså bange for, at Odin ved, hvor meget der skulle have været, og kommer efter dig?"

"Nej," sagde jeg. "Jeg vil skide på Odin. Det er min chef, jeg er bange for. Jeg aner ikke hvordan, men jeg ved bare, at han er orienteret helt ned til sidste gram om, hvor meget heroin der er i den leverance."

"Jeg skal have halvdelen," sagde han. "Så kan du og Boris dele resten."

"Oleg."

"Du skal bare være glad for, at jeg har en dårlig hukommelse. Og det gælder også den anden vej rundt. Det vil koste mig en halv dag at finde jer og fem øre at dræbe jer." Han rullede længe på r'et i 'dræbe'.

Det var Oleg, som fik idéen til, hvordan vi skulle camouflere røveriet. Det var så enkelt og indlysende, at jeg ikke kan forstå, at jeg ikke havde tænkt på det selv.

"Vi erstatter bare det, vi tager, med kartoffelmel. Politiet indrapporterer kun det antal kilo, som de har beslaglagt, ikke renhedsprocenten. Er det ikke rigtigt?"

Planen var som sagt lige så genial, som den var enkel.

Samme aften som Odin og oldingen havde fødselsdagsselskab på McDonald's og diskuterede prissætningen på violin i Drammen og Lillestrøm, stod Berntsen, Oleg og jeg i mørket uden for stakittet omkring MC-klubben i Alnabru. Berntsen havde overtaget ledelsen, og vi var iført nylonstrømper, sorte jakker og handsker. I rygsækkene havde vi pistoler, boremaskine, skruetrækkere, brækjern og seks kilo færdigpakkede plastposer med kartoffelmel. Oleg og jeg havde forklaret, hvor Los Lobos havde deres overvågningskameraer, men ved at klatre over stakittet og løbe hen til venstre langside, holdt vi os i en død vinkel hele tiden. Vi vidste, at vi kunne larme, lige så meget vi havde lyst til, eftersom den tunge trafik på

E6 lige udenfor ville overdøve alt, så Berntsen satte boret i trævæggen og kværnede løs, mens Oleg holdt udkig, og jeg nynnede "Been Caught Stealing", som var på soundtracket til Steins GTA-spil, og som han sagde var et band, der hed Jane's Addiction, og som jeg kunne huske, fordi det var et fedt navn, federe end sangen, egentlig. Oleg og jeg var på hjemmebane og vidste, at det var nemt at skaffe sig overblik over MC-klubben; den bestod af ét stort opholdsrum. Men eftersom alle vinduerne klogeligt nok var gemt bag træskodder, var planen at bore et kighul, så vi var sikre på, at der var tomt, før vi gik ind. Det var Berntsen, som havde insisteret på det; han nægtede at tro, at Odin efterlod tyve kilo heroin til en gadeværdi af femogtyve millioner ubevogtet. Vi kendte Odin bedre, men gav efter. Safety first.

"Sådan," sagde Berntsen og trak boremaskinen ud; den døde med en snerren.

Jeg lagde øjet til hullet. Og så ikke en skid. Enten havde nogen slukket lyset, eller også var vi ikke kommet gennem væggen. Jeg vendte mig om mod Berntsen, som stod og tørrede boret af. "Hvad fanden er det for en slags isolering, den her?" spurgte han og holdt en finger i vejret. Det lignede æggeblomme og hår.

Vi gik et par meter længere ned og borede et nyt hul. Jeg kiggede ind i det. Og der var den gode, gamle MC-klub. Med de samme gamle lædermøbler, samme bardisk og samme billede af Karen McDougal, Playmate of The Year, som sad og gjorde sig til på en eller anden custom motorcykel. Jeg fandt aldrig ud af, hvad der gav dem det største jern på: damen eller cyklen.

"Klar bane," sagde jeg.

Bagdøren var forsynet med hængsler og låse.

"Jeg synes, du sagde, den havde én lås!" sagde Berntsen.

"Det havde den før," sagde jeg. "Odin har åbenbart udviklet en lille smule paranoia."

Planen havde været at bore og lirke låsen af og skrue den på igen, når vi tog derfra, så der ikke var spor efter noget indbrud. Det kunne stadig lade sig gøre, men ikke inden for den tid, vi havde beregnet. Vi gik i gang.

Efter tyve minutter kiggede Oleg på uret og sagde, at vi burde skynde os nu. Vi vidste ikke præcis, hvornår razziaen gik i gang, bare at det ville ske på et tidspunkt efter anholdelserne, og at anholdelserne nødvendigvis måtte ske lige efter klokken syv, i og med at Odin ikke ville blive siddende og blomstre, når han indså, at oldingen ikke ville dukke op.

Vi brugte en halv time på at få lortet op, tre gange længere end beregnet. Vi trak våbnene frem, trak nylonstrømper ned foran ansigtet og gik ind med Berntsen forrest. Vi var ikke kommet mere end inden for døren, da han faldt ned på knæ og holdt pistolen foran sig med begge hænder som en anden SWAT-cop.

Der sad en fyr på en stol op ad den væg, der vendte mod vest. Odin havde anbragt Tutu som vagthund. I skødet havde han et oversavet jagtgevær. Men vagthunden sad med lukkede øjne, åben mund, og hovedet lænet ind mod væggen. Der gik rygter om, at Tutu stammede, selv når han snorkede, men han sov let som et barn nu.

Berntsen rejste sig igen og listede sig forsigtigt hen mod Tutu med pistolen foran sig. Oleg og jeg fulgte forsigtigt efter.

"Det er bare et hul," hviskede Oleg til mig.

"Hvad?" hviskede jeg tilbage.

Men så forstod jeg det.

Jeg kunne se det sidste hul efter boret. Og regnede mig frem til, hvor det første nogenlunde måtte være gået ind.

"For fanden da," hviskede jeg. Selv om jeg altså havde forstået, at der ikke var nogen grund til at hviske længere.

Berntsen var nået hen til Tutu. Han gav ham et puf. Tutu vippede sidelæns af stolen og gik i jorden. Han blev liggende med næsen direkte nede i betonen, så vi kunne se det cirkelrunde hul i hans baghoved.

"Ja, han er godt nok blevet udboret," sagde Berntsen. Han stak fingeren ind i hullet i væggen.

"Det var satans," hviskede jeg til Oleg. "Hvad er sandsynligheden lige for det?"

Men han svarede ikke; han stirrede bare på liget med et ansigtsudtryk, som om han ikke vidste, om han skulle kaste op eller græde.

"Gusto," hviskede han. "Hvad er det, vi har gjort?"

Jeg ved ikke, hvad der gik af mig, men jeg begyndte at grine. Det var bare umuligt at holde tilbage. Strømerens ligesom overfede bredstående stilling med hænderne i siden og hans underbid, der lignede en grab på en gravemaskine, Olegs fortvivlelse i det fladtrykte ansigt bag nylonstrømpen og den åbne mund på Tutu, som faktisk havde vist sig at have hjerne alligevel. Jeg hylede af grin, indtil det pludselig smældede og begyndte at gnistre for øjnene.

"Tag dig sammen, hvis du ikke vil have en til," sagde Berntsen og gned sin håndflade.

"Tak," sagde jeg og mente det. "Skal vi så finde narkoen?"

"Først må vi finde ud af, hvad vi stiller op med Drillo her," sagde Berntsen.

"Det er for sent," sagde jeg. "Nu finder de under alle omstændigheder ud af, at der har været indbrud."

"Ikke hvis vi får Tutu ud i bilen og skruer låsen på igen," sagde Oleg med tynd, grådkvalt stemme. "Hvis de opdager, at noget af stoffet er væk, vil de tro, at det er ham, som er stukket af med det."

Berntsen så på Oleg og nikkede. "Det er en opvakt makker, du har der, Dusto. Lad os komme i gang."

"Først narkoen," sagde jeg.

"Først Drillo," sagde Berntsen.

"Narkoen," gentog jeg.

"Drillo."

"Jeg har tænkt mig at blive millionær i aften, for dælen!"

Berntsen løftede hånden. "Drillo."

"Hold nu kæft!" Det var Oleg. Vi stirrede på ham.

"Det er banal logik, det her. Hvis Tutu ikke er i bagagerummet, før politiet kommer, mister vi både narkoen og friheden. Hvis Tutu, men ikke narkoen, er i bagagerummet, mister vi kun pengene."

Berntsen vendte sig om mod mig: "Det lyder, som om Boris er enig med mig, Dusto. To mod én."

"Okay," sagde jeg. "I bærer liget, og jeg leder efter narkoen."

"Forkert," sagde Berntsen. "Vi bærer liget, og du gør rent efter os." Han pegede ned mod vasken på væggen ved siden af baren.

Jeg fyldte vand i en spand, mens Oleg og Berntsen greb Tutu i hvert sit ben, slæbte ham hen mod døren og efterlod et tyndt blodspor. Under Karen McDougals opmuntrende blik skrubbede jeg væggen og bagefter gulvet for hjerne og blod. Jeg var netop blevet færdig og skulle til at lede efter narkoen, da jeg hørte en lyd fra den stadig åbne dør, som vendte ud mod E6. En lyd, som jeg prøvede at overtale mig selv til, var på vej et andet sted hen. At den kendsgerning, at den gradvist blev højere, var noget, jeg bildte mig ind. Politisirener.

Jeg tjekkede barskabet, kontoret og toilettet. Det var et ganske enkelt lokale, ikke noget loft, ikke nogen kælder, ikke mange steder at gemme tyve kilo heroin. Så faldt mit blik på værktøjskassen. På hængelåsen. Som ikke havde været der før.

Oleg råbte noget henne fra døren.

"Giv mig brækjernet," råbte jeg tilbage.

"Vi skal ud herfra nu! De er nede for enden af gaden!"

"Brækjernet!"

"Nu, Gusto!"

Jeg vidste, at det var derinde. Femogtyve millioner kroner, lige foran mig, inde i en skide trækasse. Jeg gav mig til at sparke på låsen.

"Jeg skyder, Gusto!"

Jeg vendte mig om mod Oleg. Han pegede på mig med den skide russerpistol. Det var ikke, fordi jeg troede, at han ville ramme på den afstand, godt og vel ti meter, men alene det at han rettede et våben imod mig ...

"Tager de dig, tager de os!" råbte han med gråden i halsen. "Kom!"

Jeg gik løs på låsen igen. Sirenerne steg og steg. Men der er det med sirener, at de altid lyder til at være meget nærmere, end de er.

Det lød som et piskeslag mod væggen over mig. Jeg kiggede hen mod døren igen, og det løb koldt ned ad ryggen på mig. Det var Berntsen. Han stod med en rygende politipistol i hånden.

"Næste gang rammer jeg ikke ved siden af," sagde han roligt.

Jeg gav kassen et sidste spark. Så løb jeg.

Vi var netop kommet over stakittet, ud på vejen og havde trukket nylonstrømperne af hovedet, da vi kiggede direkte ind i forlygterne på patruljevognene. Vi gik roligt hen mod dem.

Så fejede de forbi os og svingede op foran klubhuset.

Vi fortsatte op på bakken, hvor Berntsen havde parkeret sin bil, satte os ind og kørte roligt derfra. Idet vi passerede klublokalet, vendte jeg mig om og så på Oleg på bagsædet. Det blå udrykningslys gled hen over hans ansigt, som var rødspættet af tårer og den stramme nylonstrømpe. Han så helt tom ud, stirrede bare ud i mørket, som om han var parat til at dø.

Ingen af os sagde noget, før Berntsen kørte ind ved et busstoppested i Sinsen.

"Du dummede dig gevaldigt, Dusto," sagde han.

"Jeg kunne ikke vide det med låsene," sagde jeg.

"Det kaldes forberedelser," sagde Berntsen. "Rekognoscering og den slags. Lyder det bekendt? Nu vil vi stå og undre os over en åben dør med en lås, der er skruet af."

Jeg gik ud fra, at med 'vi' mente han strømerne. Underlig fyr.

"Jeg tog låsen og hængslerne med," snøftede Oleg. "Det vil se ud, som om Tutu bare stak af, da han hørte sirenerne, og ikke engang nåede at låse. Og mærkerne efter skruerne kan jo være efter et indbrud når som helst i løbet af det sidste år, ikke sandt?"

Berntsen så på Oleg i spejlet. "Lær af din kammerat, Dusto. Eller forresten, lad være med det. Oslo har ikke brug for flere intelligente tyveknægte."

"Javel," sagde jeg. "Men det er måske heller ikke så skidesmart at holde ulovligt parkeret ved et busstoppested med et lig i bagagerummet."

"Enig," sagde Berntsen. "Så ud med jer."

"Liget ..."

"Drillo skal jeg nok ordne."

"Hvor ..."

"Det skal I bare skide på. Ud!"

Vi steg ud og så Berntsens Saab drøne af sted.

"Fra nu af gælder det om at holde sig fra den fyr," sagde jeg.

"Hvorfor det?"

"Han har dræbt en mand, Oleg. Han er nødt til at fjerne alle fysiske beviser. Nu finder han først et sted at gemme liget. Men bagefter ..."

"Må han fjerne vidnerne."

Jeg nikkede. Og følte mig nedtrykt som bare fanden. Så jeg prøvede at formulere en optimistisk tanke: "Det lød, som om han havde et skide godt skjulested i tankerne til Tutu, synes du ikke?"

"Jeg skulle bruge de penge til at flytte til Bergen sammen med Irene," sagde Oleg.

Jeg så på ham.

"Jeg er kommet ind på jura på universitetet i Bergen. Irene er i Trondheim sammen med Stein. Jeg tænkte, at jeg ville tage derop og overtale hende."

Vi tog bussen ned til byen. Jeg orkede ikke Olegs tomme blik længere. Det skulle fyldes med et eller andet.

"Kom," sagde jeg.

Mens jeg gjorde en sprøjte klar til ham i øvelokalet, så jeg, at han kiggede utålmodigt på mig, som om han havde lyst til at gribe ind, som om han syntes, at jeg kludrede i det. Og da han trak skjorteærmet op for at tage imod kanylen, forstod jeg hvorfor. Drengen havde stikmærker over hele underarmen.

"Bare til Irene kommer tilbage," sagde han.

"Har du også dit eget lager?" spurgte jeg.

Han rystede på hovedet. "Det er blevet stjålet."

Det var den aften, jeg lærte ham, hvor og hvordan man lavede et ordentligt gemmested.

Truls Berntsen havde ventet i over en time i parkeringshuset, da en bil endelig svingede ind på den sidste ledige plads, som et skilt viste var reserveret til advokatfirmaet Bach & Simonsen. Han havde bestemt sig for, at det her var det rigtige sted; kun to biler var kommet eller kørt i denne del af parkeringshuset i løbet af den time, han havde været her, og det havde ingen overvågningskameraer. Truls tjekkede, at registreringsnummeret på bilen var det samme, som han havde fundet i AUTOSYS. Hans Christian Simonsen sov længe om morgenen. Eller måske sov han ikke; måske havde han en eller anden dame med sig. Den mand, der steg ud, havde en lys, drengeagtig pandelok, sådan en som de klamme overklassesvin plejede at have, da han selv var dreng.

Truls Berntsen tog sine solbriller på, stak hånden i frakkelommen og holdt fast om skæftet på pistolen, en Steyr, østrigsk, halvautomatisk. Han havde ikke taget politiets faste tjenesterevolver, for at anklageren ikke skulle få nogen unødvendige ledetråde. Han gik hurtigt for at afskære Simonsen vejen, mens han stadig stod inde mellem bilerne. En trussel har den største effekt, når den kommer hurtigt og aggressivt. Hvis offeret ikke får tid til at mobilisere andre tanker end frygten for sit eget liv, får man det, man vil have, med det samme.

Det var, som om han havde brusepulver i blodet; det susede og dunkede i ørerne, i lysken og halsen. Han visualiserede det, som skulle ske. Pistolen op i ansigtet på Simonsen, så tæt på, at pistolen ville være det eneste, han huskede. "Hvor er Oleg Fauke? Svar hurtigt og præcist, ellers dræber jeg dig nu." Svaret. Derefter: "Hvis du advarer nogen eller fortæller, at den her samtale har fundet sted, kommer vi tilbage og dræber dig. Forstået?" Ja. Eller bare en lamslået nikken. Måske ufrivillig vandladning. Truls smilede ved tanken. Satte farten op. Den dunkende fornemmelse havde bredt sig til maven.

"Simonsen!"

Advokaten kiggede op. Og hans ansigt lyste op: "Åh, goddag, goddag! Berntsen. Truls Berntsen, ikke sandt?"

Truls' højre hånd frøs fast i frakkelommen. Og han må have haft et himmelfaldent ansigtsudtryk, for Simonsen lo hjerteligt: "Jeg har en god hukommelse for ansigter, Berntsen. Du og din chef, Mikael Bellman, efterforskede underslæbssagen på Heidermuseet. Jeg var forsvarer. I vandt sagen, er jeg bange for."

Simonsen lo igen. En meget jovial, troskyldig overklasselatter. Latteren fra folk, som er vokset op med, at alle vil hinanden det godt, et sted med overflod nok til, at man kan unde andre det. Truls hadede alle Simonsener i denne verden.

"Er der noget, jeg kan hjælpe dig med, Berntsen?"

"Jeg ..." Truls Berntsen ledte efter ordene. Men det her var ikke hans stærke side, at komme på hvad han skulle gøre ansigt til ansigt med ... med hvad? Med folk, han vidste tænkte hurtigere end ham? Det havde været fint dengang i Alnabru; da havde der kun været de to drenge, og da havde han kunnet tage kommandoen. Men Simonsen havde jakkesæt, uddannelse, talte anderledes, overlegent, han ... satans!

"Jeg ville bare sige hej."

"Hej?" sagde Simonsen med spørgsmålstegn i tonefald og ansigt.

"Hej," sagde Berntsen og fremtvang et smil. "Ærgerligt med den sag. Du får os næste gang."

Så gik han hen mod udgangen med hurtige skridt. Mærkede Simonsens blik i ryggen. Feje møg, æde møg. Fanden tage dem alle sammen.

Prøv forsvarsadvokaten, og hvis det ikke går, så er der en fyr, som hedder Chris Reddy, men som alle kalder Adidas.

Speedsælgeren. Truls håbede, at han fik et påskud til at slå under anholdelsen.

Harry svømmede mod lyset, mod overfladen. Lyset blev stærkere og stærkere. Så brød han igennem. Åbnede øjnene. Og stirrede direkte op i himlen. Han lå på ryggen. Noget kom ind i synsfeltet. Et hestehoved. Og et til.

Han skyggede for øjnene. Der sad nogen på den ene hest, men han blev blændet af lyset.

Stemmen kom langt borte fra:

"Jeg synes, du sagde, du havde redet før, Harry."

Harry stønnede og kom på benene, mens han genkaldte sig det, der netop var sket. Balder var sejlet over kløften og havde taget imod jorden på den anden side med forbenene, så Harry blev slynget forover, slog hovedet ned i Balders nakke, mistede grebet i stigbøjlerne og gled ned på den ene side, mens han holdt fast i tøjlerne. Han huskede vagt, at han havde trukket Balder med sig, men havde sparket fra for ikke at få en halv ton hest ned over sig.

Ryggen føltes, som om den manglede helt, men ellers virkede det, som om han var nogenlunde hel.

"Bedstefars arbejdshest sprang ikke over kløfter," sagde Harry.

"Kløfter?" lo Isabelle Skøyen og rakte ham Balders tøjler. "Det der er en lille sprække på fem meter. Jeg kan springe længere end det *uden* hest. Jeg vidste ikke, du var nervøst anlagt, Harry. Skal vi se, hvem der kommer først tilbage?"

"Balder?" sagde Harry og klappede hesten på mulen, mens de kiggede efter Isabelle Skøyen og Medusa, som forsvandt nedad mod det åbne område.

"Er du bekendt med gangarten 'langsom gang'?"

Harry standsede ved en benzinstation på E6 og købte sig en kaffe. Han satte sig ind i bilen og så sig i spejlet. Isabelle havde givet ham et plaster til hudafskrabningen i panden, en invitation til at gå med hende til premiere på Don Giovanni i Operaen (" ... umuligt at finde en date, som når mig længere end til hagen, når jeg tager de høje hæle frem, og det ser så dårligt ud i avisen ...") og et tæt farvelklem. Harry fandt telefonen frem og ringede tilbage til det ubesvarede opkald.

"Hvor har du været?" spurgte Beate.

"I jorden," sagde Harry.

"Der var altså ikke meget at finde på det gerningssted ude på Gardermoen. Mine folk har støvsuget stedet. *Nada*. Det eneste, vi har fundet ud af, er, at sømmene er helt almindelige stålsøm, bare med ekstra stort seksten millimeter aluminiumshoved, og at murstenen sandsynligvis er fra en Osloejendom bygget i slutningen af attenhundredetallet."

"Og?"

"Vi fandt griseblod og hestehår i mørtelen. Der var en kendt murer i Oslo, som plejede at bruge det i sin mørtelblanding; det findes i masser af ejendomme i Centrum. Murstenen kan være taget fra hvor som helst."

"Javel."

"Kort sagt, heller ikke noget spor dér."

"Dér?"

"Ja. Det besøg, du snakkede om. Det må have været et andet sted end i Politihuset, for der havde de ikke registreret nogen Tord Schultz. Der står jo kun Oslo Politidistrikt på sedlen, og der findes lignende seddelsystemer i andre politidistrikter."

"Okay. Tak."

Harry rodede sine lommer igennem, indtil han fandt det, han ledte efter. Tord Schultz' besøgsseddel. Og sin egen, som han havde fået, da han besøgte Hagen i Drabsafdelingen den første dag i Oslo. Han lagde dem ved siden af hinanden på instrumentbrættet. Studerede dem. Drog sin konklusion og stak dem tilbage i lommen. Drejede tændingsnøglen, trak vejret dybt gennem næsen og konstaterede, at han stadig lugtede af hest, og bestemte sig for at opsøge en gammel rival i Høyenhall.

Kapitel 24

Det begyndte at regne omkring klokken fem, og da Harry ringede på døren til den store villa klokken seks, var det mørkt som en juleaften i Høyenhall. Huset udviste alle tegn på netop at være blevet bygget; der lå stadig rester af byggematerialer i stabler ved siden af garagen, og under trappen så han malerspande og isoleringsemballage.

Harry så skikkelsen bevæge sig bag det riflede glas og mærkede nakkehårene rejse sig.

Så gik døren op, hurtigt, voldsomt, som om den blev åbnet af en mand, der ikke har noget at frygte fra nogen. Alligevel stivnede han, da han fik øje på Harry.

"Godaften, Bellman," sagde Harry.

"Harry Hole. Det må jeg sige."

"Sige hvad?"

Bellman lo kort. "Sige, at det er overraskende at se dig her ved min dør. Hvordan har du fundet ud af, hvor jeg bor?"

"Alle kender aben. I de fleste andre lande ville chefen for organiseret kriminalitet få tildelt en bodyguard ved døren, er det ikke rigtigt? Forstyrrer jeg?"

"Overhovedet ikke," sagde Bellman og kløede sig på hagen. "Jeg spekulerer bare på, om jeg skal invitere dig indenfor eller ej."

"Nå ja," sagde Harry. "Der er vådt herude. Og jeg kommer med fred."

"Du ved ikke, hvad det ord betyder," sagde Bellman og åbnede døren. "Tør fødderne af."

Mikael Bellman førte Harry gennem gangen, forbi tårne af papkasser, et køkken som endnu ikke havde fået hårde hvidevarer, og ind i en stue. Harry konstaterede, at det var et kvalitetshus. Ikke luksuriøst på samme måde, som han havde set enkelte villaer ude på vestkanten, men solidt og med god plads til en familie. Udsigten ud over Kværnerdumpa i Gamle Oslo, Oslo Centralstation og Centrum var fantastisk. Harry nævnte det.

"Grunden kostede næsten mere end huset," sagde Bellman. "Du må undskylde rodet; vi er lige flyttet ind. Vi har housewarming i næste uge."

"Og så glemte du at invitere mig?" sagde Harry og tog den våde hørjakke af.

Bellman smilede. "Jeg kan invitere dig på en drink nu. Hvad ..."

"Jeg drikker ikke," smilede Harry tilbage.

"Åh, for pokker," sagde Bellman uden synlige tegn på anger. "Man glemmer hurtigt. Se, om du kan finde en stol her et sted, så går jeg ud og ser, om jeg kan finde en kaffekande og to kopper."

Ti minutter senere sad de foran vinduerne og så ud over terrassen og udsigten. Harry gik direkte til sagen. Mikael Bellman lyttede uden at afbryde, selv ikke der, hvor Harry så vantroen i hans blik. Da Harry var færdig, opsummerede Bellman:

"Du mener altså, at piloten, Tord Schultz, prøvede at smugle violin ud af landet. Han blev taget, men slap ud af varetægten, efter at en ildslukker med politi-id havde byttet violinen ud med kartoffelmel. Og at Schultz efter løsladelsen blev henrettet i sit hjem, sandsynligvis fordi hans arbejdsgiver havde opdaget, at han havde opsøgt politiet og var bange for, at han ville fortælle, hvad han vidste."

"Ja."

"Og det her med, at han har været i Politihuset, underbygger du med, at han havde en seddel, som der stod 'Politiet' på?"

"Jeg sammenlignede den med min egen seddel fra mit besøg hos Hagen. Begge har et svagt tryk i H'ernes tværstreg. Garanteret samme printer."

"Jeg skal ikke spørge dig, hvordan du fik fat i Schultz' adgangsseddel, men hvordan kan du være sikker på, at det ikke bare var et almindeligt besøg. Måske han ville forklare noget om det her kartoffelmel, sørge for, at vi troede på ham."

"Fordi hans navn er blevet slettet i besøgsregisteret. Det var vigtigt, at det her besøg var hemmeligt."

Mikael Bellman sukkede. "Det er det, jeg altid har sagt, Harry. Vi skulle have arbejdet sammen, ikke mod hinanden. Du ville have syntes om at være i Kripos."

"Hvad taler du om?"

"Før jeg siger det, må jeg faktisk bede dig om en tjeneste. At du holder tæt med det, jeg fortæller her i aften."

"Okay."

"Den her sag har allerede sat mig i en vanskelig situation. Det var nemlig mig, Schultz besøgte. Han ville ganske rigtigt tale om det, han vidste. Han fortalte blandt andet det, jeg længe har haft en mistanke om, nemlig at vi har en ildslukker iblandt os. En, som jeg tror arbejder i Huset, tæt på de sager, vi har i Orgkrim. Jeg bad ham vente hjemme, mens jeg talte med ledelsen. Jeg måtte træde varsomt for ikke at alarmere ildslukkeren. Men forsigtighed betyder tit, at ting går langsomt. Jeg talte med den afgående politimester, men han overlod det til mig at finde ud af, hvordan jeg skulle gribe det an."

"Hvorfor det?"

"Han er som sagt afgående. Han har ikke brug for en lortesag med en korrupt politibetjent som afskedsgave."

"Så han ville holde det nede i systemet et sted, indtil han var færdig?"

Bellman stirrede ned i kaffekoppen. "Det er meget muligt, at det er mig, som er den tiltrædende politimester, Harry."

"Dig?"

"Og så kunne jeg lige så godt få min første lortesag med det samme, mente han vel. Problemet er bare, at jeg var for sløv i optrækket. Jeg tænkte og tænkte. Vi kunne få Schultz til at afsløre ildslukkeren så hurtigt som muligt. Men så ville alle de andre stikke af og gemme sig. Jeg tænkte, at vi måske skulle prøve os frem med en skjult mikrofon på Schultz, der fik ham til at føre os på sporet af alle de andre, vi skulle have fat på først. Hvem ved, måske helt op til den store bagmand i Oslo lige nu."

"Dubai."

Bellman nikkede. "Problemet var: Hvem i Huset kunne jeg stole på og hvem ikke? Jeg var færdig med at håndplukke en lille gruppe, havde tjekket dem grundigt ud, da vi fik en besked om et anonymt tip ..."

"Tord Schultz var fundet dræbt," sagde Harry.

Bellman så skarpt på ham.

"Og nu," sagde Harry, "er dit problem, at hvis det kommer frem, at du har sovet i timen, kan det stikke en kæp i hjulet for din udnævnelse til politimester."

"Det kan det også," sagde Bellman. "Men det er ikke det, der bekymrer mig mest. Problemet er, at ingenting af det, som Schultz nåede at fortælle mig, kan bruges til noget som helst. Vi ved lige så lidt som før. Den påståede politibetjent, som besøgte Schultz i cellen, og som kan have ombyttet narkoen ..."

"Ja?"

"Han identificerede sig som politibetjent. Betjenten i Oslo Lufthavn mener at huske, at han hed Thomas-et-eller-andet. Vi har fem Thomas'er i Politihuset. Og ingen af dem er i Orgkrim. Jeg sendte ham billeder over af vores Thomas'er, men han genkendte ikke nogen af dem. Så vi ved ikke engang med sikkerhed, om ildslukkeren er inden for politiet."

"Næh. Bare en person med et falsk politi-id. Eller mere sandsynligt; en som mig, en tidligere politibetjent."

"Hvorfor det?"

Harry trak på skuldrene. "Der skal en politibetjent til for at narre en politibetjent."

Yderdøren gik.

"Skat!" råbte Bellman. "Vi sidder herinde."

Stuedøren gik op, og en køn, solbrun kvinde i trediverne stak hovedet indenfor. Hendes blonde hår var sat op i en hestehale i nakken, og Harry kom til at tænke på Tiger Woods' ekskone.

"Jeg satte ungerne af hos mor. Kommer du, skattebasse?"

Bellman rømmede sig. "Vi har besøg."

Hun lagde hovedet på skrå: "Det kan jeg se, skat."

Bellman så på Harry med et opgivende hvad-skal-man-gøre-ansigtsudtryk.

"Hej," sagde hun og så drillende på Harry. "Far og jeg kommer med et nyt læs på traileren. Har du lyst til ..."

"Dårlig ryg og pludselig hjemve," mumlede Harry, tømte kaffekoppen og rejste sig.

"En anden ting," sagde Harry, da han og Bellman stod ude i vindfanget. "Det besøg, jeg fortalte om, på Radiumhospitalet."

"Ja?"

"Der var en fyr der, en skrutrygget særling af en forsker. Martin Pran. Det er bare en mavefornemmelse, men jeg tænkte på, om du kunne tjekke ham for mig."

"For dig?"

"Sorry, gammel vane. For politiet. For landet. For menneskeheden."

"Mavefornemmelse?"

"Det er stort set det, jeg har at gøre godt med i den her sag. Hvis du kunne give mig et tip om, hvad I finder ..."

"Det skal jeg overveje."

"Tak, Mikael." Harry mærkede, hvor underligt det var at udtale mandens fornavn. Han tænkte på, om han mon nogensinde havde gjort det før. Mikael åbnede døren til regnvejret, og kold luft blæste hen mod dem.

"Jeg er ked af det med drengen," sagde Bellman.

"Hvem af dem?"

"Begge to."

"Javel."

"Ved du hvad? Jeg har mødt Gusto Hanssen en gang. Han kom her."

"Her?"

"Ja. En ualmindelig køn dreng. Sådan ..." Bellman ledte efter ordene. Gav op. "Var du også sådan drengeforelsket i Elvis? *Man crush*, som de kalder det på amerikansk."

"Næh," sagde Harry og tog cigaretpakken frem. "Det vil jeg ikke sige."

Han ville sværge på, at han så det flamme rødt i Mikael Bellmans hvide pigmentpletter.

"Drengen havde den type ansigt. Og udstråling."

"Hvad ville han her?"

"Tale med en politibetjent. Der var en flok kolleger herude for at hjælpe mig med huset. Når man kun har politiløn, må man gøre mest muligt selv, ved du nok."

"Hvem talte han med?"

"Hvem?" Bellman så på Harry. Det vil sige, blikket var rettet mod Harry, men fokuseret på noget, der var langt borte, noget han tilsyneladende lige havde fået øje på. "Det kan jeg ikke huske. De der narkomaner har altid noget, de vil sladre om, bare det kan give dem en tusindlap til et skud. Godaften, Harry."

Mørket var faldet på, da Harry gik gennem Kvadraturen. En camper standsede længere fremme på gaden ud for en af de sorte ludere. Døren gik op, og tre knægte, de kunne ikke være meget mere end tyve, sprang ud. Den ene filmede, mens de andre henvendte sig til kvinden. Hun rystede på hovedet. Hun ville vel ikke være med i en gruppesex-film, som skulle ud på YouPorn. De havde også internet, der hvor hun kom fra. Familie, slægtninge. Måske troede de, at de penge, hun sendte hjem, kom fra et job som servitrice. Eller måske troede de ikke noget, men spurgte heller ikke. Da Harry nærmede sig, spyttede en af fyrene på asfalten foran hende og sagde med skinger, beruset stemme: "*Cheap nigger ass.*"

Harry mødte den sorte kvindes trætte blik. De nikkede, som om de begge så noget, de genkendte hos den anden. De to andre knægte blev opmærksomme på Harry og rettede sig op. Store, kraftige drenge. Æblekinder, biceps fra et træningscenter, måske et år med kickboksning eller karate.

"Godaften, de herrer," smilede Harry uden at sagtne farten.

Så var han forbi dem og hørte døren til camperen smække i og motoren gasse op.

Det var den samme melodi som altid, der rungede ud ad døren. "Come As You Are". Invitationen.

Harry sagtnede farten. Et øjeblik.

Så øgede han den igen og gik forbi uden at se sig til højre eller venstre.

Harry vågnede næste morgen, ved at mobilen ringede. Han satte sig op i sengen, missede ud mod lyset fra det gardinløse vindue, rakte armen ud efter jakken, som hang over stolen, og gennemrodede lommerne, indtil han fandt mobilen.

"Snak."

"Det er Rakel." Hun var stakåndet af ren og skær ophidselse. "De har løsladt Oleg. Han er på fri fod, Harry!"

Kapitel 25

Harry stod i morgenlyset midt i det gardinløse hotelværelse. Bortset fra telefonen, som dækkede hans højre øre, var han nøgen. I værelset lige over for hans i baggården, sad en kvinde og betragtede ham med søvnige øjne og hovedet på skrå, mens hun langsomt tyggede på en skive brød.

"Hans Christian fik det først at vide, da han kom på arbejde for et kvarter siden," sagde Rakel i telefonen. "De løslod Oleg sent i går eftermiddags. Der er en anden, som har tilstået drabet på Gusto. Er det ikke fantastisk, Harry?"

Jo, tænkte Harry. Det var fantastisk. Som i 'ikke til at tro på'.

"Hvem var det, der tilstod?"

"En Chris Reddy, også kendt som Adidas. Han er i narkomiljøet. Han skød Gusto, fordi han skyldte ham penge for amfetamin."

"Hvor er Oleg nu?"

"Det ved vi ikke. Vi har først lige fået det at vide."

"Tænk, Rakel! Hvor kan han være?" Harrys stemme lød mere hård, end han havde villet det.

"Hvad ... hvad er der galt?"

"Tilståelsen. Tilståelsen er det, der er galt, Rakel."

"Hvad med den?"

"Forstår du det ikke? Den tilståelse er opdigtet!"

"Nej, nej. Hans Christian siger, at den er detaljeret og særdeles troværdig. Det er jo derfor, de allerede har løsladt Oleg."

"Denne Adidas siger, at han skød Gusto, fordi han skyldte ham penge. Altså en iskold, kynisk morder, som så får dårlig samvittighed og bare tilstår?"

"Jamen da han opdagede, at den forkerte person var ved at blive dømt ..."

"Glem det! En desperat rusmisbruger har én ting i hovedet: sin rus. Der er simpelthen ikke plads til dårlig samvittighed, tro mig. Ham

Adidas er en pengeløs narkoman, som mod en passende kompensation er mere end villig til at tilstå et drab og så trække tilståelsen tilbage senere, efter at hovedpersonen er blevet løsladt. Kan du ikke se, hvad det handler om her? Når katten har indset, at den ikke kan komme ind til fuglen i buret ..."

"Hold op!" råbte Rakel, pludselig grådkvalt.

Men Harry holdt ikke op: " ... må den få fuglen ud af buret."

Han hørte hende græde. Og vidste, at han sandsynligvis bare havde sat ord på noget, hun allerede halvvejs havde tænkt selv, men ikke havde turdet tænke helt færdig.

"Kan du ikke berolige mig, Harry?"

Han svarede ikke.

"Jeg vil ikke være bange mere," hviskede hun.

Harry trak vejret dybt. "Vi har klaret det før, og vi skal nok klare det igen, Rakel."

Han lagde på. Og fastslog det atter en gang. Han var blevet en glimrende løgner.

Kvinden i vinduet på den anden side vinkede dovent til ham med tre fingre.

Harry trak en hånd hen over ansigtet.

Nu var det kun et spørgsmål om, hvem der fandt Oleg først, ham eller dem.

Tænke.

Oleg var blevet løsladt i går eftermiddags, fra et sted i den sydøstlige del af landet. En narkoman med en stærk trang til violin. Han var taget direkte til Oslo, til Plata, hvis han ikke havde et reservelager gemt et sted. Han kunne ikke komme ind i Hausmanns Gata; gerningsstedet var stadig aflåst. Så hvor skulle han sove, uden penge, uden venner. Urtegata? Nej, Oleg var klar over, at han ville blive set der, at rygtet ville spredes.

Der var kun ét sted, hvor Oleg kunne være.

Harry så på sit ur. Det gjaldt om at komme derhen, før fuglen var fløjet.

Der var lige så mennesketomt, som sidst han var på Valle Hovin Stadion. Det første, Harry så, da han drejede rundt om hjørnet til garderobeanlægget, var, at en af ruderne på gadeplan var knust. Han kiggede ind. Glasskårene lå indenfor. Så gik han hurtigt hen til yderdøren og låste op med den nøgle, han stadig havde. Han fortsatte hen til garderobedøren og videre ind.

Det var, som om han blev ramt af et godstog.

Harry gispede efter luft, som han lå der på gulvet og rodede rundt med noget over sig. Noget stinkende, vådt og desperat. Harry vred sig til siden og prøvede at slippe ud af grebet. Han modstod refleksen til at slå, og i stedet fik han fat i en arm, en hånd, som han fik bøjet ind mod underarmen. Han kom op på knæ, samtidig med at han brugte grebet til at presse den andens ansigt ned mod jorden.

"Av for fanden! Slip!"

"Det er mig! Det er Harry, Oleg."

Han slap og hjalp Oleg op og fik ham til at sætte sig ned på garderobebænken.

Drengen så forfærdelig ud. Bleg. Tynd. Øjne som bulnede ud. Og han stank af en ubestemmelig blanding af tandlæge og ekskrementer. Men han var ikke påvirket.

"Jeg troede ..." sagde Oleg.

"Du troede, det var dem."

Oleg lagde hænderne over ansigtet.

"Kom," sagde Harry. "Lad os gå udenfor."

De satte sig oppe på tribunen. Sad i det blege formiddagslys, som skinnede på det revnede betongulv. Harry tænkte på alle de gange, han havde siddet der og set Oleg gå, hørt skøjteklingerne synge, før de gravede sig ned i isen igen, lyskasternes matte reflekser i den havgrønne og efterhånden mælkehvide overflade.

De sad tæt ved siden af hinanden, som om der var trængsel på tribunen.

Harry lyttede et stykke tid til Olegs vejrtrækning, før han begyndte: "Hvem er de, Oleg? Du må stole på mig. Hvis jeg kan finde dig, kan de også."

"Og hvordan fandt du mig?"

"Det kaldes deduktion."
"Det ved jeg godt, hvad er. Man udelukker det umulige og ser, hvad man står tilbage med."
"Hvornår kom du herhen?"
Oleg trak på skuldrene: "I går aftes engang. Ved nitiden."
"Hvorfor ringede du ikke til din mor, da du blev løsladt? Du ved, at det er livsfarligt for dig derude nu."
"Hun ville bare have taget mig med et sted hen, have gemt mig. Hun eller ham der Nils Christian."
"Hans Christian. De finder dig før eller siden, ved du nok."
Oleg så ned på sine hænder.
"Jeg troede, du kom til Oslo for at få dig et skud," sagde Harry. "Men du har ikke taget noget."
"Det har jeg ikke gjort i over en uge."
"Hvorfor ikke?"
Oleg svarede ikke.
"Er det hende? Er det Irene?"
Oleg så ned på betonen, som om han også kunne se sig selv dernede. Hørte den høje tone efter afsparket. Han nikkede langsomt. "Jeg er den eneste, som prøver at finde hende. Hun har kun mig."
Harry sagde ikke noget.
"Det smykkeskrin, jeg stjal fra mor ..."
"Ja?"
"Jeg solgte det for narko. Bortset fra den ring, du købte til hende."
"Hvorfor solgte du ikke også den?"
Oleg smilede. "For det første er den ikke særlig meget værd."
"Hvad?" Harry satte et forskrækket ansigt op. "Blev jeg snydt?"
Oleg lo. "En guldring med et sort hak i? Det kaldes irret kobber. Tilsat lidt bly for vægtens skyld."
"Hvorfor lod du så ikke bare det bras blive liggende?"
"Mor brugte den ikke længere. Så jeg ville give den til Irene."
"Kobber, bly og guldmaling."
Oleg trak på skuldrene. "Det føltes rigtigt. Jeg kan huske, hvor glad mor blev, da du satte den på hendes finger."

"Hvad kan du ellers huske?"

"Søndag. Vestkanttorvet. Solen stod lidt på skrå, og vi gik rundt i knasende efterårsløv. Du og mor smilede og lo af et eller andet. Jeg havde lyst til at tage din hånd. Men jeg var jo ikke en lille dreng længere. Du købte ringen i en bod, hvor de solgte ting fra et dødsbo."

"Kan du virkelig huske alt det?"

"Ja. Og jeg tænkte, at hvis Irene blev bare halvt så glad som mor ..."

"Blev hun det?"

Oleg så på Harry. Han blinkede. "Det kan jeg ikke huske. Vi var vel skæve, da hun fik den."

Harry sank en gang.

"Han har hende," sagde Oleg.

"Hvem?"

"Dubai. Han har Irene. Han holder hende som gidsel, for at jeg ikke skal snakke."

Harry stirrede på Oleg, som bøjede hovedet.

"Det er derfor, jeg ikke har sagt noget."

"Du *ved* det her? Og de har truet dig med, hvad der vil ske med Irene, hvis du snakker?"

"Det behøver de ikke. De ved, at jeg ikke er dum. De skal jo også have hende til at holde mund. De har hende, Harry."

Harry skiftede stilling. Han kom i tanker om, at de plejede at sidde præcis sådan her før de vigtige løb. Med bøjet hoved, i tavshed, i en slags fælles koncentration. Oleg ville ikke have gode råd. Og Harry havde ingen. Men Oleg kunne godt lide dengang, at de bare sad sådan.

Harry rømmede sig. Det her var ikke Olegs løb.

"Hvis vi skal have en chance for at redde Irene, må du hjælpe mig med at finde Dubai," sagde Harry.

Oleg så på Harry. Stak hænderne under lårene og trippede med fødderne. Som han gjorde dengang. Så nikkede han.

"Begynd med drabet," sagde Harry. "Tag dig den tid, du har brug for."

Oleg lukkede øjnene nogle sekunder. Så åbnede han dem igen.

"Jeg var høj; jeg havde lige taget en sprøjte med violin nede ved elven bag ved vores lejlighed i Hausmanns Gata. Det kunne jeg bedre lide, for det var før sket, at når jeg tog en sprøjte i lejligheden, blev nogle af de andre så desperate, at de sprang på mig for at stjæle det."

Harry nikkede.

"Det første, jeg opdagede, da jeg kom op ad trappen, var, at døren til kontoret overfor var brudt op. Igen. Jeg tænkte ikke videre over det. Jeg gik ind i vores stue, og der var Gusto. Foran ham stod der en mand, der havde en elefanthue på. Han holdt en pistol rettet mod Gusto. Og jeg ved ikke, om det var narkoen eller noget andet, der fortalte mig det, men jeg vidste, at det ikke var et røveri, at Gusto skulle dræbes. Så jeg reagerede instinktivt. Jeg kastede mig frem mod hans pistolhånd. Men jeg var for langsom; han nåede at affyre den. Jeg faldt ned på gulvet, og da jeg kiggede op igen, lå jeg ved siden af Gusto og havde et pistolløb mod panden. Manden sagde ikke et ord, og jeg var sikker på, at jeg skulle dø." Oleg holdt inde og trak vejret dybt. "Men det var, som om han ikke kunne bestemme sig. Så lavede han et snakkende næb med hånden og trak den hen over struben."

Harry nikkede. Hold kæft eller dø.

"Han gentog bevægelsen, og jeg nikkede, at jeg forstod ham. Så gik han. Gusto blødte som en gris, og jeg var godt klar over, at han skulle have lægehjælp meget hurtigt. Men jeg turde ikke gå; jeg var sikker på, at manden med pistolen stadig stod uden for døren, for jeg havde ikke hørt hans skridt på trappen. Og at hvis han så mig, ville han måske ombestemme sig og skyde mig alligevel."

Olegs fødder gik op og ned.

"Jeg prøvede at tage Gustos puls, prøvede at snakke til ham, sagde, at jeg ville hente hjælp. Men han svarede ikke. Og så kunne jeg ikke mærke hans puls længere. Og så kunne jeg ikke klare at være der længere. Jeg skyndte mig ud." Oleg rettede sig op, som om han havde fået ondt i ryggen, foldede hænderne og lagde dem på hovedet. Da han fortsatte, var stemmen grødet: "Jeg var skæv; jeg kunne ikke tænke klart. Jeg gik ned til elven. Jeg overvejede at svømme ud i den. Måske ville jeg være så heldig at drukne. Så hørte jeg sirenerne. Og så var de der ... Og det eneste, jeg kunne tænke på, var det der snakkende næb og hånden over struben. Og at jeg var nødt til at holde mund. For jeg ved, hvordan de folk er; jeg har hørt dem snakke om, hvordan de gør det."

"Og hvordan gør de det?"

"De tager dig der, hvor det gør mest ondt. Først var jeg bange for mor."

"Men det var nemmere at tage Irene," sagde Harry. "Ingen ville reagere på, at en gadepige forsvandt et stykke tid."

Oleg så på Harry. Sank nogle gange. "Så du tror på mig?"

Harry trak på skuldrene. "Jeg er nem at narre, når det drejer sig om dig, Oleg. Det er vist nok sådan, det er, når man er ... når man ... du ved ..."

Tårerne stod Oleg i øjnene. "Jamen ... jamen det er jo helt usandsynligt. Alle beviserne ..."

"Tingene falder på plads," sagde Harry. "Krudtslammet på din arm fik du, da du kastede dig frem. Du fik hans blod på dig, da du tog hans puls. Og det var der, du satte dine fingeraftryk på ham. Grunden til, at ingen så andre end dig komme ud efter skuddet, er, at drabsmanden gik ind på kontoret, ud ad vinduet og ned ad brandtrappen, som vender ud mod elven. Det var derfor, du ikke hørte nogen skridt på trappen."

Oleg havde rettet et tænksomt blik mod et sted på Harrys bryst. "Men hvorfor blev Gusto dræbt? Og af hvem?"

"Det ved jeg ikke. Men jeg tror, han blev dræbt af nogen, som du ved, hvem er."

"Mig?"

"Ja. Det var derfor, han brugte håndsignal i stedet for at snakke. For at du ikke skulle genkende stemmen. Og elefanthuen tyder på, at han var bange for, at eventuelle andre i miljøet også skulle genkende ham. Han kan have været en, som de fleste af jer, der boede der, har set før."

"Men hvorfor skånede han mig?"

"Det ved jeg heller ikke."

"Jeg forstår det ikke. De prøvede jo at dræbe mig i fængslet senere. Selv om jeg ikke havde sagt et ord."

"Måske havde drabsmanden ikke fået detaljeret instruks om, hvad han skulle gøre med eventuelle vidner. Han tøvede. På den ene side kunne du afsløre ham på skikkelse, kropssprog og gangart, hvis du havde set ham flere gange før. På den anden side var du så skæv, at du måske ikke registrerede særlig meget."

"Narko redder liv?" sagde Oleg med et forsigtigt smil.

"Ja. Men hans chef var nok ikke enig i den vurdering, da han fik rapporten bagefter. Men det var for sent. Så for at være sikker på, at du ikke snakker, kidnappede de Irene."

"De vidste, at jeg ville holde mund, så længe de havde Irene, så hvorfor dræbe mig?"

"Jeg dukkede op," sagde Harry.

"Dig?"

"Ja. De har vidst, at jeg er i Oslo, lige fra jeg landede. De vidste, at jeg var den, der kunne få dig til at snakke, at det ikke var nok, at de havde Irene. Så Dubai gav ordre til, at du skulle bringes til tavshed i fængslet."

Oleg nikkede langsomt.

"Fortæl mig om Dubai," sagde Harry.

"Jeg har aldrig mødt ham. Men jeg tror, jeg har været der, hvor han bor, én gang."

"Og hvor er det?"

"Det ved jeg ikke. Gusto og jeg blev samlet op af hans løjtnanter og kørt til et hus, men jeg fik bind for øjnene."

"Ved du, at det var Dubais hus?"

"Det forstod jeg på Gusto. Og der lugtede beboet. Det lød som et hus med møbler og tæpper og gardiner, hvis du ..."

"Jeg forstår godt, hvad du mener. Fortsæt."

"Vi blev ført ned i en kælder, og først da tog de bindet af mig. Der lå en død mand på gulvet. De fortalte, at det var sådan, de gjorde med folk, der prøvede at snyde dem. At vi skulle se grundigt på ham. Og så fortælle, hvad der var sket i Alnabru. Hvorfor døren ikke var låst, da politiet kom. Og hvorfor Tutu var forsvundet."

"Alnabru?"

"Det kommer jeg til."

"Okay. Den her mand, hvordan var han dræbt?"

"Hvad mener du?"

"Havde han stiksår i ansigtet? Eller var han blevet skudt?"

"Sagde jeg ikke det? Jeg vidste ikke, hvad han var død af, før Peter trådte på ligets mave. Og så løb der vand ud ad mundvigene."

Harry fugtede læberne. "Ved du, hvem den døde var?"

"Ja. En strømer, som plejede at snuse rundt der, hvor vi var. Vi kaldte ham Sixpence på grund af den hue, han gik med."

"Javel."

"Harry?"

"Ja?"

Olegs fødder trommede vildt mod betonen. "Jeg ved ikke ret meget om Dubai. Ikke engang Gusto ville snakke om ham. Men jeg ved, at du dør, hvis du prøver at fange ham."

Del III

Kapitel 26

Rotten pilede utålmodigt rundt på gulvet. Menneskehjertet slog, men det blev svagere og svagere. Hun standsede ved skoen igen. Bed i læderet. Blødt, men tykt og solidt læder. Den løb hen over menneskekroppen igen. Tøjet lugtede mere end skoene, af sved, mad og blod. Han – for hun kunne lugte, at det var en han – lå i præcis samme stilling, havde ikke rørt sig, spærrede stadig for indgangen. Hun kradsede løs på menneskemaven. Vidste, at det var den korteste vej. Svage hjerteslag. Nu var der ikke længe til, at hun kunne begynde.

Det er ikke det, at man skal holde op med at leve, far. Men at man er nødt til at dø for at få gjort en ende på alt det lort. Der burde findes en bedre metode. Er du ikke enig? En smertefri sortie ind i lyset i stedet for det her forbandede, kolde mørke, som ligesom bare rykker ind. Nogen burde i hvert fald have puttet en smule opiat i de der Makarov-kugler, gjort det, som jeg gjorde for Rufus, den skabede køter, givet mig en rejse til Euforia uden returbillet, god tur for satan! Men alt det, der er godt i den her lorteverden, er enten receptpligtigt, udsolgt eller så dyrt, at man må punge ud med sin sjæl for at få lov til at smage det. Livet er en restaurant, man ikke har råd til. Døden er regningen for den mad, man ikke engang nåede at spise. Så man bestiller det dyreste på menuen, for man må jo alligevel give sig til sidst, ikke sandt, og måske kan man lige nå en mundfuld.

Okay, jeg skal nok lade være med at beklage mig, far, så du må ikke gå nu; du har ikke hørt resten. Resten er rigtig godt. Hvor var vi? Jo. Der gik kun nogle dage efter indbruddet i Alnabru, før Peter og Andrej kom og hentede Oleg og mig. De bandt et tørklæde for øjnene af Oleg og kørte os op til oldingens hus og tog os med ned i kælderen. Jeg havde aldrig været der før. Vi blev ført ind en lang, smal og lav gang, hvor vi måtte dukke os. Skuldrene gned mod siderne. Det gik efterhånden op for mig, at det ikke var en kælder, men en underjordisk tunnel. En flugtrute, måske. Som ikke havde hjulpet Sixpence. Han lignede en druknet rotte. Nå ja, han var en druknet rotte.

Bagefter bandt de tørklædet for Olegs øjne igen og førte ham ud i bilen, mens jeg blev kaldt ind til oldingen. Han sad i en stol lige over for mig, uden bord imellem.

"Var I der?" spurgte han.

Jeg så ham direkte ind i øjnene. "Hvis du spørger, om vi var på Alnabru, så er svaret nej."

Han studerede mig i tavshed.

"Du er som mig," sagde han til sidst. "Det er umuligt at se, når du lyver."

Jeg vil ikke sværge på det, men jeg syntes, jeg så et smil.

"Nå, Gusto, forstod du, hvad det var, det dernede?"

"Det var efterforskeren. Sixpence."

"Korrekt. Og hvorfor?"

"Det ved jeg ikke."

"Prøv."

Jeg gætter på, at fyren har været en elendig lærer i et tidligere liv. Men fint nok, jeg svarede: "Han havde vel stjålet noget?"

Oldingen rystede på hovedet. "Han fandt ud af, at jeg boede her. Han vidste, at han ikke havde grundlag for at få en ransagningskendelse. Efter anholdelsen af Los Lobos og beslaglæggelsen i Alnabru forleden indså han nok, at han aldrig ville få en ransagningskendelse, uanset hvor god en sag han havde ... " Oldingen grinede hånligt. "Vi havde givet ham en advarsel, som vi troede ville stoppe ham."

"Om?"

"Efterforskere som ham stoler på den falske identitet. De tror, det er umuligt at finde ud af, hvem de er. Hvem deres familie er. Men alt står i politiets dataarkiv, bare man har de rigtige passwords. Som man har, hvis man for eksempel har en betroet stilling i Orgkrim. Og hvordan advarede vi ham?"

Jeg svarede uden at tænke mig om. "Ved at kvæle hans børn?"

Et eller andet mørknede i oldingens ansigt. "Vi er ikke udyr, Gusto."

"Sorry."

"Desuden havde han ikke børn." En knirkende latter. "Men han havde

en søster. Eller måske var det bare en stedsøster."

Jeg nikkede. Det var umuligt at se, om han løj.

"Vi sagde, at hun ville blive voldtaget og derpå aflivet. Men jeg fejlbedømte ham. I stedet for at tænke på, at han havde andre slægtninge at passe på, gik han til angreb. Et meget ensomt, men desperat angreb. Det lykkedes ham at trænge ind her i nat. Vi var ikke forberedt på det. Han var åbenbart meget glad for den her søster. Han var bevæbnet. Jeg gik ned i kælderen, og han fulgte efter. Og så døde han." Han lagde hovedet på skrå. "Af hvad?"

"Der løb vand ud af hans mund. Han druknede?"

"Korrekt. Druknede hvor?"

"Blev han transporteret herhen fra et vandhul eller noget i den stil?"

"Nej. Han trængte ind her, og så druknede han. Hvordan?"

"Så ved jeg ikk ..."

"Tænk!" Ordet smældede som en pisk. "Hvis du vil overleve, må du kunne tænke, ræsonnere ud fra det, du ser. Sådan er det virkelige liv."

"Okay, okay." Jeg prøvede at tænke. "Den kælder er ikke en kælder, men en tunnel."

Oldingen lagde armene over kors. "Og?"

"Den er længere end ejendommen her. Den kan selvfølgelig munde ud et sted i den fri luft."

"Men?"

"Men du har jo fortalt, at du ejer nabohuset, så den går vel derhen."

Oldingen smilede fornøjet. "Gæt, hvor gammel den tunnel er."

"Gammel. Væggene var grønne af mos."

"Alger. Efter at modstandsbevægelsen havde udført fire mislykkede attentatforsøg mod huset her, byggede Gestapochefen tunnelen. Det lykkedes dem at holde den hemmelig. Når Reinhard kom hjem om eftermiddagen, gik han ind ad hovedindgangen til det her hus, så alle kunne se det. Han tændte lys, og så gik han gennem tunnelen til sit egentlige hjem i nabohuset og sendte den tyske løjtnant, som alle troede boede derovre, over i det her hus. Og denne løjtnant spankulerede omkring her, tit i nærheden af vinduerne, i samme type uniform som Gestapochefen gik med."

"Han var en sitting duck."

"Korrekt."

"Hvorfor fortæller du mig det her?"

"Fordi jeg vil have, at du skal vide, hvordan det virkelige liv er, Gusto. De fleste mennesker i det her land ved ikke noget om det; de ved ikke, hvad det koster at overleve i det virkelige liv. Men jeg fortæller dig også alt det her, fordi jeg ønsker, at du skal huske, at jeg stolede på dig."

Han så på mig, som om det, han sagde, var meget vigtigt. Jeg lod, som om jeg forstod det, for jeg ville hjem. Måske så han det.

"Tak for i dag, Gusto. Andrej kører jer."

Da bilen kørte forbi universitetet, var der tydeligvis et eller andet studenterarrangement inde på campus. Vi kunne høre ivrige guitarer fra et band, som spillede på en udendørsscene. Unge mennesker kom hen imod os på Blindernveien. Glade, forventningsfulde ansigter, som om de var blevet lovet noget, en fremtid, eller hvad fanden ved jeg.

"Hvad er det?" spurgte Oleg, som stadig havde bind for øjnene.

"Det," sagde jeg, "er det uvirkelige liv."

"Og du aner ikke noget om, hvordan han druknede?" sagde Harry.

"Nej," sagde Oleg. Fodrystelserne var taget til, så hele kroppen vibrerede.

"Okay, du havde altså bind for øjnene, men fortæl mig alt, hvad du husker om turen til og fra det sted. Alle lydene. Da I gik ud af bilen, hørte du så for eksempel tog eller sporvogn?"

"Nej. Men det regnede, da vi kom, så jeg hørte stort set kun det."

"Tung regn, let regn?"

"Let. Jeg kunne næsten ikke mærke det, da vi gik ud af bilen; det var der, jeg hørte det."

"Okay, når let regn laver så meget lyd, er det måske, fordi det falder på løvtræer?"

"Måske."

"Hvad med det, du havde under fødderne op mod døren. Asfalt? Fliser? Græs?"

"Grus. Tror jeg. Jo, det knasede. Det var sådan, jeg vidste, hvor Peter

gik, for han er størst, så han knasede mest."
"Fint. Trappe ved døren?"
"Ja."
"Hvor mange trin?"
Oleg stønnede.
"Okay," sagde Harry. "Regnede det stadig, da du stod ved døren?"
"Ja, selvfølgelig."
"Jeg mener, fik du det stadig i håret?"
"Ja."
"Så der var altså ikke noget overbygget indgangsparti."
"Har du tænkt dig at lede efter steder i hele Oslo uden overbygget indgang?"
"Nej, men de forskellige bydele i Oslo er bygget i forskellige perioder, og de perioder har en del ting til fælles."
"Og hvad er perioden for trævilla med have, grusgang og trappe op til ikke-overbygget dør uden sporvognsskinner i nærheden?"
"Du lyder som en kriminalchef." Harry fik ikke det smil eller den latter, han havde håbet på. "Da I tog derfra, lagde du så mærke til andre lyde i nærheden?"
"Som?"
"Som den bippende lyd fra et trafiklys, I standsede for."
"Nej, ikke noget i den stil. Men der var musik."
"Plade eller live?"
"Live, tror jeg. Bækkenet var tydeligt. Man kunne høre guitarerne ligesom komme og gå lidt i vinden."
"Det lyder som live. Godt husket."
"Jeg husker det kun, fordi de spillede en af dine sange."
"*Mine* sange?"
"Fra en af dine plader. Jeg kan huske det, fordi Gusto sagde, at det her var det uvirkelige liv, og jeg tænkte, at det var en ubevidst association, fordi han lige havde hørt den tekstlinje, de havde sunget."
"Hvilken tekstlinje?"
"Noget med drøm; jeg kan ikke huske det. Men du spillede pladen med den sang på hele tiden."

"Kom nu, Oleg, det er vigtigt, det her."

Oleg så på Harry. Fødderne holdt op med at vippe. Han lukkede øjnene og nynnede forsigtigt. "It's just a dreamy Gonzales ..." Han åbnede øjnene igen, rød i ansigtet. "Noget i den stil."

Harry nynnede efter for sig selv. Og rystede på hovedet.

"Jeg er ked af det," sagde Oleg. "Jeg er ikke sikker, og det varede kun nogle sekunder."

"Det er okay," sagde Harry og lagde en hånd på drengens skulder. "Fortæl hellere om, hvad der skete i Alnabru."

Olegs fod begyndte at ryste igen. Han trak vejret to gange, to dybe indåndinger, som han havde lært at gøre ved startlinjen, før han krøb sammen i startstilling. Så fortalte han det.

Bagefter sad Harry længe og gned sig over nakken. "I borede altså en mand ihjel?"

"Ikke os. Det var politibetjenten."

"Som du ikke ved hvad hedder? Eller hvor han arbejdede."

"Nej, det gik både Gusto og ham meget op i. Gusto sagde, det var bedst, at jeg ikke vidste noget."

"Og I aner ikke, hvor liget blev af?"

"Nej. Melder du mig nu?"

"Nej." Harry tog pakken frem og vippede en cigaret ud.

"Må jeg få en?" spurgte Oleg.

"Sorry, knægt. Det er sundhedsfarligt."

"Jamen ..."

"På én betingelse. At du lader Hans Christian gemme dig og overlader det til mig at finde Irene."

Oleg stirrede hen mod boligblokkene på højdedraget bag stadion. Der hang stadig blomsterkasser på altanerne. Harry studerede hans profil. Adamsæblet, som gik op og ned på den tynde hals.

"Deal," sagde han.

"Godt." Harry rakte ham cigaretten og tændte for dem begge.

"Nu forstår jeg fidusen ved den der metalfinger," sagde Oleg. "Den er til at ryge med."

"Jeps," sagde Harry, som holdt cigaretten mellem titaniumprotesen og langfingeren, mens han tastede Rakels nummer. Han behøvede ikke bede om Hans Christians nummer, eftersom han allerede var der sammen med hende. Advokaten sagde, at han ville komme med det samme.

Oleg krummede sig sammen, som om det pludselig var blevet koldere. "Hvor tror du, han gemmer mig?"

"Det ved jeg ikke, og det vil jeg heller ikke vide."

"Hvorfor ikke?"

"Mine testikler er så følsomme. Jeg snakker som et vandfald, bare de siger ordet bilbatteri."

Oleg lo. Kort, men det var en latter. "Det tror jeg ikke på. Du havde ladet dem slå dig ihjel uden at sige et ord."

Harry så på drengen. Han kunne blive ved med at producere halvmorsomheder resten af dagen bare for at se de der korte glimt af smil.

"Du har altid haft høje tanker om mig, Oleg. *For* høje. Og jeg ville altid gerne have, at du skulle se mig som bedre, end jeg er."

Oleg så ned på sine hænder. "Har alle drenge ikke deres far som helt?"

"Måske. Og jeg ville ikke have, at du skulle afsløre mig som en, der svigter, en der stikker af. Men det gik altså alligevel, som det gik. Det, jeg ville sige, var, at selv om jeg ikke magtede at være der for dig, betyder det ikke, at det ikke var vigtigt for mig. Det lykkes ikke for os at leve de liv, vi helst vil leve. Vi er fanger af ... ting. Af hvem vi er."

Oleg løftede hagen: "Af junk og pis og lort."

"Også det."

De inhalerede synkront. Så på røgen, som drev i vilkårlige kast op mod den åbne, blå himmel. Harry vidste, at nikotinen ikke kunne døve trangen i drengen, men det var i hvert fald nogle minutters distraktion. Og det var alt, hvad det handlede om i de næste minutter.

"Du?"

"Ja?"

"Hvorfor kom du ikke tilbage?"

Harry tog et nyt sug, før han svarede. "Fordi din mor mente, at jeg ikke var noget for jer. Og hun havde ret."

Harry fortsatte med at ryge, mens han kiggede lige frem. Han vidste, at Oleg ikke ville have, at han skulle se på ham lige nu. Attenårige drenge har ikke lyst til at blive set, når de græder. Han skulle heller ikke lægge en arm om hans skulder eller sige noget. Han skulle bare være der. Ikke gå nogen steder. Bare tænke på det forestående løb sammen.

Da de hørte bilen komme, gik de ned fra tribunen og ud på parkeringspladsen. Harry så Hans Christian lægge en forsigtig hånd på Rakels arm, da hun ville til at styrte ud af bilen.

Oleg vendte sig om mod Harry, bredte armene ud, hægtede sin tommelfinger ind i hans og skubbede sin højre skulder mod Harrys. Men Harry lod ham ikke slippe så let og trak ham ind til sig. Hviskede i hans øre: "Vind!"

Irene Hanssens adresse var den samme som forældrenes. Huset lå i Grefsen, et halvt dobbelthus. Der var en lille, tilgroet have med æbletræer uden æbler, men en gynge.

En ung knægt, som Harry anslog til at være et par og tyve, åbnede døren. Ansigtet var bekendt, og politihjernen søgte i nogle tiendedele sekunder, før den fik to hits i databasen.

"Jeg hedder Harry Hole. Og du er måske Stein Hanssen?"

"Ja?"

Hans ansigt havde den blanding af uskyld og vagtsomhed hos unge mænd, som har nået at opleve både gode og dårlige ting, men som endnu vakler mellem en for nøgen åbenhed og en for hæmmende forsigtighed i mødet med verden.

"Jeg kan genkende dig fra et billede. Jeg er en ven af Oleg Fauke."

Harry så efter en reaktion i Stein Hanssens grå øjne, men den udeblev.

"Du har måske hørt, at han er blevet løsladt, at en anden har tilstået drabet på din stedbror?"

Stein Hanssen rystede på hovedet. Det var stadig minimalt med hans mimik.

"Jeg er tidligere politibetjent. Jeg prøver at finde din søster, Irene."

"Hvorfor det?"

"For at være sikker på, at hun har det godt. Jeg har lovet Oleg, at jeg vil gøre det."

"Flot. Så han kan fortsætte med at fodre hende med narkotika?"

Harry flyttede vægten til det andet ben. "Oleg er ikke på stoffer mere. Det koster, som du måske ved. Men han er holdt op, fordi han ville prøve at finde hende på egen hånd. Han er forelsket i hende, Stein. Men jeg vil prøve at finde hende for os alle sammen, ikke bare for hans skyld. Og jeg plejer at være ret god til at finde folk."

Stein Hanssen så på Harry. Tøvede lidt. Så åbnede han døren.

Harry fulgte efter ham ind i stuen. Den var ryddelig, pænt møbleret og virkede totalt ubeboet.

"Dine forældre ..."

"De bor her ikke mere. Og jeg er her bare, når jeg ikke er i Trondheim."

Han rullede meget på r'erne på en måde, som engang blev betragtet som et statussymbol for familier, der havde råd til barnepiger fra Sørlandet. Den rullen gør din stemme let at huske, tænkte Harry uden at vide, hvorfor han tænkte det.

Der stod et billede på et klaver, der så ud, som om det aldrig var blevet brugt. Billedet måtte være seks-syv år gammelt. Irene og Gusto var yngre, mindre versioner af sig selv, med tøj og frisurer, som Harry gik ud fra var dødpinlige for dem at se på nu. Stein stod bagest med et alvorligt ansigtsudtryk. Moderen stod med armene over kors og smilede overbærende, næsten spydigt. Faderen smilede på en måde, som fik Harry til at tænke, at det havde været hans idé at få taget det her familiefoto. Han var i hvert fald den eneste, som udviste nogen entusiasme.

"Så det er familien."

"Var. Mor og far er skilt. Far er flyttet til Danmark. Stukket af er vel mere korrekt. Mor er indlagt. Resten ... ja, resten kender du åbenbart."

Harry nikkede. Én dræbt. Én forsvundet. Stort mandefald for én familie.

Harry satte sig uopfordret i en af de dybe lænestole. "Hvad kan du fortælle, som kan gøre det lettere for mig at finde Irene?"

"Jeg aner det ikke."

Harry smilede. "Prøv."

"Irene flyttede ind hos mig i Trondheim, efter at hun havde været med til noget, som hun ikke ville fortælle, hvad var. Men som jeg er sikker på, at Gusto havde fået hende til. Hun forgudede Gusto, gjorde hvad som helst for ham. Hun bildte sig ind, at han holdt af hende, bare fordi han af og til klappede hende på kinden. Men efter nogle måneder blev hun ringet op. Hun sagde, at hun var nødt til at tage tilbage til Oslo, men hun nægtede at sige hvorfor. Det er over fire måneder siden, og efter det har jeg hverken set eller hørt noget til hende. Da jeg ikke havde fået fat i hende efter mere end to uger, gik jeg til politiet og meldte hende savnet. De registrerede det og tjekkede lidt, men så skete der ikke mere. Ingen gider bekymre sig om en junkie uden kendt adresse."

"Har du nogen teori?" spurgte Harry.

"Nej. Men hun har ikke gemt sig frivilligt. Hun er ikke typen, der bare stikker af som ... som visse andre."

Harry vidste, hvem han mente, og alligevel mærkede han, at vådeskuddet strejfede ham.

Stein Hanssen kløede sig på en sårskorpe på underarmen. "Hvad er det, I ser i hende? Jeres egen datter? Er det jeres døtre, som I tror, I kan få?"

Harry så overrasket på ham. "I? Hvad mener du?"

"I oldinge, som savler over hende. Bare fordi hun ligner en Lolita på fjorten."

Harry tænkte tilbage på billedet på garderobeskabsdøren. Stein Hanssen havde ret. Og Harry blev slået af den tanke, at han kunne tage fejl, at Irene kunne have været udsat for noget, som ikke havde noget med den her sag at gøre.

"Du studerer i Trondheim, siger du. NTNU?"

"Ja."

"Hvilken linje?"

"Datateknik."

"Javel. Oleg ville også læse. Kender du ham?"

Stein rystede på hovedet.

"Har du aldrig snakket med ham?"

"Vi har vist mødt hinanden et par gange. Meget korte møder, kan man sige."

Harry så på Steins underarm. Det var en erhvervsskade. Men bortset fra sårskorpen havde armen ingen mærker. Selvfølgelig ikke. Stein Hanssen var en overlever, en af dem som ville klare sig igennem. Harry rejste sig:

"Nå, men under alle omstændigheder beklager jeg det, der skete med din bror."

"Stedbror."

"Ja. Må jeg få dit nummer? Hvis der nu skulle dukke noget op."

"Som hvad, for eksempel?"

De så på hinanden. Svaret blev liggende der imellem dem, unødvendigt at tærske langhalm på, ulideligt at formulere. Der var gået hul på skorpen, og en stribe blod bugtede sig nedad mod hånden.

"Jeg ved én ting, som måske kan hjælpe dig," sagde Stein Hanssen, da Harry var kommet ud på trappen. "De steder, hvor du har tænkt dig at lede efter hende. Urtegata. Mødestedet. Parkerne. Herbergerne. Fixerummene. Ludergaderne. Glem det; jeg har været der."

Harry nikkede. Og tog sine damebriller på. "Hav telefonen tændt, okay?"

Harry tog ind på Restaurant Lorry for at spise frokost, men mærkede øltrangen allerede på trappen og vendte om i døren. Han gik i stedet for ind på et nyt sted over for Litteraturhuset. Vendte om efter en hurtig mønstring af klientellet og endte på Pla, hvor han bestilte en thailandsk tapasvariant.

"Drikke? Singha?"

"Nej."

"Tiger?"

"Har I kun øl?"

Tjeneren forstod antydningen og kom tilbage med vand.

Harry spiste kongerejerne og kyllingen, men betakkede sig for pølse thaistyle. Så ringede han til Rakel derhjemme og bad hende gå igennem de cd'er, som han i årenes løb havde taget med til Holmenkollen, og som var blevet der. Nogle han selv ville høre, og nogle, som han havde villet frelse dem med. Elvis Costello, Miles Davis, Led Zeppelin, Count Basie, Jayhawks, Muddy Waters. Det havde ikke reddet nogen.

Hun havde det, som hun uden iørefaldende ironi kaldte 'Harry-musik', i en selvstændig sektion af musikhylden.

"Jeg vil gerne have dig til at læse alle sangtitlerne," sagde han.

"Er det din spøg?"

"Jeg skal nok forklare det senere."

"Okay. Den første er Aztec Camera."

"Har du ...?"

"Ja, jeg har ordnet dem alfabetisk." Hun lød forlegen.

"Det er en drengeting."

"Det er en Harry-ting. Og det er dine plader. Skal jeg læse op, eller ...?"

Efter tyve minutter var de kommet til W og Wilco, uden at Harry havde fået nogen associationer. Rakel sukkede tungt, men fortsatte:

"*When You Wake Up Feeling Old.*"

"Hm. Nej."

"*Summerteeth.*"

"Næste."

"*In A Future Age.*"

"Vent!"

Rakel ventede.

Harry begyndte at le.

"Var det morsomt?" sagde Rakel.

"Omkvædet på Summerteeth. Det lyder sådan her ..." Harry sang: "'*It's just a dream he keeps having.*'"

"Det der lyder ikke godt, Harry."

"Jo da! Jeg mener, originalen er smuk. Så smuk, at jeg har spillet den flere gange for Oleg. Men han har opfattet teksten som '*it's just a dreamy Gonzales*'." Harry lo igen. Og begyndte at synge: "*It's just a dreamy Gon ...*"

"Harry, gider du lige?"

"Okay. Men kan du gå ind på Olegs pc og finde noget på nettet for mig?"

"Hvad?"

"Prøv at google Wilco, og find deres hjemmeside. Se, om de har givet koncert i Oslo i år. Og præcis hvor, hvis det er tilfældet."

Rakel kom tilbage efter seks minutter.

"Kun én." Hun fortalte hvor.

"Tak," sagde Harry.

"Nu har du den der stemme igen."

"Hvilken stemme?"

"Den ivrige. Drengestemmen."

Som en fjendtlig armada kom truende, stålgrå skyer sejlende ind over Oslofjorden klokken fire. Harry svingede fra Skøyen i retning mod Frognerparken og parkerede på Thorvald Erichsens Vei. Efter at have ringet til Bellmans mobiltelefon tre gange uden at få svar havde han ringet til Politihuset og fået besked om, at Bellman var gået tidligt hjem for at træne sin søn i Oslo Tennisklub.

Harry så på skyerne. Så gik han ind og kiggede ud over OTK's anlæg. Et flot klubhus, grusbaner, hardcourt, oven i købet en centercourt med tribuner. Alligevel var kun to af de tolv baner i brug. I Norge spillede man fodbold og løb på ski. At stå åbent frem som tennisspiller medførte mistænksomme blikke og dæmpet hvisken.

Harry fandt Bellman på en af grusbanerne. Han samlede bolde op af en jernkurv på et stativ og slog dem forsigtigt hen mod en dreng, der muligvis trænede sit baghåndskryds, men det var ikke nemt at vide, for boldene røg ud til alle sider.

Harry gik ind gennem døren i hegnet bag Bellman, ud på banen og stillede sig ved siden af ham. "Han ser ud til at knokle for det," sagde Harry og tog cigaretpakken frem.

"Harry," sagde Mikael Bellman uden at stoppe eller tage blikket fra drengen. "Han skal nok komme efter det."

"Der er en vis lighed, er det ...?"

"Min søn. Filip. Ti år."

"Tiden går. Talent?"

"Han mangler lidt i forhold til faderen, men jeg tror på ham. Han skal bare presses lidt."

"Jeg troede ikke, det var lovligt mere."

"Vi gør vores børn en bjørnetjeneste, Harry. Flyt benene, Filip!"

"Fandt du ud af noget om Martin Pran?"

"Pran?"

"Den skrutryggede særling ude på Radiumhospitalet."

"Åh ja, maveformemmelsen. Ja og nej. Det vil sige ja, jeg tjekkede ham. Og nej, vi har ikke noget på ham. Virkelig ingenting."

"Nå. Jeg havde tænkt mig at spørge om noget andet."

"Ned i knæ! Og hvad er det?"

"En retstilladelse til at få gravet Gusto Hanssen op for at se, om der er blod tilbage under neglene til en ny prøve."

Bellman tog blikket fra sønnen, åbenbart for at se, om Harry mente det alvorligt.

"Der foreligger en meget troværdig tilståelse, Harry. Jeg tror trygt, jeg kan sige, at vi får afslag."

"Gusto havde blod under neglene. Prøven forsvandt, før den kom til analyse."

"Den slags sker."

"Yderst sjældent."

"Og hvem mener du, at blodet skulle tilhøre?"

"Det ved jeg ikke."

"Du ved det ikke engang?"

"Nej. Men hvis den første prøve blev saboteret, betyder det, at den er farlig for nogen."

"For eksempel den speedsælger, som tilstod. Adidas?"

"Hans fulde navn er Chris Reddy."

"Bortset fra det, er du så ikke færdig med den her sag, nu hvor Oleg Fauke er blevet løsladt?"

"Bortset fra det, burde drengen så ikke holde begge hænder på ketsjeren, når han slår med baghånden?"

"Har du forstand på tennis?"

"Jeg har set en del i tv."

"Énhåndsbaghånd udvikler karakteren."

"Jeg ved ikke engang, om blodet har noget med drabet at gøre. Måske er nogen bare bange for at blive knyttet sammen med Gusto."

"Som hvem?"

"Dubai, måske. Desuden tror jeg ikke, at Adidas dræbte Gusto."

"Nej? Hvorfor ikke?"

"En hårdkogt pusher, som tilstår sådan lige ud af det blå?"

"Jeg kan godt se din pointe," sagde Bellman. "Men det er en tilståelse. Og en god en af slagsen."

"Og det er kun et narkodrab," fortsatte Harry og dukkede sig for en bold på afveje. "Og I har nok af andre sager, som skal opklares."

Bellman sukkede. "Det er det samme, som det altid har været, Harry. Vores ressourcer er for pressede til, at vi kan prioritere sager, som allerede har en gerningsmand."

"Har *en* gerningsmand? Hvad med gerningsmand*en*?"

"Som chef tvinges man til at lære sig nogle glatte formuleringer."

"Okay, så lad mig tilbyde dig to opklaringer. Mod hjælp til bare at finde et hus."

Bellman holdt inde med boldene. "Hvilke opklaringer?"

"Et drab i Alnabru. En MC-fyr, som kaldes Tutu. En kilde fortalte mig, at han fik et bor gennem hovedet."

"Og kilden er villig til at vidne?"

"Måske."

"Og det andet?"

"Den civile politibetjent, som drev i land ved Operahuset. Samme kilde så ham død på Dubais kældergulv."

Bellman kneb det ene øje sammen. Pigmentpletterne flammede og fik Harry til at tænke på en tiger.

"Far!"

"Gå ind og fyld vandflasken i omklædningsrummet, Filip."

"Omklædningsrummet er låst, far!"

"Og koden er?"

"Det år, kongen blev født, men jeg kan ikke huske ..."

"Husk og få tørsten slukket, Filip."

Drengen gik ud gennem døren med hængende skuldre.

"Hvad er det, du vil, Harry?"

"Jeg vil have et hold ud for at gennemgå området omkring Fredrikkeplassen på universitetet i en radius af én kilometer. Jeg vil have en liste over villaer, som passer til den her beskrivelse." Han rakte Bellman et ark.

"Hvad er der sket på Fredrikkeplassen?"

"Bare en koncert."

Da Bellman indså, at han ikke fik mere at vide, så han ned på arket og læste højt: "Ældre trævillaer med lang grusgang, løvtræer og trappe foran indgangsdøren, men uden vindfang? Det lyder som en beskrivelse af den halve bebyggelse i Blindern. Hvad leder du efter?"

"Tja," Harry tændte en cigaret. "En rotterede. En ørnerede."

"Og hvis vi finder det, hvad så?"

"Du og dine folk skal have en ransagningskendelse for at kunne foretage jer noget, mens en almindelig borger som mig kunne komme til at fare vild en efterårsaften, så man må søge ly i nærmeste villa."

"Okay, jeg skal se, hvad jeg kan få arrangeret. Men forklar mig først, hvorfor du er så opsat på at få anholdt ham Dubai."

Harry trak på skuldrene. "En arbejdsskade, måske. Skaf mig listen, og send den til den mailadresse, som står nederst på arket. Så skal jeg se, hvad jeg kan skaffe dig."

Filip kom tilbage uden vand, da Harry gik, og på vej hen mod bilen kunne han høre lyden af bolde, der ramte rammen, og en lav banden.

Det rumlede som af fjerne kanondrøn inde i skyarmadaen, og det var pludselig blevet aftenmørkt, da Harry satte sig ind i bilen. Han startede motoren og ringede til Hans Christian Simonsen.

"Det er Harry. Hvad er strafferammen for gravskænding for tiden?"

"Tja, fire til seks år, vil jeg tro."

"Er du villig til at risikere det?"

En lille pause. Så: "Af hvilken grund?"

"For at få fat på den, som dræbte Gusto. Og måske den, som er ude efter Oleg."

En lang pause. Så: "Hvis du er sikker på, at du ved, hvad du gør, så er jeg med."

"Og hvis jeg ikke er det?"

En meget kort pause. "Så er jeg med."

"Okay, find ud af, hvor Gusto ligger begravet, og skaf spader, lommelygter, en neglesaks og to skruetrækkere. Vi gør det i morgen nat."

Da Harry kørte over Solli Plass, kom regnen. Den piskede mod hustagene, piskede ned på gaderne, piskede den dreng, der stod i Kvadraturen over for den åbne dør til baren, hvor alle kunne komme, som de var.

Den unge mand i receptionen så bedrøvet på Harry, da han kom ind.

"Vil du låne en paraply?"

"Ikke medmindre dit hotel er utæt," sagde Harry og trak en hånd hen over sin tætte børste af hår, så en fin dis af vand stod op i luften. "Nogen beskeder?"

Manden lo, som om det var en spøg.

Da Harry gik op ad trapperne til tredje, syntes han, at han hørte trin længere nede og stoppede op. Lyttede. Stilhed. Enten havde det bare været et ekko af sine egne skridt, han havde hørt, eller også var den anden også stoppet op.

Harry gik langsomt videre. I gangen øgede han farten, stak nøglen i nøglehullet og åbnede. Kiggede tværs igennem det mørklagte værelse og ind i det oplyste værelse med kvinden. Der var ingen der. Ingen der, ingen her.

Han trykkede på lyskontakten.

Idet lyset blev tændt, så han sit eget spejlbillede i vinduet. Og at der stod en person bag ham. I det samme mærkede han en tung hånd klemme om sin skulder.

Kun et spøgelse kan være så hurtigt og lydløst, tænkte Harry, idet han hvirvlede rundt, men han vidste, at det allerede var for sent.

Kapitel 27

"Jeg så dem. Engang. Det var som et begravelsesoptog."

Cato havde stadig sin store, beskidte hånd liggende på Harrys skulder.

Harry hørte sin egen hvæsende vejrtrækning og mærkede lungerne presse mod indersiden af ribbenene.

"Hvem?"

"Jeg stod og talte med en, som solgte skidtet. Han kaldes Bisken og gik med læderhalsbånd. Han opsøgte mig, fordi han var bange. Politiet havde anholdt ham med heroin, og han havde fortalt Sixpence, hvor Dubai boede. Sixpence havde lovet ham beskyttelse og amnesti, hvis han vidnede i retten. Men aftenen før var Sixpence drevet i land ved Operaen, og ingen i politiet havde hørt om nogen deal. Og mens jeg stod der, kom de i en sort bil. Sorte jakkesæt, sorte handsker. Han var gammel. Bredt ansigt. Han lignede en hvid aboriginer."

"Hvem?"

"Han var usynlig. Jeg så ham, men ... han var der ikke. Som et spøgelse. Og da Bisken fik øje på ham, blev han bare stående; han prøvede hverken at flygte eller gøre modstand, da de tog ham med. Da de var forsvundet, var det, som om jeg havde drømt det hele."

"Hvorfor har du ikke fortalt mig det her før?"

"Fordi jeg er fej. Har du en smøg?"

Harry gav ham cigaretpakken, og Cato dumpede ned i stolen. "Du jager et spøgelse, og jeg vil ikke blandes ind i det."

"Men nu?"

Cato trak på skuldrene og holdt hånden frem. Harry gav ham lighteren.

"Jeg er en gammel, døende mand. Jeg har ingenting at miste."

"Er du ved at dø?"

Cato tændte cigaretten. "Det er måske ikke så akut, men vi er alle ved at dø, Harry. Jeg vil bare hjælpe dig."

"Med hvad?"

"Det ved jeg ikke. Hvad har du af planer?"

"Du mener altså, at jeg kan stole på dig?"

"Nej, for fanden, stole på mig kan du ikke. Men jeg er åndemaner. Jeg kan også gøre mig usynlig. Jeg kan komme og gå, uden at nogen opdager det."

Harry gned sig over hagen. "Hvorfor?"

"Det har jeg allerede sagt."

"Det hørte jeg godt, men jeg spørger igen."

Cato så på Harry, først med et bebrejdende blik. Så, da det ikke hjalp, sukkede han tungt og irriteret. "Måske havde jeg selv en søn engang. En som jeg ikke gjorde det for, som jeg burde have gjort. Måske er det en ny chance. Tror du ikke på nye chancer, Harry?"

Harry så på den gamle mand. Furerne i ansigtet så endnu dybere ud i mørket og lignede kløfter eller snit efter en kniv. Harry rakte hånden frem, og modvilligt trak Cato cigaretpakken op af lommen og gav ham den tilbage.

"Jeg sætter pris på det, Cato. Jeg skal nok sige til, hvis jeg får brug for dig. Men det, jeg skal gøre nu, er at få sat Dubai i forbindelse med drabet på Gusto. Derfra vil sporene pege direkte videre til ildslukkeren i politiet og til drabet på civilbetjenten, som blev druknet hjemme hos Dubai."

Cato rystede langsomt på hovedet. "Du har et rent og modigt hjerte, Harry. Måske kommer du i himlen."

Harry stak en cigaret mellem læberne. "Så bliver der vel en slags happy ending alligevel."

"Som skal fejres. Må jeg byde på en drink, Harry Hole?"

"Hvem betaler?"

"Det gør jeg, selvfølgelig. Hvis du lægger ud. Så kan du hilse på din Jim, og jeg på min Johnny."

"Vig bort fra mig."

"Hold nu op. Jim er god nok inderst inde."

"Godnat, sov godt."

"Godnat. Og sov ikke for godt, hvis nu ..."

"Godnat."

Det havde været der hele tiden, men Harry havde haft held med at undertrykke det. Helt frem til nu, helt frem til Catos invitation til en drink. Det var nok. Det var umuligt at ignorere suget nu. Det var begyndt med det skud violin den dag. Det havde sat det i gang, havde sluppet hundene løs igen. Og nu glammede og kradsede de, gøede sig hæse og bed i indvoldene. Harry lå på sengen med lukkede øjne, lyttede til regnen og håbede, at søvnen ville komme og føre ham væk.

Det gjorde den ikke.

Han havde et telefonnummer på sin mobil, som han havde spenderet to bogstaver på. AA. Anonyme Alkoholikere. Trygve, AA-medlem og sponsor, som han havde brugt nogle gange før, når det blev kritisk. Tre år. Hvorfor begynde igen nu, hvor alt stod på spil og han mere end nogensinde trængte til at være ædru? Det var det rene vanvid. Han hørte et skrig udenfor. Efterfulgt af en latter.

Klokken ti minutter over elleve rejste han sig fra sengen og gik ud. Han registrerede knap nok regnen, som plaskede mod hans isse, da han krydsede gaden og styrede over mod den åbne dør. Og denne gang hørte han ingen skridt bag sig, for Kurt Cobains stemme fyldte øregangene, musikken var som en omfavnelse, og han gik indenfor, satte sig på stolen foran bardisken og råbte til bartenderen, mens han pegede:

"Whis – key. Jim – Beam."

Bartenderen afbrød sin aftørring af disken, lagde kluden ved siden af proptrækkeren og løftede flasken ned fra spejlhylden. Skænkede op. Satte glasset på bardisken. Harry lagde underarmene på hver side af glasset og stirrede ned på den gyldne, brune væske. Og intet andet eksisterede lige i det øjeblik.

Ikke Nirvana, ikke Oleg, ikke Rakel, ikke Gusto, ikke Dubai. Ikke Tord Schultz' ansigt. Og heller ikke den skikkelse, som et kort øjeblik dæmpede lydene fra gaden, idet den kom ind. Eller at den bevægede sig ind bag ham. Eller den syngende tone fra fjedrene, da knivsbladet sprang frem. Eller det tunge åndedrag fra Sergej Ivanov, som stod en meter fra ham med benene samlet og begge hænder langs siden.

Sergej så på mandens ryg. Han havde lagt begge arme på bardisken. Det kunne ikke blive mere perfekt. Tiden var inde. Hjertet slog. Slog vildt og hårdt, som det havde gjort i begyndelsen, da han hentede heroinpakkerne ud af cockpittet. Al frygt var borte. For nu mærkede han, at han var i live. Han levede og skulle dræbe manden foran sig. *Tage* hans liv, gøre det til en del af sit. Alene tanken fik ham til at vokse; det var, som om han allerede fortærede fjendens hjerte. Nu. Bevægelserne. Sergej trak vejret dybt, trådte frem og lagde venstre hånd på Harrys hoved. Som til en velsignelse. Som om han ville døbe ham.

Kapitel 28

Sergej Ivanov fik ikke fat. Han fik simpelthen ikke fat. Den helvedes regn havde gjort mandens isse og hår vådt, og de korte hårstrå gled bare ud mellem fingrene, så han ikke fik rykket hans hoved bagover. Sergejs venstre hånd skød frem igen, lagde sig om mandens pande og trak hans hoved bagover, mens han svingede kniven op foran halsen på ham. Det gav et ryk i mandens krop. Sergej trak kniven til sig, mærkede, den fik kontakt, mærkede den glide gennem hud. Der! Det varme blodsprøjt mod tommelfingeren. Ikke så kraftigt som forventet, men tre hjerteslag til, og så var det slut. Han løftede blikket mod spejlet for at se springvandet. Han så en blottet tandrække og under den et gabende sår, hvor blodet strømmede ud og ned over skjortebrystet. Og mandens blik. Det var blikket – et koldt, rasende rovdyrblik – som fik ham til at indse, at arbejdet ikke var overstået endnu.

Da Harry havde mærket hånden på hovedet, havde han instinktivt forstået det. Forstået, at det ikke var en fuld bargæst eller en gammel kending, men at det var dem. Hånden gled, og det gav Harry en tiendedel sekund til at kigge i spejlet, se glimtet af stål. Han vidste allerede, hvor den var på vej hen. Så var hånden rundt om hans pande og rykkede den bagover. Det var for sent at få hånden mellem halsen og knivsbladet, så Harry stemte skoene mod fodstangen nederst på bardisken og løftede overkroppen med et ryk, samtidig med at han klemte hagen ned mod brystet. Han mærkede ingen smerte, da knivsæggen snittede gennem huden, mærkede det ikke, før den skar helt ind til hagebenet og igennem den følsomme knoglehinde.

Så havde han mødt den andens blik i spejlet. Han havde trukket Harrys hoved helt ind mod sit eget, så de lignede to venner, der poserede for et billede. Harry mærkede, at knivsbladet blev presset mod hagen og brystet og prøvede at finde vej ind til en af de to halspulsårer og vidste, at om nogle sekunder ville den gøre det.

Sergej lagde hele armen rundt om mandens pande og rykkede til af alle kræfter. Mandens hoved blev bøjet en anelse bagover, og i spejlet så han knivsbladet omsider finde sprækken mellem hagen og brystet og glide ind. Stålet skar struben over og fortsatte mod højre, mod carotis – halspulsåren. *Blin!* Manden havde nået at løfte højre hånd og få stukket en finger ind mellem knivsbladet og pulsåren. Men Sergej vidste, at den skarpe æg ville skære tværs gennem en finger. Det gjaldt bare om at bruge kræfter. Han trak til. Og trak til.

Harry mærkede presset fra knivsbladet, men vidste, at den ikke ville komme igennem. Hårdeste grundstof i forhold til vægt. Ingenting gik igennem titanium, heller ikke selv om det var made in Hongkong. Men fyren var stærk; det var kun et spørgsmål om tid, før det gik op for ham, at knivsbladet ikke bed på det her.

Han famlede foran sig på disken med den ledige hånd, væltede glasset, fandt noget.

Det var en T-formet proptrækker. Af den enkleste slags og med få vindinger. Han greb håndtaget, så spidsen pegede ud mellem pegefinger og langfinger. Og mærkede panikken komme, da han hørte knivsbladet glide op ad protesen. Han anstrengte sig for at få blikket ned, så han kunne kigge i spejlet. Og se, hvor han skulle ramme. Han løftede hånden ud til siden og huggede indad, lige bag sit eget hoved.

Han mærkede den andens krop stivne, da spidsen på proptrækkeren perforerede huden på siden af hans hals. Men det var et overfladisk, ufarligt sår og stoppede ham ikke. Han begyndte at trække kniven tilbage mod venstre. Harry koncentrerede sig. Det var en proptrækker, som krævede en fast og trænet hånd. Men som til gengæld kun skulle bruge ét par omdrejninger for at trænge langt ned i proppen. Harry drejede to gange. Mærkede den glide gennem kødet. Bore sig ind. Mærkede den møde modstand. Spiserøret. Så rykkede han til.

Det var, som om han havde trukket en prop ud af siden på en fuld rødvinstønde.

Sergej Ivanov var ved fuld bevidsthed og så det hele i spejlet, da det første hjerteslag sendte blodstrålen ud til højre. Hans hjerne registrerede, analyserede og konkluderede: Den mand, han prøvede at skære struben over på, havde fundet hans hovedpulsåre med en proptrækker, trukket åren ud af halsen på ham, og nu pumpede livet ud af ham. Sergej nåede at tænke yderligere tre tanker, før det andet hjerteslag kom, og bevidstheden forlod ham.

At han havde svigtet onkel.

At han aldrig skulle se sit kære Sibirien igen.

At han ville blive begravet med en løgn af en tatovering.

På det tredje hjerteslag faldt han om. Og da Kurt Cobain skreg memoria, memoria, og sangen sluttede, var Sergej Ivanov død.

Harry rejste sig fra stolen. I spejlet så han snittet, som gik tværs over hagen. Men det var ikke det, der var farligt. Det var værre med de dybe snit i halsen, hvor blodet piblede ud og allerede havde farvet hele skjortesnippen rød.

De tre andre gæster var allerede ude af lokalet. Han så ned på manden, som lå på gulvet. Der løb stadig blod ud af hullet i halsen, men det pumpede ikke. Hvilket betød, at hjertet var holdt op med at slå, og at han ikke behøvede at bekymre sig om nogen form for genoplivning. Og selv om der stadig havde været liv, vidste Harry, at personen her aldrig ville røbe noget om, hvem der havde sendt ham. For han så tatoveringen stikke op over skjortelinningen. Han kendte ikke symbolerne, men han vidste, at de var russiske. Sort Såsæd, måske. Det var noget andet end den typisk vestlige mottotatovering på bartenderen, som stod presset op mod spejlhylden og stirrede med sort chok i pupiller, som så ud til at dække alt det hvide i øjet. Nirvana var tonet ud, og der var helt stille. Harry så ned på det væltede whiskyglas foran sig.

"Beklager griseriet," sagde han.

Så tog han kluden på bardisken, aftørrede først disken, hvor han havde haft hænderne, så glasset, så håndtaget på proptrækkeren, som han lagde tilbage. Han tjekkede, at der ikke var noget af hans eget blod, der var havnet på disken eller gulvet. Så bøjede han sig ned over den døde og tørrede først den blodige hånd af, dernæst det lange ibenholtsorte knivskaft og det tynde blad. Våbnet – for det var et våben og ubrugeligt til alt andet – var tungere end nogen anden kniv, han havde holdt. Æggen skarp som på en japansk sushikniv. Harry tøvede. Så foldede han bladet ind i skaftet, hørte et blødt klik, da det låste, skubbede sikringen op og lod kniven glide ned i jakkelommen.

"Er det i orden med dollar?" spurgte Harry og brugte kluden til at plukke en tyvedollarseddel op af tegnebogen. "De forenede Stater garanterer beløbet, siger man."

Der kom små klynkelyde fra bartenderen, som om han ville sige noget, men havde glemt sproget.

Harry skulle til at gå, men stoppede. Han vendte sig om og så på flasken på spejlhylden. Fugtede læberne igen. Stod helt ubevægelig et sekund. Så gik der et ryk igennem kroppen, og han forlod stedet.

Harry krydsede gaden i øsende regn. De vidste, hvor han boede. De kunne selvfølgelig have skygget ham, men det kunne også være knægten i receptionen. Eller ildslukkeren, som havde fået fat i hans navn via den rutinemæssige hotelregistrering af udenlandske gæster, som gik til Interpol. Harry ville kunne komme ubemærket op til værelset, hvis han gik ind via baggården.

Døren mod gaden var låst. Harry bandede.

Der var tomt i receptionen, da han gik ind.

På trappen og i gangen lagde han et spor efter sig som et morsesprog skrevet i røde prikker på lyseblåt linoleum.

Inde på værelset tog han sysættet fra natbordet og gik ud på badeværelset, klædte sig af og lænede sig ind over vasken, som straks blev farvet rød af blod. Han skyllede et håndklæde op og vaskede halsen og hagen, men snittene på halsen blev straks fyldt op med mere blod. I det kolde, hvide lys lykkedes det ham at træde tråden gennem nåleøjet, og så stak han nålen gennem de hvide hudlapper på halsen, først på undersiden og så på oversiden af såret. Han lavede nogle lange sting og stoppede op for at tørre blod væk, hvorefter han fortsatte. Tråden knækkede, da han var lige ved at være færdig. Han bandede, trak stumperne ud og begyndte forfra med dobbelttråd. Bagefter syede han såret på hagen, som var nemmere at gå til. Han vaskede blodet af overkroppen og tog den rene skjorte op af kufferten. Så satte han sig på sengen. Han var svimmel. Men det hastede; de var næppe langt væk, så han måtte handle nu, før de fik at vide, at han var i live. Han tastede Hans Christian Simonsens nummer, og efter fjerde ring hørte han et søvndrukkent: "Hans Christian."

"Harry. Hvor ligger Gusto begravet?"

"Vestre Gravlund."

"Har du udstyret klart?"

"Ja."

"Vi gør det i nat. Mød mig på gangstien omme på østsiden om en time."

"*Nu?*"

"Ja. Og tag noget plaster med."

"Plaster?"

"Det var bare en klodset barber. Tres minutter fra nu, okay?"

En lille pause. Et suk. Og så: "Okay."

Idet Harry skulle til at afbryde forbindelsen, syntes han, at han hørte en søvnig stemme, en anden stemme. Men da han havde fået tøjet på, havde han allerede overbevist sig selv om, at han havde taget fejl.

Kapitel 29

Harry stod under en enlig gadelygte. Han havde ventet i tyve minutter, da Hans Christian, klædt i en sort træningsdragt, kom hen ad gangstien i rask gang.

"Jeg parkerede på Monolittveien," sagde han forpustet. "Er et jakkesæt af hør almindelig påklædning ved gravskænderi?"

Harry løftede hovedet, og Hans Christian spærrede øjnene op. "Fy for søren, hvor ser du ud. Den barber ..."

" ... kan ikke anbefales," sagde Harry. "Kom, lad os gå ud af lyset."

Da de var kommet ud i mørket, stoppede Harry. "Plasteret?"

"Her."

Hans Christian kiggede på de mørklagte villaer på bakken bag dem, mens Harry forsigtigt lagde plaster over sytråden på halsen og på hagen.

"Slap af, der er ingen, der kan se os," sagde Harry, tog en af spaderne og begyndte at gå. Hans Christian skyndte sig efter ham, fandt en lommelygte frem og tændte den.

"Nu kan de se os," sagde Harry.

Hans Christian slukkede lygten.

De skridtede gennem krigsmindelunden, forbi de britiske sømandsgrave fra anden verdenskrig og fortsatte indad på grusgangene. Harry kunne fastslå, at det ikke var sandt, at døden udlignede alle forskelle: Gravstenene her på vestegnens kirkegård var større og blankere end østpå. Det knasede i gruset, hver gang de satte fødderne ned; de gik hurtigere og hurtigere, og til sidst lød det som et uafbrudt sus.

De stoppede ved sigøjnergraven.

"Det er anden vej til venstre," hviskede Hans Christian og prøvede at holde det kort, han havde printet ud, sådan at det fik lidt af det sparsomme månelys.

Harry stirrede ud i mørket, i samme retning som de var kommet.

"Noget galt?" hviskede Hans Christian.

"Jeg syntes bare, jeg hørte skridt. De stoppede, da vi stoppede." Harry løftede hovedet, som om han snuste efter noget i luften.

"Ekko," sagde han. "Kom."

To minutter senere stod de foran en beskeden, sort sten. Harry anbragte lygten helt inde ved stenen, før han tændte den. Skriften var hugget ind med guldmalede bogstaver:

Gusto Hanssen
14.03.1991–12.07.2011
Hvil i fred

"Bingo," hviskede Harry tørt.

"Hvordan gør ..." begyndte Hans Christian, men blev afbrudt af den sukkende lyd, da Harry stak spadespidsen ned i den bløde jord. Han greb sin egen spade og gravede løs.

Klokken var halv fire, og månen var forsvundet bag et skydække, da Harrys spadespids stødte mod noget hårdt.

Femten minutter senere var den hvide kiste afdækket.

De greb hver sin skruetrækker, satte sig på knæ oppe på kisten og begyndte at løsne de seks skruer i låget.

"Vi får ikke låget af med os begge to oven på det," sagde Harry. "En af os må gå op, så den anden kan åbne. Er der en frivillig?"

Hans Christian var allerede kravlet halvvejs op.

Harry pressede en fod ned ved siden af kisten, satte den anden op mod jordvæggen og pressede fingrene ind under låget. Så løftede han og begyndte af gammel vane at trække vejret gennem munden. Allerede før han kiggede ned, mærkede han varmen, som slog op fra kisten. Han vidste, at det var forrådnelsen, som udviklede energi, men det, som fik hans nakkehår til at rejse sig, var lyden. Den knitrende lyd af fluelarver i kød. Han pressede kistelåget op mod jordvæggen med knæet.

"Lys ned i kisten," sagde han.

Det glinsede i hvide, bugtende larvekroppe i og omkring den dødes mund og næse. Øjenlågene var indsunkne, eftersom øjenæblerne var det første, der blev fortæret. Lugten mindede ikke om gas, men noget som nærmede sig flydende eller fast form.

Harry lukkede lydene ude af Hans Christian, som brækkede sig, og fokuserede på analyseapparatet: Ansigt misfarvet mørkt, umuligt at fastslå, om vedkommende var Gusto Hanssen, men hårfarve og ansigtsform tydede på det.

Men det var noget andet, som fangede Harrys opmærksomhed, og som fik ham til at holde vejret.

Gusto blødte.

På den hvide ligskjorte voksede røde roser frem, roser af blod som bredte sig.

Der gik to sekunder, før Harry indså, at blodet kom fra ham selv. Han greb sig til halsen. Mærkede, hvordan fingrene blev klæbrige af blod. Sytråden var knækket.

"Din T-shirt," sagde Harry.

"Hvad?"

"Jeg skal forbindes lidt her."

Harry hørte det synge kort i en lynlås, og nogle sekunder senere kom en T-shirt sejlende ned i lyset. Han greb den, så logoet. De jurastuderendes retshjælp. Åh gud dog, en idealist! Harry bandt T-shirten rundt om halsen uden nogen anelse om, hvorvidt den gjorde nogen nytte, men det var alt, hvad han kunne gøre nu. Så bøjede han sig ned over Gusto, tog fat i ligskjorten med begge hænder og rev den op. Kroppen var mørk, svagt opsvulmet, og der kravlede larver ud af skudhullerne i brystet.

Harry fastslog, at skudsårene stemte overens med rapporten.

"Giv mig saksen."

"Saksen?"

"Neglesaksen."

"Åh for søren," hostede Hans Christian. "Den glemte jeg. Måske har jeg noget i bilen, skal jeg ...?"

"Det behøves ikke," sagde Harry og tog den lange springkniv op af jakkelommen. Han løsnede sikringen og trykkede på udløserknappen. Bladet sprang frem med brutal kraft, så hårdt at det rystede i skaftet.

Han fornemmede den perfekte balance i våbnet.

"Jeg kan høre noget," sagde Hans Christian.

"Det er en Slipknot-sang," sagde Harry. "*Pulse of the Maggots*." Han nynnede lavmælt.

"Nej, for pokker. Der kommer nogen!"

"Sæt lygten sådan, at jeg får lys, og stik af," sagde Harry og løftede Gustos hænder i vejret og studerede neglene på højre hånd.

"Jamen du ..."

"Af sted," sagde Harry. "Nu."

Harry hørte Hans Christians løbetrin forsvinde. Gustos langfingernegl var klippet kortere. Han studerede pegefingeren og ringfingeren. Sagde roligt:

"Jeg kommer fra bedemandsfirmaet; vi har lidt efterarbejde."

Så drejede han ansigtet op mod den purunge, uniformsklædte vagt, som stod på kanten af graven og kiggede ned på ham.

"Familien var ikke helt tilfreds med manicuren."

"Kan du så komme ud!" befalede vagten med en anelse af en dirren i stemmen.

"Hvorfor det?" sagde Harry, tog en lille plastpose op af jakkelommen og holdt den under ligets ringfinger, mens han møjsommeligt skar. Bladet gled gennem neglen, som om det var smør. Et virkelig fantastisk instrument. "Desværre for dig siger din stillingsintruks, at du ikke må gribe direkte ind over for indtrængende."

Harry brugte knivspidsen til at pirke tørre rester af blod ud fra undersiden af den kortklippede negl.

"Hvis du gør det, bliver du fyret og kommer ikke ind på Politiskolen og får ikke lov til at gå med store pistoler og skyde nogen i selvforsvar."

Harry arbejdede videre på pegefingeren.

"Gør, som instruksen anviser, knægt. Ring til nogen voksne i politiet. Hvis du er heldig, kommer de om en halv time. Men hvis vi skal være realistiske, må vi nok vente til kontortiden i morgen. Sådan!" Harry lukkede poserne, lagde dem i jakkelommen, fik kistelåget på plads og kravlede op af graven. Han børstede jord af jakken og bøjede sig ned for at tage spaden og lygten.

Og så lygterne på en bil, som svingede ind mod kapellet.

"Faktisk sagde de, at de ville komme med det samme," sagde den unge vagtmand og rykkede baglæns til en betryggende afstand. "Jeg fortalte dem nemlig, at det var graven med ham, som blev skudt. Hvem er du?"

Harry slukkede lygten, og det blev bælgmørkt.

"Jeg er ham, du skal heppe på."

Så begyndte Harry at løbe.

Han løb mod øst, væk fra kapellet, i samme retning som de var kommet fra.

Han pejlede sig ind på et lyspunkt, som han formodede var en lygtepæl i Frognerparken. Hvis han bare nåede ind i parken, vidste han, at han kunne løbe fra de fleste i den form, han var i nu. Han håbede bare, at de ikke havde hunde. Han kunne ikke fordrage hunde. Det var bedst at holde sig til grusgangene for ikke at snuble over gravsten og blomsterhilsner, men den knasende lyd gjorde det vanskeligere at høre eventuelle forfølgere. Ved krigsmindelunden svingede Harry ud på græsset. Han hørte ingen bag sig. Men så fik han øje på den. En dirrende lyskegle mod trækronerne over ham. Nogen løb med en lygte bag ham.

Harry løb ud på gangstien i retning mod parken. Han prøvede at ignorere smerterne i halsen og løbe afslappet og effektivt og koncentrere sig om teknik og åndedræt. Sagde til sig selv, at han trak fra. Han løb hen mod Monolitten og vidste, at de ville se ham under lysene på gangstien, som gik hen over højdedraget, at det ville se ud, som om han løb hen mod hovedporten til parken på østsiden.

Harry ventede, til han var kommet over toppen og ud af syne, før han drejede mod sydvest i retning af Madserud Allé. Foreløbig havde adrenalinet blokeret for træthedssignalerne, men nu kunne han mærke muskulaturen stivne. Et kort øjeblik blev det helt sort, og han troede, at han havde mistet bevidstheden. Men så var han tilbage, og en pludselig kvalme skyllede hen over ham, efterfulgt af en overvældende svimmelhed. Han så ned. Blodet løb trægt ud fra jakkeærmet, og som nylavet jordbærsyltetøj fra en brødskive hos bedstefar løb det ud mellem fingrene. Han ville ikke klare distancen.

Han vendte sig om og så en skikkelse passere gennem lyset under gadelygten øverst oppe på højderyggen. En stor mand, men med let løbestil. Tætsiddende, sort tøj. Ikke politiuniform. Kunne det være Delta-gruppen? Midt om natten med så kort varsel? Fordi nogen gravede på en kirkegård?

Harry tog et støttetrin. Han havde ingen chance for at løbe fra noget som helst i den her tilstand. Han måtte finde et sted at gemme sig.

Harry bestemte sig for et af husene på Madserud Allé. Han drejede væk fra gangstien, spurtede ned ad en græsskråning, måtte skridte ud, så han ikke faldt forover, fortsatte hen over asfaltvejen, sprang over det lave stakit, fortsatte ind blandt æbletræerne og om til bagsiden af huset. Der smed han sig ned i det våde græs. Trak vejret dybt, mærkede maven ligesom trække sig sammen, forberede sig på en opkastning. Han koncentrerede sig om at trække vejret, mens han lyttede.

Ingenting.

Men det var bare et spørgsmål om tid, før de ville være her. Og han skulle bruge noget til at forbinde halsen ordentligt med. Harry kom på benene igen og gik op på husets terrasse. Han kiggede ind gennem glasset i terrassedøren. Stuen var mørklagt.

Han sparkede glasset ind og stak hånden indenfor. Gode, gamle, naive Norge. Nøglen sad i døren. Han gled ind i mørket.

Holdt vejret. Soveværelserne var sandsynligvis på første sal.

Han tændte en bordlampe.

Plysstole. Kasse-tv. Konversationsleksikon. Et bord fyldt med familiebilleder. Strikketøj. Altså ældre beboere. Og gamle mennesker sov godt. Eller var det omvendt?

Harry fandt køkkenet, tændte lyset. Ledte i skufferne. Bestik, duge. Han prøvede at huske, hvor de havde plejet at opbevare den slags, da han var lille. Åbnede den næstnederste skuffe. Og der var det. Almindelig tape, kartontape, gaffatape. Han greb rullen med gaffatape og åbnede to døre, før han fandt badeværelset. Han tog jakke og skjorte af, stak hovedet over badekarret og holdt håndbruseren mod halsen. Kiggede på den hvide emalje, som på et øjeblik fik et rødt filter. Så brugte han T-shirten til at tørre sig og prøvede at klemme sårkanterne sammen med fingrene, mens han surrede den sølvfarvede gaffatape rundt om halsen i flere omgange. Han prøvede at mærke efter, om det var tilpas stramt; han skulle trods alt have lidt blod til hjernen. Tog skjorte og jakke på igen. Et nyt svimmelhedsanfald. Han satte sig på kanten af badekarret.

Han mærkede en bevægelse. Løftede hovedet.

Fra døråbningen stirrede et blegt, ældre kvindeansigt på ham med opspilede, skræmte øjne. Over natkjolen havde hun en rød, vatteret morgenkåbe. Den gav et underligt skin fra sig og knitrede elektrisk, når hun bevægede sig. Harry gættede på, at den var lavet af et kunststof, som ikke fandtes længere, som var forbudt, kræftfremkaldende, asbest eller noget i den stil.

"Jeg er politibetjent," sagde Harry. Rømmede sig. "Forhenværende politibetjent. Og lige nu er jeg løbet ind i nogle små problemer."

Hun sagde ingenting; hun bare stod der.

"Jeg skal selvfølgelig nok betale for det knuste glas." Harry løftede jakken fra badeværelsesgulvet og tog sin tegnebog frem.

Han lagde nogle sedler på vaskeservanten. "Hongkong-dollars. Det er ... bedre, end det lyder."

Han prøvede at smile til hende og så to tårer løbe ned over hver sin rynkede kind.

"Jamen, kæreste dog," sagde Harry og mærkede panikken, følelsen af at miste fodfæstet, af at miste kontrollen. "Du må ikke være bange. Jeg gør dig sandelig ikke noget. Jeg skal nok skynde mig at forsvinde, okay?"

Han fik presset den forbundne arm ind i jakkeærmet og gik hen mod hende. Hun rykkede tilbage med små, slubrende skridt, men uden at slippe ham med blikket. Harry holdt håndfladerne op og gik hurtigt hen mod terrassedøren.

"Tak," sagde han. "Og undskyld."

Så skubbede han døren op og gik ud på terrassen.

Kraften i smældet i væggen gjorde, at han gættede på et grovkaliber-våben. Så kom lyden af selve affyringen, krudteksplosionen, og bekræftede det. Harry faldt ned på knæ, idet næste skud splintrede ryggen på den havestol, der stod ved siden af ham.

I allerhøjeste grad grovkaliber.

Harry krabbede baglæns ind i stuen igen.

"Læg dig ned!" råbte han, idet stuevinduet eksploderede. Glasskår regnede ned over parketgulvet, kasse-tv'et og bordet med familiebillederne.

Harry løb sammenkrøbet ud af stuen, gennem gangen og hen til gadedøren. Åbnede. Så mundingsilden fra den åbne dør på en sort limousine, som holdt under en af gadelygterne. Han mærkede en svi-ende smerte i ansigtet, og det begyndte at ringe, en høj, skærende, metallisk lyd. Harry vendte sig automatisk og så, at ringeklokken var skudt i stykker. En byge af træflis stod ud af væggen.

Han trak indenfor igen. Lagde sig på gulvet.

Grovere kaliber end politiet havde i nogen af deres våben. Harry tænkte på den store skikkelse, han havde set løbe hen over højdedraget. Det havde ikke været en politibetjent.

"Du har noget på kinden ..."

Det var kvinden; hun måtte råbe for at overdøve larmen fra ringemekanismen på dørklokken, som havde sat sig fast. Hun stod bag ham, længst inde i gangen. Harry mærkede efter med fingrene. Det var en træflis. Han nappede den ud. Og nåede at tænke, at det heldigvis var på samme side som arret, så det burde ikke reducere hans markedsværdi dramatisk. Så smældede det igen. Denne gang var det køkkenvinduet, der gik. Han var ved at løbe tør for Hongkong-dollars.

Over ringelyden kunne han høre sirener i det fjerne. Harry løftede hovedet. Gennem gangen og stuen så han, at lysene var blevet tændt i husene omkring terrasserne. Gaden på forsiden af huset var oplyst som et juletræ. Han ville være et løbende vildsvin i projektørlys, ligegyldigt hvilken vej han tog. Valget stod mellem at blive skudt eller anholdt. Nej, ikke engang det. De hørte også sirenerne og vidste, at tiden løb ud for dem. Og han havde ikke besvaret ilden, så de måtte have konkluderet, at han sandsynligvis var ubevæbnet. De ville følge efter ham. Han måtte væk. Han fandt telefonen frem. Fandens også, hvorfor havde han ikke gjort sig den ulejlighed at lægge hans nummer ind under T? Det var jo ikke ligefrem sådan, at kontaktregisteret var fuldt.

"Hvad er nummeret til oplysningen?" råbte han over lyden af ringeklokken.

"Nummeret ... til ... oplysningen?"

"Ja."

"Altså." Hun stak tænksomt en finger i munden, trak den røde asbestkåbe ind under sig og satte sig på en køkkenstol. "Der er 1880. Men jeg synes, de er meget venligere på 1881. Der er de ikke så forjagede og stressede; de tager sig tid til at slå en sludder af, hvis du har noget ..."

"Oplysningen 1880," sagde en nasal stemme i Harrys øre.

"Asbjørn Treschow," sagde Harry. "Med c og h."

"Vi har én Asbjørn Berthold Treschow i Oppsal i Oslo og én Asbjø ..."

"Det er ham! Kan du sætte mig over til mobil?"

Tre sekunder af en evighed senere svarede en velkendt, gnaven stemme.

"Jeg skal ikke have noget."

"Træsko?"

Lang pause uden svar. Harry så sin fede ungdomsvens forbløffede ansigt for sig.

"Harry? Long time."

"Seks-syv år, maks. Er du på arbejde?"

"Ja." Tonefaldet med det langtrukne a tydede på mistænksomhed. Ingen ringede til Træsko sådan uden videre.

"Jeg har brug for en hurtig tjeneste."

"Ja, det har du vel. Du, hvad med den hundredlap, du lånte? Du sagde ..."

"Jeg har brug for, at du slukker for al strøm i området Frognerparken-Madserud Allé."

"Hvad har du?"

"Vi har en politiaktion her med en fyr, som er gået amok med et skydevåben. Vi er nødt til at tage alt lys fra ham. Du er stadig på driftsstationen i Montebello, ikke?"

Ny pause.

"Det er jeg sådan set, men er du stadig ved politiet?"

"Selvfølgelig er jeg det. Du, det haster faktisk lidt."

"Det vil jeg skide på. Jeg har ikke autorisation til at gøre den slags. Du må snakke med Henmo, og han ..."

"Han sover, og vi har ikke tid!" råbte Harry. I det samme smældede et nyt skud og knuste skabet i køkkenet. Det raslede i service, som væltede ud og blev knust mod gulvet.

"Hvad dælen var det?" spurgte Træsko.

"Hvad tror du? Du kan vælge mellem at have ansvaret for en fyrre sekunders strømafbrydelse eller en dynge lig."

Der blev stille i den anden ende et par sekunder. Så lød det, langsomt:

"Tænk en gang, Harry. Nu sidder jeg her og bestemmer. Det havde du ikke troet. Eller hvad?"

Harry trak vejret dybt. Så en skygge glide hen over terrassen udenfor. "Nej, Træsko, det havde jeg ikke troet. Kan du ..."

"Du og Øystein troede ikke, jeg ville blive til noget, troede I vel?"

"Nej, der tog vi sørme fejl, du."

"Hvis du siger 'vil du ikke no ..."

"Slå så den forpulede strøm fra!" brølede Harry. Og opdagede, at forbindelsen var afbrudt. Han rejste sig op, greb den gamle kvinde under armen og halvvejs slæbte hende ind på badeværelset. "Bliv her!" hviskede han, smækkede døren i bag sig og løb hen mod den åbne indgangsdør. Han stormede ud mod lyset, forberedte sig på kugleregnen.

Og så blev det sort.

Så sort, at da han landede på flisegangen og rullede forover, troede han i et forvirret øjeblik, at han var død. Før det gik op for ham, at Asbjørn 'Træsko' Treschow havde trykket på afbryderkontakten, trykket på tastaturet, eller hvad fanden de nu gjorde deroppe på driftscentralen. Og at han havde fyrre sekunder.

Harry løb i blinde i det totale mørke. Han snublede over stakittet, kom op igen, fik asfalt under fødderne og løb videre. Hørte råbende stemmer og sirener, som kom nærmere. Men også den brummende lyd af en stor bilmotor, som blev sat i gang. Harry holdt til højre og kunne nu se nok til, at han ikke kom uden for vejen. Han var i den sydlige del af Frognerparken, så der var en mulighed for, at han kunne klare det. Han kom forbi mørke villaer, træer, skov. Området lå stadig i mørke. Bilmotoren nærmede sig. Han tumlede ind til venstre på parkeringspladsen foran banerne. Et hul efter en vandpyt på gruspladsen fik ham næsten til at falde, men han holdt balancen og løb videre. Det eneste, som reflekterede tilstrækkeligt med lys i mørket til, at det kunne ses, var de hvide kalklinjer på tennisbanerne bag trådhegnet. Harry så omridset af Oslo Tennisklubs klubhus. Han spurtede hen til muren foran døren til omklædningsrummet og kastede sig ned, idet lyset fra et par billygter fejede hen over væggen. Han landede og rullede sidelæns på betonen. Det var en blød landing, men alligevel svimlede det for ham.

Han blev liggende musestille og ventede.

Hørte ingenting.

Stirrede op i mørket.

Så, uden forvarsel, blev han blændet af lys.

Udendørslampen på undersiden af verandaen, direkte over ham. Strømmen var tilbage.

Harry blev liggende i to minutter og lyttede til sirenerne. Biler som kørte på vejen bag klubhuset. Eftersøgningshold. Området var ganske sikkert omringet allerede. Snart ville de komme med hunde.

Han kunne ikke komme væk, så han måtte se at komme indenfor.

Han rejste sig og kastede et blik over kanten af muren.

Så på boksen med det røde lys og tastaturet ved siden af døren.

Det år, kongen blev født. Guderne måtte vide hvornår.

Han så for sig et billede fra et sladderblad og prøvede 1941. Det bippede, og han trak i dørhåndtaget. Låst. Vent, var kongen ikke ganske nyfødt, da familien tog på London-tur i 1940? 1939. Lidt ældre, måske. Harry frygtede, at det var typen med tre forsøg, og så er du ude. 1938. Trak i dørhåndtaget. Fandens også. 1937? Det lyste grønt. Døren gled op.

Harry smuttede indenfor og hørte døren smække bag sig.

Lydene forsvandt. Trygt.

Han tændte lyset.

Omklædning. Smalle træbænke. Stålskabe.

Først nu mærkede han, hvor udmattet han var. Han kunne blive her, til det blev lyst, til jagten var afblæst. Han inspicerede omklædningsrummet. En vask midt på væggen med et spejl. Fire brusere. Et toilet. Han åbnede en tung trædør for enden af lokalet.

En sauna.

Han gik derind og lod døren glide i bag sig. Der lugtede af træ. Han lagde sig på en af de brede træbænke foran den kolde ovn. Lukkede øjnene.

Kapitel 30

De var tre. De løb gennem en korridor og holdt hinanden i hænderne, og Harry råbte, at de skulle holde fast, når sneskreddet kom, så de ikke kom væk fra hinanden. Så hørte han sneskreddet komme bag dem, først som en rumlen, så som et brøl. Så var det der, det hvide mørke, det sorte kaos. Han holdt fast, alt hvad han kunne, og alligevel kunne han mærke deres hænder glide ud af sine egne.

Harry vågnede med et sæt. Så på uret og konstaterede, at han havde sovet i tre timer. Han pustede ud i et langt hvæs, som om han havde holdt vejret. Kroppen føltes mørbanket. Nakken værkede. Hovedpinen var dundrende. Og han svedte. Han var så gennemblødt, at jakken havde sorte pletter. Han behøvede ikke vende sig om for at se grunden til det. Ovnen. Nogen havde tændt for ovnen i saunaen.

Han rejste sig og vaklede ud i omklædningsrummet. Der lå tøj på bænken, og han hørte lyden af ketsjerstrenge mod tennisbold udenfor. Han så, at kontakten uden på saunaen var slået til. De skulle vel have en varm sauna til efter tenniskampen.

Harry gik hen til vasken. Så sig i spejlet. Røde øjne, rødt, oppustet ansigt. Det latterlige halsbånd af sølvfarvet gaffatape, hvordan kanten havde gravet sig ind i den bløde halshud. Han smed noget vand i ansigtet og gik ud i morgensolen.

Tre mænd, alle pensionistbrune og med tynde pensionistben, holdt op med at spille og så på ham. Den ene af dem rettede på brillerne:

"Vi mangler en mand til en double, unge mand; har De lyst til at ..."

Harry kiggede lige frem og koncentrerede sig om at tale roligt. "Sorry, drenge. Tennisalbue."

Harry kunne mærke deres blikke i ryggen, mens han gik ned mod Skøyen. Der burde være en bus at opdrive et eller andet sted.

Truls Berntsen bankede på døren ind til afdelingslederen.

"Kom ind!"

Bellman stod med en telefon mod øret. Han virkede fattet, men Truls kendte Mikael for godt. Hånden som hele tiden bevægede sig op til det velfriserede hår, den lidt hurtigere måde at snakke på, den koncentrerede rynke i panden.

Bellman lagde røret på.

"Kedelig morgen?" spurgte Truls og rakte Bellman en dampende kop kaffe.

Afdelingslederen så forbavset på koppen, men tog imod den.

"Politimesteren," sagde Bellman og nikkede hen mod telefonen. "Aviserne er over ham angående den her gamle dame på Madserud Allé. Huset blev skudt halvvejs i stykker, og han forlanger, at jeg skal forklare, hvad der skete."

"Hvad svarede du?"

"At operationscentralen sendte en patruljevogn derud, efter at vagten på Vestre Gravlund meldte, at der var folk i Gusto Hanssens grav. At gravskænderne var sluppet væk, da patruljevognen nåede frem, men så begyndte det at smælde nede på Madserud Allé. Nogen skød på nogen, som var trængt ind i huset. Kvinden er i chok; det eneste, hun siger, er, at ham, der kom ind, var en høflig, ung mand på to en halv meter og med et ar tværs over ansigtet."

"Mener du, at skyderiet har sammenhæng med gravskændingen?"

Bellman nikkede. "På hendes stuegulv lå der lerklumper, som temmelig sikkert kommer fra graven. Så nu spekulerer politimesteren på, om det er narkorelateret, om der er et nyt bandeopgør i gang her. Om jeg har styr på det." Bellman gik hen til vinduet og strøg en pegefinger over den smalle næseryg.

"Er det derfor, du bad mig komme ind?" spurgte Truls og tog en forsigtig slurk af kaffekoppen. "Nej," sagde Bellman med ryggen mod Truls. "Jeg tænker på den aften, hvor vi fik det anonyme tip om, at hele Los Lobos-banden ville være samlet på McDonald's. Du var ikke med til anholdelsen, var du vel?"

"Nej," sagde Berntsen og hostede. "Jeg kunne ikke. Jeg var syg den aften."

"Samme sygdom, som du fik nu?" spurgte Bellman uden at vende sig om.

"Hvad?"

"Der var nogen af politifolkene, som studsede over, at døren til MC-klubben ikke var låst, da de ankom. Og de undrede sig over, hvordan ham Tutu, som ifølge Odin skulle sidde vagt der, kunne slippe væk derfra. Der var jo ingen, som kunne vide, at vi ville komme. Eller hvad?"

"Så vidt jeg ved," sagde Truls. "Var det kun os."

Bellman så ud ad vinduet og vippede på hælene. Hænderne på ryggen. Vippede. Og vippede.

Truls tørrede overlæben. Håbede, at sveden ikke kunne ses. "Ellers noget?"

Vippen. Op og ned. Som en dreng, der prøver at se op over kanten, men som lige akkurat er for lille.

"Det var alt, Truls. Og ... tak for kaffen."

Da Truls kom tilbage til sit eget kontor, gik han hen til vinduet. Og så det, Bellman måtte have kigget på derude. Den røde plakat, som var blevet hængt op på træet.

Klokken var tolv, og på fortovet uden for Restaurant Schrøder stod der som sædvanlig et par tørstige sjæle og ventede, da Nina åbnede.

"Føj da," sagde hun, da hun fik øje på Harry.

"Slap af, jeg skal ikke have øl, bare morgenmad," sagde Harry. "Og en tjeneste."

"Jeg mener halsen," sagde Nina og holdt døren for ham. "Den er jo helt blå. Og hvad er det ...?"

"Gaffatape," sagde Harry.

Nina nikkede og gik hen for at ekspedere bestillingen. På Schrøder var det husets politik, at ud over almindelig omtanke passede man sine egne sager.

Harry slog sig ned ved det faste bord i hjørnet ved vinduet og ringede til Beate Lønn.

Fik telefonsvareren. Ventede til bippet.

"Det er Harry. Jeg traf for nylig en ældre dame, som jeg muligvis gjorde et vist indtryk på, så jeg tror ikke, jeg skal nærme mig politistationer og lignende et stykke tid. Derfor lægger jeg i stedet for to poser med blod her på Schrøder. Kom personligt, og spørg efter Nina. Jeg vil også bede dig om en anden tjeneste. Bellman har iværksat en indsamling af en del adresser i Blindern. Jeg vil gerne have, at du så diskret som muligt prøver, om du kan få taget kopier af listerne fra hvert enkelt team, altså før de bliver sendt videre til Orgkrim."

Harry lagde på. Så ringede han til Rakel. Ny telefonsvarer.

"Hej, det er Harry. Jeg skal bruge noget rent tøj, som jeg kan passe, og der hænger jo noget tilbage oppe hos dig fra ... fra dengang. Jeg opgraderer lidt og tjekker ind på Plaza, så hvis du kunne sende noget derned i en taxa, når du kommer hjem, ville det være ..." Han kunne mærke, at han automatisk ledte efter et ord, som kunne tænkes at få hende til at smile. Som 'helt fedt' eller 'kanon' eller 'vildt sy-ygt'. Men kunne ikke komme på noget og landede på et helt straight: " ... fint."

Nina kom med kaffen og et spejlæg, mens Harry tastede Hans Christians nummer. Hun så formanende på ham. Schrøder havde mere eller mindre udtalte regler mod brug af pc, brætspil og mobiltelefoner. Det her var et sted, hvor man drak, fortrinsvis øl, spiste, snakkede sammen eller holdt kæft og til nød læste avis. Boglæsning var formentlig en gråzone.

Harry signalerede, at det kun ville vare nogle sekunder, og Nina nikkede nådigt.

Hans Christian lød både lettet og skrækslagen: "Harry? Fy for søren, altså. Gik det godt?"

"På en skala fra én til ti ..."

"Ja?"

"Hørte du om skyderiet på Madserud Allé?"

"Åh, for pokker! Var det dig?"

"Har du et våben, Hans Christian?"

Harry syntes, han kunne høre den anden synke ihærdigt.

"Har jeg brug for det, Harry?"

"Ikke dig. Mig."

"Harry ..."

"Bare til selvforsvar. For alle tilfældes skyld."

Pause. "Jeg har kun en gammel jagtriffel efter min far. Elgjagt."

"Det lyder godt. Kan du hente den, pakke den ind i noget og aflevere den på Schrøder i løbet af tre kvarter?"

"Jeg kan prøve. Hv ... hvad skal du nu?"

"Jeg," sagde Harry og mødte Ninas advarende blik henne fra disken, "skal spise morgenmad."

Da Truls Berntsen gik hen mod Gamlebyen Kirkegård, så han en sort limousine stå parkeret uden for porten, hvor han plejede at gå ind. Og da han nærmede sig, gik døren på passagersiden op, og en mand steg ud. Han var klædt i sort jakkesæt og måtte være et godt stykke over to meter høj. Kraftigt kæbeparti, glat pandelok og noget udefinerligt asiatisk, som Truls altid havde forbundet med samer, finner og russere. Jakken måtte nødvendigvis være skræddersyet, men alligevel virkede den for stram over skuldrene.

Han trådte til side og viste med en håndbevægelse, at Truls skulle overtage hans plads på passagersædet.

Truls sagtnede farten. Hvis det var Dubais mænd, var det et uventet brud på reglen om direkte kontakt. Han så sig rundt. Der var ingen andre at se.

Han tøvede.

Hvis de havde bestemt sig for at skaffe sig af med ildslukkeren, ville det her være måden at gøre det på.

Han så på den store mand. Det var umuligt at læse noget ud af hans ansigtsudtryk, og Truls kunne heller ikke afgøre, om det var et godt eller dårligt tegn, at manden ikke havde gjort sig den ulejlighed at tage et par solbriller på.

Han kunne selvfølgelig vende sig om og stikke af. Men hvad så?

Q5, mumlede Truls lavt for sig selv. Så steg han ind i bilen.

Døren blev straks smækket i efter ham. Det blev underligt mørkt; det måtte være de tonede ruder. Og klimaanlægget måtte være usædvanlig effektivt; det føltes, som om der var kuldegrader derinde. På chaufførsædet sad en mand med ansigt som en jærv. Også han var iklædt sort jakkesæt. Glat frisure. Sikkert russer.

"Fint, du kunne komme," sagde en stemme bag Truls. Han behøvede ikke vende sig om. Accenten. Det var ham. Dubai. Manden, som ingen vidste, hvem var. Ingen *andre* vidste, hvem var. Men hvad hjalp det Truls at kende et navn, at genkende et ansigt? Og desuden bider man ikke den hånd, der fodrer en.

"Jeg vil have, at du får fat i en person for os."

"Får fat i?"

"Henter. Og afleverer ham til os. Resten behøver du ikke bekymre dig om."

"Jeg har jo sagt, at jeg ikke ved, hvor Oleg Fauke er."

"Det er ikke Oleg Fauke, Berntsen. Det er Harry Hole."

Truls Berntsen troede næppe sine egne ører. "Harry Hole?"

"Ved du ikke, hvem han er?"

"Jo, for fanden. Han var i Drabsafdelingen. Ikke rigtig klog. Drukmås. Opklarede et par sager. Er han i byen?"

"Han bor på Leons. Værelse 301. Hent ham der præcis ved midnat i aften."

"Og hvordan skal jeg 'hente' ham?"

"Anhold ham. Slå ham ned. Sig, at du vil vise ham din båd. Gør, hvad du vil, bare du får ham ned til bådehavnen i Kongen. Derfra tager vi resten. Halvtreds tusind."

Resten. Han snakkede om at tage livet af Hole. Han snakkede om drab. På en *politibetjent.*

Truls åbnede munden for at sige sit nej, men stemmen omme fra bagsædet kom ham i forkøbet:

"Euro."

Truls Berntsens mund blev stående åben med et havareret 'nej' halvvejs mellem hjernen og stemmebåndene. I stedet gentog den de ord, han mente, han havde hørt, men knap nok troede:

"Halvtreds tusind *euro*?"

"Nå?"

Truls så på uret. Han havde lidt over elleve timer. Han rømmede sig. "Hvordan ved I, at han vil være på sit værelse ved midnat?"

"Fordi han ved, at vi kommer."

“Hvad?” sagde Truls. “Du mener vel, at han *ikke* ved, at vi kommer?”

Stemmen bag ham lo. Det lød som motoren på en kutter. Dunk, dunk.

Kapitel 31

Klokken var fire, og Harry stod under en bruser på nittende etage på Radisson Plaza. Han håbede, at gaffatapen kunne tåle det varme vand; det dulmede i hvert fald smerterne en stakket stund. Han havde fået værelse 1937, og det havde flagret gennem hans hjerne, da han fik nøglen. Kongens fødselsår, Koestler, synkronicitet og alle de der ting. Harry troede ikke på det. Det, han troede på, var den menneskelige hjernes evne til at finde mønstre. Også der, hvor der ingen egentlige mønstre fandtes. Derfor havde han altid tvivlet som efterforsker. Tvivlet og søgt, søgt og tvivlet. Set mønstre, men tvivlet om skyld. Eller omvendt.

Harry hørte telefonen bippe. Nem at høre, men diskret og behagelig. Lyden af dyrt hotel. Han lukkede for bruseren og gik hen til sengen. Løftede røret.

"Der er en dame her," sagde receptionisten. "Rakel Fauske. Undskyld, *Fauke* siger hun. Hun har noget til Dem, som hun gerne vil komme op med."

"Giv hende en elevatornøgle og send hende op," sagde Harry. Han betragtede det jakkesæt, som han havde hængt ind i skabet. Det så ud, som om det havde været igennem to verdenskrige. Han åbnede døren og bandt et par kvadratmeter tungt badehåndklæde om livet. Satte sig på sengen og lyttede. Hørte et pling fra elevatoren og derefter hendes skridt. Han kunne stadig genkende dem. Lidt hårde, korte skridt med høj frekvens, som om hun altid gik med en stram nederdel. Han lukkede øjnene et øjeblik, og da han åbnede dem igen, stod hun foran ham. "Hej, nøgne mand," smilede hun, lod poserne falde på gulvet og sig selv ned på sengen ved siden af ham. "Hvad er det?" Hun strøg fingrene hen over gaffatapen.

"Bare lidt improviseret plaster," sagde han. "Du behøvede ikke komme selv."

"Det forstod jeg godt," sagde hun. "Men jeg fandt ikke noget af dit tøj. Det forsvandt nok under flytningen til Amsterdam."

Blev smidt ud, tænkte Harry. Fair nok.

"Men så snakkede jeg med Hans Christian, og han havde et skab fuldt af tøj, som han ikke bruger. Ikke ligefrem din stil, men I bruger nogenlunde samme størrelse."

Hun åbnede poserne, og han så med gru på, at hun trak en Lacoste-skjorte frem, fire par nystrøgne underbukser, et par Armani-cowboybukser med pressefolder, en V-trøje, en Timberland-jakke, to skjorter med polospiller på og dertil et par sko af blødt, brunt læder.

Hun begyndte at hænge det på plads i klædeskabet, og han rejste sig og overtog arbejdet. Hun betragtede ham fra siden og smilede, mens hun strøg en hårtjavs om bag øret.

"Du ville vel ikke have købt nyt tøj, før det der jakkesæt bogstaveligt talt faldt af dig? Vel?"

"Tja," sagde Harry og flyttede på bøjlerne. Tøjet var fremmed, men havde en svag, velkendt lugt. "Jeg må indrømme, at jeg overvejede en ny skjorte og muligvis et par underbukser."

"Har du ikke rene underbukser?"

Harry så på hende. "Definér rene."

"Harry!" Hun slog ham leende på skulderen.

Han smilede. Hendes hånd blev liggende på hans skulder.

"Du er varm," sagde hun. "Febervarm. Er du sikker på, at der ikke er gået infektion i det, du har under dit såkaldte plaster?"

Han rystede smilende på hovedet. Han vidste, at der var gået betændelse i såret; det kunne han mærke på den pulserende, dumpe smerte. Men med sine mange års erfaring fra Drabsafdelingen vidste han også noget andet. At politiet havde afhørt bartenderen og gæsterne på Nirvana-stedet og havde fået at vide, at den, der havde dræbt knivstikkeren, havde forladt stedet med dybe sår i halsen og nakken. At de for længst havde alarmeret alle lægevagter i byen og overvågede akutmodtagelserne. Og der var ikke tid til at blive varetægtsfængslet nu.

Hun strøg ham over skulderen, op mod halsen og tilbage. Over hans bryst. Og han tænkte, at hun måtte kunne mærke hans hjerte, og at hun var som det der Pioneer-tv, som de var holdt op med at producere, fordi det var for godt, og som man kunne se var godt, fordi det sorte i billedet var så sort.

Han havde fået et af vinduerne op på klem; de ville ikke have selvmordsudspringere på hotellet. Og selv op til nittende etage kunne de høre eftermiddagsmyldretiden, af og til et bilhorn, og et eller andet sted, måske fra et andet værelse, lød der en malplaceret, forsinket sommersang.

"Er du sikker på, at du vil det her?" sagde han uden at prøve at rømme hæsheden ud af stemmen. De stod sådan, hun med en hånd på hans skulder, mens hendes blik vogtede på hans som en koncentreret tangopartner.

Hun nikkede.

Så kosmisk og intenst sort i det sorte, at det sugede én til sig.

Han mærkede ikke engang, at hun løftede foden og satte den mod døren. Hørte bare, da den smækkede i, uendelig blødt, lyden af dyrt hotel, som et kys.

Og mens de elskede, tænkte han kun på sortheden og lugten. Sortheden i håret, øjenbrynene og øjnene. Og lugten af den parfume, han aldrig havde spurgt hende, hvad hed, men som var hendes alene, som var i hendes tøj, i hendes klædeskab, som havde bredt sig over til hans eget tøj, dengang det hang i skabet op ad hendes. Og som nu var i garderoben her i værelset. Fordi hans, den andens tøj, også havde hængt i hendes klædeskab. Og det var derfra, hun havde hentet det, ikke hjemme hos ham; måske havde det ikke engang været hans, den andens, idé, måske havde hun bare taget det direkte ud af skabet og var kørt hertil med det. Men Harry sagde ingenting. For han vidste, at han kun havde hende til låns. Han havde hende lige nu, og han kunne tage til takke med det eller ingenting. Så han holdt sin mund. Elskede hende, som han altid havde elsket hende, intenst og langsomt. Han lod sig ikke påvirke af hendes grådighed og utålmodighed, men gjorde det så stille og dybt, at hun skiftevis forbandede ham og gispede. Ikke fordi det var sådan, han troede, hun ville have det, men fordi det var sådan, han ville have det. Fordi han kun havde hende til låns. Han havde kun de her få timer.

Og da hun kom, stivnede og stirrede på ham med den paradoksalt forurettede mine, kom alle de nætter, de havde haft, tilbage, og han havde mest lyst til at græde.

Bagefter delte de en cigaret.

"Hvorfor vil du ikke fortælle mig, at I er sammen?" sagde Harry, inhalerede og rakte hende cigaretten.

"Fordi vi ikke er sammen. Det er bare ... en midlertidig nødhavn." Hun rystede på hovedet. "Jeg ved det ikke. Jeg ved ikke noget mere. Jeg burde holde mig væk fra alt og alle."

"Han er en god mand."

"Det er lige præcis det. Jeg trænger til en god mand, så hvorfor vil jeg ikke have en god mand? Hvorfor er vi så pokkers irrationelle, når vi faktisk godt ved vores eget bedste?"

"Mennesket er en perverteret og beskadiget art," sagde Harry. "Og der findes ingen helbredelse, kun lindring."

Rakel lagde sig ind til ham. "Det er det, jeg godt kan lide ved dig, den ukuelige optimisme."

"Jeg ser det som min opgave at sprede solskin, søde."

"Harry?"

"Ja?"

"Findes der nogen vej tilbage? For os?"

Harry lukkede øjnene. Lyttede til hjerteslagene. Sine egne og hendes.

"Ikke tilbage." Han vendte sig om mod hende. "Men hvis du synes, du stadig har lidt fremtid tilbage i dig ..."

"Mener du det?"

"Det her er bare pudesnak, ikke sandt?"

"Tossehoved." Hun kyssede ham på kinden, rakte ham cigaretten og stod ud af sengen. Klædte sig på.

"Du kan altså godt bo oppe hos mig," sagde hun.

Han rystede på hovedet. "Det er bedst sådan her lige nu," sagde han.

"Husk at jeg elsker dig," sagde hun. "Det må du aldrig glemme. Lover du mig det?"

Han nikkede. Lukkede øjnene. Døren smækkede lige så blødt i igen den anden gang. Så åbnede han øjnene igen. Og så på klokken.

Det er bedst sådan her lige nu.

Hvad skulle han ellers have gjort? Taget med hende tilbage til Holmenkollen og sørget for, at Dubai havde fulgt hans spor dertil og trukket Rakel med ind i det her opgør, præcis som han havde gjort med Snemanden? For nu indså han det; han indså, at de havde vogtet over hans skridt fra første dag, at det havde været overflødigt at sende invitationen til Dubai gennem hans pushere. De ville finde ham, før han fandt dem. Og så ville de finde Oleg.

Så den eneste fordel, han havde, var, at han kunne vælge sted. Gerningssted. Og han havde valgt. Ikke her på Plaza; det var bare for at få en lille timeout, et par timers søvn og samle sig lidt. Stedet var Leons.

Harry havde overvejet at kontakte Hagen. Eller Bellman. Forklare dem situationen. Men det ville ikke give dem andet valg end at anholde ham. Det var under alle omstændigheder kun et spørgsmål om tid, før politiet ville sammenkoble de tre signalementer givet af bartenderen i Kvadraturen, sikkerhedsvagten på Vestre Kirkegård og den gamle kvinde på Madserud Allé. En mand på en treoghalvfems iført hørjakke, med ar på den ene side af ansigtet og tilplastret hals og hage. De ville snart efterlyse Harry Hole. Så det hastede.

Han rejste sig med en stønnen, åbnede garderobeskabet.

Han tog et par af de nystrøgne underbukser på. Og en skjorte med en polospiller. Overvejede Armani-bukserne. Rystede lavt bandende på hovedet og tog hørjakkesættet på i stedet for.

Så trak han den tennistaske ud, som lå på hattehylden. Hans Christian havde forklaret, at det var det eneste, han havde, som riflen kunne være i.

Harry tog den over skulderen og gik ud. Døren smækkede i bag ham med et blødt sug.

Kapitel 32

Jeg ved ikke, om det er muligt at fortælle, præcis hvordan tronskiftet skete. Præcist hvornår violin overtog magten og begyndte at bestemme mere over os end omvendt. Der var gået ged i det hele: den deal, jeg havde prøvet at få lavet med Ibsen, kuppet i Alnabru. Og Oleg gik rundt med det der russiske depressionsfjæs og sagde, at livet uden Irene var meningsløst. Efter tre uger sprøjtede vi for mere, end vi tjente, vi var høje på jobbet og vidste, at det hele var ved at gå ad helvede til. Men allerede på det tidspunkt betød det mindre end den næste sprøjte. Det lyder som en fuckings kliché, det er en kliché, og det er lige præcis sådan, det er. Så skide enkelt og så helt umuligt. Jeg tror roligt, jeg kan sige, at jeg aldrig har elsket noget menneske, jeg mener virkelig elsket. Men jeg var håbløst forelsket i violin. For mens Oleg brugte violin som hjertemedicin til at dulme smerterne med, brugte jeg violin, som det skal bruges. Til at blive lykkelig. Og det er lige præcis det, jeg mener: fuckings lykkelig. Det var bedre end mad, sex, søvn, ja, bedre end at trække vejret.

Og det var derfor ikke noget chok, da Andrej en aften efter opgøret trak mig til side og sagde, at oldingen var bekymret.

"It's okay," sagde jeg.

Han forklarede, at hvis jeg ikke tog mig sammen og mødte op klar i hovedet på job hver eneste skide dag fra nu af, havde gamlingen sagt, at jeg ville blive tvangsindlagt til afvænning.

Jeg grinede. Og sagde, at jeg ikke var klar over, at det her job havde frynsegoder med sygesikring og alting. Fik Oleg og jeg også tandlæge betalt? Og pension?

"Not Oleg."

I hans blik så jeg nogenlunde, hvad det betød.

Jeg havde fandeme ikke planer om at blive clean sådan lige med det samme. Og det havde Oleg heller ikke. Så vi gav fanden i det hele, og næste aften var vi lige så høje som Postgirobygningen, solgte halvdelen af lageret, tog resten med, lejede en bil og kørte til Kristiansand. Vi spil-

lede fuckings Sinatra for fuld hammer, "I Got Plenty Of Nothing," hvilket var så sandt som sunget; vi havde sgu ikke engang kørekort. Til sidst sang Oleg også, men kun for at overdøve Sinatra og moi, påstod han. Vi grinede og drak lunkent øl; det var som i gamle dage. Vi tog ind på Hotel Ernst, som ikke var så corny, som det lyder til, men da vi spurgte i receptionen, hvor i byen pusherne holdt til, fik vi bare et dumt ansigtsudtryk som svar. Oleg havde fortalt mig om den festival, byen havde haft, som var blevet kørt i grøften af en eller anden idiot, som var så forhippet på at være guru, at han bookede bands, der var så fede, at de ikke havde råd til dem. Ikke desto mindre påstod de kristne i byen, at halvdelen af befolkningen mellem atten og femogtyve var blevet narkokunder på grund af den festival. Men vi fandt selvfølgelig ikke nogen narkokunder og gik bare rundt i aftenmørket på gågaden, hvor der var en – én – fuld mand og fjorten Ten Sing-kor, som spurgte, om vi ville møde Jesus.

"Hvis han skal have violin, så er det okay," sagde jeg.

Men det skulle Jesus vist ikke, så vi gik tilbage til vores hotelværelse og tog et godnat-skud. Jeg aner ikke hvorfor, men vi blev hængende i landsbyen. Lavede ikke noget, blev bare høje og sang Sinatra. En nat vågnede jeg ved, at Oleg stod ved siden af min seng. Han holdt en skide hund i armene. Han sagde, at han var blevet vækket af nogle skrigende bremser uden for vinduet, og da han kiggede ud, lå den her hund på gaden. Jeg kiggede på den. Det så ikke godt ud. Oleg og jeg var enige: Ryggen var brækket. Og den var skabet og fuld af mange gamle sår. Staklen havde fået mange tæsk, og guderne måtte vide, om det var af ejeren eller af andre hunde. Men hunden var skam fin nok. Brune, rolige øjne, som så på mig, som om den troede, at jeg kunne fikse alt det, der var galt med den. Så jeg prøvede. Gav den mad og vand, klappede den på hovedet og snakkede med dyret. Oleg sagde, at vi skulle gå hen til en dyrlæge med den, men jeg vidste, hvad de ville gøre, så vi beholdt hunden på hotelværelset, hængte DON'T DISTURB-skiltet på døren, lod den ligge i sengen. Vi skiftedes til at være vågen og tjekke, at den trak vejret. Den bare lå der, blev varmere og varmere, og pulsen blev svagere. Den tredje dag gav jeg den et navn. Rufus. Ja, hvorfor ikke? Det er da godt at have et navn, når du skal dø.

"Den lider," sagde Oleg. "Dyrlægen afliver den med en sprøjte. Det gør overhovedet ikke ondt."

"Ingen skal sprøjte noget billigt dyrenarko i Rufus," sagde jeg og knipsede på sprøjten.

"Er du vanvittig?" sagde Oleg. "Der er violin for to kilo der, mand."

Det var meget tænkeligt. Rufus forlod i hvert fald den her verden på fuckings business class.

Mener at kunne huske, at det var overskyet på hjemturen. I hvert fald var der ingen Sinatra, ingen sang.

Tilbage i Oslo var Oleg skidebange for, hvad der ville ske. Selv var jeg mærkelig nok helt rolig. Det var, som om jeg vidste, at oldingen ikke ville touche os. Vi var to harmløse junkier på vej ned. Uden en klink på lommen, arbejdsløse og efterhånden udgået for violin. Oleg havde fundet ud af, at udtrykket junkie var over hundred år gammelt, helt fra dengang de første heroinmisbrugere stjal vragmetal på havnen i Philadelphia og solgte det for at finansiere deres forbrug. Og det var lige nøjagtig det, Oleg og jeg gjorde. Vi begyndte at snige os ind på byggepladserne nede ved havnen i Bjørvika og stjæle det, vi faldt over. Kobber og værktøj var guld værd. Kobberet solgte vi til en skrothandler i Kalbakken, værktøjet til et par håndværkere fra Litauen.

Men efterhånden som flere koblede sig på fidusen, blev stakitterne højere, nattevagterne flere, strømerne kom ind i billedet, køberne forsvandt. Så der sad vi med trangen, der drev os frem som en rasende slavepisker døgnet rundt. Og jeg vidste, at jeg måtte komme på en rigtig god idé, en Endlösung. Så det gjorde jeg.

Jeg sagde selvfølgelig ikke noget til Oleg.

Jeg forberedte talen en hel dag. Så ringede jeg til hende.

Irene var lige kommet hjem fra træning. Hun lød næsten glad for at høre min stemme. Jeg snakkede uafbrudt i en time. Hun græd, da jeg var færdig.

Næste aften gik jeg ned til Oslo C og stod på perronen, da toget fra Trondheim trillede ind.

Tårerne løb ned ad kinderne på hende, da hun omfavnede mig.

Så ung. Så omsorgsfuld. Så dyrebar.

Jeg har som sagt aldrig virkelig elsket nogen, det jeg ved. Men jeg må have været lige ved, for jeg græd næsten selv.

Kapitel 33

Gennem den smalle åbning i vinduet på værelse 301 hørte Harry en kirkeklokke slå elleve slag et sted ude i skumringen. Den værkende nakke og hals havde den fordel, at den holdt ham vågen. Han rejste sig fra sengen og satte sig i stolen, vippede den bagover mod væggen ved siden af vinduet, så han sad vendt mod døren, og lagde riflen i skødet.

Han havde henvendt sig i receptionen og bedt om at få en stærk lyspære til erstatning for en, som var gået inde på værelset, og en hammer til at slå et par søm i med, som stak op fra dørtærsklen. Og havde sagt, at han nok selv skulle fikse det. Bagefter havde han udskiftet den svage pære i lampen på gangen lige uden for sin dør og brugt hammeren til at løsne og fjerne dørtærsklen.

Derfra hvor han sad, ville han se skyggen i sprækken under døren, når de kom.

Harry røg noget mere. Tjekkede riflen. Røg resten af pakken. Ude i mørket slog kirkeklokken tolv slag.

Telefonen ringede. Det var Beate. Hun fortalte, at hun havde fået kopier af fire af fem lister fra de patruljevogne, som havde kørt rundt i Blindern-området.

"Den sidste patruljevogn havde allerede indleveret sin til Orgkrim," sagde hun.

"Tak," sagde Harry. "Fik du de poser af Nina på Schrøder?"

"Ja da. Jeg sagde til Retsmedicinsk, at det skulle prioriteres højt. De analyserer blodet nu."

Pause.

"Og?" spurgte Harry.

"Og hvad?"

"Jeg kender det tonefald, Beate. Der er noget mere."

"Dna-analyser kan ikke laves på nogle timer, Harry, det ..."

" ... kan tage dage at få et helt færdigt resultat," sagde Harry.

"Ja. Så foreløbig er det ufuldstændigt."

"Hvor ufuldstændigt?" Harry hørte skridt ude på gangen.

"Tja, der er mindst fem procents chance for, at det ikke matcher."

"Du har fået en foreløbig dna-profil og fået et match i dna-registeret, har du ikke?"

"Vi bruger kun ufuldstændige analyser til at sige, hvem vi allerede kan se, at det *ikke* kan være."

"Hvem er det, du har fået et match på?"

"Jeg vil ikke sige noget, før ..."

"Kom nu."

"Nej. Men jeg kan sige så meget, at det ikke er Gustos eget blod."

"Og?"

"Og det er ikke Oleg. Okay?"

"Fint," sagde Harry og mærkede, at han havde holdt vejret. "Men ..."

En skygge på gulvet under døren.

"Harry?"

Harry lagde på. Rettede riflen mod døren. Ventede. Tre korte bank. Han ventede. Lyttede. Skyggen fjernede sig ikke. Han listede sig hen til døren langs væggen, uden for en eventuel skudlinje. Lagde øjet mod kighullet midt på døren.

Han så ryggen af en mand.

Jakken hang lige ned og var så kort, at han kunne se bukselinningen. Der hang et sort tøjstykke ud af hans baglomme, en hue måske. Men han havde ikke noget bælte. Armene tæt ned langs siden. Hvis manden bar våben, måtte det være i et skulderhylster med hylsteret foran på brystet eller på indersiden af bukselæggen. Ingen af delene var særlig almindeligt.

Manden vendte sig om mod døren og bankede to gange, hårdere denne gang. Harry holdt vejret, mens han studerede det forvrængede billede af et ansigt. Forvrænget, men alligevel havde det noget umiskendeligt over sig. Et udpræget underbid. Og han kløede sig under hagen med et kort, han havde hængende i en snor om halsen. Som politifolk af og til havde deres id-kort, når de skulle gennemføre en anholdelse. Fandens! Politiet havde været hurtigere end Dubai.

Harry tøvede. Hvis fyren havde en arrestordre, havde han også en blå seddel med en ransagningskendelse, som han allerede havde vist til receptionisten, og så havde han fået udleveret hovednøglen. Harrys hjerne regnede. Han listede sig tilbage, pressede riflen ind bag klædeskabet. Gik tilbage og åbnede døren. Spurgte: "Hvad vil du, og hvem er du?" mens han kastede et blik op og ned ad gangen.

Manden stirrede på ham. "Hold kæft, hvor ser du ud, Hole. Må jeg komme ind?" Han holdt id-kortet frem.

Harry læste. "Truls Berntsen. Du arbejdede for Bellman, gjorde du ikke?"

"Det gør jeg stadig. Jeg skulle hilse."

Harry gik til siden og lod Berntsen gå først.

"Hyggeligt," sagde Berntsen og så sig omkring.

"Sæt dig," sagde Harry, slog hånden ud mod sengen og satte sig selv på stolen foran vinduet.

"Tyggegummi?" spurgte Berntsen og rakte en pakke frem.

"Jeg får huller i tænderne. Hvad vil du?"

"Venlig som altid?" Berntsen udstødte en gryntende latter, rullede en stang tyggegummi sammen, lagde det i sin skuffe af sit underbid og satte sig.

Harrys hjerne registrerede tonefald, kropssprog, øjenbevægelser, lugt. Manden var afslappet, men alligevel truende. Åbne håndflader, ingen pludselige bevægelser, men øjne som indhentede data, læste situationen, forberedte noget. Harry fortrød allerede, at han havde sat riflen fra sig. Manglende våbentilladelse var næppe hans største problem.

"Sagen er den, at vi fandt blod på Gusto Hanssens skjorte i forbindelse med en gravskænding på Vestre Gravlund i går aftes. Og dna-analysen viser, at det er dit blod."

Harry så på, mens Berntsen sirligt foldede det sølvpapir sammen, som tyggegummiet havde været i. Harry huskede ham bedre nu. De havde kaldt ham Beavis. Bellmans stikirenddreng. Dum og smart. Og farlig. Forrest Gump gone bad.

"Jeg aner ikke, hvad du taler om," sagde Harry.

"Nej, det gør du vel ikke," sagde Berntsen og sukkede. "En fejl i registeret, måske? Så må du tage et par klude på, så kører jeg dig ind på Politihuset, så vi kan få taget en ny blodprøve."

"Jeg leder efter en pige," sagde Harry. "Irene Hanssen."

"Ligger hun på Vestre Gravlund?"

"Hun har i hvert fald været savnet siden i sommer. Hun er stedsøster til Gusto Hanssen."

"Nyt for mig. Under alle omstændigheder skal du med mig ind til ..."

"Det er pigen i midten," sagde Harry. Han havde taget billedet af familien Hanssen frem fra jakkelommen og rakte det til Berntsen. "Jeg skal bruge lidt tid. Ikke meget. Bagefter vil I forstå, hvorfor jeg var nødt til at gøre det på den måde. Jeg lover at melde mig selv om otteogfyrre timer."

"Otteogfyrre timer," sagde Berntsen og studerede billedet. "God film. Nolte og ham negeren. McMurphy?"

"Murphy."

"Netop. Han holdt op med at være morsom. Er det ikke underligt? Man havde noget, og så pludselig en dag har man bare mistet det. Hvordan tror du, det føles, Hole?"

Harry så på Truls Berntsen. Han var ikke så sikker på det der med Forrest Gump længere. Berntsen holdt billedet op mod lyset. Kiggede koncentreret.

"Kan du genkende hende?"

"Nej," sagde Berntsen og rakte billedet tilbage, samtidig med at han vred på sig; det var åbenbart ubehageligt at sidde på det tøjstykke, han havde i baglommen, for han flyttede det hurtigt over i jakkelommen. "Vi kører en tur ind på politistationen, så vurderer vi dine otteogfyrre timer der."

Hans tonefald var let. For let. Og Harry havde allerede tænkt tanken. At Beate havde fået prioriteret sin dna-analyse på Retsmedicinsk og havde alligevel ikke fået et endeligt resultat endnu. Så hvordan kunne det gå til, at Berntsen allerede havde fået analyseret blodet på Gustos ligskjorte? Og der var én ting til. Berntsen havde ikke flyttet tøjstykket hurtigt nok. Det var ikke en hue, men en elefanthue. Sådan en som blev brugt, da Gusto blev henrettet.

Og den næste tanke fulgte umiddelbart efter. Ildslukkeren.

Var det alligevel ikke politiet, som var kommet først, men Dubais lakaj?

Harry tænkte på riflen bag garderobeskabet. Men det var for sent at komme væk derfra nu, for ude på gangen hørte han nye skridt nærme sig. To personer. Én af dem så stor, at gulvplankerne knirkede. Skridtene stoppede op uden for døren. Skyggerne af to par skrævende ben faldt på gulvet under dørsprækken. Han kunne selvfølgelig håbe på, at det var politikolleger til Berntsen, at det virkelig var en anholdelse. Men han havde hørt gulvet jamre. En stor mand; nok på størrelse med den skikkelse, som havde løbet efter ham gennem Frognerparken, gættede han.

"Kom så," sagde Berntsen, rejste sig og stillede sig foran Harry. Og kløede sig ligesom tilfældigt på brystet inden for jakkereverset. "En lille tur, bare dig og mig."

"Vi bliver vist flere," sagde Harry. "Jeg kan se, at du har backup."

Han nikkede hen mod skyggen under dørsprækken. Der var kommet en femte skygge mellem to af benene under døren. En aflang, lige skygge. Truls fulgte hans blik. Og Harry så det. Den oprigtige forbavselse i hans ansigt. Den slags forbavselse, typer som Truls Berntsen ikke kan forfalske. Det var ikke Berntsens folk.

"Flyt dig væk fra døren," hviskede Harry.

Truls stoppede midt i sit tyggeri og så ned på ham.

Truls Berntsen foretrak at have sin Steyr-pistol i et skulderhylster med hylsteret trukket frem, så pistolen lå fladt mod brystet. Det gjorde, at pistolen blev sværere at se, når man stod ansigt til ansigt med nogen. Og eftersom han vidste, at Harry Hole var en rutineret drabsefterforsker, uddannet hos FBI i Chicago og alt sådan noget, vidste han, at Hole automatisk ville opdage buler i tøjet alle de sædvanlige steder. Ikke fordi Truls regnede med, at han ville få brug for sin Steyr, men han havde taget sine forholdsregler. Hvis Harry satte sig til modværge, ville han føre ham ud herfra med Steyren diskret mod hans ryg og tage elefanthuen på, så eventuelle vidner ikke kunne fortælle, hvem det var, de havde set sammen med Hole, lige før han forsvandt fra jordens overflade. Saaben stod parkeret i en sidegade; han havde oven i købet knust den eneste gadelygte der, så ingen skulle se nogen nummerplade. Halvtreds tusind euro. Han ville være tålmodig, lægge sten på sten. Få et hus en smule længere oppe i Høyenhall, med udsigt ned til dem. Ned til hende.

Harry Hole havde set mindre ud end den kæmpe, han huskede. Og grimmere. Bleg, grim, beskidt og udslidt. Resigneret, ukoncentreret. Det her ville blive nemmere, end han havde forestillet sig. Så da Hole hviskende bad ham flytte sig væk fra døren, var Truls Berntsens første reaktion irritation. Skulle fyren begynde med barnlige tricks nu, hvor det hele så ud til at gå så glat? Men hans anden reaktion var, at det var præcis det tonefald, de brugte. Politifolk i kritiske situationer. Ingen farvelægning eller dramatisering, bare en neutral, kold diktion, som gav mindst mulig risiko for misforståelse. Og størst mulig chance for overlevelse.

Så Truls Berntsen tog – nærmest uden at tænke sig om – et skridt til siden.

I det samme kom den øverste del af døren flyvende ind i værelset.

Samtidig med at Truls Berntsen hvirvlede rundt, konkluderede han instinktivt, at løbet måtte være savet af, for at haglladningen kunne få så stor spredning på så kort skudhold. Han havde allerede hånden inden for jakken. Med skulderhylsteret i sædvanlig position og uden jakke ville han have trukket hurtigere, eftersom skæftet ville have peget lige frem. Men med jakke på var det lettere at få fat i pistolen, som lå fladt ind mod brystet nærmere jakkeåbningen.

Truls Berntsen lod sig falde bagover mod sengen, mens han fik pistolen frem, og han havde den allerede ude i strakt arm, da resten af døren gik op med et brag. Han hørte det knase i glas bag sig, før alt blev overdøvet af et nyt skud.

Lyden fyldte hans ører og lukkede dem til, og der var snestorm på værelset.

To mænd i silhuet stod i snevejret i døråbningen. Den største af dem løftede pistolen. Hovedet gik næsten op i dørkarmen; han måtte være et godt stykke over de to meter. Truls trykkede på aftrækkeren. Og trykkede. Han mærkede den dejlige rekyl og endnu dejligere vished om, at denne gang var det alvor; fanden tage det, der kom bagefter. Det rykkede i den store; han ligesom kastede med håret, før det gav et ryk i ham, og han forsvandt. Truls flyttede pistolen og blikket. Den anden stod der uden at røre sig. Hvide fjer dalede ned omkring ham. Truls havde ham på kornet. Men trak ikke af. Han så ham tydeligere nu. Ansigt som en jærv. Et af den slags ansigter, som Truls altid havde forbundet med samer, finner og russere.

Og nu løftede fyren roligt pistolen, holdt den foran sig. Med fingeren om aftrækkeren.

"*Easy, Berntsen,*" sagde han.

Truls Berntsen brølede langtrukkent.

Harry faldt.

Han havde bøjet hovedet, krummet ryggen og kastet sig bagover, idet den første haglladning var gået hen over hovedet på ham. Han faldt bagover i den retning, hvor han vidste vinduet var. Mærkede ruden ligesom bøje sig, før den kom i tanker om, at den var af glas og gav efter.

Så var han i frit fald.

Tiden bremsede hårdt op, som om han faldt gennem vand. Hænderne og armene gik som langsomme skovle i et automatisk forsøg på at stoppe kroppens drejning, som havde påbegyndt en baglæns salto. Halvtænkte tanker gnistrede mellem hjernens synapser. At han ville lande med hovedet og nakken først.

At det var heldigt, at han ikke havde haft gardiner.

Den nøgne kvinde på hovedet i vinduet overfor.

Så blev han modtaget af alt det bløde. Tomme papkasser, gamle aviser, brugte bleer, mælkekartoner og daggammelt brød fra hotellets køkken, filtre med vådt kaffegrums.

Han lå på ryggen i den åbne affaldscontainer i regnen af glasskår. Fra vinduet over ham blinkede det som fra blitzlamper. Mundingsild. Men det var mærkeligt stille, som om skuddene kom fra et tv med lyden skruet ned. Han kunne mærke, at gaffatapen omkring halsen var revnet. At blodet strømmede ud. Og et vildt øjeblik overvejede han bare at blive liggende. At lukke øjnene, at sove, drive væk. Det var, som om han bare observerede sig selv rejse sig, hoppe over kanten og spurte hen mod porten for enden af gårdspladsen. Få den op, idet han hørte et langtrukkent, rasende brøl henne fra vinduet, komme ud på gaden. Glide på et brønddæksel, men alligevel holde sig på benene. Se en sort kvinde på arbejde i stramme cowboybukser smile automatisk og lave trutmund til ham, før hun revurderede situationen og kiggede væk.

Harry begyndte at løbe.

Og bestemte sig for, at denne gang skulle han bare løbe.

Indtil der ikke var mere tilbage at løbe.

Indtil det var slut, til de havde ham.

Han håbede, at der ikke var for længe til det.

I ventetiden ville han gøre det, som byttedyr er programmeret til: flygte, prøve at undslippe, prøve at overleve nogle timer, nogle minutter, nogle sekunder mere.

Hjertet dunkede i protest, og han begyndte at le, da han krydsede gaden foran en natbus og fortsatte nedad mod Oslo C.

Kapitel 34

Harry var låst inde. Han var netop vågnet og havde konstateret det. På væggen lige over ham hang der en planche af en flået menneskekrop. Ved siden af den var der en sirligt udskåret træfigur, som forestillede en korsfæstet mand i færd med at bløde ihjel. Og ved siden af det igen, medicinskab efter medicinskab.

Han vred sig rundt på briksen. Prøvede at fortsætte der, hvor han slap i går. Prøvede at se billedet. Det havde mange punkter, men det var endnu ikke lykkedes ham at trække stregen mellem dem. Og selv punkterne var foreløbig kun antagelser.

Antagelse ét: Truls Berntsen var ildslukkeren. Som ansat på Orgkrim var han sandsynligvis perfekt positioneret til at betjene Dubai.

Antagelse to: Det var Berntsen, Beate havde fået et match på i dnaregisteret. Det var derfor, hun ikke ville sige noget, før hun var hundrede procent sikker; analysen af blodet under Gustos negle pegede mod en af deres egne. Og var det rigtigt, havde Gusto kradset Truls Berntsen, samme dag som han blev dræbt.

Men så kom det svære. Hvis det var sådan, at Berntsen arbejdede for Dubai og havde fået til opgave at ekspedere Harry, hvorfor dukkede de her Blues Brothers-fyre så op og prøvede at blæse hovedet af dem begge to? Og hvis de var Dubais folk, hvordan kunne det så gå til, at de og ildslukkeren i den grad kom hinanden på tværs på den måde? Var de ikke på samme side alligevel, eller havde det bare været en dårligt koordineret operation? Måske var den ikke koordineret, fordi Truls Berntsen havde handlet på egen hånd for at hindre Harry i at fremlægge beviserne fra Gustos grav og afsløre ham?

Det raslede i et nøglebundt, og døren gik op.

“God morgen,” kvidrede Martine. “Hvordan har du det?”

“Bedre,” løj Harry og så på uret. Seks om morgenen. Han trak uldtæppet af sig og svingede benene ned på gulvet.

“Vores sygestue er ikke beregnet på overnatning,” sagde Martine.

"Bliv liggende, så skal jeg lægge en ny forbinding på din hals."

"Tak, fordi du tog imod mig i går nat," sagde Harry. "Men det er som sagt ikke ufarligt at gemme mig lige nu, så jeg tror hellere, jeg må se at komme af sted."

"Læg dig ned!"

Harry så på hende. Sukkede og lystrede. Lukkede øjnene og lyttede til Martine, som åbnede og lukkede skuffer, en klirren af saks mod glas, lyden af de første gæster, som kom for at spise morgenmad i Café Fyrtårnet på etagen nedenunder.

Mens Martine rullede den forbinding af, hun havde lagt på i går, brugte Harry den anden hånd til at ringe til Beate og fik en telefonsvarer med en minimalistisk ordre om at fatte sig i korthed, bip.

"Jeg ved, at blodet stammer fra en tidligere drabsefterforsker på Kripos," sagde Harry. "Selv om du får det bekræftet på Retsmedicinsk i løbet af dagen, skal du vente med at sige det til nogen. Isoleret set er det ikke nok til at få en arrestordre, og hvis vi ryster hans bur mere nu, risikerer vi, at han fjerner alle spor fra hele sagen og forsvinder. Derfor skal vi få ham anholdt for noget andet, som vil give os arbejdsro. Indbrud og drab i MC-klubben i Alnabru. Hvis jeg ikke tager meget fejl, er det den samme person, som Oleg prøvede at plyndre klubben sammen med. Og han vil vidne. Derfor vil jeg gerne have, at du faxer et billede af Truls Berntsen, nu efterforsker ved Orgkrim, til Hans Christian Simonsens advokatkontor og beder ham vise det til Oleg for identifikation."

Harry lagde på, trak vejret dybt, mærkede det komme, pludseligt og så stærkt, at han gispede. Han vendte sig om og mærkede, hvordan maveindholdet overvejede en tur opad.

"Gør det ondt?" spurgte Martine, mens hun duppede den spritvåde bomuldstot langs halsen og nakken. Harry rystede på hovedet og nikkede mod den åbne spritflaske.

"Selvfølgelig," sagde Martine og skruede proppen på.

Harry smilede fåret og mærkede sveden pible frem.

"Bliver det aldrig bedre?" spurgte Martine lavt.

"Hvilket?" sagde Harry hæst.

Hun svarede ikke.

Harrys blik flakkede rundt mellem briksene for at finde en distraktion, noget som kunne aflede tankene, hvad som helst. Blikket fandt den guldring, som hun havde taget af og lagt på briksen, før hun begyndte at ordne hans sår. Hun og Richard havde været gift i nogle år nu; ringen havde ridser og hak; den var ikke ny og skinnende som Torkildsens på Telenor. Harry mærkede et pludseligt fryseanfald, og det begyndte at klø i hovedbunden. Men det kunne selvfølgelig bare være sveden.

"Ægte guld?" spurgte han.

Martine begyndte at rulle den nye bandage på. "Det er en vielsesring, Harry."

"Ja, og ...?"

"Så er det da klart, at den er af guld. Uanset hvor fattig eller nærig du er, køber du ikke en vielsesring, som ikke er af guld."

Harry nikkede. Det kløede og kløede; han kunne mærke nakkehårene stritte. "Jo, det gjorde jeg," sagde han.

Hun lo. "I så fald er du den eneste i hele verden, Harry."

Harry stirrede på ringen. Hun havde sagt det. "Gu fanden er jeg den eneste ..." sagde han langsomt. Nakkehårene tog aldrig fejl.

"Hov, vent, jeg er ikke færdig!"

"Det er fint," sagde Harry, som allerede havde rejst sig.

"Du burde i hvert fald få dig noget nyt, rent tøj her. Du stinker af skraldespand, sved og blod."

"Mongolerne plejede at smøre sig ind i dyreekskrementer før store slag," sagde Harry, mens han knappede skjorten. "Hvis du vil give mig noget, jeg virkelig trænger til, ville en kop kaffe ikke være at ..."

Hun så opgivende på ham. Og gik hovedrystende ud ad døren og ned ad trappen.

Harry skyndte sig at fiske mobiltelefonen frem.

"Ja?" Klaus Torkildsen lød som en zombie. Barnegråd i baggrunden forklarede hvorfor.

"Det er Harry H. Hvis du gør det her for mig, skal jeg aldrig genere dig mere, Torkildsen. Du skal tjekke nogle basestationer. Jeg skal vide alle de steder, hvor mobiltelefonen med nummeret tilhørende Truls Berntsen, adresse Manglerud et eller andet, befandt sig om aftenen den tolvte juli."

"Vi kan ikke afgøre det på kvadratmeter eller kortlægge ..."

" ... bevægelserne minut for minut. Alt det der ved jeg godt. Bare gør det bedste, du kan."

Pause.

"Var det det hele?"

"Nej, der er et navn til." Harry lukkede øjnene og tænkte tilbage. Så bogstaverne på dørskiltet inde på Radiumhospitalet for sig. Mumlede det for sig selv. Så sagde han navnet højt ind i telefonen.

"Det er noteret. Og 'aldrig mere' betyder?"

"Aldrig mere."

"Javel," sagde Torkildsen. "Én ting til."

"Ja?"

"Politiet spurgte efter dit nummer i går. Du har ikke noget registreret nummer."

"Jeg har et uregistreret kinesisk nummer. Hvorfor?"

"Det virkede næsten, som om de var interesseret i at spore det. Hvad er det, der foregår?"

"Er du sikker på, at du har lyst til at vide det, Torkildsen?"

"Nej," sagde Torkildsen efter en ny pause. "Jeg ringer til dig, når jeg har noget."

Harry afbrød forbindelsen og tænkte sig om. Han var eftersøgt. Selv om politiet ikke fandt hans navn på nummeret, kunne de lægge to og to sammen, hvis de tjekkede samtaler til og fra Rakel og så et kinesisk nummer dukke op. Telefonen var et pejlesignal, som han måtte se at skaffe sig af med.

Da Martine kom tilbage med en kop dampende kaffe, bevilgede Harry sig selv to slurke og spurgte så direkte, om han måtte låne Martines telefon i et par døgn.

Hun så på ham med sit direkte, rene blik og sagde ja, hvis han havde tænkt det grundigt igennem.

Harry nikkede, fik den lille, røde telefon, kyssede hende på kinden og tog kaffekoppen med sig ned i caféen. Fem af bordene var allerede optaget, og nye morgenbumser var på vej ind. Harry satte sig ved et ledigt bord og kopierede de vigtigste numre fra sin egen kinesiske iPhone-kopi. Sendte dem en kort sms om sit nye, midlertidige nummer.

Narkomaner er lige så uudgrundelige som andre mennesker, men på ét område er de rimelig forudsigelige, så da Harry lagde den kinesiske telefon fra sig midt på et af de ledige borde og gik på toilettet, var han temmelig sikker på udfaldet. Da han kom tilbage, var telefonen forduftet. Den var taget ud på en rejse, som politiet skulle få lov til at følge via basestationerne rundt om i byen.

Selv gik Harry ud og ned over Tøyengata mod Grønland.

En politibil kom trillende op ad bakken mod ham. Han bøjede automatisk hovedet, tog Martines røde telefon frem og lod, som om han var i gang med en samtale som et påskud for at dække mest muligt af ansigtet med hånden.

Bilen kørte videre. De næste timer ville dreje sig om at holde sig i skjul.

Men vigtigere var det, at nu vidste han noget. Han vidste, hvor han skulle begynde.

Truls Berntsen lå under to lag grangrene og frøs som en hund.

Han havde kørt den samme film hele natten, om og om igen. Jærveansigtet, som havde trukket sig forsigtigt tilbage, mens han gentog det der '*easy*', som en bøn om våbenhvile, mens de pegede på hinanden med hver sin pistol. Jærveansigt. Chaufføren i limousinen uden for Gamlebyen Kirkegård. Dubais mand. Da manden havde bøjet sig ned for at få trukket sin tunge kollega med sig, som Truls havde skudt, var han nødt til at sænke pistolen, og det gik op for Truls, at fyren var villig til at risikere sit liv for at få sin kammerat med sig. Jærvefjæset måtte være eks-soldat eller eks-politibetjent; det var i hvert fald en eller anden syg form for æresting. I det samme havde der lydt en stønnen fra den kraftige. Han var i live. Truls følte lettelse og skuffelse på samme tid. Men han havde ladet jærveansigtet gøre det, ladet ham stable den kraftige mand på benene og hørt det slubre af blod i skoene, mens de vaklede hen gennem korridoren mod bagdøren. Da de var ude, havde han trukket elefanthuen på, var løbet gennem receptionen, havde hentet Saaben og var kørt direkte herop; han turde ikke tage hjem. For det her var det trygge sted, det hemmelige sted. Stedet hvor ingen kunne se ham, stedet som kun han kendte til, og som han tog op til, når han ville se hende.

Stedet lå i Manglerud, i et populært turområde, men de, der vandrede her, holdt sig til stierne og kom aldrig herop på hans klippefremspring, som desuden var omgivet af tæt underskov.

Mikael og Ulla Bellmans hus lå på åsen direkte over for klippefremspringet, og han havde perfekt udsigt til stuevinduet, hvor han havde set hende sidde så mange aftener. Bare siddet i sofaen med sit kønne ansigt og den ævre krop, som næsten ikke havde forandret sig med årene; hun var stadig Ulla – den kønneste pige i Manglerud. Nogle gange sad Mikael der også. Han havde set dem kysse og kærtegne hinanden, men de var altid forsvundet ind i soveværelset, før der skete mere. Han vidste heller ikke, om han havde villet se mere. For han kunne bedst lide at se hende sidde der alene. I sofaen med en bog og fødderne trukket op under sig. Af og til kunne hun kaste et blik hen mod stuevinduet, som om hun fornemmede, at hun blev iagttaget. Og så kunne han mærke, at han blev ophidset ved tanken om, at hun måske vidste det. Vidste, at han var derude et sted.

Men nu var stuevinduet mørkt. De var flyttet. Hun var flyttet. Og der var ingen sikre udsigtssteder til det nye hus. Det havde han tjekket. Og som tingene så ud nu, var det ikke sikkert, han ville få brug for det. Ville få brug for noget som helst. Han var en mærket mand.

De havde narret ham til at opsøge Hole på Leons ved midnat og havde så angrebet.

De havde prøvet at skaffe sig af med ham. Prøvet at slukke ildslukkeren. Men hvorfor? Fordi han vidste for meget? Men han var jo ildslukker, og ildslukkere ved for meget, det ligger jo i sagens natur. Han kunne ikke gennemskue det. Satans! Det kunne være lige meget med *hvorfor;* nu måtte han bare sørge for at holde sig i live.

Han var så kold og træt, at det værkede i knoglerne, men han turde ikke tage hjem, før det var lyst, og før han havde tjekket, at banen var klar. Hvis han bare nåede inden for døren til sin egen lejlighed, havde han artilleri nok til at klare en belejring. Han burde selvfølgelig have skudt dem begge to, da han havde muligheden for det, men hvis de prøvede igen, skulle de fandeme få at se, at Truls Berntsen ikke var sådan at få has på.

Truls rejste sig. Børstede grannåle af tøjet, skuttede sig og slog kuskeslag. Kiggede op mod huset igen. Det var begyndt at lysne. Han tænkte på de andre Ulla'er. Som den lille, mørke i Fyrtårnet. Martine. Han havde faktisk troet, han kunne få hende. Hun arbejdede blandt farlige folk, og han var en, som kunne beskytte hende. Men hun havde overset ham, og han havde som sædvanlig ikke haft modet til at gå hen til hende og få afslaget overstået. Så var det bedre at vente og håbe, trække det ud, pine sig selv, have held med at se en mulig opmuntring, der hvor mindre desperate mænd blot så almindelig venlighed. Og så en dag havde han hørt nogen sige noget til hende, og det var gået op for ham, at hun var gravid. Forbandede luder. De er ludere alle sammen. Ligesom den her pige, som Gusto Hanssen havde brugt som spejder. Luder, luder. Han afskyede de kvinder. Og de mænd, som vidste, hvordan man kunne få dem til at elske sig.

Han hoppede og slog med armene, men vidste, at han aldrig ville få varmen igen.

Harry var taget tilbage til Kvadraturen. Han havde sat sig ind på Postcaféen. Det var den, der åbnede tidligst, fire timer før Schrøder, og han måtte stå i en kø af øltørstige kunder, før han fik købt sig en slags morgenmad.

Rakel var den første, han ringede til. Han bad hende tjekke Olegs mailboks.

"Ja," sagde hun. "Der er en mail fra Bellman til dig. Det ligner en liste med adresser."

"Okay," sagde Harry. "Videresend den til Beate Lønn." Han gav hende mailadressen.

Så sendte han en sms til Beate, sagde, at listerne var sendt, og spiste morgenmaden færdig. Han forflyttede sig til Stortorvets Gjæstgiveri, hvor han netop havde nået endnu en kop grundigt traktet kaffe, før Beate ringede.

"Nu har jeg sammenlignet de lister, jeg kopierede direkte fra patruljevognene, med den liste, du videresendte. Hvad er den liste for noget?"

"Det er den liste, som Bellman har modtaget og videresendt til mig. Jeg vil bare se, om han har fået en korrekt rapport, eller om der er blevet fusket med den."

"Javel. Alle de adresser, jeg havde fra før, er på den liste, Bellman og du har modtaget."

"Nå," sagde Harry. "Var der ikke én af patruljevognene, du ikke havde fået en liste fra?"

"Hvad handler det her om, Harry?"

"Det handler om, at jeg prøver at få ildslukkeren til at hjælpe os."

"Hjælpe os med hvad?"

"Med at udpege det hus, hvor Dubai bor."

Pause.

"Jeg skal se, om jeg kan få fat i den sidste liste," sagde Beate.

"Tak. Vi tales ved."

"Vent lige lidt."

"Ja?"

"Er du ikke interesseret i resten af dna-profilen på det blod, der var under Gustos negl?"

Kapitel 35

Det var sommer, og jeg var kongen af Oslo. Jeg havde fået et halvt kilo violin for Irene og havde solgt halvdelen på gaden. Det skulle være startkapitalen til noget stort, en ny liga, som skulle feje oldingen af banen. Men først skulle starten fejres. Jeg brugte en pæn sjat af salgssummen til at købe mig et antræk, som stod til de sko, jeg havde fået af Isabelle Skøyen. Jeg lignede en million dollars, og de hævede ikke et øjenbryn, da jeg gik ind på fuckings Grand og bad om at leje en suite. Og der blev vi. Vi var fireogtyvetimers-partyfolket. Lige præcis hvem 'vi' var, varierede lidt, men det var sommer, Oslo, damer, fyre, det var som i gamle dage, bare med lidt tungere medicinering. Selv Oleg lyste op og blev sit gamle jeg et stykke tid. Det viste sig, at jeg havde flere venner, end jeg kunne huske, og dopen forsvandt hurtigere, end man skulle tro. Vi blev sparket ud af Grand og tog ind på Christiania. Derefter på Radisson, Holbergs Plass.

Selvfølgelig kunne det ikke vare evigt, men det er der sgu ikke noget, der gør.

En eller to gange så jeg en sort limousine holde på den anden side af gaden, når jeg kom ud fra hotellet, men der findes flere af den slags biler. Under alle omstændigheder holdt den der bare.

Og så kom altså den uundgåelige dag, da pengene var brugt, og jeg måtte sælge mere af narkoen. Jeg havde lavet mig et gemmested i et af rengøringsdepoterne på etagen nedenunder, på indersiden af de lette tagplader, bag et dæksel med strømkabler. Men enten må jeg have snakket over mig af vanvare, eller også havde nogen set mig gå derned. For gemmestedet var blevet lettet. Og jeg havde ikke noget reservested.

Vi var tilbage ved 'start'. Bortset fra at der ikke var noget 'vi' længere. Det var på tide at tjekke ud. Og at tage dagens første skud, som nu måtte skaffes på gaden. Men da jeg skulle afregne for værelset, som vi havde haft i over to uger, manglede jeg selvfølgelig femten tusind.

Jeg gjorde det eneste fornuftige.

Jeg løb.

Løb direkte gennem vestibulen og ud på gaden, gennem parken i retning mod søen. Ingen fulgte efter mig.

Så luntede jeg ned til Kvadraturen for at købe. Der var ikke en Arsenal-spiller at se, kun huløjede, narkohungrende vrag, som sjoskede rundt på jagt efter en sælger. Jeg snakkede med en, som ville sælge mig meth. Han sagde, at violin ikke havde været til at opdrive i flere dage, at der simpelthen ikke kom noget på markedet. Men der gik rygter om, at nogle smarte syrehoveder solgte deres sidste portioner violin til fem tusind kroner stykket nede på Plata, så de i stedet kunne købe sig en uges forbrug af heroin.

Jeg havde jo for fanden ikke fem tusind, så jeg indså, at nu havde jeg problemer. Der var tre alternativer: pantsætte, nasse eller stjæle.

Først pantsætte. Men hvad havde jeg egentlig tilbage, jeg som oven i købet havde solgt min stedsøster? Pludselig slog det mig. Odessaen. Den lå i øvelokalet, og pakierne i Kvadraturen ville garanteret godt punge ud med fem tusind for en gøb, som skød i fuckings salver. Så jeg satte kursen mod nord, forbi Operaen og Oslo C. Men der måtte have været indbrud der, for døren havde fået ny hængelås, og guitarforstærkerne var væk; der var kun trommesættet tilbage. Jeg ledte efter Odessaen, men den havde de selvfølgelig også taget. Satans til tyveknægte.

Nasse next. Jeg prajede en taxa, dirigerede den videre vestpå, op til Blindern. Chaufføren begyndte at snakke om penge allerede fra det øjeblik, jeg satte mig ind, så han havde vel på fornemmelsen, hvad der var i vente. Jeg bad ham stoppe der, hvor vejen rammer jernbanesporet, sprang ud og fintede chaufføren væk ved at løbe over gangbroen. Jeg løb op gennem Forskningsparken, løb, selv om der ikke var nogen efter mig. Løb, fordi det hastede. Jeg vidste bare ikke, hvad det var, der hastede.

Jeg åbnede lågen, løb op ad grusgangen hen mod garagen. Kiggede ind gennem sprækken på siden af aluminiumslamellerne. Limousinen stod der. Jeg bankede på døren til villaen.

Andrej åbnede. Oldingen var ikke hjemme, sagde han. Jeg pegede på nabohuset bag vandopsamlingsbeholderen og sagde, at så måtte han være dér, limousinen stod jo i garagen. Han gentog, at 'ataman' *ikke var hjemme. Jeg sagde, at jeg havde brug for penge. Han sagde, at han ikke kunne hjælpe mig, og at jeg aldrig skulle komme hertil igen. Jeg sagde, at jeg skulle have noget violin, bare denne ene gang. Han sagde, at violin ikke kunne fås for tiden, at Ibsen manglede en eller anden ingrediens, at jeg måtte vente et par uger. Jeg sagde, at jeg ville dø inden da, at jeg var nødt til at få enten nogle penge eller noget violin.*

Andrej ville lukke døren, men jeg nåede at sætte en fod frem.

Jeg sagde, at hvis jeg ikke fik det, ville jeg fortælle, hvor han boede.

Andrej så på mig.

"Are you trying to get yourself killed?" sagde han med sin komikeraccent. "Remember Bisken?"

Jeg rakte hånden frem. Og sagde, at strømerne ville betale godt for at få at vide, hvor Dubai og hans rotter boede. Plus lidt til for at få at vide, hvad der var sket med Bisken. Men de ville betale allermest, når jeg fortalte dem om den døde civilstrømer på kældergulvet.

Andrej rystede stille på hovedet.

Så jeg bad kosaklorten om at 'passhol vchorte', som vist nok er russisk for at gå ad helvede til, og gik derfra.

Jeg mærkede hans blik i ryggen hele vejen ud til lågen.

Jeg anede ikke, hvorfor oldingen havde ladet mig slippe godt fra at stikke af med narkoen, sådan som Oleg og jeg havde gjort, men jeg vidste udmærket, at det her ville jeg ikke slippe af sted med. Men jeg var skideligeglad, var desperat, og jeg hørte kun én ting: blodårernes sultne skrig.

Jeg gik hen til stien bag Vestre Aker Kirke. Stod der lidt og så nogle gamle damer komme og gå. Enkefruer på vej til gravsteder, deres mands og deres egen, med tasker der var proppet med penge. Men jeg havde det sgu ikke i mig. Jeg, Tyven, stod helt stille, men svedte som en gris, stiv af skræk for knogleskøre, firsårige kvindfolk. Det var til at tude over.

Det var lørdag, og jeg gennemgik i tankerne, hvem jeg havde af venner, som kunne tænkes at ville låne mig penge. Det var hurtigt gjort. Ingen.

Så kom jeg i tanker om én, som i det mindste burde låne mig penge. Hvis han vidste, hvad der var bedst for ham selv.

Jeg sneg mig på bussen, kom over på den rigtige side af byen igen og stod af i Manglerud.

Denne gang var Truls Berntsen hjemme.

Han stod i døren på sjette sal i sin boligblok og hørte mig stille omtrent det samme ultimatum, som jeg havde fremsat på Blindernveien. Om at hvis han ikke pungede ud med fem af de store, ville jeg komme til at røbe, at han havde dræbt Tutu og gemt liget bagefter.

Men Berntsen så helt cool ud. Bad mig komme ind i lejligheden. Så kunne vi sikkert blive enige om noget, sagde han.

Men det var noget helt forkert i hans blik.

Så jeg blev stående og sagde, at der ikke var noget at diskutere, at enten så hostede han op, eller også gik jeg til politiet og solgte min viden. Han sagde, at politiet ikke betalte folk for at stikke politiet. Men at fem tusind var okay, for vi havde jo en historie sammen og var nærmest en slags kammerater. Han sagde, at han ikke havde så meget cash herhjemme, så vi var nødt til at køre hen til en hæveautomat; bilen stod nede i garagen.

Jeg tyggede på det. Alarmklokkerne ringede, men trangen var sgu ikke til at holde ud; den blokerede for al fornuftig tankegang. Så selv om jeg vidste, at det ikke var en god idé, nikkede jeg.

"Så du har resten af dna-profilen?" sagde Harry og scannede klientellet i Postcaféen. Ingen mistænkelige personer. Eller rettere sagt, en stor flok mistænkelige personer, men ingen som kunne formodes at være politifolk.

"Ja," sagde Beate.

Harry skiftede greb om telefonen. "Jeg tror, at jeg allerede ved, hvem det var, som Gusto kradsede."

"Ja?" sagde Beate med tydelig forbavselse i stemmen.

"Jeps. En mand i dna-registeret er enten en mistænkt, en dømt eller en politibetjent, som kan tænkes at forurene et gerningssted. I dette tilfælde er det det sidste. Han hedder Truls Berntsen og er betjent i Orgkrim."

"Hvordan ved du, at det er ham?"

"Tja. Summen af de ting, der er sket, kan man sige."

"Det er så i orden," sagde Beate. "Jeg tvivler ikke på, at der ligger et godt ræsonnement bag."

"Tak," sagde Harry.

"Men ikke desto mindre er det helt forkert," sagde Beate.

"Hvad siger du?"

"Blodet under Gustos negle stammer ikke fra nogen Berntsen."

Men mens jeg stod der foran Truls Berntsens dør og ventede på, at han kom tilbage med bilnøglerne, så jeg ned. Ned på mine sko. Enormt flotte sko. Så jeg kom til at tænke på Isabelle Skøyen.

Hun var ikke farlig på samme måde som Berntsen. Og hun var vild efter mig, var hun ikke det, måske?

Helt vild i varmen.

Så før Berntsen var kommet tilbage, tog jeg syv trin ad gangen på vej ned ad trapperne og trykkede på elevatorknappen på hver eneste etage.

Jeg sprang på T-banen ned til Oslo C. Først tænkte jeg, at jeg ville ringe til hende, men ombestemte mig så. Hun kunne altid præstere et afslag over telefonen, men aldrig hvis jeg dukkede op i levende, dejlige live. Lørdag betød desuden, at hendes staldkarl havde fri. Hvad der igen betød – eftersom både krikker og grise er skidedårlige til at hente mad i køleskabet – at hun var hjemme. Så på Oslo C satte jeg mig i månedskortvognen på Østfoldbanen, eftersom turen til Rygge koster et hundred og femogfyrre kroner, som jeg stadig ikke havde. Jeg gik fra stationen til gården. Det er et pænt stykke. Især hvis det begynder at regne. Det begyndte at regne.

Da jeg kom ind på gårdspladsen, så jeg, at hendes bil stod der; en af de der firehjulstrækkere, som folk bruger til at forcere strøggader i. Jeg bankede på døren til beboelseshuset, som hun havde lært mig var navnet på det hus, dyrene ikke bor i. Men der kom ikke nogen ud. Jeg råbte, så ekkoet gjaldede mellem husmurene, men ingen svarede. Hun kunne selvfølgelig være taget på en ridetur. Fint nok, jeg vidste jo, hvor hun plejede at have sine kontanter, og herude på landet er de endnu ikke begyndt at låse. Så jeg trykkede håndtaget ned, og ja, der var temmelig åbent.

Jeg var på vej op til soveværelset, da hun pludselig stod der. Kraftig og med skrævende ben øverst på trappen, iført badekåbe.

"Hvad laver du her, Gusto?"

"Jeg ville besøge dig," sagde jeg og skruede smilet på. Skruede helt op for det.

"Du trænger til at komme til tandlæge," sagde hun koldt.

Jeg var godt klar over, hvad hun mente; jeg havde fået noget brunt halløj i tandrækken. Det så lidt råddent ud, men det var ikke noget, en stålbørste ikke kunne fikse.

"Hvad laver du her?" gentog hun. "Penge?"

Der var det med Isabelle og mig, at vi lignede hinanden; vi behøvede ikke at lade som om.

"Fem kilo?" sagde jeg.

"Det går ikke, Gusto. Vi er færdige med det der. Skal jeg køre dig tilbage til stationen?"

"Hvad? Gider du lige, Isabelle. Vil du kneppe?"

"Shh!"

Det tog et sekund mere, før jeg forstod situationen. Sløvt af mig, men det må skyldes den fuckings hunger. Hun stod der midt om dagen i morgenkåbe, men fuldt sminket.

"Venter du nogen?" spurgte jeg.

Hun svarede ikke.

"Ny duskedreng?"

"Sådan går det, når man udebliver, Gusto."

"Jeg er god til comebacks," sagde jeg og var så hurtig, at hun mistede balancen, da jeg fik fat i hendes håndled og trak hende ned til mig.

"Du er våd," sagde hun og strittede imod, men ikke mere end hun plejede, når hun ville have det hårdt.

"Det regner," sagde jeg og bed hende i øreflippen. "Hvad er din undskyldning?" Jeg havde allerede fået en hånd op under morgenkåben.

"Og du stinker. Slip mig!"

Min hånd gled hen over den nybarberede kusse og fandt sprækken. Hun var våd. Drivende våd. Jeg kunne bruge to fingre med det samme. For våd. Jeg mærkede noget sejt. Trak hånden til mig. Holdt den op. Fingrene var dækket af noget hvidt og slimet. Jeg så forbavset op på hende. Og så det triumferende grin, idet hun lænede sig ind mod mig og hviskede:

"Som sagt. Når man udebliver ..."

Jeg tabte besindelsen og løftede hånden for at slå, men hun greb den og stoppede mig. Stærk bitch, hende Skøyen.

"Gå så, Gusto."

Jeg mærkede noget i øjet. Havde jeg ikke vidst bedre, ville jeg have troet, at det var tårer.

"Fem tusind," hviskede jeg med grødet stemme.

"Nej," sagde hun. "Så kommer du tilbage. Og det kan vi ikke have noget af."

"Din satans møgsæk!" råbte jeg. "Du glemmer et par skidevigtige ting. Enten betaler du, eller også går jeg til aviserne med hele dit foretagende. Og her tænker jeg ikke på vores knepperi, men på, at hele den her rense-op-i-Oslo-ting er dit og oldingens værk. Fuckings halvsocialister! Narko-penge og politik i samme seng. Hvor meget tror du, VG betaler?"

Jeg hørte døren blive åbnet oppe i soveværelset.

"Hvis jeg var dig, ville jeg stikke af nu," sagde Isabelle.

Jeg hørte det knirke i gulvplankerne i mørket bag hende.

Jeg ville løbe, det ville jeg virkelig. Alligevel blev jeg stående.

Det kom nærmere.

Jeg syntes, jeg kunne se striberne i hans ansigt lyse i mørket. Duske-dreng. Tigerdyret.

Han rømmede sig.

Så kom han helt frem i lyset.

Han var så skidelækker, at selv i min syge tilstand kunne jeg mærke den igen. Lysten til at lægge hånden på hans bryst. Mærke den solvarme, svedige hud under fingerspidserne. Mærke musklerne, som automatisk ville stramme sig i chokket over, hvad fanden jeg tillod mig.

"Hvem sagde du?" sagde Harry.

Beate rømmede sig og gentog: "Mikael Bellman."

"Bellman?"

"Ja."

"Gusto havde Mikael Bellmans blod under neglene, da han døde?"

"Det ser sådan ud."

Harry lagde hovedet bagover. Det her forandrede alting. Eller gjorde det? Det behøvede ikke have noget med drabet at gøre. Men det havde noget med noget at gøre. Noget som Bellman ikke havde haft lyst til at tale højt om.

"Af sted med dig," sagde Bellman med en stemme, som ikke var høj, fordi den ikke behøver være høj.

"Nå, så det er jer," sagde jeg og slap Isabelle. "Jeg troede, det var Truls Berntsen, hun havde hyret. Smart at gå højere op, Isabelle. Hvad går planen ud på? Er Berntsen bare med som din slave, Mikael?"

Jeg mere kælede med hans fornavn, end jeg udtalte det. Det var trods alt sådan, vi havde præsenteret os for hinanden på hans grund den dag, Gusto og Mikael. Som to drenge, to potentielle legekammerater. Jeg så, hvordan det ligesom antændte noget i hans blik og fik det til at flamme op. Bellman var helt nøgen; måske var det derfor, jeg bildte mig ind, at han ikke ville angribe. Han var for hurtig for mig. Før jeg fik sluppet Isabelle, var han over mig og holdt mit hoved i en skruestik.

"Slip!"

Han trak mig op til det øverste af trappen. Jeg havde næsen klemt mellem hans brystmuskel og armhulen og mærkede lugten af både ham og hende. Og der var én tanke, som fæstnede sig: Hvis han vil have mig ud, hvorfor trækker han mig så op ad trappen? Jeg kunne ikke komme fri, så i stedet gravede jeg neglene ind i hans bryst og trak hånden ind mod mig som en klo; jeg kunne mærke, at den ene negl fik fat i hans brystvorte. Han bandede og slækkede på taget. Jeg vred mig ud af skruestikken og sprang. Jeg havnede halvvejs nede ad trappen, men det lykkedes mig at holde mig på benene. Jeg stormede hen ad gangen, flåede hendes bilnøgler til mig og løb ud på gårdspladsen. Bilen var selvfølgelig ikke låst. Hjulene fræsede rundt i gruset, da jeg slap koblingen. I spejlet så jeg Mikael Bellman komme løbende ud ad døren. Det glimtede i noget, han holdt i hånden. Så fik hjulene fat, jeg blev trykket ind mod sæderyggen, og bilen fór hen over gårdspladsen og ud på vejen.

"Det var Bellman, som tog Truls Berntsen med sig over i Orgkrim," sagde Harry. "Kan det tænkes, at Berntsen udførte ildslukkerarbejdet på ordre fra Bellman?"

"Er du klar over, hvad vi bevæger os ind på nu, Harry?"

"Ja," sagde Harry. "Og du skal slippe for at have noget med det at gøre herfra, Beate."

"Fandeme nej!" Det knitrede i membranen. Harry kunne ikke huske, at Beate Lønn havde bandet før. "Det er mit korps, Harry. Jeg skal ikke have noget af, at folk som Berntsen trækker det ned i sølet."

"Okay," sagde Harry. "Men lad os ikke drage forhastede konklusioner. Det eneste, vi har beviser for, er, at Bellman har mødt Gusto. Vi har ikke engang noget konkret på Truls Berntsen endnu."

"Så hvad vil du gøre?"

"Jeg vil begynde i en anden ende. Og hvis det er, som jeg håber, er det her et dominospil, hvor brikkerne er stillet op på række. Problemet er bare at holde sig på fri fod længe nok til at få søsat planen."

"Mener du, at du har en plan?"

"Selvfølgelig har jeg en plan."

"En *god* plan?"

"Det sagde jeg ikke noget om."

"Men en plan?"

"I højeste grad."

"Du lyver, gør du ikke?"

"Ikke kun."

Jeg susede ind mod Oslo på E18, da det gik op for mig, hvad det var for problemer, jeg var havnet i.

Bellman havde prøvet at slæbe mig op ad trappen. Til soveværelset. Der hvor han havde den pistol, han var kommet løbende efter mig med. Han var simpelthen villig til at likvidere mig for at få mig til at holde kæft. Hvilket udelukkende kunne betyde, at han stod i lort til knæene. Så hvad ville han gøre nu? Få mig anholdt, selvfølgelig. For biltyveri, narkohandel, hotelregningen; der var nok at vælge af. Få mig bag lås og slå, før jeg nåede at snakke med nogen. Og lige så snart jeg var spærret inde og ude af stand til at sige noget, var der ikke meget tvivl om, hvad der ville ske, hvad enten de ville få det til at se ud som selvmord, eller som om en af de andre indsatte havde fikset mig. Det dummeste, jeg kunne gøre, var altså at køre rundt i den her bil, som de sandsynligvis allerede var på udkig efter. Så jeg gav den gas. Det sted, jeg skulle til, lå på østsiden, så jeg slap for at køre gennem byen. Jeg kørte op i højderne, styrede ind i stille boligområder. Parkerede et stykke derfra og gik resten af vejen.

Solen var fremme igen, og folk var ude og trille barnevogn med engangsgrillen i det der nethalløj på styret. Og smilede op mod solen, som om det her var selve lykken.

Jeg kylede bilnøglerne ind i en have og gik op til terrasselejlighederne.

Jeg fandt navnet på ringeklokkerne foran indgangsdøren og ringede på.

"Det er mig," sagde jeg, da han endelig svarede.

"Jeg er lidt optaget," sagde stemmen i højttaleren.

"Og jeg er narkoman," sagde jeg. Det var ment som en joke, men jeg fornemmede straks, hvordan ordet virkede. Oleg syntes, det var så morsomt, når jeg af og til for sjov spurgte vores kunder, om de måske led af narkomani og ville have lidt violin?

"Hvad vil du?" spurgte stemmen.

"Jeg vil have noget violin."

Kundernes replik var blevet min.

Pause.

"Jeg har ikke noget. Jeg er løbet tør. Jeg mangler noget base til at lave mere."

"Base?"

"Levorphanolbase. Vil du også have formlen?"

Jeg vidste, at det var sandt, men han måtte have noget. Det måtte han simpelthen. Jeg tænkte. Jeg kunne ikke tage ind til øvelokalet, for der ventede de sikkert på mig. Oleg. Gode, gamle Oleg ville lukke mig ind.

"Du har to timer til det, Ibsen. Hvis du ikke inden da er kommet til Hausmanns Gata med fire pakker, går jeg direkte til strømerne og fortæller alt. Jeg har ikke noget at tabe længere. Er du med? Hausmanns Gata 92. Du går direkte ind og op på tredje."

Jeg prøvede at se hans fjæs for mig. Skræmt fra vid og sans, svedende. Et ynkeligt, perverst røvhul.

"Fint," sagde han.

Sådan. Man skal bare få dem til at forstå alvoren i det.

Harry slugte resten af kaffen og kiggede ud på gaden. På tide at skifte opholdssted.

På vej over Youngstorget mod kebab-biksene på Torggata fik han en opringning.

Det var Klaus Torkildsen.

"Gode nyheder," sagde han.

"Ja?"

"På det aktuelle tidspunkt er Truls Berntsens telefon registreret på fire af basestationerne i Oslo Centrum, og det placerer hans telefon i samme område som Hausmanns Gata 92."

"Hvor stort et område snakker vi om?"

"Tja. Et slags sekskantet område med en diameter på otte hundrede meter."

"Okay," sagde Harry og lod det synke ind. "Hvad med den anden fyr?"

"Jeg fandt ikke noget direkte på navnet, men han har en firmatelefon registreret på Radiumhospitalet."

"Og?"

"Og det er som sagt gode nyheder. Også den telefon befandt sig i samme område på samme tidspunkt."

"Javel." Harry gik ind ad en dør, forbi tre fuldt besatte borde og stoppede foran en disk, hvor fronten fremviste et udvalg af unaturligt stærktfarvede kebabber. "Har du hans adresse?"

Klaus Torkildsen læste adressen, og Harry noterede den på en serviet.

"Har du noget andet nummer på den adresse?"

"Hvad mener du?"

"Jeg spekulerer bare på, om han har en kone eller samlever."

Harry hørte Torkildsen taste. Så kom svaret: "Nej. Ingen andre med den adresse."

"Tak."

"Så har vi en aftale? Om aldrig at tales ved igen?"

"Ja. Bortset fra én sidste ting. Jeg vil gerne have, at du tjekker Mikael Bellman. Hvem han har talt med de sidste måneder, og hvor han var omkring drabstidspunktet."

Høj latter. "Chefen for Orgkrim? Glem det! Jeg kan gemme eller bortforklare en søgning på en stakkels betjent, men det, du beder om der, ville få mig fyret lige på stedet."

Mere latter, som om forslaget var virkelig komisk.

"Jeg regner med, at du holder dit løfte, Hole."

Forbindelsen blev afbrudt.

Da taxaen ankom til adressen på servietten, stod der en mand udenfor og ventede.

Harry steg ud og gik hen til ham. "Ejendomsinspektør Ola Kvernberg?"

Manden nikkede.

"Efterforskningsleder Hole. Det var mig, der ringede." Han så ejendomsinspektøren skæve hen mod taxaen, som holdt og ventede. "Vi bruger taxa, når der ikke er en ledig tjenestebil."

Kvernberg så på det id-kort, som manden holdt op foran ham. "Jeg har ikke set noget indbrud."

"Men der er altså kommet en anmeldelse, så lad os prøve at se. Det er sådan, at du har en universalnøgle, ikke sandt?"

Kvernberg holdt knippet i vejret.

Han låste hoveddøren op, mens politibetjenten studerede ringeapparaterne. "Vidnet mente altså, at han havde set nogen klatre op via altanerne og bryde ind på tredje sal."

"Hvem var det, der ringede?" spurgte ejendomsinspektøren på vej op.

"Der har jeg nok tavshedspligt, Kvernberg."

"Du har noget på bukserne."

"Kebabsovs. Jeg overvejer løbende en rensning. Kan du låse den her dør op?"

"Hos farmaceuten?"

"Jaså, er han det?"

"Arbejder på Radiumhospitalet. Skulle jeg ikke ringe ham op på arbejdet, før jeg går ind?"

"Jeg vil helst se, om indbrudstyven er her og kan anholdes, hvis du ikke har noget imod det."

Ejendomsinspektøren mumlede en undskyldning og skyndte sig at låse op.

Hole gik ind i lejligheden.

Det var tydeligt, at det var en ungkarl, som boede der. Men en pertentlig ungkarl. Klassiske cd'er på egen cd-hylde, alfabetisk ordnet. Fagtidsskrifter om kemi og farmakologi i høje, men sirlige bunker. På en boghylde stod et indrammet fotografi af to voksne og en dreng. Harry genkendte drengen. Han stod bøjet lidt til den ene side med et mut ansigtsudtryk. Han kunne ikke være stort mere end tolv-tretten år. Ejendomsinspektøren stod i entredøren og fulgte nøje med, så Harry tjekkede for syns skyld altandøren, før han begyndte at gå fra værelse til værelse. Åbnede skuffer og skabe. Men der var ikke noget kompromitterende at finde.

Mistænkeligt lidt kompromitterende, ville nogle kolleger sige.

Men Harry havde set det før; nogle mennesker har ingen hemmeligheder. Det var godt nok ikke noget, man ofte så, men det skete. Han hørte ejendomsinspektøren skifte fodstilling i døråbningen ind til soveværelset bag sig.

"Jeg kan ikke se tegn på indbrud eller på, at noget skulle være stjålet," sagde Harry, gik forbi ham og hen mod udgangsdøren. "Det sker, at vi får en falsk alarm."

"Det forstår sig," sagde ejendomsinspektøren og låste efter dem. "Hvad ville du have gjort, hvis der havde været en tyv? Taget ham med i taxaen?"

"Så havde vi nok ringet efter en patruljevogn," smilede Harry, stoppede op og kiggede ned på støvlerne, som stod på skostativet ved døren. "Sig mig, har de to støvler ikke *meget* forskelligt nummer?"

Kvernberg gned sig på hagen, mens han så på Harry med et granskende blik.

"Jo, måske. Han har klumpfod. Må jeg ikke lige se dit id-kort en gang til?"

Harry gav det til ham.

"Den udløbsdato ..."

"Taxaen venter," sagde Harry, nappede kortet tilbage og begyndte at småløbe ned ad trappen. "Tak for hjælpen, Kvernberg!"

Jeg gik hen til Hausmanns Gata, og der var selvfølgelig stadig ikke nogen, som havde fikset låsene, så jeg gik direkte op i lejligheden. Oleg var der ikke. Heller ingen andre. De var ude og stresse. Skaffe, skaffe. De var fem junkier, der boede sammen, og stedet så sådan ud. Men der var selvfølgelig ikke noget at finde, kun tomme flasker, brugte sprøjter, blodige bomuldstotter og tomme smøgpakker. Fuckings brændt jord. Og det var, mens jeg sad der og bandede på en møgbeskidt madras, at jeg så rotten. Når folk skal beskrive rotter, siger de altid en stor rotte. Men rotter er ikke store. De er ganske små. Det er bare, fordi halerne kan være ret lange. Okay, hvis de føler sig truet og rejser sig op på bagbenene, kan de se større ud, end de er. Bortset fra det er de nogle ganske sølle væsener, som stresser med det samme som os. At skaffe.

Jeg hørte en kirkeklokke slå. Og jeg sagde til mig selv, at Ibsen nok skulle komme.

Det skulle han simpelthen. For satan, hvor havde jeg det dårligt. Jeg havde set dem stå og vente, når vi kom på arbejde, så glade for at se os, at det var rørende. Rystende over hele kroppen og med pengesedler, der allerede var fremme, reduceret til tiggende amatører. Og nu var jeg der selv. Jeg var syg af længsel efter at høre Ibsens halten på trappen, efter at se hans idiotiske fjæs.

Jeg havde spillet mine kort som en idiot. Jeg ville bare have et skud, og det eneste, jeg havde opnået, var, at hele slænget var efter mig nu. Oldingen og hans kosakker. Truls Berntsen med boremaskinen og de sindssyge øjne. Dronning Isabelle og hendes chefduskedreng.

Rotten sneg sig langs væglisten. Af ren desperation tjekkede jeg under tæpperne og madrasserne. Under den ene madras fandt jeg et billede og et stykke ståltråd bøjet til et L med et Y i enden. Billedet var et krøllet, falmet pasfoto af Irene, så jeg var klar over, at det måtte være Olegs madras. Men ståltråden forstod jeg ikke. Indtil det langsomt gik op for mig. Og jeg kunne mærke, at jeg blev svedig i håndfladerne, og at hjertet slog hurtigere. Det var trods alt mig, som havde lært Oleg at lave et gemmested.

Kapitel 36

Hans Christian Simonsen kæmpede sig igennem flokke af turister op ad skråningen af hvid, italiensk marmor, den som fik Operahuset til at ligne et isfjeld, der lå og duvede længst inde i fjorden. Da han var kommet op på taget, kiggede han rundt og fik øje på Harry Hole, som sad på en murkant. Han sad helt alene, eftersom turisterne stort set gik over til den anden side for at nyde udsigten mod fjorden. Men Harry sad og kiggede ind over de gamle, grimme bydele.

Hans Christian satte sig ved siden af Harry.

"H.C.," sagde Harry uden at se op fra den brochure, han sad og læste i. "Vidste du, at den her marmor hedder hvid carraramarmor, og at operaen har kostet hver nordmand over to tusind kroner?"

"Ja."

"Kender du *Don Giovanni*?"

"Mozart. To akter. En ung, arrogant horebuk, som tror, han er Guds gave til kvinder og mænd, som bedrager alle og får alle til at hade sig. Han tror, han er udødelig, men til sidst kommer der en mystisk statue og tager hans liv, idet de begge bliver opslugt af jorden."

"Ja. Der er premiere om et par dage. Der står her, at operakoret til sidst synger: '*Sådan dør en ondskabens mand; en synders død genspejler altid hans liv.*' Tror du, det er sandt, H.C.?"

"Jeg *ved,* at det ikke er sandt. Døden er desværre ikke mere retfærdig end livet."

"Javel. Vidste du, at der drev en død politibetjent i land her?"

"Ja."

"Er der noget, du ikke ved?"

"Hvem der skød Gusto Hanssen."

"Nå ja, den mystiske statue," sagde Harry og lagde brochuren fra sig. "Vil du vide, hvem det er?"

"Vil du ikke også det?"

"Ikke nødvendigvis. Det eneste vigtige er at bevise, hvem det *ikke* er, at det ikke er Oleg."

"Enig," sagde Hans Christian og så indgående på Harry. "Men at høre dig sige det stemmer dårligt overens med alt det, jeg har hørt om den nidkære Harry Hole."

"Måske forandrer folk sig alligevel så." Harry smilede kort. "Tjekkede du status på efterlysningen med ham din politiadvokatven?"

"De har ikke udsendt dit navn til medierne endnu, men det er sendt til alle lufthavne og grænseovergange. Dit pas er ikke meget værd, for at sige det på den måde."

"Der røg Mallorca-turen."

"Du ved, du er efterlyst, men alligevel vil du mødes på Oslos turistattraktion nummer ét?"

"Som alle småfisk ved, Hans Christian, er der mere trygt i stimen."

"Jeg troede, du syntes, at ensomheden var tryggere."

Harry tog cigaretpakken frem, rystede den og holdt den frem. "Har Rakel fortalt dig det?"

Hans Christian nikkede og tog en cigaret.

"I har været meget sammen?" sagde Harry og skar en grimasse.

"En del. Gør det ondt?"

"Halsen. Måske har jeg fået en mindre infektion." Harry tændte Hans Christians cigaret. "Du elsker hende, gør du ikke?"

Advokaten inhalerede på en måde, som fik Harry til at gætte på, at han nok ikke havde gjort det siden festerne på jurastudiet.

"Jo. Det gør jeg."

Harry nikkede.

"Men du var der altid," sagde Hans Christian og sugede på cigaretten. "I skyggerne, i skabet, under sengen."

"Det lyder som noget af et monster," sagde Harry.

"Ja, det gør det vel," sagde Hans Christian. "Jeg prøvede at mane dig væk, men det lykkedes ikke."

"Du behøver ikke ryge hele cigaretten, Hans Christian."

"Tak." Advokaten smed den fra sig. "Hvad vil du have mig til den her gang?"

"Begå indbrud," sagde Harry.

De kørte lige efter mørkets frembrud.

Hans Christian samlede Harry op på Bar Boca i Grünerløkka.

"Fin bil," sagde Harry. "Familiebil."

"Jeg havde en elghund," sagde Hans Christian. "Jagt. Hytte. Du ved ..."

Harry nikkede. "Det gode liv."

"Den blev trampet ihjel af en elg. Jeg har trøstet mig med, at det må være en god måde for en elghund at dø på. I tjenesten, kan man sige."

Harry nikkede. De kørte op til Ryen og snoede sig op ad svingene mod Oslos bedste udsigter fra øst.

"Det er til højre her," sagde Harry og pegede på en mørklagt villa. "Parker lidt på skrå, så forlygterne er rettet direkte mod vinduerne."

"Skal jeg ..."

"Nej," sagde Harry. "Du venter her. Hav telefonen tændt og ring, hvis der kommer nogen."

Harry tog brækjernet med sig og gik op ad grusgangen til huset. Efterår, skarp aftenluft, lugten af æbler. Han fik et deja-vu. Af ham og Øystein, der listede ind i en have med Træsko på vagt uden for stakittet. Og så pludselig ud af mørket, en skikkelse som kom humpende imod dem med indianerfjerprydelse, hvinende som en gris.

Han ringede på.

Ventede.

Ingen kom.

Harry havde alligevel en følelse af, at der var nogen hjemme.

Han satte brækjernet i dørsprækken ved siden af låsen og lagde forsigtigt tyngde på. Det var en gammel dør med blødt, fugtigt træværk og en gammeldags lås. Da Harry havde fået bøjet døren nok bagover, brugte han den anden hånd og stak sit id-kort ind på indersiden af den skrå smæklås. Trykkede til. Låsen sprang op. Harry gled indenfor og lukkede døren bag sig. Han stod i mørket og holdt vejret. Mærkede en tynd tråd mod hånden, sandsynligvis rester af spindelvæv. Der lugtede fugtigt og forladt. Men også af noget andet, noget stikkende. Sygdom, hospital. Bleer og medicin.

Harry tændte lommelygten. Så en nøgen stumtjener. Han fortsatte ind i huset.

Stuen så ud, som om den var pudret; det var, som om farverne var suget ud af væggene og møblerne. Lyskeglen gled hen over stuen. Harrys hjerte holdt op med at slå, da lyset blev reflekteret i et par øjne. Men gik så i gang igen. En udstoppet ugle. Lige så grå som resten af lokalet.

Harry fortsatte gennem hele huset og kunne bagefter konstatere, at der var som i lejligheden. Ingenting ud over det sædvanlige.

Det vil sige, lige til han kom ud i køkkenet og opdagede de to pas og flybilletterne på køkkenbordet.

Selv om pasbilledet måtte være ti år gammelt, genkendte Harry manden fra besøget på Radiumhospitalet. Men hendes pas var sprit-nyt. På billedet var hun næsten uigenkendelig, bleg, håret hang i tjav-ser. Billetterne var til Bangkok, afrejse om ti dage.

Harry gik ned til førstesalen igen. Gik hen til den eneste dør, han ikke havde åbnet endnu. Der sad en nøgle i låsen. Han åbnede. Den samme lugt, han havde mærket, da han stod i gangen, slog ind over ham. Han trykkede på kontakten på indersiden af døren, og en nøgen pære oplyste trappen, som førte ned til kælderen. Følelsen af, at der var nogen hjemme. Eller "åh ja, maveformemmelsen", som Bellman let ironisk havde sagt, da Harry havde spurgt, om han havde tjekket Martin Prans generalieblad. En følelse, som Harry nu vidste havde ført ham på vildspor.

Harry ville til at gå derned, men mærkede, at noget holdt ham tilbage. Kælderen. En kælder af den slags, han selv var vokset op med. Når moderen havde bedt ham gå ned for at hente kartofler, som de opbevarede mørkt i to store sække, havde Harry stormet derned og prøvet på ikke at tænke. Prøvet at bilde sig ind, at han løb, fordi det var så koldt. At det var, fordi det hastede med at få gjort middagen færdig. At det var, fordi han *kunne lide* at løbe. At det ikke havde noget at gøre med den gule mand, som ventede dernede et sted; en nøgen, smilende mand med en lang tunge, som man kunne høre hvisle ind og ud af hans mund. Men det var ikke det, der bremsede ham. Det var noget andet. Drømmen. Sneskreddet gennem kældergangen.

Harry tvang tankerne væk og satte foden på det første trin. Det knirkede advarende. Han tvang sig til at gå langsomt og havde stadig brækjernet i hånden. Da han var nede, begyndte han at gå ind de små kælderrum. En pære i loftet kastede et sparsomt lys. Og skabte nye skygger. Harry lagde mærke til, at alle aflukkerne var lukket med hængelås. Hvem låser aflukkerne i sin egen kælder?

Harry stak den spidse ende af brækjernet ind under et af hængslerne. Trak vejret dybt, gruede for lyden. Bøjede jernet hurtigt bagover, og der lød et kort smæld. Han holdt vejret, lyttede. Og det var, som om også huset holdt vejret. Ikke en lyd.

Så åbnede han forsigtigt døren. Lugten stak i næsen. Fingrene fandt en kontakt på indersiden, og i næste øjeblik var Harry badet i lys. Lysstofrør.

Aflukket var meget større, end det havde set ud fra ydersiden. Han genkendte det med det samme. Det var en kopi af et lokale, han havde set før. Laboratoriet på Radiumhospitalet. Borde med glaskolber og stativ til reagensglas. Harry gik hen til bordet. Løftede låget af en stor plastboks. Det hvide pulver havde et islæt af brunt. Harry slikkede på spidsen af sin pegefinger, stak den ned i pulveret og gned det mod gummerne. Bittert. Violin.

Harry for sammen. En lyd. Han holdt vejret igen. Og der var den igen. En der snøftede.

Harry skyndte sig at slukke for lyset og krøb sammen i mørket, holdt brækjernet klart.

En ny snøften.

Harry ventede nogle sekunder. Så gik han med hurtige og så lydløse skridt som muligt ud af aflukket og mod venstre, hvor lyden kom fra. Der var kun ét aflukke mere før endevæggen. Han flyttede brækjernet over i højre hånd og listede sig hen til døren, som havde en lille luge med trådnet foran, fuldstændig som de havde haft derhjemme.

Med den forskel, at døren her havde jernbeslag.

Harry gjorde lygten klar, stillede sig mod væggen ved siden af døren, talte ned fra tre, tændte lygten og rettede lyskeglen ind gennem hullet.

Ventede.

Da der var gået tre sekunder, og ingen hverken havde skudt eller slået mod lyset, stak han hovedet mod trådnettet og kiggede ind. Lyset flakkede hen over murene, blev reflekteret i en metalkæde, gled hen over en madras og fandt så det, som det ledte efter. Et ansigt.

Øjnene var lukkede. Hun sad helt stille. Som om hun var vant til det her. At blive inspiceret af lyset.

"Irene?" spurgte Harry forsigtigt.

I det samme begyndte telefonen i Harrys lomme at vibrere.

Kapitel 37

Jeg så på uret. Jeg havde ledt i hele lejligheden og endnu ikke fundet Olegs gemmested. Og Ibsen skulle have været her for tyve minutter siden. Han kunne bare prøve på ikke at komme, den perverse stodder! Man får livstid for frihedsberøvelse og voldtægt. Den dag, Irene kom til Oslo C, havde jeg taget hende med op til øvelokalet, hvor jeg havde sagt, at Oleg ventede på hende. Gu gjorde han da ej. Men det gjorde Ibsen. Han havde holdt hende, mens jeg gav hende sprøjten. Jeg tænkte på Rufus. At det var bedst på den måde. Så var hun faldet helt til ro, og resten handlede bare om at slæbe hende ud i hans bil. Han havde haft mit halvkilo i bagagerummet. Om jeg fortryder det? Ja, jeg fortryder, at jeg ikke forlangte et kilo! Nej, for fanden, det er da klart, at jeg fortryder det lidt. Man er jo ikke helt uden følelser, vel? Men når det kom over mig, at "for fanden, mand, det skulle jeg ikke have gjort," prøvede jeg at sige til mig selv, at Ibsen sikkert tog sig godt af hende. Han måtte jo elske hende, på sin egen, lidt skæve facon. Men det var under alle omstændigheder for sent; nu handlede det bare om at få sig noget medicin, så man blev rask igen.

Det var nyt territorium for mig, det her, ikke at få det, som kroppen skulle have. Jeg havde jo altid fået det, jeg ville have, det forstod jeg nu. Og hvis det var sådan, det skulle være fra nu af, ville jeg hellere dø lige på stedet. Dø ung og smuk og med tænderne så nogenlunde i behold. Ibsen kom ikke. Det indså jeg nu. Jeg stod ved køkkenvinduet og kiggede ud på gaden, men den fuckings haltefanden var ingen steder at se. Hverken ham eller Oleg.

Jeg havde prøvet alle. Nu var der bare en tilbage.

Jeg havde udelukket det alternativ til allersidst. Jeg var bange. Ja, det var jeg. Men jeg vidste, at han var i byen, at han havde været det fra den dag, han indså, at hun var forsvundet. Stein. Min stedbror.

Jeg kiggede ned på gaden igen.

Nej. Hellere dø end ringe til ham.

Sekunderne gik. Ibsen kom ikke.

For helvede da! Hellere dø end at være så syg.

Jeg kneb øjnene sammen, men der krøb insekter ud af mine øjenhuler, de vred sig ud under øjenlågene, kravlede over hele ansigtet.

At dø havde tabt til både at ringe og at være syg.

Kun finalen var tilbage.

Ringe til ham eller være så syg?

For satan i hede hule helvede!

Harry slukkede lygten, da telefonen begyndte at ringe. Han så på nummeret, at det var Hans Christian.

"Der kommer nogen," hviskede hans stemme i Harrys øre. Han var hæs af nervøsitet. "Han parkerede lige uden for døren, og nu går han op mod huset."

"Okay," sagde Harry. "Tag det roligt. Send mig en sms, hvis der sker noget. Og stik af, hvis ..."

"Stik af?" Hans Christian lød oprigtigt indigneret.

"Kun hvis du kan se, at det er gået ad helvede til, okay?"

"Hvorfor skal jeg ..."

Harry afbrød forbindelsen, tændte lygten igen og rettede den mod trådnettet. "Irene?"

Pigen blinkede mod lyset med store øjne.

"Hør på mig. Jeg hedder Harry og er politibetjent, og jeg er her for at hente dig. Men der kommer nogen nu, og det er jeg nødt til at tjekke. Hvis han kommer herned, så lad som ingenting, okay? Jeg skal nok snart få dig ud herfra, Irene. Det lover jeg."

"Har du ..." mumlede hun, men Harry kunne ikke høre resten.

"Hvad sagde du?"

"Har du ... violin?"

Harry bed tænderne hårdt sammen. "Hold ud lidt endnu," hviskede han.

Harry løb op til toppen af trappen og slukkede lyset. Lod døren stå på klem og kiggede ud. Han havde frit udsyn til gadedøren. Han hørte slæbende skridt i gruset. En fod, som blev slæbt efter den anden. Klumpfod. Og så gik døren op.

Lyset blev tændt.

Og der stod han. Stor, rund og trivelig.

Stig Nybakk.

Afdelingslederen på Radiumhospitalet. Ham som kunne huske Harry fra skolen. Som kendte Træsko. Som havde en vielsesring med et sort hak i. Som havde en ungkarlelejlighed, hvor det ikke var muligt at opdrive noget unormalt. Men også et hus efter forældrene, som han ikke havde solgt.

Han hængte frakken på stumtjeneren og gik hen mod Harry med hånden foran sig. Stoppede brat op. Viftede foran sig med hånden. Han havde fået en dyb rynke i panden. Stod og lyttede. Og Harry forstod pludselig hvorfor. Den tråd, han havde følt mod sin hånd, da han kom, den han troede var spindelvæv, måtte have været noget andet. En eller anden usynlig tråd, som Nybakk spændte over gangen for at afsløre, om han havde haft ubudne gæster.

Nybakk bevægede sig overraskende hurtigt og smidigt tilbage til skabet i gangen. Stak hånden indenfor. Trak noget frem, og det glimtede i mat metal. Et haglgevær.

For fanden da også! Harry kunne ikke fordrage haglgeværer.

Nybakk tog en patronæske frem, som allerede var åben. Tog to store, røde patroner op, holdt dem mellem langfingeren og pegefingeren med tommelfingeren bag og i passende afstand, så han kunne proppe dem ind i én bevægelse.

Harrys hjerne snurrede og spandt, men kom ikke frem med nogen gode idéer. Så han valgte den dårlige. Tog mobilen frem og begyndte at taste.

T-u-t o-g v-e-s-t

Fandens også! Forkert!

Han hørte det metalliske klik, da Nybakk knækkede haglgeværet.

Slettetast, hvor er du? Der. Væk med 't' og 's'. Ind med 'n' og 't'. Hørte ham stikke patronerne ind.

... v-e-n-t t-i-l h-a-n e-r. Fandens til små taster! Kom nu! Hørte geværløbet smække på plads.

... i v-i-n-u

Forkert! Harry hørte Nybakks slæbende skridt nærme sig. Der var ikke tid nok; han måtte stole på, at Hans Christian havde fantasi nok.

... L-y-s!

Han trykkede på 'send'.

Inde fra mørket kunne Harry se, at Nybakk havde løftet geværet op til skulderen. Og det gik op for ham, at cheffarmaceuten havde set, at kælderdøren stod på klem.

I det samme begyndte et bilhorn at tude. Hårdt og insisterende. Det gav et spjæt i Nybakk. Han så hen mod stuen, der vendte ud mod den vej, hvor Hans Christian holdt parkeret. Tøvede. Så vendte han om og gik ind i stuen.

Bilhornet tudede igen, og denne gang holdt det ikke op.

Harry åbnede kælderdøren og gik efter Nybakk; han behøvede ikke at liste, for han vidste, at bilhornet overdøvede skridtene. Fra stuedøren så han ryggen af Stig Nybakk, idet denne trak gardinerne fra. Stuen blev fyldt af lyset fra de kraftige Xenon-forlygter på Hans Christians familiebil.

Harry brugte fire lange skridt, og Stig Nybakk hverken så eller hørte ham komme. Han holdt den ene hånd op foran sit ansigt for at skærme for lyset, da Harry strakte armene hen over skuldrene på hver side af hans hoved, greb fat om haglgeværet, rykkede det til sig, pressede geværløbet mod Nybakks kødfulde hals, samtidig med at han trak ham bagover og ud af balance. Han satte knæene ind mod Nybakks knæhaser, så de begge to sank ned på knæ, mens Nybakk kæmpede desperat for at få luft.

Hans Christian måtte have forstået, at tuderiet havde haft sin virkning, for det ophørte, men Harry blev ved med at presse. Indtil Nybakks bevægelser blev langsommere, mistede kraften, og han til sidst ligesom visnede.

Harry vidste, at Nybakk var ved at miste bevidstheden, at nogle sekunder mere uden ilt, så ville hjernen påføres skader, og yderligere nogle sekunder senere ville Stig Nybakk, kidnapper og hjernen bag produktet violin, være død.

Harry mærkede på følelsen. Talte til tre og slap taget i haglgeværet med den ene hånd. Nybakk gled lydløst ned på gulvet.

Harry satte sig på en stol og trak vejret tungt. Efterhånden som adrenalinniveauet i blodet sank, kom smerterne fra halsen og nakken. De var blevet lidt værre time for time. Han prøvede at ignorere dem og tastede 'ok' til Hans Christian.

Nybakk begyndte at stønne lavt og krøb sammen i fosterstilling.

Harry kropsvisiterede ham og lagde alt, hvad han fandt i lommerne, på sofabordet. Tegnebog, mobiltelefon og et pilleglas med Nybakks og lægens navn på. Zestril. Harry kunne huske, at hans bedstefar havde brugt det mod hjerteinfarkt. Harry stak pilleglasset i sin egen jakkelomme, satte geværmundingen mod Nybakks blege pande og beordrede ham på benene.

Nybakk så op på Harry. Han skulle til at sige noget, men ombestemte sig. Kom møjsommeligt på benene og blev stående og svajede.

"Hvor skal vi hen?" spurgte han, da Harry puffede ham foran sig hen mod gangen.

"Kælderlejligheden," sagde Harry.

Stig Nybakk var stadig usikker på benene, og Harry støttede ham med én hånd på skulderen og haglgeværet i ryggen, mens de klatrede ned ad kældertrappen. De stoppede foran den dør, hvor han havde fundet Irene.

"Hvordan vidste du, det var mig?"

"Ringen," sagde Harry. "Lås op."

Nybakk tog en nøgle op af lommen og vred den rundt i hængelåsen.

Indenfor trykkede han på en kontakt.

Irene havde rejst sig. Hun stod i hjørnet længst væk, rystende, med den ene skulder løftet, som om hun var bange for at blive slået. Rundt om anklen havde hun en fodlænke med en kæde, som gik op til loftet, hvor den var fastgjort omkring en bjælke.

Harry lagde mærke til, at lænken var lang nok til, at hun kunne bevæge sig rundt i rummet. Lang nok til, at hun havde kunnet tænde lyset.

Men hun havde foretrukket, at der var mørkt.

"Befri hende," sagde Harry. "Og sæt fodlænken på dig selv."

Nybakk hostede. Holdt håndfladerne op. "Hør lige her, Harry ..."

Harry slog. Han mistede besindelsen og slog til. Hørte det døde klask af metal mod kød og så den røde stribe, som geværløbet havde lavet hen over Nybakks næseryg.

"Sig mit navn én gang til," hviskede Harry og mærkede, at han måtte presse ordene frem. "Så skal jeg klistre dit hoved fast til væggen med den forkerte ende af haglgeværet."

Med rystende hænder låste Nybakk hængelåsen på fodlænken op, mens Irene stirrede stift og apatisk frem for sig, som om det her var noget, der ikke angik hende.

"Irene," sagde Harry. "Irene!"

Hun ligesom vågnede op og så på ham.

"Gå udenfor," sagde Harry.

Hun kneb øjnene sammen, som om det kostede al hendes koncentration at tolke de lyde, han havde lavet, at omsætte ordene til mening. Og handling. Hun gik forbi ham og ud i kældergangen med langsomme, stive søvngængerskridt.

Nybakk havde sat sig på madrassen og trukket op i buksebenet. Han prøvede at få den smalle fodlænke presset rundt om sin egen tykke, hvide læg.

"Jeg ..."

"Om håndleddet," sagde Harry.

Nybakk adlød, og Harry tjekkede med et ryk i kæden, at den sad stramt nok.

"Tag ringen af og giv den til mig."

"Hvorfor? Det er bare noget billigt juks ..."

"Fordi den ikke er din."

Nybakk fik lirket ringen af og rakte den til Harry.

"Jeg ved ikke noget," sagde han.

"Om hvad?" spurgte Harry.

"Om det, jeg ved, du vil spørge mig om. Om Dubai. Jeg har truffet ham to gange, men begge gange havde jeg bind for øjnene, så jeg ved ikke, hvor jeg var. Hans to russere kom hertil og hentede varer to gange om ugen, men jeg hørte aldrig noget navn. Hør, hvis det er penge, du vil have, har jeg ..."

"Var det det?"

"Var hvad?"

"Det hele. Var det for pengenes skyld?"

Nybakk blinkede et par gange. Trak på skuldrene. Harry ventede. Og så gled der et slags træt smil hen over Nybakks ansigt. "Hvad tror du, Harry?"

Han nikkede ned mod foden.

Harry svarede ikke. Han behøvede ikke høre mere og vidste ikke, om han *ville* høre mere. Han kunne komme til at forstå noget. Og han ville ikke forstå det. At for to fyre opvokset i Oppsal, med samme forudsætninger når det gælder det meste, kan en tilsyneladende bagatelagtig medfødt skade gøre livet dramatisk anderledes for den ene. Nogle knogler i foden, som ligger anderledes, som giver en indadbøjet fod, som er et par skonumre mindre end den anden. *Pes equinovarus.* Hestefod. Fordi gangen hos en med klumpfod kan minde om hestens tåspidsgang. En skade som giver dig den *lidt* dårligere startposition, som det lykkes dig eller ikke lykkes dig at kompensere for. Som gør, at du må kompensere lidt mere for at blive den attraktive, den de vil have: de drenge, der udtager klasseholdet, den seje, som vil have seje kammerater, pigen i vinduesrækken, hende med smilet, som får dit hjerte til at eksplodere, selv om smilet ikke er til dig. Stig Nybakk havde listet sig ubemærket gennem livet på hestefoden. Så ubemærket, at Harry ikke kunne huske ham. Og det var gået rimelig godt. Han havde taget en uddannelse, havde arbejdet hårdt, fået en chefstilling, var selv begyndt at udtage klasseholdet. Men det vigtigste manglede. Pigen fra vinduesrækken. Hun smilede stadig til de andre.

Rig. Han måtte blive rig.

For penge er som sminke; de dækker over alt, de skaffer dig alt, også de ting man siger ikke er til salg: respekt, beundring, forelskelse. Man skulle bare se sig omkring: Skønhed gifter sig med penge hver eneste gang. Så nu var det hans, Stig Nybakks, klumpfodens tur.

Han havde opfundet violin, og verden burde ligge for hans fødder.

Så hvorfor ville hun ikke have ham, hvorfor vendte hun sig bort i slet skjult afsky, selv om hun vidste – *vidste* – at han allerede var en rig mand og blev rigere for hver uge, der gik. Var det, fordi hun havde en anden, hun tænkte på? Ham der havde givet hende den idiotiske ring, hun havde på fingeren? Det var uretfærdigt; han havde arbejdet hårdt og utrætteligt for at opfylde kriterierne for at blive elsket, og nu *skulle* hun. Så han havde taget hende. Rykket hende løs fra vinduesrækken. Lænket hende fast her, så hun aldrig skulle forsvinde igen. Og for at fuldbyrde tvangsægteskabet havde han taget ringen fra hende og sat den på sin egen finger.

Den billige ring, som Irene havde fået af Oleg, som selv havde stjålet den fra sin mor, som i sin tid havde fået den af Harry, som havde købt den på et gademarked, som igen ... det var som i sangen: Tag den ring og lad den vandre fra den ene til de andre. Harry strøg en finger hen over det sorte hak i ringens forgyldte overflade. Han havde været seende og alligevel blind.

Seende første gang han traf Stig Nybakk og havde sagt: "Ringen. Jeg havde engang en, der var helt magen til."

Og blind fordi han ikke havde tænkt over, hvad ligheden bestod i.

Hakket i kobberet, som var irret sort.

Det var først, da han havde set Martines vielsesring og hørt hende sige, at han var den eneste i verden, som købte noget billigt juks af en vielsesring, at han havde koblet Oleg sammen med Nybakk.

Harry havde ikke været i tvivl, selv om han ikke havde fundet noget mistænkeligt i Stig Nybakks lejlighed. Tværtimod var den så fuldstændig ribbet for kompromitterende ting, at Harry automatisk havde tænkt, at Nybakk måtte have sin dårlige samvittighed et andet sted. Forældrenes hus, som stod tomt, og som han ikke fik solgt. Det røde hus på bakken over for familien Holes.

"Dræbte du Gusto?" spurgte Harry.

Stig Nybakk rystede på hovedet. Tunge øjenlåg, han virkede søvnig.

"Alibi?" sagde Harry.

"Nej. Nej, det har jeg ikke."

"Fortæl."

"Jeg var der."
"Hvor?"
"I Hausmanns Gata. Jeg skulle komme hen til ham. Han havde truet med at afsløre mig. Men da jeg kom til Hausmanns Gata, holdt der patruljevogne udenfor. En eller anden havde allerede dræbt Gusto."
"Allerede? Så du planlagde at gøre det samme?"
"Ikke det samme. Jeg har ikke nogen pistol."
"Hvad har du så?"
Nybakk trak på skuldrene. "Min kemiuddannelse. Gusto havde abstinenser. Han forlangte, at jeg skulle tage noget violin med."
Harry så på Nybakks trætte smil og nikkede. "Så lige meget hvad du havde med af hvidt pulver, vidste du, at Gusto ville have sprøjtet sig med det lige på stedet."
Det raslede i kæden, da Nybakk løftede hånden og pegede hen mod døren. "Irene. Må jeg få lov til at sige nogle ord til hende, før ..."
Harry så på Stig Nybakk. Så noget, han genkendte. Et såret menneske, en færdig mand. En som havde gjort oprør mod de kort, skæbnen havde tildelt ham. Og tabt.
"Jeg skal spørge hende," sagde han.
Harry gik ud derfra. Irene var væk.
Han fandt hende oppe i stuen. Hun sad i en stol med fødderne trukket op under sig. Harry hentede en badekåbe fra garderobeskabet i gangen og lagde den over hendes skuldre. Han talte lavmælt og roligt med hende. Hun svarede med lillebitte stemme, som om hun var bange for ekkoet fra de kolde stuevægge.
Hun fortalte, at det var Gusto og Nybakk, eller Ibsen som de kaldte ham, som havde samarbejdet om at fange hende. At betalingen havde været et halvt kilo violin. At hun havde været indespærret i fire måneder.
Harry lod hende tale ud. Han ventede, til han vidste, at hun var tom, før han stillede sit næste spørgsmål.
Hun vidste ikke noget om drabet på Gusto ud over det, som Ibsen havde fortalt hende. Eller hvem Dubai var, eller hvor han boede. Gusto havde ikke sagt noget, og Irene havde ikke villet vide noget. Det eneste,

hun havde hørt om Dubai, var de sædvanlige rygter om, at han gik rundt i byen som en slags spøgelse, at ingen vidste, hvem han var, eller hvordan han så ud, og at han var som vinden, umulig at fange.

Harry nikkede. Han havde hørt det billede lidt for tit her på det sidste.

"H.C. kører dig til politiet; han er advokat og hjælper dig med at få anmeldt det her. Bagefter tager han dig med hen til Olegs mor. Der kan du bo foreløbig."

Irene rystede på hovedet. "Jeg ringer til Stein, min bror; jeg kan bo hos ham. Og ..."

"Ja?"

"*Skal* jeg anmelde det?"

Harry så på hende. Hun var så ung. Så lille. Som en fugleunge. Det var umuligt at sige, hvor meget der var gået i stykker.

"Det kan vente til i morgen," sagde Harry.

Han så tårerne stige op i hendes øjne. Og hans første tanke var: endelig. Han skulle til at lægge en hånd på hendes skulder, men nåede at ombestemme sig. En fremmed, voksen mands hånd var måske ikke lige det, hun havde brug for. Men i næste øjeblik var hendes tårer væk.

"Er der ... er der noget alternativ?" spurgte hun.

"Som for eksempel?" sagde Harry.

"Som at jeg slipper for at se ham igen." Hendes blik lod ikke hans stikke af. "Nogensinde," hviskede hun med den lillebitte stemme.

Så mærkede han den. Hendes hånd på sin. "Må jeg ikke godt slippe?"

Harry klappede hånden, lagde den tilbage i hendes skød og rejste sig. "Kom, så følger jeg dig ud."

Da Harry så bilen forsvinde, gik han tilbage ind i huset og ned i kælderen. Han fandt ikke noget reb, men under trappen hang der en haveslange. Han tog den med ind til Nybakk og smed den foran ham. Kiggede op på bjælken. Der var højt nok.

Harry tog det pilleglas med Zestril frem, som han havde fundet i Nybakks lomme, og tømte indholdet ud i hånden. Seks piller.

"Du har en hjertelidelse?" sagde Harry.

Nybakk nikkede.

"Hvor mange piller skal du tage i døgnet?"

"To."

Harry lagde pillerne i Nybakks hånd og det tomme pilleglas i sin egen jakkelomme.

"Jeg kommer tilbage om to dage. Jeg ved ikke, hvad dit eftermæle er værd for dig; vanæren havde sikkert været værre, hvis dine forældre havde været i live, men du har sikkert hørt noget om, hvordan medfanger behandler voldtægtsforbrydere. Hvis du ikke skulle være at finde, når jeg kommer tilbage, så er du glemt; du vil aldrig blive omtalt igen. Hvis du er her, tager vi dig med til politiet. Er det forstået?"

Da Harry forlod Stig Nybakk, fulgte hans skrig ham hele vejen op til gadedøren. Skrigene fra en, som er helt, helt alene med sin egen skyld, sine egne spøgelser, sin egen ensomhed, sine egne afgørelser. Jo, vel var der noget bekendt ved ham. Harry smækkede døren hårdt i efter sig.

Harry prajede en taxa på Vetlandsveien og bad om at blive kørt til Urtegata.

Halsen værkede og dunkede, som om den havde fået sin egen puls, var blevet noget levende, et indestængt, betændt dyr lavet af bakterier, som ville ud. Harry spurgte, om chaufføren havde noget smertestillende i bilen, men han rystede på hovedet.

Da de snoede sig ned mod Bjørvika, så Harry raketter eksplodere på himlen over Operaen. Nogen fejrede et eller andet. Det slog ham, at han selv burde fejre noget. Han havde klaret det. Han havde fundet Irene. Og Oleg var fri. Han havde gjort det, han havde kommet for at gøre. Så hvorfor følte han sig ikke i festhumør?

"Hvad er anledningen?" spurgte Harry.

"Åh, der er premiere på en eller anden opera," sagde chaufføren. "Jeg kørte nogle fine folk derned tidligere i aften."

"*Don Giovanni*," sagde Harry. "Jeg var også inviteret."

"Hvorfor tog du så ikke derind? Den skal vist være ret god."

"Jeg bliver så trist af tragedier."

Chaufføren så forbavset på Harry i spejlet. Lo. Og gentog: "Jeg bliver så *trist* af tragedier?"

Telefonen ringede. Det var Klaus Torkildsen.

"Jeg troede, vi aldrig skulle tales ved igen," sagde Harry.

"Også jeg," sagde Torkildsen. "Men jeg ... ja, jeg tjekkede så alligevel."

"Det er ikke så vigtigt længere," sagde Harry. "Sagen er afsluttet for mit vedkommende."

"Fint, men så kan det jo være rart at vide, at lige før og efter drabstidspunktet var Bellman – eller i hvert fald hans mobiltelefon – nede i Østfold, og han kan umuligt være nået frem og tilbage til drabsstedet."

"Okay, Klaus. Tak."

"Okay. Aldrig igen?"

"Aldrig igen. Jeg rejser væk nu."

Harry afbrød forbindelsen. Lagde hovedet tilbage mod nakkestøtten og lukkede øjnene.

Nu ville han blive glad.

På indersiden af øjenlågene kunne han se gnister fra fyrværkeriet.

Del IV

Kapitel 38

"Jeg tager med dig."

Det var fuldbragt.

Hun var hans igen.

Harry rykkede frem i indtjekningskøen i den store afgangshal i Oslo Lufthavn. Han havde en pludselig plan, en plan for resten af livet. I hvert fald en plan. Og han mærkede en berusende følelse, han ikke havde noget bedre ord for end *lykkelig*.

På monitoren over indtjekningsskranken stod der Thai Air, Business Class.

Det var sket så hurtigt.

Han var taget direkte fra Nybakks hus til Martine i Fyrtårnet for at levere telefonen tilbage, men havde fået besked om, at han kunne beholde den, til han havde skaffet en ny. Han havde også ladet sig overtale til at tage imod en frakke, som næsten ikke var brugt, så han så nogenlunde præsentabel ud. Plus tre piller mod smerterne, men han havde nægtet at lade hende se på såret. Hun ville bare forlange at få lov til at rense det, og der var ikke tid. Han havde ringet til Thai Air og bestilt billet.

Så var det sket.

Han havde ringet til Rakel og fortalt hende, at Irene var fundet, og at når Oleg nu var frikendt, var opgaven blevet løst. At nu måtte han se at komme ud af landet, før han selv blev anholdt.

Og det var på det tidspunkt, hun havde sagt det.

Harry lukkede øjnene og afspillede Rakels ord endnu en gang: "Jeg tager med dig, Harry." Jeg tager med dig. Jeg tager med dig.

Og: "Hvornår?"

Hvornår?

Han havde allermest haft lyst til at svare nu. Pak en kuffert og kom nu!

Men det var lykkedes ham at tænke nogenlunde rationelt.

"Hør her, Rakel, jeg er efterlyst, og politiet holder sandsynligvis øje med dig for at se, om du kan føre dem hen til mig, okay? Jeg tager af sted alene i aften. Så følger du efter i morgen aften med Thai Airs natfly. Jeg venter i Bangkok, og så tager vi videre derfra til Hongkong."

"Hans Christian kan forsvare dig, hvis du bliver anholdt. Straffen bliver nok ikke ..."

"Det er ikke længden på fængselsstraffen, jeg er bange for," sagde Harry. "Så længe jeg er i Oslo, kan Dubai nå mig overalt. Du er sikker på, at Oleg er på et sikkert sted?"

"Ja. Men han skal også med, Harry. Jeg kan ikke rejse ..."

"Selvfølgelig skal han også med."

"Mener du det?" Han hørte lettelsen i hendes stemme.

"Vi skal være sammen, og i Hongkong kan Dubai ikke røre os. Vi venter nogle dage med Oleg, så får jeg et par af Herman Kluits mænd til at rejse til Oslo og eskortere ham."

"Jeg giver Hans Christian besked. Og så bestiller jeg billet til flyet i morgen, elskede."

"Jeg venter i Bangkok."

En lille pause.

"Men du er jo eftersøgt, Harry. Hvordan kommer du om bord på flyet, uden at ..."

"Værsgo." Værsgo.

Harry åbnede øjnene igen og så, at damen bag skranken smilede til ham.

Han gik hen til skranken og gav hende billet og pas. Så hende indtaste navnet i passet. "Jeg kan ikke finde Dem, hr. Nybakk ..."

Harry prøvede at smile beroligende. "Jeg var egentlig booket på flyet til Bangkok om ti dage, men jeg ringede for halvanden time siden og blev booket om til i aften."

Damen tastede lidt mere. Harry talte sekunderne. Trak vejret dybt. Åndede ud. Trak vejret dybt igen.

"Der, ja. Sene bestillinger kommer ikke altid op med det samme. Men der står her, at De skulle rejse sammen med en Irene Hanssen."

"Hun rejser som oprindeligt planlagt," sagde Harry.

"Javel. Har De noget bagage, som skal tjekkes ind?"

"Nej."

Mere indtastning.

Så rynkede hun pludselig panden. Åbnede passet igen. Harry forberedte sig på det værste. Hun lagde boardingkortet i passet og rakte ham det. "De må hellere skynde Dem, hr. Nybakk; jeg kan se, at man er begyndt at boarde flyet. God tur."

"Tak," svarede Harry med lidt større inderlighed, end han havde tænkt sig og løb hen mod sikkerhedskontrollen.

Det var først på den anden side af gennemlysningsmaskinen, da han samlede sine nøgler og Martines mobiltelefon op, at han opdagede, at han havde fået en sms. Han skulle til at gemme den sammen med de andre til Martine, da han bemærkede, at afsenderen havde et kort navn. B. Beate.

Han løb hen mod gate nummer 54, Bangkok, sidste udkald. Han læste.

HAR FÅET FAT I DEN SIDSTE LISTE. DER ER ÉN ADRESSE PÅ DEN, SOM IKKE VAR PÅ DEN, DU FIK FRA BELLMAN. BLINDERNVEIEN 74.

Harry stak telefonen i lommen. Der var ingen kø ved paskontrollen. Han åbnede passet, og paskontrolløren tjekkede boardingkortet og passet. Han så på Harry.

"Arret er nyere end billedet," sagde Harry.

Paskontrolløren så på ham. "Få et nyt billede, Nybakk," sagde han og rakte dokumenterne tilbage. Han nikkede til personen bag Harry for at vise, at det nu var hans tur.

Harry var fri. Frelst. Et helt nyt liv ventede på ham.

Foran skranken ved gaten stod der stadig fem efternølere i kø.

Harry så på sit boardingkort. Business Class. Han havde aldrig rejst på andet end økonomiklasse, selv ikke for Herman Kluit. Stig Nybakk havde gjort det godt. Dubai havde gjort det godt. *Gjorde* det godt. Gør det godt. Nu, i aften, i dette øjeblik, stod de der, et skælvende udsultet slæng og ventede på, at fyren i Arsenaltrøjen skulle sige: "Kom".

To i køen.

Blindernveien 74.

Jeg tager med dig. Harry lukkede øjnene for at høre Rakels stemme igen. Og der var den: *Er du politibetjent? Var det det, du blev? En robot, en slave af myretuen og af tanker, som andre har tænkt?*

Var han det?

Det blev hans tur. Damen bag skranken så opfordrende på ham.

Nej, han var ikke en slave.

Han rakte hende boardingkortet.

Gik. Gik ned ad landgangsbroen mod flyet. Gennem ruderne kunne han se lysene fra et fly, der var ved at lande. Det fløj hen over Tord Schultz' hus.

Blindernveien 74.

Mikael Bellmans blod under Gustos negl.

Fandens også, fandens også!

Harry gik om bord, fandt sin plads og sank dybt ned i lædersædet. Som det dog var blødt! Han trykkede på en knap, og sædet gled bagover og bagover og bagover, indtil han lå helt udstrakt. Han lukkede øjnene og ville bare sove, sove, til han vågnede en dag og var en anden og et helt andet sted. Han ledte efter hendes stemme, men fandt i stedet en anden stemme:

"Jeg har en falsk præstekrave, du en falsk sherifstjerne. Hvor urokkeligt er egentlig dit evangelium?"

Bellmans blod. " ... nede i Østfold, han kan umuligt være nået ..."

Alting hænger sammen.

Harry mærkede en hånd på sin arm og åbnede øjnene.

En stewardesse med en thaikvindes høje kindben kiggede smilende ned på ham:

"*I'm sorry, sir, but you must put your seat to an upright position before take-off.*"

Upright position.

Harry trak vejret dybt og svingede benene ud af stolen. Han tog sin mobiltelefon frem og kiggede på numrene for de sidste opkald.

"*Sir, you have to turn off ...*"

Harry holdt en hånd i vejret og trykkede på "ring tilbage".

"Var det ikke meningen, at vi aldrig mere skulle tale sammen?" svarede Klaus Torkildsen.

"Præcis hvor i Østfold?"

"Undskyld?"

"Bellman. Hvor i Østfold var Bellman, da Gusto blev slået ihjel?"

"Rygge, ved Moss."

Harry stak telefonen i lommen og rejste sig op.

"*Sir, the seat belt sign ...*"

"*Sorry,*" sagde Harry. "*This is not my flight.*""

"*I'm sure it is, we have checked passenger numbers and ...*"

Harry løb tilbage i flyet. Han kunne høre stewardessens hurtige skridt bag sig:

"*Sir, we have already shut ...*"

"*Then open it.*"

En purser havde sluttet sig til dem: "*Sir, I'm afraid the rules don't allow us to open ...*"

"*I'm out of pills,*" sagde Harry, famlede i jakkelommen, fandt det tomme pilleglas med Zestril-etiketten og holdt det op foran purserens ansigt. "*I'm mister Nybakk, see? Do you want a heart attack on board when we are above ... let's say Afghanistan?*"

Klokken havde passeret elleve, og lufthavnstoget mod Oslo var næsten tomt. Harry så åndsfraværende på tekstnyhederne på skærmen, der hang oppe under loftet forrest i vognen. Han havde haft en plan, en plan om et nyt liv. Han havde tyve minutter til at finde på en ny. Det var vanvittigt. Han kunne i dette øjeblik have siddet på et fly til Bangkok. Men det var lige præcis det. Han *kunne* ikke have siddet på et fly til Bangkok i dette øjeblik. Han kunne simpelthen ikke, det var en mangel, en funktionsfejl. Hans klumpfod var, at han aldrig havde været i stand til bare at give fanden i alting, bare at glemme, at stikke af. Han kunne drikke, men han blev ædru igen. Han kunne rejse til Hongkong, men han kom tilbage. Han var uden tvivl et svært skadet menneske. Og virkningen af de piller, som Martine havde givet ham, var ved at tage af, og han måtte have nogle flere. Smerterne gjorde ham svimmel.

Harry havde blikket rettet mod overskrifterne om kvartalsregnskaber og sportsresultater, da det slog ham: Hvad nu, hvis det var lige præcis det, han var i færd med at gøre nu? At stikke af? At stikke halen mellem benene?

Nej, det var anderledes den her gang. Han havde fået ændret datoen på billetten til i morgen aften til samme afgang som Rakels. Han havde endda reserveret sædet ved siden af sit eget på Business Class til hende og havde betalt for opgraderingen af hendes billet. Han havde spekuleret over, om han skulle give hende besked om, hvad han var ved at gøre, men han vidste, hvad hun ville tænke: At han ikke havde forandret sig, at han stadig blev drevet af den samme galskab, at ingenting nogensinde ville blive anderledes. Men når de sad der sammen, og accelerationen pressede dem tilbage i sædet, og de mærkede, at flyet løftede sig, letheden, det uafvendelige, ville hun endelig vide, at det gamle lå bag dem, under dem, at deres rejse var begyndt.

Harry lukkede øjnene og mumlede flynummeret to gange.

Harry gik fra lufthavnstoget over gangbroen til Operahuset og fortsatte med lange skridt hen over den italienske marmor mod hovedindgangen. Gennem vinduerne kunne han se festklædte mennesker, der konverserede med hinanden, mens de nød deres pindemadder og drinks bag tovene i den dyre foyer.

Uden for indgangen stod en mand iført jakkesæt og ørepropper og med hænderne samlet foran skridtet, som om han stod opstillet i en frisparksmur. Han var bredskuldret, men ikke noget stort brød. Hans trænede blik havde for længst set Harry, og nu så han på tingene *rundt om* Harry, som måske kunne have nogen betydning. Det kunne kun betyde, at han var politibetjent i politiets sikkerhedstjeneste, og at politichefen eller nogen fra regeringen var til stede. Manden tog to skridt hen mod Harry, da han nærmede sig.

"Beklager, lukket premierefest ..." begyndte han at sige, men holdt inde, da han så Harrys id-kort.

"Det har ingenting med din politichef at gøre, kollega," sagde Harry.

"Jeg skal bare lige tale med nogen i embeds medfør."

Manden nikkede, talte ind i mikrofonen på sit revers og lod Harry passere.

Foyeren var en kæmpe iglo, som Harry konstaterede var fuld af mange ansigter, han kunne genkende til trods for sit langvarige eksil. Der var dem, der førte sig frem i de trykte medier, der var *talking heads* fra fjernsynet, underholdningskunstnere fra idræt og politik samt kulturens mere eller mindre grå eminencer. Og Harry forstod, hvad Isabelle Skøyen havde ment, da hun sagde, at det var vanskeligt at finde en date, som var høj nok, når hun tog sine højhælede sko på. Hun var let at få øje på, sådan som hun ragede op over forsamlingen.

Harry skridtede over tovet og banede sig vej med gentagne "undskyld mig", mens hvidvinen skvulpede rundt om ham.

Isabelle var midt i en samtale med en mand, der var et halvt hoved mindre end hende, men hendes begejstrede, indsmigrende ansigtsudtryk fik Harry til at antage, at han var nogle hoveder højere end hende, hvad angik magt og status. Han var nået inden for en radius af tre meter, da der pludselig stod en mand foran ham.

"Jeg er den politibetjent, der lige har talt med din kollega udenfor," sagde Harry. "Jeg skal tale med *hende* der."

"Værsgo," sagde vagten, og Harry mente, at han kunne høre en vis undertone.

Harry tog de sidste skridt.

"Hej Isabelle," sagde han og så overraskelsen i hendes ansigt. "Håber ikke, at jeg afbryder ... karrieren?"

"Inspektør Harry Hole," svarede hun med en skraldende latter, som om han havde fortalt en indforstået vittighed.

Manden ved siden af hende rakte hurtigt hånden frem og gav – noget overflødigt – sit navn. En lang karriere på øverste etage i Rådhuset havde antagelig lært ham, at folkelighed belønnes på valgdagen. "Kunne du lide forestillingen, politiinspektør?"

"Både ja og nej," svarede Harry. "Jeg var først og fremmest glad for, at den var overstået, og var på vej hjem, da det gik op for mig, at der var et par ting, jeg ikke havde fået ryddet ordentligt op i."

"Og hvad var det?"

"Jo, eftersom Don Giovanni er en tyv og en kvindebedårer, er det vel kun ret og rimeligt, at han bliver straffet der i sidste akt. Jeg tror, jeg har forstået, hvem han er, den statue der kommer til Don Giovanni og tager ham med ned til helvede. Hvad jeg derimod spekulerer på er, hvem der har fortalt ham, at han kunne finde Don Giovanni præcis der og på det tidspunkt. Kan du svare mig på det ..." Harry vendte sig om. "Isabelle?"

Isabelle smilede stift. "Hvis du har en konspirationsteori, er det jo altid interessant at høre den. Men måske en anden gang ... lige nu taler jeg med ..."

"Men det er absolut vigtigt, at jeg får udvekslet et par ord med hende," sagde Harry henvendt til hendes samtalepartner. "Hvis De tillader det, selvfølgelig."

Harry kunne se, at Isabelle skulle til at protestere, men hendes samtalepartner kom hende i forkøbet: "Selvfølgelig." Han smilede, nikkede og henvendte sig til et ældre par, som havde stillet sig i kø for at komme i audiens.

Harry tog Isabelle under armen og trak hende med sig hen mod skiltene til toiletterne.

"Du stinker," hvæsede hun, da han lagde hænderne på hendes skuldre og pressede hende ind mod væggen ved siden af indgangen til herretoilettet.

"Jakkesættet har været nede i skidtet et par gange," sagde Harry og så, at forsamlingen kastede et par blikke hen på dem. "Hør lige her, vi kan gøre det på en brutal eller en civiliseret facon. Hvad består dit samarbejde med Mikael Bellman i?"

"Hvad? Skrid ad helvede til, Hole."

Harry sparkede døren ind til toilettet op og trak hende med sig ind.

En smokingklædt mand ved vasken så på dem i spejlet med store øjne, da Harry smækkede Isabelle op mod døren ind til en af kabinerne og pressede sin underarm ind mod hendes hals.

"Bellman var hos dig, da Gusto blev slået ihjel," hvæsede Harry. "Gusto havde Bellmans blod under neglene. Dubais ildslukker er Bellmans nærmeste medarbejder og betroede barndomsven. Hvis du ikke snakker nu, ringer jeg til min kontakt på Aftenposten i aften og har det på tryk i morgen. Og så ligger alle mine oplysninger allerede på statsadvokatens skrivebord. Så hvad bliver det til?"

"Undskyld." Det var manden i smokingen. Han var kommet nærmere, men holdt stadig en respektfuld afstand: "Har De brug for hjælp?"

"Skrid så ad helvede til!"

Manden så forfærdet ud, måske ikke så meget på grund af ordene som det faktum, at ordene var blevet udtalt af Isabelle Skøyen, så han sjokkede ud.

"Vi bollede," sagde Isabelle halvkvalt.

Harry slap hende, og han kunne lugte på hendes ånde, at hun havde drukket champagne.

"Du og Bellman kneppede?"

"Jeg ved godt, at han er gift, og vi bollede bare, det er det hele," sagde hun og gned sig på halsen. "Gusto dukkede op og kradsede Bellman, da han smed ham ud. Hvis du vil sladre til pressen, så værsgo. Jeg går da ud fra, at du *aldrig* ville bolle med en gift kvinde eller gøre dig nogen overvejelser over, hvad pressens skriverier vil gøre ved Bellmans kone og børn."

"Og hvordan traf du og Bellman hinanden? Prøver du at fortælle mig, at den trekant mellem Gusto og jer to er helt tilfældig?"

"Hvordan tror du, at folk i kommende magtpositioner træffer hinanden, Harry? Kig dig omkring. Se, hvem der er med til festen her. Alle ved, at Bellman bliver den nye politimester i Oslo."

"Og at du skal have en plads i byrådet på Rådhuset?"

"Vi traf hinanden til en premiere, en åbning af en kunstudstilling. Jeg kan ikke længere huske det. Sådan er det bare. Du kan ringe og spørge Mikael, hvornår det var. Men nok ikke i aften, for i aften har de kvalitetstid sammen i familien. Det er bare ... ja, sådan er det."

Det er bare sådan, det er. Harry stirrede på hende.

"Hvad med Truls Berntsen?"

"Hvem?"

"Han er deres ildslukker, ikke? Hvem var det, der sendte ham til Leons for at tage sig af mig? Var det dig? Eller Dubai?"

"Hvad i himlens navn er det, du taler om?"

Harry kunne se det. Hun anede virkelig ikke, hvem Truls Berntsen var.

Isabelle Skøyen var begyndt at le. "Harry, se nu ikke så trist ud!"

Han kunne have siddet i et fly til Bangkok på vej til et andet liv.

Han gik hen mod døren.

"Vent, Harry."

Han vendte sig om. Hun stod lænet op ad toiletdøren og havde trukket kjolen op, så højt, at han kunne se stropperne fra hofteholderen, der var fæstnet der, hvor strømperne sluttede. En blond hårlok var faldet frem i panden på hende.

"Når vi nu alligevel har toilettet for os selv ..."

Harry mødte hendes blik. Det var sløret. Ikke af alkohol, ikke af liderlighed, det var noget andet. Var det tårer? Seje, ensomme, selvforagtende Isabelle Skøyen? Og hvad så? Hun var bare endnu et bittert menneske, der var villig til at lægge alle andre menneskers liv i ruiner for at få det, de mente var deres fødselsret: at blive elsket.

Døren blev ved med at svinge frem og tilbage, efter at Harry var gået. Den klaprede mod listen af gummi, hurtigere og hurtigere som en tiltagende og sidste applaus.

Harry gik tilbage over gangbroen til hovedbanegården i Oslo, ned ad trapperne hen mod Plata. Der lå et døgnåbent apotek i den anden ende, men der var altid lang kø, og han vidste, at receptfri piller ikke havde muskler nok til at tage smerterne. Han fortsatte forbi Heroinparken. Det var begyndt at regne, og gadelygternes lys skinnede blødt i de våde sporvognsskinner ned langs Prinsens Gata. Han spekulerede over sagen, mens han gik. Nybakks haglgevær i Oppsal var nok lettest at få fat i. Et haglgevær gav desuden mere spillerum. For at få fat i riflen bag garderobeskabet på 301 måtte han sørge for at komme ind på Leons uden at blive set, og han kunne ikke engang være sikker på, at de ikke havde fundet den, men riflen var sikrere.

Låsen på porten ind til Leons' baggård var ødelagt, brudt op for nylig. Harry gik ud fra, at det var sådan, at de to mænd i jakkesæt var kommet ind den aften, de kom på besøg.

Harry gik ind, og ganske rigtigt ... låsen til bagdøren var også smadret.

Harry gik op ad den snævre trappe, der fungerede som nødudgang. Der var ingen at se i gangen på anden sal. Harry bankede på 310 for at spørge Cato, om politiet havde været der eller eventuelt nogen anden, og hvad de havde gjort og spurgt om, og hvad han eventuelt havde fortalt dem. Men der blev ikke åbnet. Der var helt stille.

Ingen havde forsøgt at reparere døren ind til hans eget værelse, så det var for så vidt unødvendigt med en nøgle. Han stak hånden indenfor og låste op. Han lagde mærke til blodet, der var sivet ned i den blottede cement, hvor han havde fjernet dørtrinnet.

Det knuste vindue var heller ikke blevet repareret.

Harry tændte ikke for lyset, men gik bare hen og stak hånden ind bag skabet og konstaterede, at de ikke havde fundet riflen og heller ikke æsken med patroner, der stadig lå ved siden af Bibelen i skuffen i natbordet. Og det gik op for Harry, at politiet ikke havde været der, at Leons, beboerne samt naboerne ikke havde set nogen grund til at involvere loven på grund af nogle sølle haglbyger, i hvert fald ikke så længe der ikke var noget lig. Han åbnede skabet. Selv hans tøj og lærredskufferten var der, som om der ikke var sket noget.

Han fik øje på kvinden i værelset på den anden side.

Hun sad på en stol foran et spejl med den nøgne ryg vendt mod ham. Det så ud til, at hun var optaget af at rede håret. Hun var klædt i en kjole, der så ejendommeligt gammeldags ud. Ikke gammel, bare gammeldags, som et nylavet klædningsstykke fra en anden tid. Uden at vide hvorfor råbte Harry ud gennem den knuste rude. Et kort råb. Kvinden reagerede ikke.

Da Harry stod ude på gaden igen, gik det op for ham, at han ikke ville klare det. Hans hals føltes, som om den stod i brand, og varmen fik porerne i hans hud til at pumpe sved ud. Han var gennemvåd og mærkede de første anfald af kuldegysninger.

Baren havde skiftet sangen ud. Fra den åbne dør lød Van Morrisons 'And It Stoned Me'.

Smertestillende.

Harry trådte ud på vejen, hørte en gennemtrængende, desperat ringen, og i næste øjeblik blev hans synsfelt fyldt af en blåhvid væg. I fire sekunder stod han bare helt stille midt på gaden. Så var sporvognen passeret forbi, og den åbne dør ind til baren var igen synlig.

Det gav et spjæt i bartenderen, da han kiggede op fra avisen og fik øje på Harry.

"Jim Beam", sagde Harry.

Bartenderen blinkede to gange uden at røre sig. Avisen gled ned på gulvet.

Harry trak euro-sedlerne op af tegnebogen og lagde dem på skranken. "Giv mig hele flasken."

Bartenderens kæbe var faldet ned. EAT-tatoveringen havde en delle hen over T'et.

"Nu," sagde Harry, "så skal jeg nok forsvinde."

Bartenderen så hurtigt ned på pengesedlerne og op på Harry igen. Så tog han Jim Beam-flasken ned uden at tage blikket fra Harry.

Harry sukkede, da han så, at flasken var mindre end halvt fuld. Han lod den glide ned i frakkelommen, så sig omkring, prøvede at komme i tanker om noget mindeværdigt at sige, opgav det, gav et hurtigt nik og gik.

Harry standsede på hjørnet af Prinsens Gata og Dronningens Gata. Først ringede han til nummeroplysningen. Så åbnede han flasken. Lugten af bourbon fik hans mave til at trække sig sammen. Men han vidste, at det ikke ville lykkes ham at gøre det, han skulle gøre, uden bedøvelse. Der var gået tre år siden sidste gang. Måske var det blevet bedre. Han satte flasken for munden, lagde hovedet bagover og vippede bunden i vejret på flasken. Tre års afholdenhed. Giften ramte hans system som en napalmbombe. Det var ikke blevet bedre; det var værre end nogensinde.

Harry bøjede sig forover, strakte en arm ud og støttede sig med skrævende ben op ad husmuren, så han ikke kom til at ramme hverken bukser eller sko.

Han hørte højhælede sko på fortovet bag sig. "Hey, mister. Me beautiful?"

"Sure," nåede Harry at sige, før hans hals blev fyldt. Den gule stråle ramte fortovet med imponerende kraft og spredning, og han hørte de høje hæle forsvinde med lynets hast. Han strøg sig hen over munden og forsøgte igen. Hovedet bagover. Whisky og galde løb ned gennem svælget og kom op igen.

Den tredje sad der. Så nogenlunde.

Den fjerde ramte som et skud.

Den femte var himmelsk.

Harry prajede en taxa og gav chaufføren adressen.

Truls Berntsen skyndte sig gennem mørket, krydsede parkeringspladsen foran boligblokken, hvor lyset strømmede ud fra trygge, gode hjem, hvor de nu havde hentet snacks og kaffekander frem og måske endda en øl og havde tændt for fjernsynet, nu da nyhederne var forbi og der var hyggeligere ting at kigge på. Truls havde ringet til Politihuset og sagt, at han var syg. De havde ikke spurgt ham, hvad han fejlede, men blot spurgt, om han ville være syg i de tre dage, der ikke krævede lægeerklæring. Truls havde svaret, at hvordan fanden kunne nogen vide, om de kom til at være syg i lige præcis tre dage? Fandens til pjækkeland, fandens til skinhellige politikere, der påstod, at folk *virkelig* ønskede at arbejde, hvis de kunne. Nordmænd stemte på Arbeiderpartiet, fordi Arbeiderpartiet gjorde det til en menneskeret at pjække, og hvem fanden stemmer ikke på et parti, der giver dig ret til tre sygedage uden lægeattest, carte blanche til at sidde hjemme og gokke den af eller løbe på ski eller komme sig efter at have ligget i sprit? Arbeiderpartiet vidste naturligvis godt, hvilket gode der var tale om, men prøvede alligevel at fremstå som ansvarlige, smykkede sig med at "have tiltro til de fleste mennesker" og udlagde retten til at pjække som en slags social reform. Så var det fandeme meget ærligere med Fremskrittspartiet, der købte sig stemmer ved hjælp af skattelettelser og knap nok gad lægge skjul på det.

Han havde siddet hele dagen og tænkt over det, mens han gennemgik sine våben, ladede, tjekkede, sikrede sig, at døren var låst, kontrollerede alle biler, der kom ind på parkeringspladsen gennem kiggertsigtet på sin Märklin, den store attentatriffel fra en sag for over ti år siden, som den ansvarlige for beslaglagte våben på K1 i Politihuset sikkert troede stadig lå der. Truls havde vidst, at han før eller senere måtte ud og købe mad, men havde ventet, til det blev mørkt og der ikke var så mange folk ude. Da klokken næsten var blevet elleve, og Rimi snart skulle lukke, havde han taget sin Steyr-pistol, havde sneget sig ud og var løbet hen til dagligvarebutikken. Han havde gået langs hylderne med ét øje på madvarerne og ét på de få andre kunder i butikken. Han havde købt ind til en uges forbrug af Fjordland-frikadeller. De blev solgt i små, gennemsigtige poser med færdigskrællede kartofler, frikadeller, ærtestuvning og sovs. Så skulle man bare smide posen ned i en kasserolle med kogende vand i nogle minutter, klippe posen op, og det hele løb ud på tallerkenen med en gurglende lyd, og hvis man lukkede øjnene, mindede det fandeme om ordentlig mad.

Truls Berntsen var nået frem til gadedøren og havde sat nøglen i låsen, da han hørte hurtige skridt bag sig i mørket. Han hvirvlede desperat rundt, og hans hånd greb allerede om skæftet på pistolen inden for jakken, da han stirrede ind i Vigdis A's skræmte ansigt.

"F ... forskrækkede jeg dig?" stammede hun.

"Nej," svarede Truls kort og gik ind uden at holde døren åben for hende, men han hørte, at det alligevel lykkedes for hende at få presset sin flæskede krop ind, før døren smækkede i.

Han trykkede på knappen til elevatoren. Forskrækket? Ja, for fanden da, hvor var han blevet forskrækket. Nogle sibiriske kosakker var på sporet af ham. Var der noget ved det, som *ikke* var til at blive forskrækket af?

Vigdis A. åndede tungt bag ham. Hun var lige så overvægtig, som de fleste af dem var blevet. Ikke at han havde sagt nej tak, men hvorfor var der ingen, der sagde ligeud, at norske kvinder var blevet så fede, at de ikke bare ville komme til at krepere af én af en helvedes masse sygdomme, men at de også ville standse reproduktionen af racen, affolke landet. For til sidst var der ingen mænd, der orkede at trampe rundt i så meget fedt. Bortset fra deres eget, selvfølgelig.

Elevatoren ankom, de gik ind i den, og wiren skreg af smerte.

Han havde læst, at mænd havde forøget deres vægt mindst lige så meget, men det virkede på en eller anden måde anderledes. De fik mindre bagdele og så bare større og stærkere ud, sådan som han selv gjorde. Han så fandeme da meget bedre ud nu end for ti kilo siden, men kvinderne fik sådan noget skvulpende og blævrende fedt, som gav ham en inderlig lyst til at sparke dem, bare for at se foden forsvinde i alt det bløde. Alle vidste, at fedt var blevet den nye kræft, og alligevel blev der råbt op om slankehysteri, og den 'ægte' kvindekrop blev hyldet, som om det utrænede og overfodrede var blevet et slags prunkløst ideal. Så vær da for helvede ligesom tilfreds med den krop, du har. Hellere hundrede der døde af hjerte-kar-sygdomme, end én, der døde af spiseforstyrrelser. Og nu så selv Martine sådan ud. Okay, hun var gravid, det var han klar over, men han kunne ikke sige sig fri for tanken om, at hun var blevet en af *dem*.

"Du ser ud, som om du fryser," sagde Vigdis A. og smilede.

Truls anede ikke, hvad A. stod for, men det var det, der stod ud for hendes ringeklokke, Vigdis A. Han fik lyst til at smække hende en, at give hende en lige højre med fuldt knald på. Han behøvede ikke at være bange for sine knoer med de fandens tykke kinder. Eller kneppe hende. Eller begge dele.

Truls vidste godt, hvorfor han var så aggressiv. Det var den helvedes mobiltelefon.

Da det endelig var lykkedes for dem at få driftscentralen på Telenor til at spore Holes telefon, havde de set, at den befandt sig midt i Centrum, nærmere bestemt i Oslo C. Der er næppe noget sted i Oslo, hvor der er så mange mennesker døgnet rundt. Så en halv snes politifolk havde gennemtrawlet menneskemængden på jagt efter Hole. Det havde stået på i timevis. *Nada*. Så til sidst havde en grønskolling fået den banale idé, at de skulle synkronisere deres ure, sprede sig rundt om i området, og derpå skulle en af dem ringe hans nummer op lige på sekundet én gang hvert kvarter, og hvis nogen hørte en telefon ringe lige præcis på det tidspunkt eller så nogen tage en telefon frem, så var det bare at slå til. Den måtte jo være der et sted. Som sagt så gjort, og de fandt også telefonen. I lommen på en junkie, der sad og halvsov på trappen foran Jernbanetorget. Han fortalte, at han havde 'fået' telefonen af en fyr på Fyrtårnet.

Elevatoren standsede. "Godaften," mumlede Truls og gik ud.

Han hørte døren glide i bag sig og elevatoren starte igen.

Nu stod den på frikadeller og en dvd. Først *Fast & Furious,* måske. En lortefilm, selvfølgelig, men den havde enkelte gode scener. Eller *Transformers*, Megan Fox og dernæst gokke den godt og grundigt af.

Han hørte hende trække vejret bag sig. Hun var stået ud af elevatoren samtidig med ham. Fisse. Truls Berntsen ville få noget på den dumme i aften. Han smilede og drejede hovedet, men det blev standset af noget. Noget hårdt og koldt. Truls Berntsen spærrede øjnene op. Et geværløb.

"Ja tak," sagde en velkendt stemme. "Jeg vil gerne med indenfor."

Truls Berntsen sad i lænestolen og stirrede ind i mundingen på sin egen pistol.

Han havde fundet ham. Og omvendt.

"Vi kan ikke blive ved med at mødes på den her måde," sagde Harry Hole. Han havde placeret sin cigaret helt ude i mundvigen for ikke at få røg i øjnene.

Truls svarede ikke.

"Ved du, hvorfor jeg hellere vil bruge din pistol?" spurgte Harry og klappede på jagtriflen, som han havde lagt hen over sit skød.

Truls fortsatte med at holde kæft.

"Fordi jeg hellere vil have, at de kugler, de finder i dig, kan spores tilbage til *dit* våben."

Truls trak på skuldrene.

Harry Hole lænede sig frem, og så kunne Truls lugte det: Harrys ånde stank af sprit. For helvede da, fyren var stiv af sprut. Han havde hørt historier om, hvad den mand havde foretaget sig i ædru tilstand, og nu havde han taget for sig af de våde varer.

"Du er ildslukker, Truls Berntsen, og her er beviset."

Han holdt id-kortet op fra tegnebogen, som han havde taget fra ham sammen med pistolen. "Thomas Lunder? Er det ikke den mand, der hentede narkoen på Gardermoen?"

"Hvad er det, du vil?" spurgte Truls, lukkede øjnene og lænede sig tilbage i stolen. Frikadeller og en dvd.

"Jeg vil have at vide, hvad forbindelsen mellem dig, Dubai, Isabelle Skøyen og Mikael Bellman er."

Truls gav et spjæt i stolen. Mikael? Hvad fanden havde Mikael med det her at gøre. Og Isabelle Skøyen, var det ikke hende den kvindelige politiker?

"Jeg aner ikke ..."

Han så hanen på pistolen løfte sig.

"Forsigtig, Hole! Aftrækket er kortere, end du tror, den ..."

Hanen løftede sig yderligere.

"Vent! Vent, for fanden!" Truls Berntsen kørte tungen rundt i munden på jagt efter noget spyt til at smøre munden med. "Jeg aner ingenting om Bellman eller Skøyen, men Dubai ..."

"Skynd dig."

"Jeg kan fortælle dig om ham ..."

"Hvad kan du fortælle mig?"

Truls Berntsen trak vejret dybt og holdt det, før han slap luften ud med en stønnen: "Alt."

Kapitel 39

Tre øjne stirrede tilbage på Truls Berntsen. To med lyseblå irisser gennemvædet af sprit. Og ét sort og rundt, som var pistolmundingen på hans egen Steyr. Manden, der holdt pistolen, mere lå end sad i lænestolen, og hans lange ben lå strakt ud på tæppet foran ham. Og han sagde med ru stemme:

"Fortæl, Berntsen. Fortæl mig om Dubai."

Truls rømmede sig to gange. Helvedes tør hals.

"Det ringede på døren, en aften jeg var her. Jeg tog dørtelefonen, og en stemme sagde, at han lige ville veksle nogle ord med mig. Først ville jeg ikke slippe ham ind, men så nævnte han et navn, og ... ja ..."

Truls Berntsen lod tommel- og langfinger køre hen over kæberne.

Den anden ventede.

"Det var en uheldig sag, som jeg ikke troede, at nogen kendte noget til."

"Om hvad?"

"En anholdt. Han trængte til at lære at opføre sig ordentligt. Jeg troede ikke, at der var nogen, der vidste, at det var mig, der havde ... lært ham det."

"Store skader?"

"Forældrene ville lægge sag an, men det lykkedes ikke for knægten at udpege mig i en line-up. Jeg havde vist beskadiget hans synsnerve. Held i uheld, ikke?" Truls lo sin nervøse gryntelatter, men holdt hurtigt op igen. "Og så stod den der mand uden for min dør og vidste det hele. Han sagde, at jeg havde et vist talent for at navigere under radaren, og at han var villig til at betale meget for sådan en som mig. Han talte norsk, sådan fint, ligesom, men med en lille accent. Jeg lod ham komme ind."

"Du har altså mødt Dubai?"

"Kun den ene gang. Efter det har jeg faktisk kun set ham to gange. Nå, men han var alene. En gammel mand i elegant, men gammeldags jakkesæt. Vest, hat og handsker. Han fortalte, hvad han ville have mig til at gøre, og hvad han ville betale. Han var en forsigtig fyr. Sagde, at vi ikke ville komme til at have direkte kontakt med hinanden igen efter det møde, ingen telefonopkald, ingen mail, ingenting der kunne spores. Og det var jo fint med mig, for at sige det på den måde."

"Så hvordan fik I så aftalt opgaverne vedrørende ildslukning?"

"Jeg fik opgaverne skrevet på en gravsten, som han forklarede mig, hvor lå."

"Hvor?"

"Gamlebyen Kirkegård. Det var også der, jeg fik pengene."

"Fortæl mig om Dubai. Hvem er han?"

Truls Berntsen stirrede tavst frem for sig, mens han forsøgte at danne sig et overblik over regnskabet, over konsekvenserne.

"Hvad venter du på, Berntsen? Du sagde, at du kunne fortælle mig alt om Dubai."

"Er du klar over, hvad jeg risikerer, hvis jeg ..."

"Sidst jeg så dig, prøvede to af Dubais gutter at skyde hul i dig, så selv uden at jeg peger på dig med den her pistol, er du allerede i fedtefadet, Berntsen. Spyt ud. Hvem er han?"

Truls havde en følelse af, at Harry Holes blik hvilede direkte på ham, så lige *igennem* ham. Og nu bevægede hanen på pistolen sig igen og forenklede regnestykket.

"Okay, okay," sagde Berntsen og holdt afværgende hænderne op. "Han hedder ikke Dubai. Det kalder de ham, fordi hans sælgere har fodboldtrøjer på med reklame for et flyselskab, der flyver ned til de der lande. De arabiske lande."

"Du har ti sekunder til at fortælle mig noget, jeg ikke allerede selv har regnet ud."

"Vent, vent, det kommer! Han hedder Rudolf Asajev. Han er russer; hans forældre var intellektuelle dissidenter og politiske flygtninge. Det var i hvert fald, hvad han sagde under retssagen. Han har boet i mange lande og taler vist nok noget i retning af syv forskellige sprog. Kom til Norge i halvfjerdserne og var en af pionererne inden for hashhandel, hvis man kan sige det på den måde. Han holdt lav profil, men blev angivet af en af sine egne i 1980. Det var på det tidspunkt, indførsel og salg af hash havde en straframme på linje med landsforræderi. Så han sad inde i ret lang tid. Efter afsoningen flyttede han til Sverige og skiftede til heroin."

"Omtrent samme straframme som hash, bare med en meget bedre avance."

"Sikkert. Han opbyggede en liga i Göteborg, men efter at en politistikker blev dræbt, måtte han gå under jorden. Han kom tilbage til Oslo for cirka to år siden."

"Og alt det der fortalte han dig?"

"Nej, nej, det her har jeg fundet ud af på egen hånd."

"Javel. Hvordan det? Jeg troede, at manden var et spøgelse, som ingen vidste noget om?"

Truls Berntsen kiggede ned på sine hænder og derefter op på Harry Hole. Han måtte næsten smile, for det her var noget, han mange gange havde haft lyst til at fortælle til en eller anden. Men der havde ikke været nogen at fortælle, hvordan han havde snydt selveste Dubai. Truls slikkede sig hurtigt om munden. "Da han sad i den stol, hvor du sidder nu, sad han med armene på armlænene."

"Ja, og?"

"Hans ene skjorteærme gled lidt op, og der var en blottet stribe hud mellem handsken og jakkeærmet. Han havde nogle hvide ar. Du ved, af den slags man får, når man får fjernet en tatovering. Og da jeg så tatoveringen på hans håndled, tænkte jeg ..."

"Fængsel. Han sad med handsker på for ikke at afgive fingeraftryk, som du senere kunne tjekke i registeret."

Truls nikkede. Hole var ganske skarpsindig, det måtte man lade ham.

"Netop. Men efter at jeg var gået med på hans betingelser, virkede han lidt mere afslappet, og da jeg rakte hånden frem for at forsegle vores aftale, tog han sin ene handske af. Jeg fik løftet et par rimeligt gode fingeraftryk af min egen håndryg bagefter. Computeren fandt et match."

"Rudolf Asajev. Dubai. Hvordan er det lykkedes ham at holde sin identitet skjult så længe?"

Truls Berntsen trak på skuldrene. "Det ser vi hele tiden på Orgkrim, og det er én ting, der adskiller de bagmænd, der bliver pågrebet, fra dem, der ikke bliver pågrebet. En lille organisation. Få led. Få betroede medarbejdere. Narkobaroner, der føler sig tryggest ved at omgive sig med en hel hær, bliver altid fanget. Der er altid en eller anden utro tjener, en der vil overtage eller sladre mod at få strafnedsættelse."

"Du sagde, at du måske havde set ham én gang til."

Truls Berntsen nikkede. "Fyrtårnet. Jeg tror, at det var ham. Han så mig, vendte om i døren og forsvandt."

"Så rygtet om, at han går rundt i byen som et genfærd, taler altså sandt?"

"Hvem ved?"

"Hvad foretog du dig på Fyrtårnet?"

"Mig?"

"Politifolk har ikke ret til at arbejde der."

"Jeg kendte en pige, der arbejdede derinde."

"Nå. Martine?"

"Kender du hende?"

"Plejede du at sidde der og kigge på hende?"

Truls kunne mærke, at han blev rød i hovedet. "Jeg ..."

"Slap af, Berntsen. Du har lige frikendt dig selv."

"Hv ... hvad?"

"Det er dig, der er stalkeren, ham Martine troede var efterforsker. Du sad på Fyrtårnet, da Gusto blev skudt, gjorde du ikke?"

"Stalker?"

"Glem det, og svar på mit spørgsmål."

"For helvede da, du troede da vel ikke, at jeg ... Hvorfor skulle jeg have ekspederet Gusto Hanssen?"

"Asajev kunne have givet dig opgaven," sagde Hole. "Men du havde vel også en ganske god personlig grund. Gusto havde set dig dræbe en mand på Alnabru. Med et bor."

Truls Berntsen vurderede det, Hole sagde, vurderede det som en politibetjent, der lever med løgne hele tiden, hver dag, og konstant må forsøge at skelne mellem løgn og sandhed.

"Det drab, du begik, gav dig også et motiv til at dræbe Oleg Fauke, der også var vidne. Den indsatte, der forsøgte at stikke Oleg ned ..."

"Arbejdede ikke for mig! Du må tro mig, Hole, jeg havde ingenting med det at gøre. Jeg har kun fjernet beviser, jeg har ikke dræbt nogen. Det, der skete i Alnabru, var et rent uheld."

Hole lagde hovedet på skrå. "Og da du opsøgte mig på Leons, var det så ikke for at ekspedere mig?"

Truls sank noget. Ham Hole kunne slå ham *ihjel* så let som ingenting. Sætte en kugle i hans tinding, tørre sine fingeraftryk af og lægge pistolen i hans hånd. Ingen tegn på indbrud, Vigdis A. kunne fortælle, at hun havde set Truls komme alene hjem, at han så forfrossen ud. Ensom. Havde meldt sig syg på arbejde. Deprimeret.

"Hvem var de to andre, der dukkede op? Rudolfs folk?"

Truls nikkede. "De forsvandt, men jeg fik da ram på en af dem."

"Hvad skete der?"

Truls trak på skuldrene. "Jeg ved vel for meget." Han forsøgte at le, men det lød som en tør hoste.

De sad stille og kiggede på hinanden.

"Hvad har du tænkt dig at gøre?" spurgte Truls.

"Fange ham," svarede Hole.

Fange. Det var længe siden, at Truls havde hørt nogen bruge det ord.

"Så du mener altså, at han kun omgiver sig med få folk?"

"Højst tre eller fire," svarede Truls. "Måske kun to."

"Javel. Hvad ligger du ellers inde med af isenkram?"

"Isenkram?"

"Bortset fra det der." Hole pegede hen mod sofabordet, hvor to af pistolerne og MP-5 maskinpistolen lå fremme, ladte og klar til affyring. "Jeg bliver nødt til at lænke dig fast og ransage lejligheden, så du kan lige så godt vise mig det."

Truls Berntsen tænkte sig om. Så nikkede han hen mod soveværelset.

Hole rystede på hovedet, da Truls åbnede skabsdøren i soveværelset og tændte for kontakten, så et lysstofrør kastede et blåt lys på indholdet: Seks pistoler, to store knive, en sort politistav, et knojern, en gasmaske og en såkaldt riot gun, et kort, bredt gevær med en cylinder på midten, der indeholdt store patroner med tåregas. Truls havde fået fat i det meste på politiets lager, hvor man groft sagt regnede med en smule svind.

"Du er jo vanvittig, Berntsen."

"Hvorfor det?"

Hole pegede. Truls havde slået søm ind i bagvæggen til at hænge våben op på og havde tegnet omridset med tusch på den. Alle våbnene havde deres egen plads.

"En skudsikker vest på en *bøjle*? Er du bange for, at den skal blive krøllet?"

Truls Berntsen svarede ikke.

"Okay," sagde Hole og tog vesten af bøjlen. "Giv mig riot-geværet, gasmasken og ammunition til MP-5'eren inde i stuen. Plus en sæk."

Hole fulgte med, mens Truls fyldte tingene i sækken. De gik tilbage til stuen, hvor Harry samlede MP-5'eren op.

Bagefter stod de i døren.

"Jeg ved, hvad du tænker på," sagde Harry. "Men før du griber knoglen eller på andre måder forsøger at standse mig, er det godt for dig at vide, at alt det, jeg ved om dig og sagen her, bliver opbevaret hos en advokat. Jeg har instrueret ham om, hvordan han skal forholde sig, hvis der skulle ske mig noget. Forstået?"

Løgn, tænkte Truls og nikkede.

Hole lo kort. "Du tror, at jeg lyver, men du kan ikke være *helt* sikker, kan du vel?"

Truls kunne mærke, at han hadede Hole, hadede hans nedladende og ligeglade smil.

"Og hvad sker der, hvis du overlever, Hole?"

"Så er dine problemer overstået. Jeg forsvinder. Jeg flyver om på den anden side af Jorden. Og jeg kommer ikke tilbage. En sidste ting ..." Hole knappede den lange frakke over den skudsikre vest. "Det var dig, der strøg Blindernveien 74 af den liste, som Bellman og jeg fik, ikke?"

Truls Berntsen skulle automatisk til at svare nej, men noget, en indskydelse, en halvtænkt tanke, standsede ham. Sandheden var, at han aldrig havde fundet ud af, hvor Rudolf Asajev holdt til.

"Jo," svarede Truls Berntsen, mens han hjerne gik i gang med at fordøje oplysningen og prøvede at analysere, hvad den indebar. *Listen som Bellman og jeg fik*. Han forsøgte at drage konklusionen, men han tænkte ikke hurtigt nok, for det havde aldrig været hans stærke side. Han havde brug for lidt mere tid.

"Jo," gentog han og håbede, at hans forbavselse ikke havde kunnet ses. "Selvfølgelig. Det var mig, der strøg den adresse."

"Jeg sætter lige min egen riffel her," sagde Harry, åbnede kammeret og tog patronen ud. "Hvis jeg ikke kommer tilbage, kan den afleveres hos advokatfirmaet Bach & Simonsen."

Hole smækkede døren efter sig, og Truls kunne høre hans lange, slæbende skridt på trappen. Han ventede for at sikre sig, at de ikke kom igen, og så reagerede han.

Hole havde ikke opdaget Märklin-riflen, der stod lænet mod væggen bag gardinet ved siden af altanen. Truls greb den store, tunge attentatriffel, flåede altandøren op og lagde løbet op på rækværket. Det var koldt, og det regnede en smule, men vigtigst af alt: Det var næsten vindstille.

Han så Hole komme ud af blokken nede under sig, så hans frakke flagre rundt om ham, da han travede hen mod den ventende taxa henne på parkeringspladsen. Han fandt ham i det følsomme kiggertsigte. Tysk optik og våbenkunst. Billedet var kornet, men i fokus. Han kunne uden problemer tage Hole herfra, og kuglen ville gennembore ham fra isse til fodsål, eller endnu bedre: forlade hans krop, hvor forplantningsorganerne sad. Våbnet var trods alt oprindelig lavet til elefantjagt. Men hvis han ventede, til Hole var nået hen under en af lygterne på parkeringspladsen, ville han kunne levere et endnu sikrere skud, og det ville være fandens praktisk. Der var ganske få folk på parkeringspladsen så sent, og Truls ville ikke skulle slæbe liget så langt hen til bilen.

Instrueret en advokat? Gu havde han ej. Men han måtte selvfølgelig vurdere, om han også skulle elimineres, bare for en sikkerheds skyld. Hans Christian Simonsen.

Hole nærmede sig. Nakken. Eller hovedet. Den skudsikre vest var en af den slags, der gik helt op. Tung som bare helvede. Han pressede aftrækkeren tilbage. En lille, men knap hørlig stemme sagde til ham, at han skulle lade være. Det var drab. Truls Berntsen havde aldrig før slået nogen ihjel. Ikke direkte. Tord Schultz, det var ikke ham, det var Rudolf Asajevs to skide gorillaer. Og Gusto? Ja, hvem fanden havde nakket Gusto? I hvert fald ikke ham. Mikael Bellman. Isabelle Skøyen. Den lille stemme forstummede, og sigtekorset sad som klistret til Holes baghoved. Kapuf! Han så allerede for sig, hvordan blodet ville sprøjte. Han trykkede lidt mere på aftrækkeren. Om to sekunder ville Hole stå i lyset fra en lygte. Sikke en skam, at han ikke kunne filme det her og få det brændt ned på en dvd. Det ville have slået Megan Fox både med og uden Fjordland-frikadeller.

Kapitel 40

Truls Berntsen trak vejret dybt og langsomt. Hans puls var steget, men var under kontrol.

Harry Hole stod i lyset og fyldte kiggertsigtet.

Virkelig en skam, at det ikke kunne filmes ...

Truls Berntsen tøvede.

Det havde aldrig været hans stærke side at tænke hurtigt.

Det var ikke, fordi han var dum, men nu og da gik det bare lidt langsomt.

Da han og Mikael voksede op sammen, var det altid det, der havde været forskellen på dem. Mikael havde været den, der havde tænkt og snakket. Pointen var, at Truls også altid nåede frem til sidst, ligesom nu. Som det her med den manglende adresse på listen, og som den lille stemme, der havde sagt, at han ikke skulle dræbe Harry Hole, ikke nu. Det var simpel matematik, ville Mikael have sagt. Hole var ude efter Rudolf Asajev og Truls, heldigvis i den rækkefølge. Så hvis Hole fik ram på Asajev, ville han have elimineret i hvert fald ét af Truls' problemer, og det samme var tilfældet, hvis Asajev nakkede Hole. På den anden side ...

Hole befandt sig stadig i lyskeglen.

Truls' finger trykkede langsomt og jævnt. Han havde været den næstbedste riffelskytte i Kripos og den bedste med pistol.

Han tømte lungerne. Hans krop var helt afslappet; det ville ikke give et ukontrolleret ryk i den. Han tog en dyb indånding igen.

Og sænkede geværet.

Blindernveien lå oplyst foran Harry. Den løb som en rutsjebane gennem et bakket landskab af ældre villaer, store haver, universitetsbygninger og græsplæner.

Han ventede, til han så lyset fra taxaen forsvinde, og så begyndte han at gå.

Klokken var fire minutter i et, og der var ingen mennesker at se. Han havde bedt taxaen om at standse ud for nummer 68.

Blindernveien 74 lå bag et tre meter højt hegn cirka halvtreds meter fra vejen. Ved siden af huset stod en cylinderformet, muret bygning med en højde og diameter på cirka fire meter. Det lignede et vandtårn. Harry havde aldrig før set sådan et tårn i Norge, men lagde mærke til, at nabohuset også havde et. Der førte ganske rigtigt en grusgang hen til den store trævillas trappe. Hovedindgangen var oplyst af en enkelt tændt lampe over en dør af mørkt og sikkert solidt træ.

Der var lys i to af vinduerne i stueetagen og i et på første sal.

Harry stillede sig i skyggen under et egetræ på den modsatte side af vejen, tog rygsækken af og åbnede den. Han gjorde riot-geværet klart og satte gasmasken på hovedet, så han bare behøvede at trække den ned over ansigtet.

Regnen ville forhåbentlig hjælpe ham med at komme så tæt på, som han havde brug for. Han tjekkede, at den korte MP-5 maskinpistol var ladt og afsikret.

Tiden var inde.

Men bedøvelsen var ved at aftage.

Han tog Jim Beam-flasken frem og skruede låget af. Der var kun et næsten usynligt skvæt tilbage i bunden. Han kiggede hen på villaen igen og så på flasken. Hvis han havde held med sit forehavende, ville han få brug for en slurk bagefter. Han skruede låget på igen og stak flasken i inderlommen sammen med det ekstra magasin til MP-5'eren. Han mærkede efter, om han trak vejret ordentligt, om hjerne og muskler fik ilt nok. Han så på uret. Et minut over et. Flyet gik om treogtyve timer. Hans og Rakels fly.

Han trak vejret dybt to gange til. Sandsynligvis gik der en alarm mellem porten og huset, men han var for tungt lastet til at kunne kravle over hegnet, og han havde ikke lyst til at hænge der som en levende skydeskive, sådan som han havde været på Madserud Allé.

To og en halv, tænkte Harry. Tre.

Så gik han hen til porten, trykkede håndtaget ned og svingede lågen op. Han greb tåregaspistolen med den ene hånd, MP-5'eren med den anden og begyndte at løbe, ikke på grusgangen, men på plænen. Han løb hen mod stuevinduet. Som politibetjent havde han været med til tilstrækkeligt mange overraskelsesanholdelser til at vide, hvor forbavsende stor en fordel overraskelsesmomentet gav, og ikke bare fordelen ved at skyde først, men chokeffekten i form af lyd og lys kunne lamme en modstander fuldstændig. Men han vidste også, cirka hvor længe overraskelsesmomentet holdt. Derfor begyndte han at tælle ned inde i hovedet. Femten sekunder. Det var den tid, han forestillede sig, at han havde til rådighed. Hvis han ikke fik dem slået ud på den tid, ville de nå at samle sig, omgruppere, slå tilbage. De kendte huset, og han havde ikke engang set en tegning over det.

Fjorten, tretten.

Fra det øjeblik, hvor han skød to gaspatroner mod stuevinduet, der eksploderede og blev til en kaskade af hvidt, var det, som om tiden stod stille og blev til en dårligt klippet film, hvor han registrerede, at han bevægede sig, at hans krop gjorde det, den skulle, mens hjernen bare opfattede brudstykker.

Tolv.

Han trak gasmasken ned over ansigtet, smed tåregaspistolen ind i stuen, fejede de største glasskår, der stak op af vindueskarmen, væk med MP-5'eren, smed rygsækken ind over karmen og satte hænderne op på den, fik foden højt op og svingede sig ind, idet den hvide røg kom rullende mod ham. Den tunge skudsikre blyvest gjorde det trægere at bevæge sig, men da han kom indenfor, var det som at flyve ind i en sky. Det indskrænkede synsfelt fra gasmasken forstærkede følelsen af at bevæge sig i en film. Han hørte skud blive affyret og kastede sig ned på gulvet.

Otte.

Flere skud. Den tørre lyd af parketgulvet, der blev flået op. De var *ikke* paralyserede. Han ventede. Så hørte han det. En hosten af den slags, som man umuligt kan holde tilbage, når tåregassen svier i øjne, næse, slimhinder, lunger.

Fem.

Harry vippede MP-5'eren op og skød mod lyden inde i det gråhvide univers. Han hørte korte, slæbende skridt. Løben på trappetrin.

Tre.

Harry kom på benene og løb hurtigt efter.

To.

Oppe på første sal var der ingen røg. Hvis den flygtende slap væk, ville Harrys chancer være dramatisk forringede.

Ét, nul.

Harry skimtede omridset af siden af en trappe og så et gelænder. Han stak MP-5'eren ind mellem stolperne i gelænderet, vred det sidelæns og opad. Så trykkede han på aftrækkeren. Våbnet rystede i hans hånd, men han holdt fast, tømte magasinet. Så trak han maskinpistolen til sig, løsnede magasinet, mens han stak den anden hånd ned i frakkelommen efter et nyt. Han fandt bare den tomme flaske. Han havde tabt det ekstra magasin, mens han lå på parketgulvet! De andre lå stadig i rygsækken på vindueskarmen.

Harry vidste, at han var død, da han hørte skridt på trappen, på vej ned. De kom stille og nærmest tøvende. Derpå hurtigere. Og så i høj fart. Harry så en skikkelse komme styrtende ud af tågen. Et ravende spøgelse i hvid skjorte og sort jakkesæt. Han ramte gelænderet, knækkede sammen på midten og gled livløst ned til den nederste stolpe. Harry kunne se de frynsede huller i ryggen på jakkesættet, hvor kuglerne var gået ind. Han gik hen til kroppen, tog fat i manken og løftede hovedet op, fik kvælningsfornemmelser og måtte bekæmpe impulsen til at trække gasmasken af.

En kugle havde på vej ud flået næsen halvvejs af. Alligevel kunne Harry godt genkende ham. Den lille fra døråbningen på Leons, manden der havde skudt på ham fra bilen på Madserud Allé.

Harry lyttede. Der var helt stille bortset fra den hvæsende lyd fra tåregaspatronerne, hvorfra hvid røg stadig strømmede ud. Han trak sig tilbage til stuevinduet, fandt rygsækken, fik sat et nyt magasin i maskinpistolen og stak et i frakkelommen. Først nu mærkede han, hvordan sveden haglede ned ad ham inde under vesten.

Hvor var den store? Og hvor var Dubai? Harry lyttede igen. Hvæsende lyde fra gaspatronerne. Men havde han ikke hørt skridt på gulvet over sig?

Gennem gassen kunne han skimte en stue til og en åben dør ind til køkkenet. Kun én lukket dør. Han stillede sig ved siden af døren, åbnede den og stak tåregaspistolen indenfor og affyrede to patroner. Han lukkede døren igen og ventede. Talte til ti. Åbnede og gik ind.

Tomt. Gennem røgen kunne han skimte boghylder, en lænestol af sort læder og en stor pejs. Over pejsen hang et maleri af en mand i Gestapos sorte uniform. Var det en gammel nazistvilla? Harry vidste, at den norske nazist og hirdchef Karl Marthinsen havde boet i en beslaglagt villa på Blindernveien, da han endte sine dage gennemhullet af kugler uden for Naturvidenskabsbygningen.

Harry gik tilbage gennem køkkenet, videre ind ad døren til det tidstypiske tjenestepigeværelse bag køkkenet og fandt det, han ledte efter: bagtrappen.

Som regel havde disse bagtrapper også fungeret som brandtrapper, men den her ledte ikke til nogen udgangsdør. Tværtimod fortsatte den bare ned til kælderen, og det, der engang havde været en bagdør, var blevet muret til.

Harry tjekkede, at der stadig var en gaspatron tilbage i magasinet, og sneg sig op ad trappen med lange lydløse skridt. Han affyrede den sidste patron ind i gangen, talte til ti og gik ind. Han skubbede dørene op; smerterne i halsen huggede til, men han kunne stadig koncentrere sig. Bortset fra den første dør, som var låst, var alle værelserne tomme. To af soveværelserne så ud til at være i brug. Sengen i det ene soveværelse havde ganske vist ikke noget lagen på, og Harry kunne se, at madrassen var mørk, som om den var gennemvædet af blod. På natbordet i det andet soveværelse lå en stor, tyk Bibel. Harry så på de kyrilliske bogstaver. Russisk-ortodoks. Ved siden af lå en færdig *zjuk*. En rød mursten med seks søm i. Nøjagtig lige så tyk som Bibelen.

Harry gik tilbage til den låste dør. Sveden inden for gasmasken havde fået glasset til at dugge. Han stemte ryggen mod væggen på den modsatte side, løftede foden og sparkede til låsen. Den brast ved fjerde spark. Harry krummede sig sammen og affyrede en salve ind i værelset og hørte glas splintres. Han ventede, til røgen fra gangen var drevet ind i værelset, så gik han ind og fandt kontakten på indersiden af væggen.

Værelset var større end de andre. Himmelsengen op ad den lange væg så ud til at have været brugt. På natbordet blinkede det i en blå sten i en ring.

Harry stak armen ind under dynen. Stadig varm.

Han kiggede sig omkring. Den person, der lige havde ligget i sengen, kunne selvfølgelig være sluppet væk gennem døren og have låst den efter sig, hvis det altså ikke var, fordi nøglen stadig sad i låsen på indersiden af døren. Harry tjekkede vinduet, som var lukket og låst. Han så på det massive klædeskab på den korte væg. Det stod åbent.

Ved første øjekast lignede det et almindeligt klædeskab. Han bankede på bagvæggen. Den gled op.

En flugtvej. Tysk grundighed.

Harry skubbede skjorterne og jakkerne til side og stak hovedet ind bag den falske bagvæg. Kold luft strømmede op mod ham. En skakt. Harry følte sig frem med hånden. Der var banket jerntrin ind i muren. Det så ud, som om der var flere trin længere nede, og de måtte lede ned til en kælder. Et billede flagrede gennem hans hjerne, et løsrevet stykke af en drøm. Han skubbede billedet fra sig, trak gasmasken af og masede sig ind gennem døren i den falske væg. Hans fødder fandt trinene, og idet han forsigtigt gik nedad, og ansigtet var på højde med skabets bund, så han noget ligge der. Det var formet som et U og var lavet af et stykke stivet bomuld. Harry samlede det op, stak det i frakkelommen og fortsatte ned i mørket. Han talte trinene. Efter toogtyve trin nåede han fast grund. Men idet han satte den anden fod ned, bevægede det ikke længere så faste underlag sig. Han mistede balancen, men landede blødt.

Mistænkeligt blødt.

Harry blev liggende uden at røre sig og lyttede. Så tog han sin lighter frem fra bukselommen, tændte den og lod flammen brænde i to sekunder. Så slukkede han den. Han havde set det, han behøvede.

Han lå oven på et menneske.

Et usædvanlig stort og usædvanlig nøgent menneske med hud så kold som marmor og den typiske blålige bleghed, som daggamle lig har.

Harry rejste sig fra liget og gik hen over cementgulvet til døren ind til den bunker, han havde set. Han ledte på betonvæggen, indtil hans hånd fandt kontakten. Med en tændt lighter var han en skydeskive, med mere lys var alle en skydeskive. Han holdt MP-5'eren klar, mens han tændte for kontakten med venstre hånd.

En hel stribe pærer lyste op og strakte sig hen gennem en lav, trang gang.

Harry konstaterede, at han var alene. Han så ned på liget. Det lå på et tæppe på gulvet og havde en blodig bandage hele vejen rundt om maven. Fra brystet stirrede en tatovering af Jomfru Maria op på ham, hvilket Harry vidste symboliserede, at bæreren havde været kriminel fra barnsben af. Siden liget ikke havde andre synlige skader, gik Harry ud fra, at det var såret under bandagen, der havde dræbt ham, højst sandsynligt forårsaget af en kugle fra Truls Berntsens Steyr.

Harry tog i bunkersdøren. Låst. Endevæggen, hvor gangen sluttede, bestod af en metalplade, der var muret ind i væggen. Rudolf Asajev havde med andre ord kun haft én vej ud herfra. Tunnelen. Og Harry vidste, hvorfor han prøvede alle andre udveje først. Drømmen.

Han stirrede ned gennem den smalle gang.

Klaustrofobi er kontraproduktivt, giver falske faresignaler og skal bekæmpes. Han tjekkede, at magasinet sad fast i MP-5'eren. Fandens også. Spøgelser eksisterer kun, hvis man lader dem eksistere.

Så begyndte han at gå.

Tunnelen var endnu smallere, end han havde troet. Han måtte bukke sig ned, og alligevel skrabede hovedet og skuldrene mod det mosbegroede loft og væggene. Han forsøgte at holde sin hjerne beskæftiget for ikke at give plads til klaustrofobien. Han tænkte på, at gangen måtte være en flugtvej, som tyskerne havde gjort brug af, at det stemte fint med den tilmurede bagdør. Af gammel vane havde han sørget for at holde sig nogenlunde orienteret om retningen, og hvis han ikke tog fejl, var han på vej hen mod nabohuset med det identiske brøndhus. Gangen var omhyggeligt udført, og der var tilmed flere afløb i gulvet i tilfælde af lækager. Det var mærkeligt, at de autostradabyggende tyskere havde bygget tunnelen så smal. Idet han tænkte ordet 'smal', strammede klaustrofobien sit kvælertag. Han koncentrerede sig om at tælle skridtene, prøvede at visualisere, hvor han mon kunne befinde sig i forhold til det, der lå over jorden. Over jorden, ude, fri, trække vejret. Tæl, tæl, for helvede! Da han var nået til et hundrede og ti, så han en hvid streg på gulvet under sig. Han kunne se lysene slutte et stykke foran sig, og da han vendte sig om, forstod han, at stregen måtte markere midten af gangen. Med de små skridt han havde været tvunget til at tage, anslog han, at afstanden, han havde gået, lå mellem tres og halvfjerds meter. Han var snart fremme. Han prøvede at sætte farten op, slæbte fødderne under sig som en gammel olding. Han hørte en klikkende lyd og kiggede ned. Det kom fra et af afløbene. De skarpe tværstænger i risten drejede sig og vendte den brede, flade side op, så de overlappede hinanden, næsten på samme måde som når man slukker for ventilatoren i en bil. Og i det samme hørte han en anden lyd, en dyb rumlen bag sig. Han vendte sig om.

Han kunne se lyset glimte i metal. Det var metalpladen, der var fæstnet i muren i den anden ende af gangen, og den bevægede sig. Den gled ned på jorden; det var det, der lavede lyden. Harry standsede og holdt maskinpistolen parat. Han kunne ikke se det, der var gemt bag pladen, det var for mørkt. Men så glimtede det i noget; som sollys reflekteret i Oslofjorden på en smuk efterårsdag. Der opstod et øjebliks fuldstændig stilhed. Harrys hjerne arbejdede på højtryk. Den døde efterforsker havde ligget midt i tunnelen og var druknet. Brøndhusene lignede vandtårne. Den underdimensionerede gang. Mosset i loftet, som ikke var mos, men alger. Så kunne han se væggen komme. Grønlig-sort med hvide kanter. Han vendte sig om for at løbe og så en tilsvarende væg komme sig i møde fra den anden ende.

Kapitel 41

De var som at stå mellem to tog, der stødte sammen. Væggen af vand foran ham ramte ham først, kastede ham baglæns, og han kunne mærke, at han bankede panden mod gulvet, blev samlet op og hvirvlet videre. Han baskede desperat med arme og ben, fingre og knæ skrabede mod muren, og han forsøgte at gribe fat i noget, men var prisgivet kræfterne rundt om sig. Og så, lige så hurtigt som det var begyndt, standsede det. Han kunne mærke modbølgen i vandet, da de to vandkaskader neutraliserede hinanden. Og så mærkede han noget mod sin ryg. To hvide arme, der skinnede grønt, omfavnede Harry bagfra, og blege fingre rakte op efter hans ansigt. Harry sparkede fra sig, fik vendt sig rundt og så liget med bandagen dreje rundt i det mørke vand som en nøgen, vægtløs astronaut med åben mund og langsomt flagrende hår og skæg. Harry fik fodfæste og pressede hovedet op mod loftet. Vandet nåede helt derop. Han bøjede sig ned og fik et glimt af MP-5'eren og den hvide streg i gulvet under sig, idet han tog det første svømmetag. Han havde fuldstændig mistet sin orienteringssans, indtil liget fortalte ham, hvilken vej der måtte føre tilbage til det sted, han var kommet fra. Harry svømmede med kroppen diagonalt på væggene, så han fik mest muligt ud af sine afsæt og kunne skubbe fra, og han tillod ikke sig selv at tænke den anden tanke. Opdriften var ikke noget problem, tværtimod; den skudsikre vest trak ham for meget ned. Den anden tanke meldte sig alligevel. Harry vurderede, om han skulle tage sig tid til at krænge frakken af sig, fordi den drev hen over ham og gav endnu mere modstand. Harry prøvede at koncentrere sig om det, han var nødt til at gøre, svømme tilbage til trappen, lade være med at tælle sekunder, lade være med at tælle meter. Men han kunne allerede mærke trykket inde i hovedet, som om det var på nippet til at eksplodere. Og så kom tanken alligevel. Sommer, det halvtreds meter lange udendørs svømmebassin. Tidlig morgen, næsten ingen mennesker, Rakel i gul bikini. Oleg og Harry skulle afgøre, hvem der kunne svømme længst under vand. Oleg var i god form efter skøjtesæsonen, men Harry havde en bedre svømmeteknik. Rakel hujede og lo sin dejlige latter, mens de varmede op. De gjorde sig begge til for hende; hun var dronningen af Frognerbadet, og Oleg og Harry hendes undersåtter, der søgte nåde for hendes blik. Så startede de og kom nøjagtig lige langt. Efter fyrre meter var de begge kommet op til overfladen, mens de gispede og var sikre på sejren. Fyrre meter. Ti meter til kanten. Med mulighed for at sparke fra på kanten af bassinet og frie armbevægelser. Lidt mere end halvvejs til trappeskakten. Han havde ikke en chance. Han skulle dø her. Dø nu, snart. Det føltes, som om øjeæblerne var ved at blive presset ud af hovedet på ham. Flyet gik ved midnatstid. Gul bikini. Ti meter til kanten. Han tog endnu et svømmetag. Han ville klare et til. Men så, så ville han dø.

Klokken var halv fire om morgenen. Truls Berntsen kørte rundt i Oslos gader i let regn, der hviskede og tiskede mod ruden. Det havde han gjort i to timer. Ikke fordi han ledte efter nogen, men fordi det gav ham ro, ro til at tænke og ro til ikke at tænke.

En eller anden havde strøget en adresse af listen, som Harry Hole havde fået. Og det havde ikke været ham.

Måske var alting ikke så oplagt, som han havde gået rundt og troet.

Han gennemgik endnu en gang drabsaftenen for sit indre blik.

Gusto havde ringet på hos ham og var så syg efter stoffer, at han rystede, og han truede med at sladre, hvis ikke Truls gav ham penge til violin. Af en eller anden grund havde det næsten ikke været muligt at opdrive violin i flere uger; der havde været *panic in needle park*, og 0,2 gram, en såkaldt kvarting, kostede tre tusind, mindst. Truls havde sagt, at de var nødt til at køre hen til hæveautomaten, og han skulle bare lige hente bilnøglerne. Han havde taget Steyr-pistolen med, for der herskede ligesom ikke nogen tvivl om, hvad han måtte gøre. Gusto ville bruge den samme trussel gang på gang, for på den måde er stofmisbrugere ganske forudsigelige.

Men da han var kommet tilbage til døren, var knægten forsvundet. Antagelig havde han lugtet lunten. Truls havde tænkt, at det var fint nok; Gusto ville ikke sladre, så længe der ikke var noget at vinde ved det, og han havde trods alt selv været med til det indbrud. Det var lørdag, og Truls havde såkaldt reservevagt, hvilket betød, at han sad hjemme som tilkaldevagt, så han var taget ned på Fyrtårnet, havde læst lidt, kigget på Martine Eckhoff, drukket kaffe. Så havde han hørt sirenerne, og nogle sekunder senere havde hans telefon ringet. De havde fået et opkald om et skyderi i Hausmanns Gata 92, og der var ikke nogen fra Drabsafdelingen på tilkaldevagt. Truls var løbet derhen, for stedet lå kun nogle få hundrede meter fra Fyrtårnet. Alle hans politiinstinkter havde været slået til, så han havde observeret folk, han havde set på vejen, vel vidende at der kunne være tale om vigtige observationer. Én af dem, han så, var en ung mand med en uldhue, som stod lænet op ad husmuren, lige inden Truls nåede frem. Den unges blik var rettet mod politibilen, der stod parkeret foran porten ind til gerningsstedet. Truls havde lagt mærke til knægten, fordi han ikke kunne lide, at han stod med hænderne begravet så dybt i lommerne på sin North Face-jakke. Jakken var for stor og for tyk til årstiden, og de lommer kunne skjule hvad som helst. Knægtens ansigtsudtryk havde været alvorligt, men han havde ikke lignet en pusher. Da politiet havde gelejdet Oleg Fauke op fra floden og ind i politibilen, havde knægten pludselig vendt sig om og var gået ned ad Hausmanns Gata. Nu kunne Truls sikkert komme i tanker om ti andre personer, han havde observeret i nærheden af gerningsstedet, og kunne knytte lignende konspirationsteorier til dem.

Grunden til, at han kunne huske denne ene, var, at han havde set ham igen, nemlig på det familiebillede, som Harry Hole havde vist ham på Leons.

Hole havde spurgt, om Truls kunne genkende Irene Hanssen, men han havde svaret, som sandt var, nej. Men han havde ikke fortalt Hole, hvem han *havde* genkendt på billedet. Det var Gusto, selvfølgelig, men der havde været én til. Den anden unge mand. Stedbroderen. Det var det samme alvorlige ansigtsudtryk. Det var ham, han havde set ved gerningsstedet.

Truls standsede i Prinsens Gata uden for Leons.

Han havde tændt for politiradioen, og endelig kom meldingen til operationscentralen, som han havde ventet på:

"Til nul en. Vi kigger lige på den melding om husspektakler på Blindernveien. Det ser ud, som om der har stået et større slag. Tåregas og spor efter helvedes meget skyderi. Garanteret automatvåben. Én mand skudt ihjel. Vi gik ned i kælderen, men den er fuld af vand. Tror, vi skal have Delta herop for at tjekke første sal."

"Kan I ikke i det mindste finde ud af, om der stadig *er* nogen der?"

"Kom selv og find ud af det! Hørte du ikke, hvad jeg sagde? Gas og automatvåben."

"Okay, okay. Hvad vil I have?"

"Fire patruljevogne til at sikre området. Delta, gerningsstedsgruppen og ... en blikkenslager, måske."

Truls Berntsen skruede ned for lyden, hørte en bil foretage en pludselig opbremsning og så en høj mand krydse gaden lige foran bilen. Bilisten trykkede som en rasende på hornet, men manden ænsede det ikke og hastede bare videre i retning af Leons.

Truls Berntsen kneb øjnene sammen.

Kunne det virkelig være ham? Harry Hole?

Manden havde trukket hovedet ned mellem skuldrene på en luvslidt frakke. Det var først i det øjeblik, han drejede hovedet, og ansigtet blev oplyst af gadelygten, at Truls så, at han havde taget fejl. Der var noget bekendt over manden, men det var ikke Hole.

Truls lænede sig tilbage i sædet. Nu vidste han det. Hvem der havde vundet. Han så ud over sin by. For den var hans nu. Regnen mumlede mod bilens tag, at Harry Hole var død, og græd i stride strømme ned over bilens forrude.

De fleste havde som regel bollet færdig ved totiden og var gået hjem, og bagefter blev der roligere på Leons. Receptionisten løftede blot hovedet, da den høje mand kom ind. Regnen løb ned ad pastorens frakke og hår. Engang havde han spurgt Cato, hvad han havde lavet, når han kom på den måde, midt om natten efter at have været væk i flere dage, men de svar, han modtog, var altid så udmattende og lange, intense og detaljerede om andre menneskers elendighed, at han var holdt op med at spørge. Men i nat så Cato mere træt ud end normalt.

"Travl nat?" spurgte han bare og håbede på et 'ja' eller 'nej'.

"Årh, du ved," sagde den gamle mand og smilede lidt blegt. "Mennesket. Mennesket. Jeg var forresten lige ved at blive slået ihjel for lidt siden."

"Nå da," sagde receptionisten og fortrød det med det samme. Nu kom der med garanti en lang udredning.

"En bilist var tæt på at køre mig over," sagde Cato og fortsatte hen mod trappen.

Receptionisten åndede lettet op og koncentrerede sig igen om *Fantomet*.

Den høje, gamle mand satte nøglen i døren ind til sit værelse og drejede den, men opdagede til sin forbavselse, at den allerede var låst op.

Han gik ind, tændte for kontakten, men der kom ikke noget lys i loftslampen. Så kiggede han op og så, at lampen over sengen var tændt. Manden, der sad på sengen, var høj, havde en ludende holdning og var klædt i en lang frakke fuldstændig som ham selv. Der dryppede vand ned fra frakkeskøderne på gulvet. De kunne ikke have været mere forskellige, og alligevel slog det den gamle mand for første gang nu, at det var som at stirre ind i et spejlbillede.

"Hvad laver du?" hviskede han.

"Jeg er selvfølgelig brudt ind," sagde den anden. "For at se, om du havde noget af værdi."

"Har du fundet noget?"

"Af værdi? Nej. Men jeg har fundet den her."

Den gamle tog imod det, den anden kastede hen til ham, og holdt det mellem fingrene. Så nikkede han langsomt. Det var et stykke stivet bomuld formet som et U. Ikke så hvidt som det burde være.

"Så det her har du fundet hos mig?" spurgte den gamle.

"Ja. I dit soveværelse. I klædeskabet. Tag den på."

"Hvorfor det?"

"Fordi jeg vil skrifte mine synder, og fordi du ser nøgen ud uden."

Cato så på den anden, der sad foroverbøjet på sengen. Vandet strømmede fra hans hår, langs arret ned over kæbebenet og til hagen. Derfra dryppede det ned på gulvet. Han havde stillet værelsets eneste stol midt i værelset. Skriftestolen. På bordet lå en åben pakke Camel-cigaretter og ved siden af den en lighter og en gennemblødt, knækket cigaret.

"Som du ønsker, Harry."

Han satte sig og knappede sin egen frakke op og satte den U-formede præstekrave på plads i slidserne i præsteskjorten. Det gav et sæt i den anden, da han stak hånden i jakkelommen.

"Cigaretter," sagde den gamle. "Til os. Dine egne ser ud, som om de er druknet."

Politibetjenten nikkede, og den gamle tog hånden ud og holdt en åben cigaretpakke frem.

"Du taler også godt norsk."

"En lille smule bedre, end jeg taler svensk. Men som nordmand ville du ikke høre accenten, når jeg taler svensk."

Harry tog en af de sorte cigaretter ud og så på den.

"Mener du din russiske accent?"

"Sobranie Black Russian," sagde den gamle. "Den eneste gode cigaret man kan opdrive i Rusland. Den bliver vist produceret i Ukraine nu. Jeg plejer at stjæle dem fra Andrej. Apropos Andrej, hvordan står det til med ham?"

"Dårligt," svarede politibetjenten og lod den gamle tænde cigaretten for sig.

"Det er jeg ked af at høre. Apropos dårlig, Harry, du burde være død. Jeg ved, at du var i tunnelen, da jeg åbnede for sluserne."

"Det var jeg."

"Sluserne blev åbnet samtidig, og vandtårnene var fulde. Du burde være blevet kastet ind i midten."

"Det blev jeg."

"Så forstår jeg det ikke. De fleste går i chok og drukner inde i midten."

Politibetjenten pustede røgen ud af den ene mundvig. "Sådan som de modstandsfolk gjorde, der kom efter Gestapo-chefen?"

"Jeg ved ikke, om de nogensinde fik afprøvet deres fælde i et ægte tilbagetog."

"Men det gjorde du. Med efterforskeren."

"Han var fuldstændig som dig, Harry. Mænd, der tror, at de har et kald, er farlige, både for sig selv og for deres omgivelser. Du burde være druknet ligesom ham."

"Men som du kan se, så er jeg her stadigvæk."

"Jeg forstår stadig ikke, hvordan det er muligt. Påstår du, at du efter at være blevet hvirvlet rundt af vandet havde luft nok i lungerne til at svømme firs meter fuldt påklædt i iskoldt vand gennem en snæver tunnel?"

"Nej."

"Nej?" Den gamle smilede og virkede oprigtigt nysgerrig.

"Nej, jeg havde for lidt luft i lungerne, men jeg havde nok til fyrre meter."

"Og hvad gjorde du så?"

"Så blev jeg reddet."

"Reddet? Af hvem?"

"Af ham, som du sagde var god nok på bunden." Harry holdt den tomme whiskyflaske op. "Jim Beam."

"Du blev reddet af en whisky?"

"En whiskyflaske."

"En *tom* whiskyflaske?"

"Tværtimod. En fuld flaske."

Harry satte cigaretten i mundvigen, skruede låget af og holdt flasken op over sit hoved.

"Fuld af luft."

Den gamle mand så vantro på ham. "Du ...?"

"Det største problem, efter jeg havde tømt lungerne for luft i vandet, var at sætte munden til flaskens åbning og vende flasken om, så åbningen pegede opad. Luft stiger op, og så kan man indånde luft. Det er, som når man dykker for første gang. Kroppen protesterer, for kroppen har kun en begrænset forståelse for fysik og tror, at den kommer til at suge vand ind og dermed drukne. Vidste du, at lungerne kan indeholde fire liter luft? Så en hel flaske luft og lidt vilje var lige netop nok til at svømme fyrre meter til." Politibetjenten satte flasken fra sig, tog cigaretten ud af mundvigen og så skeptisk på den. "Tyskerne burde have lavet tunnelen lidt længere."

Harry så på den gamle, så, at det furede, gamle ansigt flækkede i et grin, og hørte ham le. Det lød som en skurren.

"Jeg *vidste*, at du var anderledes, Harry. Jeg fik at vide, at du ville komme tilbage til Oslo, når du hørte om Oleg. Så jeg forhørte mig om dig, og jeg forstår nu, at rygterne ikke overdrev."

"Tja," sagde Harry og holdt øje med de foldede præstehænder. Selv sad han på det yderste af sengekanten med begge fødder på gulvet, som om han var parat til spring, og havde så meget vægt på tæerne, at han kunne mærke den tynde snor af nylon mellem sin ene skosål og gulvet. "Hvad med dig, Rudolf. Overdriver rygterne om dig?"

"Hvilket et af dem?"

"Tja, som for eksempel det om, at du skulle have drevet en heroinliga i Göteborg og dræbt en politibetjent der."

"Det lyder, som om det er mig, der skal skrifte, og ikke dig."

"Jeg tænkte, at det ville føles godt at få løftet byrden af synder over på Jesus, før du skal dø."

Ny skurrende latter. "Fint, Harry! Fint! Jo da. Vi var nødt til at eliminere ham. Han var vores ildslukker, og jeg havde fået en følelse af, at han ikke var til at stole på. Og jeg magtede ikke at sidde i fængsel igen. I et fængsel er der en indestængt fugtighed, som æder ens sjæl op, på samme måde som muggen spiser murene. Hver dag tager en ny bid af en, og mennesket inde i en fortæres, Harry. Det er noget, jeg kun under min værste fjende." Han så på Harry. "En fjende jeg hader mere end nogen anden."

"Du ved, hvorfor jeg kom tilbage til Oslo. Hvad var *din* grund? Jeg troede, at Sverige var et lige så godt marked som Norge."

"Samme grund som din, Harry."

"Den samme?"

Rudolf Asajev tog et sug af den sorte cigaret, før han svarede. "Glem det. Politiet var i hælene på mig efter det drab, og det er mærkeligt, så langt væk man kommer fra Sverige, bare man er i Norge."

"Og da du kom tilbage, blev du den mystiske Dubai, manden som ingen havde set, men som man mente gik rundt i byen om natten. Spøgelset fra Kvadraturen."

"Jeg var nødt til at holde mig skjult, ikke kun på grund af forretningerne, men fordi navnet Rudolf Asajev ville give politiet dårlige minder."

"Halvfjerdserne og firserne," sagde Harry. "Heroinmisbrugerne døde som fluer. Men du tog dem måske med i dine bønner, pastor?"

Den gamle trak på skuldrene. "Man dømmer ikke folk, som producerer sportsbiler, faldskærme til udspring, håndvåben eller andre ting, som folk køber for sjovs skyld, og som sender dem i døden. Jeg leverer noget, som folk vil have, men af en kvalitet og til en pris, som gør mig konkurrencedygtig. Hvad kunderne gør med varerne, det bestemmer de selv. Du er vel klar over, at der findes velfungerende samfundsborgere, der indtager opiater?"

"Ja, jeg var én af dem. Forskellen på dig og en producent af sportsbiler er, at det, du foretager dig, er forbudt ifølge loven."

"Man skal være forsigtig med at blande lov og moral, Harry."

"Så du regner med, at din gud vil frikende dig?"

Den gamle støttede hagen i hånden. Harry kunne mærke hans udmattelse, men var klar over, at den kunne være påtaget, og vogtede på hans bevægelser.

"Jeg vidste, at du var en nidkær politibetjent og meget moralsk, Harry. Oleg snakkede meget om dig, når han var sammen med Gusto. Vidste du det? Oleg elsker dig sådan, som en far ønsker at blive elsket af sin søn. Nidkære moralister og kærlighedshungrende fædre som os har en voldsom handlekraft. Vores svaghed er, at vi er forudsigelige. Det var kun et spørgsmål om tid, før du var nødt til at komme. Vi har en forbindelse i Oslo Lufthavn, som ser passagerlisterne. Vi vidste, at du var på vej, allerede før du satte dig om bord i flyet i Hongkong."

"Var det ildslukkeren, Truls Berntsen?"

Den gamle smilede bare som svar.

"Og hvad med Isabelle Skøyen i byrådet, samarbejdede du også med hende?"

Den gamle sukkede tungt. "Du ved godt, at jeg tager de svar med mig i graven. Jeg dør gerne som en hund, men ikke som en stikker."

"Javel," sagde Harry. "Hvad skete der så mere?"

"Andrej fulgte efter dig fra lufthavnen og til Leons. Jeg bor på flere hoteller af samme slags, når jeg optræder som Cato, og Leons er et sted, hvor jeg har boet meget. Så jeg tjekkede ind dagen efter dig."

"Hvorfor det?"

"For at følge med i, hvad du gjorde. Jeg ville se, om du kom på sporet af os."

"Sådan som du gjorde, da Sixpence boede her?"

Den gamle nikkede. "Jeg indså, at du kunne blive farlig, Harry. Men jeg kunne lide dig, så jeg prøvede at give dig nogle venlige advarsler." Han sukkede. "Men du hørte ikke efter. Naturligvis gjorde du ikke det. Folk som du og jeg, Harry, lytter ikke. Det er derfor, tingene lykkes for os. Og også derfor, at det altid går galt for os til sidst."

"Nå. Hvad var du bange for, at jeg skulle gøre? Få Oleg til at sladre?"

"Også det. Oleg havde aldrig set mig, men jeg kunne ikke stole på, hvad Gusto havde fortalt ham om mig. Gusto var desværre ikke til at stole på, især ikke efter at han selv var begyndt at bruge violin." Der var noget i den gamle mands blik, der pludselig fik Harry til at forstå, at der ikke var tale om træthed. Det var smerte. Ren og skær smerte.

"Så da du forstod, at Oleg ville tale med mig, prøvede du at få ham slået ihjel. Og da det mislykkedes, tilbød du at hjælpe mig, så jeg kunne lede dig til Olegs gemmested."

Den gamle nikkede langsomt. "Det er ikke personligt, Harry. Det er bare forretningsreglerne i den her branche. Stikkere elimineres. Men det vidste du godt, ikke?"

"Jo, det vidste jeg. Men det betyder ikke, at jeg ikke vil dræbe dig, fordi du har fulgt dine egne regler."

"Det bliver du ved med at sige. Hvorfor har du ikke gjort det allerede? Tør du ikke? Er du bange for, at du skal komme til at brænde op i helvede, Harry?"

Harry skoddede cigaretten mod bordpladen. "Fordi jeg vil vide et par ting først. Hvorfor dræbte du Gusto? Var du bange for, at han ville angive dig?"

Den gamle mand strøg det hvide hår om bag de store ører. "Gusto havde dårlige menneskers blod i årerne, akkurat som mig. Han var stikker af natur. Han kunne sagtens have angivet mig tidligere, men han havde bare ikke noget at vinde ved det. Men så blev han desperat. Det var suget efter violin. Det er ren kemi. Kødet er stærkere end ånden. Vi bliver alle forrædere, når suget melder sig."

"Ja," svarede Harry. "Så bliver vi alle stikkere."

"Jeg ..." Den gamle mand var nødt til at rømme sig. "Jeg måtte lade ham smutte."

"Smutte?"

"Ja. Smutte. Synke. Forsvinde. Jeg kunne ikke lade ham overtage forretningerne, det forstod jeg jo. Han var kløgtig nok. Det havde han efter sin far. Det var rygrad, han manglede. Den mangel havde han efter sin mor. Jeg forsøgte at give ham ansvar, men han bestod ikke prøven." Den gamle strøg og strøg håret bagover, hårdere og hårdere, som om det var smurt med noget, han prøvede at rense det for. "Han bestod ikke prøven. Dårligt blod. Så jeg bestemte mig for, at det skulle være en anden. Først tænkte jeg på Andrej og Peter. Har du truffet dem? Sibiriske kosakker fra Omsk. Kosak betyder 'fri mand', vidste du det? Andrej og Peter udgjorde mit regiment, min *stanitsa*. De er loyale over for deres *ataman*, tro til døden. Men Andrej og Peter var ikke forretningsfolk, forstår du." Harry bed mærke i, hvordan den gamle gestikulerede foran sig og ligesom faldt hen i sine egne grublerier. "Jeg kunne ikke overlade butikken til dem. Så jeg besluttede, at det måtte blive Sergej. Han var ung, havde fremtiden foran sig, kunne formes ..."

"Du sagde til mig, at du måske engang selv havde haft en søn."

"Sergej havde måske ikke Gustos hoved for tal, men han var disciplineret. Ambitiøs. Villig til at gøre det, der kræves, for at blive en *ataman*. Så jeg gav ham kniven. Det var den eneste prøve, der manglede. For at en kosak i gamle dage kunne blive en *ataman*, krævedes det, at han drog alene ud på taigaen og kom tilbage med en levende ulv, som var bastet og bundet. Sergej var villig, men jeg måtte sikre mig, at han også kunne gennemføre *to sjto nuzhjo*."

"Hvad for noget?"

"Det nødvendige."

"Var den søn Gusto?"

Den gamle strøg håret så hårdt bagover, at øjnene blev til to smalle streger.

"Gusto var seks måneder gammel, da jeg blev sat i fængsel. Hans mor søgte trøst der, hvor hun kunne finde den. I hvert fald for en kort stund. Hun var ikke i stand til at tage sig af ham."

"Heroin?"

"Børneværnet tog Gusto fra hende og overdrog ham til nogle plejeforældre. Der var enighed om, at jeg, fangen, ikke eksisterede. Hun tog en overdosis i vinteren enoghalvfems. Hun burde have gjort det noget tidligere."

"Du sagde, at du kom tilbage til Oslo af samme grund som mig. Din søn."

"Jeg havde hørt, at han var flyttet fra sine plejeforældre, at han var kommet ud på et skråplan. Jeg havde under alle omstændigheder tænkt mig at forlade Sverige, og konkurrencen i Oslo var kun middelsvær. Jeg fandt ud af, hvor Gusto holdt til, og studerede ham på afstand til at begynde med. Han var så smuk, så fordømt smuk. Som sin mor, selvfølgelig. Jeg kunne bare sidde og se på ham. Se og se og tænke, at han var min søn, min egen ..." Den gamles stemme knækkede over.

Harry så ned på nylonsnoren, som han havde fået i stedet for en ny gardinstang, og trykkede den ned mod gulvet med skosålen.

"Og så fik du ham ind i din forretning og afprøvede, om han magtede at overtage den?"

Den gamle nikkede og hviskede: "Men jeg sagde aldrig noget. Da han døde, vidste han ikke, at jeg var hans far."

"Hvorfor hastede det pludselig sådan?"

"Hastede?"

"Hvorfor skulle du have nogen til at overtage forretningen så hurtigt? Først Gusto og så Sergej."

Den gamle smilede mat. Han lænede sig frem i stolen og ind i lyset fra læselampen over sengen.

"Jeg er syg."

"Javel. Jeg tænkte nok, at det var noget i den retning. Kræft?"

"Lægerne gav mig et år. Det er seks måneder siden. Den hellige kniv, som Sergej brugte, har ligget under min madras. Kan du mærke smerterne i dit knivsår? Det er min lidelse, som kniven har overført til dig, Harry."

Harry nikkede langsomt. Det stemte. Og det stemte ikke.

"Hvis du kun har et halvt år at leve i, hvordan kan det så være, at du er så bange for at blive angivet, at du var villig til at dræbe din egen søn? Hans lange liv mod dit korte?"

Den gamle hostede dæmpet. "Urkaer og kosakker er regimentets simple mænd, Harry. Vi sværger ved et kodeks, og så følger vi det. Ikke blindt, men seende. Vi er oplært til at kontrollere vores følelser. Det gør os til herre over vores eget liv. Abraham sagde ja til at ofre sin søn, fordi ..."

" ... det var det, Gud befalede. Jeg aner ikke, hvilken slags kodeks det er, du taler om, men siger det, at det er helt i orden at lade en attenårig som Oleg sone dine forbrydelser?"

"Harry, Harry, har du ikke forstået det? Jeg dræbte ikke Gusto."

Harry stirrede på den gamle. "Sagde du ikke lige, at det var dit kodeks? At dræbe din egen søn, som du var nødt til?"

"Jo, men jeg sagde også, at jeg er født af dårlige mennesker. Jeg elsker min søn. Jeg kunne aldrig tage Gustos liv. Tværtimod. Jeg vil skide på Abraham og hans gud." Den gamles latter gik over i hoste. Han lagde hænderne på brystet, bøjede sig ned over sine knæ og hostede og hostede.

Harry blinkede. "Hvem dræbte ham så?"

Den gamle rettede sig op igen. I højre hånd holdt han en revolver. Det var en stor, grim sag, der så endnu ældre ud end ejeren.

"Du burde vide bedre end at opsøge mig uden våben, Harry."

Harry svarede ikke. MP-5'eren lå på bunden af en vandfyldt kældergang, og riflen stod hjemme hos Truls Berntsen.

"Hvem dræbte Gusto?" gentog Harry.

"Det kan have været hvem som helst."

Harry syntes, at han kunne høre det knirke, da den gamles finger krummede sig om aftrækkeren.

"For det er ikke særlig vanskeligt at dræbe, Harry. Er du enig i det?"

"Enig," svarede Harry og løftede foden. Det hvislede under skosålen, idet den tynde nylonsnor fór ud og op mod det sted, hvor gardinstangen var fæstnet.

Harry så spørgsmålstegnet i den gamles øjne, så hvordan hans hjerne lynhurtigt arbejdede med de halvfordøjede småbidder af oplysninger.

Lyset der ikke virkede.

Stolen der stod præcis midt i værelset.

Harry som ikke havde tjekket ham for våben.

Harry som i det hele taget ikke havde flyttet sig fra det sted, hvor han sad.

Og måske så han nu også i halvmørket den nylonsnor, der løb fra gulvet under Harrys skosåler via gardinfæstet og videre hen til lige over hans hoved, til fæstet for loftslampen, hvor der ikke længere hang nogen lampe, men det eneste, som Harry havde taget med fra Blindernveien ud over præstekraven, som var det eneste, han havde haft i tankerne, da han lå i Rudolf Asajevs himmelseng, drivvåd og med hivende vejrtrækning, mens sorte prikker dansede ud og ind af hans synsfelt, og han var sikker på, at han ville miste bevidstheden hvert øjeblik, men kæmpede for at holde sig vågen, for at holde sig på denne side af mørket. Så havde han rejst sig op og var gået ind i det andet soveværelse og havde taget den *zjuk*, der lå ved siden af Bibelen.

Rudolf Asajev kastede sig mod venstre lige tidsnok til, at stålsømmene i murstenen ikke ramte ham i hovedet, men i stedet mellem kravebenet og skuldermusklen, hvor den fortsatte ned i nervesamlingen plexus cervicobrachialis med det resultat, at da han to hundrededels sekund senere affyrede revolveren, var musklen i overarmen lammet, så armen med våbnet havde sænket sig syv centimeter. Krudtet hvæsede og brændte i den tusindedel af et sekund, kuglen brugte på at forlade løbet på den gamle Nagant-tromlerevolver. Tre tusindedels sekund senere borede kuglen sig ind i sengerammen mellem Harrys lægge.

Harry rejste sig, skubbede sikringen til side og trykkede på udløserknappen. Det dirrede let i skaftet, da knivsbladet sprang ud. Harry svingede hånden lavt forbi hoften med strakt arm, og det lange tynde knivsblad gik ind gennem frakken og ramte lavt på præsteskjorten. Han mærkede stof og hud give efter, og så gled knivsbladet uden modstand ind helt op til skaftet. Harry slap kniven og vidste, at Rudolf Asajev var en døende mand, idet stolen vippede bagover, og russeren ramte gulvet med et støn. Han sparkede sig fri af stolen, men blev liggende på gulvet, hvor han krummede sig sammen som en såret, men stadig farlig hveps. Harry stillede sig med et ben på hver side af ham, bøjede sig ned og trak kniven ud af Asajevs krop. Han kiggede på blodets unormalt dybe røde farve. Måske fra leveren. Den gamles venstre hånd kravlede hen over gulvet rundt om den lammede højre arm i sin søgen efter revolveren. Og i et vildt øjeblik ønskede Harry, at hånden ville finde revolveren, give ham det påskud, han havde brug for til at ...

Harry sparkede revolveren væk og hørte den dunke ind mod væggen.

"Jernet," hviskede den gamle. "Velsign mig med mit jern, min dreng. Det brænder. For vore begges skyld, gør en ende på det her."

Harry lukkede øjnene et kort øjeblik, kunne mærke, at han havde mistet det, at det var borte. Hadet. Det dejlige, hvide had, der havde været det brændstof, som havde holdt ham gående. Nu var han pludselig tom.

"Nej tak," svarede Harry og skridtede hen over den gamle og knappede den våde frakke. "Jeg går nu, Rudolf Asajev. Jeg beder manden i receptionen om at ringe efter en ambulance. Så ringer jeg til min tidligere chef og fortæller, hvor de kan finde dig."

Den gamle lo lavmælt, og der dannede sig lyserøde luftbobler i hans mundvige. "Kniv, Harry. Det er ikke mord, jeg er allerede død. Du havner ikke i helvede. Det lover jeg dig. Jeg skal sige på dørtærsklen, at de ikke skal slippe dig ind."

"Det er ikke helvede, jeg er bange for." Harry lagde den våde pakke med Camel-cigaretter i frakkelommen. "Men jeg er politibetjent. Det er vores job at bringe anholdte lovovertrædere for dommeren."

Luftboblerne bristede, da den gamle hostede. "Hold nu op, Harry, din sherifstjerne er lavet af plastic. Jeg er syg. Det eneste, en dommer kan gøre, er at give mig pleje, kys, kram og morfin. Og jeg har myrdet så mange. Konkurrenter som jeg hængte fra broerne. Ansatte som nu den der pilot, vi brugte murstenen på. Også politifolk. Sixpence. Jeg sendte Andrej og Peter hen til dit værelse for at skyde dig. Dig og Truls Berntsen. Og ved du hvorfor? For at få det til at se ud, som om du og han havde dræbt hinanden. Vi havde efterladt våben som bevis. Hold nu op, Harry."

Harry tørrede knivsbladet af på lagenet på sengen. "Hvorfor ville I dræbe Berntsen? Han arbejder jo for jer."

Asajev fik vendt sig om på siden, og det virkede, som om han fik lettere ved at trække vejret. Han lå sådan et par sekunder, før han svarede: "Summen af risici, Harry. Han stjal et lager af heroin på Alnabru bag min ryg. Det var ikke min heroin, men når du finder ud af, at din ildslukker er så grådig, at du ikke kan stole på ham, samtidig med at han ved nok om dig til at kunne fælde dig, ved du, at summen af risici er blevet for stor. Og så skaffer forretningsfolk som mig sig af med risikoen, Harry. Og vi så en perfekt anledning til at skaffe os af med to problemer på samme tid. Dig og Berntsen." Han lo lavt. "Sådan som jeg forsøgte at myrde din dreng i Botsfængslet. Hører du mig? Kan du mærke hadet nu, Harry? Jeg myrdede næsten din søn."

Harry standsede foran døren. "Hvem dræbte Gusto?"

"Mennesker lever ifølge hadets evangelium. Følg hadet, Harry."

"Hvem er dine kontakter i politiet og byrådet?"

"Hvis jeg fortæller dig det, vil du så hjælpe mig til at få det her afsluttet?"

Harry så ned på ham. Nikkede kort. Håbede, at løgnen ikke var til at se.

"Kom nærmere," hviskede den gamle.

Harry bøjede sig ned. Og pludselig havde den gamles hånd, som en stivnet klo, hugget sig fast i frakkeskødet og trukket ham ned til sig. En stemme som en slibesten hvæsede i hans øre:

"Du ved, at jeg betalte en mand for at tilstå drabet på Gusto, Harry. Men du troede, at det var, fordi jeg ikke kunne få taget livet af Oleg, så længe han afsonede på et hemmeligt sted. Forkert. Min mand i politiet har adgang til vidnebeskyttelsesprogrammet. Jeg kunne med lethed have fået stukket Oleg ned med en kniv der, hvor han var. Men jeg havde ombestemt mig; jeg ville ikke lade ham slippe så let ..."

Harry forsøgte at rive sig løs, men den gamle holdt fast i ham.

"Jeg ville have hængt ham med hovedet nedad og trukket plasticposen over hans hoved, Harry," rumlede stemmen hult. "Hovedet i en klar plasticpose. Hældt vand på hans fodsåler. Vandet følger kroppen hele vejen ned og ind i plasticposen. Jeg ville filme det. Med lyd, så du kunne høre skrigene. Og bagefter ville jeg sende filmen til dig. Og hvis du lader mig gå, er det stadigvæk min plan. Du vil blive forbavset over, hvor hurtigt de lader mig gå på grund af manglende beviser, Harry. Og så finder jeg ham, Harry. Jeg sværger; du skal bare kigge i din postkasse og tage dvd'en."

Harry handlede instinktivt, svingede bare hånden. Han kunne mærke knivsbladet tage fat, gå ind. Han drejede det. Hørte den gamle gispe. Blev ved med at vride. Lukkede øjnene og mærkede indvolde og organer vikle sig rundt om hinanden, gå i stykker, blive flået. Og da han endelig hørte den gamle skrige, var det Harrys eget skrig.

Kapitel 42

Harry vågnede ved, at solen skinnede på den ene side af hans ansigt. Eller var det en lyd, der havde vækket ham?

Han åbnede forsigtigt et øje og missede med det.

Så et stuevindue og en blå himmel. Ingen lyd, i hvert fald ikke nu.

Han indåndede lugten af tilrøget sofastof og løftede hovedet. Huskede, hvor han var.

Han var gået fra den gamles værelse til sit eget, havde roligt pakket lærredskufferten, forladt hotellet via bagtrappen og taget en taxa til det eneste sted, hvor han kunne regne med, at ingen ville finde ham, Nybakks forældres hus i Oppsal. Det så ikke ud til, at nogen havde været der siden sidst, og det første, han havde gjort, var at gennemsøge skufferne i køkkenet og badeværelset, til han havde fundet en æske med smertestillende medicin. Han havde taget fire tabletter, vasket den gamles blod af hænderne og var gået ned i kælderen for at se, om Stig Nybakk havde bestemt sig.

Det havde han.

Harry var gået ovenpå, havde klædt sig af, hængt sit tøj til tørre på badeværelset, fundet et uldtæppe og var faldet i søvn på sofaen, før han havde nået at tænke én tanke.

Harry stod op og gik ud i køkkenet, hvor han tog to smertestillende piller og skyllede dem ned med et glas vand. Åbnede køleskabet og kiggede ind. Der var rigeligt med dejlig mad, så Stig havde tydeligvis bespist Irene godt. Kvalmen fra dagen før kom tilbage, og han indså, at det ville blive umuligt at få noget mad i sig. Han gik tilbage til stuen. Han havde også set barskabet aftenen før, men var gået uden om det i en stor bue, før han lagde sig.

Harry åbnede døren ind til barskabet. Tomt. Han åndede lettet op. Følte efter i lommen. Den uægte vielsesring. Og hørte i det samme en lyd.

Den samme, som han mente, han havde hørt, da han vågnede.

Han gik hen til den åbne kælderdør og lyttede. Joe Zawinul? Han gik ned ad trappen hen til døren ind til aflukket og kiggede ind gennem trådnettet. Stig Nybakk drejede langsomt rundt som en astronaut, vægtløs i rummet. Harry spekulerede på, om det kunne være den vibrerende mobiltelefon i hans bukselomme, der virkede som en propel. Ringelyden, de fire, eller egentlig tre toner fra 'Palladium' med Weather Report lød som et kaldesignal fra det hinsides. Og det var lige præcis det, Harry tænkte på, da han fiskede telefonen frem, at det var Stig Nybakk, der ringede og ville tale med ham.

Harry så på nummeret på displayet og trykkede på svarknappen. Han genkendte receptionistens stemme fra Radiumhospitalet: "Stig! Hallo! Er du der? Kan du høre mig? Vi har prøvet at ringe, Stig, hvor er du? Du skulle have været til møde, flere møder; vi er urolige for dig. Martin var hjemme hos dig, men der var du heller ikke. Stig?"

Harry afbrød samtalen og stak telefonen i lommen. Han ville få brug for den, for Martines var blevet ødelagt under svømmeturen.

Han hentede en stol i køkkenet og satte sig på terrassen og sad der med formiddagssolen i ansigtet, tog cigaretpakken frem, stak en af de sorte, krukkede cigaretter i munden og tændte den. Han måtte nøjes med den. Han ringede det nummer op, som han kendte så godt.

"Rakel."

"Hej, det er mig."

"Harry? Jeg kunne ikke genkende nummeret."

"Jeg har fået ny telefon."

"Åh, jeg er så glad for at høre din stemme. Er det hele gået godt?"

"Ja," svarede Harry og kunne ikke lade være med at smile over glæden i hendes stemme. "Alt er gået godt."

"Er der varmt?"

"Vældig varmt. Solen skinner, og jeg skal snart have morgenmad."

"Morgenmad? Er klokken ikke fire eller noget i den retning hos dig?"

"Jetlag," forklarede Harry. "Jeg kunne ikke sove på flyet. Jeg har fået fat i et fint hotel til os. Det ligger på Sukhumvit."

"Du aner ikke, hvor meget jeg glæder mig til at se dig igen, Harry."

"Jeg ..."

"Nej, vent, Harry. Jeg mener det. Jeg har ligget vågen hele natten og tænkt på det. At det er det helt rigtige. Det vil sige, det finder vi jo ud af. Men det er det, der er det rigtige, at finde ud af det. Åh, tænk hvis jeg havde sagt nej, Harry."

"Rakel ..."

"Jeg elsker dig, Harry. *Elsker* dig. Forstår du det, jeg siger? Kan du høre, hvor fladt, underligt og fantastisk det ord er? Det er som sådan en dybrød kjole, man virkelig skal *mene* for at tage på. Elsker dig. Overdriver jeg en smule nu?"

Hun lo. Harry lukkede øjnene og mærkede verdens dejligste sol kysse sin hud og verdens dejligste latter kysse sine trommehinder.

"Harry? Er du der?"

"Ja da."

"Det er mærkeligt, men det lyder ikke, som om du er så langt væk."

"Nej, men snart er jeg meget tættere på dig, min elskede."

"Sig det en gang til."

"Hvad?"

"Min elskede."

"Min elskede."

"Uhmm."

Harry kunne mærke, at han sad på noget hårdt, noget der lå i hans baglomme. Han tog det frem. Solen fik belægningen på ringen til at skinne som guld.

"Du," sagde han og strøg med pegefingeren hen over det sorte hak. "Du har aldrig været gift, vel?"

Hun svarede ikke.

"Hallo?" sagde Harry.

"Hallo."

"Hvordan tror du, at det ville have været?"

"Harry, nu skal du ikke lave sjov med det."

"Jamen, det gør jeg heller ikke. Jeg ved jo, at det aldrig ville være faldet dig ind at gifte dig med en pengeopkræver i Hongkong."

"Nej da. Hvem kunne jeg så tænke mig at gifte mig med?"

"Det ved jeg ikke. Hvad med en ekspolitibetjent, der er gået over til det civile liv og nu forelæser på Politiskolen om drabsefterforskning?"

"Det lyder ikke som nogen, jeg kender."

"Måske er det en, du kan lære at kende, en som kan overraske dig. Særere ting er sket."

"Det er dig, der altid har sagt, at folk ikke kan forandre sig."

"Så når jeg nu er blevet en anden person, som hævder, at folk *kan* forandre sig, beviser det vel, at man kan forandre sig."

"Nu ikke så kæphøj!"

"Lad os sige, sådan rent hypotetisk, at jeg har ret, at folk kan forandre sig, og at det *er* muligt at lægge ting bag sig."

"At nidstirre genfærdene?"

"Så hvad siger du?"

"Til hvad?"

"Til mit hypotetiske spørgsmål om at gifte sig?"

"Skal det her forestille at være et frieri? Hypotetisk? I *telefonen*?"

"Ah, nu går du lige lovlig langt. Jeg sidder bare i solen og småsnakker med en dejlig dame."

"Og nu ringer jeg af!"

Hun afbrød forbindelsen, og Harry sank ned i køkkenstolen med lukkede øjne og et stort grin. Varmet af solen og uden smerter. Om fjorten timer skulle han se hende igen. Han så Rakels ansigtsudtryk for sig, når hun kom til gaten i Gardermoen og så ham sidde og vente på sig, hendes blik, når Oslo forsvandt under dem, hendes hoved der gled ned på hans skulder, når hun faldt i søvn.

Sådan blev han liggende, indtil temperaturen pludselig faldt. Han åbnede et øje halvt. En sky var drevet ind foran solen, men den så ikke så slem ud.

Lukkede øjet igen.

Følg hadet.

Da den gamle havde sagt det, havde Harry først tænkt, at han mente, at Harry skulle følge sit eget had og tage hans liv. Men hvad nu, hvis han havde ment noget andet? Han havde sagt det lige efter, at Harry havde spurgt, hvem der havde taget livet af Gusto. Havde det været et svar? Mente han, at Harry skulle følge hadet, at det ville lede ham til morderen? I så fald var der mange kandidater. Men hvem var det, der havde størst grund til at hade Gusto? Bortset fra Irene, selvfølgelig, hun havde jo siddet låst inde, da Gusto blev myrdet. Der blev tændt for solen igen, og Harry bestemte sig for, at han overfortolkede situationen, at hans arbejde var færdigt, at han skulle slappe af, at han havde brug for en pille til, og at han bagefter skulle ringe til Hans Christian og sige, at Oleg endelig var uden for fare.

Én tanke mere strejfede Harry, nemlig at Truls Berntsen, en middelmådig betjent fra Orgkrim, umuligt kunne have adgang til informationerne i vidnebeskyttelsesprogrammet, at det måtte have været en anden, som befandt sig højere oppe i hierarkiet.

Hold op, tænkte han. Hold nu for fanden op. Lad det gå ad helvede til. Tænk på den flyafgang. Nightflight. Stjernerne over Rusland.

Så gik han tilbage til kælderen, vurderede, om han skulle skære Nybakk ned, opgav tanken og fandt det koben, han ledte efter.

Porten til Hausmanns Gata 92 stod åben, men døren til lejligheden var forseglet igen og låst, måske på grund af den nye tilståelse, tænkte Harry, før han satte kobenet ind mellem døren og karmen.

Indenfor virkede alting urørt. Lysstriberne fra formiddagssolen lå som klavertangenter på stuegulvet.

Han satte den lille lærredskuffert langs den ene væg og satte sig på en af madrasserne og mærkede igen efter, at han havde flybilletten i inderlommen. Så på uret. Tretten timer til afgang.

Han så sig omkring. Lukkede øjnene. Prøvede at se det for sig.

En person med en elefanthue.

Som ikke sagde et ord, fordi han vidste, at de ville genkende hans stemme.

En person som havde opsøgt Gusto her, som ikke ville tage noget fra ham ud over hans liv. En person som nærede et had.

Projektilet havde været en 9 × 18 millimeter Makarov, så drabsmanden havde altså højst sandsynligt skudt med en Makarov. Eller en Fort-12. Til nød en Odessa, hvis det forholdt sig sådan, at de var blevet almindelige i Oslo. Han havde stået der. Havde trykket på aftrækkeren. Var gået.

Harry lyttede og håbede, at værelset ville tale til ham.

Sekunderne tikkede og blev til minutter.

En kirkeklokke begyndte at ringe.

Der var ikke mere at finde her.

Harry rejste sig og gik.

Han var nået hen til døren, da han hørte en lyd mellem klokkeslagene. Han ventede, til næste slag var færdigt. Der var lyden igen, en forsigtig kradsen. Han listede to skridt tilbage og kiggede ind i stuen.

Den stod ved dørlisten med ryggen til Harry. En rotte. Brun og med blank, skinnende hale, ører med lyserød inderside og en eller anden hvid prik i pelsen lige over haleroden.

Harry vidste ikke, hvorfor han blev stående. En rotte her var ikke andet, end hvad man kunne forvente.

Det var de hvide prikker.

Det var, som om rotten havde vasket sig i hvidt vaskepulver. Eller ...

Harry kiggede sig omkring. Det store askebæger mellem madrasserne. Han vidste, at han kun ville få én chance, så han tog skoene af, gled ind i stuen på det næste klokkeslag, greb askebægeret og blev stående helt stille, halvanden meter fra rotten, der stadig ikke havde opdaget ham. Beregnede og timede. Idet klokken slog, lod han sig falde frem over med askebægeret foran sig. Rotten nåede ikke at reagere, før den var indfanget af keramik. Harry kunne høre den hvæse og mærke, hvordan den kastede sig frem og tilbage derinde. Han trak askebægeret hen over gulvet mod vinduet, hvor der lå en stabel med blade, og placerede dem oven på askebægeret. Så begyndte han at lede.

Efter at have gennemsøgt samtlige skuffer og skabe i lejligheden havde han stadig ikke hverken snor eller sytråd.

Han greb nogle tøjstykker på gulvet og flænsede dem i lange stykker. Det blev til et stykke snor, der burde være langt nok. Han lavede en rendeløkke i den ene ende. Så fjernede han bladene og løftede askebægeret nok til, at han kunne presse hånden ind og forberedte sig på det, der nødvendigvis måtte komme. I samme øjeblik han kunne mærke rottetænderne synke ned i det bløde kød mellem tommel- og pegefinger, vippede han askebægeret væk og greb dyret om ryggen med den anden hånd. Den hvæsede, mens Harry plukkede et af de hvide korn af, der havde fæstnet sig mellem pelsens hår, lagde det på tungespidsen og smagte på det. Bittert. Overmoden papaja. Violin. En eller anden havde et skjulested lige i nærheden.

Harry satte rendeløkken på rottens hale og strammede til inde ved haleroden. Så satte han dyret ned på gulvet og slap det. Rotten pilede af sted, mens snoren gled gennem Harrys hånd. Hjem.

Harry fulgte efter. Ud i køkkenet. Rotten smuttede ind bag et fedtet komfur. Harry vippede det tunge, gamle monstrum op på hjulene længst inde og trak det ud. Snoren forsvandt ind i et hul i væggen på størrelse med en knytnæve.

Snoren holdt op med at løbe.

Harry stak den hånd, der allerede havde fået et bid, ind i hullet og følte efter på indersiden af væggen. Isoleringsmåtter til højre og venstre. Han mærkede efter over hullet. Ingenting. Isoleringen var blevet fjernet. Harry lagde enden af snoren under komfurets ene fod, gik ud på badeværelset, tog fat i spejlet, der var plettet af spyt og slim, og hægtede det af. Han knuste det mod kanten af håndvasken og tog et passende stort stykke med, gik ind i det ene soveværelse, flåede en læselampe ud af væggen og gik tilbage til køkkenet. Han lagde spejlstykket sådan, at det stak lidt inden for hullet. Så satte han læselampens kontakt ind i stikket ved siden af komfuret og rettede lyset mod spejlet, og derpå førte han lampen ind mod væggen, indtil vinklen blev rigtig, og han så det.

Gemmestedet.

Det var en tøjpose, der hang ned fra en krog på en lodret bjælke en halv meter over gulvet.

Der var for trangt til, at han kunne stikke hånden ind og samtidig vride underarmen op mod posen. Harry prøvede at tænke sig om. Hvilket redskab havde ejeren brugt til at nå sit gemmested med? Han havde været gennem samtlige skuffer og skabe i lejligheden og spolede tilbage i sin erindring for at mindes de ting, han havde set.

Ståltråden.

Han gik ind i stuen. Den lå der, hvor han havde set den første gang, da Beate var med. Den stak frem under madrassen og var bøjet i en vinkel på halvfems grader. Det var nok kun ejeren af ståltråden, der vidste, hvad den skulle bruges til. Harry tog den med tilbage, stak den ind i hullet og brugte y'et for enden af ståltråden til at hægte posen ned fra krogen.

Posen var tung, præcis så tung, som han havde håbet på. Han måtte lirke den ud af hullet.

Posen var nok hængt så højt, for at rotterne ikke skulle nå den, men det var alligevel lykkedes dem at lave et hul i bunden. Harry rystede posen, og nogle korn af pulveret inde i den faldt ud. Det forklarede pulverkornene i rottens pels. Så åbnede han posen og tog tre små poser med violin ud, formentlig hver med 0,2 gram. Posen indeholdt ikke det fulde udstyr, blot en ske med bøjet skaft og en brugt sprøjte.

Den lå i bunden af posen.

Harry brugte et viskestykke for ikke at afsætte fingeraftryk, da han løftede den ud.

Den var som sagt umulig at tage fejl af, klodset, mærkelig, næsten komisk. Foo Fighters. Det var en Odessa. Harry snusede til våbnet. Lugten af krudt kan blive hængende i månedsvis, efter en pistol er blevet affyret, hvis den ikke bliver pudset og olieret i mellemtiden. Den her havde været affyret for ikke alt for længe siden. Han tjekkede magasinet. Atten. Det manglede to patroner for at være fuldt. Harry var ikke i tvivl.

Det her var mordvåbnet.

Da Harry gik ind i legetøjsforretningen i Storgata, var der stadig tolv timer til flyets afgang.

Butikken solgte to forskellige sæt med udstyr til at tage fingeraftryk, som han kunne vælge imellem. Harry valgte det dyreste med forstørrelsesglas, LED-lygte, pensel med bløde børster, pulver i tre farver, tape til at løfte fingeraftrykkene og eget register til at samle familiens fingeraftryk i.

"Til min søn," forklarede han, da han betalte.

Pigen bag skranken smilede professionelt.

Han gik tilbage til Hausmanns Gata og begyndte at arbejde. Han brugte den latterlige, lille LED-lygte til at lede efter aftryk og en af miniatureæskerne med pulver til at drysse på. Selv penslen var så lille, at han følte sig som kæmpen i *Gullivers Rejser*.

Der var fingeraftryk på pistolskæftet.

Og ét tydeligt aftryk, sandsynligvis fra en tommelfinger, på den bageste del af stemplet på sprøjten, hvor der også var sorte prikker, som kunne være hvad som helst, men som Harry gættede på var krudtpartikler.

Da han havde fået alle fingeraftrykkene over på plastfolien, sammenlignede han dem. Det var samme person, der havde holdt pistolen og sprøjten. Harry havde tjekket væggene og gulvet ved madrassen og havde fundet en del aftryk, men ingen af dem svarede til pistolens.

Han åbnede sin lærredskuffert og åbnede sidelommen på indersiden, tog det ud, der lå der, og placerede det på køkkenbordet. Så tændte han for den lille lygte.

Han så på sit ur. Endnu elleve timer tilbage. Oceaner af tid.

Klokken var to, og Hans Christian Simonsen så mærkeligt malplaceret ud, da han kom ind på Restaurant Schrøder.

Harry sad inderst ved vinduet, hans gamle yndlingsbord.

Hans Christian satte sig ned.

"God?" spurgte han og nikkede hen mod kanden med kaffe foran Harry.

Harry rystede på hovedet.

"Tak fordi du kom."

"Selv tak, lørdag er fridag. Fridag og ingenting at foretage mig. Hvad sker der?"

"Oleg kan komme hjem."

Advokaten lyste op. "Betyder det ..."

"Dem, der udgjorde en fare for Oleg, er borte."

"Borte?"

"Ja. Er han langt væk?"

"Nej. Cirka tyve minutter uden for bygrænsen. Nittedal. Hvad mener du med, at de er borte?"

Harry løftede kaffekoppen. "Er du sikker på, at du vil vide det, Hans Christian?"

Advokaten så på Harry. "Betyder det, at du også har opklaret sagen?"

Harry svarede ikke.

Hans Christian lænede sig frem. "Du ved, hvem der dræbte Gusto, gør du ikke?"

"Joh."

"Hvordan?"

"Bare nogle fingeraftryk, der matchede."

"Og hvem?"

"Det er ikke så vigtigt. Men jeg rejser nu, så det ville have været dejligt at sige farvel til Oleg i dag."

Hans Christian smilede, forpint, men det var et smil. "Før du og Rakel rejser, mener du?" Harry drejede på kaffekoppen. "Så hun har fortalt dig det?"

"Vi spiste frokost et sted. Jeg sagde ja til at passe på Oleg nogle dage. Jeg forstod, at der skulle komme nogen fra Hongkong og hente ham, nogle af dine folk. Men jeg må have misforstået noget, for jeg troede nemlig, at du allerede var i Hongkong."

"Jeg blev forsinket. Der er noget, jeg vil bede dig om ..."

"Hun sagde noget mere. Hun sagde, at du havde friet."

"Jaså?"

"Ja, på din måde, selvfølgelig."

"Tja ..."

"Og hun sagde, at hun havde tænkt over det."

Harry løftede en hånd. Han ville ikke høre resten.

"Konklusionen af overvejelserne var nej, Harry."

Harry åndede ud. "Godt."

"Så hun var holdt op med at tænke over og overveje det, sagde hun, og var i stedet begyndt at føle over det."

"Hans Christian ..."

"Hendes svar er ja, Harry."

"Hør på mig, Hans Christian ..."

"Hørte du ikke, hvad jeg sagde? Hun vil gifte sig med dig, Harry. Lucky bastard." Hans Christian Simonsens ansigt strålede som af lykke, men Harry vidste, at det var fortvivlelsens stråleglans. "Hun sagde, at hun ville være sammen med dig til jeres dages ende." Hans adamsæble kørte op og ned, og hans stemme svingede mellem falset og gråd. "Hun sagde, at hun ville have det godt og fint sammen med dig. Hun ville have det elendigt og direkte katastrofalt dårligt sammen med dig, og at hun ville have det fantastisk sammen med dig."

Harry vidste, at den anden citerede hende ordret, og hvorfor han gjorde det. Fordi hvert et ord var brændemærket i hans hjerte.

"Hvor højt elsker du hende?" spurgte Harry.

"Jeg ..."

"Elsker du hende nok til at tage dig af hende og Oleg resten af dit liv?"

"Hvad ..."

"Svar."

"Ja, selvfølgelig, men ..."

"Sværg."

"Harry."

"Sværg, siger jeg."

"Jeg ... jeg sværger. Men det forandrer jo ikke noget."

Harry sendte ham et skævt smil. "Du har ret. Det forandrer ingenting. Ingenting kan forandres. Det ville aldrig være muligt. Floden løber altid i det samme forbandede leje."

"Det her er jo meningsløst. Jeg forstår det ikke."

"Du vil forstå det senere," sagde Harry. "Og det vil hun også."

"Men ... I elsker jo hinanden. Hun sagde det ligeud. Du er hendes livs kærlighed, Harry."

"Og hun er min. Hun har altid været det. Vil altid være det."

Hans Christian så på Harry med en blanding af forvirring og noget, der lignede medfølelse. "Og alligevel vil du ikke have hende?"

"Der er ikke noget, jeg hellere vil end have hende, men det er ikke sikkert, at jeg lever så meget længere. Og gør jeg ikke det, har du nu givet mig et løfte."

Hans Christian snøftede. "Er du ikke lidt melodramatisk nu, Harry? Jeg ved jo ikke engang, om hun vil have mig."

"Overbevis hende." Det var, som om smerterne i halsen gjorde det vanskeligere for ham at trække vejret. "Lover du det?"

Hans Christian nikkede uden at sige noget og tilføjede så: "Jeg skal prøve."

Harry tøvede. Så rakte han hånden frem.

Den anden tog den.

"Du er et godt menneske, Hans Christian. Jeg har lagt dig ind som H.C." Han holdt mobiltelefonen i vejret. "Selv om den egentlig var optaget af Halvorsen."

"Hvem?"

"Bare en gammel kollega, som jeg håber at se igen. Jeg bliver nødt til at gå nu."

"Hvad skal du?"

"Møde Gustos morder."

Harry rejste sig op, vendte sig om mod bardisken og gjorde honnør for Nina, der vinkede tilbage.

Da han var kommet udenfor og hurtigt gik tværs over gaden mellem bilerne, kom reaktionen. Han følte et pres bag øjnene, og hans hals føltes, som om den skulle sprænges. Og i Dovregata kom mavesækkens indhold op. Han stod foroverbøjet tæt ved muren midt i den stille gade og ofrede Ninas æg, bacon og kaffe. Så rettede han sig op og gik videre mod Hausmanns Gata.

Til sidst havde det været en enkel beslutning, trods alt.

Jeg sad på en af de beskidte madrasser og mærkede, hvordan mit skræmte hjerte slog, mens telefonen ringede. Jeg både håbede og ikke håbede, at han ville tage den.

Jeg skulle til at lægge på, da telefonen blev taget, og jeg hørte min stedbrors stemme, tonløs og tydelig:

"Stein."

Jeg har nu og da tænkt over, hvor passende det navn er. En uigennemtrængelig overflade over et stenhårdt indre. Upåvirkelig, dyster, tung. Men også sten har et ømt punkt, et sted hvor selv et let slag med en skærvehammer får dem til at gå itu. I Steins tilfælde var det let.

Jeg rømmede mig. "Det er Gusto. Jeg ved, hvor Irene er."

Jeg kunne høre hans lette ånde. Han havde altid haft et let åndedrag, Stein.

Han kunne løbe og løbe i timevis, behøvede næsten ikke ilt. Eller nogen grund til at løbe.

"Hvor er hun?"

"Det er lige det," svarede jeg. "Jeg ved hvor, men det koster penge at få det at vide."

"Hvorfor det?"

"Fordi jeg har brug for penge."

Det var som en bølge af varme. Nej, af kulde. Jeg kunne mærke hans had. Jeg hørte ham synke noget.

"Hvor me ..."

"Fem tusind."

"Det er i orden."

"Jeg mener ti."

"Du sagde fem."

Fuck.

"Men det haster," sagde jeg, selv om jeg vidste, at han allerede havde rejst sig.

"Fint. Hvor er du?"

"Hausmanns Gata 92. Låsen i gadedøren er ødelagt. Anden sal."

"Jeg kommer. Lad være med at gå nogen steder."

Gå nogen steder? Jeg fandt en lighter frem, hentede et par af skoddene i askebægeret inde i stuen og røg dem ude i køkkenet i den gennemtrængende eftermiddagsstilhed. Fandens også, så varmt der var herinde. Det puslede. Jeg kiggede hen mod lyden. Det var rotten igen. Den pilede langs væggen.

Den boede inde bag komfuret. Den havde sikkert et fint gemmested der.

Jeg røg skod nummer to.

Så rejste jeg mig brat op.

Komfuret var helvedes tungt, men så fandt jeg ud af, at det havde to hjul bagtil.

Rottehullet bagved var større, end det burde være.

Oleg, Oleg, min kære ven. Du er ganske kløgtig, men lige præcis det her har du lært af mig.

Jeg kastede mig ned på knæ. Jeg blev allerede høj, mens jeg lirkede med ståltråden. Mine fingre rystede, så jeg fik helt lyst til at bide dem af. Jeg kunne mærke, at jeg fik fat på det, men det glippede for mig. Der måtte være violin der. Det måtte der bare!

Endelig fik jeg bid, og det var en stor fangst. Jeg trak den ind. En stor, tung tøjpose. Jeg åbnede den. Det måtte være violin; det kunne ikke være andet!

En gummislange, en spiseske, en sprøjte. Og tre små, gennemsigtige poser. Det hvide pulver i poserne var spættet med brunt. Mit hjerte sang. Jeg var genforenet med den eneste ven og elsker, jeg altid havde kunnet stole på.

Jeg stak to af poserne i lommen og åbnede den tredje. Hvis jeg var sparsommelig, ville jeg have til en hel uge. Det gjaldt bare om lige at få det her skud og så slippe væk, før Stein eller nogen anden kom. Jeg fik pulveret op i skeen, tændte for lighteren. Jeg plejede at komme et par dråber citron i af den slags, som man kan købe på flaske, og som folk bruger i deres te. Citronen sørgede for, at stoffet ikke klumpede så let, og at man derfor fik det hele med op i sprøjten. Men jeg havde hverken citron eller tålmodighed, for nu gjaldt det bare om én ting: at få stoffet ind i blodstrømmen.

Jeg lagde gummislangen rundt om armen, stak enden ind mellem tænderne og trak til. Fik en stor og blå åre frem. Lagde sprøjten i den rigtige vinkel for at ramme en større flade og ryste mindre. For jeg rystede. For helvede, hvor jeg rystede.

Jeg ramte ved siden af.

Én gang. To gange. Trak vejret. Nu ikke tænke for meget, ikke være for ivrig, ikke gå i panik.

Kanylens spids dansede. Jeg stak efter den blå orm.

Ramte ved siden af igen.

Jeg kæmpede mod fortvivlelsen og tænkte, at jeg kunne ryge lidt af det først, så jeg kunne falde lidt til ro. Men jeg ville jo have suset, det kick det gav, når hele dosen røg lige direkte i blodet, lige direkte i hjernen, orgasmen, det frie fald!

Det var varmen og sollyset, der skar i øjnene. Jeg gik ind i stuen, satte mig i skyggen henne ved endevæggen. For helvede, nu kunne jeg ikke se den skide blodåre! Rolig nu. Jeg ventede, til mine pupiller havde udvidet sig. Heldigvis var min underarm blevet hvid som et filmlærred. Blodåren lignede en flod på et kort over Grønland. Nu.

Jeg ramte ved siden af igen.

Jeg havde ikke kræfter til det her og kunne mærke gråden presse sig på. En skosål knirkede.

Jeg havde været så koncentreret, at jeg ikke havde hørt ham komme.

Og da jeg så op, var mine øjne så fulde af tårer, at omridset blev fordrejet som i et fuckings spejl i et tivoli.

"Hej, Tyv."

Det var længe siden, at nogen havde kaldt mig det.

Jeg blinkede tårerne væk, og skikkelsen blev genkendelig. Ja, jeg genkendte det hele igen. Oven i købet pistolen. Den var ikke blevet stjålet af tilfældige indbrudstyve i træningslokalet, sådan som jeg havde troet.

Det mærkelige var, at det ikke gjorde mig bange. Tværtimod. Jeg var pludselig blevet helt rolig.

Jeg så igen ned på blodåren.

"Lad være med at gøre det," sagde stemmen.

Jeg så på min hånd, og den var rolig som en lommetyvs. Det her var min chance.

"Jeg skyder dig."

"Det tror jeg ikke," sagde jeg. "For så får du aldrig at vide, hvor Irene er."

"Gusto!"

"Jeg gør bare det, jeg er nødt til at gøre," sagde jeg og stak. Ramte. Løftede tommelfingeren for at lægge den på toppen af stemplet. "Så kan du gøre det, du er nødt til at gøre."

Kirkeklokken begyndte at ringe igen.

Harry sad i skyggen ved endevæggen. Lyset fra gadelygten udenfor faldt på madrasserne. Han så på uret. Ni. Tre timer til flyet til Bangkok lettede. Smerterne i hans hals var pludselig blevet kraftigere, ligesom varmen fra solen lige før den forsvinder bag en sky. Men snart ville solen forsvinde, snart ville han ikke længere føle smerte. Harry vidste, hvordan det her måtte ende. Det var lige så uundgåeligt, som at han havde måttet vende tilbage til Oslo. Præcis som han vidste, at det var det menneskelige behov for orden og sammenhæng, der udvirkede, at han manipulerede sig selv til at se en slags logik i det hele. For tanken om, at alt bare er koldt kaos, at der ikke findes nogen mening, er værre at udholde end selv den værste, men forståelige tragedie.

Han stak hånden i jakkelommen på jagt efter sine cigaretter og mærkede knivskaftet mod sine fingerspidser. Han havde en følelse af, at han burde skaffe sig af med den, at der hvilede en forbandelse over den. Over ham. Men det ville ikke have gjort nogen forskel; han havde været lyst i band længe før den kniv. Og den forbandelse var værre end noget knivsblad, for den sagde, at hans kærlighed var en pest, han bar med sig alle steder. Akkurat som Asajev havde sagt, at kniven overførte lidelse og sygdom fra ejeren til den, der fik knivsbladet i sig, havde alle mennesker, der havde ladet sig elske af Harry, måttet undgælde for det. Var gået til grunde, var blevet taget fra ham. Kun genfærdene var tilbage. Alle. Og nu også Rakel og Oleg.

Han åbnede cigaretpakken og kiggede ned i den.

Hvad var det, han havde bildt sig ind? At han pludselig kunne undslippe forbandelsen, at han kunne flygte til den anden side af jordkloden med dem og de kunne leve lykkeligt til deres dages ende? Han tænkte disse tanker, samtidig med at han kiggede på uret og spekulerede på, hvilket tidspunkt der var det absolut seneste, han kunne tage af sted fra lejligheden og alligevel nå flyet. Det var sit eget grådige, egoistiske hjerte, han lyttede til.

Han tog det krøllede familiebillede frem og så på det igen. På Irene. Og på hendes bror Stein, ham med det grå blik, som Harry havde to minder om, da han mødte ham. Det ene var fra billedet, det andet var fra den aften, han kom til Oslo. Han havde været i Kvadraturen. Det undersøgende blik, han havde sendt Harry, havde medført, at Harry først havde antaget ham for at være politibetjent, men det var forkert. Helt forkert.

Så hørte han skridtene på trappen.

Kirkeklokken begyndte at slå. Det lød så spinkelt og ensomt.

Truls Berntsen stoppede øverst oppe på trappen og så på døren. Kunne mærke sit hjerte slå. De skulle ses igen. Han gruede for det og glædede sig på samme tid. Han trak vejret dybt.

Og ringede på.

Rettede på slipset. Han følte sig ikke vel til mode i jakkesæt. Men han havde forstået, at der ikke var nogen vej udenom, da Mikael fortalte ham, hvem der kom til housewarming-festen. Alt med skinnende messing, fra afgående politimester og afdelingsledere til deres gamle konkurrent fra Drabsafdelingen, Gunnar Hagen. Der ville også komme politikere. Den smarte dame fra byrådet, Isabelle Skøyen, som han havde stirret på billederne af. Og der kom også et par kendisser fra fjernsynet, som Truls ikke anede, hvordan Mikael havde lært at kende.

Døren gik op.

Ulla.

"Hvor ser du godt ud, Truls," sagde hun. Værtindesmil. Glimtende øjne. Men han indså med det samme, at han var kommet for tidligt.

Han nikkede bare og magtede ikke at svare det, han burde, at hun selv så godt ud.

Hun gav ham et hurtigt knus, bad ham komme indenfor og sagde, at de endnu ikke havde fået skænket velkomstchampagnen op. Hun smilede, vred hænderne og kastede et halvt panisk blik hen mod trappen til første sal. Hun håbede sikkert, at Mikael ville komme ned, så han kunne tage over. Men Mikael var vel i gang med at klæde sig om, inspicere spejlbilledet, tjekke at håret sad præcis, som det skulle.

Ulla talte lidt for hurtigt og hektisk om folk fra opvæksten i Manglerud, om Truls vidste, hvad de lavede nu?

Det gjorde Truls ikke.

"Jeg har ikke længere kontakt med dem," svarede han, selv om han var temmelig sikker på, at hun vidste, at han aldrig havde haft kontakt med dem. Ingen af dem. Hverken Goggen, Jimmy, Anders eller Krøkke. Truls havde kun haft én ven: Mikael. Og også han havde sørget for at holde Truls på en armslængdes afstand, i takt med at han var trukket fra ham både socialt og karrieremæssigt.

De var løbet tør for ting at sige. Hun var løbet tør. Han havde ikke haft noget at sige fra begyndelsen. Så sagde hun det:

"Nå, Truls, hvad med kvinderne. Noget nyt der?"

"Ikke noget nyt der, nej." Han forsøgte at sige det lige så muntert som hende. Han ville virkelig ønske, at han havde haft den velkomstdrink i hånden nu.

"Er der virkelig ingen, der kan fange dit hjerte?"

Hun lagde hovedet på skrå og blinkede leende med ét øje, men han kunne se, at hun allerede fortrød, at hun havde spurgt. Måske fordi hun så, at han rødmede, eller måske fordi hun, selv om der aldrig var blevet sagt noget, kendte svaret. At jo, du, Ulla, kunne fange mit hjerte. At der havde han gået tre skridt efter superparret Mikael og Ulla i Manglerud, altid til stede, altid tjenstvillig, men modsagt af den mutte, ligeglade 'jeg-keder-mig-men-jeg-har-ikke-noget-bedre-at-tage-mig-til'-mine, alt imens hans hjerte brændte for hende, og mens han ud ad øjenkrogen registrerede hendes mindste bevægelse eller ansigtsudtryk. Han kunne ikke få hende, vidste, at det var umuligt. Men alligevel havde han længtes, sådan som mennesket længes efter at flygte.

Så kom Mikael endelig skridende ned ad trappen, mens han trak ned i skjorteærmerne under smokingjakken, så manchetknapperne kunne ses.

"Truls!"

Det lød som den let overdrevne hjertelighed, der normalt reserveres folk, man egentlig ikke kender. "Hvorfor ser du så sammenbidt ud, gamle ven? Vi har et palads at fejre!"

"Jeg troede, at det var politimesterjobbet, der skulle fejres," sagde Truls og så sig omkring. "Jeg så det på nyhederne i dag."

"En lækage; det er ikke offentligt endnu. Men det er jo din terrasse, vi skal fejre i dag, Truls! Hvordan går det med champagnen, kære?"

"Jeg er ved at skænke op nu," svarede Ulla, børstede et usynligt støvkorn af ægtemandens skulder og forsvandt.

"Kender du Isabelle Skøyen?" spurgte Truls.

"Ja," svarede Mikael og smilede fortsat. "Hun kommer i aften. Hvorfor det?"

"Ikke for noget." Truls trak vejret. Det måtte gøres nu eller aldrig. "Der er noget andet, jeg har spekuleret på."

"Ja?"

"Her for et par dage siden blev jeg sendt ud på en opgave for at anholde en fyr på Leons; du ved, det der hotel."

"Ja, jeg tror, at jeg har hørt om det."

"Mens jeg var i gang med anholdelsen, dukkede der to andre politifolk op, som jeg ikke kender, og de ville anholde os begge."

"Dobbeltbooking?" Mikael lo. "Snak med Finn, det er ham, der koordinerer det operative."

Truls rystede langsomt på hovedet. "Jeg tror ikke, at det var en dobbeltbooking."

"Ikke?"

"Jeg tror, at en eller anden sendte mig derhen med vilje."

"Du mener, at der var nogen, der lavede fis med dig?"

"Ja, nogen lavede fis med mig," sagde Truls og ledte i Mikaels blik, men fandt ingen tegn på, at han forstod, hvad Truls *egentlig* talte om. Kunne han alligevel have taget fejl? Truls sank noget:

"Så jeg tænkte, at det var noget, som du kendte til, noget du var med på."

"Mig?" Mikael lagde hovedet tilbage og grinede højt, og da Truls så ind i det gab, huskede han, hvordan Mikael altid var kommet tilbage fra skoletandlægen med nul huller. Selv ikke Karius og Baktus havde kunnet få has på ham.

"Ja, det kunne sgu have været sjovt!" lo Mikael. "Sig mig, smed de dig også ned på jorden og gav dig håndjern på?"

Truls så på Mikael. Så han havde altså taget fejl. Derfor grinede han også. Lige så meget af lettelse som af billedet af sig selv med to andre tjenestemænd siddende oven på sig samt Mikaels smittende latter, den der altid havde kunnet få ham til at grine. Nej, *kommanderet* ham til at le med. Men den havde også omsluttet ham, varmet ham, gjort ham til en del af noget, medlem af noget, en duo, som var ham og Mikael Bellman. Venner. Han hørte sine egne lattergrynt, mens Mikaels latter forstummede, og han fik et tænksomt udtryk i øjnene:

"Troede du virkelig, at jeg ville være med til den slags, Truls?"

Truls så smilende på ham, tænkte på, hvordan Dubai havde fundet frem til lige præcis ham, tænkte på knægten, som han selv havde gjort blind ved at banke ham i fængslet, og hvem der kunne have fortalt det til Dubai. Han tænkte på blodet, som gerningsstedsholdet havde fundet under Gustos negle i Hausmanns Gata, blodet som Truls havde ødelagt, før det nåede frem til dna-analysen, men som han havde sikret sig lidt af og opbevaret. Det var den slags beviser, der kunne blive værdifulde på en regnvejrsdag. Og eftersom det afgjort var begyndt at regne, var han kørt op til retsmedicinerne samme morgen med blodet og havde fået svar, før han var taget herhen i aften. Foreløbig tydede analysen på, at det var samme blod og neglefragmenter, som de havde fået af Beate Lønn for nogle dage siden. Talte de ikke sammen dernede? Troede de ikke, at retsmedicinerne havde nok at gøre? Truls havde beklaget og ringet af og tænkt over svaret: Blodet på Gusto Hanssens neglefragmenter stammede fra Mikael Bellman.

Mikael og Gusto.

Mikael og Rudolf Asajev.

Truls' fingre gled ned over slipseknuden. Det var ikke hans far, der havde lært ham at lave den; han kunne ikke engang binde sin egen. Det var Mikael, den gang de skulle til skoleafslutningsfest. Han havde vist Truls en enkel Windsor-knude, og da han havde spurgt Mikael, hvorfor hans egen slipseknude virkede så meget flottere, havde Mikael svaret, at det var, fordi det var en dobbelt Windsor-knude, men at den nok ikke ville klæde Truls.

Mikaels blik hvilede på ham. Han ventede stadig på svar på sit spørgsmål om, hvorfor Truls troede, at Mikael havde været med på spøgen.

Havde været med til beslutningen om at slagte ham sammen med Harry Hole på Leons.

Det ringede på døren, men Mikael rørte sig ikke.

Truls lod, som om han kløede sig i panden, mens han brugte fingerspidserne til at tørre sveden bort.

"Nej, hvorfor det?" sagde han og hørte sin egen nervøse gryntelatter.

"Bare en tanke. Glem det."

Trappen knirkede under Stein Hanssen. Han kendte hvert et trin og kunne forudsige hver en jamrende knirken. Han standsede øverst oppe og bankede på døren.

"Kom ind," lød det inde fra rummet.

Stein Hanssen gik ind.

Det første, han så, var kufferten.

"Har du pakket færdig?" spurgte han.

Den anden nikkede.

"Fandt du passet?"

"Ja."

"Jeg har bestilt en taxa til lufthavnen."

"Jeg kommer."

"Okay." Stein så sig omkring, på samme måde som han havde gjort i de andre værelser. Havde taget afsked. Fortalt dem, at han ikke kom tilbage. Og havde lyttet til ekkoerne fra opvæksten. Faderens opmuntrende stemme. Moderens trygge. Gustos entusiastiske. Irenes glade. Den eneste stemme, han ikke kunne høre, var sin egen. Han havde forholdt sig tavs.

"Stein?" Irene holdt et billede i hånden. Stein vidste, hvilket et det var. Hun havde sat det op over sengen med tegnestifter, samme aften som advokat Simonsen var kommet med hende. Fotografiet viste hende selv sammen med Gusto og Oleg.

"Ja?"

"Følte du nogensinde, at du havde lyst til at tage livet af Gusto?"

Stein svarede ikke, men tænkte bare på den aften.

Telefonopringningen fra Gusto, der fortalte, at han vidste, hvor

Irene befandt sig, hvordan han var løbet hen til Hausmanns Gata, og så da han nåede frem: politibilerne. Stemmerne rundt om ham, der sagde, at knægten derinde var død, skudt. Og følelsen af ophidselse, ja nærmest glæde. Og så efter det chokket. Sorgen. Ja, han havde på en måde sørget over Gusto, samtidig med at det havde givet ham et håb om, at Irene ville blive stoffri. Håbet var selvfølgelig forsvundet, efterhånden som dagene gik, og han indså, at Gustos død tværtimod betød, at han havde mistet sin mulighed for at finde hende.

Hun var bleg. Abstinenser. Det ville blive hårdt, men de skulle nok klare det. Klare det sammen.

"Skal vi ...?"

"Ja," svarede hun og åbnede skuffen i natbordet, så på billedet, pressede det hurtigt mod sine læber og lagde det tilbage i skuffen, med billedsiden nedad.

Harry hørte døren gå op.

Han sad i mørket uden at røre sig.

Han lyttede til den andens skridt over stuegulvet, så bevægelser ved madrasserne og glimtet i ståltråden, da den fangede lyset ude fra gadelygterne. Skridtene forsvandt ud i køkkenet, og lyset blev tændt. Harry hørte komfuret blive flyttet.

Han rejste sig og gik derud.

Han blev stående i døråbningen og så den anden ligge på knæ foran rottehullet og åbne posen med rystende hænder og lægge tingene frem ved siden af hinanden: sprøjten, gummislangen, skeen, lighteren, pistolen, poserne med violin.

Dørtrinnet knirkede, da Harry flyttede vægten over på det andet ben, men den anden ænsede ham ikke og fortsatte bare med sin febrilske aktivitet.

Harry vidste, at det var trangen, at hjernen var fokuseret på én ting. Han rømmede sig.

Den anden stivnede og hævede skuldrene, men han vendte sig ikke om. Han sad blot urørlig med bøjet hoved og stirrede ned på stofferne. Han vendte sig stadig ikke om.

"Jeg regnede med det," sagde Harry. "At det var her, du ville søge hen først. Du regnede med, at nu ville det være sikkert."

Den anden havde stadig ikke rørt sig.

"Hans Christian fortalte dig, at vi fandt hende for dig, ikke sandt? Og alligevel var du nødt til at komme herhen først."

Den anden rejste sig, og igen slog det Harry, hvor stor han var blevet, næsten en voksen mand.

"Hvad er det, du vil, Harry?"

"Jeg er her for at anholde dig, Oleg."

Oleg rynkede panden. "For at være i besiddelse af et par poser violin?"

"Nej, ikke på grund af stofferne. For drabet på Gusto."

"Lad være!" gentog han.

Men jeg havde spidsen af kanylen dybt inde i en blodåre, der skælvede af forventning.

"Jeg troede, at det var Stein eller Ibsen, der kom," sagde jeg. "Ikke dig."

Jeg så ikke hans fuckings fod komme. Den ramte sprøjten, der sejlede gennem luften og havnede længst væk i køkkenet, henne ved den overfyldte køkkenvask."

"For fanden da, Oleg," sagde jeg og så op på ham.

Oleg så længe på Harry.

Hans blik var alvorligt og roligt. Uden nogen egentlig overraskelse; det virkede mere, som om det sonderede terrænet og prøvede at orientere sig.

Og da Oleg endelig sagde noget, lød han mere nysgerrig end vred eller forvirret.

"Men du troede på mig, Harry. Da jeg fortalte dig, at det var en anden mand, en med en uldhue, da troede du på mig."

"Ja," svarede Harry. "Jeg troede på dig, fordi jeg så gerne *ville* tro på dig."

"Men Harry." Oleg talte lavt og så ned på posen med pulver, som han havde åbnet. "Hvis du ikke kan stole på din bedste ven, hvad skal du så tro på?"

"Beviserne," sagde Harry og mærkede, hvordan hans hals snørede sig sammen.

"Hvilke beviser? Vi fandt jo forklaringen på de beviser, Harry. Du og jeg. Sammen ødelagde vi de beviser."

"De andre beviser. De nye."

"Hvilke nye?"

Harry pegede på gulvet foran Oleg. "Den der pistol er en Odessa. Den bruger samme kaliber, som Gusto blev skudt med, Makarov 9 × 18 millimeter. Uanset hvilken type, vil en ballistisk undersøgelse slå fast med et hundrede procents sikkerhed, at den pistol er drabsvåbnet, Oleg. Og den bærer dine fingeraftryk. Hvis en anden havde brugt den og derefter tørret den af, ville dine fingeraftryk også være blevet fjernet."

Oleg lagde en finger på pistolen for ligesom at bekræfte, at det var den, de talte om.

"Og så er der sprøjten," sagde Harry. "Den har flere aftryk, måske afsat af to personer, men du er i hvert fald den, som har presset din tommelfinger mod stemplet, som man trykker ned, når man giver sig selv en dosis violin. Og i det tommelfingeraftryk er der krudtpartikler, Oleg."

Oleg lagde en finger på den brugte sprøjte. "Hvorfor er det et nyt bevis mod mig?"

"Fordi du har forklaret, at du var høj på stoffer, da du kom ind i værelset, men krudtpartiklerne beviser, at du sprøjtede dig *efter,* at du havde fået krudtpartikler på dig. Det beviser, at du skød Gusto først og derefter tog sprøjten. Du var upåvirket i gerningsøjeblikket, Oleg. Det var overlagt drab."

Oleg nikkede langsomt. "Og du har sammenlignet mine fingeraftryk på pistolen og sprøjten med dem i politiets register, så de ved allerede, at jeg ..."

Harry rystede på hovedet. "Jeg har ikke været i kontakt med politiet. Det er kun mig, der ved alt det her."

Oleg sank noget. Harry kunne se de små bevægelser i hans hals. "Hvordan kan du vide, at det er mine fingeraftryk, hvis du ikke har sammenlignet med politiets?"

"Jeg havde aftryk, jeg kunne sammenligne med."

Harry tog hånden op af frakkelommen og lagde den hvide Gameboy på køkkenbordet.

Oleg stirrede på Gameboyen og blinkede og blinkede, som om han havde fået noget i øjet.

"Hvad fik dig til at mistænke mig?" næsten hviskede han.

"Hadet," svarede Harry. "Den gamle Rudolf Asajev. Han sagde, at jeg skulle følge hadet."

"Hvem er han?"

"Det er ham, der bliver kaldt Dubai. Det tog mig lidt tid at forstå, at det var hans eget had, han fulgte. Hans had til dig, hadet, fordi du havde dræbt hans søn."

"Søn?" Oleg løftede hovedet og så udtryksløst på Harry.

"Ja. Gusto var hans søn."

Oleg lod hovedet synke igen og sad der på hug og stirrede ned i gulvet. "Hvis ..." Han rystede på hovedet og begyndte igen: "Hvis det er sandt, at Dubai var far til Gusto, og hvis han hadede mig så meget, hvorfor sørgede han så ikke for at få mig dræbt i fængslet med det samme?"

"Fordi det var præcis dér, han ville have dig, fordi fængsel for ham var værre end døden. Fængslet æder ens sjæl op, døden frigør den. Fængsel var noget, som Rudolf Asajev kun undte den, han hadede over alt. Dig, Oleg. Han havde naturligvis fuld kontrol med, hvad du foretog dig derinde."

"Jeg kunne ikke mærke det, men jeg forstod, at det var sådan."

"Han vidste, at du vidste, at hvis du sladrede om ham, var du færdig. Det var først, da du begyndte at snakke med mig, at du begyndte at udgøre en fare, og han måtte nøjes med at slå dig ihjel, men det magtede han ikke."

Oleg lukkede øjnene og blev siddende sådan, på hug, som om han skulle ud på et vigtigt løb, og de lige nu bare skulle være tavse sammen, koncentrere sig sammen.

Udenfor spillede byen sin musik, der bestod af bilerne, en tuden fra en båd langt væk, en halvhjertet sirene, lyde der udgjorde summen af menneskelig aktivitet, som en tues jævne, evindelige knitren, monoton, søvndyssende, tryg som en varm dyne.

Oleg bøjede sig langsomt ned uden at tage sit blik fra Harry.

Harry rystede på hovedet.

Men Oleg greb pistolen, forsigtigt, som om han var bange for, at den skulle eksplodere i hans hænder.

Kapitel 43

Truls havde søgt tilflugt i ensomheden ude på terrassen.

Han havde stået i udkanten af et par samtaler, nippet til sin champagne, spist af pindemadderne og prøvet at se ud, som om han hørte til. Et par stykker af de velopdragne gæster havde forsøgt at indlemme ham i sammenholdet, havde hilst og spurgt, hvem han var, og hvad han arbejdede med. Truls havde leveret korte svar, uden at det var faldet ham ind at stille dem de samme spørgsmål, som om hans position ikke målte sig med deres, eller som om han var bange for, at han burde vide, hvem de var, og hvilke helvedes vigtige job de bestred.

Ulla havde været optaget af at servere og smile og snakke med de her folk, som om de var gamle bekendte, og Truls havde kun opnået øjenkontakt med hende et par gange, og da havde hun smilende mimet noget, som han havde gættet på skulle betyde, at hun gerne ville have talt med ham, men at pligterne som værtinde kaldte. Det viste sig, at ingen af de andre kolleger fra det frivillige hold, der havde arbejdet på huset, havde haft nogen anledning til at komme, og hverken afdelingslederne eller politimesteren havde genkendt Truls. Truls fik næsten lyst til at fortælle dem, at han var den betjent, der havde banket knægten blind.

Men terrassen var godt nok fin. Oslo lå og glimtede som et smykke under ham.

Sammen med højtrykket var efterårets kulde sat ind. Vejrudsigten havde talt om nattemperaturer ned mod nul oppe i højderne. Han hørte fjerne sirener. En ambulance og mindst én politibil. Lyden kom et sted nede fra Centrum. Truls havde mest lyst til at snige sig væk og tænde for politiradioen og høre, hvad der foregik, tage pulsen på sin by, føle, at han hørte til.

Terrassedøren gik op, og Truls tog automatisk to skridt baglæns ind i skyggerne for at slippe for at blive inddraget i en samtale, hvor han ville blive gjort yderligere til grin.

Det var Mikael og hende politikerdamen, Isabelle Skøyen.

Hun var tydeligvis beruset. Mikael støttede hende i hvert fald. En stor dame. Hun ragede op over ham. De stillede sig ved rækværket med ryggen til Truls, foran karnappen uden vindue, så de var i skjul for gæsterne inde i stuen.

Mikael stod bag hende, og Truls ventede halvvejs at se en lighter tænde en cigaret, men det skete ikke. Og da han hørte raslen i kjolestof og Isabelle Skøyens lave, protesterende latter, var det blevet alt for sent at give sig til kende. Han så hvide kvindelår lyse op i natten, før kjolens kant bestemt blev trukket ned på plads igen. I stedet vendte hun sig om mod ham, og hendes og Mikaels hoveder smeltede sammen i én silhuet med byen som baggrund under dem. Truls kunne høre de våde tungelyde. Han vendte sig om mod stuen og så Ulla løbe smilende rundt mellem gæsterne med bakker med nye forsyninger. Truls forstod det ikke. Han forstod det fandeme ikke. Det var ikke, fordi han var chokeret, for det var ikke første gang, Mikael havde ligget i med en anden dame, men han forstod ikke, hvordan Mikael kunne få sig selv til det, kunne få det over sit hjerte. Når man har en kvinde som Ulla, når man har været så urimelig heldig, når man havde vundet i lotteriet, hvordan kunne man så være villig til at risikere det hele for et sidespring? Skyldtes det, at når Gud, eller hvem fanden det nu var, havde givet én de ting, som kvinder nu engang ville have – udseende, fremdrift, en glat tunge, der vidste, hvad den skulle sige – så føler man sig forpligtet til ligesom at udnytte potentialet? Ligesom folk på to meter og tyve bare synes, at de skal spille basketball? Han vidste det ikke. Han vidste bare, at Ulla havde fortjent noget bedre, en der elskede hende. Der elskede hende, som han altid havde elsket hende. Og altid ville elske hende. Det med Martine havde været et tankeløst eventyr, ikke noget alvorligt, og det ville under alle omstændigheder aldrig gentage sig. Han havde nu og da haft den tanke, om han skulle lade Ulla vide, at hvis hun på en eller anden måde skulle miste Mikael, så ville han, Truls, være der for hende, men han havde aldrig fundet den rigtige måde at gøre det på. Truls spidsede ører. De talte sammen.

"Jeg ved bare, at han er forsvundet," sagde Mikael, og Truls kunne høre på den let slørede stemme, at han heller ikke var helt ædru. "Men de fandt de to andre."

"Hans kosakker?"

"Jeg tror stadigvæk, at det der med, at de skulle være kosakker, bare er noget opdigtet sludder. Nå, men uanset hvad, så kontaktede Gunnar Hagen fra Drabsafdelingen mig og spurgte, om jeg kunne hjælpe. Der var blevet brugt tåregas og automatvåben, så deres teori er, at der er tale om et bandeopgør. Han spekulerede på, om Orgkrim havde nogen kandidater. Selv famler de helt i blinde."

"Og hvad svarede du?"

"Jeg svarede, som sandt er, at jeg ikke aner, hvem det kunne være. Hvis der er tale om en bande, så er det lykkedes dem at sejle under radaren."

"Tror du, at den gamle kan være sluppet væk?"

"Nej."

"Nej?"

"Jeg tror, at hans lig ligger og rådner et eller andet sted dernede." Truls så Mikaels hånd pege mod nattehimlen. "Måske finder vi det meget snart, måske finder vi det aldrig."

"Lig dukker da altid op, gør de ikke?"

Nej, tænkte Truls. Han stod med vægten fordelt på begge ben og mærkede fødderne presse ned på terrassecementen og vice versa. Det gør de ikke.

"Nå, men under alle omstændigheder," sagde Mikael, "så har en eller anden gjort det, og han er ny. Det vil snart vise sig, hvem der er narko-Oslos nye konge."

"Og hvad tror du, at det vil indebære for os?"

"Ingenting, min kære." Truls kunne se Mikael Bellman lægge hånden bag Isabelle Skøyens nakke. I silhuet så det ud, som om han tog kvælertag på hende. Han tog et støtteskridt. "Vi er nået derhen, hvor vi skulle, og vi hopper af her. Det kunne faktisk ikke ende bedre for os end på den her måde. Vi havde ikke brug for den gamle længere, og hvis man tænker på alt det, han havde fået på dig og mig i løbet af ... vores samarbejde, så ...

"Så?"

"Så ..."

"Flyt den hånd, Mikael."

Fløjlsblød fuldemandslatter. "Hvis ikke den her nye konge havde gjort arbejdet for os, så havde jeg måske måttet gøre det selv."

"Du mener, ladet Beavis gøre det?"

Det gav et sæt i Truls, da han hørte det forhadte øgenavn. Det var Mikael, der først havde brugt det, mens de gik i gymnasiet i Manglerud. Og det var blevet hængende, og folk havde forbundet det med hans underbid og gryntelatter. Lige før de var blevet studenter, havde Mikael en gang trøstet ham med, at han mere havde tænkt på MTV's tegneseriefigurs 'anarkistiske virkelighedsopfattelse' og 'antikonforme moraltænkning'. Han havde fået det til at lyde, som om han havde givet Truls en skide hæderstitel.

"Niks. Jeg havde nok aldrig ladet Truls få kendskab til min rolle."

"Jeg synes stadig, at det er mærkeligt, at du ikke stoler på ham. Er I ikke barndomsvenner? Støbte han ikke den her terrasse for dig?"

"Det gjorde han. Midt om natten og mutters alene. Er du med? Vi taler om en mand, som ikke er et hundrede procent tilregnelig. Han kan finde på hvad som helst."

"Men alligevel gav du den gamle et tip om, at han skulle rekruttere Beavis som ildslukker."

"Det er, fordi jeg har kendt Truls siden barndommen og ved, at han er fuldstændig korrupt og kan købes."

Isabelle Skøyen lo højt, og Mikael tyssede på hende.

Truls holdt vejret. Hans hals snørede sig sammen, og det var, som om et dyr for rundt i maven på ham, et omkringfarende lille dyr, der ledte efter en vej ud. Det kildede og dirrede. Det prøvede at komme ud ved at kravle opad. Det pressede på i brystet.

"Du har forresten ikke fortalt mig, hvorfor du valgte mig som samarbejdspartner," sagde Mikael.

"Fordi du har sådan en god pik, selvfølgelig."

"Nej, vær nu alvorlig. Hvis jeg ikke havde accepteret dit forslag om at samarbejde med dig og den gamle, havde jeg jo været nødt til at anholde dig."

"Anholde?" Hun fnøs. "Alt, hvad jeg har foretaget mig, har været til byens bedste. Man legaliserer marihuana, deler metadon ud, finansierer fixerum. Eller man rydder vejen for et stof, som giver færre dødsfald på grund af overdosis. Hvad er forskellen? Narkopolitik er pragmatisme, Mikael."

"Slap af, jeg er selvfølgelig enig med dig. Vi har gjort Oslo til en bedre by. Skål for det."

Hun oversă hans løftede glas. "Du havde alligevel aldrig anholdt mig, for i så tilfælde havde jeg fortalt alle, der havde gidet høre på mig, at jeg bollede dig bag ryggen på din søde, lille kone." Fnisen. "Rent bogstaveligt endda. Kan du huske første gang, jeg traf dig til den premierefest og sagde, at du kunne få lov til at kneppe mig? Din kone stod lige bag dig, sådan lige uden for hørevidde, men du blinkede ikke engang, bad bare om at få et kvarter til at sende hende hjem."

"Shh, du er fuld," sagde Mikael og lagde en hånd på hendes lænd.

"Det var på det tidspunkt, det gik op for mig, at du var en mand efter mit hjerte. Så da den gamle sagde, at jeg skulle søge efter en allieret med lige så høje ambitioner som mig selv, vidste jeg præcis, hvem jeg skulle gå til. Skål, Mikael."

"Apropos det, vi har ikke noget at drikke, så måske vi skulle gå tilbage til selskabet og ..."

"Stryg det, jeg sagde om mit hjerte. Der findes ingen mænd efter mit hjerte, kun efter min ..." Dyb, rumlende latter. Hendes.

"Kom, så går vi ind."

"Harry Hole."

"Shh."

"Dét var en mand efter mit hjerte. Lidt dum, naturligvis, men ... nå ja. Hvor er han, tror du?"

"Eftersom vi har ledt efter ham så længe uden at finde ham, vil jeg gætte på, at han er sluppet ud af landet. Han fik Oleg frikendt. Han kommer ikke tilbage."

Isabelle vaklede, men Mikael greb hende.

"Du er en djævel, Mikael, og vi djævle fortjener hinanden."

"Måske, men vi er nødt til at gå ind nu," sagde Mikael og så på uret.

"Lad nu være med at se så stresset ud, lille du. Jeg er vant til at håndtere en brandert. Forstår du det?"

"Forstået, men gå ind først, så ser det ikke så ..."

"Sjofelt ud?"

"Noget i den retning."

Truls hørte hendes hårde latter og endnu hårdere hæle slå imod cementen.

Hun var væk, og Mikael stod alene tilbage og lænede sig op ad rækværket.

Truls ventede nogle sekunder, og så trådte han frem.

"Hej, Mikael."

Barndomsvennen vendte sig om. Hans blik var sløret, ansigtet lettere oppustet. Truls gik ud fra, at reaktionstiden, indtil han lyste op, skyldtes spritten.

"Er det dig, Truls? Jeg hørte dig ikke komme. Er der gang i tingene derinde?"

"Ja, for pokker da."

De så på hinanden, og Truls spekulerede på, hvor og hvornår det var sket, at de havde glemt, hvordan de skulle tale sammen, den der sorgløse småsnak, deres fælles dagdrømme, dengang det var okay at tale om alt. Dengang de to var som én, som for eksempel tidligt i deres karriere, da de havde banket den fyr, der havde lagt an på Ulla, eller den skide bøsse, der arbejdede på Kripos, og som havde forsøgt sig med Mikael, og som de havde taget sig af i Kripos' fyrrum i Bryn nogle dage senere. Fyren havde grædt og undskyldt sig med, at han bare havde tolket Mikael forkert. De havde undladt at ramme ham i ansigtet, så det ikke ville være så afslørende, men den fandens homo havde gjort Truls så arrig, at han havde brugt politistaven hårdere, end han havde tænkt sig, og det var nok i sidste øjeblik, Mikael havde standset ham. Det var måske ikke det, man kunne kalde gode minder, men det var ikke desto mindre oplevelser, som binder to mennesker sammen.

"Ja, jeg står bare her og beundrer terrassen," sagde Mikael.

"Tak."

"Jeg er forresten kommet i tanker om en ting. Den nat, da du støbte ..."

"Ja?"

"Du sagde jo, at du bare var rastløs og ikke kunne sove, men jeg er kommet i tanker om, at det var den samme nat, som vi anholdt Odin og stormede Alnabru bagefter. Og han var væk, ham ..."

"Tutu."

"Tutu, ja. Du skulle jo have været med til den anholdelse, men du sagde, at du ikke kunne tage med, fordi du var syg. Og så støbte du en terrasse i stedet?"

Truls smilede lidt og så på Mikael. Endelig lykkedes det at fange hans blik og holde det.

"Okay, Mikael. Vil du høre sandheden?"

Mikael så ud, som om han tøvede lidt, før han svarede. "Gerne."

"Jeg pjækkede."

Der var stille på terrassen et par sekunder, og den eneste lyd var den fjerne buldren fra byen.

"Pjækkede?" Mikael begyndte at le, vantro, men varmhjertet. Truls kunne godt lide den latter. Det kunne alle, kvinder som mænd. Det var en latter, der sagde, at du-er-morsom-og-sympatisk-og-selvsikker-og-sandelig-værd-at-udstøde-en-varm-latter-på.

"Pjækkede *du*? Du der aldrig pjækker, og som elsker en god anholdelse?"

"Ja," sagde Truls. "Jeg kunne simpelthen ikke. Jeg havde indladt mig på lidt knepperi."

Der blev stille igen.

Så brød Mikael ud i et latterbrøl. Han lagde hovedet bagover og nærmest gispede af grin. Nul huller. Han bøjede sig frem igen og slog Truls i ryggen. Det var så glad og fri en latter, at Truls efter nogle sekunder simpelthen ikke kunne andet end grine med.

"Knepperi og støbning," gispede Mikael Bellman. "Du er sgu noget af et mandfolk, Truls. Noget af et mandfolk."

Truls mærkede, hvordan Mikaels ros fik ham til at vokse lidt hen mod sin normale størrelse igen, og et lille øjeblik var det næsten som i gamle dage. Nej, ikke næsten, der *var* som i gamle dage.

"Du ved jo godt," gryntegrinede Truls, "at nu og da må man gøre tingene helt på egen hånd. Det er ligesom kun på den måde, at det kan blive gjort ordentligt."

"Så sandt, så sandt," sagde Mikael og lagde en arm om skulderen på Truls, mens han stampede med begge ben i cementgulvet. "Men det her, Truls, det her er *meget* cement for én mand."

Ja, tænkte Truls og mærkede, hvor dejligt latteren boblede i hans bryst. Det er meget cement for én mand.

"Jeg skulle have beholdt den Gameboy, da du kom med den," sagde Oleg.

"Det skulle du," svarede Harry og lænede sig op ad karmen på køkkendøren. "Så kunne du have arbejdet på din Tetris-teknik."

"Og du skulle have taget magasinet ud af den her pistol, før du lagde den tilbage."

"Måske." Harry prøvede ikke at se på Odessaen, der pegede halvt ned i gulvet og halvt mod ham.

Oleg smilede blegt. "Vi har vist begge to begået en del fejl. Eller hvad?"

Harry nikkede.

Oleg havde rejst sig og stod ved siden af komfuret. "Men jeg har ikke kun begået fejl, vel?"

"Nej da. Du har også gjort meget rigtigt."

"Som hvad for eksempel?"

Harry trak på skuldrene. "Som at påstå, at du kastede dig frem mod pistolen, som den fiktive attentatmand holdt, at han havde en hue af uld på og ikke sagde et ord, men kun benyttede sig af håndbevægelser. Du overlod til mig at drage de indlysende konklusioner, som at det forklarede krudtpartiklerne på din hud, og at drabsmanden ikke sagde noget, fordi han var bange for, at du skulle genkende hans stemme, altså at han havde en tilknytning til enten narkomiljøet eller politiet. Jeg gætter på, at du fandt på det med elefanthuen, fordi du så, at den politibetjent, der var med i Alnabru, havde sådan en på. I din historie placerede du ham på nabokontoret, fordi det stod ribbet og åbent, så alle kunne komme og gå og stikke af derfra ned mod floden. Du gav mig alle de hints, så jeg kunne lave min egen fine forklaring på, hvordan du *ikke* havde dræbt Gusto, en forklaring du vidste, at min hjerne ville finde, for vores hjerner er altid villige til at lade følelserne bestemme, altid rede til at finde de trøstende svar, som vores hjerter har brug for."

Oleg nikkede langsomt. "Men nu har du alle de andre svar, de sande svar."

"Bortset fra ét," svarede Harry. "Hvorfor?"

Oleg svarede ikke. Harry løftede højre hånd, mens han stak den venstre langsomt ned i bukselommen og trak en krøllet pakke cigaretter og en lighter op.

"Hvorfor, Oleg?"

"Hvad tror du selv?"

"Jeg troede et stykke tid, at det handlede om Irene. Jalousi. Eller at du vidste, at han havde solgt hende til en eller anden, men hvis han var den eneste, der vidste, hvor hun var, kunne du jo ikke dræbe ham, før han fortalte dig det. Så det måtte handle om noget andet, noget der var mindst lige så stærkt som kærligheden til en kvinde, for du er jo egentlig ikke nogen morder, vel?"

"You tell me."

"Du er en mand med et klassisk motiv, der har drevet gode mænd til forfærdelige handlinger, undertegnede inkluderet. Efterforskningen har bevæget sig rundt i en cirkel. Frem og tilbage er lige langt. Jeg er tilbage der, hvor vi begyndte. Med en forelskelse. Den værste forelskelse."

"Hvad ved du om det?"

"Fordi jeg har været forelsket i den samme dame. Eller hendes søster. Hun er smuk som en gudinde om aftenen og grim som et søuhyre, når man vågner næste morgen." Harry tændte den sorte cigaret med guldfilteret og den russiske rigsørn. "Men når det bliver aften igen, har man glemt det, og man er lige så forelsket som aftenen før. Og ingenting kan konkurrere med den forelskelse, ikke engang Irene. Har jeg ret?"

Harry tog et sug af cigaretten og så på Oleg.

"Hvad skal du bruge mig til?" spurgte Oleg. "Du ved jo det hele."

"Jeg vil høre dig sige det."

"Hvorfor det?"

"Fordi jeg vil have, at du skal høre dig selv sige det, så du kan høre, hvor sygt og meningsløst det er."

"Og hvad så? Er det sygt at skyde nogen, fordi vedkommende forsøger at stjæle dine stoffer? De stoffer du har slidt og slæbt for at skrabe sammen til?"

"Kan du ikke selv høre, hvor banalt og hult det klinger?"

"Og det skulle komme fra dig?"

"Ja, det skulle komme fra mig. Jeg mistede den bedste kvinde i mit liv, fordi jeg ikke magtede at modstå fristelsen. Og du har dræbt din bedste ven, Oleg. Sig hans navn."

"Hvorfor det?"

"Sig hans navn."

"Det er mig, der har pistolen."

"Sig hans navn."

Oleg smilede skævt. "Gusto. Hvad skal ..."

"En gang til."

Oleg lagde hovedet på skrå og så på Harry. "Gusto."

"En gang til!" skreg Harry.

"Gusto!" skreg Oleg tilbage.

"En gang t..."

"Gusto!" Oleg trak vejret. "Gusto! Gusto ..." Hans stemme var begyndt at skælve. "Gusto!" Den knækkede over. "Gusto. Gus..." Et hulk kom i vejen. "... to." Tårerne vældede frem, da han kneb øjnene sammen og hviskede: "Gusto. Gusto Hanssen ..."

Harry tog et skridt frem, men Oleg løftede pistolen.

"Du er ung, Oleg. Du kan stadig nå at forandre dig."

"Og hvad med dig, Harry? Kan du ikke forandre dig?"

"Jeg ville ønske, at jeg kunne, Oleg. Jeg ville ønske, at jeg havde kunnet, så jeg kunne have passet bedre på jer, men det er blevet for sent for mig. Jeg forblev den, jeg er."

"Og hvad er det? En fulderik? En der svigter?"

"En politibetjent."

Oleg lo. "Kun det? Politibetjent? Ikke et menneske og så videre?"

"Mest politibetjent."

"Mest politibetjent," gentog Oleg og nikkede. "Er det ikke banalt og hult?"

"Banalt og hult", sagde Harry og tog den halvt røgede cigaret ud af munden og så misfornøjet på den, som om den ikke virkede, som den skulle. "For det betyder, at jeg ikke har noget valg, Oleg."

"Valg?"

"Jeg må sørge for, at du får din straf."

"Du arbejder ikke længere i politiet, Harry. Du står her uden våben. Og der er endnu ikke nogen, der ved det, som du ved, eller ved, at du er her. Tænk på mor. Tænk på mig! For én gangs skyld, tænk på os, os tre." Tårerne stod i øjnene på ham, og der var en skinger, metallisk tone af desperation i hans stemme. "Hvorfor kan du ikke bare gå herfra, og så glemmer vi det hele og siger ikke til nogen, at det her er sket?"

"Det ville jeg ønske, at jeg kunne gøre," sagde Harry. "Men du har fanget mig. Jeg ved, hvad der er sket, og jeg er nødt til at stoppe dig."

"Hvorfor lod du mig så tage pistolen?"

Harry trak på skuldrene. "Jeg kan ikke anholde dig. Du må melde dig selv. Det er dit løb."

"Melde mig selv? Hvorfor skulle jeg det? Jeg er jo lige blevet frikendt!"

"Hvis jeg anholder dig, mister jeg både din mor og dig. Og uden jer er jeg ingenting. Jeg kan ikke leve uden jer. Forstår du det, Oleg? Jeg er en rotte, der er lukket ude, og som kun har én vej ind, og den går gennem dig."

"Så lad mig gå! Lad os glemme hele den her sag og begynde forfra!"

Harry rystede på hovedet. "Overlagt mord, Oleg. Jeg kan ikke. Det er dig, der har nøglen og pistolen nu. Det er dig, der må tænke på os alle tre. Hvis vi tager hen til Hans Christian, kan han ordne det hele. Du kan melde dig, og straffen vil blive betydeligt reduceret."

"Men lang nok til, at jeg mister Irene. Ingen venter så længe."

"Måske, måske ikke. Måske har du allerede mistet hende."

"Du lyver, du lyver altid!" Harry så Oleg blinke og blinke tårerne væk. "Hvad vil du gøre, hvis jeg siger nej til at melde mig selv?"

"Så må jeg anholde dig nu."

Der kom en stønnende lyd fra Oleg, en mellemting mellem et hulk og en vantro latter.

"Du er gal, Harry."

"Det er sådan, jeg er skruet sammen, Oleg. Jeg gør det, jeg er nødt til, på samme måde som du må gøre det, du er nødt til."

"*Nødt til*? Du får det til at lyde som en skide forbandelse."

"Måske."

"Pis med dig!"

"Så bryd forbandelsen, Oleg. For du har virkelig ikke lyst til at dræbe igen, har du vel?"

"Gå!" skreg Oleg. Pistolen rystede i hans hånd. "Gå nu! Du er ikke længere i politiet!"

"Korrekt," svarede Harry, "men jeg er som sagt ..." Han pressede læberne sammen om den sorte cigaret, inhalerede dybt og lukkede øjnene. I to sekunder stod han der bare og så ud, som om han nød det. Så lod han vejret og røgen sive ud af lungerne igen, "... politibetjent." Han smed cigaretten ned på gulvet foran sig og trådte på den, idet han gik frem mod Oleg med løftet hoved. Oleg var næsten lige så høj som ham. Harry mødte knægtens blik bag sigtekornet på den hævede pistol. Han så, at hanen løftede sig, og vidste, hvad udfaldet ville blive. Han stod i vejen, og heller ikke knægten havde noget valg; de var to ubekendte i en ligning uden løsning, to himmellegemer på uundgåelig kollisionskurs, en tetriskamp som kun én af dem kunne vinde. Kun én af dem *kunne* vinde. Han håbede, at Oleg ville have åndsnærværelse nok til at skille sig af med pistolen bagefter, at han ville tage det fly til Bangkok, at han aldrig ville sige noget til Rakel, at han ikke ville vågne op midt om natten, skrigende, med værelset fuld af genfærd, at det ville lykkes ham at skabe sig et liv, der var værd at leve, for hans eget var ikke. Ikke længere. Han fortsatte sammenbidt fremad, kunne mærke tyngden i kroppen, og pistolmundingens sorte øje blev større og større. En efterårsdag, Oleg, ti år, vinden der ruskede i hans hår, Rakel, Harry, appelsinfarvet løv, mens de stirrer ind i det lille kamera og venter på klikket fra selvudløseren. Det fotografiske bevis på, at de var nået helt op, havde været der, havde nået toppen af lykke. Olegs pegefinger var hvid omkring det yderste led, som førte aftrækkeren tilbage. Der var ingen vej tilbage til, hvor de kom fra. Der havde aldrig været tid til at nå det fly, der havde aldrig været noget fly, ikke noget Hongkong, kun en forestilling om et liv, som ingen af dem havde været i stand til at leve. Harry følte ingen frygt, kun sorg. Den korte salve lød som ét skud og fik ruderne i vinduet til at klirre. Han mærkede det fysiske tryk fra kuglerne, der ramte ham midt i brystet. Rekylen fik løbet til at løfte sig, så den tredje kugle ramte ham i hovedet. Han faldt. Der var mørkt under ham, og han faldt ned i det mørke, indtil det opslugte ham og svøbte ham ind i et svalende, smerteløst ingenting. Endelig, tænkte han. Og det var Harry Holes sidste tanke. Endelig, endelig var han fri.

Rottemoderen lyttede. Ungernes skrig lød endnu tydeligere nu, da kirkeklokken havde slået sine ti slag og var holdt inde, og politisirenen, der i et stykke tid havde nærmet sig, havde fjernet sig igen. Kun de svage hjerteslag var tilbage. Et sted i rottehukommelsen lå der oplagret nogle minder om lugten af krudt og en anden, yngre menneskekrop, der havde ligget her og blødt på det samme køkkengulv. Men det havde været i sommer, længe før ungerne var blevet født, og den krop havde desuden ikke ligget og spærret for hullet ind til reden.

Hun havde opdaget, at mandens mave var vanskeligere at komme gennem, end hun havde troet, at hun måtte finde en anden vej. Så hun vendte tilbage til det sted, hvor hun var begyndt.

Bed én gang til i lærredsskoen.

Så slikkede hun igen på metallet, der stak op mellem to af fingrene på højre hånd.

Traskede hen over jakken, der lugtede af sved, blod og mad; så mange forskellige slags mad, at hørstoffet kunne have ligget i en skraldespand.

Og der var den igen, nogle molekyler af den underlige, stærke røglugt, der ikke var blevet vasket helt væk, og selv de få lugtmolekyler sved i øjnene, fik dem til at løbe i vand og gjorde det vanskeligt at trække vejret.

Hun løb op ad armen, over skulderen, fandt en blodig bandage rundt om halsen, som distraherede hende et øjeblik. Så hørte hun igen ungernes skrigen og løb op på brystet. Der kom en stærk lugt fra de to runde huller i brystet på jakken. Svovl, krudt. Det ene hul gik helt ind til hjertet; rotten kunne i hvert fald fornemme de næsten umærkelige vibrationer, når det slog. Stadig slog. Hun fortsatte op til panden og slikkede det blod i sig, der løb i en enkelt, tynd strøm fra den lyse hårgrænse. Så fortsatte hun ned til de kødfulde dele; læberne, næseborene, øjenlågene. Der løb et ar ned over kinden. Rottehjernen arbejdede på den måde, som rottehjerner arbejder på i eksperimenter i labyrinter: forbløffende rationelt og effektivt. Kinden. Mundhulen. Nakken lige under baghovedet. Så foretrak den bagsiden. Rottelivet var hårdt og enkelt. Man gør det, man er nødt til at gøre.

DEL V

Kapitel 44

Lyset fra månen fik Akerselven til at glimte, fik den lille, beskidte bæk til at løbe som en guldkæde gennem byen. Der var ikke mange kvinder, der valgte at gå på de mennesketomme stier langs vandet, men Martine gjorde. Det havde været en lang dag i Fyrtårnet, og hun var træt, men på en god måde. En lang, god dag havde det været. En fyr kom hen mod hende ud fra skyggerne, så hendes ansigt i skæret fra lygterne, mumlede et lavmælt "hej" og trak sig tilbage.

Richard havde spurgt hende et par gange, om hun ikke, nu da hun var gravid, burde tage en anden vej hjem, men hun havde begge gange svaret, at vejen her var den korteste hjem til Grünerløkka, og at hun nægtede at lade nogen tage hendes by fra hende. Desuden kendte hun så mange af dem, der holdt til under broerne, at hun følte sig tryggere her end på en tjekket bar i den vestlige del af byen. Hun havde passeret lægevagten, Schous Plass og nærmede sig Blå, da hun hørte smældende lyde i asfalten, korte, hårde smæld af skosåler på asfalten. En høj, ung mand kom løbende hen mod hende, gled gennem de mørke og oplyste passager på gangstien. Hun så hans ansigt i et kort glimt, før han passerede, og hun hørte hans hvæsende åndedrag forsvinde bag sig. Det var et af de kendte ansigter, et af dem, hun havde set i Fyrtårnet, men der var blevet så mange af dem, og nu og da mente hun at have set mennesker, som kollegerne næste dag kunne fortælle hende havde været døde i måneder, ja endda år. Men af en eller anden grund fik ansigtet hende til at tænke på Harry igen. Hun talte aldrig med nogen om ham, og da slet ikke med Richard naturligvis, men han havde skaffet sig en lillebitte plads derinde, et lille rum hvor hun nu og da kunne gå hen og besøge ham. Kunne det have været Oleg? Var det derfor, hun tænkte på Harry nu? Hun vendte sig om og så ryggen af fyren i fuldt firspring, som om han havde fanden i hælene, som om han prøvede at løbe væk fra noget. Men hun kunne ikke se, at han blev forfulgt. Så blev han mindre. Og så forsvandt han helt i mørket.

Irene så på uret. Fem minutter over elleve. Hun lænede sig tilbage i sædet og så op på skærmen over boardingskranken. Om nogle minutter ville de begynde at lade folk gå om bord. Hendes far havde sendt hende en sms om, at han ville møde dem i lufthavnen i Frankfurt. Hun svedte, og hele kroppen gjorde ondt. Det ville ikke blive let, men det skulle nok gå.

Stein gav hendes hånd et klem.

"Hvordan går det, lille skat?"

Irene smilede og klemte igen.

Det skulle gå.

"Kender vi hende, der sidder derhenne?" hviskede Irene.

"Hvem?"

"Hende den mørkhårede, der sidder alene."

Hun havde siddet der, da de kom, på et af sæderne ved gaten tværs over for dem. Hun læste i en Lonely Planet-bog om Thailand. Hun var smuk og i besiddelse af den slags skønhed, som alderen ligesom ikke bider på. Og hun udstrålede noget, en slags stille glæde, som om hun lo inde i sig selv, på trods af at hun sad der alene.

"Jeg gør ikke. Hvem er hun?"

"Jeg ved det ikke. Hun ligner en eller anden."

"Hvem?"

"Jeg ved det ikke."

Stein lo, den der trygge, rolige storebrorlatter, og gav igen hendes hånd et klem.

Der lød et langtrukkent pling, og en metallisk stemme annoncerede, at flyet til Frankfurt var klar til ombordstigning. Folk rejste sig og gik hen mod skranken. Irene holdt Stein tilbage, da han også ville rejse sig.

"Hvad er der, lille skat?"

"Lad os vente, til køen er væk."

"Men det ..."

"Jeg orker ikke at stå så tæt ... på folk."

"Det er helt i orden. Dumt af mig. Hvordan går det?"

"Stadigvæk godt."

"Dejligt."

"Hun ser ensom ud."

"Ensom?" sagde Stein og kiggede hen på kvinden. "Der er jeg ikke enig med dig. Hun ser glad ud."

"Ja, men ensom."

"Glad og ensom?"

Irene lo. "Jeg tager sikkert fejl. Det er måske ham, hun ligner, der er ensom."

"Irene?"

"Ja?"

"Kan du huske, hvad vi blev enige om? Kun glade tanker?"

"Ja. Vi to er jo ikke ensomme."

"Nej, for vi er her for hinanden. Altid, ikke?"

"Altid."

Irene stak armen ind under sin brors arm og lagde hovedet på hans skulder, tænkte på politibetjenten, der havde fundet hende. Han havde sagt, at han hed Harry. Hun havde først tænkt på den Harry, som Oleg plejede at tale om, for han var også politibetjent. Men sådan som Oleg havde omtalt ham, havde hun altid set ham for sig som højere, yngre, måske pænere end den ret så grimme mand, der havde befriet hende. Men han havde også besøgt Stein, og nu vidste hun, at det var ham, Harry Hole, og vidste, at hun ville huske ham resten af sit liv, ville huske det arrede ansigt med såret tværs hen over hagen og den store bandage rundt om halsen. Og hans stemme. Oleg havde ikke fortalt, at han havde sådan en behagelig stemme. Og pludselig mærkede hun, at hun var sikker. Det var en vished, hun ikke anede, hvor kom fra. Den var der bare.

Det skulle nok komme til at gå godt.

Når hun nu rejste fra Oslo, ville hun lægge alt bag sig. Hun kunne ikke røre noget, hverken alkohol eller stoffer. Det havde både hendes far og den læge, hun havde talt med, forklaret hende. Violin ville altid være der, men hun ville holde den på afstand. Det var det samme med Gustos genfærd, der ville hjemsøge hende. Ibsens genfærd. Og alle de stakkels mennesker hun havde været med til at sælge pulverdøden til. De måtte bare komme, når de kom, og om nogle år ville de måske blegne. Og så kunne hun vende tilbage til Oslo, eller måske ikke vende tilbage til Oslo. Det vigtige var, at det ville gå godt, at det ville lykkes hende at skaffe sig et liv, der var værd at leve.

Hun så hen på den læsende kvinde, og pludselig så kvinden op, som om hun havde mærket hendes blik, sendte hende et kort, men funklende smil, og så vendte hun tilbage til rejseguiden.

"Så rejser vi," sagde Stein.

"Så rejser vi," gentog Irene.

Truls Berntsen kørte gennem Kvadraturen og trillede ned ad Tollbugata, op ad Prinsens Gata, ned over Rådhusgata. Han havde forladt selskabet tidligt, sat sig ind i sin bil og var begyndt at køre rundt på må og få. Vejret var koldt og klart, og der var gang i Kvadraturen i aften. Luderne råbte efter ham; de kunne vel lugte testosteronet. Pusherne underbød hinanden. Fra en parkeret Corvette dunkede en bas, umpf, umpf. Et par stod og kyssede hinanden ved et sporvognsstoppested. En mand løb leende af fuld hals hen ad gaden med den åbne jakke flagrende efter sig, og en anden mand i en jakke fuldstændig magen til kom løbende bagefter. På hjørnet af Dronningens Gata stod en enlig Arsenaltrøje. Truls havde aldrig set ham før, så han var vel ny. Hans politiradio knitrede, og Truls kunne føle et mærkværdigt velvære: Blodet der strømmede i årerne, bassen, rytmen i alt det, der skete, at sidde her og kigge, se på alle de små tandhjul, der ikke kendte til hinandens eksistens, men alligevel fik dem til at køre rundt. Det var kun ham, der så den, helheden. Og det var præcis sådan, det skulle være, for det her var hans by nu.

Præsten i Gamlebyen Kirke låste døren efter sig, lyttede til den susende lyd fra trækronerne på kirkegården og kiggede op på månen. En smuk aften. Det havde været en vellykket koncert, og fremmødet havde været godt, bedre end det ville være til gudstjenesten i morgen tidlig. Han sukkede. Den prædiken, han skulle holde for tomme bænke, skulle handle om syndernes forladelse. Han gik ned ad trappen og fortsatte gennem kirkegården. Han havde bestemt sig for at bruge den samme prædiken, som han havde brugt ved begravelsen i fredags. Ifølge nærmeste pårørende, hans fraskilte kone, havde afdøde været indblandet i kriminalitet hen mod afslutningen af sit liv og havde allerede inden da levet et liv så syndefuldt, at der sagtens kunne være en elefant i kirkerummet for hver sørgende, der måtte møde op. De havde ikke behøvet at bekymre sig, for de eneste, der kom, var ekskonen med deres fælles barn plus en kollega, der havde snøftet højlydt. Ekskonen havde betroet ham, at kollegaen sandsynligvis var den eneste stewardesse i flyselskabet, som afdøde ikke havde været i seng med.

Præsten passerede en af gravstenene og kunne i lyset fra månen se, at der sad nogle rester af hvidt på den, som om en eller anden havde skrevet på den med kridt og tørret det bort igen. Det var stenen over Askild Cato Rud, også kaldet Askild Øregod. Det var en regel fra gamle dage, at grave blev forældet efter en generation, medmindre der blev betalt for dem – et privilegium for de rige. Men af ukendte grunde var fattiglemmet Askild Cato Ruds grav aldrig blevet sløjfet. Og så var den blevet fredet, da den var blevet rigtig gammel. Man havde måske haft et optimistisk håb om, at graven ville blive en seværdighed for særligt interesserede, en gravsten fra Oslos fattige østlige del, hvor de stakkels pårørende kun havde råd til en lille sten og – eftersom stenhuggerne tog sig betalt per bogstav – initialerne foran efternavnet og årstallene. Ingen datoer eller tekst under. En historiker havde endda påstået, at det rigtige efternavn var Ruud, at man også der havde sparet et par håndører. Så var der også den her historie om, at Askild Øregod gik igen, men der var aldrig rigtig opstået nogen interesse for gravstedet, og Askild Øregod var glemt og fik – bogstaveligt talt – lov til at hvile i fred.

Idet præsten gik ud og lukkede porten til kirkegården bag sig, gled en skikkelse ud af skyggerne ved muren. Præsten stivnede automatisk.

"Vis mig barmhjertighed," sagde en ru stemme, og en stor, åben hånd blev rakt frem.

Præsten så ind i ansigtet under hatten. Det var et gammelt ansigt med et furet landskab, en stor næse, store ører og et par overraskende rene, blå, uskyldige øjne. Ja, uskyldige. Det var lige præcis det, præsten tænkte efter at have givet staklen tyve kroner og fortsatte hjemad. Uskyldige, blå øjne som hos en nyfødt, der endnu ikke har brug for syndernes forladelse. Han måtte inddrage noget om det i sin prædiken i morgen.

Jeg er nået til vejs ende nu, far.

Jeg sidder her, og Oleg står bøjet over mig. Han holder Odessa-pistolen med begge hænder, som om det er noget, han holder fast i, en gren midt på en stejl bjergside. Han holder den og skriger og er blevet helt vanvittig. "Hvor er hun? Hvor er Irene? Sig det, ellers ... ellers ..."

"Ellers hvad, dit syrehoved? Du er alligevel ikke i stand til at bruge den pistol. Du har det ikke i dig, Oleg. Du er en af the good guys. Slap nu af, så deler vi det skud, okay?"

"Aldrig i livet, ikke før du har fortalt mig, hvor hun er."

"Får jeg så hele sprøjten?"

"Halvdelen. Det er det sidste, jeg har."

"Deal. Læg pistolen fra dig først."

Idioten gjorde, som jeg sagde. Helt flad indlæringskurve. Lige så let at narre som den første gang på vej ud fra Judas-koncerten. Han bøjede sig ned, lagde den mærkelige pistol foran sig på gulvet. Jeg så, at knappen stod på C, hvilket ville sige, at den affyrede salver. Bare et let tryk på aftrækkeren, og ...

"Så hvor er hun?" spurgte han og rejste sig.

Og nu, hvor jeg ikke længere havde pistolens munding rettet mod mig, kunne jeg mærke det komme. Raseriet. Han havde truet mig, præcis som min plejefar, og er der én ting, jeg ikke kan tåle, så er det at blive truet. Så i stedet for at fortælle den søde version, der gik ud på, at hun befandt sig på et hemmeligt afvænningscenter i Danmark, isoleret, og ikke måtte kontaktes af venner, der kunne få hende på glatis, og bla-bla-bla, drejede jeg kniven rundt. Jeg var nødt til at gøre det. Der løber dårligt blod i mine årer, far, så du skal bare holde kæft. Det, der er tilbage af blod, for nu er det meste af det løbet ud på køkkengulvet. Men jeg drejede altså kniven rundt, som den idiot jeg er.

"Jeg solgte hende," sagde jeg. "For nogle gram violin."

"Hvad?"

"Jeg solgte hende til en tysker på hovedbanegården i Oslo. Jeg ved ikke, hvad han hedder, eller hvor han bor. Måske i München. Måske sidder han lige nu i en lejlighed i München sammen med en kammerat, og begge får den suttet af i Irenes lille mund, og hun er så høj som en skorsten og aner ikke, hvilken pik der tilhører hvem, fordi det eneste, hun tænker på, er den, hun elsker. Og han hedder ..."

Oleg stod med åben mund og blinkede og blinkede, lige så dum som den gang han gav mig fem hundrede kroner i den der kebab-biks. Jeg slog ud med hænderne som en fuckings tryllekunstner og sagde:

" ... violin!"

Oleg blev ved med at blinke og var så chokeret, at han ikke reagerede, da jeg nærmede mig pistolen.

Troede jeg.

For jeg havde glemt noget.

At han den gang var fulgt efter mig fra kebab-biksen, at han havde forstået, at han ikke ville få noget meth, at han kunne ting og sager, at han også kunne læse folk. I hvert fald en tyv.

Jeg burde have vidst det. Jeg skulle have nøjedes med den halve dosis.

Han nåede pistolen før mig, fik måske bare fat i aftrækkeren. Den stod på C. Jeg så hans chokerede ansigt, før jeg ramte gulvet. Jeg hørte, at der blev helt stille, hørte ham bøje sig ned over mig, hørte en lav, snurrende hvinen, som om han ville græde, men ikke magtede det. Så gik han langsomt hen til den anden ende af køkkenet. En rigtig narkoman gør ting i prioriteret rækkefølge. Han lagde sprøjten ved siden af mig og spurgte endda, om vi skulle dele. Det lød godt nok, men jeg kunne ikke længere sige noget, kun høre. Og jeg hørte hans tunge, langsomme trin på trappen, da han gik. Og jeg var alene, mere alene end jeg nogensinde har været.

Kirkeklokken er holdt op med at slå.

Jeg nåede vist at fortælle historien.

Det gør heller ikke så ondt mere.

Er du der, far?

Er du der, Rufus? Har du ventet på mig?

Jeg kommer forresten i tanker om noget, som den gamle sagde til mig. At døden sætter sjælen fri. Sætter sjælen fuckings fri. Jeg ved det fandeme ikke. Vi får se.

Kilder, hjælp og tak til:

Audun Beckstrøm og Curt A. Lier om almindeligt politiarbejde, Torgeir Eira, EB Marine om dykning, Are Myklebust og Orgkrim i Oslo om narkotikahandel, Pål Kolstøs *Russland*, Ole Thomas Bjerknes og Ann Kristin Hoff Johansens *Etterforskningsmetoder*, Nicolai Lilins *Sibirisk oppdragelse*, Berit Nøklebys *Politigeneral og hirdsjef*, Dag Fjeldstad om russisk, Eva Stenlund om svensk*, Lars Petter Sveen om frændialekten*, Kjell Erik Strømskag om farmakologi, Tor Honningsvåg om luftfart, Jørgen Vik om gravsteder, Morten Gåskjønli om anatomi, Øystein Eikeland og Thomas Helle-Valle om medicin, Birgitta Blomen om psykologi, Odd Cato Kristiansen om Oslos natteliv, Kristin Clemet om byråd og bystyre, Kristin Gjerde om heste, Julie Simonsen for skrivearbejde. Tak til alle på Aschehoug Forlag og Salomonsson Agency.

* Kun relevant for den norske udgave (o.a.)